Ford Madox Ford
PARADE'S END
1

서양편 · 777

Ford Madox Ford

PARADE'S END
퍼레이즈 엔드

1

포드 매독스 포드 지음
김일영 옮김

어떤 이들은 하지 않는다

한국문화사

서문

『퍼레이즈 엔드』(Parade's End)의 작가 포드 매독스 포드(Ford Madox Ford)는 20세기 영미 시에 지대한 영향을 끼친 에즈라 파운드(Ezra Pound)의 문학적 스승이었을 정도로 영문학에서 중요한 위치를 차지하는 소설가이며, 20세기 영국의 대표적인 모더니즘 소설가인 조셉 콘래드(Joseph Conrad)와 함께 『후계자들』(The Inheritors), 『로맨스』(Romance) 등의 작품을 저술하기도 하였다.

그의 4부작 『퍼레이즈 엔드』는 랜덤 하우스(Random House)에서 20세기 세계 영문학 100선에 선정되었으며, 2012년에는 영국 BBC 방송과 케이블TV 방송 제작사인 HBO의 합작으로 5부작 드라마로 제작되기도 하였다. 이러한 사실은 이 소설이 문학적으로도, 대중적으로도 가치가 있음을 증명하고 있다.

이 작품은 문학적·상업적 가치뿐만 아니라, 시대적·역사적 가치를 가지고 있다. "앞으로 일어나게 될 모든 전쟁들을 막기" 위해 썼다는 이 작품은 포드가 웰링턴 하우스(Wellington House)에서 1차 세계 대전 당시 복무한 경험을 고스란히 녹여 보여주고 있으면서, 전쟁의 참상과 전쟁을 일으키고 이를 하나의 게임처럼 수행하는 일그러진 인간 군상들의 모습을 적나라하게 파헤치고 있다.

또한 이 소설의 중심에는 시대의 변화가 불러오는 가치의 문제가 자리 잡고 있다. 영국의 빅토리아 시대와 그 이후에 도래한 에드워드

(Edward) 왕조 시대에 영국 사회의 변화와 그 변화의 물결 속에 영국인의 가치관이 어떻게 변화하였는지 이 작품은 잘 보여주고 있다. 이를 위해 이 소설은 "마지막 토리주의자"(Tory)를 자처하는 크리스토퍼 티전스(Christopher Titjens)라는 보수적 인물과 그의 보수적 가치관에 저항하는 그의 아내 실비아(Sylvia), 그리고 진보적 성향의 사회 운동가이자 여성 권익을 위해 싸우는 발렌타인 워놉(Valentine Wannop)이라는 인물 사이의 관계를 중점적으로 파헤친다. 포드는 이들을 통해 정말로 중요한 인간의 가치는 무엇인지, 특히 티전스가 대변하는 전통 귀족 사회에서 말하는 전통 혹은 체면과 명예 같은 것이 어떠한 의미인지를 팜 파탈의 전형인 실비아와 남성 우월주의를 거부하는 워놉과의 관계 속에서 보여주고자 하였다.

　1차 세계 대전을 배경으로 한 이 소설은 가치관의 대립 혹은 전통적 가치와 새로운 인간관의 충돌을 넘어 인간 심리의 근원을 파헤친다. 스스로가 17, 18세기적인 보수적 사고를 가졌다고 자처하는 이 작품의 주인공 크리스토퍼 티전스는 실비아가 자신의 아이(본인도 자신의 아이인지 확신하지 못하는)를 가졌다는 이유만으로 실비아와 사랑 없는 결혼을 하였고, 아내에게 이혼을 요구하는 것은 신사답지 못하다는 생각에 아내 실비아가 그 어떤 행동을 하여도 이를 빌미로 이혼하려 하지 않는다. 하지만 실비아도 티전스처럼 자신의 감정을 억누르며 살기는 마찬가지다. 실비아는 티전스를 사랑하면서도 자신의 그러한 마음을 직접 드러내지 못한 채, 남편이 자신에 대해 관심을 갖도록 하기 위해 의도적으로 다른 남자와의 외도를 시도하였고, 더 나아가 남편에 대한 거짓 소문을 퍼트려 명예를 훼손하고자 한다. 이 두 사람의 이러한 행동을 전형적인 '히스테리'와 '강박'에 의한 것으로 정신 분석의 관점에서 살펴보아야 할 이유가 여기에 있다. 더 나아가 전쟁 중 티전스가 겪게 되는 트라우마는 이 소설이 인간 심리의 근원적인 문제와 더불어 혼란한 시대를 살아가는 어느 누구나 겪을 수 있는 정신적 상처의 문제를 다루고 있음을 시사한다. 이런 점에서 티전스라는 주인공이 가족으로부터, 사회로부터, 전쟁으로부터 겪게 되는 상처와 트라우마는 오늘날 우리가 겪을 수 있는 트라우마로 티전스의 이야기는 오늘날 우리의 이야기가 될 수 있는 것이다.

전쟁을 다룬 이 소설에는 군사 용어와 군인들의 말투, 그리고 비속어가 많이 나온다. 군대 용어는 우리나라식의 군대 용어로 바꾸었고, 비속어는 우리말 중 가장 느낌을 잘 전달할 수 있는 용어로 번역하였다. 하지만 문화적으로 다르기 때문에 그 느낌을 정확히 전달하는 것은 불가능하다고 생각한다. 그리고 이 작품에는 다른 작가의 글을 인용한 부분이 많이 나온다. 그 인용 부분에 대한 번역본이 있을 때는 번역본에서 가져왔지만, 대부분 번역본이 없어서 새로 번역할 수밖에 없었다. 어떤 인용문은 맥락을 파악할 수 있어 맥락에 맞게 번역하였지만, 맥락을 알 수 없는 부분 인용은 직역할 수밖에 없었다.

무엇보다 독자들은 이 책을 읽으면서 이해할 수 없는 구절이나 문구를 자주 접하게 될 것이다. 총 4권으로 구성된 이 소설은 시간적 순서에 따라 쓰인 것이 아니기 때문에 본문에 나오는 많은 문구들이 뒤에 나오는 혹은 묘사되는 상황을 알아야만 이해할 수 있기 때문이다. 따라서 작품을 다 읽어야만 앞에서 읽었던 내용이 어떠한 상황을 혹은 사건을 지칭하는지 알 수 있게 되며, 퍼즐 조각을 맞출 수 있게 되는 것이다.

　이 소설에는 기존 소설과는 다른 독특한 점이 있는데 그것은 언어 구사에서 찾을 수 있다. 포드가 20세기의 시인 에즈라 파운드의 문학적 스승이었다는 사실에서도 짐작할 수 있듯이, 포드는 이 소설에서 암시적이고 추상적이며 동시에 함축적인 표현을 많이 사용하였다. 따라서 이 소설을 번역할 때 역자는 그런 부분은 시적으로 혹은 압축적인 표현으로 번역하고자 하였다. 그러는 것이 저자의 의도라고 생각해서였다.

　4부작인 이 소설은 4권의 소설이지만 사실상 하나의 방대한 소설이다. 1차 세계 대전이 발발하기 전의 영국 사회와 전쟁으로 인해 폐허가 된 영국 사회, 그리고 전쟁이 끝난 뒤의 영국 사회가 어떠한 변화를 겪게 되었는지 보여주는, 즉 영국인의 삶의 파노라마를 보여주는 작품이다. 이런 점에서 이 작품은 전쟁 뒤 유럽 사회가 어떻게 변모하였는지, 더 나아가 어떤 방향으로 변모하게 될지 보여주는, 사실적이면서 동시에 예지적인 작품인 것이다.

차례

Parade's end

1권
어떤 이들은 하지 않는다

서문 · 5
제1부 · 11
제2부 · 289

Parade's end

2권
더 이상의 퍼레이드는 없다

제1부 · 11

제2부 · 171

제3부 · 289

3권
남자라면 일어설 수 있다

제1부 · 11

제2부 · 87

제3부 · 273

4권
일과 종료 나팔 소리

제1부 · 11

제2부 · 205

제1부

1

 영국 공직자 계층의 젊은이 두 사람이 완벽하게 시설이 갖춰진 기차 객차에 앉아 있었다. 창문에는 새 가죽 손잡이가 달려있었고, 짐을 올려놓는 선반 아래에 있는 거울은 거의 아무것도 비추지 않는 듯 몹시 깨끗했다. 화려하면서도 잘 맞는 불룩한 의자 씌우개에는 붉은색과 노란색으로 된 복잡한 작은 용무늬가 있었는데, 마치 쾰른[1]의 기하학자가 도안한 것 같았다. 칸막이 객실에선 근사한 유약 냄새가 살짝 풍겨 위생적인 느낌을 주었다. 티전스는 영국의 우량 증권처럼 기차가 잘 운행된다고 생각한 적이 있다는 사실이 기억났다. 기차는 빨리 달렸지만 선로가 연결된 부분을 지날 때는 약간 흔들리거나 튕겼다. 이런 현상이 예견될 수 있는, 또 실제로 이런 현상이 일어난다 해도 이해할 수 있는 애쉬포드[2]나 톤브리지[3] 전에 있는 커브 길에서는 그렇지 않았지만 말이다. 티전스는 이런 사실을 알리기 위해 맥마스터가 철도 회사에 분명 편지를 쓸 거라고 확신

---

[1] Cologne: 독일 서부의 도시.
[2] Ashford: 영국 켄트주(Kent)에 있는 마을.
[3] Tonbridge: 켄트주에 있는 장이 서는 마을.

했다. 어쩌면 <타임스>[4]에 기고할지도 모른다고 생각했다.

자신들 계층이 레지날드 잉글비 경이 수장으로 있는 새로이 창설된 통계청과 이 세상을 운영하고 있다고 생각하기 때문일 것이다. 이들은 경관이 부정한 짓을 저지르는 것을 보거나, 철도역의 짐꾼이 불손하거나, 가로등이 부족하거나, 자국의 공공서비스, 혹은 외국에 있는 공공 서비스의 결함을 보게 되면 베일리얼[5] 대학 출신 특유의 냉담한 어조로 "영국이 어찌 이 지경까지 이르게 된 것이오?"라고 한탄스럽다는 듯이, 아니면 분개하듯이 묻거나 <타임스>에 기고한다. 때로는 영국인의 예의범절, 예술, 외교, 제국 간의 무역, 아니면 사망한 정치인과 문인들의 개인적 명예까지도 자신들이 책임져야 할 일인 것처럼 심각한 내용의 기사를 써 왔고, 또 그 기사들의 상당수는 아직 남아 있었다.

티전스는 맥마스터가 그와 같은 일을 할 거라고 생각했지만 확신은 하지 못했다. 저기 앉아 있는 자그마한 몸집의 맥마스터는 휘그당[6] 성향의 인물로, 그처럼 자그마한 사람들이 남들과 달라 보이고 싶어 하는 마음에서 길렀음직한, 잘 다듬은 검은 뾰족 수염을 하고 있었다. 단단한 금속 빗으로 반복적으로 빗어 내려앉게 한 빳빳한 검은 머리와 뾰족한 코, 튼튼하고 고른 이를 가진 그는 도자기처럼

---

[4] The *Times*: 영국의 대표적 일간지(별칭 '런던 타임스').
[5] Ballilol: 1263년에 설립된 옥스퍼드 대학교의 단과 대학.
[6] Whig: 토리당(Tory)과 더불어 17세기 후반에 결성된 최초의 영국 정당으로 상인이나 비국교도(非國敎徒)의 지지를 받았던 반왕권적(反王權的) 정당이다. 자유주의적 개혁을 지향하는 이 당은 19세기 무렵에는 자유당으로 전신(轉身)해 갔다.

매끈한 버터플라이 칼라7를 하고 있었으며, 검은 반점이 있는 강철색 금으로 만든 링으로 타이를 고정시키고 있었는데, 티젠스는 그것이 그의 동공 색과 잘 어울린다고 생각했다.

반면에 티젠스는 자신이 지금 무슨 색 타이를 매고 있는지조차 기억할 수 없었다. 그는 사무실에서 나와 택시를 타고 자기 방으로 가서는, 헐렁한 맞춤 코트와 바지, 그리고 소프트 드레스 셔츠를 입고, 재빠르면서도 꼼꼼하게 여러 물건을 챙겨, 필요할 땐 기차의 승무원실에 던져도 안전한, 손잡이가 둘 달린 커다란 여행 가방에 넣었다. 그는 다른 사람이 자기 물건에 손대는 것을 싫어했다. 아내의 하녀가 짐을 대신 챙겨주는 것도 싫었고, 심지어 짐꾼이 자신의 여행 가방을 나르는 것조차도 싫어했다. 그는 성향적으로 토리당8이었던 것이다. 그는 옷 갈아입는 것을 싫어했기 때문에, 지금 하는 이 여행 중에도 커다란 갈색 대다리를 댄 징 박은 골프화를 신고, 쿠션 가장자리 앉아 몸을 앞으로 숙이고, 양다리를 벌린 채 커다란 흰 손을 양 무릎에 올려놓고는 무엇인가 생각하고 있었다.

반면에 맥마스터는 몸을 뒤로 젖히고 뻣뻣한 자세로 약간 미간을 찡그린 채, 무언가 작게 활자화되었지만 아직 제본은 되지 않은 작은 종이 뭉치를 읽고 있었다. 티젠스는 지금 이 순간이 맥마스터에게는 인상적인 순간이라는 사실을 알고 있었다. 그는 최초로 출판하

---

[7] butterfly collar: 앞에 접어진 부분이 나비와 비슷한 데서 온 명칭.
[8] Tory: 휘그당과 더불어 17세기 후반에 탄생한 영국 정당으로 주로 토착 귀족의 지지를 받았던 보수적인 정당이다. 따라서 티젠스가 토리주의자라는 사실은 그가 보수적인 인물이라는 사실을 나타낸다.

게 될 자신의 저서의 교정쇄를 수정하고 있었던 것이다.

티전스가 알기에 그의 글에는 다소 미묘한 점들이 상당히 있었다. 예를 들어 누군가가 맥마스터에게 혹시 작가냐고 물어본다면, 그는 변명이라도 하려는 듯 어깨를 한번 으쓱하고는 이렇게 대답할 것이다.

"아닙니다. 부인!" 남자라면 그처럼 처세에 능한 사람에게 이런 질문을 하진 않을 것이다. 하지만 이런 질문을 받게 된다면 그는 미소 지으며 이렇게 말을 이을 것이다. "그렇게 대단한 글은 아닙니다! 남는 시간에 가끔 글을 긁적거리는 정도니까요. 비평가라고 할까요. 그래요! 약간의 비평을 쓰는 사람입니다."

맥마스터는 머리가 긴 예술가들의 은신처와도 같은 접견실을 방문한 적이 있었다. 커다란 무늬의 벽지가 발라져 있던 그 접견실에는 긴 커튼이 걸려있었고, 푸른색 사기 접시가 놓여 있었으며, 커다란 거울이 조용히 걸려있었다. 그때 맥마스터는 파티에 초대해준 사랑스러운 귀부인들 곁으로 최대한 가까이 다가서서, 다소 권위적으로 대화를 이어갔다. 그는 자신이 보티첼리[9]나 로세티[10], 그리고 '문예 부흥기 이전의 화가'라고 불리는 초기 이탈리아 화가들에 관해 이야기할 때, 남들이 존경심을 갖고 자신의 말을 경청하는 걸 좋아했다. 티전스는 거기서 그를 본 적 있었지만 그의 그런 행동이

---

[9] Sandro Botticelli(1445~1510): 이탈리아 초기 르네상스 시대의 대표적인 화가.
[10] 단테 가브리엘 로세티(Dante Gabriel Rossetti, 1828~1882)를 지칭. 영국의 화가 겸 시인으로 신비적이면서도 육감적인 그림을 그렸으며, 소위 라파엘풍 이전으로 돌아가자는 '라파엘 전파'(Pre-Raphaelite)를 결성했다. 맥마스터가 가장 존경하는 시인이며 화가다.

마음에 들지는 않았다.

　이런 모임은 최고위급 정부 관직에 오르는 데 필요한 경력을 쌓기 위해 거쳐야 할 멀지만 신경 써야 할 단계였던 것이다. 티전스 자신은 경력이나 관직에 대해 전혀 관심이 없었기 때문에 친구의 야망에 대해 냉소적이긴 했으나 그를 십분 이해했다. 이들의 우정은 이처럼 기묘했지만 바로 이러한 기묘함 때문에 지속될 수 있었다.

　요크셔 지방 신사의 막내아들인 티전스에게는 최고위급 관료와 최상위층 사람들만이 누릴 수 있는 최고의 것들을 누릴 자격이 주어졌다. 야망은 없었지만, 영국에선 그러하듯이, 이런 것들은 그에게 저절로 주어졌다. 따라서 그는 자신의 옷차림이나 만나는 사람들에 대해 신경 쓰지 않았고, 거리낌 없이 자신의 견해를 말하곤 했다. 그는 어머니 덕분에 통계청에서 약간의 개인적인 수입을 얻을 수 있었다. 게다가 재산이 많은 여자와 결혼한 덕분에, 토리주의자들처럼 마음대로 조롱과 야유를 할 때조차도 남들은 그의 말에 귀를 기울였다. 그는 26살밖에 안 되었지만, 너저분한 진짜 요크셔 사람들처럼 몸집이 몹시 커, 나이에 맞지 않게 몸무게도 많이 나갔다. 그가 통계에 영향을 미치는 사회 풍조에 대해 말할 때, 그의 상관인 레지날드 잉글비 경은 그의 말을 경청하며 종종 이렇게 말하곤 했다. "티전스, 자네는 정확한 사실을 알고 있는 완벽한 백과사전 같네그려." 티전스는 자신이 이런 말을 들을 충분한 자격이 있다고 생각했기 때문에 그의 칭찬을 아무 말 없이 받아들였다.

　하지만 맥마스터는 레지날드 경이 이런 말을 한마디라도 하면, 중얼거리듯 이렇게 말하곤 했다. "과찬의 말씀이십니다. 레지날드 경!" 티전스는 그가 그렇게 말하는 것이 아주 합당하다고 생각했다.

맥마스터는 티전스보다 나이가 조금 더 많았기 때문에 이 일을 티전스보다 조금 더 일찍 시작했다. 하지만 룸메이트인 그의 나이에 관해, 혹은 그의 태생에 대해 티전스는 모르는 부분이 있었다. 맥마스터는 스코틀랜드 출신이었기 때문에 사람들은 그가 스코틀랜드 목사관(館)의 자식[11]일 거라고 생각했다. 하지만 그는 쿠퍼[12]에 있는 식품점 주인의 아들이거나 에든버러[13]역에서 일하는 짐꾼의 아들인 게 분명했다. 하지만 그것은 스코틀랜드인에게는 중요한 문제가 아니었다. 그는 자신의 조상에 대해 절대적으로 함구했기 때문에, 그를 받아들일 마음이 있다면, 마음속으로도 그에 대해 알려고 하지 않는 것이 좋을 것이다.

티전스는 맥마스터를 늘 있는 그대로 받아들였다. 클리프턴과 케임브리지 대학에서, 챈서리 레인[14]과 그레이즈인 법학원[15]에 있던 그들의 방에서도 그랬다. 그는 맥마스터에 대해 깊은 애정, 심지어

---

[11] 목사관의 자식이란 말은 가난하나 교양 있는 사람들을 지칭하는 말로도 사용된다.
[12] Cupar: 영국 스코틀랜드 동부 파이프카운티(Fife county)에 있는 도시로 농업과 시장이 발달하였다.
[13] Edinburgh: 스코틀랜드의 수도.
[14] Chancery Lane: 런던에 있는 길 이름이지만 대법 관청이나 법률에 관련된 기관이나 사무실이 있던 곳이다.
[15] Gray's Inn: 영국의 고유한 법학원(法學院) 중 하나. 14세기 초 런던의 법원 주변에 발달한 법조단의 조합이 그 기원으로 현재는 그레이즈 인(Gray's Inn), 링컨즈 인(Lincoln's Inn), 미들 템플(Middle Temple), 이너 템플(Inner Temple)만이 남았다. 영국에서 법정변호사(法廷辯護士)가 되기 위해선 법학원에 들어가 시험에 합격해야 한다.

감사의 마음까지 가지고 있었다. 맥마스터도 그의 이런 마음에 보답하고 있다고 생각될 수 있을 것이다. 그는 티젠스에게 도움이 되기 위해 항상 최선을 다하는 게 분명하니 말이다. 티젠스가 케임브리지에 있던 당시, 재무성의 레지날드 잉글비 경의 개인 비서로 있었던 맥마스터는 레지날드 경에게 티젠스의 타고난 수많은 재능을 알려 주었다. 그래서 늘 자신의 암양[16], 즉 자신이 새로 설립한 부서에서 일할 젊은이를 찾고 있었던 레지날드 경은 티젠스를 그 부서의 3인 자로 기꺼이 받아들였던 것이다. 허나 맥마스터를 재무성에 있는 토머스 블록 경에게 천거한 사람은 티젠스의 부친이었고, 맥마스터가 케임브리지 대학을 졸업하고 런던에 정착할 수 있도록 약간의 돈을 대준 사람은 티젠스의 어머니였다. 따라서 티젠스가 런던에 왔을 때 맥마스터가 자기 방 중 하나를 티젠스의 거처로 제공한 것은 자신이 진 빚의 일부분을 갚은 셈이었던 것이다.

스코틀랜드 출신의 젊은이에게 이런 상황은 상당히 있을 법한 것이었다. 티젠스는 거실로 가 아름답고도 풍만한 체구를 지닌 성녀 같은 어머니에게 말했다.

"어머니, 그 맥마스터란 친구 말입니다! 대학을 졸업하려면 약간의 돈이 필요할 거예요." 그의 어머니는 이렇게 대답했다.

"그래? 얼마나 필요한데?"

하층민의 영국 젊은이라면 이런 경우 자신이 빚을 진 것처럼 느

---

[16] 여기서 암양(ewe lamb)은 '가장 소중히 여기는 것'이란 상징적 의미를 가지고 있다.

겼을 테지만 맥마스터는 그렇지 않았다.

 최근 티전스에게 문제가 생긴 동안, 즉 티전스의 아내가 다른 남자와 해외로 떠나 있었던 4개월 동안, 맥마스터는 다른 남자들은 채워 줄 수 없는 자리를 채워주었다. 크리스토퍼 티전스는 완전한 침묵, 특히 자신의 기분에 대해 완전한 침묵을 지키려 했기 때문이었다. 티전스는 심지어 자신이 어떻게 느끼는지에 대해서조차 생각하지 않았다.

 실제로 그는 아내가 자기를 떠났을 때 느꼈던 감정에 대해 아무런 언급도 하지 않았고 그 일에 대해 단지 몇 마디 정도만 하였다. 그것도 대부분 부친에게만 했다. 키가 몹시 크고 몸집도 아주 큰, 흰머리에 허리가 꼿꼿한 그의 부친은 그레이즈인 법학원에 있는 맥마스터의 거실로 찾아와 한동안 침묵을 지킨 뒤 이렇게 말했다.

 "얘야, 이혼할 생각이니?"

 크리스토퍼는 이렇게 대답했다.

 "아닙니다. 악당들이나 여자에게 이혼이라는 시련을 겪게 하는 법이니까요."

 티전스의 부친은 잠시 후 이렇게 물었다.

 "그럼 네 아내가 이혼하겠다면 응할 생각이냐?"

 티전스는 이렇게 대답했다.

 "원한다면요. 하지만 아이 문제가 있습니다."

 그의 부친이 다시 물었다.

 "네 처가 받기로 됐던 재산을 아이에게 양도할 작정이냐?"

 크리스토퍼가 대답했다.

"마찰 없이 할 수 있다면요."

그의 부친은 단지 "아!"하고 외마디 소리를 낸 뒤 이렇게 말했다.

"네 어머니는 아주 잘 지내고 있단다. 그런데 그 전동 쟁기는 별 쓸모가 없더라"라고 말한 뒤, 다시 "난 클럽에서 식사할 작정이다"라고 말했다.

이 말에 크리스토퍼가 말했다.

"맥마스터를 데려가도 될까요? 아버지가 그 친구를 추천해 주시겠다고 하셨잖아요."

그의 부친이 대답했다.

"그래, 그렇게 하거라. 폴리옷 장군도 오실 거다. 그분이 도움을 주시기로 했으니 알고 지내는 게 좋겠지." 이렇게 말하곤 그의 부친은 집을 나섰다.

티전스는 자신과 부친의 관계가 거의 완벽하다고 생각했다. 자신들은 이 세상에 하나밖에 없는 클럽에서 만난 두 남자 같다고 생각했다. 티전스는 자신과 부친이 너무도 생각이 같아 말을 할 필요도 없다고 생각했다. 부친은 재산을 상속받기 전까지 상당 기간 해외에서 지냈다. 부친은 황야를 지나 자신이 소유한 공업 도시로 갈 때면 늘 사두마차를 타고 다녔다. 또 홀에선 절대로 담배를 피우지 않았다. 매일 아침 수석 정원사에게 열두 개의 파이프 담배를 찻길 아래에 있는 장미 덤불에 갖다 놓으라고 지시하고는 온종일 이 파이프 담배를 피웠다. 자기 땅의 상당 부분을 직접 경작했던 부친은 1876년부터 1881년까지 홀더니스시[17] 국회의원을 지냈지만, 의석권을 재분포한 뒤로는 선거에 나가지 않았다. 부친은 12명의 성직자에게

녹(祿)을 주었으며, 말을 타고 사냥개를 대동하여 정기적으로 사냥을 갔다. 현재 61세인 부친에게는 아들 셋과 딸 둘이 있었다.

자신의 아내가 다른 남자와 눈이 맞아 떠난 날, 크리스토퍼는 누이인 에피에게 전화를 했다.

"토미를 계속 데리고 있어줄 수 있겠어? 마찬트도 같이 갈 거야. 누나의 두 아이도 같이 돌봐준다고 했어. 그러니 누나는 하녀 한 명을 얻는 셈이지. 식비 이외에 드는 비용은 따로 보낼게."

요크셔에 있는 그의 누이가 대답했다. "물론이지, 크리스토퍼." 누이는 그로비 근방에 근무하는 목사의 아내로 아이 일곱을 두고 있었다.

티전스는 맥마스터에게 말했다.

"실비아가 퍼론이란 자와 같이 떠났네." 이 말에 맥마스터는 단지 "아!" 하고 외마디 소리만 질렀다.

티전스는 말을 이었다.

"난 이 집을 세주고, 가구는 창고에 보관할 작정이네. 토미는 내 누이 에피 집에 갈 거네. 마찬트도 같이 갈 거고."

맥마스터가 말했다.

"그러면 옛날에 쓰던 방이 필요하겠군." 맥마스터는 그레이즈인 법학원 건물에 있는 아주 큰 층을 쓰고 있었다. 티전스가 결혼해 그곳을 떠난 뒤, 그는 혼자서 그곳을 모두 사용하고 있었다. 다락방에서 지내던 그의 동료가 티전스가 쓰던 침실로 옮겨온 것을 제외

---

17 Holdernesse: 영국 동부 해안에 있는 요크셔의 한 지역으로 농경지가 많다.

하고는 말이다.

티전스가 말했다.

"가능하다면 내일 밤에 그곳으로 옮기겠네. 그러면 페렌즈도 자기 다락방으로 돌아갈 시간이 있을 테고."

4개월이 지난 어느 날 아침 식사를 하던 중 티전스는 아내에게서 온 편지를 받았다. 아내는 아무런 뉘우침도 없이 그에게 데려가 달라고 했다. 퍼론과 브리타니[18]가 진저리난다면서 말이다.

티전스는 맥마스터를 쳐다보았다. 맥마스터는 파르르 수염을 떨며 휘둥그레진 강철색의 눈으로 그를 쳐다보더니 의자에서 반쯤 일어났다. 티전스가 말을 하려 하자 맥마스터는 갈색 나무로 만든 술병 진열대에 놓인 커트 글라스[19]로 된 브랜디 디캔터[20]의 목을 잡았다.

티전스가 말했다.

"실비아가 자신을 데려가 달라고 하네."

맥마스터가 말했다.

"이걸 조금만 들게!"

티전스는 "싫네"라고 자동적으로 말하려다 말을 바꾸었다.

"좋아. 리큐어 한 잔 하겠네."

그는 디캔터의 가장자리가 딸랑거리며 심하게 흔들리는 것을 보

---

[18] Brittany: 브르타뉴. 프랑스 북서부의 반도로 프랑스명은 Bretagne.
[19] cut-glass: 무늬를 새겨 넣은 유리.
[20] decanter: 와인 등을 일반 병에서 따라 내어 상에 낼 때 쓰는, 보통 보기 좋게 만든 유리병.

았다. 맥마스터가 떨고 있는 게 분명했다.

맥마스터는 여전히 등을 돌린 채 말했다.

"자네 부인을 다시 데려올 작정인가?"

티전스가 대답했다.

"그럴 것 같네." 목을 타고 내려가는 브랜디에 가슴이 뜨거워졌다. 맥마스터가 말했다.

"한 잔 더 하는 게 좋을 것 같군."

티전스가 대답했다.

"고맙네."

맥마스터는 아침 식사를 하면서 편지를 읽었다. 티전스도 그랬다. 페렌즈가 들어와 베이컨이 담긴 접시를 치운 다음 수란과 대구가 담긴, 뜨거운 물로 덥힌 은색 접시를 탁자 위에 올려놓았다. 오랜 시간이 흐른 뒤, 티전스가 말했다.

"원칙적으로는 그렇게 하기로 결심했네. 하지만 구체적으로 어떻게 할지에 대해선 사흘 정도 생각해 봐야 할 것 같아."

그는 이 문제에 대해 아무런 느낌도 없는 것 같았다. 실비아의 편지에 쓰인 어떤 무례한 문구가 머릿속을 맴돌았다. 그는 그런 식의 편지가 좋았다. 브랜디가 그의 정신 상태에 아무런 영향도 미치지는 않았지만 덕분에 떨지는 않을 것 같았다.

맥마스터가 말했다.

"11시 40분까지 라이[21]에 도착하면 차를 마신 뒤, 한 라운드는 돌

---

[21] Rye: 영국의 이스트서식스(East Sussex)에 있는 작은 읍.

수 있을 걸세. 요즘은 해가 길어졌으니 말이야. 난 근방에 사는 목사님을 찾아갈 작정이네. 책 쓰는 데 도움을 주셨거든."

티전스가 말했다.

"자네가 연구한 시인이 그 목사를 알고 있었나? 물론 알았겠지. 그 목사의 이름이 두쉬민이지?"

맥마스터가 말했다.

"2시 반쯤 찾아갈 수 있을 걸세. 시골에서는 그 시간에 찾아가도 괜찮거든. 마차를 대기시켜 놓고 4시까지만 있으면, 5시에는 첫 타를 칠 수 있을 걸세. 골프 코스가 마음에 들면 그다음 날에도 거기서 머물다가 화요일에는 하이드[22]에서, 수요일에는 샌드위치[23]에서 지내기로 하세. 아니면 사흘 내내 라이에 머물 수도 있고."

"계속 옮겨 다니는 게 나에겐 더 나을 것 같네." 티전스가 말했다. "브리티시 컬럼비아[24]에 관해 계산해야 할 수치가 있는 것 같은데, 지금 마차를 타고 가면 1시간 20분 이내에 자네 대신 마무리해 주겠네. 그러면 캐나다와 관련된 부분은 인쇄에 들어갈 수 있을 거네. 이제 8시 30분밖에 안 됐으니 말일세."

다소 염려스러운 듯 맥마스터는 이렇게 말했다.

"하지만 자네도 그렇게는 못할 걸세. 하여튼 우리가 여행 가는 걸 레지날드 경이 문제 삼지는 않게 하겠네."

---

[22] Hythe: 켄트주 남해안에 있는 쉐프웨이 자치구에 속한 해안 마을.
[23] Sandwich: 도버(Dover) 자치구 스투어강(River Stour) 근방에 위치한 마을.
[24] British Columbia: 캐나다 서부 해안에 면한 지역. 허드슨베이 회사(Hudson's Bay Company)의 컬럼비아 자치구 중 영국 통치령의 일부라는 의미에서 영국의 빅토리아 여왕이 이렇게 명명한 곳이다.

티전스가 말했다.

"아니야, 할 수 있네. 계산이 끝났다고 하면 레지날드 경도 기뻐할 걸세. 10시에 레지날드 경이 올 때, 자네가 줄 수 있도록 내가 마무리해 놓겠네."

맥마스터가 말했다.

"크리시[25], 자넨 진짜 놀라운 친구야. 거의 천재라니까!"

티전스는 이렇게 대답했다. "어제 자네가 떠난 뒤 자네 서류를 봐서 그 내용을 대부분 기억하고 있네. 잠자리에 들기 전에 자네 서류에 대해 생각해 보았는데, 클론다이크[26]가 인구 증가에 미치는 영향에 대해 자네가 과대평가한 것 같더군. 길이 개통되기는 했지만 상대적으로 그곳을 이용하는 사람은 거의 없을 것 같다는 그런 내용을 하나 더 첨가할 작정이네."

마차 안에서 티전스가 물었다.

"내 지저분한 사적인 일로 신경 쓰게 해서 미안하네만 내 일에 대해 자네나 우리 부서 사람들은 어떻게 생각하나?"

맥마스터가 말했다. "우리 부서는 아무 영향도 받지 않았네. 실비아가 새터스웨이트 부인을 간호하러 외국에 나갔다고 생각하고 있으니 말일세. 난 말이야, 사실…" 그는 자신의 작고 강한 이를 꽉 물었다. "난 자네가 그 여자의 더러운 본색을 다 폭로했으면 하네. 나라면 반드시 그렇게 할 걸세! 왜 그 여자가 자네의 남은 인생마저

---

[25] Chrissie: 크리스토퍼의 애칭으로 티전스의 이름이다.
[26] Klondyke: 캐나다 북서부에 있는 지역으로 금이 많이 발견된 곳이다.

난도질하게 내버려두나? 이미 충분히 난도질했는데 말이야!"

티젼스는 마차의 휘장 너머로 밖을 내다보았다.

이 말을 들으니 그동안 자신이 갖고 있던 의문이 해결되었다. 며칠 전 자신보다 아내와 가까운 어떤 젊은 친구가 클럽에 있던 자신에게 접근하더니 새터스웨이트 부인, 그러니까 장모의 건강이 나아졌기 바란다는 말을 했기 때문이었다. 티젼스가 말했다.

"이제 알겠네. 장모는 실비아가 다른 남자와 떠난 사실을 감추려고 해외로 나간 것 같네. 못되긴 했지만 똑똑하시긴 한 분이야."

핸섬형 이륜마차[27]가 텅 빈 거리를 달렸다. 관공서가 들어선 지역 치고는 아직 이른 시각이었기 때문이었다. 급히 달리는 말발굽 소리가 요란하게 들렸다. 티젼스는 신사에게는 말이 어울린다고 생각했기 때문에[28] 핸섬형 이륜마차를 선호했다. 그는 동료들이 자신의 일에 대해 어떻게 생각하는지 몰랐다. 하지만 일단 물어보니 무력증은 사라졌다.

지난 몇 달 동안 티젼스는 최근에 나온 『대영 백과사전』[29]에 나타난 오류들을 목록으로 만들었다. 그리고 이 사실에 관해 어떤 고리타분한 월간지에 기고했는데, 그 내용이 너무도 신랄하여 오히려 자신의 목적을 이루지 못하고 말았다. 그는 참고문헌을 이용하는 사람을 경멸했다. 하지만 그의 관점이 몹시 낯설어서 그런지 맥마스

---

[27] hansom: 말 한 필이 끄는 2인승 이륜마차.
[28] 티젼스가 보수적인 토리주의자라는 사실은 그가 전통적 신사 계급이 이용하던 마차를 선호한다는 사실에서 다시 한번 드러난다.
[29] Encyclopaedia Britannica: 대영 백과사전.

터를 제외하고는 그 누구도 화를 내진 않았다. 사실 그 글은 레지날드 잉글비 경의 마음에 들었다. 그는 자기 휘하에 이처럼 백과사전적인 지식과 뛰어난 기억력을 지닌 젊은이를 두고 있다는 사실이 기뻤던 것이다.

상황이 어떤지 알아내겠다는 생각에 티전스는 이렇게 물었다. "내가 현재 거처를 떠나는 것에 대해 남들은 어떻게 생각하나? 난 다시는 그곳에 거처를 마련하지 않을 작정이네."

맥마스터가 대답했다. "론데스 스트리트[30]가 새터스웨이트 부인에게는 맞지 않아 부인이 병이 났다고 생각하는 것 같네. 레지날드 경은 자네가 거처를 옮기는 것에 대해 전적으로, 분명하게 찬성하는 것 같네. 결혼한 젊은 정부 관료가 사우스웨스트 자치구에 비싼 돈을 들이면서 계속 거주해야 한다고 생각하시지는 않는 것 같아."

티전스가 말했다.

"빌어먹을, 하지만 레지날드 경 생각이 맞을지도 몰라." 그러곤 다시 말을 이었다. "고맙네. 그게 바로 내가 알고 싶은 것이었네. 바람난 아내를 갖고 있는 남편에게는 늘 수치스러움이 따라다니는 법이네. 그건 아주 당연한 거지. 하지만 남자라면 자기 아내를 지켜줄 수 있어야 하네."

맥마스터가 걱정스러운 듯이 소리쳤다.

"아니지, 그건 아니야! 크리시."

티전스는 계속 말을 이었다.

---

[30] Lowndes Street: 런던의 웨스트민스터 시티에 있는 거리.

"최고위 관공서는 사립 학교[31] 같은 곳이네. 튀는 아내를 가진 남자를 그 구성원으로 받아들이려 하지 않는 것은 아주 당연한 것인지도 몰라. 이사회에서 유대인과 흑인을 최초로 받아들이기로 결정했을 때 클리프턴이 못마땅해한 게 기억나네."

맥마스터가 말했다.

"이제 그만하게나."

티전스는 말을 이었다. "우리 집 바로 옆에 영지를 갖고 있는 사람이 있었네. 콘더라는 사람이었는데 그 사람 부인은 상습적으로 바람을 피웠어. 매년 석 달 동안이나 다른 남자와 어딘가로 가곤 했지. 그런데도 콘더라는 사람은 아무런 조처를 하지 않았네. 하지만 그때 우리는 그로비와 그로비 이웃 모두가 안전하지 못하다고 생각했었네. 모임에서 그 사람을 소개하는 것 자체가 어색했네. 그 사람의 부인을 소개하는 것은 더 말할 것도 없고 말이야. 모든 사람이 그 사람의 어린 자녀들은 콘더의 자식이 아니란 사실을 알고 있었네. 그런데 어떤 친구가 그 사람의 막내딸과 결혼하였네. 그런데 아무도 그 딸을 찾아가지 않았어. 그건 분명히 이성적이지도, 옳지도 않아. 하지만 바로 그런 이유 때문에 세상 사람들이 바람난 아내를 가진 남편을 불신하는 것이네! 언제 비이성적이고 옳지 않은 일을 저지를지 알 수 없으니 말이지"

이에 맥마스터는 고뇌 섞인 어조로 이렇게 말했다. "하지만 실비아가 그런 식으로 행동하도록 내버려두진 않을 거지?"

---

[31] 이 사립 학교는 상류층 자제들을 위한 기숙사 제도의 대학 예비 학교이다.

티전스가 말했다. "모르겠네. 내가 그걸 어떻게 막을 수 있겠나? 내 생각엔 콘더의 행동이 옳은 것 같네. 그런 재앙은 신의 뜻이야. 신사라면 신의 뜻을 받아들여야 하는 거고 여자가 이혼하지 않으려 한다면 남자는 받아들여야 하네. 안 그러면 남들의 입방아에 오르게 될 테니 말이네. 이번엔 자네가 잘 처리한 것 같네. 내 장모를 구실로 내세운 것 말이야. 하지만 자네가 늘 이런 일에 나설 수 있는 것은 아니지 않은가? 내가 다른 여자를 만나게 될지도 모르고 말이야."

"아!" 하고 맥마스터는 외마디를 지른 후 이렇게 말했다.

"그다음엔 어떻게 하려고."

티전스가 말했다.

"그건 아무도 모르지… 불쌍한 우리 아이도 생각해야 하고. 마찬트가 그러는데 그 녀석은 벌써 순 요크셔 사투리를 쓰기 시작했다고 하더군."

맥마스터가 말했다.

"아이만 없다면… 해결책이 있을 수도 있을 텐데."

티전스가 "아!" 하고 소리쳤다.

박공이 있는 아치 형태의 시멘트로 된 회색 정문 앞에 마차가 서자, 티전스는 마부에게 다가가 삯을 치르면서 말했다.

"말 사료에 감초를 덜 넣은 것 같소. 감초를 더 주면 더 잘 달릴 수 있을 거라고 말한 것 같은데 말이오."

빛나는 모자와 두터운 나사로 된 갈색의 마부용 외투를 입고 단춧구멍엔 치자를 꽂은, 붉고 반질반질한 얼굴을 한 마부가 말했다.

"네. 명심하겠습니다."

광택이 나는 의복과 서류 가방이 놓여 있는 기차 선반 아래에 있던 (티전스는 자기 손으로 직접 자신의 커다란 여행 가방을 승무원실에 던져 넣었다) 맥마스터는 건너편에 있는 친구를 바라다보았다. 그에게 이날은 아주 좋은 날이었다. 그의 얼굴 앞에는 자신이 처음으로 쓴, 우아한 모양의 자그마한 책자의 교정쇄가 있었다. 검은 활자가 쓰인 아직도 냄새나는 작은 책! 그는 콧구멍으로 기분 좋은 인쇄용 잉크 냄새를 맡았다. 이제 막 나온 책들은 아직도 약간 축축했다. 주걱같이 생긴 그의 차가운 흰 손에는 금으로 된 작고 평평한 펜이 들려있었다. 교정을 보려고 그가 특별히 구입한 것이었다. 하지만 그는 고칠 부분을 찾지 못했다.

그는 자신이 쾌락에 탐닉하게 될 거라고 예상했었다. 오랫동안 스스로에게 허용해 온 유일한 감각적 쾌락 말이다. 적은 수입으로 영국 신사의 모습을 유지한다는 것은 쉬운 일이 아니다. 하지만 자신이 쓴 문구에 탐닉하는 것, 자신의 예리한 익살을 즐기는 것, 자신의 글의 흐름이 균형 잡혔으면서도 냉철하다는 사실을 깨닫게 되는 것, 이런 것들은 그 어떤 쾌락보다도 크며 돈도 별로 들지 않는 쾌락이다. 그는 이런 쾌락을 칼라일[32]이나 밀[33]과 같은 위대한 인물들의 철학과 그들의 가정사에 대해 쓴 자신의 글, 식민지 간의 무역의

---

[32] Thomas Carlyle(1795~1881): 스코틀랜드 출신의 비평가 겸 역사가.
[33] John Stuart Mill(1806~1873): 19세기 영국의 철학자이자 경제학자. 공리주의 사상을 발전시켰으며, 자유주의와 사회민주주의 정치사상의 발전에 기여하였다.

확장에 대한 자신의 글을 통해 얻을 수 있었다. 그렇게 해서 나온 것이 바로 이 책이다.

그는 자신의 입지를 굳히기 위해 이런 글에 의존했다. 자신이 일하는 부서에는 "출생"으로 들어온 사람들이 대부분이었는데, 그들은 호의적이지 않았다. 본인의 실력이나 근면함 덕에 여기 온 사람들도 간혹 있었다(그런 사람들이 점점 증가하는 추세였다). 이들은 승진하는 사람들을 질시에 찬 시선으로 바라보았고, 고위층 연고자들의 수입만 느는 것을 보고는 불만의 목소리를 냈다.

맥마스터는 이런 사람들을 냉정하게 대했다. 티젠스와 가까이 지낸다는 사실 덕분에 맥마스터는 "출생" 덕에 여기 온 부류에 속하게 되었고, 레지날드 잉글비 경의 호감을 받고 있다는 사실(그는 자신이 그에게 호감을 주고 있으며, 도움이 된다는 것을 알고 있었다) 때문에 기분 나쁜 일을 당하지 않을 수 있었다. 그는 자신의 '글' 덕분에 자신이 준엄하게 행동할 권리를 가지고 있으며, 자신이 쓴 책 덕분에 현명한 태도를 취할 수 있다고 믿었다. 그렇게 하면 그는 자신이 바로 맥마스터 씨[34], 즉 비평가이자 권위 있는 사람이 된다고 생각했다. 최고위급 부서도 자기 부서를 빛내줄 뛰어난 사람을 받아들이는 데 인색하진 않을 것이며, 뛰어난 사람이 승진하는 것에 대해선 아무 반대도 없을 거라고 생각했다. 자신이 소중히 여기는 부하직원이 리밍턴 부인, 크레시 부인, 디 리무 부인의 접견실에서

---

[34] Mr. Macmaster: 여기서 '씨'로 번역한 'Mr'는 일반적인 호칭이 아니라 신사 계급에 붙이는 호칭으로 사용되었다. 즉 맥마스터는 자신이 상류층 계급으로 진입할 것이라고 믿고 있다.

뜨거운 환영을 받는 것을 레지날드 잉글비 경이 지켜보는 모습을 맥마스터는 상상해보았다. 게다가 레지날드 경은 정부 문서를 제외하고는 거의 책을 읽지 않기 때문에 비평적 재능이 있는 자신의 젊고 준엄한 조력자의 앞날이 잘 풀리도록 해주고 싶어 할 것이라고 맥마스터는 생각했다. 이름 모를 스코틀랜드 항구도시에서 일하던 몹시 가난한 선적 회사 직원의 아들인 맥마스터는 앞으로 무슨 일을 해야 할지 아주 일찌감치 정했다. 맥마스터가 어렸을 때 아주 유명했던 작가인 스마일의 글에 나오는 영웅이 되느냐, 아니면 가난한 스코틀랜드인에게 열려 있는 좀 더 지적인 업적을 이룬 사람이 되느냐 사이에서 무엇을 선택할지는 맥마스터에겐 전혀 어려운 일이 아니었다. 탄갱에서 일하던 아이는 나중에 탄광 주인이 될 수도 있다. 재능 있는 스코틀랜드 젊은이가 잠도 자지 않고 열심히 공부해서 대중에게 유용한 일을, 주제넘지 않게 그리고 남의 미움을 사지 않고 계속한다면, 분명 명성과 확고한 지위를 얻고, 주위의 조용한 찬사를 받게 될 것이다. 하지만 이것은 될 수도 있는 것과 확실히 되는 것의 차이다. 그래서 맥마스터는 선택하는 데 어려움이 없었다. 지금 그는 자신이 쉰 살이 되었을 때 기사 작위를 받게 될 것이며, 그보다 훨씬 이전에 상당한 재산을 모아 자신만의 손님 접견실을 갖게 될 것이라고 생각했다. 그리고 자신이 현명한 판단을 내렸으며 자신이 무엇을 성취했는지를 입증해 줄 자신의 아내는 헌신적이면서 우아하게 손님 접견실에서 당대 최고의 지식인들 사이를 누비게 될 거라고 생각했다. 재앙만 닥치지 않는다면 그렇게 될 거라고 그는 확신했다. 재앙은 술과 파산, 그리고 여자 때문에 일어날 수 있다고 그는 생각했다. 그는 처음 두 가지 요인으로 인한 재앙은 겪지 않으리란 사실을 알고 있었다. 자신의 수입보다 더 많이 지출하는 성향이 있어서 티전스에게 약간의 빚을 지고 있기는 하지만 말이다. 다행히 티전스는 재산이 많았다. 하지만 그는 세 번째 요인에 의해 생길 수 있는 재앙에 대해선 자신이 없었다. 여태까지 그의 삶은 어쩔 수 없이 여자에 굶주려 왔지만, 지금의 삶에 있어선 적절한 주의만 기울인다면 여자가 합법적 요소로 간주될 수 있는 단계까지 도달하게 되었다. 하지만 그는 여자에 대한 굶주림 때문에 성급한 선택을 할까봐 두려웠다. 그는 자신이 필요로 하는 유형의 여자에 대해 아주 정확하게 알고 있었다. 키가 크고, 우아하며, 피부는 거무스름하고, 헐렁한 가운을 입고, 열정적이면서도 신중하고, 갸름한 얼굴에 침착하고, 주위의 모든 사람에게 우아하게 행동하는 그런 여자 말이다. 그는 그녀의 옷이 바스락거리는 소리를 들을 수 있을 것 같았다.

하지만 천박하게 웃으며 판매대에서나 일할, 가슴이 크고 뺨이 붉은 여자들에게 맹목적으로 끌린 적이 있었다. 문제가 될 수 있는 이런 관계에서 그를 구해준 사람은 티전스뿐이었다.

"빌어먹을!" 티전스는 말했다. "그 매춘부 같은 여자 주변엔 얼씬도 하지 말게. 그 여자와 같이 할 수 있는 건 그 여자에게 담배 가게를 차려주고, 그 안에서 그 여자가 자네 수염을 뜯도록 내버려두는 것뿐이니까 말이야. 게다가 자넨 그렇게 해줄 형편도 안 되잖나."

그 통통한 여자를 <하이랜드의 메리>[35]라는 노랫가락에 맞춰 감상적으로 미화시키려 한 맥마스터는 그날 티전스에게 동물 같이 야비한 놈이라고 욕설을 퍼부었다. 하지만 그러면서도 티전스에게 고마워했다. 서른 살 가까이 되었지만 그는 여태 복잡한 일에 휘말리지 않았고, 건강에도 이상이 없었으며, 여자 문제로 골머리를 앓은 적도 없었다.

그는 깊은 애정과 근심 어린 시선으로 건너편에 있는 명석하지만 본인 자신은 구원하지 못하는 티전스를 바라다보았다. 티전스는 철면피 같은, 그러니까 상상할 수 있는 최악의 여자라는 덫에 걸렸다고 그는 생각했다.

상상한 것과는 달리 맥마스터는 지금 자신이 관능적인 글의 흐름에 탐닉하지 않고 있다는 사실을 갑작스럽게 깨달았다. 그는 첫 단락을 힘차게 읽기 시작했다… 출판업자가 제대로 인쇄한 것 같았다.

> 우리가 그를 신비하고 관능적인, 그리고 정확한 조형미를 상상해 낼 수 있는 사람으로, 혹은 반향이 크면서도 흐르는 듯이 풍부한 선을 마음대로 구사할 수 있는 사람으로, 혹은 그의 캔버스에 나타나는 풍부한 색채처럼 언어를 마음대로 구사할 수 있는 사람으로, 혹은 자신보다 위대하지 않은 신비가들이 지닌 비밀을 통해 자신을 설명할 수 있는 심오한 철학자로 간주하든 그렇지 않든 간에, 이 작은 논문의 주제인 가브리엘 카를 단테 로세티는 외형적인 것과 인간 간의 접촉, 그리고 오늘날 우리가 살고 있는 이 고급 문명을 구성하는

---

[35] "Highland Mary": 스코틀랜드의 낭만주의 시인 로버트 번즈(Robert Burns)가 1792년에 지은 시로, 번즈가 사랑에 빠졌던 메리 켐벨(Mary Campbell)이란 여인에 대한 사랑을 노래한 것이다.

모든 요소에 심오한 영향을 미친 인물이다.

맥마스터는 자신이 쓴 글을 자신이 기대했던 만큼의 즐거움을 느끼지 못한 채 읽었다는 사실과 서언을 읽은 다음 3쪽 중간에 있는 단락으로 넘어갔다는 사실을 깨달았다. 그는 무심코 행을 뛰어넘어 읽어갔던 것이다.

여기서 다루는 사람은 … 년도에 런던의 웨스턴 센트럴 자치구에서 탄생했다 …

이 말은 그에게 아무런 의미도 없었다. 그는 그 이유가 그날 아침 일을 자신이 극복하지 못해서 그렇다는 사실을 알고 있었다. 맥마스터는 온몸을 떨면서 마시던 커피 잔 너머로 티전스가 들고 있는, 혐오스러운 악녀가 굵은 펜으로 큼지막하게 쓴 청회색 편지를 바라다보았다. 티전스는 미친 사람처럼 맥마스터의 얼굴을 뚫어지게 바라보고 있었다. 회색의 참 볼품없는 모습이다! 코는 돼지기름의 거품처럼 허연 삼각형 모양이었다. 티전스의 얼굴이 바로 그랬다…
맥마스터는 명치를 한 대 맞은 것처럼 느껴졌다. 그는 티전스가 미쳐가고 있다고, 아니 미쳤다고 생각했다. 하지만 그런 생각은 이내 사라졌다. 티전스는 별 상관없다는 듯이 거만하게 보이려 했다. 티전스는 사무실에서 서부 지역에 있는 속령의 인구 이동에 관한 공식적 수치가 자신의 생각과는 다르다는 것을 레지날드 경에게 매우 강력하고도 무례하게, 마치 강연하듯이 이야기한 적이 있었다.

당시 레지날드 경은 그의 말에 상당히 감명받았다. 수치는 총독의 연설에, 혹은 질의에 대한 답변으로서 필요한 것이라면서, 레지날드 경은 그 위대한 사람에게 티젠스의 생각을 알려주겠다고 약속했다. 그렇게 하는 것이 이 젊은 사람에게 좋은 일이고 부서에도 영예가 되는 일이라고 생각했기 때문이었다. 그들은 총독부가 제공한 수치를 근거로 작업을 해야 하기 때문에 총독부에서 일하는 친구들의 오류를 순전히 두뇌를 사용하여 바로잡을 수 있다면 그것은 대성공이었던 것이다.

하지만 트위드 옷을 입고 있던 티젠스는 지적으로 보이는 손을 바보처럼, 또한 어색하게, 벌어진 통통한 두 다리 사이에 축 늘어뜨린 채, 선반 밑 거울 옆에 붙어 있는 불로뉴 항구의 컬러 사진을 바라다보고 있었다. 상기된 붉은 얼굴로 멍하니 있는 금발 머리의 티젠스가 지금 무슨 생각을 하는지 맥마스터는 알 수 없었다. 십중팔구 파장에 관한 수학적 이론이나 아르미니우스설[36]에 관한 누군가의 논문에 나타난 오류에 대해 생각하고 있을 것이다. 황당하게 들릴지 모르겠지만, 맥마스터는 티젠스의 감정에 대해 자신이 아는 게 거의 없다는 사실을 알고 있었다. 티젠스는 자신의 감정을 그에게 솔직하게 이야기한 적이 거의 없었기 때문이다. 정확히 말해 솔직하게 이야기한 적은 두 번 있었다. 결혼하기 위해 파리로 출발하기 전날 밤 티젠스는 그에게 이렇게 말했다.

---

[36] Arminianism: 그리스도의 죽음은 선택받은 자들만을 위한 것이 아니라 만인의 구원을 위한 것이라는 설.

"이보게 비니[37], 이건 뒷구멍으로 빠져나가려는 거야. 그 여잔 날 속였어."

후에 티전스는 다시 말했다.

"빌어먹을! 이 아이가 진짜 내 아이가 맞는지조차도 난 모르겠네!"

그의 마지막 속내 말에 맥마스터는 회복할 수 없을 정도의 충격을 받았다. 아이는 7개월 만에 태어난 데다, 몸이 몹시 아팠다. 아이에 대한 티전스의 서투른 애정이 너무도 확연해 맥마스터는 현재 벌어진 이 악몽 같은 일이 없었더라도, 함께 있던 이 둘의 모습에 가슴이 몹시 아팠다. 당시에 한 티전스의 속내 말은 맥마스터에게는 너무도 놀랍고 끔찍스러워서 거의 모욕처럼 느껴졌다. 티전스의 그런 속내 말은 동료에게가 아니라, 변호사나 의사, 혹은 성직자에게나 할 그런 종류의 말이었기 때문이었다. 어쨌든 이런 속내 말을 다른 사람에게 말할 때는 의례 공감을 얻기 위해서다. 하지만 티전스는 공감해주기를 바라지 않았다. 그는 냉소적으로 단지 이렇게 덧붙였다.

"아내는 고맙게도 내게 기분 좋은 의심을 품게 해주었네. 아내가 마찬트에게 그렇다고 말한 거나 진배없으니 말이네." 마찬트는 티전스의 유모였다.

마치 무의식 상태에서 정신을 놓은 것처럼, 갑작스럽게 맥마스터가 말했다.

"그가 시인이 아니라고 말하진 못하겠지!"

---

[37] Vinniy: 빈센트(Vincent)의 애칭. 맥마스터의 이름은 빈센트다.

사실 그는 이 말을 억지로 하였다. 객차 칸막이 방에 있는 강한 불빛을 통해 티전스의 앞머리 반과 뒷머리가 둥그렇게 허옇게 센 것을 보았기 때문이었다. 머리가 센 것은 몇 주 동안의 일인지도 모른다. 가까이 있는 사람의 변화는 알아채기 쉽지 않은 법이니 말이다. 금발에 생기 넘치는 안색을 지닌 요크셔 출신의 남자는 젊은 나이에도 머리가 희끗해지는 경향이 있다. 티전스는 14살 때에도 흰머리가 한 둘 있긴 했지만, 얼마 전 티전스가 크리켓 공을 던지려고 모자를 벗었을 땐 그의 흰머리가 햇빛에 확연히 드러났다.

맥마스터는 티전스가 자신의 아내가 보낸 편지에 충격을 받아 머리가 하얗게 셌다고 확신했다. 그것도 4시간 만에! 이 사실은 그의 마음속에서 끔찍한 일이 벌어지고 있다는 걸 의미하기 때문에 무슨 수를 써서라도 그가 다른 생각을 하도록 해야 한다고 맥마스터는 생각했던 것이다. 맥마스터는 무의식적으로 생각을 이어갔다. 현명했더라면 그는 화가이자 시인을 화제로 삼진 않았을 것이다.

티전스가 말했다.

"내가 그렇게 말했다고 생각난다고는 하진 않았네."

맥마스터에게 자신의 강인한 인종이 지닌 고집스러움이 생겼다.

"왜냐하면" 그는 글귀를 인용했다.

    우리 서로 나란히 서 있으니
    손만이 닿을 수 있으리.
    이 피곤한 세상이
    우리 둘 사이에 있는 것도 나쁘진 않아, 달콤하기도 해!
    마음이 아파도

영원한 작별을 고할 테야!
내 눈을 바라보는 그대의 슬픈 눈이
내 영혼을 유혹하지는 못할 테니까!

그는 말을 이었다. "자네는 이것이 시가 아니라고 말하진 못할 거네! 위대한 시지."

티전스는 경멸하는 듯한 어조로 대답했다. "그렇다고 말하진 못하겠네. 난 바이런의 시를 제외하곤 그 어떤 시도 읽지 않으니 말이네. 하지만, 이건 추잡한 그림이야…"

맥마스터는 확실치 않다는 듯이 말했다.

"내가 그 그림을 알고 있나? 그 그림이 시카고에 있나?"

"그런 게 아니네!" 티전스가 말했다. "하지만 거기에 있네!"

그는 갑자스럽게 화를 내며 말을 이었다.

"빌어먹을. 뭐 때문에 그처럼 간통을 정당화하려는 건가? 영국은 이런 일에 열광하고 있어. 자네는 세련된 부류의 인간으로 존 스튜어트 밀[38]이나 조지 엘리엇[39] 같은 사람들을 거론하지. 하지만 별 볼 일 없는 사람은 내버려두게. 최소한 나 같은 사람은 내버려두란 말이네! 난 평생 씻지도 않는 그 뚱뚱한 기름 덩어리 같은 인간을

---

[38] 존 스튜어트 밀(John Stuart Mill, 1806~1873)은 다른 사람의 아내인 테일러 부인(Harriet Taylor)을 만나 오랫동안 관계를 지속하고 그녀의 남편이 죽자 결혼한다. 법적으로 정당하지 못한 연애를 했다는 점에서 티전스가 여기서 거론하는 것이다.

[39] 조지 엘리엇(George Eliot, 1819~1880)은 19세기 영국 소설가로 결혼제도에 대해 부정적인 생각을 갖고 있으면서 유부남과 동거 생활을 오래 했다. 티전스가 조지 엘리엇을 거론한 이유는 여기에 있다.

생각만 해도 구역질이 나네. 입고 자던 속옷을 갈아입지도 않은 채, 기름이 덕지덕지 붙은 실내복을 입고, 곱슬머리의 싸구려 모델 혹은 아무개 부인 옆에 서서, 고약한 냄새가 나는 자신들과 썬피쉬, 샹들리에, 차가워진 베이컨 기름 덩어리가 붙은 구역질이 나는 접시를 비추고 있는 거울을 바라보면서 열정에 대해 떠들어대는 그런 인간들 말이네."[40]

맥마스터는 몹시 창백해졌고, 그의 짤막한 수염은 곤두섰다.

"자네가 어떻게… 어떻게 그런 말을 할 수 있나." 그는 더듬거리며 말했다.

"그렇게 말할 수 있지!" 티젠스가 대답했다. "하지만 자네에게 그렇게 말해서는 안 되겠지! 하지만 자네도 나한테 그런 일에 대해 말해선 안 되네. 그건 나에 대한 모독이니 말일세."

"분명, 시기가 적절하진 않았지." 맥마스터가 경직된 어조로 말했다.

"자네 말이 무슨 뜻인지 모르겠네." 티젠스가 대답했다. "그런 말은 언제 해도 적절하지 않네. 성공하기 위해선 지저분한 일도 해야겠지. 그건 자네나 나한테도 해당되는 일이야. 점잖은 점술가들도 가면 뒤에선 미소 짓는 법이네. 그들은 절대 서로에게 설교하려 들지 않아."

"자네가 하는 말은 점점 더 알 수가 없군." 맥마스터가 작게 말했다.

---

[40] 사랑과 열정이 부도덕한 것을 정당화시킬 수 없다고 역설하는 티젠스의 모습은 그가 얼마나 보수적이고 전통적 가치를 고수하는지 보여주고 있다.

"분명하게 말하지." 티젠스는 말을 이었다. "크레시 부인과 디 리무 부인의 호감을 사는 게 자네에게는 꼭 필요한 것이란 사실 나도 잘 알고 있네. 잉글비 경이 그 부인들의 말을 경청하니 말이야."

맥마스터가 말했다.

"빌어먹을!"

"그건 나도 동의하는 바이네." 티젠스는 계속했다. "나도 거기에 대해선 찬성한다는 말이네. 그건 우리가 늘 해온 게임이니 말이야. 그건 일종의 전통이야. 그러니 옳은 것이지. 그건 <재치를 뽐내는 여인들>[41]이 나온 이래로 받아들여져 왔던 것이고."

"자네는 나름의 표현 방식을 갖고 있군그래." 맥마스터가 말했다.

"그렇지 않네." 티젠스가 대답했다. "늘 문학적으로 표현하려고 미적대는 자네 같은 사람 마음에 내 말이 계속 남아 있는 건 내가 나름대로의 표현 방식이 없다는 의미일 테니 말이야. 하여튼 내가 하고자 하는 말은 바로 이것이야. 난 일부일처제를 지지하네."

맥마스터는 놀랍다는 듯이 "자네가!"라고 소리쳤다.

티젠스는 아무렇지도 않다는 듯이 "그렇다네"라고 대답하고는 말을 이었다.

"난 일부일처제와 순결을 지지하네. 그러니 거기에 대해선 더 이상 왈가왈부하고 싶지 않아. 물론 남자가 여자를 갖기 원한다면 가

---

[41] *Précieuses Ridicules*(1659): 17세기 프랑스 극작가 몰리에르(Molière)가 쓴 1막으로 된 풍자극. 시골에서 신분이 높은 남편감을 찾으러 프랑스 파리로 온 두 여자가 자신들이 거부한 신사들의 하인들에게 속아 그 하인들과 사랑에 빠지게 되고 결국 이를 알고 창피를 당하는 내용을 다루고 있다.

져도 되겠지. 거기에 대해서도 왈가왈부하지는 않겠네. 물론 여자를 취하지 않는 게 결국엔 더 좋을 거라 생각은 하네. 소다수를 탄 위스키를 두 잔은 먹지 않는 게 좋듯이 말이야."

"자네는 그걸 일부일처제이고 순결이라고 부르는 건가!" 맥마스터가 불쑥 말을 뱉었다.

"그렇다네." 티전스가 대답했다. "그렇게 부를 수 있을 거네. 그리고 어쨌든 그건 뒤끝이 없잖아. 혐오스러운 것은 스커트 포켓 부분을 더듬으면서 사랑이란 이름으로 장황하게 정당화하는 것이네. 자넨 감상주의적 일부다처제를 지지하는 것이네. 자네가 속한 그 클럽이 그 규정을 바꾸도록 자네가 할 수 있다면 그것도 괜찮아."

"난 자네 말을 이해하지 못하겠네." 맥마스터가 말했다. "그리고 아주 맘에 안 들어. 자네는 성적 문란을 정당화하는 것 같거든. 난 문란한 것은 싫네."

"아마도 내가 맘에 안 들 걸세." 티전스가 말했다. "예레미야[42]도 대개는 사람들이 맘에 들어하지 않았지 않은가. 하지만 거짓된 성적 도덕성에 대해선 20여 년을 논의해도 충분치 않네. 단테에 나오는 파올로[43]와 프란체스카[44]가 지옥에 가게 된 것은 아주 당연한 것이

---

[42] Jeremiahs: 성서에 나오는 선지자 예레미야는 회개하라는 설교를 하고 다녀 당시 유대인들의 왕과 사제 그리고 같은 유대인들로부터 배척과 학대를 받았다. 티전스는 자신이 올바른 말을 하기 때문에 예레미야처럼 배척을 당하고 있다고 말하는 것이다.

[43] 단테(Dante)의 『신곡』(La Divina Commedia)의 「지옥」 편에 등장하는 파올로 말라테스타(Paolo Malatesta)는 남편이 있는 프란체스카 다 포렌타(Francesca da Polenta)와 정분을 나누다 그녀의 남편에게 발각되어 살해당한다. 그 후 그는 지옥에 가게 된다.

네. 거기에 대해선 논란의 여지가 없어. 단테도 그들의 행위를 정당화하진 않았거든. 하지만 자네가 말하는 그자는 천국에 가고 싶어 푸념을 하지."

"그렇지 않았네." 맥마스터가 소리쳤다. 이에 티전스는 태연하게 말을 이었다.

"점원 출신이란 명분으로 평범한 젊은 여자를 유혹할 때마다 자신의 행동을 정당화하려고 책을 쓰는 자네 소설가 친구 있지 않나."

"브리그스가 지나쳤다는 것은 나도 인정하겠네." 맥마스터는 티전스 말에 동의했다. "리무 부인 집에서 지난 목요일에야 그 친구에게 말했네."

"난 특정인을 말하는 게 아니네." 티전스가 말했다. "난 소설을 읽지 않아. 난 단지 어떤 경우를 가정한 것뿐이네. 하지만 자네의 그 끔찍한 라파엘 전파[45]들의 경우보다는 더욱 분명한 경우를 말이네! 난 소설을 읽지 않아. 하지만 요새 경향이 뭔지는 알지. 자유와 남자의 권리라는 명분으로 별 관심을 끌지는 못하지만 예쁘장한 젊은 여자를 유혹하는 걸 정당화하고자 한다면, 차라리 그게 더 나을

---

[44] 『신곡』의 「지옥」편에 나오는 이탈리아 여성.
[45] 1848년 영국의 단테 가브리엘 로세티(Dante Gabriel Rossetti, 1828~1882), 존 밀레(John Everett Millais, 1829~1896), 윌리엄 헌트(William Holman Hunt, 1827~1910)가 중심이 되어 일으킨 예술 운동. 라파엘로(Raffaello, 1483~1520) 이전의 이탈리아 화가들의 작품에서 영감을 찾아내어 세밀하고 사실적인 수법을 다시 일으키고자 하여 '라파엘 전파'라고 불리었다. 이 중 단테 로세티는 시도 많이 썼는데 그의 시는 정신적인 아름다움을 추구한다면서도 실제로는 관능적인 미를 많이 담아 19세기 당대에 많은 비판을 받기도 했다. 하지만 당시 미술평론가 러스킨은 라파엘 전파에 대한 자세한 평론을 쓰며 예찬했다.

거야. 의기양양하게 여자를 정복했다고 단도직입적으로 떠벌리는 것이 더 낫고. 하지만…"

"자넨 이따금 농담이 지나쳐." 맥마스터가 말했다. "그러지 말라고 말한 적이 있었을 텐데."

"난 지금 아주 진지하게 말하고 있네!" 티젠스가 대답했다. "하층민들도 요새는 자신의 목소리를 내기 시작하고 있어. 그렇게 하지 못할 이유가 어디 있겠나? 이 나라에서 유일하게 건강한 사람들이 그들이거든. 이 나라를 구해야 한다면 바로 그들이 이 나라를 구할 걸세."

"그러고도 자네는 스스로를 토리주의자라고 자처하는 건가!" 맥마스터가 말했다.

"하층민들은" 티젠스는 약간의 동요도 없이 말을 이었다. "그러니까 중등 학교를 나온 사람들은 비정규적인 일시적인 단합을 원하네. 휴일에 그들은 스위스나 그와 비슷한 지역으로 가이드가 딸린 여행을 하네. 비 오는 오후에는 유쾌하게 서로의 등짝을 손바닥으로 때리고 에나멜페인트를 사방에 튀기면서 타일이 깔린 욕탕에서 시간을 보내면서 말이네."

"자네는 소설을 읽지 않는다고 했지만" 맥마스터가 말했다. "어디서 나온 글을 인용하고 있는 것 같군."

"난 소설을 읽지 않네." 티젠스가 대답했다. "단지 소설에 뭐가 나오는지 알고 있을 뿐이지. 어느 여류 소설가가 쓴 것을 제외하고는 18세기 이후 영국에서 나온 소설 중 읽을 가치가 있는 게 하나도 없거든. 하지만 에나멜페인트를 튀기는 그런 부류의 사람들이 문학

작품에 자신들이 등장하기를 원한다는 건 자연스러운 일이지. 왜 원하지 않겠나? 그것은 건강한 인간의 욕망인데다 요즘 인쇄비와 종이 값이 싸져서 그런 욕구를 쉽게 충족시킬 수 있게 되었는데 말이야. 그것은 분명히 건강한 욕망이네. 그 무엇보다도 건강하지." 그는 말을 멈추었다.

"무엇보다 그렇단 말인가?" 맥마스터가 물었다.

"생각 중이네" 티젠스가 말했다. "어떻게 해야 무례하지 않을 수 있을까 하고 말이네."

"자네는 무례하게 굴고 싶어 해." 맥마스터가 씁쓸히 말했다. "사색적이고… 신중하게 살아가는 사람들에게 말이야."

"정확히 바로 그거네." 이렇게 말하고는 티젠스는 어느 글을 인용했다.

> 그녀는 걷는다, 내 기쁨의 여인이자,
> 양치기 여인.
> 그녀는 신중하고 올바르다.
> 지켜야 할 자신만의 생각이 있으니.[46]

---

[46] 19세기 영국 시인 메이넬(Alice Meynell, 1847~1922)의 시 "The Lady of the Lambs"에 나오는 구절이다. 원문은 다음과 같다.
She walks, the lady of my delight,
A shepherdess of sheep;
She is so circumspect and right:
She has her thoughts to keep.

맥마스터가 말했다.

"크리시, 자네는 모든 것을 알고 있는 것 같군."

"그렇다네." 티젠스는 생각에 잠긴 듯 말했다. "난 그런 여자에게 무례하게 굴고 싶어 해야 한다고 생각하네. 하지만 무례해야 한다고 말하는 것은 아니네. 허나 그 여자가 예쁘다면, 혹은 그 여자가 자네와 유사한 영혼을 갖고 있다면, 그래서는 안 그러겠지. 내 말을 믿게나."

맥마스터는 크고 어색한 몸집의 티젠스가 자신의 기쁨인 여인 옆에서, 타소[47]와 치마부에[48]에 관한 이야기로 호감을 사려고, 기다란 풀과 양귀비가 있는 절벽 위를 걸어가는 모습을 갑작스럽게 떠올려 보았다. 그렇지만 그 여인은 티젠스를 좋아하지 않을 거라고 맥마스터는 상상해 보았다. 대체로 여자들은 그를 좋아하지 않았다. 그의 표정과 침묵이 사람을 놀라게 하기 때문이었다. 아니 여자들은 그를 미워했다. 아니면 아주 좋아했다. 맥마스터는 달래듯 말했다.

"그래, 자네 말을 믿을 수 있다고 생각하네!" 그는 이렇게 덧붙였다. "하지만 놀랍지는 않네…"

맥마스터는 사실 이렇게 말하려 했었다.

"실비아가 자네를 부도덕하다고 한 게 놀랍지 않네." 티젠스의 아내는 남편이 혐오스럽다고 말했기 때문이다. 그녀는 남편이 아무 말도 하지 않을 때는 지루하고, 말할 때는 부도덕한 견해를 말해서

---

[47] Tasso(1544~1595): 이탈리아의 서사 시인.
[48] Cimabue(1240~1302): 이탈리아의 화가·모자이크 기술자, 공예가.

미워하게 된다고 했다… 아직 말을 끝마치지 않은 티젠스는 다시 말을 이었다.

"어쨌든 전쟁이 일어나면 영국을 구할 사람들은 바로 이 보잘것없는 신사인 척하는 자들일 걸세. 그들은 자신들이 원하는 바를 알 용기와 그것을 말할 용기를 갖고 있으니 말일세."

"크리시, 자네는 때때로 진짜 구식이군. 어쨌든 이 나라에서 전쟁이 일어난다는 건 불가능하다는 것을 알아야 하네. 왜냐하면…" 그는 잠시 멈칫하더니 대담하게 말했다. "우리가, 그래, 신중한 계층인 우리가, 이 나라를 난관에서 구해낼 테니 말이야."

애쉬포드에 진입하기 전 기차가 멈출 것을 대비하여 속도를 늦추었을 때 티젠스는 이렇게 말했다. "이보게, 전쟁은 불가피하네. 그리고 이 나라는 전쟁 한복판에 있게 될 걸세. 그 이유는 바로 자네 같은 빌어먹을 위선자들 때문이야. 우리를 믿는 나라는 이 세상에 없거든. 어떻게 보면 우리는, 그러니까 자네 같은 자들은, 천국이라는 단어를 입에 달고 살면서 늘 간통을 저지르니 말이야." 그는 맥마스터가 쓴 글의 주제를 다시 조롱하고 있었다.

"그는 절대로" 맥마스터는 거의 더듬거리며 말했다. "천국에 가고 싶다고 푸념하지 않았네."

"아니, 그랬어." 티젠스가 말했다. "자네가 인용한 그 너저분한 시는 이렇게 끝나지."

  사랑할 수 없어,
   저 높은 천국에서

다시 만날 때까지 헤어질 수밖에 없기에,
마음은 아프지만.

이 일격을 두려워하고 있었던 맥마스터는 (맥마스터는 티전스가 이 시를 얼마나 많이, 혹은 조금 외우고 있는지 전혀 몰랐다) 의기소침해져서, 짐 올려놓는 선반에서 옷 가방과 타봉을 법석을 떨며 내려놓았다. 대개는 짐꾼에게 맡기는 일이었지만 말이다. 목적지 역에 기차가 근접했지만 기차가 완전히 멈출 때까지 꼼짝하지 않고 앉아 있던 티전스는 이렇게 말했다.

"그래, 전쟁은 불가피하네. 첫째, 신뢰할 수 없는 자네 같은 사람들이 있기 때문이고, 욕실과 흰 에나멜을 갖고 싶어 하는 사람들이 많기 때문이네. 단지 여기 있는 사람뿐만 아니라, 전 세계에 있는 수백만 명의 사람들 말이네. 하지만 고루 차례가 돌아갈 만큼의 욕실과 흰 에나멜은 세상에 없네. 그건 여자를 여럿 가지려는 자네 같은 사람들에게도 해당되지. 자네의 만족할 줄 모르는 욕정을 채워 줄 정도로 이 세상엔 여자가 충분치 않거든. 또 여자들을 만족시킬 정도의 남자도 이 세상에는 충분치 않고. 게다가 대부분의 여자는 여러 명의 남자를 원해. 그래서 이혼이라는 것이 있는 거고, 자네는 신중하기 때문에 더 이상 이혼은 없을 거라고 말하진 않겠지? 그래, 이혼처럼 전쟁은 불가피한 거네…"

맥마스터는 객차 창문 밖으로 머리를 내밀고는 짐꾼을 불렀다. 플랫폼에는 멋진 검은 외투를 입고 심홍색이나 붉은 보석 상자를 들고선, 후드 안에서 펄럭이는 속이 비치는 실크 스카프를 멘 수많은 여자들이, 허리를 곧게 펴고 짐을 든 하인들의 안내로, 라이로 가는 지선 열차를 타러 가고 있었다. 그중 두 명이 티전스에게 고개를 끄덕였다.

맥마스터는 옷을 신경 써 입은 게 정말 잘했다는 생각이 들었다. 기차 여행을 할 때 누구를 만나게 될지 알 수 없기 때문이다. 바로 이런 점이 그가 인부처럼 보이는 걸 선호하는 티전스와 확연히 다른 점이었다.

키 크고 머리가 허연, 흰 수염을 기른 붉은 뺨의 남자가 절룩거리며 승무원실에서 커다란 가방을 꺼내고 있는 티전스를 향해 걸어갔다. 그는 티전스의 어깨를 툭 치며 말했다.

"이보게, 자네 장모님은 안녕하신가? 레이디 클라우딘이 알고 싶어 한다네. 자네가 오늘 라이에 갈 거라면 와서 좀 이야기를 나누자고 하더군." 그의 눈은 몹시 파랗고 순진해 보였다.

티전스가 말했다.

"안녕하십니까, 장군님." 그러곤 이어 말했다. "장모님은 훨씬 좋아지셨습니다. 많이 회복하셨죠. 여기는 맥마스터 씨구요. 하루 이틀 뒤 처를 데리러 건너갈 작정입니다. 처와 장모님 둘 다 롭샤이트에 있거든요. 독일식 온천이 있는 곳 말입니다."

장군이 말했다.

"잘됐네. 하지만 젊은 사람이 혼자 지내는 건 좋지 않아. 실비아에게 내 인사를 전해주게. 자네는 행운아야. 실비아는 진짜 좋은 사람이니 말일세." 그는 다소 간곡한 어조로 말을 이었다. "내일 넷이서 포섬[49] 하지 않겠나? 폴 샌드바크가 넘어져서 나처럼 등이 굽었다네. 그래서 우린 싱글로는 한 라운드를 다 돌 수가 없어."

"그건 장군님 잘못입니다." 티젠스가 말했다. "제가 말씀드린 접골사를 찾아가셨어야죠. 맥마스터에게 주선해 달라고 하세요. 그래 주겠나?" 이렇게 말하곤 티젠스는 어두컴컴한 승무원용 차량에 올라갔다.

장군은 맥마스터를 꿰뚫어보듯 재빨리 살펴보았다.

"자네가 바로 맥마스터인 모양이군." 그는 말했다. "크리시와 같이 있는 걸 보면 말이야."

높은 톤의 목소리가 들려왔다.

"장군님! 장군님!"

장군이 말했다. "자네가 폰더랜드[50]에 대해 쓴 기사에 나온 수치에 관해 자네와 이야기를 한번 나누고 싶네. 수치는 맞아. 하지만 그렇다면… 우리는 그 빌어먹을 놈의 나라를 잃게 돼. 하여튼 오늘 밤 저녁 식사 후 그 점에 관해 이야기를 한번 나누어보세. 레이디 클라우딘 집으로 오지 않겠나?"

맥마스터는 자신의 옷차림이 또다시 만족스러웠다. 티젠스가 청소부처럼 보이는 것은 괜찮다. 그는 본래 이 계층 사람이니 말이다. 하지만 자신은 그렇지 않다. 자신은 어느 정도 권위적이어야 하며, 권위 있는 사람은 금으로 된 넥타이 링을 하고, 검은 모직물로 된 옷을 입어야 한다. 에드워드 캠피언 장군에게는 공직자들의 월급과

---

[49] foursome: (골프) 네 사람이 두 패로 갈려 하는 경기.
[50] Pondoland: 남아프리카의 인도양에 면한 해안 지역.

승진을 결정하는 재무부의 상임 수장인 아들이 하나 있었다. 티젼스는 자신의 커다란 여행 가방을 객차 창문 안으로 던져 놓고는, 라이행 기차 옆을 따라 달리다가 간신히 기차 발판 위에 휘청거리며 올라탔다. 맥마스터는 자신이 그랬다면 기차역 승무원 중 반은, "거기, 가까이 가지 마시오"라고 소리쳤을 거라고 생각했다.[51]

티젼스가 그랬기 때문에 역장은 객차 문을 열어주기 위해 말을 타고 질주해 왔다. 그러곤 떠날 때 웃으면서 이렇게 말했다.

"잘 잡으셨습니다!" 여기는 크리켓을 잘하는 마을이었던 것이다.

"진짜 잘 잡았군." 맥마스터는 어느 글에 나온 구절을 읊었다.

신은 사람들에게 각기 다른 운명을 부여했다.
누구는 정문으로 들어가지만, 누구는 그렇지 않다!

---

[51] 맥마스터는 티젼스가 상류층 사람이기에 다른 사람들이 그의 무모한 행동도 용서한다고 생각하며 가난한 스코틀랜드 출신인 자신과의 신분 차이에 대해 민감하게 생각하고 있다. 맥마스터의 이런 생각은 티젼스를 대하는 역장의 태도를 보면 틀리지 않다는 것을 알 수 있다.

2

　새터스웨이트 부인은 자신의 프랑스 출신 하녀와 사제, 그리고 평판이 좋지 않은 베이리스라는 이름의 젊은 남자와 함께 롭샤이트로 와 타우누스[52]의 소나무 숲에 있는, 잘 알려지지 않아 사람들이 잘 찾지 않는 공기 좋은 리조트에 있었다. 새터스웨이트 부인은 패션에는 매우 민감했지만 매사엔 아주 무관심했다. 그녀가 유일하게 화를 내는 순간은 누군가가 그녀의 식탁에서 그녀가 좋아하는 그 유명한 블랙 함부르크 포도를 껍질도 벗기지 않고 먹을 때였다. 리버풀[53] 빈민가에서 일하던 콘셋 신부는 3주의 휴가를 시끌벅적하고 멋지게 보내려 여기로 왔다. 딱 달라붙는 푸른색 서지로 만든 옷을 입고 있던 베이리스는 깡마른 금발의 멋쟁이지만 결핵에 걸려 거의 죽음에 이를 정도였고, 돈 한 푼 없지만 입맛은 비싸서 하루에 한 번씩 3리터가량의 우유를 마시며 예의 바르게 행동했다. 표면상으로 그는 새터스웨이트 부인의 편지를 써주려고 여기 왔지만, 부인은

---

[52] Taunus: 독일의 중부 프랑크푸르트(Frankfurt) 서쪽의 라인강(Rhine) 동쪽 연안의 산지.
[53] Liverpool: 잉글랜드 북서부 머지사이드주(Merseyside)의 주도.

결핵에 감염될까봐 그를 자신의 방에 얼씬도 하지 못하게 했다. 따라서 베이리스는 콘셋 신부를 점점 더 존경하게 되는 데서 기쁨을 누려야 했다. 아주 커다란 입에 툭 튀어나온 광대뼈, 단정치 못한 검은 머리에, 깨끗해 보이지 않는 넓은 얼굴과 너무나 더러워 보이는 손을 항상 흔들어대는 이 신부는 한시도 가만히 있지 못했는데, 그는 아일랜드인의 삶을 다룬 오래된 영국 소설에서 말고는 거의 들어보지도 못했을 아일랜드 사투리를 썼다. 그는 늘 웃어댔는데 그 소리는 증기로 움직이는 회전목마에서 나는 소음 같았다. 간단히 말해 그는 성인(聖人)이었고, 베이리스는 그 사실을 알고 있었다. 어떻게 알았는지는 알 수 없지만 말이다. 새터스웨이트 부인의 재정적 도움으로 베이리스는 콘셋 신부의 자선물품 분배 담당원 역할을 하며, 뱅상 드 폴[54]의 종규(宗規)를 받아들였고, 장식적이지만 아주 멋진 종교적인 시를 쓰기도 했다.

이들은 이처럼 매우 행복하고 순진한 집단이었다. 새터스웨이트 부인은 잘생기고 호리호리한, 몹시 평판이 좋지 않은 젊은 남자들에게 관심(이것이 그녀가 지닌 유일한 관심이었다)이 있었다. 부인은 그들을 기다리거나, 혹은 그들을 기다릴 자신의 차를 교도소 문 앞으로 보냈다. 또한 부인은 그들의 멋진 의류를 최신의 것으로 바꾸어 주고 멋진 시간을 보낼 수 있도록 충분한 돈도 주었다. 예상과는 달리 (종종 이런 일이 일어나기도 했다) 그들의 일이 잘 풀리면 그

---

[54] St. Vincent de Paul(1581~1660): 프랑스 가톨릭교회의 자선가로 빈센트 수도회의 창립자이다. 1737년에 시성(諡聖)되어 모든 자선 사업의 수호성인이 되었다.

녀는 기뻐했다. 때로 부인은 휴가가 필요한 사제와 함께 그들을 방탕하게 놀 수 있는 곳으로 보내거나, 영국 서쪽 지역에 있는 자신의 저택으로 불러들였다.

그들은 좋은 친구였고 모두 행복해했다. 롭샤이트에는 커다란 베란다가 있는 빈 호텔과 회색 기둥이 있는 사각 모양의 하얀 농가가 여러 채 있었다. 그 농가의 박공에는 파랗고 노란 꽃다발과 진홍색 사슴에게 총을 쏘는 주홍색 사냥꾼이 그려져 있었다. 그것들은 키 큰 풀밭에 세워진 화려한 마분지로 만든 상자처럼 보였다. 거기서부터 소나무 숲이 시작되는데 언덕 위아래로 몇 킬로미터가량 묵직한 갈색의 기하학적 모양으로 숲이 이어졌다. 시골 소녀들은 검은 벨벳으로 만든 조끼와 흰 보디스, 페티코트를 입고 있었고, 우스꽝스럽고도 얼룩덜룩한 빵 모양 머리 장식을 하고 있었다. 그들은 걸을 때 나란히 4열에서 6열로 다녔다. 흰 양말과 펌프스[55]를 신은 그들은 천천히 걸으면서 근엄하게 머리 장식을 끄덕거렸다. 푸른 블라우스와 짧은 바지를 입은 젊은 남자들은 일요일에는 삼각 모자를 쓰고 합창을 부르면서 그들 뒤를 따라갔다.

프랑스 출신 하녀는 새터스웨이트 부인이 자신의 하녀 대신 뒤세스 드 까르봉 샤또 에로에게서 빌려온 사람이었다. 처음 여기 왔을 때 그녀는 따분하다고 생각했지만, 총과 자신의 팔만큼이나 긴 금씌운 사냥칼을 지니고, 회녹색의 가벼운 유니폼을 입고, 금도금한 배지와 단추를 단, 멋지고 키 큰 금발의 젊은 남자와 엄청난 연애를

---

[55] pumps: (무도용) 끈 없는 가벼운 신.

하게 된 뒤에는 자신의 운명을 받아들였다. 젊은 포스터가 자신에게 총을 쏘려 했을 때, 그녀는 "에 뿌르 코즈"[56]라고 말하며 황홀해했고, 이를 본 새터스웨이트 부인은 재미있어 했다.

새터스웨이트 부인, 콘셋 신부, 베이리스, 이 세 사람은 크고 어두운 호텔 식당에서 브리지[57]를 하고 있었다. 자신의 오른쪽 허파를 살릴 마지막 기회로 여기 온, 아부 잘하는 금발의 젊은 해군 중위와 온천 치료를 담당하는 수염 기른 의사가 끼어들었다. 느릿느릿 힘들게 숨을 쉬던 콘셋 신부는 이따금 시계를 쳐다보고는, 아주 빠르게 카드 게임을 하면서 소리쳤다. "퍼뜩 합시다. 12시가 거의 다 됐는데. 제발 퍼뜩 합시다." 베이리스가 자기 패를 보여줄 차례가 되자, 신부가 소리쳤다. "삼이네. 그럼 으뜸패 없는 승부가 되겠군. 내가 필요한 트릭 수만 갖고 콘트랙트를 해야겠어. 위스키에 소다수를 넣어 한 잔 퍼뜩 주이소. 접때처럼 쏟지 말고." 엄청 빨리 손을 놀리던 그는 마지막 석 장의 카드를 내려놓으며 이렇게 소리쳤다. "내가 둘 잃었지만, 물주가 낸기랑 똑같은 패를 갖고 있었으면서도 딴 패를 낸기라." 그는 소다수를 탄 위스키를 벌컥 마시고는 시계를 보며 소리쳤다. "정각에 끝냈네! 보이소, 의사 선생, 승부를 끝내 주이소." 다음날 이 지역 신부 대신 미사를 집전하기로 되어 있던 콘셋 신부는 미사를 집전하기 전날 자정부터는 금식해야 하고 카드놀이는 하면 안 되었던 것이다. 하지만 브리지 게임은 콘셋 신부가 무척 좋아

---

[56] et pour cause: (프랑스어) '그럴 수밖에 없다', '당연하다'의 의미.
[57] bridge: 카드놀이의 일종.

하는 유일한 게임이었다. 피곤한 삶에서 그가 즐길 수 있는 시간은 1년에 2주뿐이었다. 휴가 때면 그는 10시에 일어났는데, 11시에는 누군가 "신부님을 위해 네 사람이 모였습니다."라고 말했다. 2시부터 4시까지 그들은 숲을 거닐었지만 5시만 되면 누군가 다시 "신부님을 위해 네 사람이 모였습니다."라고 말하고, 9시에도 "신부님, 브리지 하지 않으시렵니까?"라는 말을 했다. 그러면 콘셋 신부는 입이 귀에 걸릴 정도로 웃으며 이렇게 말했다. "이 보잘것없는 늙은이한테 잘 해주어 참말로 고맙소. 내중에 천국서 보상받을 거요."

나머지 네 사람은 엄숙하게 카드 게임을 계속했다. 신부는 새터스웨이트 부인 뒤에 앉아 그녀의 목덜미에 자신의 턱을 올려놓았다. 가만히 있을 수 없는 순간에 그는 새터스웨이트 부인의 어깨를 잡고 소리쳤다. "퀸을 내놔야지." 이렇게 말하곤 그녀의 등 뒤에서 가쁜 숨을 내쉬었다. 새터스웨이트 부인은 다이아몬드 2를 내놓았다. 신부는 몸을 뒤로 젖히곤 신음했다. 부인은 어깨 너머로 이렇게 말했다.

"신부님, 오늘 밤 이야기를 좀 나누고 싶은데요." 이렇게 말하곤 이 3승제 게임에서의 마지막 점수를 땄냈다. 17점을 따고는 의사에게서 50점, 해군 중위에게서 8점을 얻어냈던 것이다. 의사가 소리쳤다.

"그런 어마어마한 점수를 빼앗아가고 그냥 가시면 안 됩니다. 셋이 게임을 하면 베이리스 씨에게 몽땅 털릴 게 분명하니까요."

검은 실크 옷을 입은 새터스웨이트 부인은 딴 돈을 검은 견수자로 만든 자신의 검은 핸드백에 넣고는 신부와 함께 어두컴컴한 식당을 지났다. 파라핀 등과 니스 칠을 한 리기다소나무 냄새가 풍기는 로열 스태그[58]의 뿔이 걸린 문 밖에서 부인이 말했다.

"신부님, 제 거실로 와주세요. 탕아[59]가 돌아왔답니다. 실비아가 지금 여기 와 있어요."

신부가 말했다.

"저녁 묵고 실비아를 본 거 같기는 한데. 남편한테 돌아갈 모양이제. 세상 살기 참 힘들구만."

"참 못된 아이예요!" 새터스웨이트 부인이 말했다.

"낸 실비아를 9살 때부터 알았소." 콘셋 신부가 말했다. "내가 신도들에게 실비아를 칭찬한 것은 실비아의 어린애 같은 맴 때문이었소." 그는 말을 이었다. "하지만 이 일로 충격을 받아가 내가 공정하지 못한 건 아닌가 싶소."

그들은 천천히 계단을 올라갔다.

새터스웨이트 부인은 등나무 의자 가장자리에 앉으며 말했다. "글쎄요!"

부인은 마차 바퀴처럼 커다란 검은 모자를 쓰고 있었다. 그녀의 의상은 실크로 된 수많은 사각형으로 이루어진 것 같았다. 그녀의 안색은 원래 윤기 없는 흰색이었지만 20년 동안 화장을 하는 바람에 보라색이 감돌게 되었다고 생각해서인지, 롭샤이트에 있을 때처

---

[58] royal stag: 뿔이 12개 이상 난 사슴.
[59] 「누가복음」 15장에는 유산을 미리 상속받아 탕진한 뒤 굶주림에 고통받다가 아버지에게 돌아가는 탕아의 이야기가 나온다. 여기서 실비아를 새터스웨이트 부인은 이 돌아온 탕아에 비유하고 있는 것이다.

럼 절대로 화장을 하지 않을 때는, 보라색이 도는 얼굴색을 상쇄시키기 위해, 또 자신이 상중이 아니란 걸 보여주기 위해 견수자로 만든 암갈색 리본을 여러 군데 맸다. 그녀는 키가 몹시 크고 말랐는데, 검은 눈 아래에는 암갈색의 엄지손가락 자국이 나 있었다. 그녀의 눈은 때로는 몹시 피곤해 보였고, 때로는 만사에 무관심한 것처럼 보이기도 했다.

콘셋 신부는 뒷짐을 지고 고개를 숙인 채, 별로 잘 닦이지 않은 마루 위를 이리저리 거닐었다. 상당히 더러워진 모조 백랍으로 만든 촛대에 끼어 있는 두 개의 초가 희미한 빛을 발하고 있던 그곳에는, 붉은 플러시 천으로 만든 쿠션과 받침대가 있는 싸구려 마호가니 가구, 싸구려 카펫이 덮여 있는 탁자와 돌돌 말려 있거나 그냥 펼쳐진 종이 뭉치가 놓여 있는 접이식 뚜껑이 달린 미국 스타일 책상이 있었다. 하지만 주변에 무관심한 새터스웨이트 부인은 서류를 올려놓을 가구 하나만 있으면 된다고 생각했다. 부인은 정원이 아니라 온실에서 재배한 꽃을 원했지만 롭샤이트에는 온실에서 재배한 꽃이 없었기 때문에 아무런 꽃도 들여놓지 않았다. 그녀는 거의 사용하지는 않았지만 편안한 긴 의자를 원했다. 하지만 이 당시 독일 제국[60]에는 편안한 의자가 없었기 때문에 정 피곤하면 그녀는 침대에 누웠다. 이 방의 벽면은 단말마의 고통을 겪는 동물들 그림으로 뒤덮여 있었다. 눈 위에 붉은 핏방울을 떨어뜨리며 죽어가는 뇌조,

---

[60] 1871년의 통일 제국 성립에서 1919년 제1차 세계 대전 종결까지의 제정 독일을 지칭.

머리가 뒤로 젖혀진 채 목에서 붉은 피를 쏟아내며 흐릿해지는 눈을 하고 죽어가는 사슴, 푸른 풀 위에 붉은 피를 흘린 채 죽어가는 여우들의 그림들이 있는데, 이 모두가 사냥감을 나타내고 있었다. 이 호텔은 과거 제정 러시아 황태자의 사냥 막사였으나 지금은 영국 손님들의 마음에 들도록 니스 칠을 한 리기다소나무와 욕실, 베란다, 그리고 매우 현대적인 요란한 화장실 설비를 새로 갖춘 호텔로 탈바꿈한 것이었다.

새터스웨이트 부인은 곧 어딘가로 가려는 듯한, 혹은 이제 막 들어와서 곧바로 물건을 챙겨 떠나려는 듯한 태도로 의자 가장자리에 앉았다. 그녀가 말했다.

"오늘 오후에 그 아이에게서 전보가 왔어요. 그래서 그 아이가 올 거라는 걸 알았죠."

콘셋 신부가 말했다.

"내도 선반에 있는 그 전보를 보았소. 미심쩍게 생각허기는 했지만 말이오." 그는 말을 이었다. "아이구! 결국 내 그 일에 대해 말하게 됐군. 인쟈는 말이요."

새터스웨이트 부인이 말했다.

"이건 다 제가 의도한 것이니 제가 나쁜 사람이에요."

콘셋 신부가 말했다.

"그랬소? 그게 다 부인 피를 이어바다가 그리된 거 같소. 바깥분은 좋은 사람이었으니 말이오. 하지만 못된 여자 문제에 대해선 낸 한 번에 한 가지 이상 생각하지 못하오. 내가 성 안토니오[61]도 아니고… 그 젊은 친구가 실비아를 데리가겠답니까?"

"조건부로요." 새터스웨이트 부인이 말했다. "오늘 저하고 이야기하러 여기 오기로 되어 있어요."

신부가 말했다.

"새터스웨이트 부인, 이 보잘것없는 늙은 사제한테는 혼인에 관한 교회법이 참말로 가혹해 보이오. 그래 과연 우리가 헤아릴 수 없는 지혜를 담고 있는지 의구심이 들 때가 있소. 그래 낸 그 젊은 친구가 개신교도의 이점62(참말로 그런 이점이 있소!)을 이용해가 실비아와 이혼했음 싶소. 저기 내 신도들 사이에서도 그런 가혹한 일이 벌어지는 것을 보곤 하니 말이오…" 그는 저 너머 어딘가를 향해 모호한 몸짓을 했다. "사람 맴은 사악해가 가혹한 일들도 많이 봤소. 근데 이 젊은 친구보다 더 가혹한 운명은 본 적이 읎소."

"신부님 말씀처럼" 새터스웨이트 부인이 말했다. "제 남편은 좋은 사람이었어요. 그런데도 전 그 사람을 미워했죠. 하지만 거기엔 저뿐만 아니라 제 남편 잘못도 있었어요. 아니 남편 잘못이 더 많았어요! 크리스토퍼가 실비아와 이혼하지 않기를 바라는 유일한 이유는 제 남편의 명성에 흠이 될까 해서에요. 그리고 또…"

신부가 말했다.

"내 충분히 들은 것 같소."

"실비아를 위해 변명을 좀 해야 할 것 같아요." 새터스웨이트 부

---

61 성 안토니오(St Anthony, 250~356): 엄격한 금욕 생활을 하며 악마의 유혹을 물리치고 기적을 행했다고 전해지는 성인. 화재, 병자, 가축, 특히 돼지의 병액을 보호하는 수호성인이다.
62 가톨릭은 이혼을 허용하지 않지만 개신교는 이혼을 허용하는데, 신부는 이것을 개신교의 이점으로 보고 있다.

인은 말을 이었다. "여자는 남자가 미울 때가 있어요. 실비아가 자기 남편을 미워하듯 말이에요… 저도 남편 뒤에 가서 제 손톱으로 남편의 목덜미를 할퀴고 싶은 충동에 비명을 지를 뻔한 적도 있었으니까요. 그건 저항할 수 없을 정도로 강력한 충동이었어요. 하지만 실비아의 경우엔 더 심각해요. 그 아인 본성적으로 반감을 품고 있으니까요."

"해여간 여자들이란!" 콘셋 신부는 화가 나 고함쳤다. "여자들이 와이라는지 모르겠소! 교회법에 따라 남편 아를 갖고 올케 살라면 그런 맴 가지면 안 되는 기요. 그런 이상 심리가 생기는 건 비정상적으로 살아왔기 때문이오. 내 신부이긴 해도 그런 걸 모를 거라꼬 생각진 마이소."

새터스웨이트 부인이 말했다.

"하지만 실비아에겐 아이가 있어요."

콘셋 신부는 마치 총에 맞은 듯 비틀거렸다.

"누구 아요?" 그는 지저분한 손가락으로 상대방을 가리키며 물었다. "드레이크라는 그 악당 자슥 아입니까? 진즉부터 그런 생각이 들던데."

"아마 드레이크의 아이일 거예요." 새터스웨이트 부인이 말했다.

"그렇다면" 신부가 말했다. "내중에 어떤 고통을 겪게 될지 알면서도, 우째 그 괜찮은 젊은 친구에게 그래 사악한 죄가 가져올 고통을 겪게 하려는 것이오?"

새터스웨이트 부인이 말했다. "그 일을 생각하면 저도 이따금씩 몸이 떨려요. 제가 그 사람을 속이는 데 일조했다고는 오해 마세요.

하지만 저도 그걸 막을 수는 없었어요. 실비아는 제 딸이니까요. 동족끼리는 서로 해치지 않는 법이잖아요."

"그래야 할 때도 있는 것이오." 콘셋 신부가 경멸스럽다는 듯이 말했다.

새터스웨이트 부인이 말했다. "제가 아무리 무관심하다 해도, 그래도 명색이 어미인데, 딸아이가 유부남 때문에 곤란한 상황에 처한 상황에서, 신이 준 기회인 결혼을 막아야 했다고 말씀하시는 거예요?"

사제가 말했다. "피커딜리[63]를 돌아댕기는 비행소녀들이 저지르는 일에 그 신성한 이름을 들먹거리지는 마이소." 그는 잠시 말을 멈추었다 다시 이었다. "그리고 부인이 무엇을 해야 했다, 혹은 하지 말아야 했다는 식의 질문에 답해달라고 하지도 마이소. 부인도 알다시피 낸 부인 남편을 내 형제처럼 사랑했소. 그리고 부인과 실비아를 그 아이가 꼬마일 때부터 사랑해왔소. 내가 부인의 영적 충고자가 아이고 기냥 친구인 게 을매나 다행인지 모르오. 그랬으면 부인의 질문에 내가 할 수 있는 답은 오직 한 가지밖에 없을 터이니 말이오." 그는 잠시 말을 멈추고는 이렇게 물었다. "그런데 실비아는 지금 어데 있소?"

새터스웨이트 부인이 소리쳤다.

"실비아! 실비아! 이리와 보거라!"

---

[63] Picadilly: 런던의 하이드 파크 코너(Hyde Park Corner)와 헤이마켓(Haymarket) 사이에 있는 번화가.

어둠 속의 문이 열리더니, 문손잡이를 한 손으로 잡고 있는 키 큰 사람의 등 뒤에서 다른 방에서 나온 불빛이 흘러나왔다. 아주 나지막한 목소리가 들려왔다.

"어머니가 왜 군대 식당 같은 방에서 지내는지 이해하지 못하겠어요." 실비아는 몸을 흐느적거리며 방에 들어와서는 말을 이었다. "하지만 그게 중요한 건 아니에요. 전 단지 지루할 뿐이에요."

콘셋 신부가 신음 소리를 냈다.

"맙소사. 안젤리코 신부가 그린 성모 마리아[64]처럼 생겼군."

몹시 키가 크고, 호리호리한 실비아는 귀까지 내려오는 커다란 머리띠로 붉은색이 감도는 금발을 묶은 채 천천히 움직였다. 그녀의 갸름하고 균형 잡힌 얼굴에는 10년 전 유행의 첨단을 걷는 파리 창녀들의 관심 없다는 식의 표정이 엿보였다. 실비아 티젠스는 자신이 원하는 곳은 언제든 갈 수 있는 특권과 모든 남자를 자신의 발아래에 둘 특권이 있다고 생각했기 때문에 얼굴 표정을 바꾸거나 20세기 초반의 평범한 미인들이 지닌 생기 어린 표정을 지을 필요가 없다고 생각했던 것이다. 그녀는 문간에서 나와 천천히 움직이면서 등을 벽에 대고 나른한 듯 소파에 앉았다.

"신부님이 계셨군요." 실비아가 말했다. "악수하자고 하진 않겠어요. 해주시지 않을 테니까요."

---

[64] 이탈리아 화가인 구이도 디 피렌트로(Guido di Pietro)를 말한다. 그의 별칭은 안젤리코 신부(Fra Angelico) 즉 '천사 같은 신부'인데, 그가 그린 종교화에는 <수태 고지>(受胎告知), <성모 대관>(聖母戴冠) 등 성모 마리아를 소재로 한 것이 많이 있다.

"내가 신부니" 콘셋 신부가 대답했다. "거절은 못하겠지만, 하고 싶지는 않다."

"여기는 진짜 지루한 곳 같아요." 실비아가 다시 말했다.

"내일이면 그래 말할 수 없을 끼다." 신부가 말했다. "젊은이 둘이… 네 모친의 하녀에게서 경관처럼 널 떼어낼 테니!"

"그것은" 실비아가 대답했다. "가혹할 수도 있겠네요. 하지만 전 아무렇지도 않아요. 전 이제 남자들과는 끝냈으니까요." 그러더니 갑자기 이렇게 덧붙였다. "어머니도 젊었을 때 남자들과의 관계를 끝냈다고 하지 않으셨어요? 분명하게요! 진짜 그렇게 하려고 하셨죠?"

새터스웨이트 부인이 말했다.

"그랬지."

"그 말을 지키셨죠?" 실비아가 물었다.

새터스웨이트 부인이 말했다.

"그래."

"저도 그럴 거라고 생각하세요?"

새터스웨이트 부인이 말했다.

"너도 그럴 것 같구나."

실비아가 말했다.

"어머나!"

신부가 말했다.

"네 남편이 보낸 전보를 한번 보고 싶구나. 실제로 전보를 보는 건 또 다르지."

실비아는 가볍게 일어났다.

"보시지 말아야 할 이유도 없지요." 그녀는 말했다. "하지만 읽어보시면 즐겁지는 않으실 거예요." 그녀는 천천히 문을 향해 걸어갔다.

"즐거운 일이라믄" 신부가 말했다. "내한테 보여주겠나."

"그래요, 그러면 보여드리지 않을 거예요." 실비아가 말했다.

고개를 수그린 채 어깨 너머로 바라다보는 실비아의 실루엣이 문간에 비쳤다.

실비아가 말했다. "신부님과 어머니 두 분은 황소를 위해 황소가 참을 만한 삶을 살도록 하기 위해 거기 앉아 음모를 짜고 계셨군요. 전 제 남편을 황소라고 불러요. 제 남편은 몸이 부풀어 오른 동물처럼 참 혐오스럽죠. 하여튼… 하지만 그렇게 하시진 못할 거예요."

불이 켜진 문간에서 실비아가 떠났다. 콘셋 신부는 한숨을 쉬었다.

"여기는 사악한 곳이라고 내 말 안 했습니까." 그가 말했다. "이런 깊은 숲속이 아니라 딴 데 있었다믄 실비아가 이래 못된 생각을 하진 않았을낀데."

새터스웨이트 부인이 말했다.

"신부님, 그런 말씀 마세요. 실비아는 어디에 있더라도 사악한 생각을 할 거예요."

신부가 말했다. "때때로 악마가 발톱으로 곁문을 긁는 소리가 들리는 것 같소. 여기는 유럽에서 가장 마지막으로 기독교화가 될 수 있을 곳 같소. 아니 절대로 기독교화되지 않을지도 모르지. 아직도 여기엔 악마들이 있으니 말이오."

새터스웨이트 부인이 말했다.

"낮이라면 그렇게 말씀하셔도 좋아요. 여기가 더 낭만적으로 느껴질 테니까요. 하지만 지금은 거의 밤 1시가 되었으니 그런 말씀 마세요. 게다가 상황도 아주 안 좋고요."

"여기엔 악마들이 있소." 콘셋 신부가 말했다. "악마들이 한창 일을 벌이고 있단 말이오."

실비아는 전보가 적힌 몇 장의 종이를 들고 방으로 돌아왔다. 근시안인 콘셋 신부는 전보를 읽으려고 전보를 촛불 가까이에 가져갔다.

"남자들은 모두 혐오스러워요." 실비아가 말했다. "어머니도 그렇게 생각하지 않아요?"

새터스웨이트 부인이 말했다.

"난 안 그래. 못된 여자들이나 그런 소리 하는 거야."

"반더데켄 부인은" 실비아는 말을 이었다. "남자들은 모두 혐오스러운 존재라서 남자들과 같이 사는 건 구역질 나는 일이라고 했어요."

"너 아직도 그 못된 여자를 만나고 다니니?" 새터스웨이트 부인이 말했다. "그 여잔 러시아 스파이야. 아니 그보다 더 못된 여자야!"

"그분은 고싱고에 내내 있었어요." 실비아가 말했다. "그렇게 신음까지 할 필요는 없어요. 그분이 우리를 밀고하진 않을 테니까요. 그분은 명예를 소중히 여기는 분이에요."

"내가 신음 소리를 냈다면 그것 때문이 아니었다." 새터스웨이트 부인이 말했다.

전보를 읽던 신부가 소리쳤다. "반더데켄 부인이라꼬! 그런 사람은 절대 만나믄 안 된다!"

소파에 앉아 있던 실비아는 나른하면서도 믿을 순 없지만 재미있다는 표정을 지었다.

"그분에 대해서 무엇을 알고 계시나요?" 실비아가 신부에게 물었다.

"니가 아는 건 내 다 안다." 신부가 대답했다. "그걸로 충분하다."

"콘셋 신부님이" 실비아가 자신의 모친에게 말했다. "다시 사람들을 만나시나 보죠?"

"인간 겉지 않다는 말을 안 들을라믄 인간 겉지 않은 것들과 어울리믄 안 된다." 콘셋 신부가 말했다.

실비아는 자리에서 일어나며 말했다.

"제가 입 다물고 신부님 설교를 듣기 원하신다면 제 친한 친구들 험담은 그만두세요. 반더데켄 부인이 아니었다면 전 이곳, 아니, 이 우리로 돌아오지도 않았을 거예요!"

콘셋 신부가 소리쳤다.

"그런 소리 말거라. 낸 차라리 네가 드러내놓고 죄악의 삶을 살기 바란다."

실비아는 다시 자리에 앉아 늘쩍지근하게 손을 무릎에 올려놓았다.

그녀는 말했다. "마음대로 하세요." 신부는 네 번째 쪽에 적힌 전보를 다시 읽기 시작했다.

"이게 무슨 말이냐?" 신부가 물었다. 그는 전보의 첫 장을 다시 읽으며 말했다. "여기 이거 말이다. '재개 멍에를 받아들이시오'라는 말 말이야." 그는 숨 가쁘게 읽어갔다.

"실비아" 새터스웨이트 부인이 말했다. "가서 차 마시게 알코올 램프 좀 가져오너라. 그게 필요할 것 같구나."

"어머닌 제가 심부름이나 하는 그런 사람이라고 생각하시나 봐요." 자리에서 일어나며 실비아가 말했다. "왜 하녀들을 잠자리에 들게 했어요? 그건 우리… 결혼 생활을 가리키는 말이에요." 그녀는 신부에게 이렇게 설명했다.

"둘만 쓰는 말이 있는 걸 보이 니 하고 니 남편하고 공유하는 생각이 있나 보네. 내가 알고 싶었던 게 바로 그기다. 내도 그 말이 무슨 뜻인지 알고 있었다."

"둘만 쓰는 말은 상당히 신랄한 것들이에요." 실비아가 말했다. "애정에 대한 것보다는 저주에 가깝죠."

"그렇다면 그런 신랄한 말을 쓰는 사람은 너겠지." 새터스웨이트 부인이 말했다. "네 신랑은 너한테 그런 말을 절대 하지 않을 사람이니 말이야."

고개를 돌려 신부를 쳐다보았을 때, 실비아의 얼굴에 쓴 웃음이 천천히 번져갔다.

"그게 바로 우리 어머니의 비극이에요." 실비아가 말했다. "제 남편은 어머니가 말하는 아주 괜찮은 남자예요. 어머닌 제 남편을 아주 좋아하거든요. 하지만 제 남편은 우리 어머니를 못 견뎌 해요." 실비아는 천천히 옆방 벽 뒤로 사라졌다. 신부가 촛불 아래서 다시 전보를 읽기 시작했을 때 실비아가 찻그릇을 딸그락거리며 다루는 소리가 들려왔다. 신부의 커다란 그림자가 방 중앙에서 시작되어,

리기다소나무로 된 천장을 따라 벽 아래와 바닥을 지나, 볼품없는 신발을 신은 그의 벌린 다리로 이어졌다.

"상황이 안 좋아." 그는 중얼거렸다. 그는 "흠흠"거리며 읽어 내려갔다… "예상한 것보다 더 안 좋아… 흠흠… '재개 멍에를 받아들이시오. 다만 엄격한 조건에서.' '턱별히' 이게 무슨 말이제? '특'이라고 해야 허는데 말이야. '특별히 아이에 관련해선 집 규모를 줄이시오. 우리 상황이 우스꽝스럽소. 오직 아이를 위해 증여 재산을 재조정하시오. 일반 집이 아니라 플랫식 주택[65]으로 하고 최소한의 사람들만 맞이하시오. 나도 직장을 그만두고 요크셔에 정착할 준비를 할 것이오. 하지만 이것이 마음에 안 들면 아이는 내 누이 에피 집에 있을 거요. 아무 때나 방문해도 좋소. 이 대강의 조건을 잠정적으로라도 받아들인다면 전보를 치시오. 그러면 월요일에 대략적인 내 생각을 알려주겠소. 어머니도 거기에 대해 생각해볼 수 있을 것이오. 그런 다음 화요일에 출발해 목요일에 롭샤이트에 도착하겠소. 부서에서 할 문제로 2주 후에 비스바덴[66]으로 갈 것이오. 목요일에 할 논의는 이 문제에만, 쉼표, 강조, 국한될 것이오."

새터스웨이트 부인이 말했다. "이 말은, 사위가 딸아이를 비난하지 않겠다는 말인 것 같아요… '에만'이란 말을 강조하는 걸 보면 말이에요."

콘셋 신부가 말했다. "사위가 왜 이 엄청난 돈을 들여가 전보를

---

[65] flat: 각층에 1가구가 살게 만든 아파트.
[66] Wiesbaden: 독일의 라인(Rhine) 강가의 온천 도시.

썼다고 생각하시오? 부인이 억수로 걱정할 줄 알고 그런 것 같습니까? …" 그는 말을 멈추었다. 긴 팔을 뻗어 차 쟁반을 들고 천천히 걸어오고 있는 실비아는 알 수 없는 비밀을 간직한 채 뭔가 골똘히 생각하는 듯한 표정을 짓고 있었다. 실비아는 문으로 들어오고 있었다.

"얘야!" 신부가 소리쳤다. "증말 힘든 선택을 한 성 마르다나 마리아[67]도, 니보단 더 성스럽게 보이진 않는구나. 넌 왜 그 선량한 남자의 좋은 배우자가 되지 못하는 것이냐?"

차 쟁반에서 딸그락거리는 소리가 작게 나며, 설탕 세 덩어리가 바닥에 떨어졌다. 실비아는 짜증을 내며 "씨" 하고 소리를 냈다.

"이게 찻잔에서 떨어질 줄 알고 있었어요." 실비아가 말했다. 그녀는 두꺼운 천이 덮인 탁자 위 3센치 정도에서 차 쟁반을 쿵하고 내려놓았다. "이게 다 제 운명이에요." 이렇게 말하곤 실비아는 신부를 정면으로 응시했다.

"남편이 왜 전보를 쳤는지 그 이유를 말씀드리죠. 그건 제가 혐오하는 그 멍청한 신사다움을 과시하기 위해서예요. 외무부 장관처럼 근엄하게 행동하고 싶은 거죠. 하지만 남편은 기껏해야 막내아들 수준밖에는 안 돼요. 제가 남편을 혐오하는 이유가 바로 그거예요."

새터스웨이트 부인이 말했다.

"네 신랑이 전보를 친 건 그 때문이 아니야."

---

[67] 성 마르다(Martha)는 나사로의 여동생이며 막달라 마리아(Mary Magdalena)의 언니로 예수가 나사로의 집을 방문했을 때마다 식사를 대접했다. 막달라 마리아는 후에 그리스도의 여제자이자 성녀가 되었다.

실비아는 재미있다는 듯, 다 들어줄 수 있다는 듯한 몸짓을 했다.

"물론 그건 아니죠." 실비아가 말했다. "사려 깊은 마음에서 전보를 보낸 거예요. 날 미치게 하는 그 귀족의 품격이 담긴 철두철미하게 사려 깊은 마음에서요. '생각할 충분한 시간을 주는 게 나을 것 같소'라는 남편 말에서도 드러나는 것처럼요. 그건 기념물[68]이 하는 말 같아요. 외교 의례에 따라 의정관이 하는 말 같죠. 그리고 부분적인 이유로는 뻣뻣한 나무인형[69]처럼 남편은 진실만 추구하는 사람이기 때문이에요. 남편은 '사랑하는 실비아'라는 말로 시작해서 '당신의 진실한'이나 '애정을 담아'라는 말로 끝나지 않는 편지는 쓸 수 없기 때문에 편지를 쓰지 않으려 한 거예요. 남편은 매사에 아주 정확해야 하는 멍청한 사람이거든요. 너무도 형식적이어서 모든 관습을 지켜야 하는데 너무 진실해서 그 관습적 표현을 도저히 사용할 수 없었던 거예요."

"그렇다면" 콘셋 신부가 말했다. "실비아 니가 니 남편을 그래 잘 알믄, 좀 더 잘 지낼 수 안 있것나? '투 싸부아 쎄 뚜 빠르돈네'[70]라고들 하지 않니?"

"그렇지 않아요." 실비아는 말했다. "어떤 사람에 대해 모든 것을 알게 되는 것은 진짜 지루해진다는 의미예요."

"니 남편 전보에 뭐라 답할 낀데?" 신부가 물었다. "아니면 벌써

---

[68] 기념물은 살아 있는 사람이 아니라 단지 생명과 감정이 없는 존재라는 뜻으로 한 말이다.
[69] 살아 있는 인간이 아니라 기계처럼 경직된 인간 같다는 의미.
[70] Tout savoir c'est tout pardonner: (프랑스어) '모든 것을 알게 되면 모든 것을 용서할 수 있다'라는 의미.

답장한 거야?"

"남편이 진짜 화요일에 출발할지 알아내기 위해 그리고 최대한 신경 쓰이게 하기 위해, 월요일 밤까지 기다릴 작정이에요. 남편은 짐 싸는 일과 정확하게 언제 움직일지 정하는 일로 소란을 떨 거예요. 전 월요일에 '그러쇼'라고 전보를 칠 작정이에요. 다른 말은 하지 않고요."

"그런데, 왜" 신부가 물었다. "평소엔 쓰도 안 하는 저속한 말을 전보에 쓸려는 거야? 니한테 저속하지 않은 게 있다믄 그게 바로 니 말툰데."

실비아가 말했다.

"고마워요." 실비아는 다리를 당기고 몸을 웅크리고는 머리를 뒤로 젖혀 벽에 기댄 후, 뽀족한 아치형 아래턱을 천정으로 향했다. 그러고는 자신의 길고 흰 목에 탄복해하였다.

콘셋 신부가 말했다. "내도 니 외모가 출중하다는 거 안다. 그래 니랑 같이 사는 사람은 행운아일 거라 말하는 사내들도 있겠지. 내가 그것도 모르는 바보는 아이다. 니 남편도 니 아름다운 머리타래를 보며 오만 즐거운 상상을 할지도 모르제."

갈색 눈의 실비아는 천정에서 시선을 떼어, 사색에 잠긴 듯 신부를 잠시 바라보았다.

"그게 우리 같은 신부들이 가진 불리한 조건이야." 그가 말했다.

"제가 왜 그 단어를 선택했는지 저도 모르겠어요." 실비아가 말했다. "단어가 하나라 50페니히[71]밖에 안 들어 그런지도 모르죠. 단어 하나 썼다 해서 남편의 오만한 자부심이 충격을 받을 거라고 기대할 수는 없을 테니 말이에요."

"그건 우리 신부들이 가진 가장 불리한 조건이야." 신부가 반복해서 말했다. "신부가 아무리 세상사에 통달한다 해도, 그리고 세상과 싸우기 위해 세상사에 통달해야 한다 해도…"

새터스웨이트 부인이 말했다.

"신부님, 차 한 잔 하세요. 실비아는 독일에서 차를 제대로 끓일 줄 아는 유일한 사람이에요."

"니 신랑 뒤에는 늘 성직자용 칼라[72]하고 실크 턱받이[73]가 있다. 넌 니 신랑을 안 믿겠지만." 콘셋 신부는 말을 이었다. "하지만 니 신랑은 니보다 사람 본성을 백 배, 아니 천 배나 더 잘 알고 있다."

실비아는 달래듯 말했다. "슬럼가에서 지내시면서 유니스 반더데켄이나 엘리자베스 비, 혹은 퀴니 제임스와 같이 저와 지내는 사람들의 본성에 대해 신부님이 어떻게 아시는지 이해할 수 없네요." 실비아는 일어서서 신부의 차에 크림을 부었다. "신부님이 지금 제게 설교를 늘어놓지 않았다는 건 인정해요."

신부가 말했다. "오랜만에 그런 말을 쓸 정도로 학창시절을 기억하는 것을 보니 내 기쁘구나."

실비아는 몸을 흐느적거리며 소파로 돌아가 앉았다.

"역시 그렇군요." 실비아가 말했다. "신부님은 설교를 그만둘 수

---

[71] pfennigs: 독일의 동전. 1마르크의 1/100의 가치가 있다.
[72] 가톨릭 사제의 옷에 사용되는 폭이 좁은 딱딱한 칼라로 여기서는 티전스가 가톨릭 사제처럼 보수적이며 종교적인 사람임을 암시한다.
[73] 이는 티전스가 부유한 계층의 사람이며 예의와 형식을 중시한다는 사실을 암시한다.

있는 분이 아니에요. 신부님은 설교를 하실 때 항상 절 순수한 어린 소녀로 생각하시는 면이 있어요."

"그건 아이다." 신부가 말했다. "난 돼도 않는 걸 바라는 사람은 아이다."

"제가 순수한 어린 소녀가 되길 바라시지 않는다고요?" 실비아는 믿지 못하겠다는 듯이 물었다.

"아이라니까 그러네!" 신부가 말했다. "물론 니가 그럴 때도 있었다는 걸 기억하믄 좋겠단 생각은 한다."

"제가 그런 적이 있었다고는 믿기지 않는데요." 실비아가 말했다. "제가 홀리 차일드에서 방출되었다는 것을 수녀님들이 안다면 어떨까요?"

"그런 말하지 말그라." 신부가 말했다. "허세는 이제 그만 부리그라. 수녀들도 다 안다… 하이튼 낸 니가 순수한 여자아이인 것도 싫고, 겁쟁이처럼 지옥이 무서워 개신교 여전도사처럼 구는 것도 싫다. 내는 니가 몸 건강하고 지한테 솔직한 그런 못된 유부녀가 됐음 좋겠다. 그런 사람들이 이 세상의 저주이면서 구원이니 말이다."

"어머니를 좋아하세요?" 실비아는 갑작스럽게 이렇게 물었다. 그러고는 덧붙여 말했다. "신부님은 구원이라는 문제에서 빠져나오지 못하시는 거 아시죠?"

"난 기냥 니가 니 남편에게 밥은 챙겨 먹도록 해주기 바라는 것뿐이다." 신부가 말했다. "그리고 물론 낸 니 어머니도 좋아하고."

새터스웨이트 부인은 손을 살짝 움직였다.

"어쨌든 신부님은 저를 막기 위해 어머니와 결탁하셨잖아요." 실비아가 말했다. 그녀는 재미있다는 듯이 물었다. "그러면 제가 어머니를 롤 모델로 삼아 지옥불에서 빠져나오려고 선행을 베풀기 바라세요? 어머닌 사순절[74]에 헤어셔츠[75]도 입어요."

새터스웨이트 부인은 의자 가장자리에서 졸다 벌떡 일어났다. 실비아의 오만한 행동에 신부가 확실한 대응을 할 것이라고 믿고 있던 부인은, 신부가 실비아를 제대로 혼내준다면 실비아도 자신의 삶에 대해 조금은 생각해보게 될 거라고 생각했다.

"그만해, 실비아." 새터스웨이트 부인이 갑자기 소리쳤다. "내가 대단한 사람은 아닐지 모르지만 그래도 공명정대한 사람이야. 나도 지옥불이 두렵다. 아주 두려워. 그건 인정해. 하지만 주님과 흥정을 하진 않는다. 주님이 날 지옥불에서 빠져나오게 해주시길 바랄 뿐이야. 하지만 난 앞으로도 계속 구렁텅이에 빠진 사람들을 구할 작정이다. 그게 너와 콘셋 신부님이 의미하는 것이라면 말이야. 설령 내가 오늘 밤 지옥에 가는 게 확실하다 할지라도 말이야. 내가 할 말은 이것뿐이다."

"어! 벤 아뎀[76]의 이름 석 자가 나머지는 다 알아서 하겠군요!" 실비아는 조롱하듯 말했다. "하지만 젊고, 잘 생기고, 흥미를 유발하

---

[74] Lent: 재의 수요일(Ash Wednesday)부터 부활절 전날(Easter Eve)까지의 40일을 지칭. 이 기간에는 단식과 참회를 한다.
[75] 과거 종교적인 고행을 하던 사람들이 입던, 털이 섞인 거친 천으로 만든 셔츠를 말한다.
[76] Ben Adhem: 19세기 영국의 평론가이자 시인인 레이 헌트(James Henry Leigh Hunt, 1784~1859)가 쓴 시 「아부 벤 아뎀」(Abou Ben Adhem)에 나오는 인물로 그는 스스로를 '동료를 사랑한 사람'으로 자처하고 있다. 즉 실비아는 어머니가 인류애를 지닌 사람이라고 조롱조로 말하고 있는 것이다.

는 못된 남자가 아니라면 개과천선시키는 데 관심이 없으시잖아요?"

"그래, 없다." 새터스웨이트 부인이 말했다. "흥미를 끌지 않는 사람에게 내가 왜 그래야 하니?"

실비아는 콘셋 신부를 바라보았다.

"절 계속 꾸짖으시려면" 실비아가 말했다. "서둘러 주세요. 시간이 늦었어요. 전 36시간이나 여행을 했어요."

"그러지" 콘셋 신부가 말했다. "파리채를 많이 휘두르면 파리 몇 마리는 맞게 되어 있다는 아주 훌륭한 속담이 있다. 낸 니가 약간이라도 상식적으로 생각하게 하려는 중이다. 도대체 니는 지금 어데로 가고 있는지나 알고 있느냐?"

"지옥 아니에요?" 실비아는 아무 관심도 없다는 듯이 말했다.

"그런 뜻이 아이다." 신부가 말했다. "낸 지금 현세에 대해 말하는 기다. 니 고해 신부는 내세에 대해 말하겠지만, 낸 니가 죽어서 어데로 갈지 말하는 게 아이다. 됐다. 이제 내 맘이 바꼈다. 니가 가면 네 모친에게 말하겠다."

"저한테 말씀해주세요." 실비아가 말했다.

"안 할 끼다." 콘셋 신부가 대답했다. "얼스코트 전시회[77]에 있는 점쟁이에게 가 보거라. 니가 조심해야 할 여자에 관한 모든 것을 말해줄 기다."

"아주 대단하다고 소문난 사람도 몇 있어요." 실비아가 말했다.

---

[77] Earl's Court exhibition: 얼스코트는 런던에 있는 지역. 당시 이곳 전시장에서는 전시회와 학술대회 등이 개최되곤 하였다.

"디 윌슨이 어떤 사람 이야기를 해 주었죠. 그 여자는 아이를 낳을 거라고 했어요… 그 말씀을 하시려는 것 아니었어요? 신부님. 맹세코 전 절대로…"

"그 말을 하려던 것은 아이다." 신부가 말했다. "하지만 남자들에 관해 이야기를 함 해보자."

"신부님이 제게 해주실 수 있는 말 중 제가 모르는 게 없을 텐데요." 실비아가 말했다.

"아마도 아닐 기다." 신부가 대답했다. "하지만 니도 이미 알고 있는 걸 함 이야기해보자. 니가 매주 새 남자랑 어데로 떠난다 해도 아무도 거기에 대해 묻지 않는다 치자. 그라문 니는 도대체 을매나 자주 그래 하고 싶을 것 같으냐?"

실비아가 대답했다.

"잠시만요, 신부님." 실비아는 새터스웨이트 부인에게 말했다. "저 자러 가야 할 것 같아요."

"그렇게 하거라." 새터스웨이트 부인이 말했다. "이런 휴양지에선 하녀들을 밤 10시까지 못 자게 붙들어 놓지 않는다. 이런 곳에서 하녀들이 무얼 할 수 있겠니? 여기에 잔뜩 있는 귀신 소리에 귀 기울이는 것 빼고 말이야."

"항상 사려가 깊으시네요!" 실비아가 조롱하듯 말했다. "그것도 괜찮을 것 같네요. 어머니의 오른팔 같은 그 마리란 하녀가 가까이 오기만 하면 이 머리빗으로 작살내버릴지도 몰라요." 그러고는 이렇게 말을 이었다. "신부님이 남자 이야기를 하셨더랬죠…" 실비아는 갑자기 활기를 띠며 자신의 어머니에게 말했다.

78

"전보에 쓸 말에 대해 마음이 바뀌었어요. 내일 아침 일찍 전보를 칠 거예요. '전적으로 동의함. 하지만 헬로 센트럴을 데리고 오도록 조처 바람'이라고요."

그러더니 신부에게는 이렇게 말했다.

"전 제 하녀를 늘 헬로 센트럴[78]이라고 불러요. 전화기에서 들리는 목소리 같거든요. 제가 '헬로 센트럴'이라고 말하면, '네, 마님'이라고 대답해요. 진짜 교환수 목소리 같다고 하실 거예요… 하여튼 남자에 대해 말하고 계셨죠."

"그 일을 상기시키고 있었제!" 신부가 말했다. "근데 더 할 필요 없겠다. 내가 무슨 말 하는지 니도 다 알 꺼니까. 내 말을 듣는 척도 안 한 게 그래서 아이냐?"

"절대 그런 건 아니에요." 실비아가 말했다. "어떤 생각이 떠오르면 즉시 그걸 말하는 습관이 있기 때문이에요. 주말마다 다른 남자와 떠난다면 하고 말씀하셨죠? …"

"벌써 기간을 줄였구나." 신부가 말했다. "내는 남자 한 명에 한 주로 잡았는데."

"하지만, 사람에겐 집이 있어야 해요." 실비아가 말했다. "주소도 있어야지요. 주중에 있는 약속도 지켜야 하고요. 남편도 있어야 하고, 하녀가 기거할 장소도 있어야 하니까요. 헬로 센트럴은 늘 집에서 거주하는 조건으로 일했어요. 하지만 그걸 좋아하는 것 같지는

---

[78] Hullo Central: 이것은 전화 교환수에게 하는 말이다. '안녕하세요. 교환수'라고 번역될 수 있는데 실비아는 자기 하녀의 목소리가 교환수 같다고 해서 헬로 센트럴이란 별칭으로 부르고 있다.

않아요… 매주 다른 남자를 만난다 해도, 전 지루해할 거라는 말씀이죠? 그게 신부님이 하고 싶은 말 아니에요?"

신부가 말했다. "니가 근사하다고 생각하는 시간은 젊은 남자가 표 사러 가는 동안에 매표소에서 기다리는 시간뿐일 기다… 근데 점차 그 시간도 근사해지진 않을 기야… 그라문 니는 결국 지루해하며 니 남편한테 돌아가고 싶어 할 끼고."

실비아가 말했다. "신부님, 지금 고해실에서 들으신 남의 비밀을 남용하고 계시는군요. 그게 바로 토티 찰스가 한 말이에요. 프레디 찰스가 마데이라79에 있는 3개월 동안 토티가 그렇게 해봤대요. 지루하다는 말과 매표소라는 말까지 토티가 한 말 그대로군요."

"물론 고해실에서 들은 남의 비밀을 남용한 건 아이다." 콘셋 신부가 온화한 어조로 말했다.

"물론 그러진 않으셨겠죠." 실비아는 애정 어린 어조로 대답했다. "신부님은 완고하지만 좋은 분이고 남 흉내나 내는 분은 아니니까요. 신부님은 우리 같은 사람의 마음을 꿰뚫어 보고 계시잖아요."

"그 정도까지는 아이고." 신부가 말했다. "니 맴속엔 착한 부분도 많을 끼다."

실비아가 말했다.

"고마워요." 그러곤 실비아가 갑작스럽게 물었다. "그게 신부님이 미스 램피터의 집에 있던 우리에게서 본 거예요? 그러니까 신부님이 보시게 된 미래의 영국 어머니들이냔 말이에요. 그래서 또다시

---

79 Madeira: 대서양의 군도(群島) 이름으로 포르투갈령이다.

슬럼가로 가신 거고요? 혐오와 절망감에서 가신 거냔 말이에요."

"내가 한 일을 신파극으로 만들지 말그라." 신부가 대답했다. "내가 변화를 원해 그랬다 치자. 근데 내가 도움이 됐는지는 모르겠다."

"신부님은 우리 모두에게 많은 도움을 주셨어요." 실비아가 말했다. "늘 마약에 취해 있던 램피터와 사악한 프랑스 여자들에게도 그렇고요."

"네가 전에도 이런 말을 한 게 기억난다." 새터스웨이트 부인이 말했다. "그건 영국에서 제일 좋은 신부 예비 학교[80]에서였지. 그 학교 학비도 상당했어."

"타락한 무리들을 바로 우리라고 말하세요." 이렇게 결론짓듯이 말하고는 실비아는 신부에게 이렇게 말했다. "우리가 바로 타락한 무리들이죠, 그렇죠?"

신부가 대답했다.

"그건 모르겠다. 낸 니가 니 모친이나 니 할머니, 로마의 여귀족이나 아슈타로트[81] 숭배자들보다 더 타락했다고는 생각지 않는다. 지배층은 있어야 하는 것이고 지배층은 늘 특별한 유혹에 노출되어 있으니 말이다."

"아슈타로트가 누구죠?" 실비아가 물었다. "아스타르테[82]를 말씀하시는 거예요? 그렇다면 신부님 경험으론 리버풀의 공장 여공이나

---

[80] 부유층 여자들이 상류 사회의 사교술을 익히는 사립 학교.
[81] Ashtaroth: 셈족의 풍요의 여신으로 풍만한 여성의 육체를 지닌 사자의 모습을 하고 있다.
[82] Astarte: 페니키아의 풍요와 생식의 여신.

슬럼가에 사는 다른 여공들이 신부님이 돌봐주시던 우리보다 더 괜찮은 여자들인 것 같아요?"

신부는 이렇게 말했다. "시리아의 아스타르테[83]는 아주 강력한 악마였다. 아직도 죽지 않았다고 믿는 사람들도 있제. 하지만 내 모르겠다."

"그 여자와의 관계는 끝냈어요." 실비아가 말했다.

신부는 고개를 끄덕였다.

"프로퓨노 부인도 만나고 다녔제?" 신부가 물었다. "그라고 그 혐오스러운 자 말이다… 그자 이름이 뭐더라?"

"그 일로 충격받으셨어요?" 실비아가 물었다. "솔직히 좀 가깝게 지냈죠. 하지만 그것도 끝냈어요. 전 반더데켄 부인을 신뢰하고 싶어요. 그리고 물론 프로이트도요."

신부는 고개를 끄덕이고는 이렇게 말했다.

"물론! 물론이제…"

하지만 새터스웨이트 부인은 갑작스럽게 힘주어 소리쳤다.

"실비아, 네가 무엇을 하든 무엇을 읽든 상관치 않겠다. 하지만 앞으로 그 여자에게 한 마디라도 말을 건넨다면, 앞으로 나한테 절대 말도 걸지 말거라!"

실비아는 소파 위에서 몸을 쭉 피고는 갈색 눈을 떴다가 다시 천천히 감았다.

"제 친구를 욕하는 소리는 더 이상 듣고 싶지 않다고 말씀드렸잖

---

[83] Astarte Syriaca: 셈족의 풍작과 생식의 여신으로, 팜 파탈의 전형이다.

아요. 사람들은 유니스 반더데킨을 진짜 잘못 알고 있어요. 제게는 진짜 좋은 친구에요."

"그 여잔 러시아 스파이야." 새터스웨이트 부인이 말했다.

"할머니가 러시아 사람이긴 하죠." 실비아가 대답했다. "그런데 설령 그렇다 해도 그게 무슨 상관이에요? 제가 좋아하는 사람이에요… 두 분 다 제 말을 들어보세요. 이 방에 들어올 때 전 '나 때문에 저 두 분은 힘든 시간을 보내게 될지도 몰라'라고 생각했어요. 두 분은 제게 어려운 분이에요. 새벽까지라도 두 분이 저한테 하실 설교를 가만히 앉아 듣겠다고 전 생각했죠. 그리고 실제로도 그럴 거예요. 하지만 거기에 대한 보상으로 제 친구들 험담은 하지 마세요."

두 사람은 침묵을 지켰다. 그때 셔터가 내려진 창문에서 뭔가 긁는 소리가 나지막하게 들려왔다.

"들리시요?" 신부가 새터스웨이트 부인에게 말했다.

"그건 나뭇가지 소리 같은데요." 새터스웨이트 부인이 대답했다.

신부가 대답했다. "여기 10미터 안에 나무가 어데 있다꼬! 차라리 박쥐가 긁는 소리일 거라고 하는 게 나을 끼요."

"그런 말씀 하지 마시라고 분명히 말씀드렸는데"라고 말하며 새터스웨이트 부인은 몸을 떨었다. 실비아가 말했다.

"두 분이 지금 무슨 말씀을 하고 계신지 모르겠네요. 미신 같은데요. 어머닌 미신에 물들었거든요."

"악마가 여기 들어올라꼬 저라는 거라고 하진 않겠다." 신부가 말했다. "하지만 악마가 늘 들어올라 칸다는 건 명심하는 게 좋을 끼다. 그라고 특히 들어오기 좋은 데가 있제. 이 깊은 숲속이 바로 그런 곳이다." 그는 갑자기 등을 돌려 어두운 벽을 가리키며 물었다. "악마에 사로잡힌 야만인이 아이라면 누가 저것을 장식품이라고 생각허겄냐?" 그는 목이 잘리고 붉은 피를 흘리고 있는 죽은 야생 멧돼지를 실물 크기로 조야하게 그린 그림을 가리키고 있었다. 고통스러워하는 다른 동물들의 그림은 모두 어둠 속에 묻혀 보이지 않았다.

"스포츠라꼬!" 신부는 씩씩거렸다. "이건 악마의 행원기라!"

"그 말이 사실일지도 모르죠." 실비아가 말했다. 새터스웨이트 부인은 재빨리 성호를 그었다. 침묵이 흘렀다.

실비아가 말했다.

"말씀 다 하셨으면 저도 하고 싶은 말을 할게요. 우선…" 실비아는 말을 멈추고 몸을 꼿꼿이 세우더니 셔터에서 들려오는 바스락거리는 소리에 귀를 기울였다.

"우선" 자극을 받아 그녀는 다시 말을 이었다. "제 나이 때 사람들이 지닌 결점에 대해선 말씀하지 마세요. 저도 잘 알고 있으니까요. 제 나이에 저 같은 사람들은 몸이 야위게 되고 얼굴에선 윤기가 사라지고, 이빨은 튀어나와요. 그리고 권태도 느끼게 되죠. 저도 알아요. 권태를 느끼게 된다는 게 무엇인지 진짜 알아요! 신부님이 아시는 건 저도 알고 있어요. 제 나이 서른이에요. 저도 어떻게 될지 잘 알고 있어요. 신부님은 말씀하고 싶으신 거죠? 권태로움에서 절 지켜주고 이가 길고 빈약해지는 걸 막는 방법은 남편과 자식에 대한 사랑을 통해서라고, 그렇게 말씀하고 싶으신 거죠? 가정이 해줄 수 있는 것들 말이에요! 저도 그렇다고 믿어요! 진심으로 믿는다니까요! 단지 전 남편이 싫을 뿐이에요. 진짜 싫어요… 자식도 싫고요."

실비아는 신부가 경악스럽다는 듯이, 혹은 틀렸다는 듯이 소리칠 거라 생각하며 잠시 말을 멈추었으나, 그런 소리는 들리지 않았다.

"생각해보세요." 그녀가 말했다. "제 아이가 제게 어떤 화근이었나를요. 그 애를 낳을 때 제가 느낀 고통과 죽음에 대한 공포를요."

신부가 말했다. "물론, 아를 낳는 건 여자들에게 몹시 끔찍한 일이제."

실비아는 말을 이었다. "이런 이야기들이 남 보기 부끄럽지 않은 대화라고는 말 못하겠어요. 신부님과 어머닌 지금 대놓고 죄를 지은 여자를 잡아놓고선 그 죄에 대해 말하게 하려는 거예요. 물론 신부님은 신부님이고, 어머닌 어머니시니까 격의 없이 대하시는 거겠지요. 하지만 크로스 수녀원의 메리 수녀님은 이렇게 말씀하셨어요. '가정사를 다룰 때엔 벨벳 장갑을 끼어라[84]'라고요. 그런데 우린 장갑을 끼지 않고 이 문제를 다루고 있는 것 같군요."

콘셋 신부는 여전히 아무 말도 하지 않았다.

"물론 신부님은 제 생각을 말하도록 유도하고 계시죠." 실비아가 말했다. "그건 금방 알 수 있어요… 좋아요. 그렇게 하죠."

실비아는 한숨을 쉬었다.

"신부님은 제가 왜 남편을 싫어하는지 알고 싶으신 거죠. 그럼 말씀드리죠. 남편의 그 지독한 부도덕함 때문이에요. 남편의 행동이 아니라 남편의 생각이 그렇다는 거예요! 남편이 무엇에 관해 말하

---

[84] 벨벳 장갑(velvet glove)을 낀다는 의미는 '부드럽게 다루라'는 의미. 따라서 다음에 나오는 장갑을 끼지 않았다는 표현은 거칠게 다룬다는 의미가 된다.

든, 그 말을 들으면 저도 모르게 남편을 칼로 찌르고 싶어져요. 아주 단순한 일에 대해서도 남편이 틀렸다는 것을 증명할 수는 없어요. 하지만 남편에게 고통을 줄 순 있죠. 또 그렇게 할 거예요… 남편은 등을 의자에 딱 대고는 몇 시간 동안이나 꼼짝도 하지 않고, 꼴사납게 앉아 있곤 하죠… 하지만 남편을 겁먹게 할 수는 있어요. 제 맘을 드러내지 않고도요… 남편은, 그러니까 남들 말처럼… 소위 말해 충실한 사람이에요. 남편에게는 어린애 같은 황당한 친구가 있어요… 맥마스터란 사람이죠… 그리고 이해할 순 없지만 남편이 성녀라고 부르는 시어머니가 있죠… 그리고 지금 제 아이를 돌보고 있는 남편의 늙은 유모도 있고요… 그리고 제 아이도요… 이 중 한 사람이라도 언급될 때 제가 눈꺼풀만 살짝 들어올리면… 그래요 제가 눈을 살짝 치켜뜨기만 하면… 남편은 몹시 상처를 받아요. 고통스러운 듯이 눈을 뒤룩거리죠… 물론 아무 말도 하진 않아요. 남편은 전형적인 영국 시골 신사니까요."

콘셋 신부가 말했다.

"니가 니 남편보고 부도덕하다 카는데… 내는 그런 걸 한 번도 본 적 읍다. 니가 아이를 낳기 전 일주일 동안 너와 같이 있으면서 니 남편도 많이 봤다. 근데 두 번의 성찬식에 관한 거 말고는 (사실 그것도 우리 생각과 많이 다르진 않았지만) 니 남편은 아주 건전한 생각을 갖고 있더구나."

"건전하죠." 새터스웨이트 부인은 힘주어 말했다. "사위는 건전해요. 말뿐만 아니라 진짜 건전한 사람이에요. 좋은 사람을 예로 들자면, 신부님 부친도 그러시고… 제 사위도 그래요."

"아" 실비아가 말했다. "그건 실상을 몰라서 하는 말씀이에요. 한 번 공정하게 판단해 보세요. 일주일 동안 한 번도 말을 건네지 않다가 아침 식사 때 <타임스>를 읽고 있는 제가 '의사들이 놀라운 일을 하고 있네요. 최근 의사 만나본 적 있어요?'라고 물으면, 신랑은 금방 우쭐해져요. 모든 것을 알고 있으니까요! 그러곤 건강하지 못한 아이들은 모두 가스실에 넣어 죽여야 한다며, 그렇지 않으면 세상은 파멸될 거라는 것을 입증하죠. 그 사람 말을 들으면 최면 당하는 것 같아요. 뭐라고 대답할지 도무지 생각할 수가 없거든요. 그리고 살인자를 처형하지 말아야 하는 이유도 입증하듯이 말해 말문이 막힐 정도로 화나게 만들기도 하고요. 그러면 전 변비에 걸린 아이들도 모두 가스실에 넣어 죽여야 하냐고 묻죠. 아이가 변을 규칙적으로 보지 못한다며 남편의 유모가 늘 징징거렸거든요. 그렇게 말하면 남편은 물론 상처를 받죠. 그 아이가 자기 애가 아닐 수 있다는 걸 알면서도 아이에 대해선 아주 감상적이거든요… 남편이 부도덕하다고 한 이유는 바로 그 때문이에요. 남편은 살인자들은 대담한 사람들이기 때문에 그 씨를 보존하기 위해서라도 살려두어야 하고, 죄 없는 어린아이들은 허약하기 때문에 처형되어야 한다고 주장할 사람이에요… 남편의 생각이 구역질 나긴 하지만 남편은 자신의 말을 믿게 하는 재주가 있어요."

콘셋 신부가 달래듯 말했다. "한두 달 정도 피정 갈 생각은 없느냐?"

"싫어요" 실비아가 말했다. "어떻게 그럴 수 있겠어요?"

"버컨헤드[85] 근방에 프레몽트레 수도회에서 운영하는 수녀원이 있다. 여자들이 거게 많이 가제." 신부는 말을 이었다. "거게 사람들은 요리도 아주 잘한다. 니 가구도 따로 가질 수 있고, 수녀가 돌봐 주는 게 맴에 안 들믄 하녀를 델꼬 가도 될 끼다."

"그럴 순 없어요." 실비아가 말했다. "신부님도 아시잖아요. 사람들이 금방 수상쩍게 생각할 거예요. 남편도 반대할 테고요…"

"신부님, 그렇게 할 순 없을 것 같군요." 새터스웨이트 부인이 마침내 말을 막았다. "실비아의 행적을 감추기 위해 전 넉 달 동안이나 여기 은거하고 있었어요. 그동안 웨이트맨에게 집일을 봐 달라고 했고요. 다음 주에 새 토지 관리인이 오기로 되어 있어요."

"우쨌든" 신부는 꼭 그래야 한다는 식으로 말했다. "한 달만이라도… 딱 한 달만 가 있그라… 많은 가톨릭 여신도들도 다들 그래 한다… 니도 함 생각해보거라."

"왜 그러시는지 이제 알겠어요." 실비아는 갑자기 화가 치민 듯 말했다. "제가 곧바로 다른 남자에게로 갈지도 모른다는 생각에 그러시는 거죠?"

신부가 말했다. "좀 휴지 기간이 있었으면 좋겠다. 곧바로 다른 사람에게 가는 건 천박한 짓이니 말이다."

소파에 앉은 실비아는 마치 전기 충격이라도 받은 듯 몸이 굳어졌다.

"천박하다고요!" 실비아가 소리쳤다. "제가 천박하다고 나무라시는 거예요?" 신부는 바람을 맞고 있는 사람처럼 머리를 약간 숙였다.

"그래" 신부는 말했다. "그건 챙피한 일이다. 자연스럽지 않아.

---

[85] Birkenhead: 잉글랜드 체셔카운티(Cheshire county)에 있는 마을.

내 같으면 잠시라도 어데 떠나 있겠다."

실비아는 자신의 긴 목을 만졌다.

"무슨 뜻인지 알겠어요." 실비아가 말했다. "남편이 굴욕감을 느끼지 않게 하시려는 거죠. 그러니까⋯ 혐오감 말이에요. 남편은 분명 혐오감을 느낄 거예요. 저도 그럴 거라고 생각해요. 그래야 저도 좀 보복하는 셈이고요."

신부가 말했다.

"그만하그라. 더 이상 니 말 듣고 싶지 않구나."

실비아가 말했다.

"제 말을 들으셔야 해요. 자 들어 보세요⋯ 전 항상 이런 일을 예상해 왔어요. 그 남자 곁에 머물며 여느 여자들처럼 정숙하게 행동할 거예요. 그러기로 마음먹었으니 그렇게 할 거예요. 평생을 지루해하면서 살겠지만요. 하지만 지루하지 않은 일이 하나 있어요. 그 남자를 괴롭힐 순 있으니까요. 그리고 그렇게 할 거예요. 어떤 방법으로 그렇게 할지 아시겠어요? 방법은 많아요. 하지만 최악의 상태에서도 그 남자를 경악하게 할 순 있어요⋯ 아이를 망쳐서 말이에요." 실비아는 약간 가파르게 숨을 쉬었다. 실비아의 갈색 눈 주위로 흰자위가 번뜩였다. "반드시 복수할 거예요. 복수할 수 있어요. 복수하는 방법을 아니까요. 그리고 그 남자를 통해 저를 괴롭히고 있는 신부님에게도 복수할 거예요. 전 브르타뉴에서 쉬지 않고 달려왔어요. 한숨도 자지 않고요⋯ 하지만 전 할 수 있어요⋯"

콘셋 신부는 자신의 코트 자락 아래로 손을 넣었다.

"실비아 티전스" 신부가 말했다. "내 피스톨 포켓[86]에 성수가 들은 병이 하나 있다. 이런 경우에 대비해 늘 가지고 댕기는 거다. 니한테 성수 몇 방울 뿌리고 '엑소르키조 투 아슈타로트 인 노미네!'[87]라고 소리치면 우찌 하겠노?"

몸을 휘어감은 뱀이 목을 빳빳이 들 듯, 실비아는 소파에 앉은 채 신부를 노려보며 몸을 꼿꼿이 세웠다.

"어떻게 그런 짓을… 하려고 하세요." 실비아가 말했다. "저한테… 그런 황당한 짓을 말이에요!" 실비아는 천천히 다리를 아래로 내렸다. 그러곤 눈으로 문까지의 거리를 대강 살펴보았다. "그렇게는 못하실 거예요." 실비아는 다시 말했다. "그러면 주교님에게 신부님을 이단이라고 고발할 테니까요…"

"주교는 니한테 별로 도움이 안될기다." 신부가 말했다. "가그라. 가서 성모 마리아께 기도를 올리거라. 니한테 필요한 것은 그거다. 다시는 내 앞에서 아를 망치겠다느니 하는 말은 하지 말그라."

"안 그럴게요." 실비아가 말했다. "그런 말은 하지 말아야 했는데…"

열린 문 사이로 실비아의 몸 윤곽이 검게 드러났다.

문이 닫히자 새터스웨이트 부인이 말했다.

"그렇게 겁을 주실 필요가 있으셨나요? 물론 신부님이 잘 알아서 하셨겠지만요. 제가 보기엔 좀 심하셨던 것 같아요."

"이것은 일종의 이독제독(以毒制毒)이오." 신부가 말했다. "실비

---

[86] pistol pocket: 바지 뒤쪽에 단추와 뚜껑이 달린 주머니.
[87] Exorcizo to Ashtaroth in nomine: (라틴어) '…의 이름으로 아슈타로트에게 가거라'라는 의미.

아는 어리석은 여자요. 프로퓨모 부인과 이름은 기억나지 않는 어떤 자와 같이 악마의 미사를 드려왔소. 흰 염소의 목을 잘라 사방에 피를 뿌리는 의식 말이오… 실비아는 맘 깊숙이 그런 생각을 갖고 있었던 거요… 하지만 그래 심각하지는 않소. 어리석고 할 일 없는 여자들일 뿐이니까. 그 추함 때문에 그런 행위는 죄악으로 볼 수 있지만, 그 사람들은 그것을 손금 보거나 점치는 정도로밖에는 생각하지 않을 기오. 하지만 우쨌든 자신들이 그래 하고 싶어 그래 한 것이오. 그것이 기도의 본질이기도 하고. 좋은 기도건 사악한 기도건 말이오… 하여튼 실비아는 맘 깊숙이 그런 생각을 갖고 있기 때문에 오늘 일을 잊지 못할 기오.”

"그건 물론 신부님 일이죠.” 새터스웨이트 부인은 천천히 말했다. “신부님은 오늘 실비아를 제대로 혼내주셨어요. 제 생각에 실비아가 오늘처럼 혼이 난 적은 없는 것 같아요. 그런데 신부님이 실비아에게 말씀하지 않으신 것이 무엇이죠?”

신부가 대답했다. "그런 생각을 실비아가 하지 않게 되는 기 좋기에 말하지 않은 것뿐이오… 하지만 실비아 남편이 다른 여자에게 미쳐 쫓아댕기게 될 때 실비아의 삶은 지옥으로 변할 기요.”

새터스웨이트 부인은 멍하게 바라보더니, 이내 고개를 끄덕이며 말했다. "알겠어요. 그런 생각은 못했지만 말이에요… 그런데 실비아 남편이 그럴까요? 아주 건실한 사람인데 말이에요.”

"그래 되는 걸 누가 막을 수 있겠소?” 신부가 말했다. "실비아 남편이 얻지도 못했지만 갈구하지도 않는 우리 주님의 은총을 제외하고는 그 어떤 것이 막을 수 있겠소? 게다가… 실비아 남편은 혈기 왕성한 젊은이요. 내 아는 한 실비아 부부는 앞으로 부부처럼 지내지 못하게 될 기요. 그라믄 실비아는 온 세상에 떠들고 대닐 끼고, 세상 사람들은 실비아의 남편이 실비아에게 못된 짓을 했다고 이야기하게 될 꺼요."

"신부님 말씀은" 새터스웨이트 부인이 말했다. "실비아가 그런 천박한 짓을 할 거란 말씀이세요?"

"자신이 맨날 못살게 괴롭힌 남자가 자기 곁을 떠나믄 여자들이 보통 그래하지 않소?" 신부가 물었다. "상습적으로 남자를 괴롭혀 온 여자는 자신이 괴롭힌 남자가 지를 떠날 권리가 그만큼 더 없다고 생각하는 법이니 말이오."

새터스웨이트 부인은 우울하게 어둠 속을 응시했다.

"불쌍한 사람 같으니라고…" 새터스웨이트 부인이 말했다. "제 사위는 도대체 어디서 평화를 찾을 수 있을까요? … 그런데 무슨 일이세요, 신부님?"

신부가 대답했다.

"실비아가 준 크림 넣은 차를 마신 일이 인쟈 생각나는군. 아무래도 레인하르트 신부 대신 미사를 집전할 수 없을 것 같소 숲에 사는 레인하르트 신부의 보좌 신부를 깨와야겠소."

초를 들고 문간에 서서 신부가 말했다.

"힘들것지만 오늘내일, 자리에서 일어나지 말고, 두통이 있는 척하면서 실비아에게 간호를 시켜보시오… 그라고 런던에 돌아올 때 실비아가 어떻게 간호해주었는지 말만 해주이소. 낼 기쁘게 해줄라꼬 필요 이상의 거짓말은 하지 말고… 실비아가 부인을 간호하는 것을 보면 실비아의 진심이 무엇인지 알 수 있을 기요… 약병을 어떻게 다루는지, 부인을 얼마나 짜증 나게 하는지, 그라고… 하여튼 알게 될 기요! 교인들에게 이 추문을 숨길 수만 있다면 그래 하는 게 좋겠소."

신부는 아래층으로 달려 내려갔다.

3

맥마스터가 문을 열 때 난 삐걱거리는 작은 소리에 티전스는 몹시 놀랐다. 그는 다락방 같은 침실에서 스모킹 재킷[88]을 입고 페이션스[89]를 하는 데 열중해 있었다. 이 방의 지붕은 기울어져 있었는데, 벽에 그려진 크림색의 템페라 그림을 사등분 하는 검은 참나무 기둥들이 그 지붕의 외곽을 형성하고 있었다. 이 방에는 네 개의 기둥이 달린 침대 틀과 검은 참나무로 만든 식기 선반, 그리고 골풀로 만든 여러 개의 매트가 있었는데, 그 매트들은 불규칙하게 널빤지로 이어진 윤기 나는 참나무 마루 위에 올려져 있었다. 티전스는 발견된 과거 유물에 왁스 칠하는 것을 혐오했다. 현재 티전스는 방 한가운데에 있는 카드놀이용 탁자에 앉아 있었는데, 탁자 위에 있는 흰 갓을 두른 밝은 전기 램프는 주변 환경과는 전혀 어울리지 않았다. 이 집은 복원된 시골집으로 당시 유행에 따라 숙소로 개조되었다. 과거에서 영감을 찾으려는 맥마스터는 이런 곳을 선호했다. 티

---

[88] smoking-jacket: 남자들이 담배를 피울 때 입던, 흔히 벨벳으로 된 상의.
[89] patience: 혼자서 하는 카드 게임의 일종.

전스는 덜 꾸미고 값도 싼, 안락하고 현대적인 호텔을 선호했지만 친구의 취향을 존중하여 이 숙소에 머물기로 했던 것이다. 티전스는 음침하고 무질서하게 여러 건물이 이어진 오래된 요크셔 장원 저택에 익숙해 있었기 때문에 모아놓은 것 같은 조형물에 머무는 게 싫었던 것이다. 그에 말에 따르면 그것은 가장무도회에서 근엄하게 행동하는 것처럼 자신을 우습게 보이게 만들기 때문이라고 했다. 그와는 대조적으로 맥마스터는 몹시 만족스러워하며 진지한 태도로, 어두운 색 가구의 비스듬한 면을 손가락 끝으로 스치듯 만져보고는, 이것은 "진짜 치펀데일풍의 가구로군"[90], 혹은 "자코바이트 참나무[91]야" 하고 소리치곤 했다. 그는 자신이 만지는 가구의 연도가 내려갈수록 점점 더 신중해지고 무게 있게 행동했다. 하지만 티전스는 힐긋 쳐다보기만 해도 그것들이 가짜라는 걸 알 수 있다고 했다. 그리고 고가구 전문상들이 살펴본다면 자신의 말이 옳다는 게 입증될 거라고 했다. 이 말에 맥마스터는 가늘게 한숨을 쉬면서도 고가구 감정가로서의 어려운 길을 계속 가기로 마음먹었다. 그 결과 부지런히 고가구를 연구한 맥마스터는 서머싯 하우스[92]로부터 유언 검인을 위해 상당한 가치가 나가는 어떤 자산을 평가해달라는 요청을 종종 받곤 했다. 그건 버젓하기도 하고 수입도 꽤 좋은 일거

---

[90] Chippendale: 18세기 영국 출신의 가구 제조자 토머스 치펀데일(Thomas Chippendale)이 만든 스타일의 가구.
[91] Jacobean oak: 자코바이트 반란 시대(영국의 제임스 1세 이후부터 시작)에 유행한 가구 양식에 자주 사용되던 참나무.
[92] Somerset House: 유서 등기소·세무서 등이 있는 런던의 템스 강변의 관청 건물.

리였다.

　티전스는 잘 놀라면서도 자신이 놀라는 걸 남들이 보는 걸 몹시 싫어하는 사람들이 그러듯이 몹시 힘주어 외마디 소리를 질렀다.
　야회복을 입어서인지 아주 작아 보이는 맥마스터가 말했다.
　"미안하네. 자네가 방해받는 걸 싫어한다는 건 잘 알지만, 장군께서 기분이 상당히 안 좋으시네."
　티전스는 자리에서 일어나 18세기풍의 장미목으로 만든 접이식 세면대로 비틀거리며 다가가서는, 세면대 위에 있는 소다수를 탄 위스키 한 잔을 들이켰다. 그런 다음 사방을 둘러본 뒤, 치펀데일풍의 서랍장 위에 있는 공책에다 연필로 간단한 계산을 한 뒤, 잠시 친구를 바라보았다.
　맥마스터가 다시 말했다.
　"미안하네. 자네의 그 굉장한 계산을 내가 방해한 것 같으니 말이야."
　티전스가 말했다.
　"그렇지 않네. 생각을 좀 하고 있었을 뿐이었네. 오히려 자네가 와서 기쁘네. 그런데 자네 좀 전에 뭐라고 했나?"
　맥마스터가 다시 말했다.
　"장군이 몹시 언짢아하셨다고 했네. 자네가 식사 시간에 나타나지 않아서 말이네."
　티전스가 말했다.
　"그렇지 않을 걸세… 언짢으셨을 리가 없어. 오히려 그 여자들을 만날 필요가 없게 되어 기분이 아주 좋으셨을 거네."

맥마스터가 말했다.

"장군 말씀이 그 사람들 때문에 경관들을 시켜 마을 전체를 뒤지게 하셨다고 하시더군. 그러니 자네는 내일 아침 첫 기차로 여기를 떠나는 게 좋겠다고 하셨네."

티젼스가 말했다.

"난 떠나지 않을 작정이네. 아니, 떠날 수 없네. 여기서 실비아한테서 올 전보를 기다려야 하거든."

맥마스터가 신음하듯 말했다.

"맙소사!" 그러곤 아직 희망이 있다는 어조로 말했다. "우리가 그 전보를 하이드로 보내달라고 할 수 있을 거네."

이 말에 티젼스는 힘주어 말했다.

"여기를 떠나지 않을 거라고 이미 말하지 않았나! 경관과 그 돼지 같은 장관하고 이미 타협을 보았다고 자네한테 말하지 않았나. 난 경관 부인이 키우는 카나리아의 다리를 고쳐주었다니까. 여기 앉아 이성적으로 내 말을 들어보게. 경관들은 우리 같은 사람들은 건드리지도 않아."

맥마스터가 말했다.

"자네는 일반 사람들의 감정이 어떤지 알지 못하는 것 같네…"

"물론 나도 알아. 샌드바크 같은 사람들이 어떤 감정을 지녔는지 아네." 티젼스가 말했다. "여기 앉게나… 우선 위스키 좀 하고…" 티젼스는 큰 잔에 술을 가득 따른 뒤, 술잔을 들고는 붉은 고리버들로 만든 나지막한 안락의자에 털썩 앉았다. 그의 뚱뚱한 몸에 의자가 푹 내려앉았고 그의 와이셔츠는 턱까지 올라왔다.

맥마스터가 말했다.

"도대체 무슨 일인가?" 티전의 눈은 충혈되어 있었다.

"말하지 않았나." 티전스가 말했다. "실비아 전보를 기다리고 있다고."

맥마스터가 말했다.

"아, 그러나? 그렇다면 오늘은 전보가 오지 않을 걸세. 왔다면 이미 전달되었을 시간이니까."

"앞으로도 올 수 있네." 티전스가 말했다. "내가 우체국장에게 이야기해 두었거든. 여기까지 가져다 달라고. 물론 안 올 수도 있어. 실비아가 날 골탕 먹이기 위해 최후까지 전보를 보내지 않을지도 모르니 말이네. 하여튼 난 실비아 전보를 기다릴 작정이네."

맥마스터가 말했다.

"그 여자는 진짜 잔인한 짐승 같은…"

티전스는 그의 말을 막으며 말했다. "자네는 지금 내 아내에 대해 말하고 있다는 사실을 명심하게."

이에 맥마스터가 이렇게 대답했다. "그런 말을 하지 않고서도 실비아에 대해 어떻게 이야기할 수 있을지 난 도무지 모르겠네."

"그런 문제에 관해 선을 긋는 건 아주 간단하네." 티전스가 말했다. "어떤 여자의 행위에 대해 잘 알고 있는데, 그것에 대해 말해 달라는 요청을 받으면 거기에 관해 이야기할 수 있네. 하지만 거기에 대한 코멘트는 안 되네. 하지만 이 경우 자네는 그 여자가 어떤 행위를 했는지조차 모르고 있으니 입 다물고 있는 편이 나을 걸세." 그는 정면을 응시하면서 말했다.

맥마스터는 깊은 한숨을 쉬면서 티전스가 16시간 기다린 결과가 이것인지, 그리고 남은 시간 동안 어떻게 될지 생각해 보았다.

티전스가 말했다.

"위스키를 두 잔 더 마셔야 실비아에 대해 말할 수 있을 것 같네… 우선 자네의 다른 골칫거리부터 해결하기로 하지… 그 금발의 여자는 워놉, 발렌타인 워놉이라고 하네."

"그건 어떤 교수의 이름이 아닌가?" 맥마스터가 물었다.

"고(故) 워놉 교수의 딸 맞네." 티전스가 말했다. "소설가의 딸이기도 하지."

맥마스터가 끼어들며 말했다.

"하지만…"

"워놉 교수가 임종한 뒤 1년 동안 남의 집 하녀로 일하면서 생계를 유지했다고 하더군." 티전스가 말했다. "지금은 소설가인 어머니와 싼 시골집에 거주하면서 어머니를 위해 집안일을 하고 있다고 하네. 이 두 가지 경험을 한 탓에 여자들의 운명이 좀 더 나아지길 바라는 마음에서 그렇게 한 게 아닌가 싶네."

맥마스터가 "하지만…" 하고 다시 끼어들었다.

"경관의 아내의 카나리아 다리에 부목(副木)을 대줄 때, 경관에게서 들었네."

맥마스터가 말했다.

"자네가 넘어뜨린 그 경관 말인가?" 못 믿겠다는 듯 눈이 휘둥그레진 맥마스터는 이렇게 물었다. "그렇다면 그 경관이 워놉 양을… 이미 알고 있었단 말인가?"

"서식스[93] 경관이 그렇게 많은 정보를 갖고 있다고는 예상치 못했을 거네." 티전스가 말했다. "하지만 자네 예상이 틀렸어. P. C. 핀은 지난 몇 년 동안 연중 한 번 갖는 경관들의 아내와 자식들을 위한 차 모임과 운동 경기도 주선한 그 젊은 여자가 누구인지 알고 있을 정도로 똑똑하다네. 워놉 양은 400미터와 800미터 달리기, 그리고 높이뛰기, 멀리뛰기 기록도 갖고 있고, 동에섹스에서 기록도 세웠다고 하네. 그 말을 들으니 워놉 양이 멋지게 그 제방을 뛰어넘은 것도 이해가 되더군… 내가 그자에게 그 여자를 그만 내버려두라고 할 때 그 단순한 친구는 아주 기뻐하더군. 어떻게 자신이 뻔뻔스럽게 워놉 양에게 영장을 송달했었는지 모르겠다고 하면서 말이야. 그런데 다른 여자가 하나 있었잖나. 애처럼 낑낑대던 여자 말이야. 그 여자는 이 지역 사람이 아니더군. 런던에서 온 것 같았어."

맥마스터가 말했다.

"자네가 경관과 이야기를 나누다니…"

티전스가 말했다. "스티븐 펜윅 워터하우스 장관이 그 경관에게 안부를 전해달라고 나에게 이야기했다고 했네. 그랬더니 그 친구는 그 여자들 문제와 관련해선 '아무것도 할 수 없다'는 보고서를 상관에게 보내주면 고맙겠다고 하더군. 난 그자에게 새로 나온 빳빳한 5파운드 지폐와 1파운드 금화 2개, 그리고 새 바지 살 돈을 주었네. 그랬더니 서식스에서 가장 행복한 사람이 되더군. 아주 괜찮은 친구야. 새끼를 밴 암수달의 발자국과 수달의 발자국을 어떻게 구분하는

---

[93] Sussex: 잉글랜드 남동부의 옛 주.

지 말해주기도 하면서 말이야… 자넨 그런 것에 관심 없을 테지만 말이야."

티전스는 다시 말을 이었다.

"그렇게 바보 같은 표정은 짓지 말게나. 내가 그 돼지 같은 자와 저녁 식사를 했다고 했지? … 아니, 그자가 대접한 저녁을 먹고서 그자를 돼지라고 부르면 안 되겠지! 사실 그자는 아주 괜찮은 사람이었네."

"자네가 워터하우스 경과 저녁 식사를 했다고 말해주지 않았네." 맥마스터가 말했다. "그분은 장기 채무 위원회 의장으로 우리 부서의 생사를 결정할 수 있는 사람이란 사실을 명심하기 바라네."

티전스가 대답했다. "자네만이 거물과 저녁 식사를 할 수 있다고 생각하는 건 아니겠지! 난 그자에게 이야기하고 싶었네… 그자의 똘마니들이 나한테 조작하라고 한 수치에 대해서 말이야. 난 내 생각을 그자에게 알려주고 싶었네."

"설마 그렇게 하진 않았겠지!" 맥마스터는 뜨악한 표정으로 말했다. "그들이 자네에게 수치를 조작하라고 하진 않았잖나. 주어진 수치에 근거해 작업해 달라고 요청했을 뿐이었지."

"어쨌든." 티전스가 말했다. "난 그자에게 내 생각을 말했네. 그렇게 하면 그자가 정치가로 있는 이 나라를 아주 헐값에 완전히 망하게 할 수 있다고 했어."

맥마스터는 "맙소사" 하고 깊은 탄식을 하고는 "자네가 공무원이라는 사실을 명심하고는 있나? 그분은…" 하고 말했다.

티전스가 말했다. "워터하우스는 내게 자기 부서로 오지 않겠냐고 하더군. 그래서 '닥치시오'라고 소리쳤지. 그러곤 거의 두 시간이나 나랑 논쟁하면서 걸었네… 그자가 내가 하던 계산을 방해했을 때, 난 4와 2분의 1 비율로 확률을 계산하고 있었네. 그자가 월요일 오후 1시 반 기차로 상경할 때 수치를 알려주겠다고 약속했네."

맥마스터가 말했다.

"설마 그럴 순 없겠지만, 그렇게 할 수 있는 사람이 있다면 영국에선 자네밖에 없을 걸세."

"그게 바로 워터하우스가 한 말이야." 티전스가 말했다. "잉글비 경이 그렇게 말했다고 하더군."

맥마스터가 말했다. "자네가 정중하게 대답했기 바라네."

티전스가 대답했다. "나 정도 할 수 있는 사람은 여러 명 있다고 했네. 그중에서도 자네 이름을 특별히 댔지."

"난 그렇게 하지 못하네." 맥마스터가 대답했다. "물론 비율 3을 비율 4로 바꿀 순 있어. 하지만 통계 수치상의 변분(變分)이야. 무한수란 말이야. 난 그런 시도조차도 못하네."

티전스는 아무렇지도 않은 듯 말했다. "난 언급하기조차 싫은 일에 내 이름이 거론되는 게 싫네. 그래서 월요일에 그자에게 서류를 넘겨줄 때 자네가 거의 다 했다고 말할 작정이야."

맥마스터는 다시 신음 소리를 냈다.

그의 난관은 단순히 티전스의 이타주의에서 연유된 것은 아니었다. 맥마스터는 이 똑똑한 친구에게 엄청난 야망을 갖고 있었는데, 이는 자신의 안전을 확보하려는 강력한 욕망에서 비롯된 것이었다. 케임브리지 대학을 다닐 때, 맥마스터는 수학 지원자 중 자신이 창피하지 않을 정도의 적당한 순위로 뽑힌 것을 몹시 만족스럽게 생각했다. 그러는 게 자신에게 안전하다는 것을 알고 있었기 때문이었다. 그리고 대학을 졸업한 후에라도 똑똑하다는 소리를 듣지 않은 게 자신의 위치를 확보하는 데 더 유리할 거란 생각을 했다. 하지만 티전스가 2년 후, 수학 차석 일급 합격자[94]밖에 안 되었을 때 맥마스터는 몹시 실망했다. 그는 티전스가 별 노력을 하지 않았다는 걸 잘 알고 있었다. 십중팔구 티전스는 의도적으로 노력하지 않았을 거라고 그는 생각했다. 사실 티전스에게 그 정도의 일은 별 노력하지 않아도 이룰 수 있는 것이라고 생각했기 때문이었다.

맥마스터가 책망하자 티전스는 수학 수석 일급 합격자라는 멍에를 쓰고 살고 싶지 않아서라고 대답했다.

맥마스터는 남들에게 많은 주목을 받지는 않지만, 꼬리표가 붙은 사람[95]들 사이에서 권위 있는 사람으로 인정받게 되면, 자신의 삶은 안전할 거라고 일찍부터 생각했다. 그는 커다랗게 수학 일급 합격자라는 꼬리표가 달린 사람과 나란히 팔멜[96] 거리를 걷고, 돌아오는 길에는 영국 최연소 대법관과 동쪽으로 걷는 것을 꿈꾸었다. 또한 세계적으로 유명한 소설가와 화이트홀[97]을 걸으며, 산보 도중 만난 영국 재무부 소속 위원회의 위원장들과 인사를 나누고, 차를 마시는

---

[94] Second Wrangler: 케임브리지 대학에서 수학 학위 시험의 차석 일급 합격자.
[95] labelled: 꼬리표가 붙었다는 말은 타이틀, 혹은 직위가 있는 사람들을 의미한다.
[96] Pall Mall: 영국 런던의 웨스트민스터에 있는 거리 이름.
[97] Whitehall: 영국 런던에 관청이 늘어선 거리. 트라팔가 광장에서 국회 의사당에까지 이른다.

삶을, 그리고 클럽에서 이런 부류의 사람들이 존경하는 마음으로 자신에게 예의를 갖추어 대하는 삶을 꿈꾸어 왔다.

그는 티전스가 당시 영국에서 가장 뛰어난 사람이라고 확신했기 때문에 티전스가 화려한 공직으로 고속 승진을 하지 않은 것에 대해 상당한 고뇌를 느꼈다. 그는 티전스가 자신보다 더 높은 지위로 승진하기를 바랐다. 사실 그가 이보다 더 바라는 것은 없었을 것이다. 하지만 그렇게 되지 않을 것 같다고 해서 그것이 공직의 문제점이라고 생각하지는 않았다.

하지만 맥마스터는 여전히 희망을 잃지는 않았다. 그는 경력을 쌓기 위해 여태까지 자신이 정해 놓았던 방식 이외에 또 다른 방식도 있다는 사실을 인식하고 있었다. 그는 아무리 공손히 한다 해도 상급자의 실수를 바로잡는 자신의 모습을 상상할 수조차 없었다. 하지만 티전스가 거의 모든 상급자를 바보 취급해도, 그 누구도 그에게 화를 내지 않는다는 것을 그는 보았다. 물론 티전스는 그로비[98] 출신이다. 하지만 그 사실 하나 가지고 앞으로도 그런 식으로 살 수 있겠는가? 시대가 변하고 있다. 맥마스터는 이 시대가 민주적으로 변화할 거라고 생각했다.

하지만 티전스는 이 모든 기회를 내팽개치며 잘못된 일만 저질렀다.

맥마스터는 그 날을 이런 부류의 재앙이 벌어진 날이라고 밖에는

---

[98] Groby: 잉글랜드 중부의 주(州) 중 하나인 레스터셔(Leicestershire)에 있는 큰 마을.

생각할 수 없었다. 그는 의자에서 일어나 술잔을 채웠다. 난관에 부딪혔기에 술이 필요하다고 생각한 것이다. 의자 커버용 크레톤사라사 위에 웅크리고 앉아 있던 티젼스는 정면을 응시하고 있었다. 마침내 티젼스가 입을 열었다.

"여기도" 쳐다보지도 않은 채 티젼스는 맥마스터에게 잔을 내밀었다. 맥마스터는 머뭇거리며 그 잔에 위스키를 따랐다. "더 따라주게" 티젼스가 말했다.

맥마스터가 말했다.

"늦었어. 10시에 두쉬민 목사 집에서 아침 먹기로 되어 있잖나." 티젼스가 대답했다.

"걱정 말게. 자네의 그 아름다운 여인을 만나러 거기 갈 테니 말이야." 그러곤 말을 이었다. "15분만 기다려 주게. 자네에게 할 말이 있어."

자리에 다시 앉은 맥마스터는 그날 일어났던 일에 대해 생각해 보았다. 그날은 재앙으로 시작되었고 그 재앙은 지금도 계속되고 있었다.

뭔가 아이러니컬한 생각이 들어, 맥마스터는 그날 캠피언 장군이 헤어지면서 자신에게 한 말을 곱씹어 볼 요량으로 기억을 더듬었다. 키가 큰 장군은 절룩거리며 그와 함께 마운트비 저택 현관문까지 가서 맥마스터의 등을 토닥거리며 몸을 살짝 구부린 채, 아주 친근하게 말했다.

"이보게, 크리스토퍼 티젼스는 참 괜찮은 친구야. 하지만 그 친구를 돌보아줄 좋은 여자가 필요해. 가능한 한 빨리 실비아에게 돌아가도록 자네가 힘써 주게. 사소한 말다툼이 있었던 것뿐이었겠지? 그렇지 않나? 심각한 건 아니지? 크리시가 여자 꽁무니를 쫓아다니는 건 아니지? 그건 아니지? 조금 그런가? 아닌가? 그렇다면…"

너무 놀라 멍하니 서 있었던 맥마스터가 더듬거리며 말했다.

"아닙니다! 그건 아닙니다!"

"난 두 부부와 오랫동안 알고 지냈네." 장군은 말을 이었다. "특히 레이디 클라우딘은 더 잘 알고 있지. 실비아는 진짜 멋진 여자야. 정직하고 친구들에게도 충심으로 대해. 두려움도 없어. 분노하는 악마도 똑바로 쳐다볼 수 있을 정도로 말이야. 자네도 실비아가 벨브와 외출 나갔을 때를 보아야 했는데 말이야. 물론 자네도 실비아를 알고 있겠지… 하여튼!"

맥마스터는 자신도 물론 실비아를 알고 있다고 간신히 대답했다.

"그렇다면 말인데." 장군은 말을 이었다. "둘 사이에 무언가 문제가 있다면 그건 티젠스 잘못일 거라는 내 생각에 동의하겠군. 그럴 경우가 생기면 난 몹시 화를 낼 걸세. 티젠스를 다시는 내 집에 발도 못 들이게 할 거야. 그런데 티젠스가 오늘 실비아와 새터스웨이트 부인을 만나러 간다지?"

"제 생각에" 맥마스터가 말했다. "그럴 것 같습니다."

"그렇다면 됐네!" 장군은 말했다. "됐어… 하지만 크리스토퍼 티젠스는 훌륭한 여자의 도움이 필요해… 그 친구는 훌륭한 젊은이지. 내가 그 친구보다 더… 존경이란 말이 맞을 거야. 내가 그 친구보다 더 존경하는 젊은이는 별로 없으니 말일세… 하지만 그 친구는 훌륭한 여자의 도움이 필요해. 균형을 잡기 위해서 말이야."

마운트비에서 나와 차로 언덕을 내려올 때, 맥마스터는 장군에 대한 욕설을 참느라 몹시 힘들었다. 장군에게 늙은 멍청이라고 소리치고 싶었다. 남의 일에나 참견하기 좋아하는 멍청한 인간이라고 소리치고 싶었다. 하지만 자신은 장관의 두 비서와 함께 차에 타고 있었다. 에드워드 펜윅 워터하우스는 나름대로 진보주의자이기 때문에 보수당 인사의 집에서 식사하는 걸 원치 않았다. 최근까지 영국 정치사에서는 벌어지지 않았던 일이지만, 당시 정당 사이에 심각한 불화가 있었기 때문이었다. 하지만 이 두 젊은 사람들은 그런 금기 사항에 아무 영향도 받지 않았다.

맥마스터는 이 비서관 두 사람이 자신에게 경의를 표하며 대하는 것이 싫지 않았다. 그들은 캠피언 장군이 자신에게 친근하게 말을 거는 것을 보았다. 장군이 맥마스터의 어깨를 토닥이며 그의 팔 윗부분을 잡고 나지막하게 말하는 동안 그들은 차 안에서 기다리고 있었기 때문이었다.

하지만 맥마스터가 장군을 만났을 때 느낄 수 있었던 즐거움은 그게 유일한 것이었다.

그날은 실비아의 편지 때문에 재앙으로 시작되었고, 실비아에 대한 장군의 칭송 때문에 재앙으로 끝(그날이 끝이 난 거라면)이 났다. 그날 맥마스터는 용기를 내어 티전스와 상당히 불쾌한 장면을 연출했다. 맥마스터는 티전스가 이혼해야 한다고 생각했다. 마음의 평화뿐만 아니라, 가족의 평화와 티전스 자신의 경력을 위해서라도, 또 품위를 지키기 위해서라도 이혼은 필요하다고 생각했다.

한편 그동안 티전스는 억지로 손을 움직여 계산했다. 그에게 이 일은 무척이나 불쾌한 일이었기 때문이었다. 점심시간에 맞춰 라이에 도착했고 식사 때 티전스는 부르고뉴산 와인[99]을 거의 다 마셨다. 점심 식사 때 티전스는 맥마스터에게 나중에 조언을 부탁할 작정이니 어떤 내용인지 알아야 하지 않겠느냐며 실비아의 편지를 읽어보라고 건네주었다.

놀랍도록 뻔뻔하게도 편지에는 아무런 설명이 없었다. "당신에게 돌아갈 준비가 됐어요"라는 기본적인 내용을 적은 후, 티전스 아내는 헬로 센트럴이라는 자기 하녀가 시중을 들지 않으면 안 된다는 취지의 내용만 적었다. 자신이 돌아오기를 바란다면 헬로 센트럴이 문 앞에서 자신을 기다리도록 하라는 것이었다. 또한 밤에 자신이 쉬는 동안 이 하녀를 제외하고는 자기 주변에 어떤 이도 받아들일 수 없다는 말에 밑줄까지 쳤다. 맥마스터는 이 편지가 자신을 다시 받아들이게 하려고 여자가 쓸 수 있는 가장 훌륭한 편지라고 생각했다. 실비아가 변명이나 늘어놓았다면 티전스는 십중팔구 이렇게 격이 떨어지는 여자와는 같이 살 수 없다는 쪽으로 돌아섰을 게 분명하니 말이다. 맥마스터는 실비아에게 이런 임기응변이 없을 것이라고는 생각해 본 적이 없었다.

그렇기는 하지만 편지를 본 맥마스터는 이혼을 종용해야겠다는 자신의 결심을 더욱 굳혔다. 맥마스터는 자신의 논문의 주제인 러스킨[100]의 개인적인 제자이자, 이 시인이자 화가[101]의 후원자 겸 지인

---

[99] Burgundy: 부르고뉴는 프랑스의 동남부 지방으로 여기서 생산되는 와인을 지칭.
[100] Ruskin(1819~1900): 영국의 예술 비평가이자 사회사상가. 당대 미술 분야

이었던 두쉬민 목사 집으로 가는 마차 안에서 자신의 결심을 실행에 옮기기 시작하기로 마음먹었다. 하지만 마차를 타고 가던 중 티전스는 목사의 집에 가고 싶지 않다며 자신은 마을 주변을 돌아볼 작정이니 4시 30분 경 골프 클럽에서 만나자고 했다. 새로운 사람을 만날 기분이 아니라는 것이었다. 친구가 어떤 정신적 압박을 느끼는지 잘 아는 맥마스터로서는 충분히 그를 이해할 수 있었기에 맥마스터는 아이든 힐에 혼자 가기로 했다.

두쉬민 부인만큼 맥마스터에게 깊은 인상을 준 여자는 드물었다. 자신이 어떤 여자에게서도 깊은 인상을 받을 상황이 아니라는 사실을 잘 알고 있는 그로서는 두쉬민 부인을 보자마자 그녀에게서 자신이 영향을 받았다는 사실을 이해할 수 없었다. 안내를 받고 들어선 거실에는 젊은 여자가 둘 있었지만 자신이 들어가자마자 사라졌고, 그 후 자전거를 타고 창문 옆을 그들이 지나가는 것을 보았지만, 그들을 다시 본다 해도 맥마스터는 그들을 알아볼 수 있을 것 같지 않았다. 하지만 두쉬민 부인이 자신을 맞이하며 "그 맥마스터 씨일리가!"라고 한마디 한 순간부터, 맥마스터의 눈에 다른 사람은 들어오지 않았다.

두쉬민 목사는 상당한 재력과 세련된 취향을 가진 성직자로, 종종 영국 국교회를 빛낸 목사라는 칭송을 들을 만한 사람이라는 것은 분명해 보였다. 고풍스러운 붉은 벽돌로 지은 웅장하고 따스한

의 최고 권위자로, 경제, 도덕면에서도 큰 영향을 주었다.
[101] 단테 가브리엘 로세티를 지칭한다.

느낌을 주는 영주의 저택 같은 목사관은 맥마스터가 본 가장 큰 십일조 곡식용 창고와 붙어 있었다. 원시적 분위기를 풍기는 오크로 된 지붕널이 있는 교회는 목사관과 창고 끝 쪽 모퉁이에 아늑하게 자리 잡고 있었는데, 세 건물 중에서도 가장 작고 수수해서 작은 종탑이 없었다면 축사처럼 보일 정도였다. 세 건물 모두 롬니마쉬[102]가 내려다보이는 작은 언덕 가장자리에 있었다. 부채꼴 형태의 대칭으로 뻗은 커다란 느릅나무는 북풍을 막아주었고, 멋지게 자란 주목나무로 이루어진 높다란 생울타리는 남서쪽에서 불어오는 바람을 막아주었다. 근방에 소작농이 사는 오두막집이 한 채도 없는 이곳은 고상한 취향의 부유한 성직자를 위한 이상적인 영혼의 치유 공간이었다.

다시 말해 맥마스터에게 여기는 이상적인 영국 가정이었다. 예민하고 관찰력이 뛰어난 맥마스터는 평소와는 달리 두쉬민 부인의 거실에 관해선 완벽하게 자신의 마음에 들었다는 것을 제외하고는 별로 기억나는 게 없었다. 세 개의 기다란 창문 너머에는 완벽한 잔디가 펼쳐져 있었고, 그 잔디에는 홀로, 혹은 몰려 피어 있는 장미 나무, 분홍빛 작은 대리석 조각처럼 생긴 꽃과 초록색 잎이 대칭으로 달린 나무가 있었다. 잔디 너머에는 나지막한 돌벽이 있었고 그 너머로는 햇살에 빛나는 습지가 고요히 펼쳐져 있었다.

방 안에 비치된 가구는 갈색 목재로 만들어져 있었는데, 밀랍으로 충분히 윤을 내어 부드럽고 고풍스러웠다. 맥마스터는 걸려 있는

---

[102] Romney Marsh: 영국 남동부 켄트와 이스트서식스 지역의 습지.

그림, 그러니까 그다지 백합처럼 보이지는 않는 백합을 들고 있는, 후광이 빛나는 창백한 여자들이 그려진 그림이 유미주의자 중에서도 심약하고 섬세했던 시미언 솔로몬[103]의 작품이라는 사실을 금방 알아보았다. 이 그림은 전통적인 화법으로 그려지긴 하였으나 아주 충실하게 전통을 따르진 않은 것이었다. 나중에 들은 두쉬민 부인의 말에 따르면, 두쉬민 목사는 더 중요한 작품들은 내실에 걸어두었다고 한다. 손님들을 기분 좋게 해주려고 했는지, 아니면 손님들을 약간 경멸해서 그랬는지는 모르겠지만, 이런 그림처럼 상대적으로 덜 중요한 작품들은 남들도 들어올 수 있는 접견실에 두었다고 했다. 이런 사실 하나만으로도 두쉬민 목사는 선택받은 사람 같았다.

하지만 두쉬민 목사는 당시 집에 없었다. 두쉬민 목사와 만날 약속을 정하는 건 쉽지 않아 보였다. 두쉬민 부인은 두쉬민 목사가 주말이면 무척 바쁘다고 하면서 다소 멍한 표정으로 희미하게 웃으며 "당연한 것이지만요"라고 덧붙였다. 맥마스터도 성직자들은 당연히 주말이 가장 바쁠 거란 생각을 했다. 잠시 주저하던 두쉬민 부인은 맥마스터와 그의 친구가 다음 날, 그러니까 토요일 점심에 오는 건 어떻겠냐고 물었다. 그러나 맥마스터는 캠피언 장군과 12시부터 1시 30분까지 포섬을 반 라운드 치고, 나머지 반은 3시부터 4시 30분까지 치기로 선약을 한 터라, 자신과 자신의 친구 티전스는 6시 30분에 출발하는 하이드행 기차를 탈 수밖에 없기 때문에 다음 날에 차나 저녁 식사를 하는 것은 불가능하다고 말했다.

---

[103] Simeon Solomon(1840~1905): 라파엘 전파 화가 중 한 사람.

깊은, 하지만 지나치지 않을 정도로 아쉬움을 표하며 두쉬민 부인이 목소리를 높여 말했다.

"이를 어째요! 이렇게 멀리서 오셨으니 제 남편도 만나시고 그림도 보셔야 하는데."

방 끝에 있는 벽 너머에서 상당히 거칠고 큰 소리가 들려왔다. 개 짖는 소리와 가구나 상자 같은 것을 서둘러 옮기는 소리, 그리고 쉰 목소리로 누가 외치는 소리가 났다. 두쉬민 부인은 특유의 멍한 표정으로 나지막이 말했다.

"꽤나 소란스럽죠. 시간이 좀 더 있으시면 정원으로 같이 가 남편이 심어놓은 장미를 좀 구경하시죠."

맥마스터는 마음속으로 시를 읊었다.

그대 머리카락의 음영 안에서 그대 눈을 찾았고 보았네…[104]

푸른색이 도는 웨이브 진 검은 머리카락의 음영 안에는 분명 두쉬민 부인의 진한 푸른 눈이 있을 것이다. 머리카락은 낮고 반듯한 이마 아래까지 내려와 있었다. 이것은 맥마스터가 이전까지는 보지 못한 현상이었다. 자신이 논문 주제로 쓴 화가가 얼마나 대단한 관찰력을 가졌나를 다시 한번 확인 — 진짜 이것은 확인이 분명하다 — 시켜준 것이었다.

---

[104] 단테 가브리엘 로세티의 시 「세 개의 그림자」(Three Shadows)의 첫 행에 나오는 구절.

두쉬민 부인은 햇살을 받으며 서 있었다. 그녀의 어두운 톤의 피부는 깨끗했고 광대뼈 위로는 엷은 붉은 빛이 우아하게 감돌았다. 턱뼈는 물론 뾰족한 턱에 이르기까지 중세시대 성자의 석고 조각처럼 뚜렷했다.

부인이 말했다.

"스코틀랜드 분이시죠? 저도 올드 리키[105] 출신이에요." 맥마스터가 먼저 알 수도 있었을 것이다. 맥마스터는 자신은 리스항[106] 출신이라고 밝혔다. 두쉬민 부인에게 무언가를 숨긴다는 것은 상상도 할 수 없었다. 두쉬민 부인은 새삼 더 많은 관심을 보이며 이렇게 말했다.

"아, 정말로 남편도 만나시고 그림도 보셔야겠어요. 어디 보자… 그럼 아침 식사는 어떠세요? …"

맥마스터는 자신과 친구는 공무원이라 아침 일찍 일어나는 편이라고 하면서 기꺼이 아침 식사에 응하고 싶다고 말했다. 부인이 말했다.

"그럼 10시 15분 전으로 하죠. 머물고 계신 숙소 아래쪽에서 차가 기다릴 거예요. 15분 정도밖에 안 걸리니, 곧 식사하실 수 있을 거예요!"

부인은 점차 생기를 찾으며 맥마스터에게 꼭 친구도 데리고 오라고 했다. 맥마스터는 티전스에게 굉장히 매력적인 여자를 만나보아

---

[105] Auld Reekie: 스코틀랜드 중심도시이자 옛 스코틀랜드의 수도 에든버러(Edinburgh)의 애칭.
[106] Port of Leith: 에든버러 북부의 항구 도시.

야 한다고 말해야겠다고 생각했다. 부인은 갑자기 멈춰 서더니 이렇게 덧붙였다. "어찌 됐든, 아마도." 그리고 맥마스터가 듣기에 원스테드[107]라고 하는 사람의 이름도 말했다. 아마도 또 다른 여자의 이름일 거라고 맥마스터는 생각했다. 그리고 그녀 남편의 목사보인 호스테드[108]인지, 뭔지 하는 이름도 말했다. 부인은 생각에 잠긴 듯이 말했다.

"그래요, 꽤 큰 모임이 되겠네요…" 그리고 이렇게 덧붙였다. "아주 떠들썩하고 유쾌할 거예요. 선생님 친구분이 수다스러운 편이면 좋겠어요!"

맥마스터는 자기 친구에게 골치 아픈 일이 있다는 식으로 얘기를 했다.

"아, 그렇게 큰 문제는 아니겠죠?" 부인이 말했다. "게다가 남편에게도 좋을 거예요." 그러곤 이어서 말했다. "남편은 곧잘 생각에 잠기거든요. 아마 여기가 너무 외로워서일 거예요." 그러더니 이렇게 다소 뜻밖의 말을 덧붙였다. "어찌 됐든 말이죠."

마차를 타고 돌아가는 길에 맥마스터는 두쉬민 부인은 평범하다고는 할 수 없는 여인이라고 혼자 중얼거렸다. 부인을 만나는 것은 오래전에 떠났지만, 늘 사랑해 왔던 어떤 방에 들어간 것과 같았다. 기분이 좋았다. 아마도 반쯤은 부인의 에든버러스러움 때문일 것이다. 맥마스터는 '에든버러스러움'이란 단어를 만들어 보았다. 에든

---

[107] 워놉이라고 발음한 것을 맥마스터가 잘못 알아들은 것이다.
[108] 호슬리(Horsley)란 이름을 맥마스터가 잘못 알아들었다.

버러에는 어떤 사교 모임이 있었는데, 맥마스터 자신은 그 모임에 들어갈 정도의 특권을 가지진 못했지만, 그 사교 모임에 관한 기록이 스코틀랜드 문학의 한 축을 차지할 정도라는 것은 알고 있었다! 그 사교 모임의 여자들은 모두 귀부인들로, 그들은 모두 신중하면서도 빈틈없고, 재치 있으면서도 검소하며, 따뜻하게 사람들을 환대했다. 런던 친구들의 접견실에서 부족한 것이 바로 이 에든버러스러움인지도 모른다. 크레시 부인, 리무 부인, 그리고 딜러니 부인은 예절에서나 언사에서나 품행에서나 거의 완벽했다. 하지만 그들은 젊지 않았고 에든버러 출신도 아니었으며, 대단히 우아하지도 않았다!

두쉬민 부인은 이 세 가지를 모두 갖추었다. 여성의 본질을 보여주는 이런 자신감 있고 조용한 태도를 그 부인은 언제까지라도 유지할 것 같았다. 그리고 신체적으로 볼 때 부인의 나이는 서른이 넘었을 리는 없을 것 같았다. 하지만 나이가 중요하진 않다고 생각했다. 부인은 신체적으로 젊어야 할 수 있는 일을 하지 않았기 때문이다. 가령 부인은 달려야 할 경우가 절대 없을 것이다. 항상 공중을 떠다니는 듯 움직일 테니 말이다! 맥마스터는 부인의 옷의 세세한 부분까지도 기억해내려 했다.

그것은 분명 짙은 남색 실크로 된 옷이었다. 다소 거칠게 짠 그 옷의 주름에는 은색의 작은 매듭이 달려 있었다. 아주 짙은 남색의 그 옷은 예술적이었고 완벽하게 전통을 살리고 있었다. 그러면서도 아주 잘 재단된 옷의 소매는 굉장히 크긴 했지만 상당히 잘 맞았다. 윤이 나는 노란색 호박으로 된 무척이나 커다란 목걸이를 진한 남색 드레스에 걸치다니! 그녀는 자기 남편의 장미에 대해 말할 때,

꽃들은 이 땅을 시원하게 해주기 위해 내려오는 분홍 구름을 떠올리게 한다고 했다. 참 멋진 생각이었다!

갑자기 맥마스터는 혼자 중얼거렸다.

"티젠스에게 진짜 어울리는 배우자감이야!" 그리고 마음속으로 이렇게 생각했다. "그녀가 티젠스에게 영향을 미치지 말란 법은 없어!"

때맞추어 앞으로 벌어질 광경이 맥마스터 앞에 펼쳐졌다. 그는 티젠스가 두쉬민 부인에게 적절한 책임감을 느끼게 되고, 아주 합당한 이유로 조용히 열정에 빠지게 되며, 상대방도 그의 열정을 받아들여, 그 둘은 결국 결합하여 티젠스가 "엄청나게 나아지게" 되는 모습을 상상해 보았다. 그리고 1, 2년 안에 자신도 마침내 찾아낸 "기쁨이 되어줄 레이디"(물론 자신의 기쁨이 되어줄 레이디 역시 신중하지만 젊고 인상적일 것이다!)가 두쉬민 부인 발치에 앉아, 그녀에게서 신비로운 자신감, 옷 입는 방법, 호박 목걸이를 걸치고 장미 위로 허리를 굽히는 자태, 그리고 에든버러스러움을 배우는 모습을 그려보았다.

맥마스터는 너무도 흥분하여, 초록색 무늬가 있는 가구에 앉아 커다란 철판으로 만든 골프 하우스 사진이 실린 신문을 읽으면서 차를 마시고 있는 티젠스를 보고 소리치지 않을 수 없었다.

"두쉬민 목사 집에서 아침 식사에 초대해 우리 둘 다 가겠다고 했네. 자네도 괜찮지?" 티젠스는 캠피언 장군과 보수당 당원이자 레이디 클라우딘의 남편인 장군의 처남 폴 샌드바크와 함께 작은 테이블에 앉아 있었다. 장군은 티젠스에게 유쾌하게 소리쳤다.

"두쉬민과의 아침 식사라! 가야지! 자넨 평생 최고의 아침 식사를 하게 될 걸세."

장군은 자기 처남에게 이렇게 말했다. "클라우딘이 매일 아침 우리에게 주는 가짜 케저리[109]는 안 줄 걸세."

샌드바크가 투덜대듯 말했다.

"그 집 요리사를 훔쳐오려고 해 보았지. 클라우딘은 우리가 여기 올 때마다 요리사를 훔치려고 시도해 보았네."

장군은 맥마스터에게 살짝 미소를 지으며 약간의 쉬, 쉬 소리를 내며 유쾌하게 말했다.

"처남이 진심으로 말하는 건 아니네. 내 누이가 요리사를 훔쳐올 생각을 할 리가 있겠나. 더구나 두쉬민 부부에게서. 무서워서라도 못하지."

샌드바크가 툴툴거리듯 말했다.

"누군들 안 그러고 싶겠나?"

두 사람 모두 꽤 심하게 다리를 절었다. 샌드바크는 태어날 때부터 그랬고, 장군은 경미한 자동차 사고로 입은 상처를 방치해 그렇게 되었다. 장군에게는 허영심이 하나 있는데, 자신의 차는 자신이 직접 운전할 능력이 있다고 생각하는 것이었다. 장군은 운전 실력이 뛰어나지도 않은데다 몹시 부주의해서 자주 사고를 냈다. 얼굴이 거무스름하고 둥근 불도그같이 생긴 샌드바크는 태도가 거칠었다. 그는 의회에서 직무를 수행하다 두 번 정직을 당한 적이 있는데, 당시 재무 장관을 부를 때 "거짓말쟁이 변호사"라고 불렀기 때문이

---

[109] Kedgeree: 쌀, 달걀, 양파, 콩, 향신료로 만든 인도 요리.

었다. 하지만 그 당시에도 그는 이미 정직 중이었다.

맥마스터는 불안하면서도 혼란스러웠다. 예민한 성격의 그는 싸늘하고 불쾌한 분위기를 감지했고, 티전스의 경직된 시선도 느낄 수 있었기 때문이었다. 티전스는 아무 말 없이 앞을 응시하고 있었다. 티전스의 뒤로는 밝은 초록색 코트에 붉은색 울로 된 조끼를 입은 발그레한 얼굴의 두 남자가 있었다. 한 명은 금발에 대머리였고, 다른 한 명은 머릿기름을 발라 번들거리는 검은 머리를 하였는데 둘 다 마흔다섯쯤 되어 보였다. 그 둘은 입을 약간 벌린 채 티전스의 테이블에 앉은 사람들을 유심히 지켜보면서, 아예 노골적으로 이들의 대화를 듣고 있었다. 그들 앞에는 각각 슬로진 잔과 소다수를 넣은 브랜디가 반쯤 담긴 컵이 놓여 있었다. 맥마스터는 왜 장군이 자기 누이가 두쉬민 부인의 요리사를 빼앗으려는 게 아니라고 말했는지 이해할 수 있었다.

티전스가 말했다.

"얼른 차 마시고 일어나시죠." 그는 주머니에서 전보 용지를 여러 장 꺼내 정리하기 시작했다. 장군이 말했다.

"입 데지 않게 조심하게. 우린… 다른 사람들보다 먼저 시작할 수가 없네. 우리가 워낙 느려서 말이야."

"그런 게 아니야. 옴짝달싹 못하게 되어서 그런 거지." 샌드바크가 말했다. 티전스는 전보 용지를 맥마스터에게 주면서 말했다. "이걸 좀 읽어 보게. 오늘 시합 후에 자네를 다시 못 볼지도 모르겠네. 자넨 마운트비에서 저녁 식사를 하기로 되어 있으니 말이야. 장군이 자네를 데리고 갈 걸세. 레이디 클라우딘도 내가 가지 못하는 걸

이해해주실 거네. 난 해야 할 일이 있고 해서."

맥마스터에게 이는 당혹스러운 일이었다. 무척이나 세련됐지만 지적이지 못한 사람들이 북적대는 샌드바크 부부의 마운트비에서 저녁 식사를 하는 것을 티젠스가 달가워하지 않으리라는 건 잘 알고 있었다. 티젠스는 이들을 토리주의의 악덕의 화신이라고 불렀기 때문이다. 그러나 맥마스터는 티젠스가 사람들이 몰려있는 도회지의 어둠 속에서 홀로 생각에 잠겨 있는 것보다는 불쾌한 저녁 식사 자리에 참석하는 게 더 낫다고 생각했다. 그때 티젠스가 말했다.

"그 돼지 같은 자에게 한마디 할 작정이네!" 티젠스는 네모진 턱을 앞으로 내밀었다. 브랜디를 마시던 남자 둘을 바라보던 맥마스터는 그중 한 명이 종종 캐리커처에서 본 익숙하면서도 기이한 얼굴을 가졌다는 사실을 알게 되었다. 하지만 이름이 기억나진 않았다. 정치가가 틀림없어. 장관이었나? 누구였지? 맥마스터는 마음이 혼란스러웠다. 지금 그는 자신이 들고 있는 전보 용지를 언뜻 보고선, 그것이 "동의함"이라는 단어로 시작되는 티젠스가 자신의 아내에게 보내는 전보라는 것을 알 수 있었다. 그는 재빨리 말했다.

"이미 보낸 건가 아니면 그냥 초안인가?"

티젠스가 말했다.

"그자가 바로 스티브 펜윅 워터하우스야. 장기 채무 위원회 위원장 말이야. 우리에게 통계표를 조작하라고 지시한 돼지 같은 자라고."

그때가 맥마스터에게 있어서 가장 끔찍한 순간이었다. 더 큰 재앙이 벌어진 것이다. 티젠스가 말했다.

"그자와 얘길 좀 해야겠어. 그래서 마운트비에서 저녁 식사를 할 수 없다는 거야. 이건 국가에 대한 의무네."

맥마스터는 생각이 완전히 정지한 것 같았다. 그는 창문으로 둘러싸인 공간에 있었다. 밖에는 햇살이 비쳤다. 분홍색과 흰색 구름들이 보였다. 양떼구름이다! 배 모양의 구름도 있었다. 두 남자가 있다. 한 사람은 머릿기름을 바른 검은 머리의 남자였고, 다른 사람은 금발의 대머리로 얼굴이 여기저기 부스럼투성이였다. 둘은 얘기를 하고 있었지만 맥마스터에게는 그들의 말에 어떤 감흥도 느낄 수 없었다. 번들거리는 검은 머리를 한 남자가 부다페스트로 거티를 데리고 가지 않을 거라고 했다. "어림 반 푼어치도 없지." 하고 그가 말했다. 악몽에서 본 것처럼 그는 윙크를 했다. 그 너머에는 두 젊은 이와 기이한 얼굴을 한 사람이 있었다. 악몽에 등장하는 사람처럼 장관의 얼굴은 뒤틀려 보였다. 그의 얼굴은 무지막지하게 큰 코와 가늘고 긴 눈이 달린 무언극의 거대한 가면처럼 보였다.

그래도 기분 나쁜 얼굴은 아니었다! 맥마스터는 신념상, 성격상, 그리고 기질상, 휘그주의자였다. 그는 공무원이라면 정치적 활동은 자제해야 한다고 생각했다. 그럼에도 진보당 장관이 추하다고 생각하지는 않았다. 반대로 워터하우스 경은 솔직하고 유머 감각이 있는 호감을 주는 인물이었다. 비서가 말할 때도 그는 비서의 어깨에 손을 얹고 엷은 미소를 지으면서 어찌 보면 졸린 듯 예의 바르게 경청했다. 틀림없이 과로해서 그랬을 것이다. 그러곤 그는 온몸이 흔들릴 정도로 웃어댔다. 살이 많이 쪘다!

정말 애석하다! 맥마스터는 티전스가 빼곡하게 써 놓은 글이 이해할 수 없는 단어들의 나열로 보였다. "받아들일 수 없다… 일반 집이 아니라 플랫식 주택… 아이는 내 누이의 집에…" 그의 눈은 구절들 사이를 오갔다. 읽는 걸 멈추지 않고는 단어들을 연결할 수 없었다. 번들거리는 머리를 한 남자가 느글거리는 목소리로 "거티는 끝내주는 여자지만 자네가 얘기한 스페인 집시 여자들이 있는데 부다페스트에 데려갈 수는 없지 않겠나!"라고 말했다. 그는 자신이 거티를 데리고 있은 지 5년이 되어 간다며 진짜 괜찮은 여자라고 했다. 그의 친구는 소화가 되지 않을 때 나오는 목소리로 말했다. 티전스, 샌드바크와 장군은 몸이 빳빳하게 경직됐다.

정말 애석하다! 맥마스터는 생각했다.

그는 앉아 있어야 했다… 그 유쾌한 장관과 같이 앉아 있다면 기분이 좋았을 것이다. 보통의 경우 맥마스터는 그랬을 것이다. 최고의 골퍼는 유명 방문객과 경기를 하기 마련이고, 영국 남부에서 그를 이길 수 있는 사람은 아무도 없었기 때문이다. 맥마스터는 4살부터 소형 골프채와 어디선가 주운 공으로 동네 작은 해안가에서 골프를 치기 시작했다. 매일 아침 빈민 학교로 등교하고, 식사하러 집으로 온 뒤, 다시 학교로 갔다 돌아와 잠을 잤다! 그는 잿빛 바다 옆의 골풀투성이의 모래 골프 코스에서 골프를 쳤다. 그래서 신발 두 짝은 늘 모래로 가득 찼지만, 주운 골프공으로 3년간 골프를 칠 수 있었다…

맥마스터는 탄식했다. "이럴 수가" 전보를 읽은 그는 이제야 티전스가 화요일에 독일로 가려 한다는 사실을 알게 되었다. 맥마스터의 탄식에 응답하듯 티전스가 말했다.

"더 이상 참을 수 없습니다. 장군님이 저 돼지 같은 자를 막지 않으시면, 제가 할 겁니다."

장군은 씩씩거리며 나지막이 말했다.

"잠깐… 잠깐 기다려 보게… 저 친구가 막을 수도 있어."

번들거리는 검은 머리를 한 남자가 말했다.

"자네 말대로 부다페스트가 터키탕이니 뭐 그런 것들도 있고 해서 집시 여자들을 데려갈 만한 곳이라면, 다음 달에 가서 술이나 진탕 마시고 놀아보자고." 그러고는 티전스에게 한쪽 눈을 찡긋했다. 그의 친구는 걱정스러운 표정으로 장군을 쳐다보면서, 고개를 숙인 채 속으로 웅얼거리는 것 같았다.

논쟁을 벌이듯 그는 말을 이었다. "내가 마누라를 사랑하지 않아서 그런 건 아니라고. 괜찮은 여자거든. 그런데 거티가 있잖은가. 아주 끝내주는 여자지. 그래도 남자가 원하는 건…" 그러더니 그는 "어!" 하고 소리쳤다.

키가 몹시 크고 호리호리한 장군은 주머니에 손을 넣은 채, 얼굴을 붉히면서 그쪽 테이블 쪽으로 천천히 걸어갔다. 2미터도 안 되었지만 오래 걸어간 것 같았다. 장군은 그들 앞에 몸을 우뚝 세우고 섰다. 그들은 눈을 휘둥그레 뜬 채, 풍선 기구를 바라보는 학생들처럼 그를 바라보았다. 장군이 말했다.

"여기 골프 코스를 즐기고 계시는 걸 보니 기쁘오. 신사 양반."

대머리 남자가 말했다. "그럼요, 그럼요! 최고죠. 아주 좋습니다!"

"그런데" 장군이 말했다. "아… 그러니까… 그런… 가정 문제를… 식당이나 이런 골프 하우스에서 얘기하는 건 현명하지 않은 것 같소. 다른 사람들이 들을 수도 있으니."

번들거리는 머리를 한 남자가 자리에서 반쯤 일어나며 소리쳤다.

"아, 뭐…" 다른 남자가 웅얼거리듯 나지막하게 말했다. "입 다물게, 브릭스."

장군이 말했다.

"내가 이 골프 클럽의 회장이오. 클럽 회원들과 방문객들을 만족하게 하는 게 내 의무라오. 실례가 안 됐기를 바라오."

장군이 자리로 돌아왔다. 분노로 그의 몸이 부들거렸다.

"저 놈들만큼이나 내가 망나니처럼 굴어야 했다니." 그가 말했다. "하지만 이렇게 하지 않으면 할 수 없으니 어쩌겠나?" 두 사업가가 서둘러 탈의실로 가자 끔찍한 침묵이 흘렀다. 토리주의자에게는 이런 일이 말세처럼 느껴질 거란 사실을 맥마스터는 깨달았다. 그래 이게 바로 영국의 최후다! 그는 두려운 마음으로 티젠스의 전보를 다시 보았다… 티젠스는 화요일에 독일로 갈 것이다. 그리고 부서를 뒤집어 놓으려고 한다… 말도 안 되는 일이다. 상상도 할 수 없는 일이다.

맥마스터는 전보를 처음부터 다시 읽기 시작했다. 엷은 종이 위로 그림자가 드리워졌다. 워터하우스 경이 테이블 위쪽과 창문 사이에 있었다.

"진짜 고맙소, 장군. 저 추잡스러운 놈들의 더러운 농지거리 때문에 대화를 할 수가 없을 정도였으니 말이오. 저런 놈들 때문에 우리 친우들이 여성 참정권 운동가가 되어 버리는 것 아니겠소! 그런 것들이 바로…" 그러곤 이렇게 덧붙였다. "안녕하시오 샌드바크 씨!

휴가를 제대로 즐기시고 있소?"

장군이 말했다.

"경이 저놈들을 쫓아내주지 않을까 생각했었소."

불도그처럼 튀어나온 턱에 곤두선 짧은 검은 머리를 한 샌드바크가 짖어대듯 큰 소리로 말했다. "안녕하시오, 워터슬롭!110 지금 약탈품을 즐기시는 중이시오?"

키 크고 구부정한 몸에 헝클어진 머리를 한 워터하우스가 코트 덮개를 들어 올리자, 너무 헤져서 팔꿈치 부분에 지푸라기가 삐져나온 것처럼 보이는 코트가 보였다.

"여성 참정권 운동가들이 내게 남겨주고 간 것이오." 그가 웃으며 말했다. "여기 계신 분 중 티전스라고 하는 천재가 있지 않습니까?" 그는 맥마스터를 보며 말했다. 장군이 말했다.

"여긴 티전스… 여긴 맥마스터…" 장관이 친근하게 말을 이었다.

"아, 자네로군? … 자네에게 고맙다는 말을 하고 싶었네."

티전스가 말했다.

"대체 무엇 때문이죠?"

"알고 있지 않나!" 장관이 말했다. "자네가 계산한 수치가 없었다면 다음 회기까지 법안을 만들지 못했을 거네…" 그는 익살맞게 말했다. "그렇지, 샌드바크?" 그리고 티전스에게 말했다. "잉글비가 얘기해 줬네…"

---

[110] 워터하우스(Waterhouse)의 이름을 일부러 워터슬롭(Waterslop)으로 바꿔 부르고 있다. 슬롭(slop)은 오물이라는 뜻이 있기에 이는 그를 조롱조로 부른 것이라는 사실을 짐작할 수 있다.

티전스의 얼굴은 창백하게 되면서 굳었다. 그는 더듬거리며 말했다.

"제가 하지 않았습니다… 제 생각엔…"

맥마스터가 소리쳤다.

"티전스… 자네…" 그는 뭐라고 말해야 할지 알 수 없었다.

"아, 자넨 너무 겸손해." 워터하우스는 티전스를 어쩔 줄 모르게 했다. "우리도 누구에게 감사해야 할지 알고 있다네…" 그러곤 워터하우스 경은 샌드바크를 멍하니 쳐다보았다. 그러더니 그의 얼굴이 갑자기 밝아졌다.

"이보게, 샌드바크" 그가 말했다. "이쪽으로 오지 않겠나?" 그는 한두 걸음 걸으면서 젊은 부하 직원을 불렀다. "샌더슨, 이 친구에게 마실 거 한 잔 갖다 주게나. 아주 독한 걸로 말이야." 샌드바크는 어색하게 의자에서 일어나 장관에게로 절뚝거리며 갔다.

티전스가 느닷없이 큰 소리로 말했다.

"내가 너무 겸손하다고! … 내가! … 저 돼지 같은… 저 입에 담지도 못할 돼지 같은 작자가!"

장군이 말했다.

"대체 무슨 일인가, 크리시? 자네가 지나치게 겸손하기는 하지."

티전스가 말했다.

"빌어먹을, 이건 정말 심각한 문제라고요. 제가 일하는 부서에서 더 이상 일할 수 없을 정도라니까요."

맥마스터가 말했다.

"아닐세, 아니야! 자네가 틀렸네. 자네가 잘못 생각하는 거야." 그러고는 상당히 흥분한 어조로 장군에게 설명하기 시작했다. 그는 이 문제로 꽤나 마음고생을 하던 차였다. 정부가 하원에 제출할 새 법안에 들어갈 여러 항목의 근거를 제시할 수 있는 수치를 통계청에 요구한 적이 있었는데, 워터하우스 경이 바로 그 수치를 제시하기로 되어 있었다고 말했다.

그때 워터하우스 경은 샌드바크의 등을 철썩 치면서, 눈가에 내려온 머리를 휙 넘기고는 여학생인 마냥 정신없이 웃어댔다. 그는 갑작스레 피곤해 보였다. 반짝거리는 단추를 단 경관이 유리문 밖에서 백랍 잔에 든 무언가를 마시며 나타났다. 두 사업가는 단추를 여미며 탈의실에서 나와 유리문으로 달려갔다. 장관이 큰 소리로 말했다.

"기니로 합시다!"

맥마스터는 티젠스가 저토록 온화하고 꾸밈없는 사람을 입에 담지도 못할 돼지라고 부르는 것은 정말 잘못됐다고 생각했다. 그렇게 부르는 것은 부당하다고 생각했다. 그는 장군에게 계속 설명했다.

정부는 B7이라고 부르는 산출법에 의거한 일련의 수치를 원했는데, H19라는 산출법에 따라 작업하고 있었던 티젠스는 H19가 통계상으로 합당한 수치 중 가장 낮은 것이라고 주장했다고 했다.

장군이 유쾌하게 말했다. "모두 무슨 소리인지 알 수가 없구먼."

"어렵지 않습니다." 맥마스터는 말했다. "그건 이렇습니다. 정부가, 그러니까 레지날드 잉글비 경이 3 곱하기 3이면 어떻게 되는지 알아보라고 했습니다. 원칙적으로 그런 종류의 일입니다. 그런데 크리스는 우리나라를 망치지 않을 유일한 수치는 9 곱하기 9라고 주장하고 있는 겁니다…"

"정부는 사실 노동자들 주머니에 돈을 쑤셔 넣어주고 싶어 했어." 장군이 말했다. "내 생각엔 그냥 돈을 주겠다는 것이지. 표를 의식해서 말이야."

"그런데, 그게 요지가 아닙니다." 맥마스터가 조심스럽게 말했다. "정부가 크리시에게 요청한 것은 3 곱하기 3이 뭐냐는 것입니다."

"그걸 해내서 명성도 얻은 거 아닌가?" 장군이 말했다. "그건 좋은 일이야. 우린 모두 항상 크리시의 능력을 믿어 왔지. 하지만 워낙 성격이 강해."

"그 친구는 그 문제로 레지날드 경에게 몹시 무례하게 굴었습니다." 맥마스터는 말을 이었다.

장군이 말했다.

"저런, 저런!" 장군은 티전스에게 고개를 저으며, 조심스러우면서도 무표정하게, 약간은 실망스럽다는 표정을 지었다. "상관에게 무례하게 구는 건 찬성할 수 없네. 어떤 직무를 맡고 있던 말이야."

"제 생각에" 티전스는 몹시 온순하게 말했다. "맥마스터가 저에 대해 공정하게 얘기한 것 같지 않습니다. 물론 맥마스터도 업무상 어떻게 해야 하는지에 대해 자신의 의견을 가질 권리는 있습니다. 제가 잉글비 경에게 그런 끔찍한 일을 하느니 차라리 사임하겠다고 말한 것도 사실입니다…"

"그렇게 하면 안 되지." 장군이 말했다. "모든 사람이 자네처럼 행동한다면 어떻게 업무를 볼 수 있겠나?"

샌드바크는 웃으며 돌아오더니 낮은 안락의자에 힘겹게 주저앉

앉다.

"저 친구가…" 샌드바크가 입을 열었다.

이때 장군이 손을 살짝 들어올렸다.

"잠시만 기다려주게!" 장군이 말했다. "만약 얼스터 의용군[111]을 진압하라는 업무가, 실제로는 명령이겠지만, 내게 주어진다면 난 명령을 따르느니 차라리 내 목을 자르겠다고 크리스에게 말하려던 참이었네."

샌드바크가 말했다.

"당연히 그래야지. 그들은 우리 형제가 아닌가. 우선은 거짓말이나 일삼는 저 정부부터 혼쭐이 좀 나야 해."

"난 받아들여야 한다고 말하려던 참이었네." 장군이 말했다. "맡은 일을 그만두면 안 되네."

이 말에 샌드바크는

"맙소사!" 하고 외쳤다.

티전스가 말했다.

"저도 그만두지 않았습니다."

샌드바크가 소리쳤다.

"장군! 나와 클라우딘이 그렇게 말했는데…"

티전스가 끼어들며 이렇게 말했다.

"잠시만요, 샌드바크 경. 제가 지금은 질책을 받고 있지만 그 당

---

[111] Ulster Volunteers: 얼스터 의용군. 영국으로부터의 독립을 원하지 않았던 북아일랜드 신교도들을 중심으로 결성된 신교도 테러 조직.

시 잉글비 경에게 무례를 범하진 않았습니다. 제가 그분이 한 말이나 그분에 대해 경멸감을 표했다면 그것은 무례한 행위였겠지요. 하지만 전 그러지 않았습니다. 그분도 전혀 불쾌해하지 않으셨고요. 얼굴이 시뻘게지셨지만 기분 나빠 하지는 않으셨습니다. 그리고 그분이 절 계속해서 설득하려 하시는 것도 참았습니다. 사실 잉글비 경 말이 맞습니다. 제가 그 일을 하지 않으면 그 돼지 같은 작자가 경쟁 시험을 거쳐 등용한 수석 사무관을 시켜 잘못된 전제하에 그 일을 진행시킬 뿐만 아니라, 모든 항목을 날조시킬 거라고 말씀하셨으니까요."

"내 생각도 그러하다네." 장군이 말했다. "내가 얼스터와 관련된 일을 맡지 않는다면 정부는 이 세 지역 안의 농장을 모조리 불태우고 여자들도 모조리 겁탈할 놈을 나 대신 세우지 않겠나. 정부는 유사시를 대비해 그런 자를 준비해 두기 마련이지. 정부는 코노트 레인저스[112]에게 북쪽에 가보라고 한 마디만 하면 될 거야. 그게 뭘 의미하는지는 자네도 알 걸세. 그렇다고 해도…" 장군이 티전스를 쳐다보았다. "상관에게 무례해서는 안 되네."

"무례하지 않았다고 말씀드렸잖습니까!" 티전스가 소리쳤다. "확실하니 제 말을 믿으세요."

장군은 고개를 저었다.

장군이 말했다. "자네 같은 머리 좋은 친구들은 나라나 군대, 그

---

[112] Connaught Rangers: 영국군의 아일랜드 보병 연대. 기강은 해이하지만 길거리 싸움꾼같이 거친 군부대로 알려졌다.

어떤 것도 운영할 수 없네. 나나 샌드바크 같은 멍청이들이나, 건실하고 보통 정도의 머리만 가진 여기 이 친구 같은 자가 필요한 법이야." 그는 맥마스터를 가리키면서 자리에서 일어나더니 말을 이었다. "맥마스터, 자네는 나랑 치자고. 자네가 끝내준다고 하던데. 크리시는 형편없어. 그러니 샌드바크와 같이 치면 될 거네."

장군은 맥마스터와 함께 탈의실 쪽으로 갔다.

샌드바크가 볼꼴 사납게 비틀거리며 의자에서 일어나 소리쳤다.

"조국을 구해… 빌어먹을…" 그가 일어났다. "나와 캠피언이… 이 나라가 지금 어떤 꼴이 되었는지 보게… 우리 클럽 하우스에 있던 돼지 같은 그 두 놈은 또 뭐냔 말이야! 게다가 날뛰는 여자들에게서 장관을 보호하겠다고 경관이 골프 코스 주변이나 돌다니… 맙소사! 그놈들 등가죽을 벗겨 버리고 싶어. 그렇게 할 거야. 반드시 그렇게 할 거라고."

그리곤 이렇게 말했다.

"워터슬롭은 꽤나 잘 쳐. 우리가 무슨 내기를 했는지 자네에게 이야기해줄 수 없었네. 자네가 하도 떠들어대서 말이야… 자네 친구는 노스 버윅[113]에서 진짜 플러스원[114]인가? 자넨 어떤가?"

"맥마스터는 실제로 경기할 때 어디서건 핸디캡이 2입니다."

샌드바크가 말했다.

"와… 진짜 대단한 친구로구먼…"

---

[113] North Berwick: 스코틀랜드에 있는 해안 도시.
[114] plus one: (골프) (우세한 자에게 주는) 핸디캡.

"저 같은 경우에는" 티전스가 말했다. "이놈의 게임이 정말 싫습니다."

"나도 마찬가지네." 샌드바크가 말했다. "우린 그냥 저 친구들 뒤에서 천천히 걷기나 하지."

4

그들은 환한 들판으로 나왔다. 높은 하늘 아래 머나먼 풍경들이 분명하게 그 윤곽을 드러냈다. 티전스가 캐디를 쓰지 않겠다고 해서 모두 일곱 명이 한 조가 되어, 첫 타를 칠 티잉 그라운드[115]에서 기다리고 있었다. 맥마스터가 티전스에게 다가와 나지막한 소리로 말했다.

"그 전보 정말 보냈나? …"

티전스가 대답했다.

"지금쯤이면 독일에 갔겠지!"

샌드바크는 워터하우스 경과 합의한 내기의 조건을 설명하느라 절뚝거리며 이 사람 저 사람에게 갔다. 워터하우스 경은 자신과 같이 골프를 칠 젊은이가 드라이버를 치고 18홀에서 두 번 칠 수 있도록 밀어주었다. 장관은 유리한 쪽을 선택했기 때문에 샌드바크는 그가 경기를 제대로 할 줄 아는 사람이라고 생각했다.

첫 번째 홀 저 아래에서 워터하우스 경과 그의 두 동행인이 첫

---

[115] teeing ground: 골프에서 각 홀의 출발 구역.

그린[116]으로 가고 있었다. 그들 오른쪽에는 높은 모래 언덕이 있었고 왼쪽에는 가장자리에 골풀이 무성한 길과 좁은 제방이 있었다. 장관 앞쪽에 있는 사업가 두 사람과 그들의 캐디 두 사람은 둑 가장자리에서 이따금씩 골풀 사이를 쑤시며 서 있었다. 젊은 여자 둘이 모래 언덕 위에 나타났다가 사라졌다. 경관은 워터하우스 경이 걷는 길과 나란히 난 길을 따라 걷고 있었다. 장군이 말했다.

"우리도 이젠 가도 되겠네"

샌드바크가 말했다.

"워터슬롭이 다음 티부터 공을 날릴 걸세."

장군이 곧게 뻗은 큼직한 타를 쳤다. 맥마스터가 스윙을 하려는 순간 샌드바크가 소리쳤다.

"와! 저 친구 거의 해냈어. 저 친구 점프하는 것 좀 보게!"

맥마스터는 어깨 너머로 돌아보며 화가 난 낮은 목소리로 으르렁거리듯 말했다.

"남이 드라이버 샷을 칠 때, 소리치면 안 된다는 것도 모르십니까? 아니면 골프를 한 번도 안 쳐보셨습니까?" 그는 씩씩거리며 급히 공을 쫓아갔다.

샌드바크가 티전스에게 말했다.

"여! 저 친구 진짜 성깔 있네!"

티전스가 말했다.

"게임할 때만 그렇습니다. 그런 소릴 들을 만하게 하셨잖아요."

---

[116] green: 골프 코스를 말함.

샌드바크가 말했다.

"그렇긴 했지… 그래도 내가 저 친구 샷을 망친 건 아니지 않나. 장군보다 20미터는 더 멀리 쳤는데."

티전스는 말했다.

"방해하지만 않았어도 60미터는 더 나갔을 겁니다."

그들은 티 주변을 서성이며 다른 사람들이 앞으로 멀어지기를 기다렸다. 샌드바크가 말했다.

"세상에, 자네 친구는 벌써 세컨드로 넘어갔군… 저렇게 체구가 작은 사람이 저렇게 칠 수 있다니 믿기지 않는군." 그는 덧붙여 말했다. "저 친구 대단한 집안은 아니지?"

티전스는 그의 콧잔등 아래를 내려다보았다.

"우리와 비슷합니다!" 그가 말했다. "저 친구가 한두 타 더 줄일 수 있는 걸 가지고 내기를 하진 않았을 겁니다."

샌드바크는 티전스가 그로비 출신이라 그를 싫어했다. 티전스도 샌드바크가 존재한다는 사실 자체에 격노했다. 샌드바크는 그로비에서 11킬로미터쯤 떨어진 미들즈브러[117]에서 작위를 받은 시장의 아들이었기 때문이다. 그만큼 클리블랜드[118] 지주와 클리블랜드 금권 정치가 사이의 불화는 극심했다. 샌드바크가 말했다.

"아, 자네가 여자 문제나 재무부 때문에 곤란에 처하면 맥마스터가 도와주는 모양이군. 거기에 대한 보답으로 자네는 저 친구를 데

---

[117] Middlesbrough: 영국 잉글랜드 동북부, 요크셔 북쪽 경계에 있는 항구 도시.
[118] Cleveland: 잉글랜드 동북부의 주. 클리블랜드의 주도가 미들즈브러이다.

리고 다니는 거고. 꽤 유용한 조합이구먼."

"포틀밀과 스탠튼처럼요." 티전스가 말했다. 이 두 제철소의 병합과 관련된 재정 조작 문제로 샌드바크의 부친은 클리블랜드 지역에서 적잖은 반감을 샀다. 샌드바크가 말했다.

"이보게, 티전스…" 그러나 그는 생각을 바꾸어 이렇게 말했다. "이제 우리도 가는 게 좋겠네." 동작은 서툴렀지만 그는 솜씨 있게 첫 타를 날렸다. 분명 티전스보다는 잘 치는 편이었다.

둘 다 되는 대로 치는데다 샌드바크는 다리를 절었기 때문에 이들의 골프 치는 속도는 무척 느렸다. 그러다 보니 세 번째 티를 마치기 전에, 다른 사람들은 연안 경비대 오두막과 모래 언덕 너머로 가버려 보이지 않았다. 다리를 절었기 때문에 샌드바크는 슬라이스[119]로 치는 경우가 많았다. 그럴 때면 오두막 정원 한가운데로 공이 날아가, 그는 캐디와 같이 낮은 담 너머 감자 줄기 사이에 있는 공을 찾으러 다녀야 했다. 티전스는 가방 끈을 잡고 가방을 질질 끌며, 공을 만지작거리면서 천천히 페어웨이[120]까지 걸어갔다.

티전스는 경쟁을 싫어하기 때문에 골프를 싫어했지만, 맥마스터가 원정 경기를 하러 갈 때 동행하게 되면 골프공의 궤도를 수학적으로 계산하는 일에 몰두할 수 있어서 좋았다. 그가 맥마스터와 함께 간 것은 맥마스터가 그 누구보다도 잘하는 취미 활동에 같이 참여하는 것이 좋아서였다. 평소처럼 친구에게 으름장만 놓는 것도

---

[119] slice: 골프에서 왼쪽에서 오른쪽으로 급하게 휘어지는 샷.
[120] fairway: 티와 그린 사이의 기다란 잔디밭.

지루했기 때문이었다. 하지만 그는 주말에 골프를 칠 때 3개의 다른, 가능하다면 안 알려진, 골프 코스에서 치자는 조건을 내세웠다. 당시 티전스는 골프 코스 모형에 관심을 갖고 있어서 골프 설계에 있어선 전문가 수준에 이를 정도까지 연구를 많이 했다. 그리고 경사진 클럽 페이스[121]에서 공이 날아가는 거리, 근육이 사용하는 에너지의 풋파운들[122], 회전 이론과 관련된 난해한 수치를 계산했다. 그는 종종 보통 수준의 골프 실력을 지닌 재수 없는 사람에게 맥마스터의 골프 실력이 보통 수준이라고 속이곤 했다. 그리고 자신은 클럽하우스에서 경주마들의 종과 형태를 연구하면서 오후를 보냈다. 모든 클럽하우스에는 러프스 가이드[123]가 있었기 때문이다. 봄이 되면 그는 부리가 부드러운 새들의 둥지를 찾아다니며 관찰을 했다. 뻐꾸기[124]의 가정사에 흥미를 느꼈기 때문이었다. 자연사와 현장 식물학은 싫어했지만 말이다.

이날 티전스는 다른 매쉬 샷[125]을 기록한 메모장을 살펴본 뒤 주머니에 넣었다. 그러곤 유난히 거칠어진 페이스[126]와 손도끼 같은 골프채 헤드가 있는 니블릭[127]으로 공을 칠 자세를 취했다. 그다음엔 세심하게 골프채를 잡고는 가죽을 씌운 샤프트[128] 부분에서 세

---

[121] club-face: 골프채의 공을 치는 쪽.
[122] foot-poundal: 1파운드의 힘에 저항하여 1피트 움직이는 일의 양.
[123] Ruff's Guide: 경주마에 대한 상세한 기록이 담긴 책.
[124] 보통 뻐꾸기는 둥지를 훔치는 습성을 갖고 있기 때문에 가정을 파괴하는 존재의 상징으로 표현된다.
[125] mashie shots: 골프채 중 5번 아이언이라고 불리는 골프채의 별칭.
[126] face: 골프채의 치는 면.
[127] niblick: 9번 아이언의 별칭.

번째와 네 번째 손가락을 뺐다. 샌드바크가 인색하게도 잃어버린 공을 찾겠다며, 그것도 아주 천천히 찾느라 10분 정도 시간을 허비했으나, 그게 오히려 티전스에게는 감사할 뿐이었다. 티전스는 아주 천천히 매쉬를 반쯤 들어 샷을 조준했다.

그때 티전스는 누군가가 힘겹게 숨을 쉬며 가까이에 서서 자신을 바라보고 있다는 걸 깨달았다. 남자아이들이 신는 고무창이 달린 흰 운동화 끄트머리가 모자 테두리 아래로 보였다. 샷을 할 때 개인적인 영광을 목적으로 하지 않기에 티전스는 누군가 본다고 해서 당황하는 일은 결코 없었다. 그때 목소리가 들려왔다.

"저기…" 티전스는 계속 자신의 공을 쳐다보았다.

"샷을 망쳐서 죄송합니다만. 하지만…"

티전스는 골프채를 내리고 허리를 폈다. 예쁘장한 젊은 여자가 얼굴을 찌푸린 채 그를 뚫어지게 쳐다보고 있었다. 짧은 치마를 입고 있는 여자는 약간 숨을 헐떡였다.

"그러니까" 여자가 말했다. "그 사람들이 거티를 해치지 못하게 막아주세요. 제가 같이 데리고 오지 못했어요…" 여자는 모래 언덕 뒤를 가리켰다. "저들 중에 짐승 같은 놈들이 있어요."

찌푸리고 있는 표정 외에는 전혀 눈길이 갈 만한 여자가 아니었다. 눈이 푸른 여자가 쓰고 있는 흰 캔버스 모자 아래에는 분명 금발이 있을 것 같았다. 줄무늬가 있는 면 블라우스를 입고 있었지만 그녀가 입고 있는 황갈색 트위드 치마는 블라우스와 잘 어울렸다.

---

[128] shaft: 헤드와 손잡이를 연결하는 클럽 부분.

티전스가 말했다.

"시위 중이군요."

여자가 말했다.

"물론 그래요. 그리고 그쪽도 원칙적으로 이에 대해선 반대하실 테죠? 그렇다고 남자가 여자를 함부로 대하게 내버려두지는 않겠죠? 대답하려고 머뭇거리지 마세요. 말씀 안 하셔도 알아요…"

소리가 들려왔다. 낮은 정원 담 너머 50미터쯤 떨어진 곳에서 샌드바크가 흡사 개처럼 "이봐! 이봐! 이봐! 이봐!" 하고 소리치며 손을 흔들어댔다. 골프 가방에 몸이 뒤엉킨 작은 몸집의 캐디는 담 위로 기어오르려 안간힘을 쓰고 있었다. 높다란 모래 언덕 위에 경관이 서 있었다. 그는 풍차처럼 팔을 흔들며 소리쳤다. 그의 옆과 뒤에서 천천히 올라오고 있는 캠피언 장군과 맥마스터, 다른 두 소년의 머리가 보였다. 더 멀리에는 워터하우스 경과 젊은 부하직원 두 사람 그리고 이들 각각의 캐디 셋의 모습이 나타나기 시작했다. 장관은 자신의 드라이버[129]를 흔들며 소리쳤다. 그들 모두 소리쳤다.

"진짜 쥐 몰이 하는 것 같네요." 여자는 사람들 수를 세며 말했다. "열한 명에 캐디가 두 명 더 있네요!" 그녀는 만족스럽다는 듯 말했다. "짐승 같은 두 사람만 빼고는 모두 다른 길로 가게 했어요. 그 사람들은 달리지도 못하더군요. 하지만 거티도 달리지 못하니…"

그러더니 다급하게 말했다.

"빨리요! 그 술에 취한 짐승들에게 거티를 내버려두진 않으시

---

[129] driver: (골프) 공 치는 부분이 나무로 된 골프채.

겠죠…"

티전스가 말했다.

"그럼 도망가시오. 내가 거티를 챙길 테니." 그는 가방을 들었다.

"아니요, 저도 같이 가겠어요." 여자가 말했다.

티전스가 답했다. "감옥에 가고 싶지 않으면 도망치시오."

여자가 말했다.

"말도 안 돼요. 이보다 더 한 일도 참아냈어요. 9개월 동안 노예처럼 살기도 했고요… 같이 가요!"

티전스는 성난 코뿔소처럼 달리기 시작했다. 그는 속도를 냈다. 날카로운 비명이 희미하게 들려왔기 때문이다. 여자가 그의 옆에서 뛰었다.

"굉장히…" 여자는 헐떡이며 말했다. "빨리 뛰시네요."

당시 영국에서 물리적 폭력에 저항하며 비명을 지르는 것은 드문 일이었다. 티전스는 이런 소리를 들어본 적 없었다. 지금 여기가 넓은 들판이라는 건 알고 있었지만 그 소리를 들으니 몹시 끔찍스러웠다. 번쩍거리는 단추 덕분에 눈에 잘 띄는 경관이 원뿔 모양의 모래 언덕을 비스듬히 조심스럽게 내려오고 있었다. 탁 트인 들판에서 은색 헬멧과 이런저런 것을 차고 있는 시골 경관의 모습은 뭔가 기괴해 보였다. 공기는 맑고 사방은 고요했다. 티전스는 빛의 박물관에서 견본을 바라보고 있는 듯한 기분이 들었다.

쫓기는 쥐처럼, 키 작은 젊은 여자가 초록색 언덕 모퉁이를 정신없이 돌아 나왔다. "저 여자는 폭행을 당한 거야!" 마음속으로 티전스는 이렇게 생각했다. 모래 언덕에서 굴러 내려오느라 그녀의 검은 치마는 온통 모래투성이였다. 그녀는 회색과 검은색 줄무늬가 있는 실크 블라우스를 입고 있었는데, 어깨 한쪽 부분이 완전히 찢어져 안에 입은 흰 캐미솔[130]이 드러났다. 모래 언덕 아래로 두 사업가가 얼굴이 달아오른 채 헐떡이며 의기양양하게 나타났다. 그들이 입은 붉은색 조끼는 풀무가 바람을 불어넣은 듯 부풀어 올랐다. 음란하고 추잡한 눈을 가진 검은 머리의 남자가 검은색과 회색이 있는 뭔가[131]를 높이 흔들어댔다. 그는 재미있다는 듯이 소리쳤다.

"그년 벗겨버려! … 그년 홀랑 벗겨버리라고!" 그리고 작은 언덕을 뛰어 내려와 티전스와 충돌했다. 티전스는 힘껏 소리쳤다.

"극악무도한 짐승 같은 놈아. 한 발자국이라도 움직이면 머리를 날려버리겠어!"

티전스의 뒤에서 여자가 말했다.

"이리와, 거티… 저기까지만 가면…"

누군가 헐떡이며 대답했다.

"안 되겠어… 심장이…"

티전스는 사업가에게서 눈을 떼지 않았다. 사업가는 턱을 축 내려뜨린 채 노려보았다! 모든 남자들은 마음속으로 여자와 육체적 관계를 맺고 싶어 한다는 그의 확고한 믿음이 그 밑바닥부터 무너지는 것 같았다. 그는 헐떡이며 말했다.

"도대체 이게 뭐야!"

---

[130] camisole: 소매 없는 여자용 속옷의 일종.
[131] 이것은 거티가 입고 있던 찢겨진 실크블라우스를 지칭한다.

그의 등 뒤쪽에서, 마지막 소리가 들린 지점보다 더 멀리에서 또 다른 비명이 들려오자, 티전스는 극도의 피로를 느꼈다. 망할 놈의 여자들이 무엇 때문에 저렇게 소리를 질러댄단 말인가? 그는 가방과 이런저런 것들을 둘러맸다. 홍당무처럼 얼굴이 벌게진 경관이 제방 쪽으로 서둘러가는 두 여자를 쫓아, 내키지 않는 듯 쿵쾅쿵쾅 걷고 있었다. 경관은 붉은 손을 뻗었다. 그는 티전스에게서 1미터도 떨어지지 않았다.

생각도 하지 못하고, 소리도 지르지 못할 정도로 티전스는 녹초가 되었다. 골프채 가방을 어깨에서 내려 수하물차에 여행 가방을 던지듯 달리는 경관 다리 사이에 던졌다. 천천히 달려와 별다른 관성이 없었지만, 경관은 손과 무릎을 짚으며 앞으로 고꾸라졌다. 헬멧에 눈이 가려진 그는 잠시 생각에 잠긴 듯 보였다. 경관은 헬멧을 벗고 몸을 구르더니 잔디 위에 앉았다. 무표정한 얼굴에, 모래를 뒤집어쓴 콧수염을 한 그는 흰 얼룩이 있는 암적색 손수건으로 이마를 닦았다.

티전스는 그에게 다가갔다.

"내가 참 칠칠맞지 못해서요!" 티전스가 말했다. "다치지 않았나 모르겠소." 그는 가슴 주머니에서 굽은 모양의 은제 플라스크 술병을 꺼냈다. 경관은 아무 말도 하지 않았다. 그의 세계에도 불확실한 것들이 있었다. 그는 망신당하지 않고 가만히 앉아 있을 수 있어서 아주 기쁜 것 같았다. 그는 중얼거렸다.

"몸이 좀 후들거리는군요. 약간요! 누구라도 그럴 겁니다!"

마음이 조금 홀가분해진 그는 플라스크 술병 위에 있는 장착부를 뚫어지게 바라보았다. 티전스는 병을 열어주었다. 기진맥진하여 종종걸음으로 나아가던 두 여자는 제방 근처에 다다랐다. 금발의 여자가 걸음을 옮기면서 동료의 모자를 바로잡아주려 했다. 머리 뒤쪽에 핀으로 고정한 모자가 어깨에서 펄럭거렸기 때문이었다.

나머지 사람들은 반원을 이루며 아주 느린 걸음으로 나아갔다. 키 작은 캐디 둘은 뛰어오고 있었다. 티전스는 그들이 주저하더니 멈칫거리는 것을 보았다. 티전스의 귀에 누군가의 말이 들려왔다.

"멈춰, 이 악당 같은 놈들아. 저 여자가 네 놈들 머리를 박살 낼 거야."

워터하우스 경은 어디선가 대단한 발성 트레이너를 구한 게 틀림없다. 굼뜬 여자는 벌벌 떨며 도랑 위에 올려진 나무판자 위를 균형을 잡으며 가고 있었고, 나머지 여자는 점프를 해 하늘을 날아 건너편에 내렸다. 전문가 같았다. 다른 여자가 나무판자에서 내려오자마자 그녀는 무릎을 꿇고 나무판자를 앞으로 끌어당겼다. 다른 여자는 넓은 늪지대 쪽으로 종종걸음을 놓았다.

여자가 풀밭 위로 나무판자를 던졌다. 그러곤 길가에 한 줄로 서 있던 남자들과 소년들을 똑바로 바라보며, 마치 어린 수탉처럼 날카롭고 새된 소리로 외쳤다.

"열일곱 명 대 두 명이군요! 역시 평상시처럼 남자들이 유리하네요! 하지만 캠버 철교로 돌아서 와야 할 걸요. 그때쯤엔 우린 이미 포크스톤[132]에 가 있을 거지만요. 우린 자전거가 있으니까요!" 그녀

---

[132] Folkestone: 영국 남동부 켄트주의 항구 도시.

는 계속 소리치려다 티전스를 발견하고는 순간 멈추더니 이렇게 소리쳤다. "이렇게 말해 죄송해요. 우리를 잡으려고 하지 않은 분도 그중에 있으니까요. 물론 잡으려고 한 사람들도 있고요. 하여튼 그런 사람들도 열일곱 명 대 두 명 중 하나예요." 그녀는 워터하우스에게 말했다.

"왜 여자들에게 투표권을 주지 않나요?" 그녀가 말했다. "그렇지 않으면 당신들이 소중히 여기는 그 골프를 칠 때마다 방해 꽤나 받을 거예요. 그러면 국민 건강은 어떻게 되겠어요?"

워터하우스 경이 말했다.

"여기 와서 조용히 의논하는 게…"

그녀가 말했다.

"그런 소리를 누가 믿어요." 이렇게 말하고선 돌아서 가버렸다. 줄지어 있던 남자들은 평야 저 멀리 사라지는 여자의 모습을 지켜보았다. 그 누구도 큰맘 먹고 점프를 하고 싶어 하지 않았다. 도랑 바닥은 거의 2미터가 넘는 진흙이었기 때문이다. 나무판자를 치워 버렸으니 여자들을 뒤쫓으려면 수 킬로미터는 돌아가야 하는 게 사실이었다. 이건 꽤나 면밀하게 계획한 급습이었다. 워터하우스 경은 대단한 여자라고 했지만, 다른 사람들은 그저 평범한 여자라고 했다. 조금 전까지만 해도 "이봐!" 하고 소리치던 샌드바크는 여자들을 어떻게 잡을 것인지 알고 싶어 했다. 그러자 워터하우스 경은 "그만두게, 샌디."라고 말하고는 가버렸다.

샌드바크는 더 이상 티전스와 경기를 하지 않겠다고 했다. 그는 티전스가 영국을 망하게 할 사람이라며 정의 실현을 방해한 혐의로 티젼스에게 체포 영장을 발부하고 싶다고 했다. 티젼스는 샌드바크가 자치구 치안 판사가 아니기 때문에 그럴 수 없다는 사실을 지적했다. 샌드바크는 절뚝거리며 멀리 물러나 있던 두 사업가에게 다가가 몹시 화를 내며 꾸짖었다. 샌드바크는 그들이야말로 영국을 망하게 할 사람이라고 했고, 그들은 우는소리를 하며 불평했다.

티젼스는 골프 코스 쪽으로 천천히 걸어가 공을 찾은 뒤 조심스레 샷을 쳤는데 공은 예상한 것보다 직선에서 몇 미터 정도 오른쪽으로 벗어나 날아갔다. 다시 샷을 쳤지만 같은 결과가 나오자 티젼스는 공책에 이 관측 결과를 적어 넣었다. 그러고는 돌아서서 클럽하우스를 향해 천천히 걸어갔다. 만족스러웠다.

넉 달 만에 처음으로 만족스러웠다. 맥박은 안정적으로 뛰고 있었고 위에서 내리쬐는 태양의 열기도 자비롭게 느껴졌다. 오래된 큰 모래 언덕 옆에는 보라색 향료식물들과 아주 작은 풀들이 뒤섞여 있었다. 양들이 끊임없이 뜯어 먹다 보니 자신을 보호하기 위해 아주 작게 자란 것 같았다. 티젼스는 만족스러운 듯 모래 언덕을 돌아 토사가 조금 쌓인 항구 어귀로 어슬렁거리며 갔다. 물가의 경사진 진흙 바닥에 난 파도 모양의 굴곡들을 한동안 지켜본 후, 닻이 매달려 있어야 할 자리에 큰 구멍이 나 있고, 짜리몽땅한 돛이 달린 타르 칠이 된 낡은 배를 발견했다. 티젼스는 그 배 한쪽에 매달려 있는 어느 핀란드인과 거의 손짓으로 긴 대화를 나누었다. 수백 톤의 짐을 실을 수 있는 그 배는 아르항겔스크[133]에서 왔는데, 무른

---

[133] Archangel: 러시아 아르항겔스크주(州)의 백해에 면한 항구 도시.

나무로 대충 조립해서 만든 것으로, 가라앉든 말든 목재 교역을 위해 다니는 배라고 그 핀란드인은 말했다. 그 배 옆에는 로스토프트[134]만에서 쓸 새 어선이 있었는데, 번쩍거리는 놋쇠 장식이 있는 그 배는 정비가 잘 되어 있었다. 그 배에 칠을 마무리하고 있던 남자에게서 배 가격을 들은 티젼스는 이 어선 한 대 가격으로 아르항겔스크 목재 배 세 척은 만들 수 있다는 사실과 아르항겔스크 배로 시간 당 두 배는 벌 수 있다는 사실을 계산으로 입증해 보여주었다.

컨디션이 좋을 때 티젼스는 늘 이런 식이었다. 그는 작업하는 데 필요한 여러 가지 확실한 정보를 모은 다음 이를 분류했다. 특별한 목적이 있어서가 아니라 무언가를 안다는 것은 기분 좋은 일이었고, 그에게 힘을 주었으며, 다른 사람들은 생각지도 못한 무언가를 보유한다는 느낌을 주었기 때문이었다. 티젼스는 이런 생각을 하며 그날 오후를 조용히 보냈다.

티젼스는 탈의실 안의 물품 보관함과 오래된 코트, 도자기와 세면대 사이에 있는 장군을 발견했다. 장군은 물품 보관함에 몸을 기댄 채 서 있었다.

"자넨 진짜 골칫거리야!" 장군이 소리쳤다.

티젼스가 말했다.

"맥마스터는 어디 있습니까?"

장군은 맥마스터를 샌드바크와 함께 2인승 차에 태워 보냈다고 했다. 맥마스터는 마운트비에 가기 전 옷을 갈아입어야 한다고 했기

---

[134] Lowestoft: 영국 잉글랜드 동부 서퍽주(Suffolk) 동북부의 항구 도시.

때문이었다고 했다. 장군은 이렇게 덧붙여 말했다. "자넨 진짜 골칫거리야!"

"제가 경관을 넘어뜨려서입니까?" 티전스가 물었다. "경관은 오히려 좋아하는 것 같던데요."

장군이 말했다.

"자네가 경관을 넘어뜨렸다고… 그건 못 봤네."

"그 경관은 그 여자들을 잡고 싶어 하지 않았습니다." 티전스가 말했다. "장군도 보셨을 겁니다. 잡지 않기를 바랐던 것을요…"

"거기에 대해선 알고 싶지도 않네." 장군이 말했다. "폴 샌드바크에게서 충분히 들을 테니 말이야. 그 경관에게 1파운드 쥐여주고 그 일에 대해 더 이상 소리가 안 나오게 하게. 내가 치안 판사이니 말이야."

"제가 무얼 어쨌기에 그러십니까?" 티전스가 말했다. "제가 그 여자들이 도망치도록 도와준 것은 맞습니다. 하지만 장군님도 잡으려 하지 않으셨고, 워터하우스 경도 그랬고, 경관도 그랬습니다. 그 짐승 같은 놈들을 빼고는 아무도 잡으려 하지 않았습니다. 근데 대체 뭐가 문제가 됩니까?"

"이런 제기랄!" 장군이 말했다. "자넨 결혼한 지 얼마 되지 않는 남자라는 걸 명심하게!"

티전스는 장군의 나이와 그의 업적을 생각해 웃음을 참았다.

"장군님이 정말로 진지하게 말씀하시는 거라면" 그가 말했다. "전 항상 그 사실을 특별히 명심하고 있습니다. 제가 실비아를 존중하지 않는 것처럼 보인다고 말씀하시는 것은 아니시겠죠."

장군은 머리를 가로저었다.

"나도 모르겠네." 장군이 말했다. "그러니까, 젠장, 걱정이 된단 말이네. 내가… 빌어먹을. 나는 자네 아버지의 가장 오랜 친구 아닌가." 모래가 붙은 젖빛 유리창을 통해 들어온 빛에 비친 장군의 모습은 지치고 슬퍼 보였다. 그가 말했다. "그 여자는 자네… 그러니까… 자네 친구인가? 그 여자랑 미리 그렇게 하기로 한 건가?"

티젼스가 말했다.

"장군님 생각을 그냥 말씀하시는 게 낫지 않겠습니까? …"

노장군은 약간 얼굴을 붉혔다.

"그러고 싶지는 않네." 그가 솔직하게 말했다. "똑똑한 자네에게… 내가 단지 얘기하고 싶은 건… 그러니까…"

티젼스가 조금 딱딱한 어조로 말했다.

"그냥 솔직히 말씀하시면 좋겠습니다… 아버님의 가장 오랜 친구분이시니 그러셔도 된다고 생각합니다."

"그럼," 장군이 불쑥 말했다. "팔멜 가에서 자네와 같이 어슬렁거렸던 여자는 누군가? 군기 행렬식이 있던 마지막 날에 말이네? … 내가 직접 본 것은 아니고… 같은 여자인가? 폴은 부엌일 하는 하녀처럼 생겼다고 하던데."

티젼스의 표정은 더욱 굳어졌다.

"사실 그 여자는 마권업자의 비서입니다." 티젼스가 말했다. "그리고 전 어디로든, 누구하고든 돌아다닐 권리가 있다고 생각합니다. 아무도 그걸 뭐라고 할 권리는 없습니다… 장군님에게 하는 말은 아닙니다. 어쨌든 장군님 이외에는 그 누구도 그럴 권리는 없습니다."

장군이 곤혹스럽다는 듯이 말했다.

"자네처럼 똑똑한 친구가… 모두 자네가 똑똑하다고들 하는데…" 티전스가 말했다.

"지성인에 대한 장군님의 불신이 뿌리 깊은 건 알고 있습니다… 물론 그건 자연스러운 것입니다. 하지만 그렇다 하더라도 절 공정하게 봐 주십시오. 분명히 말씀드리지만 부끄러워할 만한 일은 전혀 없었습니다."

장군이 그의 말을 막으며 말했다.

"자네가 멍청한 젊은 부관이고, 자네 어머니의 새 요리사에게 피커딜리 전철역으로 가는 길을 알려주고 있었다고 한다면 난 자네 말을 믿었을 거네… 하지만 어떤 부관이 그런 얼간이 같은 짓을 하겠나! 폴 자네가 왕이라도 된 것처럼 그 여자 옆에서 걷고 있었다고 하더군. 세상에 많고 많은 곳 중에서 하필이면 왜 헤이마켓[135] 외곽에서 걷고 있는 사람들 틈바구니에서인가!"

"샌드바크 씨에게 그런 찬사를 듣다니 감사할 따름입니다…" 이렇게 말하곤 티전스는 잠시 생각에 잠기더니 말을 이었다.

"전 단지 그 젊은 여자를… 그 여자의 사무실에서 나와 점심 식사를 같이 하려고 헤이마켓 아래쪽으로 간 겁니다… 어떤 친구에게서 좀 떨어져 있게 하려고요. 물론 저희끼리만의 일로 그런 겁니다."

티전스는 맥마스터의 취향을 비난하고 싶지 않아 상당히 주저하며 이 말을 했다. 그 젊은 여성은 정말로 진중해야 할 공무원이 동행

---

[135] Haymarket: 런던 웨스트엔드(West End)의 번화가.

하고 다닐 만한 여성은 아니었기 때문이었다. 하지만 티전스는 맥마스터를 암시할 만한 말은 하지 않았다. 그에게는 맥마스터 이외에도 다른 친구들이 있었으니 말이다.

장군은 숨이 막힌 듯 간신히 입을 열었다.

"정말이지," 장군이 말했다. "자넨 나를 뭐로 보는 겐가?" 너무나도 놀랍다는 듯 그는 반복해서 말했다. "내가 아는 가장 멍청한 내 참모장교가 그런 말도 안 되는 거짓말을 한다면 내일이라도 당장 쫓아냈을 걸세." 그러고는 타이르듯 말을 이었다. "젠장, 누가 이의를 제기하면 그럴듯한 거짓말로 대답하는 게 군인의 첫 번째 의무이자, 모든 영국 남자의 첫 번째 의무이네. 하지만 그 거짓말은…"

장군은 숨이 차서 잠시 말을 멈추더니 다시 말을 이었다.

"이런 빌어먹을, 난 그런 거짓말을 내 조모에게 했고, 내 조부는 그 거짓말을 자신의 조부에게 했네. 그런데 다들 자네가 똑똑하다고 하다니! …" 그러고는 잠시 말을 멈추더니 힐난하듯이 물었다. "아니면 내가 늙어서 노망이라도 났다고 생각하는 건가?"

티전스가 말했다.

"장군님은 영국군 사단에서 가장 명석하신 장군이신 걸로 알고 있습니다. 제가 왜 그렇게 말씀드렸는지에 대해 장군님이 판단을 내리셨으면 합니다…" 티전스는 자신이 진실을 말했지만 상대방이 믿지 않는다고 해서 유감스럽지는 않았다.

장군이 말했다.

"그럼 자네가 하는 거짓말을 내가 거짓말로 알아들었으면 좋겠다는 의도에서 그렇게 말한 걸로 받아들이겠네. 그렇게 하는 게 합당하지. 자네가 그 여자를 공식적으로 외부에 알리고 싶지 않다는 뜻으로 알겠네. 하지만, 크리시," 그는 좀 더 심각한 어조로 말했다. "자네와 실비아 사이에 끼어든 여자가— 젠장 그건 자네 가정을 깨는 것이네— 워놉 양이라면…"

"그 여자 이름은 줄리아 맨델스타인입니다." 티젼스가 말했다.

장군이 말했다.

"그래! 그래! 물론! … 하지만 워놉 양이라면, 그리고 너무 많이 나간 게 아니라면… 다시 돌려놓게나… 돌려놔. 자네는 착한 사람이지 않나! 그렇지 않으면 자네 어머니에게도 너무 가혹한 일이 될 걸세…"

티젼스가 말했다.

"장군님! 맹세컨대…"

장군이 말했다.

"난 지금 자네에게 묻는 것이 아니야. 그냥 말하는 거네. 자네도 하고 싶은 이야기를 내게 하지 않았나. 나도 자네에게 이 말은 해주고 싶네. 그… 그 아이는… 한때는… 아주 정직한 아이였네. 자네가 나보다 더 잘 알 걸세. 물론 막 나가는 여자들 사이에 있다 보면 무슨 일이 벌어질지는 알 수 없겠지. 같이 다니는 여자들이 모두 창녀 같다고들 하더군… 용서하게. 자네가 그 여잘 좋아하는 거라면…"

"워놉 양이," 티젼스가 물었다. "시위하던 여자인가요?"

"샌드바크가 말하더군" 장군이 말을 이었다. "자신이 서 있던 곳에서는 그 여자가 헤이마켓에서 본 사람과 같은지는 눈으로 확인할 수는 없었다고. 하지만 같은 여자라고 생각… 아니 확신하더군."

"그분이 장군님 누이분과 결혼하셨으니" 티전스가 말했다. "그분의 여자 취향을 비난해서는 안 되겠군요."

"다시 말하는데, 난 뭘 묻고자 하는 게 아니네." 장군이 말했다. "그렇지만, 다시 말하는데, 그 여자를 원래 자리에 돌려놓게. 그 여자의 부친이 자네 부친의 아주 가까운 친구였네. 아니 자네 부친이 그의 숭배자라고 하는 게 더 맞겠군. 당에서 두뇌가 가장 뛰어난 사람이었다고 하니까."

"저도 물론 워놉 교수가 어떤 분이셨는지 압니다." 티전스가 말했다. "그러니 제게 그분에 대해 새로이 해주실 말씀은 없을 겁니다."

"아마 그러겠지." 장군은 무미건조한 어조로 말했다. "그럼 그 교수가 죽었을 때 돈 한 푼 남겨주지 못했다는 것도 알겠군. 그리고 그 썩은 진보당 내각이 교수의 부인과 아이들을 연간 왕실 비용[136]으로 연금을 받을 수 있는 명단에 올려놓지 않은 이유가 워놉 교수가 때때로 토리당지에 글을 기고해서 그랬다는 것도 알겠구먼. 그리고 그 부인이 몹시 힘든 일을 겪었고, 최근에야 한고비 넘겼다는 것도 알고 있겠고. 고비를 넘겼다고 할 수 있다면 말이네. 클라우딘이 폴의 정원사에게서 구한 복숭아를 그 부인에게 가져간 것도 난 알고 있네." 티전스는 그 여자의 어머니, 즉 워놉 부인이 18세기 이후에 유일하게 읽을 만한 소설을 쓴 작가라고 말할 참이었지만 장군은 계속 말을 이었다.

---

[136] Civil List: 영국 의회가 매년 영국 왕실이 사용할 수 있도록 승인하는 돈.

"이보게, 내 말 좀 들어보게… 자네가 여자 없이 지낼 수 없다면… 실비아 정도면 충분하다고 생각은 하지만. 우리 남자들이 어떤지 나도 아네… 내가 성인군자를 자처하는 것은 아니지만 말이네. 제국의 산책로[137]에 있던 어떤 여자가 이 나라의 모든 정숙한 여자들의 삶과 그들의 상징성을 보장해주는 것은 자신과 같은 여자들이라고 말했다는 걸 들었네. 그 말이 사실인 것 같네. 하지만 담배 가게에서 일할 만한 여자를 골라 연애는 뒷방에서나 하게나. 헤이마켓이 아니라… 자네에게 그럴 여유가 있는지는 모르겠지만 말이야. 뭐 그건 자네 일이니까. 하지만 자네는 전 재산을 다 처분한 것 같던데. 그리고 실비아가 클라우딘에게 흘린 말로 봐서는…"

"실비아가" 티전스가 말했다. "레이디 클라우딘에게 어떤 말을 했다고는 생각하지 않습니다… 실비아는 직설적인 사람이니까요."

"나는 '말했다'고는 하지 않았네." 장군이 말했다. "나는 특별히 '흘렸다'는 표현을 썼네. 아마 그 정도도 얘기하지 말아야 했을지도 모르겠지만. 하지만 자네도 알다시피 여자들은 캐물어 대는 데 귀재 아닌가. 클라우딘은 어떤 여자보다도 심하고…"

"그리고 물론 거기에 샌드바크 경도 한몫했겠죠." 티전스가 말했다.

"그 친구는 웬만한 여자보다도 심하지." 장군이 소리쳤다.

"그렇다면 제가 어떤 짓을 하고 다닌다는 식의 이야기가 돌고 있습니까?" 티전스가 물었다.

---

[137] promenade of the Empire: 런던의 레스터스퀘어(LeicesterSquare)에 있던 엠파이어 극장(Empire Theatre) 주변에 있는 산책길로 여기서는 창녀들이 정기적으로 자신들의 모습을 드러내어 문란한 장소로 비난받았다.

"관두게." 장군은 분명한 어조로 말했다. "내가 빌어먹을 형사도 아니고. 난 그저 클라우딘에게 해줄 좀 그럴듯한 얘기를 원할 뿐이네. 아니, 그럴듯할 필요도 없어. 자네 처가 그 누군가 때문에 자네를 떠났기 때문에 자네가 워놉 양과 헤이마켓을 돌아다녔다는 그런 식의 이야기도 좋네. 자네가 이 사회에 정면으로 도전하는 것이 아니라는 것을 보여주는 뻔한 거짓말이라도 좋다는 거야."

"제가 어떤 짓까지 했다는 이야기가 돌고 있습니까?" 티전스가 인내심을 가지고 말했다. "제가 어느 정도까지인지 실비아가 뭘 '흘렸다'는 겁니까?"

"그저" 장군이 답했다. "자네가, 아니 자네 생각이… 부도덕하다고 했다는 거야. 물론 나도 그 말이 무슨 뜻인지 모르겠어. 자네 생각이 다른 사람들의 생각과 같은데, 그 생각을 혼자서만 갖고 있으려 하지 않는다면, 사람들은 자네가 부도덕하다고 의심할 거네. 그래서 폴 샌드바크가 자네 뒤를 캐려 하고 있고! … 그리고 자네의 그… 낭비벽 말이네… 이런 젠장, 항상 이륜마차와 택시를 타고 다니고, 전보를 치는 것 말이네… 지금 시대는 자네 아버지나 내가 결혼할 당시와는 다르네. 당시엔 장남만 아니라면 1년에 500파운드 정도면 웬만한 건 다 할 수 있었네… 그런데 이 여자 말일세…" 장군은 쑥스럽다는 듯, 혹은 고통스럽다는 듯 동요된 어조로 말했다. "물론 그런 생각을 하진 않겠지만… 실비아도 자기 수입이 있단 사실 말이네… 모르겠나? … 자네가 빚을 지게 되면… 간단히 말해, 자네가 실비아 돈을 다른 여자에게 쓰게 된단 말이네. 그게 바로 사람들이 참지 못하겠다는 거야." 장군은 이렇게 말하곤 재빨리 덧붙였다. "새터스웨이트 부인은 어떤 상황에서도 자네 편이네. 어떤 상황에서도 말이야! 부인이 레이디 클라우딘에게 편지를 했었네. 잘생기고 늘 공손한 사위한테 장모가 어떻게 대하는지 자네도 알 테지. 자네 장모가 아니었다면 클라우딘은 몇 달 전에 자네를 방문객 명부에서 빼버렸을 거야. 다른 방문객 명부에서도 마찬가지로 빠졌을 거고…"

티젠스가 말했다.

"감사합니다. 그 정도 말씀하셨으면 된 것 같습니다… 장군님 말씀을 생각해 보게 2분만 주십시오…"

"나는 손을 좀 씻고 코트도 갈아입어야겠네." 장군은 몹시 안도하며 말했다.

2분쯤 지났을 때 티젠스가 말했다.

"아닙니다. 더 드리고 싶은 말씀은 없는 것 같습니다."

장군은 기뻐하며 소리쳤다.

"그래야지! 공개적으로 고백하는 것은 개선하겠다는 의지의 바로 전 단계니… 그리고… 윗사람에게 좀 더 예의를 갖추게나… 젠장, 다들 자네가 똑똑하다고 하네만, 자네가 내 지휘하에 있지 않아 다행이야… 자네가 좋은 사람이란 건 알지만, 자네는 사단 전체에 싸움을 붙이고도 남을 사람이네… 그러니까 진짜… 그… 이름이 뭐더라? 진짜 드레퓌스[138] 같아!"

---

[138] Dreyfus: 유대계 프랑스인 드레퓌스 대위는 독일에 군 기밀을 제공했다는 혐의로 뚜렷한 증거 없이 종신형을 선고받았다. 그는 당시 유럽 사회에 팽배했던 반유대주의 피해자로 진범이 확인된 이후에도 군은 이 사실을 은폐하

"드레퓌스가 유죄라고 생각하십니까?" 티전스가 물었다.

"젠장" 장군이 말했다. "그자의 경우는 유죄보다도 더 나쁘네. 믿을 수도 없지만 그 죄를 입증할 증거를 찾을 수도 없으니 말이지. 세상의 저주…"

티전스는 "아" 하고 소리쳤다.

장군이 말했다. "그런 자들이 사회를 어지럽힌다네. 자네는 지금 어디에 속한지 모르니 판단을 할 수 없겠지. 그런 자들은 자네 같은 사람도 불편하게 하는 법이지… 게다가 똑똑하기도 하고! 그자는 지금 준장쯤 됐겠군…" 장군은 티전스의 어깨를 팔로 감쌌다.

"자, 자," 그가 말했다. "어디 가서 슬로진이나 한잔하세. 술이야말로 모든 끔찍한 문제를 해결해주지."

시간이 얼마 흐른 후에야 티전스는 자신의 문제에 대해 생각할 수 있었다. 그들이 탄 마차는 매우 오래된 마을의 붉은 금자탑 앞에 난 구불구불한 습지 길을 화려하게 행렬하듯 천천히 나아갔다. 장군은 티전스에게 월요일까지는 골프 클럽에 오지 않는 게 좋겠다고 했다. 그러곤 자신은 맥마스터와 골프 시합을 할 것이라면서, 훌륭하고 건실한 맥마스터와는 달리, 티전스는 맥마스터 같은 건실함이 없는 게 안타깝다고 했다!

두 사업가는 골프 코스에 있는 장군에게 다가와 티전스에 대해 심한 욕설을 퍼부었다. 자신들 면전에서 못 돼먹은 짐승 같다고 한

려 했다. 이후 프랑스 소설가 에밀 졸라(Emile Zola)를 비롯한 지식인의 노력으로 12년 후에야 드레퓌스는 무죄가 확정되었다.

것은 용납할 수 없다며 경관을 찾아가겠다고 했다. 이 말에 장군은 그들에게 그들은 진짜 못 돼먹은 짐승 같은 자들이며, 월요일 이후부터는 클럽에 들어올 티켓을 다시는 얻지 못할 것이라고 말했다. 하지만 월요일까지 클럽에 올 권리는 분명히 있으니 더 이상의 소란을 원치 않는다고 말했다. 샌드바크도 티전스에 대해 격분하고 있었다.

티전스는 샌드바크 같은 사회적 쓰레기를 신사 모임에 들어올 수 있게 하는 이 시대가 잘못되었다고 말했다. 아무리 처신을 잘 해도 그 더러운 거지 같은 자가 이를 추잡스럽게 해석해 사방에 떠들고 다닌다고 했다. 그러곤 샌드바크가 장군의 처남이라는 것은 알고 있지만 도저히 참을 수 없다고 덧붙였다. 그건 사실이었다… 장군은 이렇게 말했다. "나도 아네, 나도 알아… 하지만 우린 사회를 있는 그대로 받아들여야 하지 않겠나. 클라우딘도 자신을 부양할 사람이 있어야 하고, 샌드바크는 아주 훌륭한 남편감이니 말이네. 그 친구는 세심하고, 분별 있고, 정치적으로도 올바른 편에 서 있어. 난봉꾼이기는 해도 말이네. 모든 면에서 다 완벽하길 바랄 순 없지 않은가!" 장군은 클라우딘이 자신의 모든 영향력(그건 적지 않은 영향력이었다. 여자란 참 놀라운 존재다)을 사용해 자기 남편이 크런달 부인의 영향력에서 벗어날 수 있도록 터키에서 외교관 일을 하도록 해주었다고 했다. 그런데 크런달 부인은 그 마을의 주도적인 반여성 참정권 운동가였기에 샌드바크가 티전스에 대해 그토록 적대적이었다고 했다. 장군은 티전스가 현 상황을 이해할 수 있도록 이 이야기를 해준 것이라고 했다.

티전스는 어떤 주제이던 재빨리 검토한 후, 이를 마음속에서 지워버릴 수 있다고 여태껏 자부해 왔다. 하지만 이번엔 장군의 말을 거의 듣지 않았다. 자신에 대한 주장은 근거가 없었고 또한 비열했다. 그는 자신에 대한 비난을 대체로 무시하였다. 거기에 대해 더 이상 언급하지 않는다면 더 이상 그런 비난을 듣지 않게 될 거라고 생각해서였다. 그리고 말하기 좋아하는 사람들이 모이는 클럽과 이런저런 장소에서 자신에 관한 불쾌한 소문이 있다면, 자기 아내가 매춘부 같은 여자라고 소문나는 것보다는 자신이 난봉꾼이라고 소문나는 게 낫다고 생각했다. 그것이 정상적인 남자의 허영심이며 영국 신사가 원하는 것이 아니겠는가! 실비아의 평판과 자신의 평판에 오점을 남기지 않기 위해서라면 (그는 이런 모든 문제에 있어서 자신은 오점 하나 없다는 사실을 알고 있었다) 적어도 장군에게만큼은 분명 자신에 대해 변호했을 것이다. 하지만 그는 실리적으로 행동하기 위해 자신을 강하게 변호하지 않았다. 정말로 자신을 변호하려 했다면, 장군이 자신을 믿게 할 수 있었을 것이다. 하지만 그는 올바르게 행동했다! 하지만 단지 허영심 때문만은 아니었다. 그의 아들이 누이 에피의 집에 있기 때문이었다. 아들에게 창녀 같은 어머니보다는 난봉꾼 같은 아버지가 있는 편이 낫지 않겠는가.

장군은 평평한 대지에 체커 보드의 말을 쌓아 올린 것 같은 나지막한 성이 견고하다고 했다. 하지만 요즘은 그런 식으로 성을 짓지 않는다고 했다.

티전스가 말했다.

"장군님이 전혀 잘못 알고 계신 겁니다. 1543년에 헨리 8세가 이

해안선을 따라 지은 모든 성은 진짜 날림으로 된 유적에 불과합니다… 대강 지었다는 뜻이죠…"

장군이 웃었다.

"자넨 구제불능이야… 만일 알려진 몇 가지 확실한 사실이 있다면…"

"하지만 저 끔찍한 건물들을 잘 살펴보십시오." 티전스가 말했다. "잘 보시면 건물 외장만 조류를 이용해 실어 나른 캉에서 출토된 돌[139]로 되어 있고, 그 안은 잡석으로 채워져 있습니다. 장군님의 18파운드 포가 프랑스의 75밀리 포보다 낫다는 건 잘 알려진 사실입니다. 의회에서도, 정견 발표회에서도, 신문에서도 그렇게들 얘기합니다. 사람들도 그렇게 믿고 있고요… 하지만 반동을 막기 위해 꼬리 쪽에 구부러진 작은 핀이 달리고 1분에 포탄 4개밖에 못 쏘는, 그런 형편없는 포를 공기 압축 실린더가 달린 75밀리 포에 대적하기 위해 배치하겠습니까? …"

장군은 방석 위에 뻣뻣한 자세로 앉아 있었다.

"그건 다르네" 그가 말했다. "하지만 이런 것들에 대해 대체 어떻게 알아냈나?"

"다르지 않습니다" 티전스가 말했다. "헨리 8세 때 건물이 훌륭하다고 생각하는 것과 별 가망 없는 구닥다리 야포와 형편없는 탄약을 가지고 전쟁에 나가라는 건 똑같이 멍청이들이 하는 짓입니다. 장군님 참모 중에 프랑스군에 맞서 우리가 1분이라도 버틸 수 있다

---

[139] Caen stone: 프랑스 캉(Caen) 지역에서 채석되는 크림색 건축용 석회암.

고 말하는 친구가 있으면 장군님은 당장 해고해 버리실 겁니다."

"어쨌든" 장군이 말했다. "자네가 내 참모가 아니라 다행이구먼. 일주일 동안 쉴 새 없이 지껄여댈 테니 말이야. 진짜 사실이구먼. 사람들이…"

하지만 티젠스는 더 이상 듣고 있지 않았다. 티젠스는 샌드바크 같은 작자가 남자들의 연대의식을 배신한다 해도 이상하지 않다고 생각했다. 또 눈꼴사납게 바람피우고 다니는 걸로 악명 높은 남편을 둔, 아이도 없는 레이디 클라우딘 샌드바크 같은 여자가 다른 여자 남편들도 바람피우고 다닌다고 생각하는 것도 당연하다고 생각했다.

장군이 말했다.

"프랑스 야포에 관해 누구한테서 들었나?"

티젠스가 말했다.

"장군님한테서 들었습니다. 3주 전에요!"

바람피우는 남편을 둔 모든 사교계 여자들… 그 여자들은 남자를 빈털터리로 만들기 위해 최선을 다해야 한다. 그런 여자들이 그를 방문객 명부에서 빼버릴 것이다! 그러라지. 바람난 내시 같은 남자와 한편이 된, 애도 못 낳는 매춘부 같은 여자들! … 갑자기 그는 자신이 자기 아이의 아버지가 아닐 수도 있다는 생각이 떠올라 신음했다.

"내가 또 뭘 잘못 말했나?" 장군이 물었다. "호랑이가 풀을 뜯어 먹는다고 우기려는 건 아니겠지…"

티젠스는 자신이 제정신임을 증명하려 이렇게 말했다.

"아닙니다! 재무 장관 생각이 나서 신음한 겁니다! 그러니 제가 정상적인 사람이죠. 그렇지 않습니까?" 하지만 이 말로 인해 오히려 분위기는 안 좋아졌다. 티전스는 자신이 왜 불쾌한 생각이 들었는지 알 수 없었고, 이를 감추지도 못했다. 그래서 스스로 중얼거린 것뿐이라고 생각하기로 했다.

티전스는 다른 방의 내닫이창으로 습지 너머를 바라보고 있던 워터하우스 경과 눈이 마주쳤다. 워터하우스 경이 손짓하여 티전스는 그 방으로 들어갔다. 워터하우스 경은 지각 있다고 생각한 티전스가 두 여자에 대한 추격을 멈추게 한 것이 걱정스러웠다. 그 문제에 대해 직접 개입할 순 없지만, 그날 오후 기습 시위를 한 그 미친 여자들에 관한 이야기가 퍼져나가지만 않는다면 경관에게 5파운드 지폐를 찔러 주거나 경관을 승진시켜 줄 요량이었다.

그건 아주 어려운 문제는 아니었다. 이 지체 높은 분이 클럽 라운지에 있으면, 시장과 서기, 경찰서 서장, 의사들과 변호사들도 클럽으로 와 술을 마실 테니 말이다. 그리고 이 지체 높은 분이 바에 와서 술을 한잔 한 다음 호의를 베풀어 그들을 기쁘게 한 뒤…

근로 재정법에 관해 이야기를 나누고 싶었던 장관과 단둘이 식사를 하게 된 티전스는 그가 그렇게 혐오스러운 사람은 아니란 생각이 들었다. 그는 어리석지도 않았고, 그때그때 다르지만 교활하지도 않았다. 분명 피곤해하기는 했지만 위스키를 두 잔 마시자 활기를 찾은 장관은 아직 금권 정치가는 아닌 것 같았다. 그는 애플파이와 크림을 좋아하는 14살 소년의 입맛을 갖고 있었다. 당시 정치적 근간을 뒤흔

들던 그가 제안한 유명한 법안에 대해 워터하우스 경은 그 법안이 영국의 노동 계층의 기질과 욕구에 근본적으로 부합되지 않는다는 사실을 받아들이는 등 정직하려 했다. 그는 티젠스가 내놓은 통계 중 몇 가지 수정안을 고마워하며 받아들였다. 그리고 포트와인을 마시면서 그들은 두 가지 기본적인 입법안에 관해 동의를 표했다. 모든 노동자에게 1년에 최소한 400파운드를 보장해주고, 이보다 적게 지급하려는 못된 공장주들은 모두 교수형을 시킨다는 것이었다. 이것은 극단적 좌파 중에서도 극단적인 급진주의자들의 생각이었지만 티젠스가 신봉하는 전통적 토리주의의 원칙이기도 했다.

  이 단순하고 성격 좋은 남학생 같은 사내를 보며, 인간을 미워하지 않는 티젠스는 개개인으로 보면 호감이 가는 인간이 집단으로서는 왜 그리 소름 끼치는 존재가 되는지 생각해 보았다. 열두어 명의 사람들을 개개인으로 보면 전혀 혐오스럽지도 따분하지도 않은 존재다. 그들 각각은 나름대로 전해줄 수 있는 일에 필요한 소소한 기술적인 것들을 가지고 있기 때문이다. 하지만 이들이 모여 정부나 클럽을 구성하면, 즉시 억압, 오류, 험담, 모함, 거짓, 부패, 그리고 비열함이 팽배한 인간 사회, 즉 늑대, 호랑이, 족제비, 이가 들끓는 유인원들의 결합체가 된다. 티젠스는 "고양이와 원숭이, 원숭이와 고양이, 모든 인류가 거기에 있다"라고 한 어떤 러시아인의 말이 떠올랐다.

  티젠스는 워터하우스 경과 그날 저녁 내내 함께 있었다.

  티젠스가 경관과 얘기를 나누고 있을 때 장관은 별장 현관 계단에 앉아 싸구려 담배를 피웠다. 티젠스가 잠자리에 들려고 할 때는 워놉 양에게 자신의 메시지를 꼭 전해달라고 티전스에게 말했다. 워놉 양이 편한 날 오후 의사당에 있는 자기 집무실에 오면 여성 참정권에 대해 논의하겠다는 것이었다. 워터하우스 경은 티전스가 워놉 양과 기습 시위를 미리 계획하지 않았다는 말을 믿으려 하지 않았다. 여자는 그렇게 깔끔한 계획을 세울 수 없다고 하면서 말이다. 그러곤 워놉 양은 정말 멋진 여자라며 티전스를 행운아라고 불렀다.

서까래를 댄 천장이 있는 숙소로 돌아온 티전스는 몹시 동요했다. 오랫동안 그는 이 벽 저 벽을 주먹으로 쳤다. 계속 이어지는 생각을 떨칠 수 없었던 그는 마침내 페이션스를 하기 위해 카드를 꺼냈다. 그러곤 실비아와의 삶에 대해 진지하게 생각해보았다. 할 수만 있다면 추문은 막고 싶었다. 그는 자신의 수입 내에서 같이 살며, 아이가 엄마의 영향을 받지 않기를 바랐다. 이것들은 모두 분명히 해야 하지만 어려운 문제였다… 그의 마음 절반은 일정을 재정리하는 데 몰두해 있었지만, 그의 손은 테이블 위에 있는 킹 위에 퀸[140]을 올려 놓았다.

바로 이때 맥마스터가 갑자기 들어와 그는 몹시 심한 육체적 충격을 받았다. 그는 구토를 할 뻔했고, 머리는 어지러웠다. 방이 움직이는 것 같았다. 맥마스터가 눈을 부라리고 보는 앞에서 그는 상당량의 위스키를 들이켰다. 하지만 그럼에도 불구하고 말을 할 수 없었다. 그리고 맥마스터가 자신의 옷을 헐겁게 해주려고 한다는 것을

---

[140] 카드의 킹과 퀸을 말한다.

어렴풋이 의식하면서 침대에 쓰러졌다. 티젼스는 의식적으로 자신의 생각을 지나칠 정도로 억제해 그의 무의식적 자아가 그를 지배하고, 잠시 그의 육체와 정신을 마비시켰다는 것을 알았다.

5

"좀 불공평한 것 같네요. 발렌타인." 두쉬민 부인이 말했다. 부인은 물이 담긴 유리그릇 안에 떠 있던 작은 꽃들을 다시 정리하고 있었다. 은제 채핑 디쉬[141]와 복숭아를 피라미드처럼 쌓아 올린 은제 이편[142], 그리고 다마스크 직 테이블보 위에 놓여 있는 장미가 가득 든 은으로 된 커다란 장미꽃병들과 함께 아침 식사 테이블 위에 놓여 있는 이 유리그릇 안의 작은 꽃들은 하나의 모자이크 조각처럼 보였다. 그리고 은으로 만든 여러 가지 물건, 그러니까 커다란 은제 차 탕관[143]과 삼각대 위에 놓여 있는 커다란 찻주전자, 부채처럼 펼쳐진 몹시 기다란 푸른색의 참제비고깔 꽃대가 가득 든 두 개의 은제 꽃병들은 테이블의 상석을 지키려는 요새처럼 보였다. 18세기풍의 방은 길고 천정은 무척 높았으며, 벽은 어두운 색의 목재로 장식되었다. 네 개의 판벽 중심에는 밝으면서 온화한 오렌지색

---

[141] chafing dish: 풍로가 달려 음식을 계속 보온할 수 있도록 한 용기. 보통 뷔페에서 더운 음식을 서브할 때 쓰인다.
[142] epergne: 식탁 중앙에 놓는 장식품.
[143] 보통 은제로 된 차 탕관은 끓여 놓은 차를 따뜻하게 보관하는 통이다.

그림이 걸려있었는데 동틀 무렵 배 주변의 안개와 배의 밧줄이 그려져 있었다. 테두리가 금색으로 된 커다란 액자 아래쪽에 있는 명판에는 "제이 엠 더블유 터너"[144]라고 쓰여 있었다. 8인용의 긴 테이블을 따라 배치된 의자는 가늘고 섬세한 마호가니 등받이가 있는 치펀데일풍이었다. 뒤쪽 황동색 가로대 위로 초록색 실크 커튼이 쳐진 금색 마호가니 사이드보드[145] 위에는 빵가루 입힌 커다란 햄과 둥근 모양의 자몽, 갤런틴[146], 그리고 두터운 젤리에 넣은 큐브 모양의 고기와 그 위에 복숭아가 더 올려진 이편이 진열되어 있었다.

"요즘 시대에는 여자들이 서로 도와줘야 해요." 발렌타인 워놉이 말했다. "언제부터였는지 생각도 안 날 정도로 오랫동안 매주 토요일 아침 식사를 같이 해 왔는데, 이걸 혼자 준비하시게 놔둘 수 없지요."

"정말로" 두쉬민 부인이 말했다. "이렇게 정신적인 힘이 되어주니 너무도 고마워요. 오늘 아침에는 모험을 시도하지 말아야 했나봐요. 하여튼 페리한테 그이를 10시 15분까지 밖에서 붙잡아 달라고 했어요."

"어쨌든 아주 큰 모험이에요." 발렌타인이 말했다. "하지만 해볼 만한 가치가 있다고 생각해요."

두쉬민 부인은 테이블 주위를 서성이며 참제비고깔의 위치를 살

---

[144] Joseph Mallord William Turner(1775~1851): 풍경화를 많이 그린 영국 화가로 후에 인상파 화가들에게 큰 영향을 주었는데, 맥마스터의 주된 관심 인물인 영국의 비평가 존 러스킨은 자신의 미술비평서『근대화가론』에서 터너의 그림을 극찬하였다.
[145] sideboard: 주방에서 상에 내갈 음식을 얹어 두는 작은 탁자.
[146] galantine: 육류나 어류를 고기 살만 삶아서 차게 굳힌 음식.

짝 바꿨다.

"가림막으로 쓰기에 괜찮은 것 같죠?" 두쉬민 부인이 말했다.

"아무도 그분을 보지 못할 거예요." 발렌타인이 안심시키듯 말했다. 그리고 갑자기 결심한 듯 이렇게 덧붙였다. "그리고 이디[147], 내가 어떻게 생각하는지에 대해선 걱정하지 마세요. 남자 셋과 병약한 집주인, 그리고 항상 술에 취해 있는 요리사와 함께 일링[148]에서 9개월 동안이나 기관차 화부처럼 살았는데, 여기 식탁에서 무슨 이야기를 듣는다고 해서 내가 이상하게 변할 거라고는 생각하지 말아요. 마음 쓰지 마시고 그 얘기는 더 이상 하지 않기로 해요."

두쉬민 부인이 말했다. "그런데 발렌타인! 어떻게 그런 일을 하게 어머니가 놔두셨어요?"

"어머닌 모르셨어요." 발렌타인이 말했다. "슬픔에 빠져 정신이 없으셨죠. 주당 25실링 내는 월세 집에서 손을 앞으로 모은 채 아홉 달 동안 내내 거의 앉아만 계셨어요. 그리고 모자라는 집세를 메꾸려고 제가 한 주에 한 번 5실링 보냈고요." 그리고 이렇게 덧붙였다. "물론 길버트는 학교에 남아 있어야 했죠. 쉬는 날도요."

"이해가 안 돼요!" 두쉬민 부인이 말했다. "전혀 이해가 안 돼요."

"물론 이해할 수 없을 거예요." 발렌타인이 대답했다. "부인은 경매에 나온 우리 아버지 장서를 다시 사서 어머니에게 선물해주시는 그런 친절한 분 같으니까요. 덕분에 우린 창고 보관료로 한 주에

---

[147] Edie: 이디스(Edith)의 애칭.
[148] Ealing: 영국 런던의 서부 행정 구획.

5실링을 내야 했고, 일링에 있을 때 난 늘 내 날염 옷이 낡았다는 잔소리를 늘 들어야 했죠…"

발렌타인은 잠시 멈추더니 다시 말을 이었다.

"더 이상 얘기하지 않기로 해요, 괜찮다면요. 제가 여기 있으니 주인으로서 제게 신원 증명서를 요구할 권리가 있으시죠. 하지만 제게 정말 잘해주셨고 아무런 요구도 하지 않으셨잖아요. 어제 골프 코스에서 만난 어떤 남자에게 제가 9개월 동안 노예처럼 살았다고 이야기했어요. 제가 왜 여성 참정권 운동가가 되었는지 설명하려고요. 그 사람에게 부탁할 일이 있어서 제가 어떤 사람인지 알려 줄 필요가 있다고 느낀 것 같아요."

두쉬민 부인은 충동적으로 발렌타인에게 다가가면서 소리쳤다.

"가여워라!"

워놉이 말했다.

"잠시만요. 아직 이야기 안 끝났어요. 꼭 이 얘기는 하고 싶어요. 제가 여태 하던 일 중에서 그때 일에 대해선 절대로 얘기하지 않을 거예요. 수치스러우니까요. 제가 잘못한 일이라고 생각하기 때문에 수치스러워요. 그 외에 다른 이유는 없어요. 전 충동적으로 그 일을 시작했고, 고집부리느라 계속했죠. 어머니를 부양하고 하던 공부를 마치기 위해선, 자비로운 사람들에게 모자를 내밀어 구걸하는 편이 더 현명했을 거예요. 하지만 우리가 워놉가의 불운을 물려받았다면, 워놉가의 자존심도 함께 물려받았어요. 전 그렇게 할 수 없었어요. 그때 전 겨우 17살이었는데 물건을 다 처분한 뒤 시골에 갈 거라고 사람들에게 말했어요. 아시다시피 전 교육을 전혀, 아니 반도 받지 못했어요. 똑똑하신 우리 아버지는 나름의 생각이 있으셨거든요. 그 중 하나는 제가 케임브리지 대학의 고전을 연구하는 학감이 아니라 운동선수가 되는 것이었어요. 그렇지 않았다면 전 그렇게 되었을지도 몰라요. 아버지가 왜 그런 생각을 하셨는지는 모르겠어요… 어쨌든 두 가지는 분명하게 알아주셨으면 해요. 하나는 이미 말씀드린 거예요. 그러니까 이 집에서 듣게 되는 말들 때문에 제가 충격을 받거나 나쁜 영향을 받지 않을 거라는 거예요. 라틴어로 얘기한다 해도 마찬가지예요. 전 라틴어도 우리말만큼 알아들을 수 있어요. 아버지는 저와 동생 길버트가 말하기 시작할 때부터 라틴어로 얘기하시곤 하셨거든요… 그리고, 아, 그렇지, 제가 노예처럼 살았기 때문에 여성 참정권 운동가가 된 거예요. 제가 노예처럼 살았고, 또 여성 참정권 운동가이기 때문에 전통적인 사고방식을 가지신 부인께서는 제 이 두 가지 면을 이상하게 생각할 수도 있어요. 하지만 그럼에도 불구하고 전 깨끗하다는 걸 아셨으면 좋겠어요. 그러니까, 순결하고… 완벽할 정도로 도덕적이에요.”

두쉬민 부인이 말했다.

“발렌타인! 모자도 쓰고 앞치마도 둘렀었나요? 발렌타인에게 모자와 앞치마라니!”

워놉이 대답했다.

“네! 모자도 쓰고 앞치마도 두르고 안주인에게는 ‘마님’이라고 코를 훌쩍이며 말했죠. 계단 아래에서 잤고요. 그 끔찍한 요리사와는 자고 싶지 않았거든요.”

두쉬민 부인은 앞으로 달려가 두 손으로 워놉을 잡고선 처음에는 왼쪽에, 그다음에는 오른쪽 볼에 입을 맞췄다.

"아, 발렌타인." 부인이 말했다. "정말 여걸 같아요. 이제 겨우 22살인데! … 자동차가 들어오는 소리 아닌가요?"

그러나 자동차가 들어오는 소리는 아니었다. 워놉이 말했다.

"아니에요! 여걸은 아니에요. 어제 장관에게 말하려고 했지만, 도저히 할 수가 없었어요. 장관을 찾아간 건 거티였어요. 전 그냥 우왕좌왕하다가 말을 더듬거리기만 했죠. '여…여… 여성에게 투…투… 투표권을!' 제가 진짜 용감했다면 모르는 사람에게 부끄러워서 말도 못 걸지는 않았겠죠… 실제로 그랬으니까요."

"하지만" 두쉬민 부인이 발렌타인의 손을 잡은 채 말했다. "그래서 발렌타인이 더 용감해 보이는데요… 자신이 두려워하는 일을 해내는 사람이 진정한 영웅이잖아요. 그렇지 않나요?"

"우리가 열 살 때쯤에 아버지와 그 오래된 문제에 대해 논쟁을 하곤 했죠. 우선 '용감하다'는 용어의 정의부터 내려야 해요. 전 그냥 비참했어요… 많은 사람이 모인 자리에선 열변을 토할 수 있지만, 한 사람 앞에서는 냉정하게 이야기하지 못해요… 물론 거티를 구하기 위해 골프를 치던, 눈이 튀어나온 뚱뚱한 멍청이에겐 말할 수 있었지만요. 하지만 그건 다른 문제에요."

두쉬민 부인이 발렌타인의 손을 잡고 위아래로 흔들었다.

"발렌타인, 알다시피" 부인이 말했다. "난 구식 여자예요. 또 여자의 진정한 자리는 남편 옆이라고 생각해요. 동시에…"

워놉 양이 물러섰다.

"그만하세요, 이디, 그만요!" 발렌타인이 말했다. "그렇게 믿는다면 이디는 반여성 참정권자예요. 그렇게 앞뒤가 맞지 않는 말은 하지 말아요. 그게 이디의 결점이에요… 전 여걸도 아니고요. 전 감옥 가는 것도 무섭고 소동 피는 것도 싫어요. 어머니를 위해 집안일을 하고 타자를 치느라 제대로 이 일을 할 수 없는 걸 다행으로 여길 정도예요. 우리 집 위층 다락방에 숨어 있는 선(腺)증식 비대증에 걸린 처량한 거티를 한번 생각해보세요. 지난밤 밤새도록 울었어요. 신경이 곤두서서 그랬을 거예요. 그래도 거티는 감옥에 다섯 번이나 갔어요. 자살을 시도해서 위 세척도 했고요. 두려움에 떨지도 않아요! … 제가 감옥에 가둔다 해도 까딱도 하지 않을 정도로 강한 여자처럼 보이나요? 사실 전 잔뜩 겁먹고 있어요. 그래서 어쭙잖게 건방 떠는 여자아이처럼 말도 안 되는 소리를 하는 거예요. 들리는 소리가 모두 날 잡으러 오는 경관 소리인 것 같아 잔뜩 겁에 질려있고요."

두쉬민 부인이 발렌타인의 금발을 쓰다듬으며 흘러내린 머리를 귀 뒤쪽으로 넘겼다.

"머리 손질하는 법을 가르쳐주고 싶네요." 부인이 말했다. "언제든 발렌타인에게 꼭 맞는 신사분이 나타날 거예요."

"제게 맞는 남자요!" 워놉이 말했다. "슬그머니 대화 주제를 바꿔줘서 고마워요. 제게 맞는 남자가 나타난다면 아마 유부남일 거예요. 그게 워놉가의 운명이니까요!"

두쉬민 부인이 수심에 차 말했다.

"그런 식으로 말하지 말아요… 왜 자신은 다른 사람보다 운이 없다고 생각하죠? 발렌타인의 어머니는 잘 해오셨잖아요. 지위도 있고, 돈도 버시고…"

"우리 어머닌 워놉가 사람이 아니죠." 발렌타인이 말했다. "단지 결혼해서 워놉이란 성을 받은 거니까요. 진짜 워놉가는… 처형당하고, 반역자로 사권(私權)을 박탈당하고, 누명을 쓰고, 마차 사고로 죽고, 돈 밝히는 사기꾼과 결혼하거나 아버지처럼 무일푼으로 죽어요. 역사 이래로 그랬어요. 그래도 우리 어머니에겐 행운의 마스코트가 있어요…"

"그게 뭐죠?" 두쉬민 부인이 반색하며 물었다. "유물 같은…?"

"우리 어머니의 마스코트 모르세요?" 발렌타인이 물었다. "어머니가 만나는 사람마다 얘기를 하던데… 샴페인 들고 온 남자 이야기 모르세요? 어머니가 침실로도 쓰는 거실에서 어떻게 자살할까 생각하며 앉아 계셨는데, 이름이 티 트레이인가 뭔가 하는[149] 남자 분이 들어왔다는 이야기 말이에요. 어머니는 항상 그분을 마스코트라고 부르고 기도할 때도 그분을 기억하라고 하셨죠. 그분은 독일에 있는 대학에 우리 아버지와 같이 다니셨는데, 우리 아버지를 정말 좋아하셨다고 해요. 하지만 계속 연락을 하고 지내시지는 않았죠. 그리고 아버지가 돌아가실 즈음 9개월 동안 영국에 계시지도 않았다고 하고요. 그분이 이렇게 말했대요. '저런, 워놉 부인, 어찌 된 겁니까?' 어머니가 대답하자, 그분은 '부인이 지금 필요하신 건 샴페인이군요!'라고 하시더래요. 그러곤 하녀에게 1파운드 금화를 주

---

[149] 발렌타인은 티젼스라는 이름을 정확히 기억하지 못해서 티 트레이 비슷한 이름이라고 말한 것이다. 여기서 티젼스는 이 작품의 주인공인 크리스토퍼 티젼스의 부친을 말한다.

며 뵈브 끌리꼬¹⁵⁰를 한 병 사오라고 했대요. 그런데 하녀가 샴페인 따개를 금방 가지고 오지 않자, 벽난로 선반에 샴페인 병목을 깼대요. 그리고 어머니가 양치용 컵으로 샴페인 반 병을 비우는 동안 줄곧 옆에 서 계셨대요. 그리고는 점심을 사겠다며 어머니를 데리고 나가셨다네요. 아… 아… 춥네요… 그리고는 어머니에게 설교를 하시고는… 그분이 지분을 갖고 있던 신문에 사설을 쓰는 일을 얻어주셨대요.”

두쉬민 부인이 말했다.

"떨고 있네요!"

"알고 있어요." 발렌타인은 이렇게 말하고는 아주 빠르게 말을 이어갔다. "물론 어머니는 아버지가 생각하는 것을 글로 쓰셨어요. 아버지는 아이디어가 있어도 그걸 글로 쓸 수 없었거든요. 어머니는 정말 멋진 스타일로 쓸 수 있었고요… 그래서, 그 이후로 그분, 그러니까 어머니가 마스코트라고 부르는 이름이 티 트레이 같은 그분은 어머니가 곤란할 때마다 나타나셨어요. 그런데 신문사에서 어머니의 글이 정확하지 않다며 어머니를 해고하려 했죠. 어머니 글은 진짜 정확하지 않았어요. 그래서 그분은 논설 위원이 알아야 하는 것들을 목록으로 만들어 어머니에게 주셨어요. 예를 들어 'A. 에보어'는 요크의 대주교이고, 정부는 진보당이 집권하고 있다는 것들 말이에요. 그런데 어느 날 그분이 나타나서 '부인이 제게 들려준 이야기

---

¹⁵⁰ Veuve Cliquot: 프랑스 고급 샴페인으로 18세기에 혁신적인 샴페인 제조기법을 도입한 것으로 유명하다.

를 소설로 써 보는 게 어떻겠소?'라고 말했대요. 그러고는 조용히 글을 쓸 수 있도록 지금 우리가 사는 작은 시골집을 살 돈을 빌려주셨대요… 아, 계속 못하겠네요!"

워놉이 울음을 터뜨렸다.

"그 끔찍한 날들이 생각나서 그래요." 그녀가 말했다. "그 끔찍스럽고 끔찍스럽던 과거 말이에요!" 그녀는 양손 손가락 마디로 거칠게 눈을 비비며, 손수건을 건네주며 포옹하려는 두쉬민 부인을 단호하게 피했다. 워놉은 거의 경멸스럽다는 듯이 말했다.

"전 괜찮은 사람이에요. 그리고 배려심도 있고요. 부인은 지금 엄청난 시련을 겪고 있어요! 깃발을 들고 소리치며 행진한다고 해서 제가 말없이 가정을 지키는 부인의 영웅적인 행동의 가치를 제대로 알지 못한다고 생각하나요? 하지만 우리가 그러는 것은 부인 같은 여자들이 매일 매일 당하는 고통을 멈추게 하려고 …"

두쉬민 부인은 창가에 놓인 의자에 앉았다. 그러곤 손수건으로 얼굴을 가렸다.

"부인 같은 처지의 여자들이 왜 애인을 갖지 않나요?" 발렌타인은 흥분하며 말했다. "아니면 부인 같은 지위의 여자들은 애인을 갖고 있는 건가요?"

두쉬민 부인은 고개를 들었다. 눈물을 흘렸지만 그녀의 흰 얼굴은 위엄을 풍겼다.

"아, 안 돼요, 발렌타인" 부인은 낮은 어조로 말했다. "정조를 지키는 것에는 뭔가 아름다운, 황홀한 무언가가 있어요. 난 편협한 사람은 아니에요. 남의 흠을 잡는다고요? 난 남을 비난하지 않아요!

하지만 말과 생각과 행동으로 일생의 신의를 지킨다는 건… 그저 평범한 일은 아니에요…"

"숟가락 위에 달걀 얹고 달리는 경주처럼 말인가요?" 워놉이 물었다.

"내가 말하고자 한 것은" 두쉬민 부인이 부드럽게 답했다. "그런 것이 아니에요. 빠르게 달리다가 황금 사과를 보고 되돌아가지 않는 것이 아탈란타[151]의 진짜 상징 아닌가요? 난 그것이야말로 그 아름다운 옛 전설에 숨겨져 있는 진정한 진실 같아요…"

"모르겠어요." 워놉이 말했다. "『야생 올리브 관』[152]에서 러스킨이 거기에 대해서 쓴 글을 읽었을 때, 아니 그게 아니라 『하늘의 여왕』[153]이었네요. 그리스어로 쓴 그 쓰레기 같은 글 말이에요. 난 그것이 젊은 여자가 지켜보지도 않는 달걀 경주와 같은 거라고 늘 생각해 왔어요. 어쨌든 그게 그거네요."

두쉬민 부인이 말했다.

---

[151] Atalanta: 결혼을 하면 불행해진다는 신탁을 받은 아탈란타는 평생 독신으로 살기로 결심하지만 구혼자가 끊이지 않자 자신과 달리기 경주를 해서 이긴 남자와 결혼하겠다고 한다. 이에 히포메네스가 비너스 여신에게 간절히 기도하자 여신은 황금 사과 세 개를 주며 경주할 때 하나씩 던지라는 조언을 한다. 히포메네스는 경주를 하면서 황금 사과를 하나씩 던져 아탈란타가 이를 줍는 동안 간격을 벌릴 수 있었고 결국 경주에 이겨 아탈란타와 결혼하게 된다. 그러나 비너스 여신에게 감사를 표하지 않은 히포메네스는 비너스 여신의 분노를 사 다른 여신의 신전 앞에서 아탈란타를 범하여 둘은 사자로 변하는 벌을 받는다.
[152] *The Crown of Wild Olive*: 러스킨의 노동자 협회 강의록.
[153] *The Queen of the Air*: 러스킨의 『근대화가론』에 기초한 사상을 바탕으로 그리스 신화를 연구한 저서.

"이 집에선 존 러스킨을 험담해선 안 돼요!"

워놉 양이 비명을 질렀다.

누군가 엄청난 목소리로 고함을 쳤던 것이다.

"이쪽! 이쪽입니다… 숙녀분들이 여기 계실 겁니다!"

두쉬민 목사에게는 세 사람의 목사보가 있었다. 그런데 그가 갖고 있는 습지대 교구 세 개는 거의 급료를 주지 않았기 때문에, 아주 부유한 성직자가 아니고선 목사보를 셋이나 거느릴 수 없었을 것이다. 이들 세 목사보는 모두 성직차라기보다는 권투 선수처럼 몸집이 컸다. 그래서 자신도 몹시 키가 큰 두쉬민 목사가 그의 목사보 셋과 함께 해 질 녘에 길을 따라 걷고 있을 때, 그 어떤 악당이라도 안개 속에서 이들과 마주치게 된다면 가슴이 두근거렸을 것이다.

2인자라고 할 수 있는 호슬리 목사보는 목소리까지 우렁찼다. 그는 네다섯 마디 소리치고 낄낄거리다가, 다시 네다섯 마디 소리치고 낄낄거렸다. 엄청나게 두꺼운 그의 손목뼈는 성직복 소매 사이로 삐져나왔다. 목젖이 커다란 그는 머리를 바짝 짧게 잘랐는데, 크고 마른 창백한 얼굴에 눈까지 움푹 들어가 마치 해골 같았다. 그가 한번 말하기 시작하면 그 누구도 그의 말을 멈추게 할 수 없었다. 자신의 귀에 울리는 자신의 목소리 때문에 누가 끼어들어 이야기해도 들리지 않았기 때문이었다.

오늘 아침 집 계단을 오르려던 그는 여기 막 도착한 티전스와 맥마스터를 만나 그들을 아침 식사 자리로 안내하게 되었던 것이다. 그는 할 이야기가 있었기 때문에, 아침 식사에 대한 소개는 그리

성공적이지 못했다.

"계엄 상태입니다. 숙녀 여러분, 낄낄!" 그는 소리치다 낄낄거리기를 반복했다. "우린 지금 진짜 계엄 상태에요… 그래서…" 전날 밤, 저녁 식사 후 샌드바크와 마운트비에서 식사를 마친 젊은이 대여섯 명이 끝 부분에 납을 넣은 지팡이로 무장한 뒤 모터바이크를 타고 시골길을 뒤졌다는 것이다. 여성 참정권 운동가를 색출하려고 그랬다는 것이다. 그들은 어둠 속에서 마주친 여자들을 붙잡고는 희롱하면서 납을 넣은 지팡이로 위협하면서 심문했다고 한다.

그는 이 사건에 대해 자신의 생각을 적절하게 밝히면서 반복적으로 이야기했기 때문에 상당한 시간이 걸렸고, 이 때문에 티전스와 워놉은 서로 바라볼 기회를 가질 수 있었다. 솔직히 워놉은 커다란 몸집의 세련되지 않고 특이하게 생긴 이 남자가 자신을 알아본다면, 분명 자신을 경관에게 넘길 것 같아 두려웠다. 워놉은 당시 경관이 자신과 자신의 모친의 보살핌하에 침대에 누워 있을 윌슨, 그러니까 거티를 찾고 있다고 생각하고 있었기 때문이었다. 골프 코스에서 그는 자연스럽고 편안해 보였다. 하지만 헐렁한 옷을 입고, 커다란 손과 다소 짧은 머리 옆에 난 흰머리 그리고 가면을 쓴 듯 볼품없는 이목구비를 가진 그는 이상하게도 여기 어울리기도 하고 안 어울리기도 하는 느낌을 주었다. 그는 햄, 고기 파이, 갤런틴 그리고 심지어 장미까지도 싫지만 참으려 하는 것 같았다. 하지만 터너의 그림과 미학적으로 만든 커튼, 두쉬민 부인의 늘어뜨린 드레스, 그리고 두쉬민 부인의 머리에 있는 호박석과 장미는 참지 못하는 것 같았다. 치펀데일풍의 의자들도 그의 마음에 들지 않는 것 같았다. 워놉은 자신이 범법자라는 사실과 호슬리 목사의 요란한 목소리 때문에 동요를 느끼는 와중에도 그의 해리스 트위드[154]가 자신의 치마와 잘 어울리며, 자신이 줄무늬가 있는 분홍색 면이 아닌 깨끗한 크림색 실크 블라우스를 입고 있어서 다행이라는 기이한 생각을 하였다.

그 점에 있어 워놉의 생각은 옳았다.

모든 남자는 동시에 두 가지 생각을 갖고 있는데, 그 두 가지 생각은 서로 다른 생각을 견제한다. 감정은 이성에 맞서고, 지성은 열정의 오류를 바로잡는다. 그래서 첫인상은 조금, 그것도 아주 조금 영향을 미칠 수밖에 없게 된다. 그리고 그러한 첫인상도 항상 편견으로 치우치기 쉬워 조용히 생각하다 보면 곧 사라지기 마련이다.

전날 밤, 티전스는 이 젊은 여자에 대해 몇 가지 생각을 해 보았다. 캠피언 장군은 그녀를 티전스의 공식적인 정부[155]인 것처럼 말했다. 그녀 때문에 티전스는 신세를 망쳤고, 티전스의 가정이 파괴되었으며, 부인의 돈을 그녀를 위해 쓰고 있다는 소문이 나돌고 있다는 것이다. 모두 거짓이었다. 하지만 그건 전혀 불가능한 것만은 아니었다. 상황에 따라, 그리고 적당한 여자만 있다면 아주 건전한 남자라도 그렇게 할 수 있을 테니 말이다. 자신도 그런 상황에 처하게 될지 누가 알겠는가. 하지만 스스로 하녀로 일했다는 사실을 밝힌, 분홍색 면 블라우스를 입은 이 볼품없는 젊은 여자 때문에 자신이 신세를 망쳤다는 건… 아무리 말도 안 되는 클럽 소문이 많다

---

[154] Harris tweed: 스코틀랜드 북부 해리스 섬에서 생산되는 값비싼 트위드.
[155] maîtresse en titre: 프랑스 왕의 공식적인 정부를 뜻하는데 거의 반은 공식적 지위라고도 할 수 있었다.

해도 한계를 넘는 거라고 생각했다.

첫인상은 아주 강력했다! 표면적인 생각으로는 그 젊은 여자가 태생적으로 부엌 허드렛일을 하는 하녀가 아니라는 사실이 좋았다. 그녀는 워놉 교수의 딸이고 점프도 할 줄 안다! 여태까지 티젠스는 계층을 구분할 수 있는 궁극적인 척도는 상류층은 땅에서 발을 들어 올릴 수 있지만, 평민들은 그렇게 할 수 없다는 것이었다… 하지만 그녀에 대한 첫인상은 강하게 남았다. 워놉은 부엌에서 일하는 하녀였다. 천성적으로 가정부라고도 할 수 있을 것이다. 그녀는 좋은 가문 출신이다. 워놉가는 아쟁쿠르 전투[156] 이후 부유해진 집안으로, 1417년 글로스터셔[157] 지역의 버들립[158]에서 맨 처음 언급되는 집안이니 말이다. 하지만 아무리 좋은 가문 출신의 뛰어난 사람도 천성적으로 가정부가 어울리는 딸들은 버리기도 한다. 그게 바로 유전의 기묘한 속성 중 하나다… 추측건대 워놉이 자신의 어머니의 재능과 학교에 다니는 남동생을 위해 자신의 젊은 시절을 희생한 여걸이라는 사실이 틀림없다 해도 티젠스는 그녀를 하녀 이상으로 간주할 수 없었다. 여걸은 모두 훌륭하고 존경할 만하며 심지어 성자라고 할 수 있을지 모른다. 하지만 초췌한 얼굴에 추레한 모습이 되어 버린다면… 천국에 가득 쌓일 황금이나 기다리는 수밖엔 없을 것이다. 이 땅에서는 자신과 같은 계층의 남자가 그런 여자를 부인

---

[156] Agincourt: 북프랑스의 작은 마을로 백년전쟁 중인 1415년 프랑스군이 영국군에게 대패한 곳이다.
[157] Gloucestershire: 영국 잉글랜드 남서부 주.
[158] Birdlip: 글로스터셔에 있는 마을.

으로 맞을 리는 없고, 더군다나 자기 부인의 돈을 그런 여자에게 쓸 리는 없으니 말이다. 이게 바로 실상이다.

하지만 분홍색 면 블라우스 대신 실크 옷을 입고, 곱슬곱슬한 빛나는 머리에 흰 캔버스 모자를 쓰고 좋은 신발을 신은, 매력적인 젊은 목과 매끈한 발목을 가진 워놉이 친구 걱정으로 창백했던 어제의 모습과는 달리 건강하게 홍조를 띤 밝은 모습으로 나타났다. 주위에 있는 훌륭한 가문 출신의 사람들과도 분명 대등한 모습이었다. 작지만 균형 잡히고 건강한 모습이었다. 그녀는 커다랗고 푸른 눈으로 당황스러워하는 기색 없이 똑바로 자신의 눈과 마주하고 있었다.

"와…" 그는 중얼거렸다. "정말이네! 꽤 괜찮은 애인이 될 수도 있겠군!"

티전스는 이런 생각을 하게 한 캠피언 장군과 샌드바크, 그리고 클럽의 떠버리들을 속으로 욕했다. 세상 사람들은 잔인하고 혹독하고 어리석은 압박을 가할 때도 선별적으로 한다. 남녀를 짝지어서 무성한 소문을 퍼트릴 때는 두 사람 간에 무언가 조화로운 것이 있어서가 아니겠는가. 그런 데에는 그럴 것 같다는 요인이 있기 마련이니 말이다!

티전스는 두쉬민 부인을 한번 바라보고는 그녀가 한없이 평범하며 따분한 사람일 거라는 생각이 들었다. 티전스는 그녀가 입고 있는 어깨 부분이 넓은 푸른색 드레스가 싫었고, 그녀가 착용한 얼룩무늬 호박(琥珀)은 졸부들의 담뱃대를 만드는 데 사용되어야 제격이지 여자 머리에 꽂아선 어울리지 않는다고 생각했다. 워놉을 다시 돌아본 그는 그녀가 맥마스터에게 좋은 아내가 될 수도 있겠구나 하는 생각이 들었다. 맥마스터는 활달한 여자를 좋아하는데, 이 여자는 활달하면서도 숙녀다우니 말이다.

질풍을 뚫고 워놉은 두쉬민 부인에게 소리쳤다.

"제가 상석 옆에 앉아 차를 따를까요?"

두쉬민 부인이 대답했다.

"아니에요! 폭스에게 차를 따라 달라고 부탁해 놓았어요. 그분은 귀가 거의 먹었거든요." 폭스는 이미 세상을 떠난 목사보의 누이로 무일푼이었다. "발렌타인은 티전스 씨를 즐겁게 해드리세요."

티전스는 두쉬민 부인의 목소리가 듣기 좋다는 걸 알았다. 질풍 가운데서도 겨우살이 개똥지빠귀의 울음소리가 들리듯, 호슬리 목사보가 요란스럽게 떠들어대는 가운데에서도 그녀의 목소리가 들렸다. 그 목소리는 상당히 좋았다. 그는 워놉이 얼굴을 약간 찡그리는 것을 보았다.

군중들에게 말할 때 사용하는 확성기처럼 호슬리 목사보는 돌면서 차례로 손님들에게 얘기하고 있었다. 그때 그는 맥마스터에게 소리치듯 이야기하고 있었는데, 티전스는 자신도 곧 노비즈에 사는 늙은 헤이글런 부인의 심장 마비에 관한 이야기를 들을 차례가 되었다는 것을 알았다. 하지만 티전스의 차례는 오지 않았다.

둥근 뺨에 혈색 좋은 마흔다섯 살쯤 되어 보이는 호감 가는 눈빛의 어떤 부인이 '미망인이 된 지 좀 된 듯한' 검은 옷을 잘 차려입고, 급히 방으로 들어왔다. 부인은 열변 중인 호슬리 목사보의 오른쪽 팔을 가볍게 두드렸지만, 그가 계속 다른 사람과 이야기를 하자 그의 손을 잡고 흔들며 높은 톤으로 명령조로 소리쳤다.

"어느 분이 맥마스터라는 비평가시죠?" 그러고는 아무 말 없이 티전스를 바라다보았다. "선생께서 맥마스터 씨인가요? 아니라고요? … 그러면 당신이 분명하겠군요."

티전스에 대한 흥미를 완전히 잃고 맥마스터를 향해 고개를 돌린 부인의 행동은 티전스가 지금까지 경험한 가장 무례한 행동이었지만 너무도 사무적이어서 기분은 전혀 상하지 않았다. 부인은 맥마스터에게 말했다.

"오, 맥마스터 씨, 이번 주 목요일에 제 새 책이 나온답니다." 그러고는 그를 방 끝쪽에 있는 창가로 데려가기 시작했다.

워놉은 그 부인에게 이렇게 말했다.

"거티는 어떻게 했어요?"

"거티 말이냐?" 꿈에서 깬 듯 워놉 부인은 놀라며 소리쳤다. "아, 그래! 잠이 푹 들었단다. 4시까지는 잘 거야. 한나에게 이따금씩 가서 살펴보라고 했어."

워놉은 양팔을 옆으로 벌렸다.

"어머니!" 그녀는 자기도 모르게 소리쳤다.

"아, 그래" 워놉 부인이 말했다. "오늘은 한나에게 오지 말라고 이야기하기로 했었지. 그래서 그렇게 이야기했고!" 부인이 맥마스터에게 말했다. "한나는 우리 집 파출부예요." 그리고 잠시 망설이더니 다시 밝게 말을 이었다. "물론 저의 새 책에 관한 얘기를 들으시면 도움이 될 거예요. 선생님 같은 저널리스트들에게는 사전에 약간의 설명이…" 그리고 부인은 맥마스터를 끌고 가버렸다.

181

말을 몰지 못하기 때문에 목사관으로 가기 위해 이륜마차를 타야 했던 워놉이 마차에 오르기 직전, 아침 식사 때 신사 두 사람이 오기로 했는데, 한 명은 이름 모르는 사람이고 다른 한 명은 맥마스터란 유명한 비평가라고 자신의 어머니에게 얘기를 해서 벌어진 일이었다. 당시 워놉 부인은 워놉에게 이렇게 소리쳤다.

"비평가? 무슨 비평가야?" 졸린 듯 했던 부인은 갑자기 전기에 감전이라도 된 듯 말했다.

"모르겠어요."라고 발렌타인이 대답했다. "아마 책이겠죠…"

가만히 서 있지 못하는 커다란 검은 말이 단 몇 걸음에 20미터를 갔을 때, 말을 몰던 일꾼이 말했다.

"아가씨, 어머니가 뒤에서 소리소리 지르고 있습니다." 그러나 워놉 양은 상관없다고 대답했었다. 모든 일을 다 준비해 놓았다고 자신했기 때문이었다. 자신은 점심시간에 돌아가기로 했고, 어머니는 다락방에 있는 거티 윌슨을 틈나는 대로 보살펴주기로 되어 있었고, 출퇴근하는 파출부인 한나는 퇴근하기로 되어 있었기 때문이다. 전혀 모르는 낯선 젊은 여자가 오전 11시에 다락방에서 자고 있다는 사실을 한나가 절대 알아서는 안 되는 게 가장 중요했다. 한나가 알게 되면 이 사실은 즉각 이웃 전체로 퍼져 경관이 들이닥칠 게 뻔하기 때문이었다.

하지만 워놉 부인은 사업가 기질이 있는 여자였다. 부인은 마차로 갈 수 있는 거리에 평론가가 있다는 소식을 들으면 곧바로 달걀을 사들고 찾아가곤 하였다. 그래서 파출부가 도착하자마자 부인은 곧바로 출발해 목사관까지 걸어 온 것이었다. 경관이 들이닥칠 수도 있다는 위험은 전혀 고려하지 않았고, 심지어 경관에 대해서도 이미 잊어버렸던 것이다.

워눕 부인의 등장은 두쉬민 부인에게 상당한 근심거리였다. 두쉬민 부인은 남편이 들어오기 전에 모든 손님이 자리를 잡고 아침 식사도 어느 정도 마치길 바랐기 때문이었다. 하지만 이건 쉬운 일이 아니었다. 초대받지 않은 워눕 부인이 맥마스터에게서 떨어지려 하지를 않았던 것이다. 맥마스터가 자신은 일간 신문에 서평을 쓴 적이 없고, 계간지에만 논문을 실을 뿐이라고 말하자, 워눕 부인은 자신의 신간에 대한 글이야말로 그러한 계간지에 꼭 필요한 것이라는 생각이 들었다. 그래서 부인은 맥마스터에게 자신에 대해 어떻게 쓰면 될지에 관해 얘기했다. 두쉬민 부인은 두 번이나 맥마스터를 그의 자리로 안내해 앉도록 하려고 했지만, 워눕 부인은 그를 다시 창가 쪽으로 끌고 갔다. 두쉬민 부인은 중요하고도 전략적인 위치를 점유하기 위해 맥마스터의 옆에 완전히 자리를 잡은 후, 이렇게 소리쳤다.

"호슬리 목사님, 워눕 부인을 모시고 가 옆에 앉히시고 음식을 좀 드시게 해주세요." 이렇게 해야만 두쉬민 부인은 테이블 상석인 두쉬민 목사의 자리에서 워눕 부인을 몰아낼 수 있었다. 맥마스터의 옆 자리가 비었다고 생각한 워눕 부인은 치펀데일풍의 의자를 끌어와 거기에 앉을 기세였기 때문이었다. 그것은 곧 재난을 의미할 수 있다. 그렇게 되면 두쉬민 부인의 남편을 다른 손님들 사이에 풀어놓는 꼴이 되기 때문이었다.

호슬리 목사보는 워눕 부인을 끌어내는 의무를 너무나 단호하게 수행해 워놉 부인은 그를 매우 불쾌하고 꼴사납게 생각했다. 호슬리 목사보의 자리는 높다랗게 솟은 은제 차 탕관 주위에 앉아 능숙하게 차 탕관의 상아로 된 마개에 집중하는 노처녀 폭스의 옆 자리였다. 키 큰 참제비고깔이 담긴 은제 꽃병을 치우면 맥마스터와 대각선으로 마주하게 되어 그에게 소리쳐서 이야기할 수 있을 거라고 생각한 워놉 부인은 이 자리를 차지하려 했다. 하지만 그렇게 할 수 없다는 것을 깨달은 부인은 여덟 번째 손님으로 예정되었던 거티 윌슨의 자리로 가야 했다. 거기 멍하니 우울하게 앉아 있으면서 부인은 딸에게 이따금씩 이렇게 말했다.

"준비가 정말 안 됐구나. 정말 형편없는 파티인 것 같다." 호슬리 목사보가 가자미를 앞에 가져다주어도 부인은 감사하다는 말을 하는 둥 마는 둥 했고, 티전스 쪽으론 아예 쳐다보지도 않았다.

맥마스터 옆에 앉아 벽널로 장식된 벽 모퉁이의 작은 문을 응시하던 두쉬민 부인은 갑작스레 불안감에 사로잡혔다. 모든 것을 운에 맡기고 말 한 마디도 하지 않기로 했지만, 불안감에 싸여 어쩔 수 없이 손님들에게 이렇게 말했다.

"여러분들을 여기까지 오시라고 한 게 옳지 않은지도 모르겠습니다. 여러분들은 제 남편으로부터 아무것도 얻지 못할 수도 있으니까요. 남편이 토요일에는 특히나 잘…"

부인의 목소리가 주저하면서 점점 작아졌다. 아무 일도 안 일어날 수도 있다. 7번의 토요일 중 2번은 아무 일도 일어나지 않았다. 아무 일도 안 일어나면 공연히 인정할 셈이 될 것이다. 이 동정적인 사람[159]이 자신을 기억할 때 자신에게는 하나의 오명으로 남을 이 일을 알지 못한 채, 자신의 삶에서 떠나갈 수도 있을 거란 생각이 들었기 때문이었다… 하지만 그 순간 그녀는 그가 자신의 고통을 안다면, 남아서 자신을 위로해줄 수 있을 거란 생각도 했다. 그녀가 어떤 단어로 하던 말을 마칠까 하고 생각하고 있을 때, 맥마스터가 말했다.

"친애하는 부인!" (이렇게 불리는 것이 그녀에게는 참으로 멋지게 들렸다!) "우리는 이해합니다. 아니 우리는 이해하도록 교육받았습니다… 이 위대한 학자들은, 그러니까 예술에 마음을 빼앗긴 전문가들은…"

두쉬민 부인은 "아!" 하며 안도의 한숨을 내쉬었다. 맥마스터가 아주 적절한 단어를 사용했기 때문이었다.

"그리고" 맥마스터는 말을 이었다. "단지 짧은 시간을 보내기 위해, 얕은 비행을 하기 위해… '우뚝 솟은 높은 문에서 다른 높은 문으로 활공하는 제비가! …' 이 시 알고 계시죠? 부인의 이 완벽한 상황에서…"

더없는 행복이 그에게서 자신에게로 옮겨오는 듯했다. 남자는 이런 식으로 말해야 하는 것이다. 이런 식으로 – 강철색 타이, 진짜 같은 금반지, 검은 머리와 강철색 눈! 남자는 이렇게 보여야 한다. 따뜻한 기운이 어렴풋이 느껴졌다. 완벽한 상황에서 진정한 잠에 빠져들 때와 같은 기쁨이 느껴졌다. 테이블 위의 장미꽃은 사랑스러웠고 그 향은 자신에게로 다가왔다.

---

[159] 맥마스터를 지칭. 두쉬민 부인은 맥마스터가 자신을 동정한다고 생각하며 그에게 호감을 갖고 있다.

어떤 목소리가 들려왔다.

"진짜 식사 준비를 멋지게 하셨네요."

이 매력적인 남자가 일행으로 데리고 온 몸집이 크고, 촌스러워 보이는 것 이외에는 눈에 띄지 않는 어떤 존재가 자신의 눈에 띄려고 허세를 부리고 있었다. 그는 그녀 앞에 검은 캐비아와 레몬이 담긴 작은 푸른색 도자기 접시를 내려놓았다. 그 방에서 가장 짙은 분홍색 복숭아가 담긴 분홍색 도는 세브르산 도자기[160]였다. 자신은 한참 전에 그에게 "오… 약간의 캐비아와 복숭아에요!"라고 말했었다. 그런 음식을 이야기하는 것만으로도 칼리번[161]의 눈에 자신이 더 매력적으로 보일 거라고 막연히 느꼈기 때문이었다.

그녀는 매력으로 자신을 무장했다. 티전스는 그녀 앞에 놓인 캐비어를 커다란 눈으로 멍하니 바라보았다. "이것은 어떻게 구하셨죠?" 그가 물었다.

"오!" 그녀가 대답했다. "남편이 구한 것이 아니었다면 과시하는 것처럼 보였을 거예요. 저도 이렇게 하는 게 마치 과시하려는 것처럼 느껴지니까요." 그녀는 밝게, 하지만 소리 없이 웃었다. "남편이 뉴 본드 스트리트[162]에 가게를 둔 심킨스를 훈련한 결과죠. 전날 밤 전화 한 통만 하면 새벽에 빌링스게이트[163]로 가서 얼음, 그것도 커다란 얼음 덩어리를 넣은 연어와 숭어를 가지고 와요. 아주 좋은

---

[160] Sevres: 프랑스 세브르산 고급 도자기.
[161] Caliban: 셰익스피어의 『폭풍우』(The Tempest)에 등장하는 반인반수로 흉측하게 생긴 인물.
[162] New Bond Street: 영국 런던의 거리로, 고급 상점들이 밀집해 있다.
[163] Billingsgate: 런던 템스강 주변에 있는 수산 시장.

걸로요… 그리고 7시면 차가 애쉬포드역으로 가고요… 그렇다고 해도 10시 전에 아침 식사를 준비하는 게 쉬운 일은 아니죠."

그녀는 이 세심한 설명을 이 칙칙한 남자에게 낭비하고 싶지 않았다. 하지만 자신이 읽은 책에 나오는 것 같은, 이 몸집 작은 남자의 마음에 좀 더 와 닿는, 유려한 말을 하고 싶은 마음이 간절했지만 그럴 수 없었다.

"아, 하지만 이것은," 티젼스가 말했다. "과시가 아니죠. 위대한 전통이죠. 남편분이 마련하신 '모들린의 두쉬민과의 아침 식사'를 잊으시면 안 되죠."

티젼스는 그녀의 눈을 뚫어지게 바라보았다. 하지만 그가 호의적으로 말하려는 건 분명해 보였다.

"때론 저도 그랬으면 좋겠어요." 그녀가 말했다. "그렇다고 해서 남편 자신은 얻는 것이 아무것도 없어요. 남편은 지나치리만큼 금욕적이에요. 금요일에는 아무것도 먹지 않죠. 그래서 토요일이 되면… 몹시 걱정이 돼요."

티젼스가 말했다.

"알고 있습니다."

그녀는 다소 날카로운 목소리로 소리쳤다.

"아신다고요!"

티젼스는 계속 그녀의 눈을 똑바로 바라보았다.

"두쉬민과의 아침 식사에 대해선 물론 모두가 잘 알고 있죠!" 그가 말했다. "두쉬민 목사님은 러스킨 사상의 토대를 만든 사람 중 하나죠. 그 누구보다도 러스킨과 흡사하다고 알려져 있고요![164]"

두쉬민 부인은 "오!" 하고 소리쳤다. 남편이 기분이 가장 안 좋을 때 자신의 옛 스승에 대해 해준 얘기 중 가장 안 좋은 이야기 하나가 머릿속에 스쳤기 때문이었다. 자신의 사적인 생활 중 수치스러운 부분을 이 괴물 같은 남자가 아는 게 틀림없는 것 같았다. 옆으로 고개를 돌려 그녀를 바라보는 티젠스는 점점 더 괴물처럼 보였고 형태도 불분명하게 느껴졌다. 그는 위협적이고, 꼴사납고 혐오스러운 속이 빈 껍데기만 있는 남자 같았다! 그녀는 이렇게 혼잣말을 했다. "당신을 가만두지 않을 거야, 만약 조금이라도…" 그녀는 맞은편에 있는 남자에 대해선 호감을 느꼈다. 그는 부드럽고, 잘 어울리며, 조화롭게 상호보완적이며, 무화과의 과육처럼 먹을 수 있는 음식과도 같았다… 이런 느낌은 피할 수 없는 것이었다. 두쉬민 부인이 이런 느낌을 갖는 것은 그녀의 남편과의 관계를 생각해볼 때 필연적인 것이었다.

부인은 자신이 두려워하던 높은 톤의 거친 목소리가 뒤에서 들려왔을 때 너무나도 혼란스러워 거의 아무것도 느끼지 못했다.

"포스트 코이툼 트리스트[165]! 하하! 그게 바로 이것이지 않소?" 목소리는 그 말을 반복하며 냉소적으로 한마디 덧붙였다. "그게 무

---

[164] 러스킨은 자신의 부인과 부부관계를 맺지 않았는데 여성의 육체가 자신의 이상적 미학 사상에 맞지 않아 혐오했다는 설이 있다. 이 일로 부부는 혼인을 무효화했으며 그의 부인은 후에 라파엘 전파 화가 존 에버릿 밀레(John Everett Millais)와 결혼했다. 티젠스는 이를 빗대어 얘기하는 것이다.

[165] *Post coitum triste*: (라틴어) '성관계 후 슬퍼진다'는 의미. "수탉과 여자를 제외한 모든 동물은 성관계 후 슬퍼진다"고 말한 1세기 그리스 의사 갈레노스(Galenos)의 말에서 따온 것이다.

슨 뜻인지 알죠?" 하지만 남편 문제는 두 번째였다. 진짜 문제는 이 괴물 같은 증오스러운 남자가 여기를 떠나 오랜 시간이 흘렀을 때, 자기 친구에게 그녀에 대해 뭐라고 말할 것인가였다.

그는 여전히 그녀의 눈을 쳐다보고 있었다. 그는 아무 일도 없다는 듯이, 하지만 아주 나지막한 목소리로 말했다.

"제가 부인이라면 돌아보지 않을 겁니다. 빈센트 맥마스터가 잘 처리할 테니까요."

그는 마치 나이 많은 오빠가 말하듯 친근하게 말했다. 두쉬민 부인은 티전스가 자신과 맥마스터 사이의 깊은 유대감에 대해 이미 알고 있다는 사실을 즉각 깨달았다. 그는 긴급 상황에 처한 가장 친한 친구의 애인에게 이야기하는 것처럼 말했기 때문이다. 그는 정확한 직관력을 지닌 무섭고 두려운 사람이다…

티전스가 말했다. "들으셨죠!"

잔인하고 의기양양한 그 질문에 "목사님은 그게 무슨 뜻인지 아십니까?"라고 맥마스터는 분명하지만 책망하는 듯한 교수의 퉁명스러운 어조로 말했다.

"나야 당연히 알고 있소 새삼 알게 된 것도 아니니!" 잘 어울리는 어조였다. 티전스와 두쉬민 부인은 푸른색과 은색의 성벽[166]에 가려져 있던 두쉬민 목사가 야단맞은 학생처럼 코를 훌쩍이며 대답하는 것을 들을 수 있었다. 칼라처럼 목 부분의 단추를 꽉 채운 트위드를

---

[166] 상석에 앉은 두쉬민 목사를 보이지 않게 하려고 식탁 위에 높다랗게 쌓아둔 장식물과 여러 가지 차 도구 용품을 지칭한다.

입고 있는 굳은 표정의 자그마한 남자가 가려서 보이지 않는 의자 뒤에 서서 계속 앞을 바라보고 있었다.

티전스는 속으로 중얼거렸다.

"맙소사! 패리구나! 버몬지[167] 출신 라이트 미들급 권투 선수 말이야! 두쉬민 목사가 난폭해지면 바로 데리고 나가기 위해 여기 온 거로군!"

티전스가 테이블 주변을 재빨리 둘러보는 사이, 두쉬민 부인은 의자에 몸을 더 묻었다. 그녀는 짧은 안도의 한숨을 쉬었다. 맥마스터가 자신에 대해 어떻게 생각할지 이 남자는 알고 있다고 생각했다. 그는 최악의 상황을 알고 있다! 좋든 나쁘든 이제는 끝났다. 곧 고개를 돌려 그를 보아야겠다고 생각했다.

티전스가 말했다.

"괜찮습니다. 맥마스터가 아주 잘할 겁니다. 부인의 남편과 성향이 같은 친구가 케임브리지에 있었죠. 맥마스터는 어떤 상황에서도 그 친구를 잘 다루었습니다… 게다가 여기 있는 사람들은 모두 좋은 가문 출신들이지 않습니까!"

그는 호슬리 목사보와 워놉 부인이 음식에 집중하는 것을 보았다. 하지만 워놉은 어떤지 확실치 않았다. 그는 그녀의 크고 푸른 눈이 자신을 향해 보내는 시선에서 그녀가 뭔가 호소하고 있다는 것을 알았다. "저 여자도 어떤 비밀스러운 일에 관련된 게 분명해. 내게 감정을 드러낼 일을 망치지 말아 달라고 호소하고 있어. 저 여자가

---

[167] Bermondsey: 런던 남쪽 구역.

여기 있다는 것이 부끄러운 일이지. 아직 어린데 말이야!" 티전스는 그에 대한 대답을 눈으로 이렇게 전했다. "내가 식탁에서 일어날까 봐 그렇다면 걱정하지 않아도 될 거요."

두쉬민 부인은 다소 사기가 올라갔다. 맥마스터도 어차피 최악의 상황을 알게 되었으니 말이다. 두쉬민은 페트로니우스가 쓴 트리말키오의 잔치[168]에 나오는 음란한 구절을 읊으면서 맥마스터의 귀에 대고 훌쩍이며 말했다. "프로투리아나스 풰르 칼리데[169]…"라는 구절이 부인의 귀에 들렸다. 두쉬민은 부인의 손목을 미치광이처럼 고통스러울 정도로 세게 움켜쥐고 반복해서 그 구절의 뜻을 그녀에게 알려 주었다. 자기 옆에 있는 이 혐오스러운 남자도 이럴 줄 분명 짐작했을 거란 생각이 들었다.

그녀가 말했다. "물론 여기 모인 분들은 좋은 가문 출신들이죠. 그래서 당연히 그렇게 준비를…"

티전스가 말했다.

"하지만 요즘은 그렇게 준비하기가 쉽지 않죠. 온갖 졸부들이 신성한 모임에 끼어들려고 하니까요!"

두쉬민 부인은 그가 말하는 사이 등을 돌리고 한없이 평온한 마음으로 맥마스터의 얼굴을 뚫어지게 보았다.

4분 전쯤에 당구대가 있는 방의 작은 문에서 두쉬민 목사가 나오

---

[168] Trimalchion of Petronius: 페트로니우스(Petronius)는 1세기경 로마의 풍자 작가. 그가 쓴 『더 사티리콘』(The Satyricon)에 나오는 「트리말치오의 잔치」를 지칭.

[169] Festinans, puer calide: 라틴어로 '서두르는 어린 소년'이란 의미. 이는 남자 동성애를 암시하고 있다.

는 것을 본 사람은 맥마스터가 유일했다. 이때 두쉬민 목사 뒤를 따라 들어오는 남자가 있었는데 맥마스터는 그가 프로 권투 선수였던 패리임을 금방 알아보았다. 무척 기이한 결합이라는 생각이 맥마스터에게 번뜩 들었다. 또한 이목구비가 수려한 남자에 목말라 있는 교회가 두쉬민 부인의 남편처럼 황홀할 정도로 잘생긴 사람을 높은 지위에 등용하지 않은 것도 기이하다는 생각이 잠깐 들었다. 두쉬민 목사는 제대로 된 성직자들이 그러하듯 약간 구부정하면서 키가 아주 컸다. 그의 얼굴은 대리석처럼 희었고, 가운데 가르마를 탄 그의 흰머리는 넓은 이마까지 멋지게 드리워졌다. 그의 눈은 생기가 넘쳤고, 무엇인가 꿰뚫어 보는 듯했으며 또한 근엄했다. 코는 갈고리처럼 뾰족했고 조각이라도 한 것처럼 멋졌다. 두쉬민 부인이 교회당 같은 거실을 신성하게 보이게 할 수 있는 데 적합한 여자이듯이, 그는 높다랗게 우뚝 선 화려한 교회당을 장식하는 데 아주 적합한 남자였다. 게다가 그는 상당한 부와 학식을 갖췄다… "그렇다면 왜" 맥마스터의 머릿속에선 의구심이 재빨리 스쳐갔다. "주임 사제조차 되지 못한 거지?"

두쉬민 목사는 그의 뒤를 신속히 뒤따르던 패리가 꺼내준 의자로 재빨리 걸어갔다. 그는 우아하게 의자에 미끄러지듯이 앉았다. 그리곤 상아로 된 차 탕관 마개에 손을 뻗으려던 폭스에게 머리를 가로저었다. 그는 길고 흰 손가락으로 접시 옆에 있는 물 컵을 감아쥐었다. 그리고 맥마스터를 힐끔 한번 쳐다보고 웃고는, 번뜩이는 눈으로 뚫어지게 응시했다. 그가 말했다. "좋은 아침이오, 의사 선생[170]." 맥마스터가 조용한 목소리로 자신은 의사가 아니라고 말하자, "알아! 안다고! 청진기를 꼼꼼하게 넣어 둔 실크 모자를 홀에 남겨놓고 왔겠지"라고 큰 소리로 말했다.

꼭 끼는 연갈색 각반에, 역시 꼭 끼는 능직물로 된 반바지를 입고, 턱 아래까지 깃을 올려 단추를 채운 꼭 맞는 짧은 재킷을 입은, 돈 많은 사람의 종마 사육사에 딱 어울리는 모습을 한 전직 권투 선수는 알아들었다는 듯 맥마스터를 흘끔 바라보면서 두쉬민 목사의 등을 눈썹을 치켜 올리고 바라보았다. 케임브리지에서 티전스에게 권투 레슨을 해준 적이 있어서 그를 잘 알고 있던 맥마스터는 그가 이렇게 말하는 것처럼 들렸다. "이상하게 변했죠. 이 사람을 잠시만 지켜보시오." 그는 권투 선수 특유의 빠르고 가벼운 발걸음으로 사이드보드 쪽으로 갔다. 맥마스터는 두쉬민 부인이 걱정되어 흘끔 쳐다보았다. 그녀는 등을 돌린 채 티전스와 한창 대화를 나누는 중이었다. 다시 돌아봤을 때 두쉬민 목사가 반쯤 자리에서 일어나 높이 솟은 은제 다기 주변을 응시하는 게 보여 조금 놀랐다. 하지만 목사는 다시 의자에 앉아 금욕적인 얼굴에 교활한 표정을 지으며 맥마스터를 찬찬히 훑어보더니 이렇게 소리쳤다.

"선생 친구는? 역시 의사겠군! 다들 청진기도 챙겨왔겠고. 입증하려면 의사가 둘 필요하니까[171]…"

그는 말을 멈추더니 갑자기 분노로 일그러진 표정으로 그의 앞에

---

[170] 두쉬민 목사는 맥마스터를 자신의 정신 상태를 감정하여 정신 병원에 수용하려는 정신과 의사로 오해하고 있다. 실제로 두쉬민 목사는 정신 질환을 앓고 있다.

[171] 정신 질환자를 정신 병원에 수용하기 위해서는 두 명 이상의 의사가 정신 이상이라는 소견을 내야 가능했다.

가자미 요리가 담긴 접시를 내밀던 패리의 팔을 밀쳤다.

"치우게" 그가 버럭 소리를 쳤다. "더러운 욕정으로 유인하는 것들 말이야…" 그러다 다시 또 교활하고 불안한 시선으로 맥마스터를 바라보며 말했다. "그래! 그래! 패리! 맞아. 그래! 가자미! 다음엔 콩팥 요리도 나오겠지. 하나 더 주게! 그래! 자몽도! 셰리주와 같이!" 그는 옥스퍼드 대학 출신 특유의 어조로 이렇게 말하곤 무릎 위에 냅킨을 펴고 생선 살을 조금 떨어 황급히 입에 넣었다.

맥마스터는 인내심을 가지고 분명한 어조로 자신을 소개하고 싶다고 말했다. 그는 자신이 논문에 관해 두쉬민 목사와 편지를 주고받았던 맥마스터라고 소개했다. 두쉬민 목사는 관심 있는 표정으로 그를 뚫어지게 쳐다보더니 점차 의구심을 버리며 만족스러운 표정을 지으며 기뻐했다.

"아, 그렇지, 맥마스터!" 그가 말했다. "신예 비평가 맥마스터 씨로군요. 약간 쾌락주의자시던가? 그래, 온다고 전보를 했었지. 친구와 같이! 의사는 아니고! 그래 친구라고 했어!" 그는 맥마스터에게 얼굴을 가까이 들이밀며 말했다.

"몹시 피곤해 보이는군! 초췌해! 아주 초췌해!"

맥마스터가 일을 많이 해서 그렇다고 말하려던 참에 그의 얼굴 가까이에서 거칠고 높은 톤으로 킬킬거리는 듯한 라틴어 단어가 들렸다. 두쉬민 부인과 티젠스도 그 소리를 들었다. 맥마스터는 지금 자신이 어떤 상황에 처했는지 깨달았다. 그는 다시 전직 권투 선수를 쳐다보았다. 그러곤 머리를 한쪽으로 움직여 커다란 몸집의 호슬리를 잠깐 바라다보았다. 그 순간 그는 호슬리의 큰 몸집이 갖는 의미를 알게 되었다. 그는 다시 의자에 앉아 콩팥 요리를 먹었다. 현재 있는 이 정도의 물리적 힘이면 두쉬민 목사가 난폭해지더라도 그를 충분히 제압할 수 있을 것이다. 게다가 이런 일에 대비하고 있었을 테니 말이다! 이 일은 사소하지만 기이한 우연이다. 맥마스터는 케임브리지에서 한때 이 패리라는 자를 자신의 친한 친구인 심을 따라다니도록 고용할 생각을 해보았기 때문이다. 아주 똑똑하고 냉소적인 풍자가였던 심은 분별 있고 예의 발랐다. 하지만 그는 보통 때는 보기에 점잖았지만, 두쉬민 목사처럼 일시적인 정신 착란에 빠지곤 했다. 사교계 모임에서 그는 종종 일어나 소리치기도 했고, 도저히 생각할 수 없는 외설적인 말을 속삭이기도 했다. 그를 무척이나 좋아한 맥마스터는 심과 자주 돌아다녔기에 이런 일을 처리하는 기술을 터득했다… 그는 갑자기 쾌감을 느꼈다! 그가 이 상황을 조용하고 효율적으로 처리한다면 두쉬민 부인에게 신망을 얻을 수도 있겠다는 생각이 들었기 때문이었다. 어쩌면 이 일로 친밀한 관계로까지 이어질 수도 있을 것이다. 이보다 더 나은 기회는 바라지도 않았다!

맥마스터는 두쉬민 부인이 자신을 쳐다본다는 것을 알았다. 그는 그녀가 자신에게 귀 기울이며 지켜보고 있다는 것을 느낄 수 있었다. 그녀의 시선이 그의 뺨에 따스하게 느껴지는 것 같았다. 하지만 그는 돌아보지 않았다. 득의양양한 그녀의 남편의 얼굴에서 시선을 떼지 말아야 했기 때문이다. 두쉬민 목사는 손님들 쪽으로 몸을 기울이며 페트로니우스가 쓴 구절을 읊었다. 맥마스터는 경직된 자세로 콩팥 요리를 먹었다.

그가 말했다.

"그건 약강격의 운율로 된 개정판에 있는 시가 아니군요. 우리가 사용하는 빌라모비츠 묄렌도르프[172]판은…"

맥마스터의 말을 막기 위해 두쉬민 목사는 가는 손을 정중히 그의 팔에 올렸다. 그의 세 번째 손가락에는 적금(赤金)으로 세팅된 커다란 홍옥수 반지가 끼워져 있었다. 무아지경에 빠져 있던 그는 보이지 않는 성가대의 찬송을 듣고 있는 것처럼 머리를 한쪽으로 약간 기울이며 시를 읊었다. 맥마스터는 라틴어를 옥스퍼드식 어조로 말하는 게 정말 싫었다. 그는 잠깐 두쉬민 부인을 쳐다보았다. 커다랗고 그늘진, 감사한 마음이 가득 담긴 그녀의 눈은 그를 향해 있었다. 그는 그녀의 눈에 눈물이 넘치는 것을 보았다.

그는 조용히 두쉬민 목사를 다시 쳐다보았다. 그리고 문득 깨달았다. 그녀는 고통받고 있는 것이다! 아마도 극심한 고통을 받고 있을지도 모른다. 그는 그녀가 고통받고 있으리라고는 생각하지 않았다. 어느 정도는 자신한테 용기가 없어서이기도 했고, 어느 정도는 두쉬민 부인이 자신을 존경한다고 생각했기 때문이었다. 그녀가 고통받고 있다는 사실이 이젠 끔찍스럽게 느껴졌다.

두쉬민 부인은 번민에 가득 차 있었다. 맥마스터는 그녀를 강렬한 눈길로 바라보고는 고개를 돌렸다! 그녀는 맥마스터의 시선을 보고는 그가 자신의 상황을 경멸하고 있으며, 그가 이런 상황에 처

---

[172] Wilamovitz Möllendorf: 울리히 폰 빌라모비츠 묄렌도르프(Ulrich Von Wilamovitz Möllendorf)는 그리스 고전의 모든 부문에 걸쳐 연구한 독일의 고전학자.

한 것에 대해 분노하고 있다고 생각했다. 그녀는 너무도 괴로워서 손을 뻗어 그의 팔을 만졌다.

맥마스터는 그녀의 손길을 의식했다. 그의 마음은 달콤한 감정으로 가득 차는 듯했다. 하지만 그는 고집스럽게 고개를 돌리지 않았다. 그녀를 위해서라도 저 미치광이의 얼굴에서 시선을 떼지 않을 작정이었던 것이다. 위기가 다가오고 있었다. 두쉬민 목사가 이제 영어로 번역해 말할 것이기 때문이다. 목사는 식탁보에 손을 얹고 일어설 준비를 했다. 그는 이제 일어나 다른 손님들에게 큰 소리로 외설스러운 말을 늘어놓을 것이다. 정확히 이때라고 맥마스터는 생각했다.

맥마스터는 건조하지만 날카로운 목소리로 말했다.

"'열의 없는 젊은이들의 사랑'은 '퀘르 칼리데'를 한심할 정도로 잘못 번역한 겁니다! 한심할 정도로 구식 번역이죠…"

두쉬민 목사는 숨이 막히는 듯 말했다.

"뭐라고요? 그게 무슨 말이오?"

"18세기에 나온 주해서를 사용하는 건 진짜 옥스퍼드식이지요. 휘스턴과 디튼[173]이 쓴 책에서 나온 것 같은데요? 아니면 그런 비슷한 것이겠지요…" 발작 상태에서 벗어난 두쉬민 목사는 깨어나 보니 자신이 이상한 곳에 와있다는 것을 알게 된 사람처럼 머뭇거렸다. 맥마스터는 이렇게 덧붙였다.

---

[173] 윌리엄 휘스턴(William Whiston)과 험프리 디튼(Humphrey Ditton)을 지칭하는데, 이들은 각각 18세기 신학자이자 수학자들이다.

"어찌 됐든, 이것은 5학년 정도의 한심한 학생들이 하는 음담패설이죠. 어쩌면 그 수준도 안 됩니다. 갤런틴 좀 드시죠. 전 좀 먹어야겠습니다. 목사님, 가자미 요리가 식었군요."

두쉬민 목사는 앞에 놓인 접시를 내려다보았다.

"그래야지! 그래!" 그는 중얼거렸다. "그래! 설탕과 식초를 넣어서!" 전직 권투 선수가 사이드보드 쪽으로 자리를 비켰다. 감탄스러울 정도로 조용한 친구였다. 송장벌레처럼 눈에 띄지 않게 행동하니 말이다. 맥마스터가 말했다.

"제 논문에 대해 뭔가 말씀하려고 하셨습니다. 매기… 매기 심슨은 어떻게 됐죠? 로세티를 위해 알라 피네스트라 델 치엘로[174] 그림의 모델을 한 스코틀랜드 여자 말입니다."

정신을 차린 두쉬민 목사는 혼란스럽고 상당히 지친 표정으로 맥마스터를 바라보았다.

"알라 피네스트라!" 그가 소리쳤다. "오 그렇지! 그 수채화라면 나에게 있소. 그 그림의 모델을 서는 걸 보고는 그 자리에서 샀지…" 다시 자기 접시를 쳐다본 그는 갤런틴이 있는 것을 보고는 놀라며 게걸스럽게 먹기 시작했다. "아름다운 여자였어!" 그가 말했다. "목이 아주 길었고, 물론… 뭐… 양갓집 규수는 아니었지만! 아직 살아 있을 거요. 많이 늙었지. 2년 전에 만났는데 그림을 아주 많이 가지고 있었소. 물론 유품이지만! … 화이트채플 로드[175]에 살

---

[174] Alla Finestra del Cielo: 이 그림은 단테 가브리엘 로세티의 <동정의 여인> (La Donna delia Finestra)으로 매기 심슨(Maggie Simpson)은 그의 모델이었던 제인 모리스(Jane Morris)를 가리킨다.

더군. 본질적으로 그런 계층 사람이지…" 그는 접시 위로 머리를 갖다 대고는 계속 중얼거렸다. 맥마스터는 발작이 끝났다고 생각했다. 그는 두쉬민 부인을 쳐다보고 싶은 충동을 억누를 수 없었다. 그녀의 얼굴은 딱딱하게 굳었다. 그가 재빨리 말했다.

"목사님이 조금이라도 먹으려 하신다면 배를 채우게 해주세요… 머리에 몰려 있던 피가 내려와…"

그녀가 말했다.

"오, 용서해주세요! 얼마나 끔찍하셨겠어요! 저 자신을 절대 용서할 수가 없군요!"

그가 말했다.

"아닙니다! 아니에요! … 그게 바로 제가 여기에 있는 이유인 걸요!"

깊은 감동을 받은 그녀의 창백한 얼굴은 생기를 띠었다.

"오, 진짜 좋으신 분이군요!" 그녀는 간절한 어조로 이렇게 말했고 그들은 서로를 응시했다.

갑자기 맥마스터의 등 뒤에서 두쉬민 목사가 소리쳤다.

"로세티는 그 여자에게 재산을 증여했어. '둠 카스타 에 솔라'[176], 물론. 그녀가 순결하게 홀로 사는 동안만!"

두쉬민 목사는 엄청난 힘으로 자신의 의지를 압도하고 있던 어떤

---

[175] Whitechapel Road: 런던 이스트엔드(East Ene) 지역의 주 도로. 19세기 잭 더 리퍼(Jack the Ripper)라는 별칭이 붙은 연쇄살인범이 창녀 여럿을 잔인한 방식으로 살해한 장소로 유명한 곳이다.
[176] dum casta et sola: (라틴어) '순결을 지키며 혼자 사는 한'이라는 의미다.

강력한 존재가 갑자기 사라진 것처럼 느껴지자 기뻐서 헐떡이며 자리에서 일어났다.

"순결!" 그가 외쳤다. "순결을 지키시오! 순결이라는 말에 얼마나 많은 의미가 담겨있는지…" 그는 넓고 화려한 식탁보를 바라보았다. 오랜 억류 생활을 한 후 팔다리를 편하게 뻗으며 질주할 수 있는 넓은 들판처럼, 그의 눈앞에는 식탁보가 펼쳐져 있었다. 그는 세 가지 외설스러운 단어를 외치더니, 옥스퍼드 운동[177]을 하는 사람의 어조로 말을 이었다. "그러나 순결은…"

워놉 부인이 갑작스럽게 "오!" 하고 소리쳤다.

그러고는 계속 복숭아 껍질을 벗기며, 점점 더 얼굴이 붉어지고 있는 자신의 딸을 바라보았다. 워놉 부인은 옆에 앉은 호슬리 목사보에게 이렇게 말했다.

"호슬리 목사님도 글을 쓰고 계시지요? 제 형편없는 독자들이 좋아하는 것보단 좀 더 학식 있는 글을 쓰실 거예요…" 호슬리는 두쉬민 부인의 제안에 따라 쓰고 있던 아우소니우스의 시 「모젤라」[178]에 관한 논문에 대해 말하려 했지만, 빨리 말을 하지 못해 워놉 부인에게 선제를 빼앗겼다. 워놉 부인은 차분하게 대중의 취향에 대해 말했다. 티전스는 반쯤 껍질이 벗겨진 무화과를 오른손에 든 채, 건너편에 있는 워놉 쪽으로 몸을 기울이며 큰 소리로 워놉에게 말했다.

---

[177] Oxford Movement: 1833년경부터 옥스퍼드 대학에서 뉴먼(Newman)의 주창으로 영국 국교 내 가톨릭 교의를 부흥시키려던 운동.

[178] Ausonius of Mosella: 아우소니우스는 1세기 로마 시대 시인으로 그의 시 「모젤라」(Mosella)는 프랑스, 룩셈부르크, 독일을 가로지르는 모젤강에 관한 것이다.

"워터하우스 경이 나에게 메시지를 전해주라고 부탁했소. 만약 워놉 양이…"

귀가 완전히 먹어 글로 교육을 받았던 폭스가 대각선 방향에 있는 두쉬민 부인에게 말했다.

"오늘 천둥이 치겠네요. 작은 곤충들이 얼마나 많은지 보셨지요?"

"내 존경하는 스승님께서는" 두쉬민 목사가 우레와 같은 목소리로 말을 이어갔다. "결혼식 날에 마차를 타고 가시면서 부인에게 이렇게 말씀하셨소. '우리는 축복받은 천사들처럼 살 것이오!' 이 얼마나 숭고한 말이오! 나 또한 결혼식 후에…"

두쉬민 부인이 갑자기 비명을 질렀다.

"아… 그만해요!"

성큼성큼 걷다가 잠시 저지라도 당한 것처럼 모든 사람은 아주 잠시 말을 멈추었다. 그러더니 그들은 다시 예의 바르고 활기차게 대화를 이어갔다. 티전스는 바로 이런 모습이 위대한 영국식 예절이기 때문에 영국식 예절이 정당화될 수 있다고 생각했다!

전직 권투 선수인 패리는 두쉬민 목사의 팔을 두 번 잡고는 아침 식사가 식는다고 소리쳤다. 그는 맥마스터에게 자신과 호슬리 목사보가 두쉬민 목사를 데리고 나갈 수 있지만 요란한 몸싸움이 벌어질 수도 있다고 말했다. 맥마스터는 "잠시만 기다려 주시오!"라고 속삭이고는 두쉬민 부인에게 고개를 돌려 이렇게 말했다. "제가 멈추게 할 수 있습니다. 그래도 되겠습니까?" 그녀가 대답했다.

"네! 그럼요! 얼마든지요!" 그는 그녀의 뺨 위에 맺힌 눈물을 보았다. 전에는 본 적이 없는 것이었다. 조심스럽게, 하지만 몹시 화가 나서, 그는 털이 무성한 전직 권투 선수의 귀에 가까이 다가가 이렇게 속삭였다.

"신장을 엄지손가락으로 한 대 치시오. 손가락이 부러지지 않을 정도로 최대한 세게 말이오."

두쉬민 목사가 막 일장 연설을 하려던 중이었다.

"나도 결혼식 후에…" 그는 자신의 말을 듣고 있지 않는 사람들의 얼굴을 번갈아 쳐다보면서 팔을 휘젓기 시작했다.

두쉬민 목사는 자신이 신의 화살을 맞았다고 생각했다. 자신이 자격 없는 신의 사자라는 생각도 했다. 여태까지 겪어 보지 못한 고통을 느끼며 그는 의자에 웅크리며 앉았다. 갑자기 어두워져 아무것도 보이지 않았던 것이다.

"얼마 동안은 일어나지 않을 거요." 맥마스터가 감탄하는 전직 권투 선수에게 속삭였다. "그러고 싶겠지만 두려워서라도 못할 거요."

맥마스터는 두쉬민 부인에게 말했다.

"부인! 다 끝났습니다. 제가 보장하죠. 이건 과학 용어로 신경 반대 자극이라고 합니다."

두쉬민 부인이 말했다.

"용서하세요!" 그녀는 흐느껴 울며 말했다. "다시는 절 존중하고 싶은 마음이…" 그녀는 자신이 사형 집행인의 얼굴에서 사면의 기미라도 찾고 싶어 하는 감옥에 갇힌 비참한 죄수처럼 그의 얼굴을 바라보고 있다는 것을 느꼈다.

그때 완벽한 천국이 열렸다. 소매 아래쪽 왼쪽 손바닥에 차가운 손가락이 느껴졌다. 이 남자는 어떻게 해야 하는지 항상 정확히 알고 있다! 감송향과 암브로시아[179]를 잡듯 그녀는 그의 손가락을 잡았다.

조용한 방에서 완벽한 행복을 느끼며 그는 말을 이었다. 아주 적절하면서도 고상하게 말이다! 그는 도를 넘는 행위는 신경에 의한 것이기 때문에 완전히 치료되지는 않는다 해도, 그런 행동을 하면 확실하게 육체적 고통(사실 이 육체적 고통도 신경의 문제이지만)이 가해질 것이라는 공포를 줌으로써, 저지할 수 있다고 설명했다.

패리는 때맞추어 두쉬민 목사의 귀에 대고 이렇게 말했다.

"내일 하실 설교를 준비하실 시간입니다, 목사님." 두쉬민 목사는 들어올 때처럼 조용히 두꺼운 카펫 위를 미끄러지듯 지나 작은 문으로 나갔다.

그때 맥마스터가 두쉬민 부인에게 말했다.

"에든버러 출신이시죠? 그럼 파이프셔[180] 해안도 아시겠군요."

"알다마다요." 그녀는 계속 그의 손을 잡고 있었다. 맥마스터가 골프 코스 주변에 있던 가시금작화와 여울을 따라 있던 세발가락도요새에 대해 너무나 스코틀랜드인 같은 목소리로 생생하게 얘기하기 시작하자, 두쉬민 부인은 자신의 어린 시절이 다시 눈앞에 펼쳐지는 느낌으로 행복해져 눈물이 고였다. 그녀는 오랜 시간 부드럽게 그의 차가운 손을 잡은 뒤 놓았다. 하지만 손을 놓자 그녀의 생명도 함께 사라지는 것 같았다. 그녀가 말했다. "선생님이 살던 마을 바

---

[179] 신들이 먹는 음식, 혹은 산해진미의 의미.
[180] Fifeshire: 스코틀랜드 동부 파이프주(Fife)의 영어 이름.

깥쪽에 있던 킹거시[181] 저택도 알겠군요. 어릴 때 휴일이면 거기 가 곤 했죠."

맥마스터가 대답했다.

"아마 전 그 주변에서 맨발로 뛰어노는 아이였을 거고, 부인은 그 안에서 위엄 있게 사셨을 테죠."

부인이 말했다.

"오, 아니에요! 전혀요! 그럴려면 나이 차이가 좀 나야 하니까요! 그리고… 그런데 다른 할 얘기가 있어요."

그녀는 다시 매력으로 무장한 뒤, 티전스에게 말했다.

"한번 생각해 보세요! 맥마스터 씨와 제가 어린 시절 함께 놀았을 지도 몰라요."

티전스는 그녀가 싫어하는 동정 어린 눈길로 그녀를 바라보았다.

"그럼 저보다 더 오래된 친구시겠군요." 티전스가 말했다. "전 14살 때부터 맥마스터를 알았지만요. 부인은 지금 더할 나위 없이 좋아 보이십니다. 맥마스터는 좋은 친구죠…"

그녀는 티전스가 자신보다 나은 사람에 대해 겸손 떠는 것과 자기 친구를 건드리지 말라는 경고 - 그녀는 그의 이 말이 일종의 경고라는 것을 알았다 - 때문에 티전스가 싫었다.

워놉 부인이 분명하지만 놀랄 정도는 아닌 비명을 질렀다. 호슬리 목사보는 로마 시대 모젤강에 살던 기이한 물고기에 관해 이야기를 하던 중이었다. 그가 쓰고 있는 아우소니우스의 시「모젤라」

---

[181] Kingussie: 에든버러 주변의 도시.

에 관한 논문의 주제는 대부분 물고기에 관한 것이었다.

"아닙니다." 그가 소리쳤다. "잉어였다고 알려져 있습니다. 하지만 지금은 그 강에 잉어가 없죠. 학명은 '바눌리스 비리디스, 오쿨리스크'이죠. 아니, 그 반대입니다. 붉은 지느러미…"

워놉 부인이 비명을 지르며 커다란 동작(그녀의 손은 거의 그의 입에 가 있었고, 그녀의 옷소매는 그의 음식 접시 위를 스치고 있었다!)을 하는 바람에 그는 말을 멈출 수밖에 없었다.

"티전스라고!" 워놉 부인이 다시 비명을 질렀다. "그게 가능해?…"

워놉 부인은 딸을 자리에서 밀어내고는 티전스에게 다가가 요란한 애정 표현을 하여 티전스를 당혹스럽게 했다. 티전스가 두쉬민 부인과 얘기하느라 고개를 돌릴 때, 워놉 부인은 자신의 결혼식 날 아침 식사 자리에서 보았던, 티전스의 아버지와 똑같이 생긴 그의 매부리코 옆모습을 보았던 것이다. 그 이야기를 거의 외우다시피 하는 이 식탁에 모인 사람들에게 (티전스 자신은 몰랐지만) 워놉 부인은 티전스의 아버지가 어떻게 자신의 목숨을 구해주었는지, 그리고 어떻게 자신의 행운의 마스코트가 되었는지 이야기했다. 그리고 자신은 그의 아버지에게 보답할 길이 없기 때문에 그의 아들에게 자신의 말, 돈, 마음, 시간, 그밖에 자신이 가진 모든 것을 주겠다고 했다. 워놉 부인은 너무도 진지하게 티전스에게만 정신이 팔려 있어서, 사람들이 떠날 때에도 맥마스터에게는 단지 고개만 끄덕이었다. 그녀는 티전스의 팔을 강하게 잡고는 평론가 맥마스터에게는 이렇게 형식적으로 말했다.

"평론에 관해서는 더 이상 도와줄 수 없어서 미안하게 됐어요. 하지만 우리 크리시가 원하는 책은 당장에라도 주어야 해요! 지금 당장!"

그녀는 티젠스를 잡고 떠났고, 워놉은 부모를 따라가는 새끼 백조인 마냥 따라나섰다. 두쉬민 부인은 멋진 아침 식사에 초대해 준 것에 대한 감사 인사를 우아하게 받으며 이렇게 말했다. "이곳에 한 번 발걸음을 하게 되었으니 앞으로도…"

축제가 끝난 그 자리에는 메아리가 남아 속삭이는 듯했다. 맥마스터와 두쉬민 부인은 조심스러우면서도 갈망하는 눈길로 마주 보았다.

맥마스터가 말했다.

"이제 가야 한다는 사실이 참 싫군요. 하지만 선약이 있어서요."

그녀가 말했다.

"네! 알고 있어요! 대단한 분들과의 약속이시죠."

그가 대답했다.

"아, 그저 워터하우스 경과 캠피언 장군… 그리고 샌드바크 씨일 뿐인걸요."

그녀는 맥마스터가 만날 일행에 티젠스가 들어 있지 않다는 생각에 잠시 큰 즐거움을 느꼈다. 그녀의 남자는 그의 저속한 친구보다 더 높이 비상할 사람이다. 그의 과거에 대해서는 모르지만… 그녀는 거친 어투로 소리쳤다.

"킹거시 저택에 대해선 오해하지 말았으면 해요. 그냥 휴일 학교 같은 곳이었어요. 대단한 곳이 아니에요."

"굉장히 비싼 곳이었죠." 맥마스터가 말했다. 그녀는 주춤했다. "그건 그래요! 그건 그래요!" 그녀는 거의 속삭이듯이 말했다. "하지만 지금 당신은 진짜 대단해요! 전 그저 가난한 집안의 자식이었어요. 미들로디언[182]의 존스턴 가의 딸이었죠. 하지만 정말 가난한 집안이에요⋯ 저는⋯ 그 사람이 산 거나 다름없어요. 그리고 부자들이 다니는 학교에 집어넣었죠. 제가 14살 때⋯ 우리 부모님들은 좋아하셨어요⋯ 하지만 제가 결혼할 때 어머니는 아셨던 거 같아요⋯" 그녀는 몸서리를 치며 괴로워했다. "너무 끔찍해요! 정말 끔찍했어요!" 그녀는 소리쳤다. "당신은 아셨으면 해요⋯"

흔들리는 마차에 탄 듯 그의 손이 떨렸다.

그는 동정심에 눈물을 흘리며 그녀에게 입을 맞추었다. 그가 입을 떼며 말했다. "오늘 저녁에 당신을 꼭 만나야겠소⋯ 당신이 걱정되어 미쳐버릴 것만 같소." 그녀가 속삭였다. "그래요! 그래요! 주목나무 산책길에서요." 그녀는 눈을 감고서 자신의 몸을 그의 몸 쪽으로 강하게 밀착시켰다. "당신이⋯ 첫⋯ 남자⋯" 그녀가 숨을 내쉬었다.

"언제까지나 유일한 사람일 겁니다." 그가 말했다.

맥마스터는 긴 커튼이 있고, 천장이 높은 방에 있는 둥근 볼록거울에 비친 자신들의 서로 감싸 안은 모습이 보석으로 장식돼 빛나는 그림 같다고 생각하였다.

그들은 서로를 바라보기 위해 손을 잡은 채 잠시 떨어졌다. 티전

---

[182] Midlothian: 스코틀랜드의 주.

스의 목소리가 들려왔다.

"맥마스터! 오늘 저녁에 워놉 부인 댁에서 저녁 식사를 하기로 했네. 옷을 차려입지는 말게. 나도 안 그럴 거니까." 티젠스는 자신이 카드 게임이라도 중단시켰다는 듯 무표정하게 그들을 바라보았다. 새기 시작하는 그의 머리 옆면은 하얀 얼룩처럼 벗어져 있었다.

맥마스터가 말했다.

"알겠네. 여기서 가깝지? … 그 직후에 약속이 있네." 티젠스는 밤새 일을 하게 될지도 모른다면서 자신은 괜찮다고 했다. 왜냐하면 워터하우스 경이…

두쉬민 부인은 질투심이 일어나 이렇게 말했다.

"왜 저 사람이 이래라저래라 하게 내버려두세요? …"

티젠스가 떠나자 맥마스터가 멍하니 말했다.

"누구 말입니까? 아, 크리시! … 그래요! 어떨 때는 제가 저 친구에게 그렇게 하고, 어떨 때는 저 친구가 제게 그렇게 하죠… 그렇게 하기로 했거든요. 제 가장 절친한 친구니까요. 저 친구는 영국에서 제일 똑똑한 사람이에요. 훌륭한 가문 출신이기도 하고요. 그로비의 티젠스니까요…" 맥마스터는 두쉬민 부인이 자기 친구의 진가를 알아보지 못한다는 생각에 그에 대한 칭찬을 늘어놓기 시작했다. "현재 산출 작업을 하고 있습니다. 영국 내에 그 어떤 사람도 정부를 위해 그렇게 하진 못할 겁니다. 하지만 저 친구는…"

극심할 정도로 맥마스터는 나른해졌다. 두쉬민 부인이 놓아주자 맥마스터는 힘이 약해진 것 같았다. 하지만 승리감을 느꼈다. 앞으론 티젠스를 전만큼 자주 보지 못할 거라는 생각이 막연히 들었다.

슬펐다. 그는 시 한 구절을 읊었다.

"우리 서로 나란히 서 있으니!" 그의 목소리가 떨렸다.

"아, 그래요!" 그녀는 낮고 굵은 목소리로 말했다. "아름다운 구절이죠… 맞아요. 우린 헤어져야 해요. 이 세상에서는…" 이 구절은 그녀에게 사랑스럽고 구슬픈 말처럼 들렸다. 그런 말을 한다는 것이 몹시도 황홀했다. 온갖 이미지들이 가슴 떨리게 떠올랐다. 맥마스터는 슬프게 말했다.

"우린 기다려야 합니다." 그리고 힘주어 말을 이었다. "하지만 오늘 밤, 해 질 녘에!" 그는 해 질 녘 주목나무 울타리와 햇살을 받아 반짝거리는 차가, 창문 아래에 멈추어 있는 모습을 상상해 보았다.

"그렇게 해요! 꼭이요!" 그녀가 말했다. "길가에 작은 흰색 문이 있어요." 그녀는 어렴풋이 보이는 물체에 둘러싸인 채 자신들이 갖게 될 열정적이고 구슬픈 만남을 상상해 보았다. 그녀는 그 정도의 행복은 스스로에게 허용할 작정이었다.

그 후에 그는 자신의 안부를 물으러 집으로 찾아오고, 그들은 따뜻한 햇살 아래 남들이 보는 앞에서, 아름다운 시에 관해 이야기를 나누며 잔디 위를 걸을 것이다. 그들의 육체 사이에 흐르는 전율과 열정을 느끼면서… 약간은 피곤해하면서 말이다… 그리고 나서는, 오래도록, 신중하게…

맥마스터는 여름 햇살에 빛나는 차를 향해 높다란 계단을 내려갔다. 장미가 놀랍도록 가지런하게 정돈된 잔디 위에서 반짝였다. 정복자가 걸을 때 그러듯, 그의 발꿈치가 돌에 강하게 부딪혔다. 그는 큰 소리로 외칠 수 있을 것만 같았다!

6

    티젠스는 회전식 문 옆에서 파이프 담배에 불을 붙였다. 먼저 꼼꼼하게 담배통과 물부리를 그의 경험상 최고의 파이프 담배 청소 도구인 수술용 바늘로 깨끗이 청소했다. 독일제 은으로 만든 수술용 바늘은 부식되지 않고, 잘 휘기도 하며 내구성도 좋았다. 태운 담배에서 나오는 끈적끈적한 갈색 부산물을 소리쟁이 잎으로 찬찬히 닦아내던 중 언뜻 자신의 등 뒤에서 그 젊은 여자가 자신을 지켜보고 있다는 사실을 깨달았다. 수술용 바늘을 원래 있던 지갑에 다시 넣은 뒤 그 지갑을 커다란 주머니 속에 넣자마자, 워놉 양이 길가를 따라 내려가기 시작했다. 길은 한 줄로만 갈 수 있을 정도로 폭이 좁았는데, 길 왼쪽으로는 3미터 높이의 다듬지 않은 생울타리와 가장자리가 이제 막 거무스름해진 산사나무 꽃과 작은 초록색 산사나무 열매가 보였다. 길 오른쪽에는 잡풀이 있었는데, 무릎 높이까지 자라 사람이 지나가면 고개를 수그렸다. 해는 정확히 머리 위에 떠 있었고, 되새가 "핑크! 핑크!" 하며 울어댔다. 젊은 여자의 등은 매력적이었다.

    이게 바로 영국이야! 하고 티젠스는 생각했다! 켄트 주 분위기를 풍기는 들판을 남자와 여자가 걷는다. 곡물은 낫으로 베기에 적당할 정도로 익었다. 남자는 고결하고, 말끔하며, 강직하다. 여자는 정숙하고, 깔끔하며, 활기 넘친다. 남자는 좋은 가문 출신이고, 여자도 마찬가지로 좋은 가문 출신이다. 둘 다 맛있는 아침 식사를 많이 먹은 탓에 아직 소화가 되지 않았다. 둘 다 멋진 시설을 갖춘 저택에서 나왔다. 좋은 가문 출신의 사람들이 참석한 식사 자리였다. 그들의 산책은 성직자 두 사람이 대표하는 교회와 정부 관리 두 사람이 대표하는 국가로부터 승인받았고, 어머니, 친구, 노처녀들의 승인도 받았다.

둘 다 지저귀는 새들과 고개를 숙인 풀들의 이름을 알고 있다. 되새, 방울새, 옐로우아머새, (해머라고 해선 안 된다! 중세 고지 독일어로 되새라는 뜻인 '아머[183]'에서 온 이름이니 말이다!) 정원솔새, 다포드휘파람새, '접시닦이'라고도 알려진 백할미새(이 이름들은 정말 매력적인 지방 사투리다). 눈부신 햇살 아래 펼쳐져 있는 마거릿, 아지랑이 속에서 저 멀리 울타리까지 이어진 잔디, 머위, 흰 야생 클로버, 잠두, 독보리(훌륭한 사람들이라면 알아야 할 전문적인 이름이다. 월든의 비옥한 흑토 위에 만든 방목장에 있어야 할 최상의 조합이다). 생울타리 속에는 큰솔나물, 광대수염, 물수레국화(하지만 서식스에서는 전추라라고도 한다. 정말 흥미롭다!), 노란 구륜앵초(페이글이라고도 하는데, 옛 프랑스어로 부활절이라는 뜻의 '파스크'라는 단어에서 온 것이다), 제비꽃 잎(물론 꽃은 다 졌

---

[183] 원어로는 "ammer"로 표기되어 있다.

다), 만초, 야생 클레마티스, 회록색 이끼, 털부처손(젊은 아가씨들은 '자줏빛 난초'라고 부르지만, 양치기들은 상스러운 이름으로 부른다. 아무 꾸밈없는 이름으로!)이 있다. 그다음 멋진 젊은 남자와 아름다운 처녀가 벌판을 걸어 지나간다. 사고할 것과 인용할 것들로 생각에 잠긴 채. 너무나도 멋진 아침 식사를 한 뒤 몹시 형편없는 점심을 먹을 때까지 아무 말도 할 수 없어 완전한 침묵을 지키면서. 그런 형편없는 점심을 준비하겠다고 젊은 여자는 젊은 남자에게 예고한다. 분홍색 고무 같은, 반쯤 익힌 차가운 소고기, 물이 흥건한 버들무늬 접시에 담긴 미지근한 감자(아니! 진짜 버들무늬 접시는 물론 아니라고 그녀는 말할 것이다), 비명을 지를 정도로 입을 얼얼하게 만드는 목초산을 뿌린 양상추, 역시 목초산에 절인 피클, 따자마자 벽을 향해 뿜어져 나올 선술집에서 구해온 신사를 위한 두 병의 맥주… 시들시들한 포트와인 한 잔… 10시 15분에 엄청난 아침을 먹은 후라 입도 벌릴 수 없을 것이다. 이제 겨우 정오이니 말이다!

"신의 영국!" 티전스는 몹시 기분이 좋아 소리쳤다. "희망과 영광의 땅[184]! – 제자리 F음에서 C장조로. 코드는 6~4, 계류음으로 끌고 가다 딸림 7화음에서 C장조 화음으로… 완전히 들어맞는다! 더블베이스, 첼로, 바이올린, 모든 목관 악기, 금관 악기. 다음은 그랜드 오르간 복스 휴매너[185]와 유건 나팔… 아버지가 알던 나팔 소리가

---

[184] 영국의 애국가처럼 이용되는 음악으로 영국의 작곡가 에드워드 엘가(Edward Elga)의 <위풍당당 행진곡>에 가사를 붙인 것이다.
[185] vox humana: 오르간의 음전 중 하나로 사람 목소리 같은 소리를 낸다.

사방에 울려 퍼진다… 파이프 담배가 제격이다. 그럴 수밖에 없다. 가문 좋은 영국 신사의 파이프 담배이니 말이다. 담뱃잎도 그렇다. 매력적인 여자의 등. 영국의 한여름 정오. 세상에서 가장 좋은 날씨다! 다른 나라에 갈 필요가 없는 날이다." 티전스는 아직 모양이 뚜렷하지 않은 잔털이 난 청록색 잎과 역시 아직 모양이 잡히지 않은 설익은 레몬색 꽃이 달린 노란 뮤레인의 수상 꽃차례를 개암나무 막대기로 조준하여 강하게 내리쳤다. 마치 크리놀린[186]을 입은 채 살해당하는 여자처럼 꽃대가 우아하게 쓰러졌다.

"이제 난 피비린내 나는 살인자다!" 티전스는 중얼거렸다. "피 묻은 살인자가 아니라, 아무 죄 없는 식물의 체액으로 녹색 물이 든 살인자다! … 맙소사! 한 시간 정도만 안면을 트면 강간 못하게 할 여자가 이 나라엔 한 명도 없을 것이다!" 그는 2개의 뮤레인과 방가지똥 하나를 내리쳤다. 보라색 들풀과 흰 마거릿 꽃이 펼쳐진 2만 4천 제곱미터 정도 넓이의 들판 위로, 해 그림자가 아니라 그냥 어두운 그림자가 드리워졌다. 마치 들판 위에 레이스 달린 속치마가 드리워진 것처럼 그랬다!

"맙소사" 그가 말했다. "교회! 국가! 군대! 여왕 폐하의 정부 부처, 여왕 폐하의 야당, 여왕 폐하의 자본가… 모든 지배 계층! 다 썩었다! 해군이라도 있다는 게 얼마나 다행인가! … 하지만 해군도 썩었을지 모른다! 누가 알겠나! 브리타니아는 성채가 필요 없다… 여름 들판에 이 올곧은 젊은이와 정숙한 처녀가 있어 얼마나 다행인가.

---

[186] crinolines: 여자들이 치마를 불룩하게 보이게 하려고 안에 입던 틀.

남자는 토리주의자 중에서도 진짜 토리주의자고, 여성 참정권 투사인 여자는 투사 중의 투사다! … 그렇지 않고서는 20세기 초 몇십 년간 어떻게 여자들이 깨끗하고 건강할 수 있었겠는가! 연단에서 고함을 치고(폐에는 아주 좋다), 경관의 헬멧을 후려치고… 아니지! 그건 내가 한 일이지, 내가 해야 할 일인 것 같은데, 아가씨! … 무거운 깃발을 들고 소돔[187]의 거리를 따라 30킬로미터를 행진하다니 정말 멋지군! 이 여자가 순결하다는 사실에 난 내기할 수 있어. 하지만 내기할 필요는 없어. 확실한 일을 두고 내기할 수는 없는 노릇이니 말이야. 눈을 보면 알 수 있지. 멋진 눈이야! 매력적인 등이고. 처녀다운 건방짐도 갖고 있고… 그래, 그래, 불에 올려진 암고양이처럼 히스테리를 부릴 때까지 매년 방탕한 남편 뒤치다꺼리를 하느니, 대영 제국의 어머니에게는 이런 일이 더 나을 거야 … 저 여자를 보면 알 수 있어. 대부분의 여자를 보면 알 수 있지! 올곧은 젊은 유부남 토리주의자와 여성 참정권 운동을 하는 여자가 있어 다행이다… 그들이 바로 영국의 중추이니 말이야! …

그는 또 다른 꽃을 죽였다.

"하지만 세상에! 우리 둘 다 의심을 받고 있어! 둘 다! 저 여자와 나 말이야! 에드워드 캠피언 장군, 레이디 클라우딘 샌드바크, 그리고 (정직 중인) 하원 의원 폴이 이야기를 퍼트리겠지… 그리고 클럽에 있는 40명의 이빨 빠진 구시대 인간들도 퍼프리고 다닐 테고.

---

[187] Sodom: 성경의 「창세기」에 나오는, 죄악으로 가득 찬 도시로 신이 멸망시켰다고 한다.

방문객 명부에서 자네 이름을 빼고 싶어 안달 난 사람이 끝도 없네, 젊은이! 우리 젊은 친구! 나도 유감이네. 자네 부친의 오랜 친구로서 말이야… 와, 그 갤런틴 속에 들어 있던 피스타치오! 또 반복하게 되는군! 아침 식사가 잘못되었어… 우울한 생각 때문이야! 어떤 것이든 견딜 수 있을 거라 생각했는데. 돌도 소화시킬 수 있다고 생각했는데… 하지만 아니었어! 우울한 생각 때문이야! 눈이 커다란 창녀처럼 내가 히스테리를 부리는 것 같군! 같은 이유로 말이야! 이게 다 잘못된 식습관과 잘못된 인생 때문이야. 자고 사냥꾼들은 앉아서 주로 생활하는 사람들은 순무만 먹어야 한다고 생각하지. 영국은 약의 나라야. 독일인들이 "다스 필렌 란트"[188]라고 부르듯 말이야. 아주 적절한 표현이지… 젠장 야외에서 먹는 음식은 삶은 양고기, 순무, 앉아서 보내는 인생… 더러운 세상에 맞설 수밖에 없어. 거기에 온종일 코를 처박고! … 젠장, 나도 그 여자만큼이나 상황이 안 좋아. 실비아도 두쉬민 목사만큼이나 못됐지! … 한 번도 그렇게 생각한 적 없었는데… 고기가 청산으로 변하는 건 놀랄 일이 아니야… 신경 쇠약의 가장 큰 원인이고… 이렇게 뒤죽박죽이 되다니! 불쌍한 맥마스터! 자네는 끝장났어. 불쌍한 친구 같으니. 이 젊은 여자에게 추파를 던지는 편이 나았을 텐데. "이것은 모든 남자가 가지는 욕망의 끝"[189]보다는 좀 더 나은 노래인 <하이랜드 메리>[190]

---

[188] 원본에는 "Das Pillen-Land"로 표기되어 있다. 이는 '약의 나라'란 의미.
[189] This is the end of every man's desire: 라파엘 전파에서 영향을 받은 스윈번(Algernon Swinburne)의 시 "A Ballad of Burdens"에 나오는 후렴구.
[190] "Highland Mary": 1792년 스코틀랜드 시인 로버트 번스(Robert Burns)가 자신이 사랑한 메리 캠벌이라는 여성을 기리기 위해 만든 노래이다.

를 그 친구가 부를 수도 있었을 텐데. 그 친구 비석에 그렇게 새길 수 있게 될 거야. 그리고 명함에도, 라파엘 전파 창녀에 빠진 젊은이가…

그는 갑자기 걸음을 멈췄다. 이 여자와 같이 걸어서는 안 된다는 생각이 들었던 것이다.

"하지만, 젠장" 그는 이렇게 중얼거렸다. "이 여자가 실비아에 대한 괜찮은 눈가림이 되겠군… 무슨 상관이야! 이 여자도 운에 맡길 수밖에. 이 여자도 그 빌어먹을 방문객 명부에서 삭제되었을지도 모르지… 여성 참정권 운동가니 말이야!"

이미 20미터 정도는 앞서가고 있던 워놉이 회전식 문을 뛰어넘었다. 왼발은 층계에, 오른발은 위쪽 빗장에, 그리고 다시 왼발을 다른 층계에 대더니, 그들이 건너가야 할 하얀 흙먼지가 날리는 길로 내려갔다. 그러고는 여전히 등을 돌린 채 그를 기다렸다. 그녀의 민첩한 걸음걸이, 매력적인 등, 이 모두가 한없이 애처로워 보였다. "저 여자를 추문에 빠트리는 건 방울새의 날개를 자르는 것과 같아. 양 옆으로 펼쳐진 날개로 햇살 아래 희뿌연 연기를 일으키는 노랗고, 흰, 금색으로 섬세하게 빛나는 생명체의 날개를 말이야. 아니야, 젠장! 더 나빠. 새 장수들이 하는 것처럼, 되새의 눈을 뽑는 것보다도 더 나쁜 짓이야[191]… 한없이 애처롭군!"

회전문 너머에 있는 느릅나무 위에서 되새가 "핑크! 핑크!" 하며

---

[191] 빅토리아 시대 새 장수 가운데는 천으로 덮은 새장 속에 있는 새 중에 천을 열었을 때 어느 새가 더 크게 노래할지를 놓고 내기를 벌이기도 했는데 눈먼 새가 더 크게 노래 부른다고 믿어 새의 눈을 멀게 하는 경우가 있었다.

울었다.

 그 멍청한 울음소리 때문에 티전스는 화가 치밀었다. 그는 새에게 소리쳤다.

 "그러면 네 빌어먹을 눈을 모두 뽑아버릴 거야! 끔찍한 소리를 내던 그 망할 놈의 새도 눈이 뽑히면 여느 종달새나 박새처럼 깨액거리는 소리를 내겠지. 망할 놈의 새들, 동식물학자들, 식물학자들!" 그는 같은 식으로 워놉 양의 등을 향해 외쳤다. "빌어먹을 눈! 순결을 의심당해도 싸지! 뭣 하러 사람들이 있는 데서 낯선 남자에게 말을 걸어? 이 나라에서 그러면 안 된다는 걸 몰라? 아일랜드처럼 가톨릭신도와 신교도들이 명확한 문제로 서로의 목을 베는 솔직한 나라에서였다면… 그럴 수도 있었겠지! 아일랜드 같은 곳이라면 동쪽에서 서쪽으로 걷는 동안 만나는 남자들에게 다 말을 걸어도 돼… '호화롭고 진귀한 보석을 그녀는 둘렀네[192]…' 좋은 가문의 영국 남자만 아니라면 말이야. 그런 자들은 겁탈하려고 시도할 수 있으니 말이지!" 그는 서툴게 회전식 문을 넘어갔다. "그래! 겁탈당하라고. 그리고 그 유치한 평판도 망가져 버리라지. 낯선 사람에게 말을 걸었으니 평판은 이미 더럽혀진 거야… 영국의 교회, 군대, 내각, 정부, 야당, 어머니, 노처녀들… 이들 모두가 백주 대낮에, 골프 코스에서, 실비아인지 뭔지에 대한 눈가림이 되지 않는 한, 낯선 남자에게 말을 걸 수 없다고 말할 거야… 그래, 그럼 실비아의 눈가림이

---

[192] Rich and rare were the gems she wore: 아일랜드 시인 토머스 모어(Thomas Moore, 1779~1852)의 시.

되고, 방문객 명부에서도 삭제되라지! 그쪽이 깊이 연루될수록, 나는 더 못된 악당이 되겠지! 여기 있는 우리를 모두가 다 봤으면 좋겠군! 그러면 해결이 될 텐데…"

자신을 쳐다보지 않는 워놉에게 다가가 길가에 나란히 선 티전스는 회전문이 없는 반대편 길이 오른쪽과 왼쪽으로 나 있는 것을 보고는 무뚝뚝하게 말했다.

"다음 회전문은 어디에 있소? 나는 도로 위를 걷는 게 싫소!" 워놉은 반대편 울타리를 턱으로 가리키며 "45미터 앞에요."라고 대답했다.

"갑시다!" 이렇게 소리치곤 그는 재빨리 걸었다. 캠피언 장군과 레이디 클라우딘, 폴 샌드바크가 탄 차가 쪽 뻗은 이 길로 들어서면 어떤 빌어먹을 일이 벌어질지 모른다는 생각이 문득 들었던 것이다. 혹은 그중 한 명, 가령 캠피언 장군이, 자신이 좋아하는 마차를 타고 여기로 올지도 모른다는 생각이 들었다. 그는 중얼거렸다.

"젠장! 그자들이 이 여자를 건드리기만 하면 무릎으로 그자들 등짝을 부러뜨리겠어!" 이렇게 말하곤 그는 서둘러 걸었다. "바로 그런 빌어먹을 일이 생길 수도 있어. 이 길은 마운트비 정문까지 이어져 있을 수도 있으니 말이야!"

워놉은 그의 뒤를 속보로 따라갔다. 워놉은 티전스가 기이한 남자라고 생각했다. 그는 혐오스러운데다, 미친 사람 같았다. 보통 정상적인 사람이라면, 서둘러야 한다면 (그런데 왜 서둘러야 하는지도 모르겠지만) 햇살이 따갑게 내리쬐는 주 도로가 아니라 울타리 그늘을 따라 걷는 법이니 말이다. 앞서 가라지. 하지만 다음 들판이

나오면 결판을 내야겠다. 워높은 더울까봐 뛸 생각이 없었다. 혼자 뛰려면 뛰라지. 그는 바닷가재처럼 튀어나온 밉살스럽고 기이한 눈으로 그녀를 바라보았다. 하지만 예쁜 블라우스를 입은 그녀는 냉정하고 비난하는…

그들 뒤로 마차가 오고 있었다!

문득 이 바보 같은 남자가 경관이 그들을 내버려두기로 했다고 아침 식사 자리에서 거짓말한 게 아닌가 하는 생각이 들었다… 경관이 저 마차에 타고 그들을 쫓아오고 있는 게 아닌가 하는 생각이 들었다! 워높은 둘러볼 새도, 시간도 없었다. 그녀는 달걀 경주를 하는 아탈란타 같은 바보가 아니었다. 그녀는 구두를 손에 들고 전력으로 달려 티전스를 1.5미터 정도 앞질러 울타리 사이에 있는 키싱게이트[193]로 갔다. 공포에 질려 숨을 헐떡이면서였다. 그녀를 따라 티전스도 헐떡이며 들어섰다. 하지만 이 바보 같은 남자는 그녀가 먼저 들어가도록 해줄 생각을 하지 못했다. 그들은 그 안에 같이 갇혀버렸던 것이다. 얼굴을 맞대고 헐떡이면서! 켄트에서라면 연인들이 서로 입 맞출 만한 상황이었다. 문은 V자로 갈라져 경첩을 중심으로 셋으로 나뉘어 있는 형태였다. 가축이 나가지 못하게 만들어놓은 것이지만, 이 커다랗고 촌스러운 요크셔 남자는 이를 알지 못했다. 미친 수소처럼 밀고 들어가려는 꼴이라니! 이제 그들은 잡힌 것이다. 앞으로 워즈워스[194] 감옥에서 3주를 보내겠지… 아 이런…

---

[193] kissing gate: 목장과 길을 가르는 문으로 사람은 드나들 수 있지만 가축은 드나들 수 없도록 고안된 문으로, 문이 열리는 곳에 공간이 있고 또 다른 빗장이 가로지르면서 반대편으로 나갈 수 있도록 되어 있다.

워놉 부인의 목소리가 (당연히 어머니지 누구겠어! 6미터쯤 떨어진 높은 곳에서 발길질하는 암말 뒤에 모란꽃처럼 둥근 얼굴을 한 그녀의 어머니가 서 있었다) 들렸다.

"아, 우리 발렌타인을 그 문에 꼭 끼게 해, 붙잡아 둬요… 안 그러면 그 애는 20초 안에 6미터는 앞질러 문까지 갈 거예요. 그게 그 애 아버지가 바라던 것이었어요!" 그들이 아이들처럼 달리기 경주를 하고 있다고 생각하며, 소박하고 둥근 얼굴을 한 부인은 이들에게 미소 지었다. 그녀 옆에는 검은 중절모를 쓰고 성 베드로처럼 흰 수염이 난 마부가 있었다.

"사랑하는 크리스토퍼!" 부인이 말했다. "우리 집에 와서 너무 좋군요."

검은 말이 연이어서 뒷발로 섰고, 노인은 말의 주둥이를 잡고 앞뒤로 흔들었다. 워놉 부인은 관심 없다는 듯이 말했다. "스티븐 조엘! 나 말 아직 안 끝났어요."

티젠스가 땀에 젖은 말의 배아래 쪽을 몹시 화가 난 상태에서 바라보고 있었다.

"말의 뱃대끈이 그러면" 그가 말했다. "조만간 당신 목이 부러질 거요."

"아니, 그럴 리가" 워놉 부인이 말했다. "조엘이 어제 산 마차인데."

티젠스가 말을 몰던 잡역부에게 매몰차게 말했다.

"내려오시오." 그러곤 흥분하여 콧구멍이 벌어진 말의 머리를 잡

---

[194] Wandsworth: 런던 중남부 행정 구역.

앉다. 말이 곧바로 그의 가슴에 이마를 대고 비볐다. 그가 말했다. "그래! 그래! 착하지! 착해!" 뻣뻣했던 말의 몸이 풀어졌다. 늙은 잡역부가 높은 마부석에서 처음에는 앞으로, 다음에는 뒤로 내려오려고 시도하다가 힘겹게 기듯이 내려왔다. 티전스는 몹시 화난 어조로 그에게 말했다.

"저 나무 그늘로 말을 데려가시오. 그리고 말의 재갈에는 손도 대지 마시오. 말의 입이 상당히 아플 거요. 이 싸구려 물건은 도대체 어디서 산 거요? 애쉬포드 시장이라고? 30파운드에? 그보다 더할 텐데… 어쨌든, 16.5핸드[195] 크기의 마구를 채워야 할 말에 13핸드 크기의 마구를 채워놨다는 걸 모르시오? 구멍 세 개를 늘려 재갈을 끼우시오. 지금 말 혀가 반으로 잘라질 지경이오… 이 말은 사륜마차도 끌 수 있는 힘 좋은 말이오. 이 말에게 2주 정도만 옥수수를 준다면 당신과 마차와 마구간을 발로 차서 단 5분 만에 박살 낼 수 있을 거요." 워놉 부인이 흡족해하며 의기양양해 있는 동안, 마부가 마차를 끌고 느릅나무 그늘로 갔다.

"재갈 좀 느슨하게 하란 말이오." 그는 마부에게 말했다. "아! 말이 무서운 게로군."

티전스는 직접 말의 재갈을 느슨하게 했다. 그의 손가락에 그가 싫어하는 기름투성이의 마구 광택제가 묻었다. 그가 말했다.

"말 머리를 잡을 수 있겠소? 아니면 그것도 무섭소? 말이 당신 손가락을 물어뜯어도 당신은 할 말이 없소." 티전스는 워놉에게 물

---

[195] hand: 말의 길이를 재는 단위로 1핸드는 10.16센티미터에 해당한다.

었다. "워놉 양은 할 수 있겠소?" 워놉은 이렇게 대답했다. "못해요! 전 말이 무서워요. 차는 어떤 종류의 차라도 몰 수 있지만 말은 무서워요." 티전스가 말했다. "아주 타당하군!" 그는 뒤로 물러서 말을 바라보았다. 말은 고개를 떨구고 뒷발을 들어 올렸다. 그러곤 땅에 발굽을 올려놓았다. 휴식을 취하는 자세였다.

"이제 설 것이오!" 티전스가 말했다. 그는 불편한 자세로 몸을 구부린 채, 땀과 기름투성이가 되어 뱃대끈을 풀었다. 그의 손에 뱃대끈이 풀어져 있었다.

"맞아요." 워놉 부인이 말했다. "크리스토퍼가 보지 않았다면 난 3분 안에 죽었을지도 몰라요. 마차가 뒤로 갔을지도 모르니 말이에요…"

티전스는 남자아이들이 가지고 다닐 만한 뿔 손잡이가 달린 커다랗고 복잡하게 생긴 여러 종류의 칼과 도구가 달린 물건을 꺼냈다. 티전스는 그중 타공기를 골라 열었다. 그리곤 마부에게 말했다.

"구둣방 끈 같은 거 있소? 아무 줄이라도? 아니면 구리선이나 토끼 사냥 끈이라도 있소? 잡역부가 토끼 사냥 끈도 안 갖고 있다는 건 말도 안 되지."

잡역부가 아니라는 듯이 중절모를 둥그렇게 움직였다. 토끼 사냥 끈을 갖고 있다고 고백한다면 밀렵하지 않았느냐고 상대방이 추궁을 할 것 같아서였다.

티전스는 뱃대끈을 내려놓고 타공기로 구멍을 뚫었다.

"여자들도 할 수 있는 일이죠!" 그가 워놉 부인에게 말했다. "이렇게 하면 집까지 가실 수 있을 겁니다. 6개월 정도는 사용할 수 있을 거고요… 이거는 제가 내일 팔아드리죠."

워놉 부인이 한숨을 내쉬었다.

"10파운드나 받을지…" 그녀가 말했다. "내가 직접 시장에 가서 샀어야 했는데."

티전스가 말했다. "제가 50파운드는 받아드리죠. 그렇게 하지 않으면 전 요크셔 남자가 될 자격도 없을 겁니다. 이 노인이 부인의 돈을 착복한 것은 아닙니다. 사실 그 돈으로 아주 좋은 마구를 사오긴 했는데 숙녀분들께 어떤 것이 어울릴지 몰랐을 뿐입니다. 부인이 원하는 건 흰 조랑말이 끄는 등나무로 만든 마차인데 말입니다."

"난 좀 기운찬 말이 좋은데." 워놉 부인이 말했다.

"그러시겠죠." 티전스가 답했다. "하지만 이 마차는 좀 과합니다."

그는 살짝 한숨을 쉬고 수술용 바늘을 꺼냈다.

"제가 이 밴드를 바늘로 고정해 놓겠습니다." 그가 말했다. "두 바늘 정도만 꿰매면 고정될 겁니다…"

말을 몰던 잡역부는 티전스 옆에 서서 자신의 주머니 속에 든 것을 모두 꺼내 놓았다. 기름투성이의 가죽 주머니, 밀랍 덩이, 칼, 담배 파이프, 약간의 치즈, 토끼 사냥 끈 등이었다. 그는 이 상류층 인사는 인정 많은 사람일 거라 생각하여 자신이 가진 모든 것을 내놓았던 것이다.

티전스는 '아' 하고 소리치고는 끈을 풀며 말했다.

"좋소! 혹시 이 마차를 렉 오브 머튼[196] 여관 뒷문에서 장사하는

---

[196] 원문으로는 "양다리 여관"(Leg of Mutton Inn)으로 표기되어 있다. 당시 영국에서는 글을 읽지 못하는 사람들을 위해서 이처럼 그림으로 숙소를 나타내는 경우가 있었다.

행상인에게서 산 것이오?"

"사라센인의 머리라는 가게서 샀는데예!" 마부가 중얼거리듯 대답했다.

"그 장사꾼이 돈이 너무 궁해 이걸 30파운드에 판 것 같소. 나도 알고 있소. 말도 안 되게 싼 값이란 걸… 하지만 여기 이 말은 누구나 몰 수 있는 말이 아니오. 마차도 너무 높고! … 하지만 잘하셨소. 지금 몸이 서른 먹었을 때와는 다른데 말이오. 말은 기운차고 마차는 너무 높아 일단 올라가면 내려오기 쉽지 않을 거요. 그리고 부인을 기다리느라 말을 두 시간이나 뙤약볕에 있게 하지 않았소."

"마구간 벽 옆에서 쪼매 있었지예." 잡역부가 중얼거렸다.

"이 말은 기다리고 싶어 하지 않았을 거요." 티전스가 부드럽게 말했다. "노인장 목이 안 부러진 걸 다행으로 생각하시오. 밴드는 고정시키고, 재갈은 한 구멍 헐겁게 채웠소."

티전스가 마부석으로 올라가려는 순간, 워놉 부인은 이미 쿠션을 깐 엄청나게 높은 마부석에 앉아 있었다.

"안 돼요, 그러면 안 돼요." 그녀가 말했다. "내 말은 나나 내 마부가 몰아요. 크리스토퍼도 몰 순 없어요."

"그럼, 같이 가겠습니다." 티전스가 말했다.

"안 돼요, 그러면 안 돼요." 워놉 부인이 대답했다. "마차를 타고 가다 목이 부러져도 나나 조엘의 목이 부러져야지, 다른 사람은 안 돼요." 그러곤 이렇게 덧붙였다. "이 말 달리는 게 마음에 들면 오늘 밤에 내 목이 그렇게 될지도 몰라요."

워놉이 갑자기 소리쳤다.

"그만하세요, 어머니!" 잡역부가 마차에 올라타자 워놉 부인이 채찍을 휘둘러 말을 몰기 시작했다. 그녀는 갑자기 말을 멈추고 티전스 쪽으로 몸을 기울이며 말했다.

"그 불쌍한 여자 참 안됐어요. 우리가 그 여자를 위해 뭐든 해줘야 하지 않겠어요? 당장에라도 자기 남편을 정신 병원에 넣을 수 있는데도 말이에요. 그러지 않고 있는 것만으로도 그 여잔 엄청난 희생을 하고 있는 거예요."

말은 부드럽고 일정하게 속보로 달렸다.

티전스가 워놉에게 말했다.

"어머니 손놀림이 대단하군요. 말 재갈을 저렇게 잘 다루는 여자는 아주 드문데… 어머니가 아까 말 세우는 모습 봤소?"

그는 길가에서 워놉이 눈을 반짝이며 뚫어지게, 심지어 도취된 듯 자신을 내내 바라보고 있었다는 것을 깨달았다.

"무척이나 대단한 일을 해내셨다고 생각하시겠죠." 워놉이 말했다.

"난 말의 뱃대끈은 제대로 묶지 못했소." 티전스가 말했다. "이 길을 빨리 벗어납시다."

"불쌍하고 연약한 여자들이 있어야 할 자리도 정해주고," 워놉이 말을 이었다. "매력 넘치는 남자답게 말을 달래고. 아마 여자들도 그렇게 달래겠죠. 당신 부인이 불쌍해요… 전형적인 영국 시골 남자예요! 보자마자 잡역부를 헌신적인 자신의 봉신으로 만들고. 완벽한 봉건제 같군요…"

티전스가 말했다.

"알다시피, 내막을 잘 알고 있는 사람을 주인이 친구로 두고 있다는 것을 알게 되면 하인들이 더 일을 열심히 하지 않겠소? 하층민들은 원래 그런 식이오. 자, 이 길을 빨리 벗어납시다."

워놉이 말했다.

"울타리 너머로 가려고 엄청 서두르시네요. 경관이 우리 뒤를 쫓고 있죠? 아니에요? 아침 식사 때 거짓말한 거죠? 심약한 여자애가 히스테리 부리지 않게 달래느라고요."

"거짓말하지 않았소." 그가 말했다. "어쨌든 오솔길이 있는데, 도로로 가는 건 싫소…"

"그건 여자들한테나 있는 공포증이네요." 워놉이 외쳤다. 그녀는 달리듯 키싱게이트를 지나 그를 기다리고 있었다.

"내 생각에" 그녀가 말했다. "당신이 고압적이고 강한 남자들이 하는 방식으로 그 경관을 막아 내 낭만적 꿈을 깨뜨렸다고 생각할진 모르겠지만, 사실은 그렇지 않아요. 경관이 날 쫓지 않으면 좋겠어요. 날 원즈워스 감옥에 보내면 난 죽어버릴 거예요. 난 겁쟁이거든요."

"아니, 그렇지 않소." 그가 말했다. 워놉이 그의 말에 거의 귀 기울이지 않았듯이, 그도 하고 있던 생각을 계속했다. "당신은 여걸이 맞는 것 같소. 그건 두려운 결과를 낳을 행동을 고집스럽게 해서가 아니라, 더러운 것을 만져도 스스로는 더럽혀지지 않기 때문이오."

남의 말을 끊지 않도록 교육받았기 때문에 워놉은 그가 하고 싶은 말을 다 할 때까지 기다리다가 소리쳤다.

"그 전에 좀 확실히 하기로 해요. 우리 어머니가 앞으로 당신을 자주 만나려고 하시는 게 분명한 것 같으니까요. 당신 아버지처럼 당신도 우리 어머니의 마스코트가 되려나 봐요. 본인도 그렇게 생각하고 있겠죠. 어제는 경관에게서 날 구해주었고, 오늘은 어머니 목숨을 구해주셨으니까요. 그리고 말을 팔아서 20파운드의 이득을 보게 해주려고 하시고요. 당신은 하겠다고 하면 뭐든 할 수 있는 사람 같아요. 우리 형편에 20파운드는 절대 적은 돈이 아니에요… 그러니 당신은 분명 우리 워놉가의 좋은 친구가 될 것 같네요…"

티전스가 말했다.

"바라는 바는 아니오."

"제 말은" 워놉이 말했다. "워놉가의 모든 여자와 사랑을 나누어서 당신이 명성을 얻을 거라는 뜻은 아니에요. 게다가 우리 집안에 여자라곤 저밖에 없거든요. 하지만 어머니는 당신을 온갖 자질구레한 일에 끼어들게 할 거예요. 식탁에는 항상 당신 먹을 음식이 준비될 거고요. 그렇게 몸서리 칠 건 없어요. 전 진짜 괜찮은 요리사거든요. 물론 가정 요리 요리사죠. 술주정뱅이이긴 해도 진짜 전문 요리사에게서 요리를 배웠으니까요. 그 말은 제가 요리의 절반은 했고, 그 가족이 꽤 까다로웠다는 얘기죠. 일링 사람들이 원래 그래요. 인구 절반이 주 의회 의원이거나 그런 비슷한 직책을 가졌어요. 그러니 전 남자들이 어떤지 알아요…" 워놉은 잠시 말을 멈췄다가 다시 쾌활하게 말을 이었다. "그냥 제 말을 무시하세요. 무례하게 굴어 미안해요. 하지만 상대방 남자는 영국 시골 신사처럼 냉정하고 차분하게, 훌륭한 크라이턴[197]처럼 행동하는데, 저는 박제된 동물처럼

---

[197] 배리(J.M. Barry)의 풍자극 <훌륭한 크라이턴>(The Admirable Crichton)에 등장하는 크라이턴은 다재다능하고 인품도 훌륭하다.

우두커니 서 있어야 하는 게, 진짜 짜증 나요."

티전스는 움찔했다. 이 젊은 여자는 자기 아내가 자신에게 종종 퍼부은 비난과 너무 비슷한 말을 했기 때문이다. 워놉은 이렇게 소리쳤다.

"제가 부당한 말을 했네요! 전 은혜도 모르는 짐승 같은 인간인가 봐요! 무능력한 얼간이들 사이에서 자기 할 일을 하는 능력 있는 모습 이외엔 당신이 보여준 것이 없는데도 말이에요. 하지만 최종적으로 확실하게 얘기 좀 하는 게 어때요? 예의 바르고 거만한 태도로 말이에요. 우리의 목표에 대해 공감하지 않는 건 아니지만 우리의 방법에 대해서는 아주 반대한다고 말이에요."

문득 티전스는 이 젊은 여자가 자신이 생각하는 것보다 훨씬 더 여성 참정권에 관심 있다는 생각이 들었다. 그는 이 젊은 여자와 이야기를 나눌 기분은 아니었지만 진지하게 대답했다.

"공감하지 않소. 당신들 방법은 전적으로 찬성하지만, 당신들 목표는 어리석소."

발렌타인이 말했다.

"지금 우리 집 침대에 누워있는 거티 윌슨이 경관에게 수배를 받게 된 게 어제 일뿐만 아니라, 모든 우편함에 폭발물을 넣은 것 때문이라는 건 몰랐죠?"

그가 말했다.

"몰랐소… 하지만 그렇게 한 건 아주 적절했다고 생각하오. 내 우편함을 태워버렸다면 좀 짜증은 났겠지만, 그래도 그 방법에 찬성한다는 내 생각이 바뀌지는 않을 것 같소."

"그럼 당신은" 워놉이 진지하게 물었다. "우리가, 그러니까 어머니와 제가… 거티를 숨겨준 이유로 무거운 형을 받을 수도 있다고 생각지 않나요? 그렇게 되면 어머니한테는 정말 끔찍한 일이에요. 왜냐하면 어머니는 반(反)…"

"어떤 형을 살게 될지는 모르겠지만" 티전스가 말했다. "거티를 가능한 한 빨리 집에서 나오도록 하는 게 좋겠소."

그녀가 말했다.

"도와주실래요?"

티전스는 이렇게 대답했다.

"물론이오. 워놉 양의 어머니가 불편하게 되어서는 안 돼요. 18세기 이후 처음으로 읽을 만한 소설을 쓰시는 분이니 말이오."

워놉은 잠시 말을 멈추더니 다시 진지하게 말했다.

"이봐요, 투표권이 여자들에게 어떤 득도 되지 않을 거라고 말하는 형편없는 인간이 되지는 마세요. 여자들은 정말 힘든 시대에 살고 있어요. 정말이에요. 내가 그동안 본 것을 당신도 본다면요. 내가 지금 허튼소릴 하는 게 아니에요." 워놉의 목소리는 아주 나지막해졌고, 그녀의 눈엔 눈물이 고였다. "가난한 여자들 말이에요!" 그녀가 말했다. "연약하고 하잘것없는 존재들 말이에요. 이혼법도 고쳐야 해요. 더 낫게 고쳐야 해요. 내가 알고 있는 걸 당신도 안다면 참을 수 없을 거예요."

티전스는 그녀의 격한 반응에 짜증이 났다. 지금 워놉은 그가 원치 않는 형제애라도 형성하려는 것처럼 보였기 때문이다. 여자들은 자기 가족 외에는 자신의 감정을 드러내지 않는 법이니 말이다. 티전스는 무미건조한 어조로 말했다.

"참지 말아야겠지만, 당신이 알고 있는 걸 난 모르니, 참을 수 있을 것 같소."

워놉은 몹시 실망스러운 어조로 말했다.

"아, 당신은 정말 짐승 같군요! 하지만 당신을 짐승 같다고 말한 것에 대해 절대 당신의 용서를 빌지 않을 거예요. 진심으로 그렇게 말한 건 아니라고 믿지만, 그런 식으로 말하다니 정말 잔인하군요."

이것은 실비아가 그를 비난한 항목 중 또 하나였기에 티전스는 다시 움찔했다.

"핌리코 군복 공장 노동자 사례를 모르니까 여자들에게 투표권이 아무 소용 없다고 얘기하는 거예요."

"그 일이라면 나도 잘 알고 있소." 티전스가 말했다. "내가 업무 중에 알게 된 사례니 말이오. 그때 난 투표권은 누구에게도 쓸모없다는 것을 이보다 더 잘 보여주는 사례가 없다는 생각을 한 기억이 나오."

"우린 서로 같은 사례를 생각하고 있지 않은 게 분명해요." 워놉이 말했다.

"같은 사례요." 그가 대답했다. "핌리코 군복 공장은 웨스트민스터 선거구에 속해 있소. 육군성 차관이 웨스트민스터 선거구 의원이었는데, 그의 지난 선거 득표수가 6백 표였소. 군복 공장에는 시간당 1실링 6펜스를 받는 노동자 7백 명이 일하고 있었는데, 이들 모두가 웨스트민스터 선거구에 투표권이 있었소. 노동자 7백 명이 그들 월급을 2실링으로 올리지 않으면 다음 선거에서 반대표를 던지겠다고 차관에게 편지를 보냈었소…"

워놉 양이 말했다. "그래서요!"

"그래서," 티전스가 말했다. "차관이 시간당 18펜스를 주고 고용한 7백 명의 노동자를 전부 해고하고, 시간당 10펜스를 주고 여자 7백 명을 고용했소. 그 7백 명의 남자들에게 투표권이 무슨 득이 됐소? 투표권이 득이 된 사람이 있기나 하오?"

워놉은 할 말을 잃었고, 티전스는 워놉이 자신의 논리적 오류를 찾아낼 틈을 주지 않기 위해 재빨리 말을 이었다.

"핍박당하고 착취당한 이 나라 여자들의 지지에 힘입어 7백 명의 여자들이 그 차관을 협박하고, 우체통을 태우고, 그의 시골 별장 주변 골프 그린[198]에 난입했다면, 그다음 주에 그들의 월급은 반 크라운으로 올랐을 거요. 그게 올바르고 정직한 방법이오. 그게 바로 봉건제가 돌아가는 방식이오."

"하지만 골프장에 난입할 수는 없어요." 워놉이 말했다. "여성 사회 정치 연합[199]이 저번에 그 문제에 대해 논의한 결과, 그런 정정당당하지 않은 행동은 우리 단체의 평판만 나빠지게 할 뿐이라는 판단을 내렸거든요. 저번 건은 내가 개인적으로 한 거예요."

티전스가 탄식했다.

"미칠 노릇이군." 그가 말했다. "평의회에 들어가자마자 여자들도 남자들만큼이나 멍청이가 되어 분명한 문제도 직시하길 두려워

---

[198] golf green: 골프에서 홀 주변에 만든, 퍼트를 하는 잔디밭.
[199] Women's Social and Political Union: 여성 사회 정치 연합은 1903년 여성 참정권 획득을 위해 시위를 벌인 단체다.

하니 말이오."

"어찌 됐든" 워놉은 그의 말을 끊고 이렇게 말했다. "내일 말을 팔 수는 없을 거예요. 내일이 일요일이라는 사실을 잊은 것 같네요."

"그럼 월요일에 팔아야겠군." 티전스가 말했다. "봉건제의 핵심은…"

점심 식사에는 차가운 양고기에 햇감자와 여러 가지 민트 소스가 곁들여졌다. 민트 소스는 화이트 와인 식초로 만들어 입맞춤만큼이나 부드러웠고 클라레[200]는 딱 알맞았다. 워놉 부인이 세상을 떠난 워놉 교수가 거래하던 와인 상인을 찾아내어 구한 포트와인[201]은 아주 훌륭했다. 점심 식사 바로 후 워놉은 전화를 받으러 나갔다.

그들은 지금 사는 시골집을 싼 가격에 구했다. 집은 오래되었지만, 널찍하면서 아늑했다. 아래층 방들에는 신경을 많이 쓴 것 같았다. 거실에는 양쪽에 창문이 있었고 기둥도 있었다. 만찬용 은그릇들은 경매로 사들였고, 컵들은 오래된 커트 글라스였다. 화로 양옆에는 할아버지 의자[202]가 놓여 있었다. 정원에 난 붉은 벽돌 길 위에는 해바라기, 접시꽃, 진홍색 글라디올러스가 심어져 있었다. 정원에는 별것 없지만 정원 문은 제대로 달렸다.

티전스는 이 모든 것에서 애쓴 흔적을 발견했다. 몇 년 전만 해도 여기 있는 이 여자는 빈털터리로 몹시 비참한 상황에서 빈약한 생계수단으로 연명해 왔다. 그것이 어떤 노력을 의미했겠는가? 그녀

---

[200] claret: 프랑스 보르도산 적포도주.
[201] port: 포르투갈산의 맛이 단 적포도.
[202] grandfather's chair: 높은 등받이와 양쪽에 팔걸이가 있는 안락의자.

에게는 이튼 학교[203]에 다니는 남동생도 있었다… 무의미하지만 용기 있는 시도였다.

워놉 부인은 티젠스 맞은편에 있는 할아버지 의자에 앉아 있었다. 탄복할 만한 안주인이자, 숙녀였다. 활기에 넘치지만 피곤해 보였다. 마구를 채우는 데 장정 셋이 필요할 정도로 힘찬 종마처럼 금방 뛰어나가다가도 이내 속도를 늦추게 되는 늙은 말처럼 피곤해하였다. 그녀의 얼굴은 정말 피곤해 보였고, 우아한 그녀의 주홍색 뺨은 깊게 주름져 있었다. 부인은 검은색 레이스 숄로 덮인 통통한 두 손을 자신의 무릎 양옆에 내려놓고 빅토리아 시대 귀부인만큼이나 편안히 앉아 있었다. 점심 식사 하는 동안 워놉 부인은 지난 4년 동안, 하루도 빠짐없이, 매일 여덟 시간씩 글을 썼다고 했다. 그런데 오늘은 토요일이라 써야 할 사설이 없다고 했다.

"크리스토퍼" 그녀가 말했다. "이것을 받아요. 크리스토퍼 부친의 아들 외에는 아무에게도 주지 않을 거예요. 심지어…" 그러더니 그녀는 자신이 가장 존경하는 사람들의 이름을 열거하며 "그건 진심이에요."라고 덧붙였다. 점심 식사를 하는 중에도 그녀는 깊은 생각에 잠겼다. 그리고 사회 문제에 대해 황당한 잘못된 진술도 했다.

티젠스는 옆에 있는 작은 테이블에 커피와 와인을 올려놓았다. 이 집이 마치 자신의 집처럼 느껴졌다.

부인이 말했다.

"크리스토퍼는… 지금 할 일이 많아요. 그런데도 그 애들을 오늘

---

[203] Eton: 영국 이튼에 있는 명문 사립 중등 학교.

밤 플림졸로 데려다줘야 한다고 생각해요? 그 애들은 어리고 사려 깊지도 못해요. 게다가 일이 우선이잖아요."

티전스가 말했다.

"거리는 문제가 될 게…"

"거리가 문제라는 것을 알게 될 거예요." 그녀는 유머러스하게 대답했다. "텐터든[204]에서도 30킬로미터는 더 가야 해요. 달이 지는 10시 전에 출발하지 않으면, 아무런 사고가 나지 않는다 해도 … 5시까지 돌아오지 못해요. 말은 괜찮을 거예요. 하지만…"

티전스가 말했다.

"워놉 부인, 따님과 제가 구설수에 오르고 있다는 사실을 말씀드려야 할 것 같습니다. 그것도 아주 추한 구설수에 말입니다!"

그녀는 몹시 경직된 자세로 티전스에게 고개를 돌렸다. 하지만 그녀는 넋을 놓고 있다가 이제야 정신을 차린 것처럼 보였다.

"뭐라고요?" 이렇게 말하곤 다시 말을 이었다. "아! 그 골프장 이야기군요… 수상쩍게 보일 만도 하지요. 그 애 때문에 경관을 떼어놓느라 소동을 좀 일으킨 것 같던데." 그리고 마치 늙은 교황처럼 워놉 부인은 깊은 생각에 잠겼다.

"시간이 지나면 다 잊힐 거예요." 워놉 부인은 말했다.

"부인이 생각하시는 것보다" 티전스는 물러서지 않고 말했다. "더 심각하다고 말씀드려야 할 것 같습니다. 제 생각에 제가 여기 있으면 안 될 것 같습니다."

---

[204] Tenterden: 켄트주(Kent) 애쉬포드 지역 내에 있는 마을.

"여기 있어선 안 된다고요?" 그녀가 소리쳤다. "그럼 대체 어디에 있으려고요? 부인과도 사이가 안 좋은 건 나도 아는데. 부인은 진짜 옳지 않아요. 발렌타인이나 나만큼 돌봐줄 수 있는 사람이 어디 있겠어요?"

티전스는 이 복잡한 세상에서 아내의 평판을 그 무엇보다도 신경써왔기 때문에, 극심한 고통을 느끼면서도 워놉 부인에게 왜 실비아가 옳지 않은지 따지듯 물었다. 그녀는 나른하게 항변하듯 대답했다.

"아무것도 아니에요! 나는 그저 둘 사이에 이견이 있다고 생각했던 것뿐이에요. 내가 통찰력은 좀 있다는 건 인정해줘요. 크리스토퍼는 분명 올바를 테니 부인은 옳지 않을 거라고 생각한 거예요. 그뿐이에요. 정말로."

안도감을 느끼며 티전스는 고집스러워졌다. 그는 이 집이 좋았다. 이 분위기도 좋았다. 그는 이 집의 검소함과 가구 선택, 창문과 창문을 지나 빛이 들어오는 모습, 힘든 일과 이후 느끼게 되는 노곤함, 모녀 사이의 애정과 그들이 자신에 대해 품고 있는 애정이 좋았다. 할 수만 있다면 이 집 딸의 평판에 해를 입히지 않겠다고 마음먹었다.

티전스는 괜찮은 남자라면 그런 일을 하지 않을 거라고 하면서, 탈의실에서 캠피언 장군과 가진 대화 중 골자를 조심스럽게 이야기했다. 그는 오크 나무로 만든 틀에 들어 있는 세면대에 난 금을 보고 있는 느낌이 들었다. 워놉 부인의 얼굴은 점점 잿빛이 되었다. 좀 화가 난 것 같았다! 그의 말에 집중하고 있다는 것을 나타내려는 것인지, 아니면 졸려서 그런지, 이따금 고개를 끄덕였다.

"크리스토퍼" 그녀가 마침내 입을 열었다. "크리스토퍼에 대해 그런 이야기를 하다니 참 몹쓸 사람들이군요. 하지만 알겠어요. 나도 평생을 온갖 추문에 시달리면서 살아왔으니까요. 내 나이쯤 된 여자들은 다 그런 기분이 들어요… 이젠 그다지 중요치 않은 것 같고요…" 워놉 부인은 조느라 거의 고개를 떨구었다. 그리고 다시 말을 이었다. "내가 정말로… 내가 크리스토퍼의 평판과 관련해 무슨 도움을 줄 수 있을지 모르겠어요. 내가 도울 수만 있다면 도울 거예요. 정말이에요… 하지만 난 생각해야 할 것들이 많아요… 이 집도 유지해야 하고, 아이들도 먹여 살려야 하고, 학교도 보내야 하고. 다른 사람 문제도 신경 써야겠지만, 그런 생각을 할 겨를이 없어…"

부인은 갑자기 정신을 차리더니 의자에서 벌떡 일어났.

"내 정신 좀 봐!" 부인은 갑자기 자신의 딸과 똑같은 어조로 말했다. 그리고 빅토리아 시대풍의 숄과 긴 치마를 입고 티전스가 앉은 등받이가 높은 의자 뒤로 가서, 그 위로 몸을 숙이고는 그의 오른쪽 관자놀이 부분에 있는 머리를 쓰다듬었다.

"크리스토퍼" 그녀가 말했다. "인생이란 쓰디쓴 거예요. 나는 늙은 소설가라 알아요. 크리스토퍼는 크리스토퍼의 평판에 대해 악을 쓰고 아우성치는 수많은 고양이와 원숭이들이 활개 치는 이 나라를 구하려고 죽도록 일하고 있어요. 어떤 연회장에서 디지라는 사람이 내게 한 말이에요. 그 사람은 내게 와서 '접니다. 워놉 부인' 그렇게 말하고는…" 그녀는 잠시 다른 생각을 하는가 싶더니 다시 말을 이으려 애썼다. "크리스토퍼" 그녀는 티젠스의 귀 가까이 고개를 숙이고는 속삭이듯 말했다. "중요치 않아요. 진짜 중요치 않아요. 살다 보면 다 극복될 거예요. 중요한 것은 좋은 일을 하는 것에요. 힘들게 살아온 늙은 여자의 말을 믿어 봐요. 해군에서는 특별 수당을 '압박하는 돈'[205]이라고 부른대요. 은어처럼 들리지만 그게 유일한 진실이에요. 거기서 위로를 얻을 수 있을 거예요. 그리고 살다 보면 다 극복될 거예요. 뭐, 못할 수도 있겠죠. 그건 자비로운 신이 결정할 일이니까요. 그렇지만 그건 중요치 않아요. '네가 사는 날을 따라서 능력이 있으리로다.'[206]" 워놉 부인은 다른 생각을 하기 시작하는 것 같았다. 새 소설의 줄거리를 어떻게 할지 혼란스러워하는 것 같았고, 그 줄거리를 다시 생각하고 싶어 하는 것 같았다. 큰 셔츠를 입은 구레나룻을 한 남편의 빛바랜 사진을 바라보면서, 그녀는 무의식적으로 애정 어리게 티젠스의 관자놀이 부분을 계속 쓰다듬었다.

그 때문에 티젠스는 자리에 계속 앉아 있었다. 그는 자신의 눈에 눈물이 고였다는 것을 잘 알고 있었다. 감당하기에는 너무도 큰 애정이었다. 그는 근본적으로 솔직 담백하고 감수성이 풍부한 사람이었다. 그는 극장에서 사랑하는 사람들의 모습을 본 뒤에는 늘 눈이 촉촉이 젖었기 때문에 극장에 가는 것을 피했다. 그는 이제 어찌해 볼 수도 없는 지경이 되었지만, 다시 애를 써 봐야 할지 아니면 말아야 할지 두어 번 자문해 보았다. 그는 그저 가만 앉아 있고 싶었다.

---

[205] 원어로는 "hard lying money"로 되어 있다.
[206] as thy days so shall thy strength be: 구약 성경 「신명기」 33장 25절에 나오는 구절.

워놉 부인이 쓰다듬던 손을 멈추자, 티전스는 힘겹게 일어났다.

"워놉 부인" 티전스는 부인을 마주보며 말했다. "진짜 맞는 말씀입니다. 그 짐승 같은 자들이 저에 대해 뭐라고 하든 신경 쓰지 말아야겠지요. 하지만 신경이 쓰입니다. 제 사고 시스템에 포함시킬 수 있을 때까지 부인이 하신 말씀에 대해 생각해 보겠습니다…"

워놉 부인이 말했다.

"그래요, 그렇게 해요." 이렇게 말하곤 부인은 계속 사진을 응시했다.

"하지만" 티전스가 말했다. 그는 장갑 낀 부인의 손을 잡고 그녀의 의자로 이끌었다. "지금 제가 신경 쓰고 있는 건 제 평판이 아니라 따님 발렌타인의 평판입니다."

그녀는 등받이가 높은 의자에 깊숙이 앉고는 편안히 자리 잡았다.

"발렌타인의 평판이라고요?" 그녀가 말했다. "사람들이 방문객 명부에서 그 애 이름을 빼 버릴 거란 말인가요? 그 생각은 못했지만, 뭐 그러라지요!" 부인은 오랫동안 생각에 잠겼다.

발렌타인은 방에 있었다. 발렌타인은 가볍게 웃었다. 잡일꾼에게 저녁을 챙겨주고 있던 그녀는 잡역부가 늘어놓는 티전스에 대한 칭찬에 재미있어하고 있었다.

"당신을 흠모하는 사람이 한 명 생겼네요." 발렌타인이 티전스에게 말했다. "아저씨가 말이에요, 맥주를 한 번씩 들이킬 때마다 '그 빌어먹을 줄에 구멍을 내지 않겠나. 예플이 빈 나무에 구멍 내는 것처럼 말이제!'라고 말하더라고요." 그녀는 흥미롭게 느껴지는 조얼의 기괴한 면에 관해 이야기하면서 예플은 켄트 사투리로 큰 초록색 딱따구리를 말한다고 알려주었다.

"독일에 친구가 있는 건 아니죠?" 워놉은 식탁을 치우기 시작하며 말했다.

티전스가 말했다.

"아내가 독일에 있소. 롭샤이트란 곳에."

그녀는 검은색 옻칠을 한 쟁반에 그릇을 쌓아 올렸다.

"정말 죄송해요." 워놉은 정말로 미안해하는 것 같지는 않은 표정으로 말했다. "재주가 많고 영리한 것 같지만 실상은 바보 같은 전화 탓이에요. 제가 전보 메시지는 받아놓았어요. 어머니 사설 주제인 줄 알았거든요. 티전스라는 이름과 비슷한 신문 이름의 첫 글자들이 항상 와서요. 그리고 그걸 항상 보내는 여자의 이름이 홉사이드고요. 이해할 수 없는 말이었지만, 독일 정치와 관련된 것인가 보다 하고 생각했죠. 그래서 어머니라면 아실 거라고 생각했어요… 두 분 다 주무시는 건 아니죠?"

티전스는 눈을 떴다. 워놉은 자신이 있는 곳으로 와 서 있었다. 손에는 메시지를 옮겨 적은 종잇조각이 들려있었다. 그녀의 모습은 뭔가 조화롭지 않았고, 메시지를 적은 글자들은 여기저기 흩어져 있었다. 메시지는 다음과 같았다.

"그러쇼. 하지만 헬로 센트럴이 당신과 같이 오도록 확실한 조처 바람. 실비아 홉사이트 독일."

티전스는 뒤로 몸을 기대고는 오랫동안 단어들을 들여다보았다. 이 단어들은 아무 의미가 없어 보였다. 워놉은 그 종이를 그의 무릎 위에 올려놓고 테이블로 돌아갔다. 그녀가 이 아무 의미 없는 단어를 전화로 들으면서 씨름했을 모습을 상상해 봤다.

"물론 제가 좀 센스가 있었다면" 워놉이 말했다. "어머니 사설에 관한 게 아니란 것을 알았을 거예요. 토요일에는 어머니에게 전보가 오지 않거든요."

티전스는 분명하고 큰 소리로, 또박또박 말했다.

"이 말은 내가 화요일에 아내에게 가야 하는데, 아내의 하녀를 데리고 오라는 뜻이오."

"부러워요!" 발렌타인이 말했다. "전 괴테와 로자 룩셈부르크[207]의 조국에 못 가봤거든요." 그러고는 팔뚝에 식탁보를 올려놓은 채 그릇이 잔뜩 담긴 쟁반을 들고 나갔다. 그전에 그녀가 빵가루 솔로 빵가루를 걷어 내는 모습이 어렴풋이 떠올랐다. 내내 떠들면서도 재빠르게 일하는 모습이 놀라웠다. 하녀 일을 한 덕분일 것이다. 보통의 젊은 여자라면 시간이 두 배로 걸렸을 거고, 말을 하려 해도 하고 싶은 말의 절반도 할 수 없었을 것이다. 유능한 여자다! 티전스는 자신이 실비아에게로, 즉 지옥으로 돌아갈 것이라는 사실을 이제 막 깨달았다! 그것은 분명 지옥이다! 악의에 찬 교활한 악마는… 사실 악마는 멍청하고 불꽃이나 유황 같은 장난감 같은 것만 사용하지만, 신은 정신적인 압박을 아주 적절하고 오랫동안 가하는 방법을 생각해 낼 수 있다… 신이 크리스토퍼 티전스에게 영원한 절망적인 고통을 가져다줄 방법을 생각해 내고자 한다면 말이다(신의

---

[207] Rosa Luxemburg: 폴란드 출신 유대인 사회주의 혁명가로 주로 독일에서 활동했다.

뜻에 반대할 수는 없지만, 신이 그렇게 하지 않기를 바랄 수는 있다!)… 그리고 신은 실제로 그렇게 했다. 그것은 틀림없는 신의 응징이었다. 그런데 무엇에 대한 응징인가? 신이 보기에 자신이 죄를 지었기 때문에 자신이 그런 무거운 형벌을 받는 거라는 생각이 들었다. 신은 공평하니까 그런 것인가? … 신은 성적인 범죄는 무겁게 처벌하는지도 모른다.

그의 머릿속에 거실의 모습이 인화된 사진처럼 떠올랐다. 그 거실에는 그가 싫어했던 멍청하고 비효율적인 기기, 그러니까 놋쇠 그릇, 전열기기, 수란기, 토스터, 석쇠기, 주전자 가열기와 이국적인 분위기를 풍기는 허연 온실 꽃들, 그가 싫어하는 에나멜을 칠한 패널, 엉터리 게인스보로 모자[208]를 쓰고 고등어인지 빗자루인지를 파는, 분홍 옷을 입은 여자의 희미한 사진이 들은 액자(아내 말로는 진짜로 소더비 경매에서 보증한 거라고 한다)가 있었다. 그가 몹시 싫어하는 결혼 선물이었다. 실내복 차림에 커다란 모자를 쓰고 있는 새터스웨이트 부인은 <타임스>를 읽으며, 계속 바스락거리며 책장을 넘겼다. 페이지 하나를 끝까지 읽는 법이 없었기 때문이었다. 그리고 한 곳에 가만히 앉아 있지 못하는 실비아는 한 손에 토스트 조각을 들거나 두 손을 등 뒤에 댄 채 거실을 왔다 갔다 했다. 상당히 큰 키에 아름다운 그녀는 타락한 더비 경마[209]의 우승마 같이 활

---

[208] Gainsborough hat: 18세기부터 유행한, 테가 넓은 여성 모자로 당시 화가 토머스 게인스보로의 그림 속 여성들이 이 모자를 많이 쓴 데서 명칭이 유래했다.
[209] Derby: 더비 경마. 영국 서리주(Surrey)에서 매년 6월에 거행되었다.

기 넘치고 잔인했다. 수세대 동안 단 한 가지 목표를 위해 근친 교배로 태어난, 즉 한 유형의 남자를 미치게 하려고 태어난 것처럼 말이다. 실비아는 앞뒤로 왔다 갔다 하며 "따분해, 따분하다고!" 하고 소리쳤다. 그리고 때론 음식 접시를 부수기도 했다. 그러곤 떠들어댔다. 끊임없이 떠들어댔다. 보통은 영리하면서 멍청하게, 아주 부정확하게, 하지만 악랄하리만치 통찰력 있게, 상대가 반박하기를 바라면서 떠들어댔다. 신사라면 아내의 질문에 대답을 해야 한다. 그는 끝까지 자리를 지켜야 한다는 생각에 이마에 끝없는 압박을 느꼈다. 그 방의 실내 장식이 그의 머리에 인화된 듯 찍혔다. 그 모습은 그림자처럼 그에게 떠올랐다. 그리고 그의 이마 위에 압박이….

워놉 부인이 지금 자신에게 말하고 있었지만, 무슨 말을 하는지 몰랐다. 그 이후에도 그는 자신이 뭐라고 대답했는지 알지 못했다.

"세상에!" 그는 속으로 생각했다. "신이 성적인 죄를 처벌하신 거라면 신은 분명 공평하고 그 뜻을 헤아리기 어려운 존재다!" 그는 아내와 결혼 전 육체적 관계를 가졌기 때문이다! 듀커리스[210]에서 하경하는 객차 안에서. 아내는 진짜 놀라울 정도로 아름다운 여자였다!

아내의 육체적 매력은 지금 다 어디로 가버린 걸까? 그 저항할 수 없었던 매력 말이다. 몸을 뒤로 젖힌 채 빠르게 스쳐가는 시골 전원 풍경을 보았다… 그는 마음속으로 아내가 자신을 유혹했다고 생각했다. 하지만 그는 이성적으로 그런 생각을 몰아내려 했다. 신사라면 자신의 아내를 그런 식으로 생각하지 않는 법이니 말이다.

---

[210] Dukeries: 런던에서 북쪽으로 2시간쯤 떨어진 중동부 지역 노팅엄셔 내 지역.

어떤 신사도 그렇게 생각하지… 맙소사, 그때 아내는 이미 다른 남자의 아이를 가졌던 게 틀림없다. 그는 지난 4개월 동안 그 생각을 억누르려고 애써왔다. 온 정신이 마비된 채, 숫자와 파동설에 몰입하면서도 그 생각을 억누르려고 자신이 애써왔다는 것을 깨달았다. 흰옷을 입고 탈의실로 들어가기 직전 아내가 한 마지막 말은 아이에 관한 것이었다. "만약" 이라는 말로 시작한 아내의 말을… 나머지 말은 기억나지 않았다. 하지만 아내의 눈은 기억났다. 아내가 길고 하얀 장갑을 벗으면서 하던 몸짓도…

티전스는 워놉 부인의 화로를 바라보고 있었다. 이건 잘못된 취향이라는 생각이 들었다. 여름인데 화로에 장작을 놔두다니. 하지만 안 그러면 여름에는 화로를 어찌할 것인가? 요크셔 시골집들은 칠을 한 문으로 화로를 막는다. 하지만 그건 너무 답답하다!

티전스는 속으로 말했다.

"맙소사! 뇌졸중이 일어난 것 같군!" 그는 자신의 상태를 확인하기 위해 자리에서 일어났다. 하지만 뇌졸중이 생긴 건 아니었다. 커다란 육체적 고통이 어떤 때는 감지되지 않듯이, 마지막으로 하던 생각이 너무나도 고통스러워 그의 마음이 이를 기록하지 못한 게 틀림없다고 생각했다. 신경은, 중량계처럼, 일정량 이상은 기록하지 못하고 작동이 중단된다. 기차사고로 다리가 잘린 어느 부랑자는 아무 느낌도 없어 일어서려 했는데… 나중에 고통을 느끼게 됐다고 했다.

계속 얘기하고 있던 워놉 부인에게 그가 말했다.

"죄송합니다. 무슨 말씀을 하셨는지 놓쳤습니다."

워놉 부인이 말했다.

"그게 내가 해줄 수 있는 최선이라고 얘기하고 있었어요." 티전스는 이렇게 말했다.

"정말 죄송하지만, 제가 그 부분을 놓친 것 같습니다. 아시다시피, 제가 좀 힘들어서요."

그녀가 말했다.

"알아요, 이런저런 생각을 했겠죠. 하지만 내 말을 좀 들었으면 좋았을 텐데. 난 일하러 가야 해서. 크리스토퍼도 그렇고. 차를 마신 후, 발렌타인과 같이 라이로 가 크리스토퍼의 짐을 가져오라고 했어요."

뇌를 혹사한 것 같다고 생각하였던 티전스는 이 말에 갑자기 기분이 좋아졌다. 저 멀리 햇살 아래 피라미드처럼 솟은 붉은 지붕. 긴 초록빛 언덕을 가로지르며 내려오는 그들. 그래 맞아, 그는 탁 트인 야외로 나가고 싶었다. 티전스가 말했다.

"알겠습니다. 우리 둘 다 부인의 보호 하에 두려고 하시는군요."

워놉 부인이 차분하게 말했다.

"두 사람 모두는 모르겠고. 내 보호 하에 두려는 사람은 (그건 크리스토퍼의 표현이에요) 크리스토퍼예요. 발렌타인은 스스로 잠자리를 준비해 왔으니 자신이 알아서 잘 거예요. 이미 다 말한 것이니 다시 얘기할 필요는 없겠죠."

워놉 부인은 잠시 말을 멈추더니 다시 말을 이었다.

"마운트비 방문객 명부에서 삭제되는 건 기분 좋은 일은 아니죠. 그 사람들 파티는 재미가 있던데. 하지만 나는 이제 나이가 들어 그런 것에 신경 쓰지는 않아요. 내가 그 사람들과 이야기하고 싶어 하는 것보다 그 사람들이 나와 더 이야기하고 싶어 할 거예요. 물론, 나는 그 고양이들과 원숭이들에 맞서 내 말을 편들 거고요. 그리고 난 그 어떤 상황에서도 발렌타인 편이에요. 발렌타인이 유부남과 동거하고 사생아를 낳는다 해도 난 그 애 편을 들 거예요. 하지만 그렇게 하는 걸 찬성하는 건 아니에요. 난 여성 참정권 운동도 찬성하지 않아요. 여성 참정권자들의 목표도, 그 방식도 싫어요. 난 젊은 여자가 낯선 남자에게 말을 걸어서도 안 된다고 생각해요. 발렌타인이 크리스토퍼에게 말을 건 게 크리스토퍼에게 얼마나 많은 걱정을 끼쳤는지 한번 생각해 봐요. 난 찬성하지 않아요. 난 여자예요. 하지만 난 내 방식대로 살아왔어요. 다른 여자들도 자기들이 원하거나 그럴 힘이 있으면 그렇게 할 수 있어요. 난 찬성하지 않아요! 하지만 내가 개인으로건 집단으로건 여성 참정권 운동가들을 배신할 거라고는 생각지 말아요. 난 발렌타인도 그 누구도 배신하지 않아요. 내가 그 사람들을 비난할 거라고도 생각지 말아요. 혹은 내가 그들을 비난하는 글을 쓸 거라고 생각지 말아요. 난 여자고, 여자 편이니까요!"

부인이 자리에서 벌떡 일어났다.

"가서 소설을 써야겠어요." 그녀가 말했다. "오늘 밤 기차로 월요일 분을 보내야 하거든요. 크리스토퍼는 내 서재로 가요. 발렌타인이 종이와 잉크, 그리고 열두 종류의 펜촉을 줄 거예요. 워놉 교수의 책이 방 한가득 있을 거예요. 하지만 벽감 안에서 발렌타인이 타자 치는 소리는 좀 참아야 해요. 난 현재 연재물 둘을 쓰고 있는데 하나

245

는 타자로 치고, 하나는 수기로 쓰는 거라서요."

티전스가 말했다.

"그럼 부인은?"

"나는" 그녀가 소리쳤다. "나는 내 침대에서 무릎에 대고 쓰면 돼요. 난 여자니까 그럴 수 있어요. 크리스토퍼는 남자니까 방석 깔린 의자와 성역이 꼭 있어야 해요… 일할 준비가 되었나요? 그럼, 5시까지예요. 발렌타인이 그때 차를 갖다 줄 거예요. 다섯 시 삼십 분에는 라이로 출발할 거고요. 그러면 크리스토퍼의 짐과, 크리스토퍼 친구의 짐을 가지고 친구와 함께 7시에 돌아올 수 있을 거예요."

워놉 부인은 도도하게 그의 말을 막았다.

"바보같이 굴지 말아요. 크리스토퍼의 친구도 술집에서 술집 요리를 먹는 것보다는 우리 집에 머물면서 발렌타인의 요리를 먹는 걸 더 좋아할 거예요. 돈도 절약될 거고… 우리가 더 수고스러울 것도 없어요. 크리스토퍼의 친구가 저 위층에 있는 불쌍한 여자 참정권 운동가를 신고하진 않겠지요." 그녀는 잠시 말을 멈추더니 이렇게 말했다. "그사이 일을 끝내고 발렌타인과 그 여자애를 거기 데려다줄 수 있겠어요? … 그 여자애는 기차로 이동할 수 없어서 그래요. 여성 참정권 운동가와는 전혀 관련 없는 친척이 한 분 있어요. 그 여자애는 한동안 거기서 숨어 지낼 수 있을 거예요… 하지만 크리스토퍼가 일을 끝내지 못하면 내가 마차로 데려다줄게요…"

그녀는 다시 티전스의 말을 막고 날카로운 어조로 말했다.

"더 수고스러울 것 없다고 했잖아요. 발렌타인과 나는 항상 스스로 잠자리를 봐 왔어요. 우리는 사적인 일에 하인들이 개입하는 걸 좋아하지 않아요. 원한다면 이 동네에서 우리가 원하는 정도의 세배의 도움은 받을 수 있어요. 모두 우리를 좋아하거든요. 크리스토퍼가 있어 생기는 추가적인 일은 추가로 도움받아서 해결할 수 있어요. 원하면 하인을 둘 수도 있고요. 하지만 발렌타인과 나는 밤에 우리 둘만 있는 걸 더 좋아해요. 우리는 서로를 무척 좋아하니까요."

워놉 부인은 문 쪽으로 갔다가 다시 돌아와 말했다.

"정말이지, 그 불행한 여자와 그 여자 남편 생각이 머리에서 떠나질 않네요. 그 사람들을 위해 우리가 할 수 있는 건 해주고 싶어요." 그러고는 떠나며 소리쳤다. "이런, 내가 일을 방해하고 있었군요. 서재는 저 문을 나가면 저쪽에 있어요."

그녀는 다른 출입구를 지나 복도를 따라 서둘러 가면서 소리쳤다. "발렌타인! 발렌타인! 서재에 있는 크리스토퍼에게 가보렴. 지금 당장… 지금…" 부인의 목소리가 멀리 사라져갔다.

7

 이륜마차의 높은 계단에서 뛰어내린 후, 워놉은 은빛 안개 속으로 완전히 자취를 감추었다. 수달 가죽으로 만든 검은 토크²¹¹를 쓰고 있어서 보일 만도 했을 텐데 말이다. 깊은 물에 뛰어들었거나 눈 속에 파묻힌 것처럼, 혹은 종이 티슈로 들어간 것처럼 그녀는 완전히 사라졌다. 갑작스럽게 말이다! 어둠속에서, 혹은 깊은 물속에서 무엇인가 희미한 것이 잠시 보이는 것 같았다. 하지만 여기는 아무것도 없었다.
 이건 참 재미있는 생각이었다. 그는 워놉이 보이지 않는 아래 계단을 헛디딜까봐 걱정스러워 유심히 보았다. 헛딛게 되면 정강이 살이 벗겨질 게 분명하니 말이다. 하지만 그녀는 마차에서 깔끔하게 뛰어내렸다. 티전스는 "내릴 때 조심하시오."라고 말했지만 발렌타인은 황당할 정도로 대담하게 뛰어내렸다. 자신이라면 뛰어내리지 않았을 것이다. 그 하얀 물체로 뛰어내릴 자신이 없었기 때문이었다.

---

²¹¹ toque: 양태가 좁은 조그마한 여성 모자.

그는 "괜찮소?" 하고 물어보고 싶었다. 하지만 이 말은 자신이 이미 말한 "조심하시오."보다는 자신의 관심을 잘 표현할 순 있지만 자신의 무뚝뚝함과는 어울리지 않았다. 그는 요크셔 출신으로 무뚝뚝하지만 그녀는 남쪽 지방 출신으로 부드럽고 감성적이어서, 요크셔 남자가 퉁명스럽게 말할 경우에도 "다치지 않으셨길 바라요."라는 식으로 부드럽게 말하는 성향이 있었다. 하여튼 남쪽 지역 출신이어서 그런지 그녀는 부드러웠다. 그녀는 남자, 그러니까 남쪽 지역 남자 같았다. 하지만 그녀는 북쪽 사람의 무뚝뚝함이 더 낫다는 사실을 인정할 것이다… 그래서 티전스는, 그렇게 말하고는 싶었지만 북쪽 사람들 관습대로 "괜찮길 바라요."라고 소리치지 않았던 것이다.

발렌타인의 목소리는 자신의 머리 뒤편에 있는 소음기를 통해 들려오는 것 같았다. 복화술 효과는 참으로 놀랍다.

"가끔 소리를 내 주세요. 여기선 모두 희미하게 보여요. 램프도 소용없고, 게다가 꺼지려고 해요."

티전스는 수증기의 은폐 효과에 대해 다시 생각해 보았다. 그는 이 어처구니없는 광경 속에서 자신의 모습은 얼마나 기괴할까 상상해보았다. 그의 오른쪽에는 밝게 빛나는 커다란 초승달이 그의 목을 비추었고, 달 옆에는 기괴하리만치 커다란 별이 있었다. 그들 위 생뚱맞은 위치에 그가 유일하게 아는 별자리인 북두칠성이 있었다. 수학자이긴 하지만 티전스는 천문학을 경멸했다. 순수 수학자에게 천문학은 이론적이지 않고 일상생활에서 천문학은 실용적이지 않다고 생각했기 때문이었다. 물론 그는 천체의 움직임을 계산한 적은 있었다. 하지만 주어진 수치를 가지고 한 계산이었다. 그는 자신이 계산한 별들을 찾아보려 하지도 않았다… 그의 머리 위, 저 하늘 위에는 다른 별들이, 그러니까 빛을 발하는 커다란 별들이 있었다. 날이 점차 밝아지자 별빛은 희미해져 별들은 때로는 보이거나, 때로는 보이지 않거나 했다. 그러다 다시 눈에 띄기도 했다.

달 맞은편, 맑은 하늘 아래편에는 아래는 분홍색이고 위는 짙은 진홍색의 구름이 얼룩처럼 한두 점 있었다.

하지만 황당한 것은 바로 이 안개였다! … 안개는 자신의 목에서 퍼져 나온 것처럼 보였다. 은색 안개는 그의 키 높이에서 그의 양옆에서 무한히 퍼져 나온 것 같았다. 오른쪽 저 멀리에는 나무처럼 생긴 검은 형상(그런 형상이 네 개 있었다)이 한데 모여 은색 바다 위의 산호섬처럼 서 있었다. 그는 이처럼 황당한 비유를 할 수밖에 없었다. 다른 적절한 비유는 없었기 때문이었다.

하지만 실제로 안개가 그의 목에서 퍼져나간 것은 아니었다. 그가 가슴 높이로 손을 들었을 때 그의 손에는 아래로 늘어져 보이지 않는 검은 고삐가 들려 있었다. 그가 고삐를 당기자 말이 머리를 치켜들었다. 쫑긋 세운 두 귀가 회색 안개 속에서 그 모습을 드러냈다. 안개는 3미터 정도, 아마 그 정도 높이까지 퍼져 있는 것 같았다. 티전스는 워놉이 돌아와 마차에서 다시 한번 뛰어내리길 바랐다. 이제는 준비가 되었기 때문에 그녀가 사라지는 모습을 좀 더 과학적으로 관찰할 수 있을 것 같았기 때문이다. 물론 그는 워놉에게 다시 뛰어내려 보라고 요청할 수는 없을 것이다. 그건 짜증 나는 일이니 말이다. 그가 본 현상은 그가 생각했던 연막 이론을 입증할 수 있을지도, 혹은 그 반대로 그의 이론이 틀렸다는 것을 보여줄지도 모른다. 명 왕조 시대의 중국인들은 자욱한 연기에 숨어 적에 접근하여 적을 궤멸시켰다고 한다. 또 파타고니아 사람[212]들은 새나 짐승을 손으로 잡기 위해 연기에 숨어 접근한다고 읽은 적이 있다. 팔라이올로구스 왕조 시대의 그리스인은 …

마차의 아래 널판에서 워놉의 목소리가 들려왔다.

"소리 좀 내주세요. 여기 아래에는 아무것도 없어요. 게다가 위험할 수도 있어요. 길 양쪽에 '딕'[213]이 있을지도 모르니까요."

지금 그들이 습지에 있다면 길 양쪽에는 분명히 다이크[214] (티전스는 왜 여기 사람들은 디치를 다이크라고 부르고, 왜 워놉은 다이크를 딕이라고 발음하는지 의아스러웠다)가 있을 것이다. 그는 자신이 걱정스러워한다는 것을 드러내지 않고 할 수 있는 말을 생각해 낼 수 없었다. 게임의 규칙상 걱정을 드러낼 수는 없었기 때문에 "존 필"이란 노래를 휘파람으로 부르려 했지만 휘파람 부는 재주가 없어 그는 노래로 불렀다.

"동이 틀 때 존 필…" 자신이 바보처럼 느껴졌지만 그는 계속 노래를 불렀다. 자신이 아는 유일한 노래였기 때문이다. 그것은 요크

---

[212] Patagonians: 파타고니아(남미 아르헨티나 남부의 고원)에 거주하는 사람.
[213] dicks: 도랑의 의미로 표준어로는 디치(ditch)로 표기해야 한다. 그런데 워놉은 딕(dick)이라고 발음하고 있다.
[214] 다이크(dyke)는 영어로 도랑이라는 의미다. 여기서는 도랑이라는 의미의 단어가 여러 가지로 나온다. 티전스는 이곳 사람들이 도랑이란 단어인 디치(ditch) 대신 다이크라는 용어를 사용하는데, 워놉이 이 다이크라는 단어를 딕으로 발음하는 것에 대해 생각하고 있다.

서 경보병대의, 그러니까 인도에 있는 두 형이 근무하는 연대의 속보 행진곡이었다. 그는 군대에 가고 싶었지만 아버지는 이미 두 아들이 군대에 있는 상황에서 또 다른 아들이 군대에 가는 걸 받아들일 수 없었다. 그는 존 필의 사냥개와 함께 달릴 수 있을까 하고 생각해보았다. 한두 번 같이 달린 적은 있었다. 아니면 클리블랜드에 사는 사냥꾼이 기른 사냥개들과(그가 어렸을 때 그중 몇 마리 사냥개는 본 적이 있었다) 같이 달려볼 수 있을까 하고 생각해 보았다. 티전스는 자신을 회색 코트를 입은 존 필과 같다고 생각하곤 했다. "히스를 지나, 와튼 플레이스 너머로, 사냥개들은 미친 듯이 달린다. 히스꽃을 떨어뜨리며. 안개가 피어오른다… 여기 이 남쪽 지방의 은색 안개와는 다른 종류의 안개가. 어리석은 말이다! 마법 같다! 바로 그 말이다. 어리석은 말은…" 남쪽 지방… 북쪽 지역에서는 회색의 안개가 피어오른다. 어두운 언덕의 모습을 드러내면서!

지금 바람이 불 것 같지는 않다. 이 썩은 관료주의! … 바로 위 형들인 어니스트와 제임스처럼 자신도 군대에 있었더라면… 하지만 자신은 분명 군대를 좋아하진 않았을 것이다. 훈련은 참아낼 수 있었을 거라고 생각했다. 신사라면 당연히 그래야 하는 것이니 말이다. 노블리스 오블리제[215] 때문에라도 말이다… 하지만 군 장교들은 참 우스꽝스러워 보인다. 그들은 마구 지껄이다가 고함을 친다. 병사들이 멋지게 점프하게 하기 위해서다. 그래서 결국 흥분한 상태에

---

[215] noblesse oblige: 높은 신분과 많은 재산 등의 혜택을 누리는 사람은 그렇지 못한 다른 사람들을 도와야 한다는 생각.

서 병사들은 멋지게 점프를 한다. 하지만 그게 끝이다…

이 안개는 실제로 은색은 아니다. 아마 더 이상 은색이 아닐 수도 있다. 예술가의 눈으로 안개를 본다면… 그러니까 정확한 눈으로 본다면, 안개에는 심홍색과 붉은색, 혹은 오렌지색의 띠와 미묘하게 다른 영상들도 섞여 있었다는 것을 알 수 있을 것이다. 눈처럼 안개가 짙게 쌓인 하늘에서 거무스름한 푸른 그림자가 안개에 드리워졌다… 정확한 눈. 정확한 관찰. 그것은 남자들의 몫이다. 오직 남자만이 할 수 있는 것이다. 그런데 예술가들은 왜 부드럽고 여성적인가? 왜 전혀 남성적이지 않은가? 학교 선생처럼 사고가 부정확한 군 장교는 남자다운 남자인가? 그들은 진짜 남자다운 남자다. 노파처럼 될 때까지는 말이다.

그런데 관료들은 어떠한가? 자신처럼 뚱뚱해지고 부드러워지나? 아니면 맥마스터나 잉글비처럼 마르고 힘줄이 드러날 정도로 야위게 되나? 그들은 남자들이 할 일을 한다. 정확한 관찰 말이다. 말대꾸는 사절이다. 정확한 수치로 작성한 서식 17642. 하지만 그들은 신경질적으로 변하기도 한다. 복도를 뛰어다니거나, 미친 듯이 테이블에 놓인 벨을 누르며, 말 많은 내시 같은 고음으로 서식 9만 왜 아직도 준비가 되지 않았느냐고 묻는다. 그런데도 남자들은 관료로서의 삶을 좋아한다. 형 마크는 집안의 가장이면서 그로비 홀의 상속자다… 나이는 15살 더 많고, 조용하고 무뚝뚝하다. 그을린 피부에, 늘 중절모를 쓰고 다니며, 종종 경마용 쌍안경을 목에 걸고 다닌다. 원할 때면 언제든 최고위층 사무실을 찾아간다. 놓치기에는 너무 대단한 인물이어서 행정부는 절대 형에게 압박을 가하지 않는다… 그로비 홀의 상속자인 형은 그로비 홀을 어떻게 생각하나? … 형은 알바니에서 경마 대회로 (경마 대회에서 형은 절대로 내기를 하지 않는다), 그리고 화이트홀(여기서 형은 꼭 필요한 사람이라고들 한다)로 빈둥대듯 돌아다닌다. 그런데 형은 왜 없어서는 안 될 사람인가? 도대체 왜 그런 것인가? 형은 사냥도 하지 않고 총도 쏘지 않는다. 풀 베는 낫과 쟁기의 손잡이도 구별하지 못하고, 늘 중절모를 쓰고 다니는 형이 왜 없어서는 안 될 사람인가? … 건전한 사람이라서 그런가? 형은 건전한 사람의 전형(典型)이다. 아무도 형 마크에게 고개를 가로저으며 말하는 사람은 없다.

"머리가 참 좋으시군요! 진짜 머리가 좋으십니다! 저 얼간이 같은 사람이! 아닙니다. 그 사람은 없어서는 안 될 사람입니다!"

"진짜" 티젠스는 중얼거렸다. "저 아래에 있는 여자는 내가 몇 년 만에 만난 유일한 지적인 사람이야…" 때때로 행동거지가 좀 튀고, 논리를 전개하는 데 결함이 있지만 아주 지적이었다. 때때로 발음이 약간 부정확하지만 그렇다. 누군가 와 달라고 하면 늘 찾아가는 그런 사람이다. 물론 집안도 좋고. 아버지, 어머니 쪽 모두 다! … 저 여자와 실비아는 몇 년 만에 만난 유일하게 존경할 만한 사람이다. 실비아는 죽이는 데 능숙하고 워놉은 건설적인 욕망을 갖고 이를 어떻게 실현하는지 알고 있는 사람이어서였다. 그 둘은 죽이거나 치유하는데 아주 능숙하다! 그것은 인간이 지닌 두 가지 기능이다. 무엇인가 죽이고 싶으면, 실비아가 죽여줄 거란 확고한 믿음을 가지고 실비아를 찾아갈 것이다. 감정, 희망, 이상, 이런 것들은 실비아가 빠르고 확실하게 죽여줄 테니 말이다. 그런데 무엇인가 살리고 싶으면 발렌타인에게 가면 된다. 그녀는 살리기 위해 무엇인가를 찾아낼 것이기 때문이다⋯ 이 두 여자는 두 유형의 인간 정신을 보여준다. 냉혹한 적과 확실한 차폐물, 칼과⋯ 칼집처럼 말이다.

이 세상의 미래는 두 여자에게 달려 있을까? 그럴 수도 있지 않을까? 내려다보는 태도로 말하면 안 되는 사람을 수년간 만난 적이 없었다. 그래서 맥마스터에게 항상 그랬듯이, 또 아이에게 그렇듯이, 캠피언 장군과 워터하우스 경에게 내려다보는 태도로 말을 하였다. 하지만 그들 모두는 나름대로 좋은 사람들이다.

하지만 자신은 왜 무리 밖의 외로운 물소처럼 태어났을까? 예술가도, 군인도, 관료도, 어디에서든 꼭 필요한 사람도 아닌 사람으로 말이다. 이런 멍청한 전문가들이 보면 자신은 분명 건전한 사람으로 보이지 않을 것이다. 정확한 관찰자는⋯

하지만 지난 6시간 반 동안이나 거의 그것도 하지 못했다.

    Die Sommer Nacht hat mirs angethan
    Das war ein schweigsame Reiten[216]

그는 큰 목소리로 말했다.

이걸 어떻게 번역하지? 번역할 수 없을 거야. 아무도 하이네[217]의

---

[216] 이 구절은 요제프 빅토르 폰 셰펠(Joseph Viktor von Scheffel, 1826~1886)이 쓴 노래 가사의 일부다. 그 의미는 다음과 같다.
여름밤이 날 찾아왔다.
그것은 침묵의 마차 여행이었다⋯
[217] Heine: 하인리히 하이네(Heinrich Heine)는 독일의 낭만주의와 고전주의 전

시를 번역하지 못하는 것처럼.

졸린 듯이 사색에 잠겨 있던 이때 어떤 목소리가 들려왔다.

"존재하기는 하는 모양이네요. 하지만 너무 늦게 말했어요. 말과 부딪쳤단 말이에요." 자신이 큰 소리로 말한 게 분명했다. 고삐 끝을 통해 말이 떠는 게 느껴졌다. 말도 이제 그녀와 익숙해졌다. 그래서 더 이상 말은 흥분하지 않았다… 그는 자신이 "존 팔"을 부르다 언제 그만두었는지 생각해보았다… 그가 말했다.

"뭐 좀 발견했소?"

대답이 들려왔다.

"뭔가를요… 하지만 아직 말을 할 단계는 아니에요… 전 단지…"

마치 문이 닫힌 듯 목소리가 다시 들리지 않았다. 그는 기다렸다. 마치 업무를 보는 것처럼 의식적으로 기다렸다! 자신의 잘못을 뉘우치면서 그는 소리를 내기 위해 버킷에 들어 있는 채찍 손잡이를 흔들었다. 말이 놀라자 그는 재빨리 말을 저지했다. 참 바보 같구나. 채찍 손잡이를 흔드니 말이 당연히 놀라는 거지. 그는 소리쳤다.

"괜찮소?" 마차에 부딪혀 그녀가 쓰러졌을지도 모른다. 그는 자신의 관례를 깼다. 저 멀리서 그녀의 목소리가 들려왔다.

"전 괜찮아요. 다른 쪽도 살펴보는 중이에요…"

그는 자신이 마지막으로 한 생각을 떠올렸다. 그는 그들의 관례를 깬 것이다. 그는 어느 사람들처럼 자신이 걱정한다는 사실을 드러낸 것이다… 그는 이렇게 중얼거렸다.

통을 잇는 서정 시인.

"맙소사! 좀 휴가를 갖는 게 어때? 관례를 좀 깨면 어때?"

관례는 만질 수도 없고 반박할 수도 없는 상태에서 저절로 만들어진다. 자신이 이 젊은 여자를 안 지 24시간도 채 안 되었다. 서로 이야기를 나누는 사이도 아니었다. 하지만 이미 둘 사이에는 냉정하게 따라야 할 관례가 존재한다. 그녀는 따스하고 의존적이다… 하지만 그녀는 자신처럼 냉정한 사람이 분명하다. 더 냉정할지도 모른다. 자신은 근본적으로 감상주의자이니 말이다.

진짜 바보 같은 관례… 이 모든 관례를 깨자. 이 젊은 여자와의 관례를. 하지만 무엇보다도 나와의 관례를 깨자. 48시간 동안만이라도… 도버로 출발하기 전까지 정확히 48시간 동안만.

나는 푸른 숲속으로 가야 해요,
홀로. 난 추방자랍니다![218]

달이 지는 걸 보니 (한여름 밤 수탉이 막 운 뒤였다. 얼마나 감상적인가?) 일요일 새벽 4시 반이 분명하다. 계산해 보니 도버에서 오스텐트[219]로 가는 아침 배를 타려면 화요일 아침 5시 15분에 워놉의 집에서 나와 갈아타는 역까지 차를 타고 가야 한다… 국토 횡단 열차의 연결선은 믿지 못할 정도로 한심하다! 6.5킬로미터도 안 되는 거리를 가는 데 5시간이나 걸린다니 말이다!

---

[218] <호두빛 머리 처녀>(The Nut-Brown Maid)라는 스코틀랜드 발라드에 나오는 구절.
[219] Ostend: 벨기에의 도시로 플랑드르주(Flanders)에 소속.

아직 48시간 45분 남았다. 이 시간을 휴가로 갖자! 무엇보다도 자신에게서 자유로운 휴가로. 자신의 기준과 자신에 대한 자신의 관례로부터의 휴가. 명확한 관찰과 정확한 사고로부터의 휴가, 스스로를 스스로가 참을 수 없게 만드는 피곤함으로부터의 휴가… 사지가 편안해지는 것 같았다.

이미 자신은 6시간 반 동안의 휴가를 보냈다. 10시에 출발해서, 남들처럼 마차 여행을 즐겼다. 이 빌어먹을 마차의 균형을 유지하는 것이 힘들었지만 말이다. 참나무를 지나갈 때마다 비명을 지르는 거티란 여자를 팔로 감싼 채 워놉은 마차 뒷좌석에 앉아 있었다.

티전스는 지금 자신이 무엇을 하고 있는지 생각해 보았다. 자신은 지금 자신들과 동행하는 달 아래서 정처 없이 가고 있다. 향긋한 건초를 지나, 6월이면 목이 쉬어버리는 나이팅게일의 소리가 들리는 곳을 지나갔다. 흰 눈썹 뜸부기와 박쥐, 왜가리 소리가 들리는 곳도 지나갔다. 옥수수 더미를 쌓아둔 곳과 묵직하고 둥그스름한 참나무, 그리고 도표 역할도 하는 교회 탑처럼 생긴 홉 건조소가 드리운 푸르스름한 검은 그림자도 지났다. 길은 은백색이었고, 밤은 따스했다… 자신을 그렇게 만든 것은 한여름 밤이었다.

날 찾아왔다.
그것은 침묵의 마차 여행이었다.

물론 완전한 침묵은 아니었다. 말을 거의 하지 않았을 뿐이다! 런던의 시궁쥐[220]를 목사 집에 떨구고 돌아올 때 자신은 거의 말하지 않았다… 이 여자의 삼촌이기도 한 목사 집 사람들은 불쾌한 사람들은 아니었다. 세 명의 여자 사촌들도 불쾌하지 않았다. 그들은 전형적인 여자들로 특별한 개성은 없었다… 아주 근사한 쇠고기와 훌륭한 스틸턴 치즈[221], 목사가 남자임을 입증하는 위스키 한 잔, 이 모든 것을 촛불을 켜고 먹고 마셨다. 전형적인 어머니처럼 생긴 이 가족의 어머니는 쥐를 계단 위로 데리고 올라갔다… 요란한 여자들의 웃음소리… 예정보다 한 시간 늦은 출발… 그래 그건 중요치 않았다. 그들 앞에는 영원이 있으니 말이다. 훌륭한 말(馬)이다. 진짜 훌륭한 말이다! 마차를 몰겠다고 어깨를 들이대는 폼이.

처음에 자신들은 별말 하지 않았다. 런던에서 온 여자가 이제 경관에 잡힐 염려는 없다는 것과 목사 삼촌이 그녀를 무뚝뚝하게 맞이한 것에 대한 약간의 이야기를 나눈 것 이외에는 말이다. 기차로 갔다면 채링크로스[222]에 절대 도착하지 못했을 것이다.

오랫동안 침묵이 흘렀다. 마차 바깥쪽에 건 램프 가까이에서 박쥐 한 마리가 맴돌았다.

"진짜 큰 박쥐네요!" 발렌타인이 말했다. "녹티룩스 메이저[223]…"
티전스가 말했다.

"그 황당한 라틴 학명은 어디서 배웠소? 팔레나에서 배웠소? …" 워놉이 대답했다.

---

[220] 거티를 지칭.
[221] Stilton: 잉글랜드 더비셔주 등지에서 생산되는 블루치즈.
[222] 채링크로스(Charing Cross): 영국 런던의 트라팔가 광장 동쪽에 이어지는 번화가 일대.
[223] 라틴어로 원문에는 Noctilux major로 표기되어 있다.

"화이트가 쓴 책에서 읽었어요… 제가 읽은 유일한 자연사 책이 『셀본의 자연사』[224]거든요…"

"그 사람은 영국에서 제대로 글을 쓸 줄 아는 마지막 저술가요." 티전스가 말했다.

"그는 구릉지를 '저 웅장하고 재미있는 산'이라고 불렀죠." 워놉이 말했다. "그 끔찍한 라틴어 발음은 어디서 배운 거요? 파…리… 나!라니 그건 디나라는 단어와 운을 맞추려는 거로군."

"그건 '숭엄하고 재미있는 산'이 맞소, '웅장하고 재미있는 산'이 아니라." 티전스가 말했다. "난 요새 공립 학교 출신들처럼 독일인에게서 라틴어 발음을 배웠소."

워놉이 말했다.

"그랬군요! 아버지는 독일식 라틴어 발음이 혐오스럽다고 말씀하시곤 했어요."

"카이사르는 황제다"라고 티전스가 독일어로 말했다.

"그 지긋지긋한 독일인들." 워놉이 말했다. "그들은 인종학자들이 아니에요. 언어학은 진짜 형편없고요!" 그녀는 이렇게 덧붙였다. "아버지께서 그렇게 말씀하시곤 했어요." 발렌타인은 자신의 학식을 뽐내지 않으려고 이렇게 말했다.

다시 침묵이 감돌았다. 워놉의 바로 머리 위에는 그녀의 숙모가 빌려준 무릎 덮개가 놓여 있었다. 점차 짙어지는 어둠 속에서 코를 오만하게 치켜든 채 있는 그녀의 실루엣. 네모난 토크만 쓰지 않았

---

[224] *Natural History of Selborne*: 길버트 화이트(Gilbert White)가 쓴 책을 지칭.

다면 그녀의 실루엣은 맨체스터의 목화 따는 노동자의 실루엣과 같았을 것이다. 토크 때문에 그녀의 얼굴 윤곽이 달라졌다. 다이아나 여신의 머리띠처럼 말이다. 빛이 거의 들어오지 않는 어둡고 우거진 삼림 지대를 아무 말도 하지 않는 여인과 같이 마차를 타고 가는 것은 흥미롭고 기분 좋은 일이다. 말발굽 소리가 뚜거덕뚜거덕 났다. 훌륭한 말이다. 옆에 있는 램프가 가방을 메고 적갈색 담요를 뒤집어쓴 남자를 비추었다. 그의 옆에는 잡종견이 있었다.

"담요를 뒤집어쓴 사냥터지기!" 티젠스는 중얼거렸다. "남쪽 지방 사냥터지기는 밤새 잠만 자지… 그런데도 주말에 수렵 여행을 갈 때면 그들에게 팁으로 5파운드 금화를 주어야 해…" 그는 앞으로 그런 일이 없도록 하겠다고 결심했다. '선택된 사람'[225]의 저택에서 실비아와 주말을 보내는 일도 더 이상 하지 않을 것이다…

워놉이 갑작스럽게 말했다.

"라틴어 문제로 당신에게 화가 나진 않았어요. 저에게 필요 이상으로 무례하게 굴었지만 말이에요. 그리고 전 지금 졸리지 않아요. 전 이 모든 것이 좋아요!"

티젠스는 잠시 머뭇거렸다. 이건 어리석은 여자들이 하는 소리다. 그녀는 보통 그런 어리석은 소리를 한 적이 없었다. 티젠스는 그녀를 위해서라도 면박을 주어야겠다고 생각했다

그가 말했다.

"나도 좋소!" 워놉은 그를 바라다보았다. 그녀의 코가 실루엣에

---

[225] 상류층 사람들을 지칭.

서 사라졌다. 티전스는 어쩔 수 없이 그렇게 말했다. 달이 워놉의 바로 머리 위에 떠 있었다. 모르는 별도 아주 많았다. 밤은 따스했다. 진짜 남자다운 남자는 때때로 져줄 줄도 알아야 한다! 티전스는 그렇게 하는 것이 자신의 의무라고 생각했다.

워놉이 말했다.

"참 고마웠어요. 하지만 이 지긋지긋한 길을 나서면 당신이 해야 할 그 중요한 일을 하지 못하게 된다고 귀띔이라도 해주시지 그랬어요…"

"괜찮소. 말을 몰면서도 생각은 할 수 있으니 말이오." 티전스의 대답에 워놉은 이렇게 말했다.

"아, 그래요. 당신이 라틴어 문제로 제게 무례하게 굴어도 제가 개의치 않았던 이유는 당신보다 훨씬 더 라틴어를 잘 알기 때문이에요. 당신은 오비디우스[226] 시 구절을 인용할 때마다 큰 실수를 저질러요. '롱검'[227]이 아니라 '바스텀'[228]이라고 해야 해요… 그러니까 '테라 트리부스 스코퓰리스 바스텀 프로뮤리트'[229] 이렇게 말해야 하는 거라고요. '코엘로'가 아니라 '알토'구요… 그러니까 '유피두스 엑스 알토 데시리엔티스'[230]라고 해야 하는 거죠… 오비디우스

---

[226] Ovid(43 B.C.~17 A.D.): 로마의 시인.
[227] longum: 라틴어로 '긴'이란 의미.
[228] vastum: 라틴어로 '거대한'이란 의미.
[229] Terra tribus scopulis vastum procurrit: 오비디우스의 『폴리페모스의 연가』(Lovesong of Polyphemus)에 나오는 구절. Terra는 '땅', tribus는 '군중'의 의미.
[230] Uvidus ex alto desilientis: *Phaethon and Other Stories from Ovid*에 나오는 구절. Uvidus는 '젖은, 축축한', ex alto는 '처음부터', desilientis는 '내려오

가 어떻게 '엑스 코엘로'라고 썼겠어요? '엑스' 다음에 '씨'가 오면 절대 안 되니까요."

티전스가 말했다.

"엑스코지타보!"[231]

"변칙적인 라틴어군요!" 워놉은 경멸하듯이 말했다.

"게다가" 티전스가 말했다. "'롱검'이 '바스텀'보다 훨씬 낫소. '거대한'이란 말처럼 난 점잔 빼는 형용사는 정말 싫소."

"오비디우스의 글을 수정하려는 것이 당신이 생각하는 겸손함인가 보죠." 워놉은 이렇게 소리쳤다. "하지만 오비디우스와 카툴루스[232]가 로마 시인 중 유일한 시인 같은 시인이라고 말씀하신 것 같은데, 그건 아마도 두 사람이 감상적이고 '바스텀'이란 형용사를 사용해서일 거예요… '키스와 혼합된 슬픈 눈물'이라는 표현은 진짜 감상주의적이지 않나요?"

티전스가 말했다 "'트리스티부스 엣 라트리미스 오스큐라 믹스타 다비스'는 '슬픈 눈물과 뒤섞인 키스'라고 번역해야 하오."

워놉은 격하게 소리쳤다. "당신 같은 사람이 참호에서 죽는다고 해도 절대 난 근처에도 가지 않을 거예요. 심지어 독일인에게 라틴어를 배운 사람조차도 당신을 진짜 건조한 인간으로 볼 거예요."

"하여튼, 난 수학자요." 티전스가 말했다. "고전 문학은 내 업종이 아니란 말이오!"

는'의 의미.
[231] Excogitabo: '지어내다', '만들어내다'라는 의미의 라틴어.
[232] Catullus: 로마의 서정 시인.

"절대 아니죠." 워놉은 표독스럽게 대답했다.

나중에 워놉은 이렇게 말했다.

"당신은 '믹스타'라는 단어를 '혼합된'이 아니라 '뒤섞인'으로 번역했어요. 케임브리지 대학에서 영어 과목도 듣지 않은 것 같군요. 우리 아버지 말처럼 케임브리지 대학이 영어뿐만 아니라 모든 학문 분야에서 형편없기는 하지만요."

"물론 당신 부친은 베일리얼 칼리지 출신이긴 하지." 티전스는 케임브리지 대학 트리니티 칼리지 출신 특유의 부루퉁하면서도 경멸스러운 어조로 말했다. 하지만 베일리얼 칼리지 출신 사람들과 여태껏 살아왔던 워놉은 티전스의 말을 칭찬으로, 혹은 올리브 가지[233]로 받아들였다.

후에 티전스는 그녀의 실루엣이 자신과 달 사이에 여전히 있는 것을 보고는 이렇게 말했다.

"몇 분 동안 우리가 거의 정확히 서쪽으로 가고 있다는 사실을 알고 있었소? 우린 약간 남쪽으로 틀어서 남동쪽으로 가야 하는데 말이오. 이 길을 알고는 있소? …"

"아주 잘 알아요." 워놉이 말했다. "어머니를 사이드카에 모시고 오토바이를 타고 몇 번이나 여기로 왔었거든요. 다음 교차로가 그랜드파더스 완트웨이즈[234]라는 길이에요. 우린 앞으로 18킬로미터를 더 가야 해요. 길의 방향이 거기서 바뀌게 될 거예요. 서식스 철광

---

[233] olive branch: 평화의 상징으로서 여기서는 '화해의 말'의 의미.
[234] Grandfather's Wantways: 어원적으로 따지자면 '할아버지가 바라는 길'이란 의미인데 이에 대한 설명은 후에 다시 나온다.

채취장 때문에요. 이 길은 수백 개의 채취광과 연결되어 있으니까요. 18세기에 라이 시의 수출품이 홉과 대포, 굴뚝인 거는 아시죠? 세인트 폴 대성당[235]의 난간도 이곳 서식스에서 생산된 철로 만들어졌어요.”

“물론 나도 알고 있소.” 티전스가 말했다. “나도 철을 생산하는 지역 출신이니 말이오. 그런데 왜 거티를 사이드카에 태우지 않았소. 그랬으면 더 빨리 갔을 텐데 말이오.”

“왜냐하면” 워놉이 말했다. “3주 전에 제가 호그스 코너에서 시속 60킬로로 말을 달리다 돌로 된 이정표에 부딪혀서 사이드카를 완전히 박살 냈거든요.”

“진짜 엄청나게 부서졌겠군!” 티전스가 말했다. “그런데 어머니는 거기 안 타셨소?”

“안 타셨어요” 워놉이 말했다. “여성 참정권주의자에 관한 글을 쓰시느라고요. 사이드카는 만원이었죠. 진짜 엄청나게 부서졌어요. 제가 지금도 다리를 조금 저는 거 못 보셨어요?”

잠시 후 발렌타인이 말했다.

“여기가 어딘지 전혀 모르겠어요. 어디로 가는 길인지 살펴보는 것도 까맣게 잊었어요. 하지만 상관없어요… 저기 이정표가 있으니까 그리로 가요.”

하지만 램프 불빛이 이정표를 제대로 밝히지 못했다. 불빛이 약했고 안개가 많이 껴서였다. 티전스는 워놉에게 말고삐를 맡기고는

---

[235] St. Paul: 영국 런던에 있는 세인트 폴 대성당(St. Paul Cathedral).

마차에서 내렸다. 그는 가까이에 있는 램프를 꺼내 이정표 쪽 1, 2미터 앞으로 가 몹시 희미하게 보이는 이정표의 문구를 살펴보았다.

워놉이 소스라칠 정도로 비명을 질렀다. 평상시와는 다른 말발굽 소리가 났다. 마차가 앞으로 나아가 티전스는 그 뒤를 쫓아갔다. 하지만 놀랍게도 마차는 시야에서 완전히 사라졌다. 그러다가 티전스는 마차와 부딪혔다. 희미하게 보이지만 붉은색을 띈 마차는 안개에 휩싸여 있었다. 안개가 갑자기 훨씬 더 짙어진 것 같았다. 티전스가 램프를 소켓에 다시 끼우자 안개가 램프 주변에서 회오리처럼 번지는 것 같았다.

"일부러 그런 거요?" 티전스가 워놉에게 물었다. "아니면 뛰는 말을 제지할 줄 모르오?"

"사실 전 말을 몰 줄 몰라요." 워놉이 대답했다. "전 말이 무서워요. 오토바이도 탈 줄 모르고요. 저와 같이 마차를 타느니 차라리 거티를 사이드카에 태우겠다고 말할 것 같아서 제가 지어낸 말이었어요."

"그렇다면" 티전스가 말했다. "지금 이 길을 알고는 있소?"

"전혀 몰라요." 워놉은 쾌활하게 대답했다. "이 길로 한 번도 와본 적 없거든요. 출발하기 전에 지도에서 찾아본 게 전부예요. 우리가 지나온 길이 진짜 싫었거든요. 라이에서 텐터든까지 가는 마차가 있어요. 그리고 텐터든에서 삼촌 집까지는 늘 걸어갔어요."

"밤새 여기에 있어야 할 것 같소." 티전스가 말했다. "괜찮겠소? 말이 몹시 힘들 거요…"

워놉이 말했다.

"아, 불쌍한 말! … 우린 밤새 여기 있게 될지도 모르겠군요… 하지만 불쌍한 말은… 그 생각을 못했다니 제가 참 못된 사람이군요."

"우린 브레데[236]에서 21킬로미터 정도 떨어진 곳에 있고, 글씨는 못 읽겠는데 어떤 곳에서부터 18킬로미터 정도, 그리고 글씨가 우들미어[237] 같이 보이는 곳에서 11킬로미터 정도 떨어져 있소…" 티전스가 말했다. "이 길이 우들미어로 가는 길인 것 같소."

"아니, 그건 그랜드파더스 원트웨이즈로 가는 길이에요." 워놉은 소리쳤다. "그건 제가 잘 알아요. 그랜드파터즈라는 별명을 가진 그랜퍼 핀[238]이라는 노신사가 이 길에 앉아 있곤 했다고 해서 붙여진 이름이거든요. 텐터든에 장이 설 때면 그 노인은 돼지기름으로 만든 케이크를 바구니에 담아 지나가는 마차에 팔았대요. 텐터든 시장은 1845년에 폐쇄되었는데, 그게 다 곡물법[239]이 폐지되어서였어요. 토리주의자니 이런 일에 관심이 많겠군요."

티전스는 참을성 있게 말했다. 그는 워놉의 기분에 공감할 수 있었다. 워놉은 자신을 억누르던 무거운 짐을 가슴에서 덜었던 것이다. 티전스는 아내와 오랫동안 지낸 덕에 웬만한 여자의 변덕은 참

---

[236] Brede: 영국 이스트서식스에 있는 지역.
[237] Uddlemere: 원래는 우디모어(Udimore)인데 안개 때문에 티전스는 우들미어(Uddlemere)라고 잘못 읽고 있다.
[238] Gran'fer Finn: 여기서 그랜퍼는 할아버지를 의미하는 '그랜드 파더'(grandfather)의 사투리다. 즉 이 말은 '할아버지 핀'(Finn)이란 뜻이 된다.
[239] Corn Laws: 국내 농산물을 보호하기 위해 외국에서 수입해온 곡물에 많은 관세를 부여한 영국법안으로 1846년에 폐지되었다.

아낼 수 있었다.

티전스가 말했다. "나도 한마디 하게 해주겠소? …"

하지만 워놉은 티전스의 말을 막으며 말했다. "그게 진짜 중부지방 방언으로 그랜퍼즈 원트웨이즈라면, '벤트'는 '네 개의 교차로'란 의미고, 프랑스어로는 '까르프르'니까… 이건 아마 정확한 용어가 아닐 것이다. 지금 이런 식으로 생각하고 있죠? …"

"물론 워놉 양도 삼촌 집에서 그랜퍼즈 원트웨이즈까지 걸어간 적이 있었을 거요." 티전스가 말했다. "사촌들과 톨게이트 하우스에 사는 병자에게 브랜디를 가져다주려고 말이오. 그래서 워놉 양이 그랜드퍼 이야기를 알게 된 것일 거요. 마차를 한 번도 몬 적이 없다고 했지만 이 길로 걸어는 갔을 것이오. 이게 워놉 양이 생각하는 방식이지 않소. 안 그렇소?"

워놉은 "아" 하고 소리쳤다.

"그렇다면" 티전스는 계속 말을 이었다. "이 불쌍한 말을 위해서라도 우들미어가 집으로 가는 길인지 아닌지 말해줄 수 있겠소? 난 워놉 양이 이 길을 모를 거라고 생각하오. 하지만 이 길이 맞는지 아닌지는 알 것이오."

"약간의 연민을 불러일으킨다고" 워놉이 말했다. "해결될 수 있는 건 아니에요. 길 때문에 곤란한 사람은 당신이라고요. 말이 아니라…"

티전스는 마차를 50미터 정도 더 몬 뒤 말했다.

"이 길이 틀림없이 맞을 거요. 우들미어 쪽으로 가는 길이 맞는 게 분명하오. 맞지 않는다면 당신은 말이 다섯 걸음도 더 걷지 않게 했을 거요. 워놉 양도 나… 만큼이나 말에 감상적이니 말이오."

"그렇다면 우리 사이에 최소한의 공감대는 있는 모양이네요." 워놉은 시치미 떼듯 이야기했다. "그랜퍼즈 윈트웨이즈는 우디모어[240]에서 11킬로미터 정도 떨어졌어요. 우디모어는 여기서 정확히 8킬로미터 떨어졌고요. 그러니까 합쳐서 19킬로미터죠. 우디모어에서도 800미터 더 가야 하니까 다 합치면 9킬로미터 정도를 더 가야 해요. 그리고 그곳 이름은 우들미어가 아니라 우디모어에요. 지역 이름에 관심 있는 사람들은 이 지명이 '오얼 더 미어[241]'에서 왔다고 주장하지만 말도 안 되는 소리예요! 전해오는 말은 이렇대요. 성 럼월드[242]의 유골을 보관하는 교회를 지으려는 사람이 잘못된 장소를 고르니까, '오얼 더 미어'라면서 우는 구슬픈 목소리가 들리더래요. 진짜 황당한 소리죠… 네, 헛소리 맞아요! 그림의 법칙[243]에 따르면 '우디'가 불가능한 것처럼 '오얼 더'도 불가능하겠죠. '우디 미어'도 중기 저지 독일어[244]가 전혀 아니고요…"

티전스가 물었다. "왜 이런 정보를 나한테 주는 거요?"

"그게 당신이 생각하는 방식이잖아요… 은을 문질러 윤을 낸 다

---

[240] Udimore: 이스트서식스 지역에 있는 마을.
[241] 원어로는 'O'er the mere'로 되어 있는데, 여기서 미어(mere)는 호수, 연못의 의미. 즉 '호수 건너편'이란 뜻이다.
[242] St. Rumwold: 662년 영국에서 태어나 3일 동안만 살았지만 태어나자마자 세례를 받은 뒤 복음을 전파했다고 전해지는 유아 성인.
[243] Grimm: 독일의 언어학자 J. 그림이 『독일어 문법』(1819~1837)에서 주장한 것이다.
[244] middle Low German: 북부 독일에서 쓰는 방언인 저지 독일어(Low German)의 원조 격인 언어로 1100년경부터 1600년도까지 사용되었다.

음, 유황기체로 은을 변색시키듯, 필요 없는 사실을 쓸모없는 패턴으로 배열한 뒤, 토리주의를 만들어내는 것처럼요… 케임브리지 대학 출신의 토리주의자를 만나 본 것은 이번이 처음이에요. 난 그런 사람들은 모두 박물관에나 있는 줄 알았는데 말이에요. 당신은 박물관에 있는 뼈를 조합해 만든 토리주의자 같네요. 그게 우리 아버지가 하시던 말씀이에요. 아버지는 옥스퍼드 출신의 디즈레일리[245]식 보수 제국주의자이셨거든요…"

"물론 나도 알고 있소." 티전스가 말했다.

"물론 알고 있겠죠." 워놉이 말했다. "모든 걸 알고 있으니까요… 그리고 당신은 모든 것을 조합해서 황당한 원칙을 만들어내요. 당신은 사람의 인생이 그 사람의 성향에 의해 결정된다고 생각하는 걸 건전치 못하다고 생각하죠. 그리고 영국 시골 신사가 되기를 원하고요. 신문과 말 시장에서 나도는 소문을 조합해 하나의 원리를 만들어내기도 하죠. 그러면서도 이 나라가 망해도 손가락 하나 까딱 안 하면서, 내가 이미 그렇게 될 거라고 이야기하지 않았소라고만 말할 거예요."

워놉은 갑자기 그의 팔을 잡았다.

"반발심에서 한 말이니 신경 쓰지 마세요. 하여튼 전 지금 너무 행복해요. 너무 행복해요."

티전스가 말했다.

---

[245] 벤저민 디즈레일리(Benjamin Disraeli)의 정치적 철학을 추종한다는 의미. 19세기에 영국 총리를 지낸 디즈레일리는 제국주의적 대외 진출을 추진했고 노동 조건의 개선에 힘썼다.

"괜찮소! 괜찮아!" 하지만 실제로 그렇지는 않았다. 그는 중얼거렸다. "모든 여자의 앞발은 벨벳으로 덮여 있지만, 그 앞발이라도 남자의 취약한 부분을 건드리면 남자는 많이 다칠 수 있어. 벨벳만으로 건드려도 그렇지." 그가 말했다. "어머니가 진짜 일을 많이 시키시는 것 같소."

워놉이 소리쳤다.

"이해를 잘하시네요. 놀라워요. 말미잘[246]이 되고 싶어 하는 사람 치고는 말이에요! 이번이 제가 4개월 만에 갖는 첫 휴가에요. 하루에 6시간은 타자를 치고, 4시간은 여성 해방 운동을 하고 3시간은 집안일과 정원 일을 하고, 3시간은 잘못 쓴 게 있나 점검하느라 어머니가 쓴 글을 들어주어야 하죠. 거기다 기습 시위도 하고, 걱정도 해야 해요… 진짜 끔찍한 걱정을 해요. 어머니가 감옥에 가신다면… 전 진짜 미쳐버릴 거예요… 주중이고 주말이고 늘 그래요…" 워놉은 잠시 말을 멈추다가 다시 이었다. "진짜 미안해요. 이런 식으로 말하지 말아야 했는데. 당신은 통계로 나라를 구하는 대단한 사람인데… 그런 일을 하니 진짜 대단한 분이에요… 그런데 안심이 되는 것은… 당신은… 정말 예상외로 결점이 있는 사람이라는 거예요. 전 지금 이렇게 말을 타고 가는 게 무서워요. 거티와 경관 때문에는 그렇게 두렵진 않았지만, 말을 타고 가는 건 진짜 무서워요. 그래서 기분을 풀지 못했다면 마차에서 뛰어내려 마차 옆에서 달리고 있었을 거예요. 사실 지금도 그렇게 할 수…"

---

[246] 아무런 생각도 하지 않는 사람을 상징한다.

티전스가 대답했다. "마차가 보이지 않아 그렇게 할 수 없을 거요."

그들은 짙은 안개가 낀 제방으로 갔다. 사방에서 안개와 부드럽게 마주쳤다. 안개 때문에 앞이 보이지 않았고, 소리도 잘 들리지 않았다. 어떤 의미에선 음산하지만 어찌 보면 이례적으로 낭만적인 분위기여서 행복했다. 램프의 불빛을 볼 수 없었고, 말발굽 소리도 거의 들을 수 없었다. 뛰던 말은 이제 걷기 시작했다. 길을 잃는다 해도 그 누구의 책임도 아니라는 데 두 사람은 동의했다. 이런 불가능한 상황에서는 말이다. 다행히 말은 그들을 어디론가 데려가고 있었다. 이 말은 되팔려는 가금류를 사러 이 길을 갔던 어떤 행상인의 소유였다… 그들은 그 누구도 책임이 없다는 데 합의하며 아무 말 없이 한참 동안 말을 타고 갔다. 안개가 점점 짙어졌다. 하지만 점차 밝아졌다… 오르막길에서 한두 번 별과 달이 보였다. 하지만 뿌옇게 보였다. 네 번째 오르막길에서 별과 달은 은색 호수 위로 떠올랐다. 열대 바다 표면으로 인어가 올라오듯…

티전스가 말했다.

"마차에서 내려 램프를 좀 가져오시오. 혹 이정표가 있는지도 찾아보고. 내가 마차에서 내려 찾아보고 싶지만 워놉 양이 말을 다룰 줄을 모르니…" 워놉은 마차에서 뛰어내렸다.

왜 그런지 모르겠지만 티전스는 자신이 가이 포크스[247] 같다고 느꼈다. 그는 불쾌한 생각은 절대 하지 않고, 워놉처럼 48시간 동안

---

[247] 가이 포크스(Guy Fawkes)는 제임스 1세의 가톨릭 탄압에 저항하며 1605년 11월 5일 웨스트민스터(Westminster) 궁 지하에 화약을 설치한 영국인.

완벽한 휴가에 전념하고자 했다. 화요일 아침까지다! 오랫동안 호사스러운 숫자놀이를 할 날이 다가올 것이다. 그리고 저녁 식사 후 휴식을 취한 뒤, 다시 반야(半夜) 동안 또 다른 숫자놀이를 할 것이다. 그리고 월요일에는 알고 지내는 말 거래상이 일하는 시장에서 온종일 말을 거래해야 할 것이다. 그 말 거래상은 영국에서 사냥하는 사람이면 누구나 다 아는 사람이다! 녹각정 냄새가 풍기는 그곳에서 말구종들이 사용하는 경구로 느릿느릿하게 오랫동안 논쟁을 벌일 것이다. 그보다 더 좋은 날은 없을 것이다. 술집에서 파는 맥주도 맛있을 것이다. 맥주가 맛이 없다면, 클라레를 마시면 된다… 남쪽 지역 여관에 있는 클라레는 종종 맛이 아주 좋다. 파는 건 아니어서 보관을 잘 해야 한다.

화요일에 휴가가 끝난다. 도버에서 아내의 하녀를 만나는 것으로 휴가는 끝이 날 것이다…

자신은 무엇보다도 자신으로부터의 휴가를 보낼 작정이다. 그리고 그것도 남들처럼 가질 것이다. 자신만의 관례와 자신의 꽉 끼는 조끼[248]에서 해방되어….

발렌타인이 말했다.

"지금 올라가요. 뭔가 찾았어요…" 티전스는 워놉이 나타날 만한 곳을 유심히 쳐다보았다. 그러면 안개 속에서 사물이 보이지 않게 되는 거리를 알아낼 수 있을 것이다.

---

[248] tight waistcoatings: 꽉 끼는 조끼는 스스로를 억압하는 마음가짐을 상징적으로 표현한 말이다.

그녀가 쓴 수달 가죽으로 된 모자에는 이슬방울이 맺혀있었다. 이슬방울은 그녀의 머리 아래에도 있었다. 그녀는 다소 어색한 동작으로 마차에 올라왔다. 그녀의 눈은 재미있다는 듯 반짝거렸다. 약간 숨을 헐떡였지만 뺨은 밝게 빛나고 있었다. 그녀의 머리는 안개로 축축해져 다소 어두운 색을 띠었지만 갑자기 나타난 달빛을 받으며 황금색을 띠었다.

워놉이 마차에 완전히 오르기 전 티전스는 그녀에게 키스할 뻔했다. 거의 할 뻔했다. 저항할 수 없는 충동으로 말이다! 티저스는 소리쳤다.

"천천히!" 그는 놀라서 소리쳤다.

워놉이 말했다.

"좀 잡아주세요." 그녀는 말을 이었다. "IRDC라고 쓰인 돌을 발견했어요. 그런데 램프가 꺼졌어요. 우리가 지금 산울타리 사이에 있는 걸로 봐서는 습지는 벗어난 것 같아요. 제가 알아낸 건 그게 전부예요… 하지만 제가 왜 당신에게 그렇게 톡톡거렸는지 그 이유를 알아냈어요…"

워놉은 믿을 수 없을 정도로 평온한 모습이었다. 티전스가 느낀 충동의 후유증은 아직도 강하게 남아 있어 그는 워놉을 안으려다 저지당한 것 같은 느낌이 들었다. 그녀는 분개하거나, 즐거워하거나, 혹은 기분이 좋아야 한다… 어떤 감정이라도 보여야 한다…

워놉이 말했다.

"당신이 핌리코 의류 공장에 대한 그 황당한 추론으로 내 입을 막으려고 해 그랬던 거예요. 그건 내 지성에 대한 모독이었어요."

"내 논리가 오류라는 것을 알아차렸군요!" 티전스가 말했다. 그는 워놉을 뚫어지게 바라보았다. 그는 자신에게 무슨 일이 벌어졌는지 몰랐다. 워놉은 커다란 눈으로 그를 오랫동안 냉정히 바라보았다. 보통은 그가 지나쳐가게 내버려두었던 운명이 잠시 그를 응시했다. 그는 운명과 논쟁을 벌였다. "여학생과 싸우다가도 키스하고 싶어질 수는 없는 건가? …" 그의 목소리가, 아니 그의 목소리를 우스꽝스럽게 흉내 내는 어떤 목소리가 말했다. "신사라면 그렇게 하지 않아…" 그는 소리쳤다.

"신사라면 그렇게 안 한다고? …" 그러곤 말을 멈추었다. 그는 자신이 큰 소리로 말했다는 것을 깨달았던 것이다.

워놉이 말했다.

"아니, 신사들은 그래요! 논쟁할 때 궁지에 몰리면 은근슬쩍 빠져나오려고 오류를 이용하죠. 오류로 여학생을 을러댄다고요. 바로 그거예요. 내가 당신한테 화가 난 이유 말이에요. 당신은 그날, 그러니까 4분의 3일 전에, 날 아무것도 모르는 여학생처럼 취급했다고요."

티전스가 말했다.

"지금은 안 그렇소!" 그가 말했다. "지금은 절대 안 그렇소!"

워놉이 말했다. "그래요, 지금은 안 그래요!"

그가 말했다.

"날 설득하기 위해 블루 스타킹[249]들의 박학을 내세울 필요까지

---

[249] blue-stocking: 1750년경 런던에서 문학애호가인 인텔리 여성의 모임을 '블루 스타킹 소사이어티'라고 불렀는데, 이 모임은 문학에 대한 흥미를 북돋아 주고 문재(文才)를 발견하는 것을 목적으로 했지만 후에 이 용어는 현학적

는 없었소."

"블루 스타킹이라고요!" 발렌타인은 경멸스럽다는 듯이 소리쳤다. "난 블루스타킹 같은 구석은 전혀 없어요. 아버지가 저희와 이야기를 나누실 때 라틴어로 하셔서 라틴어를 아는 것뿐이니까요. 내가 화가 난 이유는 당신의 그 젠체하는 블루 삭스[250]때문이라고요."

워놉은 갑자기 웃기 시작했다. 티젼스는 메스꺼웠다. 진짜로 속이 메스꺼웠다. 그녀는 계속 웃어댔다. 티젼스는 더듬거리며 말했다.

"왜 그렇게 웃소?"

"해를 봐요!" 발렌타인은 손가락으로 해를 가리키며 말했다. 은색 지평선 너머에 해가 떠 있었다. 붉은 해는 아니었지만 빛나고 광채가 났다.

"난 도무지 모르겠소…" 티젼스가 말했다.

"웃을 일이 뭐 있냐고요?" 워놉이 물었다. "아침이에요! … 긴 하루가 시작되었다고요… 그리고 내일도 마찬가지로 길겠죠… 하지니까요… 내일부터는 겨울로 가면서 날이 점점 짧아질 거예요. 하지만 내일은 길 거예요… 그래서 기뻐요…"

"밤이 지나서 기쁘단 말이오? …" 티젼스가 물었다.

워놉은 오랫동안 그를 바라다보았다. "그렇게 못생기진 않았네

(衒學的)인 여자들을 비유하는 말이 되었다.
[250] blue socks: 'blue stocking'에 대비해서 쓴 말이다. 즉 자신이 그런 현학적인 여자가 아니며, 오히려 티젼스가 현학적인 척하는 인물이라고 워놉은 말하고 있는 것이다.

요." 그녀가 말했다.

티전스가 말했다.

"저 교회는 무엇이오?"

400미터가량 떨어진 환상적으로 푸른 둥근 언덕에 눈에 잘 띄지 않는 예배당이 안개 속에서 그 모습을 드러냈다. 참나무 널로 만든 지붕이 납처럼 회색으로 빛나고 있었고, 풍향계는 불가능할 정도로 태양보다 더 밝았다. 그리고 그 주변을 안개에 젖어 물기를 품은 느릅나무가 둘러싸고 있었다.

"이클샘![251] 이에요." 워놉은 나지막하게 소리쳤다. "집에 거의 다 왔어요. 마운트비 바로 위에 왔어요… 저게 바로 마운트비 도로예요…"

안개에 젖어 회백색을 띤 거무스름한 나무들이 보였다. 울타리와 마운트비로 가는 가로수길 옆에 있는 나무들은 길로 들어서기 직전 직각으로 배열되어 있었다. 길은 문을 지나 직각이 되는 곳에서 이어졌다. "가로수 길에 다다르기 전 왼쪽으로 방향을 틀어야 해요." 워놉이 말했다. "안 그러면 말이 그 집으로 곧장 갈 거예요. 이 말의 주인이었던 행상인이 레이디 클라우딘의 달걀을 사곤 했으니까요."

티전스가 거칠게 소리쳤다.

"빌어먹을 마운트비. 이 근처엔 얼씬도 하고 싶지 않았는데." 그가 갑작스럽게 말에 채찍을 가하자 말은 달리기 시작했다. 말발굽 소리가 갑자기 커졌다. 워놉은 마차를 모는 티전스의 장갑 낀 손에 자신의 손을 살며시 갖다 댔다. 맨손이었다면, 그렇게 하진 않았을

---

[251] Icklesham: 이스트서식스에 있는 마을.

것이다.

워놉이 말했다.

"자기, 영원히 이렇게 지속될 수는 없잖아요… 하지만 당신은 참 좋은 사람이에요. 그리고 아주 영리하고요… 당신은 이겨낼 거예요…"

전방 10미터도 안 되는 곳에서, 티전스는 검은 라커 칠을 한, 차 쟁반 바닥같이 생긴 어떤 물체가 자신들을 향해 오는 것을 보았다. 그것은 안개 속에서 불쑥 튀어나와 정확히 직선으로 다가오고 있었다. 얼굴에 핏발이 선 채 티전스는 미친 듯이 소리쳤다. 하지만 그의 소리는 말의 비명소리에 묻혀 들리지 않았다. 그는 마차를 왼쪽으로 틀었다. 마차가 뒤집혔다. 바닥을 긁고 있는 말의 머리와 어깨가 안개 속에서 그 모습을 드러냈다. 베르사유 궁전[252] 분수대에 있는 돌 해마 같았다! 그래 그것과 아주 똑같았다! 영원히 공중에 떠 있는 것이. 워놉은 몸을 약간 앞으로 숙이고는 바라보았다.

그는 말고삐를 느슨하게 했다. 하지만 그건[253] 사라져버렸다. 최악의 상황이 벌어진 것이다! 티전스는 이런 일이 벌어질 줄 알고 있었다. 티전스가 말했다.

"괜찮을 거요!" 뭔가 부딪쳐서 20개의 차 쟁반이 연이어 떨어지는 것 같은 소리가 들려왔다. 보이지 않는 차의 흙받기에 부딪힌 게 틀림없었다. 그는 고삐에 힘을 가하며 말의 입에 압박을 가했다.

---

[252] Versailles: 프랑스의 루이 14세가 파리에서 남서쪽으로 20킬로미터가량 떨어진 곳에 세운 궁전.
[253] 말과 부딪힌 차를 말한다.

말은 부리나케 달렸다. 그는 고삐에 힘을 더 주었다. 워놉이 말했다.

"당신과 같이 있으면 괜찮을 거라는 걸 알아요."

그들은 밝은 햇빛으로 나왔다. 마차와 말, 그리고 울타리가 그 모습을 드러냈다. 그들은 언덕을 올라가고 있었다. 가파른 언덕이었다. 티전스는 워놉이 '자기'라고 했는지 아니면 '자기야'라고 했는지 확신이 서지 않았다. 가능할까 그렇게 짧은…? 하지만 긴 밤이었다. 자신이 그녀의 목숨을 구해준 게 분명하다. 티전스는 고삐에 살짝 힘을 가하다 결국 자신의 몸무게까지 이용하며 힘을 가했다. 그는 온 힘을 다했다. 언덕도 그렇게 말했다. 짧게 깎은 잔디가 있는 강둑 사이에 난 희고 가파른 길도!

"멈춰요, 불쌍한 것 같으니라고…" 여자는 마차에서 떨어졌다. 아니다! 마차에서 깔끔하게 뛰어내렸다. 발렌타인은 말 머리 쪽으로 다가갔다. 말은 머리를 치켜들었다. 그녀는 하마터면 넘어질 뻔했다. 그녀는 말고삐를 잡으려 했다… 하지만 그러지 못했다! … 말이 무서워서다…

"말이 다쳤어요!" 발렌타인의 얼굴은 작은 흰 블라망주[254] 같았다.

"빨리 와 봐요!" 발렌타인이 말했다.

"난 말을 붙들고 있어야 하오" 티전스가 말했다 "내려가려고 고삐를 놓으면 말이 달아날지도 모르오. 말이 많이 다쳤소?"

"진짜 피가 많이 나와요! 앞치마처럼 엄청나게요." 발렌타인이

---

[254] blancmange: 우유에 과일향을 넣고 젤리처럼 만들어 차게 먹는 디저트의 일종.

말했다.

결국 티전스는 마차에서 내려 워놉 옆으로 갔다. 그건 사실이었다. 하지만 앞치마처럼 피를 많이 흘리지는 않았다. 반들반들한 붉은 스타킹처럼 피를 흘렸다고 하는 게 더 맞을 것이다. 티전스가 말했다.

"페티코트를 입고 있소? 저기 울타리를 넘어가, 그걸 벗은 다음…"

"길고 가느다란 조각으로 찢으란 말이죠?" 발렌타인이 말했다. "알았어요!"

티전스는 워놉에게 소리쳤다. 그녀는 제방 중간 부분에서 멈추어 섰다.

"우선 반으로 찢고, 나머지는 길고 가느다란 조각으로 찢으시오."

워놉이 말했다. "알았어요!" 그녀는 티전스가 예상한 만큼이나 깔끔하게 산울타리를 넘진 못했다. 뛰어넘은 것은 아니었다. 하지만 넘어는 갔다…

말은 콧구멍을 씰룩거리며, 몸을 떨면서 자기 다리에서 흘러나와 웅덩이처럼 고인 피를 보고 있었다. 상처는 말의 어깨에 났다. 티전스는 왼팔로 말의 눈을 가렸다. 말은 안도의 한숨을 내쉬며 견디어내고 있었다… 내가 말한테 놀라운 매력이 있나 보다. 여자한테도 그럴까? 그건 아무도 모른다. 티전스는 워놉이 자신을 '자기'라고 불렀다고 거의 확신하였다.

이때 발렌타인이 소리쳤다. "여기요!" 티전스는 워놉이 던진 흰 둥그스름한 물체를 잡아 풀었다. 참 센스가 있군! 길고 질긴 흰 띠들이 나왔다. 저 씩씩거리는 소리는 도대체 뭐지? 작고 반짝이는 검은 물체가, 정확히 말해 구겨진 자동차 흙받기가 달린 작은 유개차가 거의 소리 없이 그들을 지나 10미터 아래에 멈추어 섰다… 말은 뒷다리로 섰다. 미쳤다! 완전히 미쳤어… 주홍색과 흰색 깃털이 달린 앵무새처럼 보이는 옷을 입은 누군가가 작은 차문을 열고 허둥대며 나왔다… 장군이었다. 그는 완벽한 정장 차림이었다. 모자에는 흰 깃털도 달았다! 아흔 개의 메달도 달고, 주홍색 코트도 입었다! 붉은 줄무늬가 있는 검은 바지를 입고, 박차까지 달았다!

티전스가 말했다.

"빌어먹을, 가세요!"

장군은 유령처럼 말의 곁눈 가리개를 지나 이렇게 말했다.

"자네 대신 말을 붙들고 있겠네. 클라우딘이 자네를 보지 못하게 차를 타고 지나간 걸세."

"더럽게도 친절하시군요." 티전스는 가능한 한 무례하게 말했다. "하지만 말 값은 내야 할 겁니다."

장군이 소리쳤다.

"빌어먹을! 내가 왜 그래야 하나! 자네가 내 사유지 도로로 그 빌어먹을 말을 타고 들어오고선."

"장군은 경적을 울리지 않았잖습니까!" 티전스가 말했다.

"난 사유지에 있었네." 장군은 소리쳤다. "게다가 경적도 울렸어." 분노한, 주홍색의 깡마른 허수아비처럼 보이는 장군은 말의 고삐를 잡았다. 티전스는 눈으로 가늠하면서 페티코트의 반쪽을 말 가슴 부위에 대고 폈다. 장군이 말했다.

"이보게! 난 도버에 있는 세인트 피터 장원에서 열리는 로열 파티에 여자들을 에스코트하러 가야 하네. 제단 위에 군기(軍旗)도 올려놓는다고 하더군."

"장군님은 경적을 울리지 않았습니다." 티전스가 말했다. "도대체 운전사는 왜 안 데려오신 겁니까? 유능한 사람인데 말입니다… 미망인과 그 자식들이 불쌍하다고 떠들어대시더니, 정작 그 사람들 말을 죽여 50파운드를 강탈하다니…"

장군이 말했다.

"도대체 새벽 5시에 내 사유지 도로에는 왜 들어왔나?"

페티코트 반쪽을 말 가슴에 갖다 대던 티전스가 소리쳤다.

"그걸 좀 집어 주세요." 말린 린네르 조각이 그의 발아래 있었다. 울타리에서 굴러떨어진 것이었다.

"이제 말을 놓아도 되겠나?" 장군이 물었다.

"물론 그래도 됩니다." 티전스가 말했다. "장군님이 자동차 모는 것보다는 제가 말을 더 잘 진정시킬 수 있으니 말입니다."

그는 새 린네르 조각을 반으로 자른 페티코트의 위에 묶었다. 말은 그의 손 냄새를 맡으며 고개를 숙였다. 티전스 위쪽에 서 있던 장군은 금을 씌운 칼을 붙잡고 서 있었다. 티전스는 계속 헝겊을 감았다.

"이보게" 장군은 갑자기 고개를 숙여 티전스 귀에다 속삭였다. "클라우딘에게 뭐라고 말하면 좋겠나? 내 생각에 클라우딘이 그 여자를 본 것 같은데 말이야."

"몇 시에 수달사냥개를 풀 건지 장군에게 물어보려고 왔다고 하십시요." 티전스가 말했다. "그건 아침 일찍 하는 일 아닙니까…"

장군은 진짜 애처로운 어조로 말했다.

"일요일에 말인가!" 그는 소리쳤다. 그러더니 약간은 안도가 된다는 듯 말을 덧붙였다. "자네가 아침 성찬식에 참석하기 위해 페트에 있는 두쉬민 목사 교회에 가는 중이라고 말하겠네."

"도살에다가 신성 모독 죄까지 더 하고 싶으면 그렇게 말하십시오." 티전스가 말했다. "하지만 말 값은 치러야 할 겁니다."

"절대 그렇게는 못하겠네." 장군이 소리쳤다. "자네가 내 사유지에 들어왔으니까 말이야."

"그렇다면 그렇게 하도록 만들어야겠군요." 티전스가 말했다. "장군님은 어떤 식으로 이야기해야 할지 아실 겁니다."

그는 말을 보기 위해 등을 곧게 폈다.

"가세요." 티전스는 말했다. "그리고 하고 싶은 대로 말씀하십시요! 하고 싶은 대로 하라니까요! 하지만 라이를 지나갈 테니 수의사에게 말 호송차를 보내라고 하세요. 그건 잊지 마십시오. 전 기필코 이 말을 살릴 작정이니까요…"

"크리스" 장군이 말했다. "자네는 진짜 말을 잘 다루지… 영국에 자네만한 사람은 또 없을 걸세…"

"저도 압니다." 티전스가 말했다. "어서 가세요. 가서 호송차를 불러주세요… 저기 장군님 누이가 차에서 나오는군요…"

장군이 말했다.

"설명해야 할 게 끔찍이도 많겠군…" "장군! 장군!" 하는 비명 같은 소리가 희미하게 들리자 장군은 주홍색 줄무늬가 있는 검고

긴 바지를 입은 다리 사이로 칼이 들어가지 않도록 칼 손잡이를 움켜쥐었다. 그는 차로 달려가 차문 안으로 깃털이 들은 검은 덧베개를 밀어 넣었다. 그는 티젼스에게 손을 흔들었다.

"말 호송차를 보내주겠네." 그가 소리쳤다.

말의 앞쪽 다리에 열십자로 교차해서 감은 흰 천에는 주홍색 얼룩이 천천히 생기기 시작했고, 눈부신 태양 아래에서 말은 노새처럼 고개를 숙이고 미동도 하지 않았다. 말을 편안히 해주기 위해 티젼스는 말과 마차를 연결한 줄을 풀기 시작했다. 울타리를 넘어온 워눕이 그를 도왔다.

"제 평판도 이젠 최악이 되겠네요." 그녀는 쾌활하게 말했다. "레이디 클라우딘이 어떤 사람인지 저도 알아요⋯ 그런데 왜 장군과 다투려고 한 거예요?"

"워눕 양도" 티젼스는 불쾌하다는 듯이 말했다. "장군에게 소송을 거는 게 좋겠소. 그래야 당신이 마운트비에 가지 않는 이유도 만들어 낼 수 있으니 말이오⋯"

"앞으로의 상황에 대해 모두 생각하고 계시군요." 워눕이 말했다.

그들은 미동도 하지 않는 말에서 마차를 분리해 뒤로 밀고 갔다. 티젼스는 말이 자신의 피를 보지 못하도록 마차를 2미터쯤 앞으로 움직였다. 그런 뒤 그들은 경사진 제방에 나란히 앉았다.

"그로비에 관해 이야기해 주세요." 마침내 워눕이 입을 열었다.

티젼스는 자신의 고향집에 관해 이야기하기 시작했다⋯ 그의 집 앞에는 가로수길이 있는데 그 길은 직각으로 꺾이는 지점에서 도로로 이어진다고 했다. 마운트비에 있는 집처럼 그렇다고 했다.

"내 고조할아버지가 그 집을 지었소." 티전스가 말했다. "고조할아버지는 사생활을 중시해 도로를 지나는 사람들이 우리 집을 보지 않기를 바랐소… 마운트비를 계획한 사람처럼 말이오… 하지만 자동차를 타면 그건 몹시 위험하오. 그래서 경사면 아래쪽 길을 바꾸어야 하오. 그러면 말이 다칠 일은 없을 거요…" 티전스는 몇 세대 동안 살아온 그 사랑스러운 집의 실제 상속자가 자신의 아이가 아닐지도 모른다는 생각이 퍼뜩 들었다. 네덜란드인 윌리엄[255], 그러니까 그 빌어먹을 비국교도[256]가 통치하던 시절 이후 줄곧 살아온 그 집의 상속자가 말이다.

제방에 앉은 그는 무릎을 턱까지 올렸다. 그는 몸이 자꾸 아래로 미끄러지는 것을 느꼈다.

"당신을 거기 데려갈 수 있다면…" 티전스가 말했다.

"그렇게 하진 않으실 거예요." 워놉은 이렇게 대답했다.

그 아이는 자신의 자식이 아니다. 그로비의 상속자 말이다! 형들은 모두 아이가 없다… 마구간이 있는 마당에는 깊은 우물이 있었다. 그 우물 안에 돌을 던진 뒤 스물여섯을 세면, 거기서 무언가 속삭이는 듯한 소리가 들려온다는 것을 아이에게 가르칠 작정이었다… 하지만 그 아인 자신의 아들이 아니다! 자신은 자식을 낳을 수 없을지도 모른다. 결혼할 형들도 모두 자식이 없으니 말이다…

---

[255] Dutch William: 영국의 윌리엄 3세를 지칭. 네덜란드인인 그는 제임스(James) 2세를 무혈혁명(bloodless revolution)을 통해 몰아낸 뒤, 아내인 메리(Mary)와 함께 영국의 공동 통치자가 된다.

[256] 영국의 국교인 성공회(Anglican Church)를 믿지 않는 사람들을 지칭하는 말.

티전스는 흐느껴 울기 시작했다. 모든 게 끝장난 것 같았다. 말이 심하게 다쳤기 때문이다. 그는 자신에게 그 책임이 있다고 느꼈다. 그 불쌍한 동물은 자신을 믿었는데 자신은 그 동물을 다치게 한 것이다. 워놉이 그의 어깨를 감쌌다.

워놉은 말했다. "저를 그로비에 데려가진 않을 거예요… 그건 아마도… 에… 안 지 얼마 안 되었으니까요. 하지만 당신은 진짜 멋진 사람 같아요…"

티전스는 생각했다. "안 지 진짜 얼마 안 되었지."

그는 극심한 고통을 느꼈다. 그 고통의 한가운데는 키가 크고 피부가 매끈한 금발의 그의 아내가 자리하고 있었다.

워놉이 말했다.

"저기 마차가 오네요!" 워놉은 그를 감싸던 팔을 풀었다.

흐리멍덩한 눈의 마부가 몰고 온 마차가 그들 앞에 멈추었다. 그는 마누라와 자고 있는데 장군이 찾아와 발로 자신을 차 일으켰다고 했다. 그는 멋진 잠에서 자신을 깨게 한 것과 그들을 워놉의 집으로 데려가는 것에 대한 보상으로 1파운드를 달라고 했다. 그리고 폐마(廢馬) 도살업자 마차가 곧 올 거라고 말했다.

"워놉 양을 즉시 집으로 데려다주시오." 티전스가 말했다. "어머니의 아침 식사 준비를 해야 하니… 난 폐마 도살업자 마차가 올 때까지 말 옆을 떠나지 않겠소."

마부는 말채찍을 자신의 초록색 모자에 갖다 대며 인사하였다.

"알겠습니다." 그는 1파운드 금화를 조끼 호주머니에 넣고는 재빨리 말했다. "신사분들은 항상… 자비로운 분들은 동물들에게도 자비를 베풀죠. 하지만 전 동물 때문에 제 작은 오두막집을 떠나지도, 아침밥도 안 먹진 않을 겁니다… 어떤 이들은 그렇게 하겠지만, 어떤 이들은… 그렇게 하지 않죠."

그는 낡은 마차에 워놉을 태우고 출발했다.

티전스는 강렬한 햇살을 받으며 제방 경사면에 앉았다. 옆에는 힘이 없어 고개를 숙이고 있는 말이 서 있었다. 말은 거의 65킬로미터를 달렸고 피도 많이 흘렸다.

티전스가 말했다.

"장군에게 50파운드를 변상하도록 할 수 있을 거야. 그 사람들은 돈이 필요해…"

그는 말했다.

"그래 이건 공정한 게임이 아니야!"

오랜 시간이 흐른 뒤 티전스는 말했다.

"빌어먹을 놈의 원칙!" 그러고는 이렇게 말했다.

"하지만 계속 해야 해… 원칙이란 이 나라의 지도와 같은 것이니까. 지도가 있어야 동으로 가는지 북으로 가는지 알 수가 있으니 말이야."

폐마 도살업자의 마차가 모퉁이를 돌아 요란한 소리를 내며 오고 있었다.

제2부

1

　실비아 티전스는 점심 식탁 가장자리에서 일어난 후 접시를 들고 식탁을 따라 흐느적거리며 걸었다. 머리띠를 한 그녀는 아주 긴 치마를 입고 있었다. 그녀는 키 때문에 자신이 걸 가이드[257]처럼 보이는 건 싫다고 말했다. 안색으로 보나, 몸매로 보나, 또는 나른한 몸짓으로 보나 실비아는 조금도 더 늙어 보이지 않았다. 누구도 그녀의 얼굴에서 죽음의 기미를 찾아 볼 순 없을 것이다. 그러나 실비아의 눈에는 그녀의 생각보다 더 피곤한 기색이 역력했다. 하지만 실비아는 상대를 비웃는 듯한 거만한 태도를 의도적으로 연출하려 했다. 실비아는 남자들을 차갑게 대하면 대할수록 그들에 대한 자신의 지배력이 더 커진다고 느꼈기 때문이었다. 누군가 위험한 여자에 대해 말한 적이 있었다. 위험한 여자가 방에 들어섰을 때 모든 여자가 자기 남편을 개에 끈을 매듯 붙잡아둔다는 것이었다. 실비아는 그 방을 나서기 전에 거기 있던 모든 여자들이 자신의 남편을 잡아

---

[257] girl guide: 1910년 바덴 파웰 경(Lord Baden-Powell)과 그의 누이 아그네스 바덴 파웰(Agnes Baden-Powell)이 영국에 창설한 소녀단으로 미국의 걸 스카우트(girl scout)에 상당한다.

둘 필요가 없었다는 사실을 굴욕적으로 깨닫게 하는 것을 즐겼다. 술집 작부가 자신에게 적극적으로 다가오는 남자들에게 그러듯, 그녀가 냉랭하고 분명하게 난 "아무것도 안 할 거예요."라고 말한다 해도, 거기 있던 다른 여자들에게 그들이 소중히 여기는 그 쓰레기들에 대해 자신은 전혀 관심 없다는 사실을 이보다 더 분명하게 전달할 수는 없을 테니 말이다.

지루했지만 당시 유행하던 사냥을 따라 나섰던 실비아는 바다를 면해 있는 요크셔의 어느 절벽 가장자리에서, 어떤 남자가 시키는 대로 절벽 아래에 있는 재갈매기의 행동을 관찰한 적이 있었다. 재갈매기들은 위엄을 잃고 비명을 지르면서 절벽 표면에 있는 이 바위 저 바위로 재빠르게 이동했는데, 그중 몇 마리는 잡았던 청어를 떨어뜨리기까지 했다. 실비아는 은색 조각[258]들이 파란 움직임[259] 속으로 떨어지는 광경을 지켜보았다. 그 남자는 실비아에게 위를 보라고 했다. 높은 곳에서 꽤 오랜 시간을 빙빙 돌며 원을 그리고 있는 새가 보였다. 그 새는 하늘을 배경으로 흐릿한 불꽃처럼 햇살 아래에서 빛났다. 남자는 그 새가 물수리이거나 매의 한 종류일 거라고 했다. 그 새는 재갈매기들을 쫓는 습성이 있는데, 이때 재갈매기들은 공포에 질려 자신들이 노획한 청어를 떨어뜨렸고, 때를 놓치지 않은 물수리는 청어가 바다에 떨어지기 직전 낚아채곤 했다. 당시 물수리는 기회를 엿보고 있지 않았는데도, 재갈매기들은 자신들이

---

[258] 청어를 지칭.
[259] blue motion: 파도치는 바다를 지칭.

쫓기고 있는 것처럼 공포에 떨었다.

실비아는 정말 괜찮은 남자들을 "거절"하는 갖가지 방법을 연습했다. 키치너[260]식 콧수염을 기른 남자, 바다표범 같은 갈색 눈을 가진 남자, 목소리가 정직하고 매력적인 남자, 딱 부러지게 말하는 남자, 허리가 곧고 (너무 자세히 살펴보지 않는다면) 감탄할 만한 경력을 가진 남자들 말이다. 대투쟁 초기에 있던 일이었다. 실비아는 어떤 젊은 남자를 다른 누군가로 착각하여 미소를 지은 적이 있었는데, 그는 택시를 타고 곧바로 그녀의 차를 바짝 쫓아왔다. 와인을 마신데다 실비아가 자신에게 영광스럽게 지어준 미소로 얼굴이 상기된 그는 시끌벅적한 축제에 참석한 여자들은 공공의 재산이라는 믿음을 가지고 실비아의 집 문을 열어젖히고 들어왔다. 처음부터 실비아는 그보다 이마 정도만큼 위에 있었다. 하지만 남자의 기개를 꺾어버리는 그녀의 언변과 얼어붙은 대리석 조각상 같은 그녀의 목소리에 눌려, 얼마 지나지 않아 그는 실비아가 자신보다 3미터나 더 높이 있는 것처럼 느끼게 되었다. 소위 "쇼 프후와"[261] 효과였다. 그는 붉은 눈의 의기양양한 종마처럼 다리를 치켜들고 들어왔지만, 돌아갈 때는 어떤 이유에서인지 반쯤 익사한 멍한 눈을 한 쥐처럼

---

[260] Kitchener: Horatio Herbert Kitchener(1850~1916)는 영국의 원수로 수단을 정복하고 보어 전쟁 때는 사령관, 제1차 대전 당초에는 육군 대신을 지낸 인물.

[261] chaud-froid effect: 프랑스어로 'chaud'는 '뜨거운', froid는 '차가운'을 의미. 즉 처음에는 뜨겁게 대하다가 나중에 차갑게 대할 때 수반되는 결과를 말한다. 실비아는 자신을 쫓아온 남자를 뜨겁게 대하다 후에 냉정하게 대해 기를 죽였다는 의미다.

계단을 내려갔다.

사실 실비아는 전투 중에 있는 동료 장교 부인에게 취하여야 할 태도(실비아는 그게 헛소리 같은 생각이라고 친한 친구들에게 매일같이 이야기했지만 말이다)가 무엇인지 말한 것 이외에는 별 다른 말을 하지 않았다. 하지만 실비아의 말은 천국에서 들려오는 그의 어머니 목소리(물론 그의 어머니가 훨씬 더 젊었을 때의 목소리겠지만) 같이 들렸던 게 분명했다. 어찌되었든 이때 그가 느낀 양심의 가책은 그를 물에 빠진 생쥐처럼 느끼게 하는 데 일조했다. 이 일은 멜로드라마, 그것도 전쟁과 관련된 멜로드라마와 같았다. 따라서 이 일은 그녀에게 별반 흥미롭지도 못했다. 실비아는 더 깊고, 더 조용하게 고통을 가하는 것을 좋아했기 때문이다.

실비아는 자신에게 첫눈에 반한 남자의 열정의 정도와 질에 대해 잘 안다고 자부해 왔다. 실비아는 소개 단계서부터 자신에 대한 열정을 숨기지 못하는 가여운 남자에게 무심한 눈길조차 주지 않다가, 식사 후에는 철저히 계산된 눈길로 그를 바라보았다. 즉 그녀의 시선은 늦은 저녁 자신의 식사 상대의 오른발에서부터 출발해서, 다림질한 오른쪽 바지 주름 위, 회중시계 주머니로 간 다음, 좀 더 비스듬한 방향으로 움직여 셔츠 앞부분을 가로질러 거기 있는 장식용 금속 단추에 잠시 멈췄다가, 빠르게 왼쪽 어깨 너머로 갔다. 그사이 이 가여운 남자는 겁에 질려 제대로 식사도 하지 못했다. 그녀는 부드러운 어조로 거절하는 것부터 조금 더 단호한 어조로 거절하는 것까지 모든 거절을 다 해 보았다. 이 가여운 남자들은 다음 날 즉시 제화공, 양말 가게주인, 양복 재단사, 장식용 단추와 셔츠 디자이너를 바꾸고, 아침 식사 후 심각하게 거울을 바라보며, 자신의 얼굴형까지 바꾸고 싶어 탄식하곤 했다. 그러나 그들은 마음속으로 알고 있었다. 실비아가 자신들의 눈을 쳐다보아 주지도 않는다는 것이 자신들에게는 재앙과도 같다는 것을… 어쩌면 그녀에겐 그들의 눈을 쳐다볼 용기가 없었다는 것이 맞는 말일지도 모르겠다!

  실비아는 그래서일지도 모른다고 진심으로 인정했을 수도 있을 것이다. 그녀의 가까운 친구들, 즉 반들반들한 종이로 만들어지고 사진이 있는 주간지에 실리는 엘리자베스, 앨릭스, 그리고 레이디 모이라들처럼, 실비아는 자신이 남자들에게 분노를 느끼고 있다는 것을 알고 있었다. 하지만 사실상 그것은 그들이 친밀한 관계를 맺게 된 이유였고, 그들이 선정적인 잡지에 나올 수 있었던 일종의 자격 조건이었다. 그들은 깃털 목도리를 나부끼며 (실제로 아무도 깃털 목도리를 두르지는 않았지만) 무리를 지어 돌아다니는 사람들 같았다. 그들은 머리를 짧게 자르고, 치마 길이도 줄였다. 그리고 부풀어 오르는 가슴(그것이 어떤 느낌인지… 당신들도 알겠지만)을 될 수 있는 한 편편하게 보이게 했다. 그들은 또한 사업가들이 곧잘 들르는 찻집의 여종업원들이 하는 몸짓을 따라 하려 했다. 사실 그들은 여종업과 너무나도 달랐지만 말이다. 여종업원들의 행실이 어떤지는 경관의 불시 단속 보고서를 읽으면 알 수 있을 것이다! 실비아 같은 사람들의 행실은 그 어떤 여자보다도 존경받을 만했다. 십중팔구 전쟁 이전의 수많은 중산층보다 더 존경받을 만하였고, 그들 집에서 일하는 상급 하녀들(그녀가 티전스에게서 얻은 이혼 법정 통계 자료에 기록된 이들의 도덕성은 웨일스 인이나 스코틀랜드 저지대에 사는 사람들도 부끄럽게 할 정도로 고결했다)과 비교해서도 흠잡을 데 없었다. 실비아의 어머니는 자신의 집사는 분명히 천국에 갈 거라고 말하곤 했다. 기록 천사[262]는 천사이기 때문에 마음이 섬세해서, 모간의 경미한 잘못을 기록하지도, 또한 이를 소리 내어 읽지도 못할 것이기 때문이라고 했다.

본래 회의적인 실비아는 자기 친구들이 부도덕한 일을 저지를 수 있는 능력조차 있을 거라곤 믿지 않았다. 그녀는 자신의 친구 중 그 누구도 프랑스어로 메트레상티트르[263]라 불릴 만한 인물이 있을 거라고 생각하지 않았다. 적어도 열정은 그들의 장기가 아니었다. 그들은 열정을 자신들보다 더 위엄 있거나 또는 반대로 위엄 없는 사람들의 몫으로 남겨두었다. A공작과 그의 어린 동생들은 침울하고 덜 열정적이었던, 지금은 고인이 되어버린 A공작보다는 침울한 성격이지만 더 열정적인 B공작의 자식들일지도 모른다. 마찬가지로 토리당 정치인이자 전 외무장관 C도 토리당 출신 대법관인 E의 자식들의 실제 아버지일지도 모르고, 휘그당 간부인 우울하고 무뚝뚝한 성격의 모든 러셀과 캐번디시는 F경과 G경의 외도에 균형을 맞추기 위해 그들의 배우자와 심각한 내연관계를 맺고 있는 지도 모른다. 그렇지만 상당한 직함을 가진 사람들과 고위직 사람들의 연애 사건은 정치적인 것이었다. 그들은 센세이션을 일으키는 주간

---

[262] Recording Angel: 사람의 선업·악업을 기록하는 천사를 말한다.
[263] matresse en titre: (프랑스어) 이 용어는 프랑스 왕의 가장 높은 신분의 정부를 뜻한다. 그들은 궁에서 자신들의 거주 공간을 가지며 공식적인 지위를 갖는다. 이 호칭은 앙리 4세 때 시작해 루이 15세 때까지 이어진다.

지에 한 번도 실린 적 없었다. 주간지에 실리기에는 그들의 사진 빨이 좋지 않았고, 늙고, 못생긴데다 너무나 형편없는 패션 감각을 지녔기 때문이었다. 그들은 이미 쓰인, 하지만 향후 50년 동안 빛을 보지도 못할, 신중치 못한 사람들의 회고록에나 등장할 인물들이다.

어느 쪽이든 여자 대변인들과 같은 실비아 부류의 여자들이 일으키는 문제는 미약한 것이었다. 그들이 일으킬 수 있는 최대의 문제는 남성 편력과 같은 것인데, 그것도 하인을 깨우기 위해 아침 5시에 벨을 울리는 시골 대지주의 저택에서나 벌어질 수 있는 것이었다. 실비아는 그런 시골 저택에 대해 들어본 적은 있었지만, 아는 곳은 없었다. 그녀는 그런 저택들이 부친의 이름에 셴[264], 스타인[265], 그리고 바움[266]으로 끝나는 조상의 이름에서 딴 이름을 가진 남작들의 대저택과 같은 것인지도 모른다고 생각했다. 그런 저택은 이곳저곳 많이 생겨났지만, 실비아가 가본 곳은 없었다. 그녀는 그 정도로 철저한 교황주의자였던 것이다…

실비아의 똑똑한 여자 친구 중 일부는 급작스럽게 결혼을 했다. 그러나 이렇게 결혼하는 친구들의 비율이 평균적으로 의사, 변호사, 성직자, 시장, 시의원 딸들이 급작스럽게 결혼하는 것보다 현저하게 높은 것은 아니었다. 이렇게 급작스럽게 결혼하게 되는 것은 격식을 덜 차리는 무도회에 참석하거나, 당사자의 미숙함, 그리고 샴페인(익숙하지 않은 도수가 센 샴페인이나 특별한 상황에서 마신 샴페

---

[264] schen이 본래의 철자다.
[265] stein이 본래의 철자다.
[266] baum이 본래의 철자다.

인을 말한다)을 마신 결과 벌어진 일이지, 그들이 열정적이거나 기질적으로 음탕해서 벌어진 일은 아니었다.

실비아 경우를 말하자면, 지금으로부터 몇 년 전, 그녀 역시 샴페인을 마신 뒤 드레이크라는 유부남에게 당한 적이 있었다. 지금은 그를 짐승 같은 망나니라고 생각하고 있지만, 그 일이 있은 후, 둘 사이에는 열정이 자라났다. 실비아는 그에게 강한 열정을 품게 되었고, 남자 쪽 역시 상당히 열정적이었다. 하지만 어머니가 걱정하는 만큼이나 자신도 걱정이 되기 시작하였던 실비아는 그 상황을 벗어나기 위해 티전스를 속여 파리에서 결혼식을 올렸다. 실비아가 결혼식을 올리기로 한 오슈가[267]에 있는 영국식 가톨릭교회는 그녀의 어머니가 결혼식을 올린 곳이기도 해서 실비아가 전례를 따른 것처럼 보였기 때문에 그럴듯한 명분이 될 수 있었다. 하지만 결혼식 전날 밤 끔찍한 소동이 벌어졌다. 결혼을 기념하기 위해 전날 밤 배달된 흰 꽃들이 펼쳐진 파리의 호텔 방에서 슬픔과 질투로 분노하던 드레이크의 일그러진 얼굴 때문에 실비아는 거의 눈을 감을 수 없었다. 그녀는 자신이 죽음에 가까이 갔음을 알았다. 실비아는 죽고 싶었다.

하지만 이제 실비아는 신문에 나오는 드레이크의 이름을 보기만 하면 됐다. 위용을 자랑하는 거물급 상원 의원인 삼촌에게 실비아의 어머니가 부탁해, 관보에도 나왔듯이, 식민 통치 기관에서 일하던 드레이크를 승진시켜준 것이다. 실비아는 말하거나 걷다가도 무심

---

[267] Avenue Hoche: 파리의 8번째 구(區)에 있는 거리.

코 그날 밤 일이 생각나면, 완전히 멈추고 손바닥이 손톱에 찔릴 정도로 손을 꽉 쥐고 조용히 신음하곤 했다… 실비아는 자신이 신음(그녀의 신음은 중얼거림으로 이어지고 그녀를 초라하게 만들었다)하는 것은 심장이 만성적으로 쑤시는 병에 걸려서 그렇다는 구실을 댔다. 그때의 비참한 기억은 언제 어디서나 유령같이 실비아를 찾아오곤 했다. 그녀는 흰 물체들을 배경으로 검게 나타나는 드레이크의 얼굴을 보거나, 자신의 얇디얇은 잠옷이 어깨에서 뜯겨져 나가는 것을 느끼곤 했다. 하지만 무엇보다도 그때 그곳에서 느꼈던 정신적 고통이 자기 안에 스며드는 것을 느꼈다. 한마디로 말해 그녀는 자신을 난도질한 그 망나니 같은 사내를 갈망했던 것이다. 그러나 이상하게도 전쟁 발발 이후 드레이크를 몇 번이나 보았지만 더 이상 아무런 감정도 일어나지 않았다. 실비아는 그에 대해 어떤 혐오감도, 그 어떤 갈망도 느끼지 못했다… 그럼에도 실비아는 여전히 갈망했다. 하지만 실비아는 자신이 갈망하는 것은 다시 한번 그 끔찍하리만큼 지독했던 감정을 느껴보는 것이라는 사실을 알고 있었다. 드레이크가 아닌 다른 누군가와 말이다.

실비아가 벌이는 정말 괜찮은 남자 "거절"하기가 만일 하나의 경기라면, 약간의 위험이 수반된 경기일 것이다. 그녀는 자신이 성공하고 나면 모든 일을 완벽하게 해냈을 때 남자들이 느낀다는 흥분을 자신도 꽤 많이 느껴볼 수 있을 거라고 생각했다. 그리고 젊은 사내들이 초보자와 사냥 나갔을 때 느끼는 그런 감정을 약간이지만 확실히 맛보았다. 이제 실비아에게 정절은 그녀가 중요하게 생각하는 청결함만큼이나 매우 소중한 것이 되었다. 실비아는 목욕 후에 창문을 열고 했던 스웨덴식 운동[268]과, 운동 뒤에 하는 승마, 그리고 밤늦게까지 이어지는 댄스파티(환기만 잘 되는 곳에서라면)도 계속했다. 청결과 운동은 그녀의 삶에 있어서 긴밀하게 연결된 것이었다. 실비아는 자신이 선택한 운동과 청결로 자신을 매력적으로 가꿨다. 이 두 가지는 건강을 지켜 주면서 동시에 청결한 삶을 추구하도록 해 주었다. 실비아는 남편에게 돌아온 이래로 그렇게 해 왔다. 하지만 남편에 대한 애착이나 미덕을 신봉해서가 아니라, 충동적으로 자신에게 한 약속을 지키기로 마음먹었기 때문이었다. 그녀는 남자를 자기 발밑에 두고 군림해야 하는 여자였다. 말하자면 그것은 그녀의 가까운 친구들이 일용할 양식을 얻기 위해 치르는 대가처럼, 실비아가 사회적으로 일용할 양식을 얻기 위해 치러야 할 대가였던 것이다. 실비아는 지난 몇 년 동안 철저히 금욕적인 생활을 해왔다. 모이라, 마가렛, 레이디 마저리와 같은 그녀의 친구들도 그래왔을 것이다. 그러나 실비아는 자신들 같은 사람들은 가벼운 증기 같은 태도[269]와 창녀들의 습성을 가져야 한다는 사실을 잘 알고 있었다. 대중은 그것을 원했다. 런던 동물원에 있는 악어 우리에 채워진 물 위에 끈적끈적하게 달라붙어 있는 김의 흔적들처럼, 가벼운 증기와 같은 그런 태도를 말이다.

  분명히 그것은 실비아가 치러야 할 대가였다. 그녀는 자신이 운이 좋았다는 것을 의식하고 있었다. 그녀와 같은 부류의 여자들 중 성급

---

[268] Swedish exercises: 링(Pehr Henrik Ling, 1766~1839)이 만든 운동법.
[269] 경박하고 가벼운 태도를 지칭한다.

한 결혼을 한 대다수는 그 부류에 다시는 머물 수 없게 되었기 때문이다. 결혼식 때 궁정에 나타난 이후, 레이디 마저리와 헌트 대령이 로함튼[270]과 굿우드[271] 등 여러 장소에 나타났다는 기사를 한 동안 읽게 될 것이다. 또 로튼 거리[272]의 울타리를 따라 걷는 그 젊은 부부의 사진 역시 한두 달 동안 이곳저곳에서 나올 것이다. 그런 뒤 그들에 대한 기록은 피부에 나쁜 머나먼 열대 지방에 있는 총독 관저의 수행원 리스트에서만 찾아 볼 수 있게 될 것이다. 그렇게 되면 실비아의 말처럼 "더 이상 그와 그녀는 존재하지 않게 되는 것이다."

실비아의 경우는 그렇게 나쁘진 않았다. 하지만 나쁘다는 것에 근접하긴 했다. 실비아에게는 아주 돈 많은 여자의 외동딸이라는 이점이 있었고, 그녀 남편 역시 총독의 일개 수행원으로서의 직책에 매달려야 하는 평범한 헌트 대령과 같은 인물이 아니라 고위공직자였기 때문이었다. 그래서 앙젤리끄는 편지에 (그녀의 생각은 모호하고 막연했지만) 이 집의 남편은 장차 영국의 대법관이나 빈 주재 영국 대사가 될 거라고 쓰곤 했다. 또한 이 두 부부와 함께 지냈던 실비아의 어머니가 많은 도움을 줘서 마련한 값비싼 거처 덕분에 이들은 위험했던 결혼 초기 2년의 시간을 그럭저럭 보낼 수 있었다. 그들은 많은 사람들을 초대하여 향응을 베풀었는데, 여러 번 회자된 두 가지 추문은 이 향응을 베풀던 실비아의 개인용 거실에서 시작되었다. 실비아가 퍼론과 애정의 도피 행각을 벌였을 때 실비아는

---

[270] Roehampton: 영국 런던 남서쪽에 있다.
[271] Goodwood: 서식스의 지역으로 경마로 유명하다.
[272] The Row: 런던의 하이드 파크(Hyde Park)의 승마 도로.

상당한 입지를 다져 놓은 상태였다.

실비아가 집으로 돌아오는 건 그리 어렵지 않았다. 그녀는 어려울 거라고 예상했지만 사실은 그렇지 않았다. 티전스는 그레이즈인 법학원에 있는 거처에서 살아야 한다는 조건을 내 걸었다. 티전스의 요구는 합당한 거 같지는 않았지만 그가 친구들 곁에 있고 싶어서 그런 결정을 내렸다고 실비아는 생각했다. 하지만 실비아는 자신을 다시 받아준 티전스에게 감사한 마음은 고사하고 그의 집에서 살아야 한다는 생각에 혐오감만 느꼈다. 그러나 그녀는 그와 합의점을 찾아가는 과정에서 자신이 공정하게 행동해야 한다고 생각했다. 그녀는 자신의 신분을 이용하면 할 수도 있었겠지만, 단 한 번도 철도 회사를 속인적도, 관세를 물어야 할 향수를 그냥 들여온 적, 입던 옷을 중고 거래상에게 팔 때도 실제보다 덜 입었다고 말한 적도 없었다. 자신이 원하는 곳에서 살아야 한다는 티전스의 요구는 정당했기 때문에 그들은 거기 살았다. 이들 부부가 기거하는 기다란 방에 있는 창문 맞은편에는 조지 왕조 시대풍의 사각형 안뜰을 사이에 둔 맥마스터의 방 창문이 있었다.

그들은 이 큰 건물의 두 개 층을 사용하였기 때문에 주거 공간은 넓었다. 전시에 그들이 점심 식사를 하던 거실은 몹시 컸는데, 이곳에는 표지가 소가죽으로 된 책들이 일렬로 세워져 있었고, 정교하게 조각된 노랗고 하얀 거대한 대리석 벽난로가 있었는데, 그 벽난로 선반 위에는 커다란 거울이 있었다. 또 이 방에 있는 세 개의 높다란 창문은 그물눈 모양으로 나누어져 있었는데, 여기에 끼워진 볼록하게 튀어나온 유리(그중 몇 장은 오래되어서 옅은 보라색을 띠었다)

때문에 방은 18세기 분위기를 띠었다. 실비아는 이 방이 존슨 박사[273] 타입의 18세기적 인물인 티전스와 어울린다고 생각했다. 주름 장식이 달린 흰 견수자로 만든 옷을 입은 바스[274]에서 만난 몹시도 성가시게 굴던 어떤 사람을 제외하고는 자신의 남편이 실비아가 아는 유일한 18세기 타입의 인물이었다.

실비아는 18세기의 것으로 높이 평가받을 만한 가구들이 들어찬 커다란 흰 응접실을 갖고 있었다. 티전스는 고가구를 알아보는 경탄할 만한 재능을 갖고 있었다. 그는 고가구를 경멸했지만 고가구에 대해 모르는 게 없었다. 한번은 실비아의 친구 레이디 모이라가 찾아와서, 지은 지 얼마 안 된 자신의 새 집에 고가구 전문가인 존 로버트슨 경의 조언에 따라 가구를 비치하려 하는데 비용이 너무 많이 든다며 한탄한 적이 있었다(자금을 마련하기 위해 모이라 부부는 알링턴 스트리트 주식과 그 밖의 것들을 어느 미국인에게 팔았다). 이때 차를 마시러 들어왔다가 레이디 모이라의 이야기를 말없이 듣고 있던 티전스는 실비아 친구 중 아름다운 여자들에게도 극히 드물게 사용한, 부드럽고 상냥하고 꽤나 감성적인 어조로, 이렇게 말했다.

"제게 맡겨 보세요."

흰 패널화와 옻칠된 가리개, 붉은 라카 칠을 한 오르몰루[275]로 만

---

[273] Samuel Johnson(1709~1784): 18세기 최고의 지성으로 꼽히던 영국의 비평가이자 시인.
[274] Bath: 영국의 온천 도시.
[275] ormolu: 금박 대용으로 쓰이는 구리·아연의 합금.

든 장식장, 그리고 파란색과 분홍색 실로 짠 커다란 카펫이 놓여 있는 실비아의 커다란 거실을 둘러보더니 (선왕에 의해 프라고나르[276]의 작품에 대한 붐이 일어나기 전에 그가 사들인 세 개의 프라고나르 패널화만으로도 실비아는 자신의 거실이 대단하다는 사실을 잘 알고 있었다), 레이디 모이라는 떨리는 목소리로, 그리고 연애할 때의 어조로, 티전스에게 말했다.

"오, 그렇게만 해주신다면야."

티전스는 존 로버트슨 경이 추정한 금액의 4분의 1 비용으로 그렇게 해주었다. 그는 코끼리가 어깨를 한두 번 움직이듯 별다른 힘을 들이지 않고 일을 해냈다. 그는 포장지에 붙은 반 페니짜리 초록색 우표만 보고도 중개인과 경매인의 상품 목록에 무엇이 있는지 다 아는 것 같았다. 더욱 놀라운 사실은 그가 레이디 모이라와 사랑을 나누었다는 점이다. 그들은 글로스터셔에 있는 모이라 부부의 집에 두 번 머물렀고, 모이라 부부는 티전스의 손님으로 새터스웨이트 부인 집에서 세 번이나 주말을 보냈다. 티전스는 레이디 모이라에게 상당한 애정을 보여주었기 때문에, 그녀는 윌리엄 히스리 경과 연애를 시작할 때까지 힘든 시간을 이겨낼 수 있었다.

레이디 모이라가 아름답게 꾸민 자신의 집에 어떤 허점이 있는지 찾아보라고 하는 통에, 그 집을 찾아간 고가구 전문가 존 로버트슨 경은 커다란 안경을 쓴 자신의 얼굴을 장식장에 바싹 갖다 대기도 하고, 탁자 윗면에 칠해진 바니시 냄새를 맡아보기도 했으며, 또 그

---

[276] Fragonard(1732~1806): 프랑스 화가.

가 오랫동안 해온 방식으로 의자 등받이를 깨물어보기도 했다. 그러고 나서 그는 이 집에는 자신이 계획한 것 이상의 가치를 지니지 않은 물건은 하나도 없다고 레이디 모이라에게 말했다. 이 일로 이들은 이 노신사를 더욱 존경하게 되었다. 그가 몇 백만 파운드의 재산을 모을 수 있었던 것은 바로 이 때문일 것이다. 그가 레이디 모이라와 같은 절친한 지인에게서 3백 퍼센트의 이윤을 챙기려 했다면 (그가 이 정도 선으로 이윤을 제한하는 것은 순전히 아름다운 여성에 대한 애정 때문이었을 것이다) 미 상원의원과 같은 국가적인 적에게서는 얼마나 많은 이윤을 챙겼겠는가!

이 노인은 티전스를 아주 좋아하게 되었다. 하지만 실비아의 예상과 달리 티전스는 당혹스럽게도 이를 불쾌하게 여기지 않았다. 이 노인이 차를 마시러 찾아올 때 티전스가 집에 있는 경우 그는 고가구에 대해 몇 시간이나 이야기를 했고, 티전스는 말없이 듣곤 했다. 존 경은 티전스 부인에게 이 문제에 대해 몇 번이고 자세히 말했다. 그는 정말이지 놀랍다고 했다. 그는 티전스는 순전히 본능에 따라 움직인다고 했다. 그리고 티전스는 물건을 힐끗 보기만 해도 그 가격을 맞춘다고 했다. 존 경은 가구 거래에서 가장 대단한 업적 중 하나는 바로 티전스가 레이디 모이라를 위해 구입한 헤밍웨이 책상[277]이라고 했다. 티전스는 내키지 않는 듯한 태도로 그 책상을 카티지 세일[278]에서 3파운드 10실링에 구입했다. 그러고는 레

---

[277] Hemingway bureau: 작은 물품을 얹어 놓을 수 있는, 4개의 조절 가능한 선반과 아래쪽에 커다란 선반이 있는 책상으로 이 책상에는 두 개의 문과 글을 쓸 수 있는 접이식 선반이 있다.

이디 모이라에게 이 책상은 그녀가 소유하게 될 최고의 물품이 될 거라고 일러주었다. 거기 있던 다른 중개인들은 그 책상을 거의 쳐다보지도 않았다. 티전스도 책상을 열어보지는 않았다. 레이디 모이라의 집에서, 존 경은 유약이 발라진 책상의 윗면에 안경을 가까이 들이대면서 경첩에 끼어 있는 노란 나무 조각에 코를 댔다. 거기엔 "존 헤밍웨이, 바스, 1784"라고 서명, 지명, 날짜가 적혀있었다. 실비아는 이 문구를 기억했다. 존 경이 이 이야기를 너무도 자주 했기 때문이다. 이 책상은 오랫동안 가구, 장식품 시장에서 잃어버린 가구로 취급된 것이었다.

존 경은 이 일로 티전스를 좋아하는 것 같았다. 실비아는 그가 자신을 좋아한다는 사실도 잘 알고 있었다. 그는 실비아 곁을 서성였고, 그녀를 위해 환상적인 여흥도 제공했다. 따라서 그는 실비아가 퇴짜 놓지 않은 유일한 남자였다. 브라이턴[279], 혹은 어딘가에 있는 그의 거대한 저택에는 그의 규방이 있다는 소문이 돌았다. 하지만 그가 티전스에게 쏟은 애정은 다른 종류의 것이었다. 그것은 동종 업계의 후계자가 될 만한 사람에게 쏟는 측은한 애정이었던 것이다.

한번은 존 경이 차를 마시러 와서는 상당히 공식적이고도 불길한 어조로 오늘이 자신의 일흔 한 번째 생일인데 자신은 지금 빈털터리라고 선언했다. 그는 자신의 개인 자산을 불리기 위해서가 아니라

---

[278] cottage sale: 미국의 야드 세일(yard sale)에 해당하는 것으로 집에서 쓰던 중고 물품 등을 집 앞에 널어놓고 판매하는 일을 가리킴.
[279] Brighton: 영국 잉글랜드 이스트서식스주의 특별시.

조락해가는 사업을 일으키기 위해서라며 티전스에게 자신의 파트너로 함께 일하지 않겠느냐고 진지하게 물었다. 티전스는 존 경의 제안 중 한두 가지에 대해 묻고는 그의 말을 호의적으로 경청했다. 그리고 나선 아름다운 여자에게 종종 쓰는 애정 어린 말투로, 자신은 존 경에게 도움이 될 것 같지 않다고 말했다. 그는 이 사업과 관련해 상당한 액수의 불결한 돈이 거래될 것이라고 하면서, 직업으로 봤을 때 이 일은 공직보다 자신에게 더 맞을 순 있겠지만, 불결한 돈이 개입될 것이기 때문에 싫다고 했다.

존 경은 티전스의 대답이 유감스럽다며 약하게 이의를 제기했지만, 티전스의 거절이 상당히 합당하다고 생각하는 것 같았다. 이에 실비아는 남자들이란 진짜 기묘한 피조물이라는 생각이 들어 다시 놀랐다. 존 경은 안도한 듯 티전스의 집을 쾌활하게 나섰다. 티전스와 함께 일할 수 없다면 그럴 수밖에 없는 것이지 다른 방도가 없다고 하면서 말이다. 그는 2기니[280] 정도면 훌륭한 음식을 먹을 수 있는 식당이 있으니 거기서 함께 식사하자고 실비아를 초대했다. 식사 중 존 경은 티전스를 칭찬해 실비아를 기분 좋게 했다. 그는 티전스가 고가구 사업에 자신의 재능을 낭비하기엔 너무도 훌륭한 사람이기 때문에 자신이 고집 피우지 않았다고 했다. 그러나 그는 티전스가 돈이 필요할 때가 생긴다면, 언제라도 자신의 제안을 다시 생각해보라는 취지의 메시지를 실비아 편을 통해 전했다.

때때로 실비아는 사람들이 자신에게 왜 자기 남편의 재능이 대단

---

[280] guinea: 영국의 구금화로 21실링에 해당한다.

하다고(주변 사람들은 가끔 티전스의 재능을 논하곤 했다) 말하는지 당혹스러웠다. 실비아에게 티전스는 그저 설명이 불가능한 사람이었다. 그녀 자신과 마찬가지로 남편의 행동과 견해는 변덕스러웠다. 그리고 실비아는 자신의 행동 대부분이 모순적으로 보인다는 것을 잘 알고 있었기 때문에 남편에 대해서도 많이 생각하지 않았다.

하지만 실비아는 남편이 최소한 일관성 있는 성격과 삶에 대한 범상치 않은 지식을 가지고 있다는 사실을 점차 어렴풋이나마 깨닫기 시작했다. 실비아는 그레이즈인 법학원으로 거처를 옮기는 게 자신들이 사회적으로 성공했다는 것을 보여주는 하나의 징표임을 인정해야 했을 때 이 같은 사실을 깨달았던 것이다. 그들이 롭샤이트에서 앞으로 벌어질 변화에 대해 논하고 있을 때, 정확히 말해, 티전스가 내세우는 모든 조건을 실비아가 무조건적으로 받아들여야 했을 때, 그는 앞으로 벌어질 일을 거의 정확하게 예측했다. 비록 실비아에게 가장 인상적이었던 것은 어머니의 사촌이 갖고 있는 오페라 특별석과 관련된 일이었지만 말이다. 롭샤이트에서 앞으로 티전스는 실비아의 사회생활에 간섭할 의도가 전혀 없으며, 또한 간섭하지 않을 거라고 확신한다고 말했다. 자신은 거기에 대해 많이 생각해 보았기 때문에 확신한다고 말했다.

실비아는 티전스의 말에 별로 귀 기울이지 않았다. 우선은 그를 멍청이라고 생각했기 때문이었고, 다음으로는 그가 자신에게 상처를 주려 한다고 생각했기 때문이었다. 하지만 그녀는 남편이 자신에게 그렇게 할 권리가 있다는 사실을 인정했다. 다른 남자와 사랑의 도피 행각을 벌인 후, 남편에게 남편의 이름을 사용하고 남편의 보호

막에 들어갈 수 있도록 해 달라고 요청한다면, 남편의 조건을 거부할 권리가 자신에게는 없다고 생각한 것이다. 따라서 실비아가 할 수 있는 유일한 복수는 남편이 자신의 계획이 실패했다는 굴욕감을 느끼도록 자신은 평정심을 갖고 사는 것이라고 생각했던 것이다.

하지만 실비아가 보기에 티젠스는 롭샤이트에서 말도 안 되는 말, 그러니까 예언과 정치가 뒤섞인 말을 많이 했다. 당시 재무 장관이 대지주들에게 많은 압박을 가하자, 대지주들은 (심하게는 아니었지만, 자신들 입장을 효과적으로 표명할 수 있을 정도로, 그리고 하인들과 모자 판매상들이 상당히 불만을 가질 정도로) 이에 대한 대응으로 자신들 소유의 시설물을 축소하고 도시에 있는 저택을 폐쇄했다. 티젠스 부부도 둘 다 대지주 계급이었기 때문에 메이페어[281]에 있는 집을 폐쇄하고, 황야에서 살 것처럼 행동을 취했다. 황야를 살기 편안한 곳으로 바꿀 수 있다면 더더욱 그랬을 것이다!

티젠스는 실비아에게 이 사태를 그녀 어머니의 사촌인, 침울할 정도로 불길한 기운이 감도는 류젤리에게 알려주라고 했다. 류젤리는 지주 중 단연 최대의 대지주로 자기 가족뿐만 아니라 먼 친척들에 대해서도 상당한 의무감을 갖고 있었다. 티젠스는 실비아에게 류젤리 공작을 찾아가 재무 장관의 부당한 요구 때문에 자신들이 이런 조처를 취하게 되었으며, 이 조처는 일종의 항의 표시일 뿐이라고 말한다면, 공작은 이 말을 자신에 대한 칭송으로 받아들일 거라고 했다. 하지만 류젤리는 단순한 항의표시라 해도 멕스버러[282]에

---

[281] Mayfair: 런던의 하이드 파크 동쪽에 위치한 고급 주택지.

있는 저택을 폐쇄하거나, 지출을 줄일 수는 없다고 했다. 그리고 자신보다 작은 규모의 땅을 갖고 있는 친척들이 패기 있게 이 조처에 동참한다면, 거기에 대해 분명한 보상을 하겠다고 말했다. 류젤리 공작이 주변사람들에게 베푸는 호의는 이상할 정도로 과도했기 때문에 티전스는 이렇게 말했다. "공작은 틀림없이 당신에게 류젤리 전용 오페라 관람석을 빌려줄 것이오."

티전스가 예상한 대로 정확하게 상황이 전개됐다.

먼 친척에 대한 평판에도 귀를 기울이고 있던 공작은 티전스 부부가 더 이상 사람들의 입방아에 오를 정도로 불쾌한 추문에 얽힐 가능성이 없다는 말을 듣고는, 이들이 런던으로 돌아가기 직전, 자신의 우울한 애정의 대상이던 새터스웨이트 부인을 찾아갔다. 그리고 새터스웨이트 부인에게서 티전스 부부에 대한 소문이 순전히 중상모략이었다는 사실을 알게 되고는 몹시 기뻐했다. 러시아에서 돌아온 티전스 부부가 모든 것을 함께할 뿐만 아니라 모든 면에서 상당히 결속된 것처럼 보이자, 류젤리 공작은 이들에게 보상을 하기 위해서 또한 이들 부부를 모략중상한 사람들을 무안하게 만들 요량으로, 자신이 불편을 겪지 않는 선에서 이 부부에 대한 자신의 호의의 증표를 보여줘야겠다고 결심했다. 그래서 홀아비인 그는 두 번이나 새터스웨이트 부인을 초대했고, 실비아에게는 손님을 초청해 달라고 부탁하고는, 실비아의 이름을 공식적인 명부에 올려 자기 전용 오페라 관람석을 이용하려는 사람이 없을 시, 류젤리 사무실에 신청

---

[282] Mexborough: 남요크셔에 있는 도시.

하면 언제든 오페라 관람석을 이용할 수 있도록 했다. 이것은 굉장한 특혜였으며 실비아는 이 특혜를 어떻게 하면 최대한 이용할 수 있는지 알고 있었다.

롭샤이트에서 대화를 나눌 때 티전스는 그 당시 실비아가 보기에는 말도 안 되는 것들을 예언했다. 2, 3년 전 일이었지만, 티전스는 1914년 들꿩 사냥이 시작되는 즈음 유럽에 대화재가 발생하여 메이페어에 있는 저택 중 반이 폐쇄되고 거주민들은 몹시 궁핍하게 될 거라고 했다. 그는 점점 현실화되는 유럽 강대국들의 파산과 대영제국 주민들의 커져만 가는 소유욕과 탐욕에 관련된 통계 자료를 근거로 들며, 자신의 예언이 실현될 것이라고 주장했다. 실비아는 어느 정도 관심을 갖고 그의 말을 경청했다. 그의 말은 시골 저택에서 일상적으로 흔히 하는 허튼소리처럼 들렸다. 하지만 짜증 나게도 티전스는 시골 저택에서 아무 말도 하지 않았지만 말이다. 그렇지만 실비아는 사람들의 관심을 받기 위해서 가까운 장래에 일어날 것처럼 보이는 혁명, 무정부 사태, 갈등 등과 관련된 자신의 견해를 밝히고 싶을 때, 자신의 주장을 뒷받침해 줄 한두 가지 분명한 사실을 알고 싶었다. 실비아는 티전스가 해준 이야기를 근거로 책임 있는 위치에 있는 남자들과 언쟁을 벌이곤 했는데, 그들이 대화 이후 자신에게 전보다 더 큰 관심을 갖는다는 사실을 그녀는 알게 되었다.

손에 접시를 들고 식탁을 따라 걷고 있던 실비아는 티전스가 옳았음을 인정할 수밖에 없었다! 전쟁이 발발한 지 3년이 되자, 저렴하고 안락하지만 위엄을 갖춘, 게다가 편리해서 하인 한 명만 있으면 (충성스러운 헬로 센트럴이 그런 상황까지 가게 두진 않았지만)

충분히 꾸릴 수 있는 그런 집을 소유하는 게 필요하게 되었다.

티젼스에게 가까이 다가갔을 때, 실비아는 아스픽[283] 처리를 한 차가운 커틀릿 두 덩이와 약간의 야채샐러드가 담겨 있던 접시를 들었다. 그녀는 한쪽으로 몸을 약간 기울이더니, 손으로 원을 그리며 접시에 담긴 내용물을 티젼스의 머리를 향해 던졌다. 그러고는 접시를 식탁에 올려놓은 뒤, 벽난로 맞은편에 있는 커다란 거울을 향해 천천히 걸어갔다.

"따분해, 따분해, 정말 따분해!" 실비아가 말했다.

실비아가 음식을 던질 때 티젼스는 몸을 약간 움직여 커틀릿과 대부분의 야채샐러드는 그의 어깨 너머로 날아갔다. 그러나 진녹색 야채 잎 하나가 그의 멜빵 위에 떨어졌고, 접시에 있던 오일과 식초는(실비아는 자신이 갖가지 소스를 지나치게 많이 친다는 것을 알고 있었다) 그가 입은 튜닉[284] 옷깃에서부터 녹색의 계급 배지에까지 튀었다. 실비아는 그를 딱 그 정도만 맞춰서 기뻤다. 그것은 그녀의 사격술이 그리 녹슬지 않았다는 사실을 의미했기 때문이었다. 또 실비아는 티젼스를 정확하게 맞추지 않아서 기뻤다. 하지만 그러면서도 상당히 무덤덤했다. 실비아는 단지 그에게 음식을 던져야겠다는 생각이 들어 이를 행동으로 옮겼을 뿐이었다. 그래서 그녀는 기뻤다.

실비아는 푸르스름한 색을 띤 거울 속에 비친 자신의 얼굴을 얼

---

[283] aspic: 육즙으로 만든 투명한 젤리로 차게 식혀 먹는다.
[284] tunic: 경관·군인 등이 제복의 일부로 입는 몸에 딱 붙는 재킷.

마 동안 응시했다. 그리곤 양손으로 커다란 머리띠를 귀에 꼭 눌러 썼다. 그녀는 자신이 보기에 괜찮아 보였다. 고결해 보였고, 피부결은 석고처럼 희었으며 (이렇게 보이는 데 거울이 큰 몫을 하긴 했지만) 손은 아름답고 길고 차가웠다. 어떤 남자가 이를 갈망하지 않을 수 있겠는가… 그리고 머리카락은! 어떤 남자가 흰 어깨위에 풀어 헤쳐진 그녀의 머리카락을 생각하지 않을 수 있겠는가? … 티전스는 생각하지 않았겠지만 말이다! 아니, 어쩌면 그도 그랬는지도… 실비아는 그가 그런 생각을 했었기 바랐다. 그리고 자신의 이런 모습을 전혀 보지 못하는 그를 저주했다. 위스키를 약간 마신 밤이면 가끔은 그도 자신을 원했을지 모른다!

실비아는 종을 울려 헬로 센트럴을 불러 카펫위에 떨어진 음식을 치우게 했다. 큰 키에 어두운 피부를 한 헬로 센트럴은 미동도 하지 않고 휘둥그레진 눈으로 멍하니 있었다.

실비아는 책장을 따라가다가 뒤돌아 오더니, 어떤 책 앞에 멈춰섰다. 불규칙한 크기의 대문자로 '비타레 오미눔 노티스[285]…'라고 쓰인 문구가 오래된 가죽 표지에 금박으로 깊이 새겨진 책이었다. 실비아는 첫 번째 창문에 서서 블라인드 줄을 잡고 몸을 지탱했다. 그녀는 밖을 내다보다가 다시 방을 응시했다.

"저기 그 베일 쓴 여자가 가네요!" 실비아가 말했다. "11시 방향… 아니 2시 방향으로 들어가네요…"

실비아는 남편의 등을 뚫어지게 보았다. 점점 굽어지고 있는, 군

---

[285] Vitare Hominum Notiss: (라틴어) '인간을 피하다'라는 의미다.

복을 입은 등을 아주 뚫어지게 보았다! 그녀는 남편의 움직임 하나도, **뻣뻣해지는** 몸 하나도 놓치지 않을 작정이었다.

실비아가 말했다. "저 여자가 누군지 알아냈어요! 그리고 누구한테 가는지도요. 짐꾼한테 들었거든요." 실비아는 잠시 기다리다 이렇게 덧붙였다.

"비숍스 오클랜드[286]에서 당신과 함께 여행하였던 여자가 바로 저 여자죠? 전쟁이 선포되던 바로 그날 말이에요."

의자에 앉아 있던 티젠스는 몸을 완전히 돌렸다. 실비아는 그가 격식을 차리기 위해 그렇게 할 거란 걸 알고 있었다. 그래서 실비아에게 그의 이런 행동은 아무 의미가 없었다.

희미한 불빛을 받고 있던 티젠스의 얼굴은 창백해 보였다. 하지만 프랑스에서 흙더미 사이 양철로 만든 임시 막사에서 지내다 돌아온 뒤부터 그의 얼굴은 항상 창백해 보였다. 티젠스가 말했다.

"그 말은 당신도 나를 봤단 말이구려!" 그러나 이 말 역시 그저 예의를 차리려는 것에 불과했다.

실비아가 말했다.

"물론이죠. 레이디 클라우딘 집에 갔다 온 사람 모두 당신을 봤어요! 캠피언 장군이 그 여자 이름을 이야기해줬었는데… 잊어버렸네요."

티젠스가 말했다.

"캠피언 장군이 그 여자를 알 거라 생각했었소. 복도에서 들여다

---

[286] Bishop's Auckland: 영국의 북동쪽에 있는 더럼(Durham)에 있는 마을.

보는 걸 보았으니까!"

실비아가 물었다.

"그 여잔 당신 정부예요? 아니면 맥마스터의 정부예요? 그것도 아니라면 당신 둘 다의 정부인가요? 공동의 정부를 갖는 건 당신답네요… 그 여자 남편 미쳤죠? 목사 말이에요."

티전스가 말했다.

"아니요."

실비아는 다음 질문을 하려다 멈췄다. 대화가 오가는 동안 한 번도 우위를 잡으려는 행동을 하지 않았던 티전스가 말했다.

"그 여자는 6개월 전에 이미 맥마스터의 부인이 되었소."

실비아가 말했다.

"그렇다면 그 여자는 남편이 죽은 바로 다음날 맥마스터 씨와 결혼한 거군요"

실비아는 깊은 숨을 들이쉬고는 이렇게 덧붙였다.

"관심없어요… 그 여잔 지난 3년 동안 매주 금요일에 여기 왔어요… 그 망나니 같은 자식이 당신에게 빌린 돈을 내일 갚지 않는다면, 그 여자 과거를 폭로해 버릴 거예요. 당신도 그 돈이 필요해요!"

실비아는 티전스가 자신의 제안을 어떻게 받아들일지 몰랐기 때문에 서둘러 말을 이었다.

"워놉 부인이 오늘 아침 전화를 했어요. 빈 회의에 악영향을 미치는 작자가 누군지 알고 싶다면서요. 그런데 워놉 부인 비서는 누구죠? 워놉 부인은 전시 사생아 문제에 대해 의논하고 싶다며 오늘 오후 당신을 봤으면 좋겠다고 했어요."

티전스가 말했다.

"워놉 부인에겐 비서가 없소. 전화를 한 건 부인의 딸이었을 거요."

실비아가 말했다. "맥마스터가 개최한 그 끔찍한 오후 파티에서 당신이 푹 빠진 그 여자애군요. 그 여자애가 당신의 전시 사생아를 가졌나요? 모두들 그 여자가 당신 정부라고 하던데."

티전스가 말했다.

"아니오. 워놉 양은 내 정부가 아니오. 워놉 부인은 전시 사생아에 대한 기사를 쓰는 일을 맡았소. 그런데 내가 이렇다 할 만한 전시 사생아는 없다고 어제 부인에게 일러주었더니, 부인은 센세이션을 일으킬 만한 기사를 쓸 수 없다는 생각에 지금 심란해하고 있는 것뿐이오. 지금 워놉 부인은 내가 생각을 바꿨으면 하고 있소."

"당신 친구의 그 형편없는 모임에 있던 여자가 워놉이라는 여자애 맞죠?" 실비아가 물었다. "그리고 손님을 맞던, 그 이름이 뭐더라… 아무튼 그 여자도 당신 정부죠? 불쾌한 광경이었어요. 당신 취향은 정말 별로인 것 같네요. 런던의 천재라고 떠들어대는 작자들이 모인 거기서 내게 시 짓는 법을 알려주겠다고 떠들어대던 남자도 있었어요."

"그렇게 말하는 건 모임의 성격을 설명하는 데 적합하지 않은 것 같소." 티전스가 말했다. "맥마스터는 매주 금요일에 모임을 갖고 있소. 토요일이 아니고. 지난 몇 년 동안 그래 왔소. 맥마스터 부인은 안주인으로 매주 금요일 거기 가는 것이오. 맥마스터 부인 역시 몇 년간 그래왔소. 그리고 워놉 양은 자기 어머니 일이 끝나면 맥마스터 부인을 돕기 위해 매주 금요일 거기 가는 것이고."

실비아는 조롱하듯 티전스에게 말했다. "그 여자애가 몇 년 동안이나 그래 왔다고요? 그리고 당신은 워놉을 안아주러 금요일마다 거기 갔고요! 오, 크리스토퍼!" 실비아는 짐짓 애처롭다는 어조로 말했다. "나는 늘 당신 취향이 별로라고 생각했어요… 하지만 그건 안 돼요! 그렇게 하면 안 돼요. 그 여자애를 되돌려놔요. 당신에 비해 너무 어려요…"

티전스는 차분하게 말을 이어갔다. "런던에 있는 모든 재능 있는 사람들은 매주 금요일에 맥마스터가 마련한 모임에 가오. 맥마스터는 왕립 문화 기금을 분배하는 일을 맡았소. 그래서 사람들이 거기 모이는 것이오. 그리고 그들이 거기 가기 때문에 맥마스터는 씨비[287]를 수여받은 것이고."

실비아가 말했다. "나는 그들이 중요한 사람들이라고 생각하지 않아요."

티전스는 이렇게 대답했다. "당연히 그들은 중요한 사람들이오. 언론사에 글도 쓰는 그런 사람들이란 말이오. 그들은 자신들을 제외하고는 누구에게 무엇이든 얻어줄 수 있는 힘이 있는 사람들이오."

"당신처럼요!" 실비아가 말했다. "완전히 당신 같군요! 그 사람들은 뇌물이나 받아먹는 작자들이에요."

티전스가 말했다. "아니, 그렇지 않소. 그들은 명예롭지 않은, 그런 일을 하진 않소. 그리고 1년에 40파운드에 해당하는 기금을 맥마

---

[287] C.B.: 'Companion of The Most Honourable Order of the Bathm'의 약자로 국왕을 위해 봉사한 인물에게 수여되는 훈장이다.

스터가 자신의 출세를 위해 배분한다고 생각하진 마시오. 맥마스터는 주변 분위기를 제외하고는 그것이 어떻게 돌아가는지 전혀 알지도 못하오."

"그곳보다 더 분위기가 형편없는 곳은 없어요. 토끼 사료 같은 악취도 나고요." 실비아가 말했다.

"당신은 정말 크게 오해하고 있소." 티전스가 말했다. "그건 러시아산 가죽 냄새요. 큰 책장에 꽂혀 있는 특별하게 제본된 기증본 뒤표지에서 나는 가죽 냄새란 말이오."

"도대체 당신이 무슨 말을 하는지 모르겠네요." 실비아가 말했다. "기증본이 뭐예요? 난 당신이 키예프[288]에서 그 끔찍한 러시아 악취를 충분히 맡았다고 생각했는데."

티전스는 잠시 생각에 빠졌다.

그러더니 이렇게 말했다. "기억이 나지 않소. 키예프…? 오, 거긴 우리가…"

"당신 어머니가 준 돈의 절반을 투자해 키예프 정부에 12.5퍼센트 지분을 확보했잖아요." 실비아가 말했다. "시가 전차 궤도 사업에…"

이 말을 듣고 티전스는 실비아가 좋아하지 않는 찡그린 표정을 지었다.

실비아가 말했다. "당신은 내일 떠날 수 있는 상태가 아니에요. 캠피언 장군에게 전보를 칠 게요."

---

[288] Kiev: 우크라이나 공화국의 수도.

티전스가 무뚝뚝하게 말했다. "두쉬민 부인, 그러니까 맥마스터 부인은 사교 모임이 시작되기 전에 방에다 향을 피우곤 했소… 중국풍의 악취가 나는 향료 말이오… 그 이름이 뭐더라? 하여튼, 그건 중요치 않소." 티전스는 체념하듯 말을 중단하다가 다시 말을 이었다. "아무런 오해도 하지 말구려. 맥마스터 부인은 아주 훌륭한 여자요. 아주 유능하고 또 존경도 받고 있소 그러니 그 부인과 맞서지 말라고 당신한테 충고할 필요도 없을 것 같소. 지금 맥마스터 부인은 힘이 있으니 말이오."

실비아가 말했다.

"그런 여자가!"

티전스가 말했다.

"절대로 맥마스터 부인과 맞서 싸우면 안 된다고 하는 건 아니오. 다만 당신이 속한 세계와 맥마스터 부인의 세계는 서로 다르오. 그러니 만일 싸우게 되면, 아니, 그러지 마시오… 당신이 맥마스터 부인에게 원한을 품고 있는 것처럼 보여서 하는 말이오."

실비아가 말했다. "내 눈앞에서 그런 일이 벌어지는 게 싫을 뿐이에요."

티전스가 말했다.

"무얼 말하는 거요? 나는 단지 맥마스터 부인에 대해 조금 알려주려고 했을 뿐인데… 맥마스터 부인은 책 내용이 끔찍하다는 이유로 남의 책을 태워버리는 그런 남자의 정부였던 사람과 비슷하오… 그런데 이름이 기억나지 않는구려."

실비아가 재빨리 대답했다.

"이름을 기억하려 하지 말아요." 그런 다음 천천히 말했다. "조금도 알고 싶지 않으니까요…"

티전스가 말했다. "그 이름은 에게리아[289]요! 뛰어난 사람들에게 영감을 주는 여자지. 맥마스터 부인이 바로 그렇소. 재능 있는 자들이 주변에 모여들지만 진짜 선별된 사람들하고만 서신을 주고받소. 부인이 쓰는 편지는 참 훌륭하오. 주로 도덕에 관한 내용으로 감정 표현이 아주 섬세하지. 스코틀랜드적으로 섬세하게 감정 표현을 아주 잘하오. 부인과 서신을 교환하는 사람들이 외국에 나가게 되면 부인은 그 사람들에게 런던 문학계에서 일어나는 일을 짤막하게 알려주기도 하오. 정말 일 처리를 아주 잘하오. 그리고 맥마스터가 가지고 싶어 하는 것을 때때로 슬며시, 하지만 아주 조심스럽게 놓아두기도 하오. 이를테면 맥마스터가 받은 씨비가 그렇소. 부인은 자기 부부의 수호신 역할을 해줄 수 있는 가, 나, 다 같은 사람들 마음속에 맥마스터에게 씨비를 수여해야 한다는 생각을 불어넣었소… 그러면 가라는 수호신은 관리 전형 산하부 차관과 점심 식사를 하고, 문학 훈장을 관할하는 차관은 정보를 얻기 위해 다른 영향력 있는 사람들과 점심 식사를 하게 되는 것이오."

실비아가 물었다. "그런데 왜 맥마스터에게 그 많은 돈을 빌려준 거죠?"

"뭐랄까" 티전스가 말을 이어갔다. "그건 아주 합당한 것이오. 우리나라에선 그런 식으로 후원을 하니 말이오. 또 그렇게 하는 게

---

[289] Egeria: 로마 신화에 나오는 '다이아나'(Diana)에 해당한다.

맞소. 그게 유일하게 정당한 방식이오. 두쉬민 부인이 맥마스터를 지지하는 것은 그가 그 분야에서 제일가는 사람이기 때문이오. 또 두쉬민 부인이 영향력 있는 사람들에게 도리어 영향력을 행사할 수 있는 이유도 부인이 그 분야에서 제일가는 사람이기 때문이오… 부인은 괜찮은 스코틀랜드 사람들에게는 숭고한 도덕을 대변하는 인물이오. 조만간 부인은 문학의 밤 초대장을 더 이상 보내지 않을 거요. 부인은 이미 왕립 문화 기금 만찬 행사에도 그러고 있소 프랑스에 정통으로 강타를 날린 덕에 맥마스터가 기사 작위를 받게 되는 날, 부인은 지금보다 더 권위 있는 모임에서 어느 정도의 자기 지분을 갖게 될 것이오… 사람들은 누군가에게 조언을 구해야 할 일이 생길 것이고… 당신도 언젠가 사교계에 어떤 아가씨를 소개하고 싶어 하게 될지도 모르지만, 그때 초대장을 못 받게 될 수도 있소…"

실비아가 소리쳤다. "그렇다면 아주 기쁘군요. 브라우니[290]의 삼촌에게 그 여자에 대해 쓴 편지를 보냈거든요. 그런데 레이디 글로비나에게서 당신이 지금 아주 곤란한 상황에 처해 있다고 들었어요."

티전스가 물었다. "브라우니의 삼촌이 누구요? 무슨 경… 경… 아, 그 은행가! 브라우니가 자기 삼촌 은행에서 일하고 있다는 건 알고 있었소."

"포트 스케이토 말이에요." 실비아가 말했다. "이름을 잊어버린

---

[290] Brownie: 브라운리의 약칭.

척하지 말아요. 너무 티 나요."

티전스의 얼굴은 약간 더 창백해졌다.

그가 말했다. "포트 스케이토 경은 법학원 숙소 할당 위원회의 의장이지 않소. 물론 그 사람을 알고 있소. 그런데 당신이 그 사람한테 편지를 썼다고?"

"미안해요." 실비아가 말했다. "내 말은 당신이 자꾸 이름을 잊어버리는 것에 대해 내가 그런 식으로 말해 미안하다는 뜻이에요… 그레이즈인 법학원 거주민으로서 당신 정부가 (그 사람도 당신들 관계를 알고 있더군요) 금요일마다 검은 베일을 쓰고 살며시 법학원에 들어왔다가 토요일 새벽 4시에 몰래 나가는 것을 막아 달라고 편지를 쓴 거예요."

"포트 스케이토 경이 나와 맥마스터 부인과의 관계를 알고 있단 말이오?" 티전스가 물었다.

실비아가 말했다. "기차 안에서 그 여자가 당신 품에 안겨 있는 것을 봤다고 했어요. 이 일로 브라우니는 너무 화가 나서 당신이 초과로 발행한 수표를 중지시키고 알디[291]라고 써서 그 수표를 당신에게 되돌려주겠다고 했고요."

"당신을 기쁘게 해주려고?" 티전스가 물었다. "은행가들이 그런 일도 하오? 영국 사회의 새로운 면모를 제대로 보여주는구료!"

"내 생각엔 은행가들도 다른 남자들처럼 자기 여자 친구를 기쁘

---

[291] R.D.: refer to drawer의 약자. 발행인 회부의 의미로 이는 은행에서 부도어음에 적는 문구로 수표발행자의 예금이 부족하다는 것을 의미한다.

게 해주려고 노력하는 것 같아요." 실비아가 말했다. "그렇게 한다고 해서 난 전혀 기쁘지 않다고 아주 분명하게 말했지만 말이에요…" 실비아는 망설이듯 말했다. "당신에게 보복할 기회를 그 사람에게 주고 싶진 않아요. 난 당신 일에 관여하고 싶지 않거든요. 그렇지만 브라우니는 당신을 좋아하지 않아요…"

"그자는 당신이 나와 이혼하고 당신과 결혼하기 바라고 있소?" 티전스가 물었다.

실비아가 무덤덤하게 물었다. "어떻게 알았어요? 난 가끔 그 사람이 내게 점심 식사 대접을 할 기회를 줘요. 당신이 없을 때, 그 사람이 내 일을 해주면 편하기 때문이죠… 물론 그 사람은 당신이 군대에 있어서 당신을 미워해요. 군에 몸담고 있지 않은 사람들은 군에 있는 남자들을 경멸하는 법이니까요. 그들 사이에 여자가 개입되면, 군에 몸담지 않은 사람은 군에 있는 사람을 파멸시키려고 별짓을 다하는 법이죠. 은행가라면 행사할 수 있는 영향력이 크기도 하고…"

"나도 그럴 거라고 생각하오." 티전스가 말했다. "물론 그렇겠지…"

실비아는 잡아당기고 있던 블라인드 줄을 놓았다. 얼굴에 햇빛을 받아 자신이 하는 말이 더 깊은 인상을 줄 수 있도록 그렇게 했다. 1, 2분 후, 충분한 용기가 생겼을 때 실비아는 티전스에게 안 좋은 소식을 전하기로 마음먹었다. 실비아는 천천히 벽난로 쪽으로 움직였다. 티전스는 자신의 얼굴을 보여주기 위해 의자를 돌려 실비아의 움직임에 따라 시선을 움직였다.

실비아가 말했다.

"이게 모두 다 그 빌어먹을 전쟁 잘못이에요, 그렇죠? 부정할 수 있어요? … 내 말은 전쟁 때문에 브라우니같이 예의 바른 신사가 짐승같이 비열한 사람이 되어버렸단 말이에요!"

"그런 것 같소." 티전스는 멍하니 말했다. "그래, 확실히 그런 것 같소. 당신 말이 정말로 맞소. 영웅적인 충동에 부수적으로 수반되는 퇴보 때문이지. 영웅적인 충동에 중압감이 가해지면 부수적으로 일어나는 퇴보가 지배하게 되는 법이니 말이오. 브라우니가의 사람들이 모두… 그런 하찮은 인간이 된 게 바로 그것 때문인 것 같소…"

"그런대 왜 당신은 계속 그러는 거죠?" 실비아가 말했다. "당신이 내 뜻대로 조금만 움직여준다면 당신은 거기서 빠져나올 수 있는데 말이에요."

티전스가 말했다.

"고맙소. 하지만 난 계속 그 일을 하는 게 좋소… 아니면 어떻게 내가 생계를 꾸려나갈 수 있겠소? …"

"그렇다면 당신은 알고 있겠군요." 실비아가 째지는 듯한 날카로운 소리로 말했다. "당신을 배제할 방법을 찾아낼 수만 있다면 그들은 당신을 복귀시켜 주지 않을 거라는 사실 말이에요…"

"그들은 방법을 찾아낼 것이오!" 티전스가 말했다. 그러고는 이렇게 말을 이었다. "우리가 프랑스와 전쟁을 치르게 될 때." 티전스는 멍하니 말했다. 실비아는 그가 지금 논의에 지지 않기 위해 자신이 확립한 견해를 체계적으로 제시하려고 한다는 것을 알았다. 남편은 워놉이라는 여자애를 생각하고 있는 게 분명하다! 작은 몸에,

트위드²⁹² 치마를 입은… 워놉은 실비아 티전스의 시골뜨기 버전이
다… 티전스의 말에 실비아는 마치 채찍으로 얻어맞은 듯 아팠다.
"우린 좀 더 훌륭하게 행동할 것이오." 티전스가 말했다. "왜냐면
앞으로 우리의 영웅적인 충동이 점차 줄어들 것이기 때문이오. 우리
는… 우리 중 절반은… 스스로에 대해 부끄러움을 느끼게 될 것이
오. 그러니 영웅적인 충동에 부수적으로 일어나는 퇴보도 덜 일어나
게 될 것이오."

티전스의 말을 듣고 있던 실비아는 맥마스터 집 모임에서 티전스
가 책 앞에 서서 워놉에게 이야기하던 모습을 더 이상 생각하지 않
았다. 실비아는 이렇게 소리쳤다.

"도대체 지금 무슨 말을 하는 거예요? …"

티전스는 말을 계속했다.

"프랑스를 상대로 치르게 될 다음 전쟁에 관해 이야기하는 거
요… 우리는 본래 프랑스의 적이오. 우린 그들을 약탈하거나 앞잡
이로 이용해야 생계를 꾸려나갈 수 있소."

실비아가 말했다.

"그렇게 할 순 없어요! …"

티전스가 말했다. "그렇게 해야 하오. 그게 우리의 존재 조건이오.
우리는 사실상 파산한, 인구 과잉의 북쪽 나라 사람인 반면 그들은
인구가 감소하는 부유한 남쪽 나라 사람들이오. 1930년쯤엔 프로이
센이 1914년에 한 일을 우리도 해야 할 것이오. 우리의 상황은 당시

---

²⁹² tweed: 간간이 다른 색깔의 올이 섞여 있는 두꺼운 모직 천.

프로이센이 처했던 상황과 아주 똑같아질 것이니 말이오. 그걸…
뭐라 부르더라…"

"그렇지만…" 실비아가 외쳤다. "당신은 프랑스를 좋아하잖아
요… 남들은 당신이 프랑스 스파이라고 생각하는데… 그것 때문에
당신 경력이 망가졌잖아요!"

"내가 그렇소?" 티전스는 무관심하다는 듯이 이렇게 묻고는 말을
이었다. "그래, 그것 때문에 내 경력이 망가진 것 같소…" 그는 전보
다 더 생기를 띠며, 조심스럽게 말을 이었다.

"그건 볼 만한 전쟁이 될 것이오… 무능한 정치가를 위해 술 취한
쥐새끼들이 벌이는 싸움은 아닐 테니 말이오."

"전쟁이 일어난다면 우리 어머니는 미치게 될 거예요!" 실비아가
말했다.

"아니, 그렇지 않소." 티전스가 말했다. "장모님이 지금 살아 계신
다면 오히려 자극을 받으실 거요… 우리 영웅들은 술과 호색에 빠
지지 않을 것이고, 버러지 같은 인간들은 영국 본토에 남아 우리
전쟁 영웅들을 등 뒤에서 찌르진 않을 것이오. 우리 화장실 장관[293]
은 총선에서 군인들의 애인 표를 얻기 위해 250만 명의 군인을 기지
에 있도록 하지 않을 것이오. 바로 이것이 여자들에게 참정권을 줄
때 생기는 첫 번째 폐단이 될 것이오. 프랑스가 아일랜드를 점령하
고 브리스틀[294]에서 화이트홀까지 그 세력을 뻗어오면, 우리는 장관

---

[293] 화장실이란 의미의 'closet'는 사적으로 사용되는 '작은 방'을 말하는데 작
가가 여기서 물이 나오는 작은 방이란 의미의 water closet이란 단어를 사용
한 이유는 사실에서 밀담만 나누는 내각을 비판하기 위한 것이다.

이 협정서에 서명하기 전에 그의 목을 쳐야 할 것이오. 그리고 우린 우리의 동맹국인 프로이센을 배신하지 말아야 하오. 우리 내각은 프랑스가 검소하고 논리적이며 제대로 된 교육을 받고 게다가 몹시 실리적이라는 이유로 그들을 경멸하기 때문에, 프로이센 같은 동맹국들을 싫어하진 않을 것이오. 프로이센인들은 필요하다면 우리가 이기적으로 대해도 되는 그런 류의 인간들이니 말이오…"

실비아는 신랄한 어조로 이렇게 말했다.

"제발 그만 좀 해요. 당신 말이 사실이라고 믿을 뻔했어요. 정말 우리 어머니는 미치셨을 거예요. 어머니의 가장 친한 친구분이 뒤세스 또네르 샤또 에로니까요."

"이런!" 티전스가 말했다. "당신의 가장 친한 친구들은 이름이… 메드… 메드… 당신이 초콜릿과 꽃을 가져다 준 오스트리아 장교들 말이오. 그래서 그것 때문에 소동이 벌어졌지… 지금 우린 그들과 전쟁 중인데도 당신은 미치지 않았지 않소!"

"나도 모르겠어요." 실비아가 말했다. "가끔 난 미쳐가고 있다는 생각이 들어요!" 실비아는 의기소침해졌다. 티전스는 경직된 얼굴로 식탁보를 응시했다. 그는 "메드… 메트… 코스…"라고 중얼거렸다. 실비아가 말했다.

"「어딘가에」라는 제목의 시 알아요? 이렇게 시작하죠. '어딘가 또는 다른 곳에 분명…'"

티전스가 말했다.

---

[294] Bristol: 영국 서부의 항구.

"미안하구려. 잘 모르겠소. 시를 다시 읽기 시작하지 못했소."
실비아가 말했다.

"시를 읽지 말아요!" 실비아가 말했다. "육군성에 4시 15분까지 가야죠? 지금 몇 시에요?" 실비아는 티젠스가 떠나기 직전에 그에게 안 좋은 소식을 전해주길 바랐다. 하지만 최대한 그 소식을 전달하는 것을 미루고 싶었다. 실비아는 먼저 그 일에 대해 생각해 보고 싶었다. 그리고 두서없는 대화를 이어가고 싶었다. 그렇지 않으면 그가 방에서 나갈지도 모르기 때문이었다. 실비아는 티젠스에게 "잠깐만요. 당신에게 할 말이 있어요!"라고 말해야 할 상황이 오는 걸 바라지 않았다. 그 순간 그녀는 그럴 기분이 아닐 수도 있기 때문이다. 티젠스는 아직 2시도 되지 않았다고 했다. 그는 자신에게 1시간 반을 더 줄 수 있을 것이다.

대화를 이어가기 위해 실비아가 말했다.

"워놉이란 여자애는 붕대 만드는 일을 하나요? 아니면 육군 여자 보조 부대 소속인가요?"

티젠스가 말했다.

"그렇지 않소. 워놉 양은 반전론자요. 당신 같은 반전론자란 말이오. 하지만 당신처럼 그렇게 충동적이진 않소. 그렇지만 한편으로는 자기주장이 강하오. 그래서 전쟁이 끝나기 전 감옥에 들어가게 될지도 모르고…"

"당신은 틀림없이 그 여자애와 나 사이에서 즐거운 시간을 보냈겠네요." 실비아가 말했다. 글로비나라는 별로 좋지 않은 별명이 붙은 어느 귀부인과 나눈 대화가 떠올랐다.

실비아가 말했다.

"당신은 항상 그 여자애와 전쟁 이야기를 하겠죠? 매일 보니까."

실비아는 이렇게 이야기하면 그를 몇 분 동안이라도 대화에 몰두하게 할 수 있을 거라고 생각했다. 티젠스는 워놉 부인과 매일 차를 마신다고 아주 무관심한 듯 말했다. 부인은 베드포드 파크[295]란 곳으로 이사를 했는데, 그곳은 그의 사무실에서 도보로 3분도 채 걸리지 않는 거리에 있다고 했다. 육군성은 인근 공공 녹지대에 많은 임시 막사를 세워두었기 때문이라고 했다. 그는 기껏해야 일주일에 한 번 워놉 부인의 딸을 만나는데, 전쟁에 관한 이야기는 한 번도 하지 않았다고 했다. 전쟁이란 젊은 여자에겐 너무 불쾌한 주제, 아니 불쾌하다기보다는 너무나 고통스러운 주제이기 때문이라고 했다… 의식하지 못한 사이 티젠스의 말은 점차 미완성의 문장이 되었다.

같은 집에 살면서 어떤 공통 영역을 갖지 않는다는 것은 불가능했기에, 그들은 종종 그런 코미디 같은 상황을 연출했다. 그들은 각자의 이야기를 하곤 했다. 어떨 때는 장황하게 그것도 예의를 갖추어서, 어느 샌가 모르게 침묵하게 될 때까지 자신만의 생각에 빠진 채 장황하게 이야기를 하곤 했다.

수녀원을 경멸하면서도 서로 다른 종파가 섞여서는 안 된다고 생각하는 티젠스의 신경을 건드리기 위해 성공회 신도와 피정을 같이 가곤 했던 실비아에게는 피정에 가서 공상에 몰입하는 습관이 생겼

---

[295] Bedford Park: 베드포드시에 있는 공원.

다. 지금 실비아는 회색 덩어리 같이 보이는 티전스가 희끄무레한 이 넓은 공간, 즉 점심 식탁의 상석에 앉아 있다는 것을 어렴풋이 의식하고 있었다. 거기는 책들이 있었다. 하지만 지금 실비아는 눈 앞에 보이는 것과는 아주 다른 사람과 다른 책을 보고 있었다. 다시 말해 실비아는 레이디 글로비나 남편이 소장한 책을 보고 있었다. 글로비나가 정치가인 자신의 남편 서재에서 실비아를 맞이하고 있었기 때문이었다.

실비아의 가장 친한 두 친구의 어머니인 글로비나가 실비아를 불렀다. 그녀는 친절하고 재치 있게 실비아가 어떤 애국적인 활동도 하지 않고 있다는 사실을 지적했다. 그러곤 실비아에게 도매가로 기성품 기저귀를 구입할 수 있는 런던에 소재한 어느 상점의 주소를 알려주었다. 실비아가 직접 만든 것으로 꾸며, 그것을 자선 단체에 기증하라는 것이었다. 하지만 실비아가 그런 일은 하지 않겠다고 하자, 글로비나는 이 아이디어를 필젠하우저 부인에게 알려주어야겠다고 했다. 글로비나는 외국 성을 가졌거나, 외국 사람 억양을 가졌거나, 외국 사람을 조상으로 갖고 있는, 곤란한 상황에 처한 부유층을 위해, 그들이 할 수 있는 애국적인 행동을 생각해내기 위해 매일 같이 고민한다고 했다.

뾰족한 납빛 얼굴을 한 50대의 글로비나는 냉정한 태도의 소유자였다. 그렇지만 재치 있게 행동하거나 진심으로 호소할 때는 부드러운 태도를 보였다. 그들이 있던 방은 벨그레이비어[296] 뒤뜰 건너편

---

[296] Belgravia: 런던의 고급 주택 지구.

에 있었다. 방의 조명은 채광창을 이용했지만 채광창 위에서부터 드리워진 그림자는 그녀의 얼굴에 난 주름을 더 깊게 보이게 하면서, 그녀의 냉정함과 부드러움뿐만 아니라 그녀의 흰머리를 보다 잘 드러냈다. 이것은 주로 전등 불빛 아래서 레이디 글로비나를 보아온 실비아에게 상당히 강한 인상을 남겼다.

실비아가 말했다.

"부인, 제가 그 외국 성을 가진, 곤경에 처한 부유층 사람이라고 말씀하시는 건 아니시겠죠!"

레이디 글로비나가 말했다.

"실비아, 그건 네가 아니라 네 남편 문제야. 지난번 네가 에스터하지[297]가 사람들이나 메테르니히[298]가 사람들과 벌인 일은 네 남편을 거의 파멸시킬 뻔했어. 현재 정권을 잡은 사람들이 논리적이지 못하다는 걸 넌 잊고 있어…"

그때 당시 실비아는 자신이 안장 모양의 등이 있는 가죽의자에서 갑자기 일어나 소리친 일이 기억났다.

"그러니까 부인께서 하시고 싶은 말씀은, 말로 표현할 수도 없는 그 짐승 같은 인간들이 제가 그렇다고…"

레이디 글로비나는 참을성 있게 말했다.

"실비아, 이미 이건 네 문제가 아니라고 말했잖아. 고통받는 건

---

[297] Esterhazy: 헝가리 귀족 가문으로 이 가문은 정부, 군, 외교, 가톨릭 등 다양한 영역에서 중요한 직책을 맡은 인물을 다수 배출했다.
[298] Metternich(1773~1859): 오스트리아의 정치가로 자유주의·민족주의 운동을 탄압한 보수파 정치인.

네 남편이야. 네 남편은 너무 착한 사람이라 고통받아서는 안 될 사람처럼 보이더구나. 워터하우스 경이 그렇게 말하더라. 사실 난 네 남편을 잘 모르지만 말이야."

실비아는 자신이 이렇게 말한 것이 기억났다.

"도대체 워터하우스가 누구예요?" 실비아는 워터하우스가 전 자유당 장관이었다는 말을 듣고는 더 이상 관심이 없었다. 그 뒤 글로비나가 한 말 하나하나는 도무지 기억이 나지 않았지만, 그녀가 한 말의 요지는 실비아를 아연실색케 했다.

지금 실비아는 티전스 쪽으로 고개를 돌렸지만 가끔씩만 그를 바라보았다. 레이디 글로비나가 한 말을 하나하나 정확히 기억하고 싶었기 때문이었다. 평소에 실비아는 자신이 나눈 대화를 잘 기억했다. 하지만 그때는 불같은 분노와 욕지기, 그리고 손바닥에 느껴지는 날카로운 손톱이 주는 고통과 극복할 수 없는 일련의 감정 때문에 제정신이 아니었다.

실비아는 호기심 어린 표정으로 회심의 미소를 지으면서 티전스를 쳐다보았다. 그녀가 아는 한 가장 명예로운 남자에게 어떻게 이처럼 더럽고 근거 없는 추문이 따라다닐 수 있는지 의아스러웠다. 이런 사실은 명예라는 것에는 늘 불운이 함께 하는 속성이 있지 않나 하는 생각을 하게 했다…

창백한 얼굴로 티전스는 토스트 조각을 만지작거리며 중얼거렸다.

"메… 메… 메…" 그는 냅킨으로 이마를 닦고는, 깜짝 놀라며 그것을 쳐다보다가 바닥에 내던졌다. 그러고는 손수건을 꺼내들며 중얼거렸다. "메트… 메테르…" 그의 얼굴은 조개껍데기에 귀 기울이는 어린 아이의 얼굴처럼 밝게 빛났다.

실비아는 증오에 가득 한 목소리로 소리쳤다.

"세상에! 메테르니히라고 말해 봐요… 당신 정말 날 미치게 하는군요!"

실비아가 다시 티전스의 얼굴을 쳐다보았을 땐 그의 얼굴은 밝아져 있었다. 그는 방 한쪽에 놓인 전화기로 재빨리 걸어갔다. 그는 실비아에게 양해를 구한 후, 일링에 전화를 걸었다. 잠시 후 그가 말했다.

"워놉 부인? 오, 방금 제 아내가 메테르니히가 빈 회의에 악 영향을 미치는 인간이라는 걸 상기시켜 줬습니다…네! 네!" 그리고 수화기에 귀를 기울이더니 잠시 뒤 말했다. "좀 더 강하게 이야기할 수도 있을 것 같습니다. 어떤 대가를 치르더라도 나폴레옹을 파멸시키려 한 토리당의 결정은 토리당의 어리석음을 잘 보여주는 단면이었으며, 그밖에… 네, 카슬레이[299] 그리고 물론 웰링턴[300]이 있죠… 정말 죄송한데 전화를 끊어야 할 것 같습니다… 네, 내일 8시 반에 워털루에서요… 아니요. 워놉 양을 다시 만날 수는 없을 것 같습니다… 아니요. 워놉 양이 잘못 안 것 같네요… 네, 안부 전해주세요… 안녕히 계십시오." 티전스가 전화를 끊으려 수화기를 내려놓으려 할 때, 전화기에서 높고 날카로운 외침이 계속 들려와 그는 다시 수화기를 귀에 갖다 대었다. "아, 전시 사생아!" 그가 소리쳤

---

[299] Castlereagh(1769~1822): 영국의 정치가.
[300] Wellington(1769~1852): 워털루에서 나폴레옹 1세를 격파한 영국의 장군·정치가.

다. "부인께 이미 통계 자료를 보내드렸습니다! 아니요! 몇 군데를 제외하고는 사생아 출생률은 눈에 띄게 증가하지 않았습니다. 스코틀랜드 저지대는 사생아 출생률이 상당히 높습니다. 그렇지만 그곳은 늘 그렇죠…" 그는 한바탕 웃더니 친절하게 이야기했다. "부인은 관록 있는 저널리스트이시니, 그런 일에 50파운드를 낭비하시면 안 됩니다." 그는 잠시 말을 멈추더니 이렇게 소리쳤다. "부인께 도움이 될 만한 아이디어가 하나 있습니다. 출생률이 거의 동일한 것은 이런 이유에서일 겁니다. 먼저, 프랑스로 전쟁을 하러 간 사내들 절반은 자신들이 보기에 이것이 마지막 기회라고 생각해서 앞뒤 가리지 않고 행동할 겁니다. 하지만 나머지 절반의 사내들은 두 배는 더 양심적으로 행동할 겁니다. 제대로 된 생각을 하는 군인은 자신이 죽기 직전 자신의 애인을 임신시키는 일에 대해 두 번 생각할 겁니다. 물론, 이혼율은 올라갑니다. 왜냐면 사람들은 법 테두리 안에서 새로운 시작을 해보려 할 테니까요. 고맙습니다… 고맙습니다…" 그는 수화기를 내려놓았다.

전화 내용을 들은 실비아는 분명하게 깨달았다. 실비아는 슬픈 듯이 중얼거렸다.

"그게 바로 당신이 여자를 유혹하지 못하는 이유로군요." 실비아는 티젼스가 "제대로 된 생각을 가진 군인은 자신의 애인을 임신시키는 일에 대해 두 번 생각할 겁니다"라고 말할 때, 갑자기 억양을 바꾸었다는 사실에서 티젼스 자신이 두 번 생각했다는 사실을 알아차렸던 것이다.

실비아는 매우 침착하게 거의 믿지 못하겠다는 듯 그를 응시했다.

그녀는 자문해보았다. 도대체 왜 그는 확실히 죽음을 맞으러 가기 전인데 자기 애인과 즐거운 시간을 갖지 않았을까… 실비아는 마음 속으로 강한 고통을 느꼈다. 지독한 곤경에 처한, 가엽고 불쌍한 사람 같으니…

실비아는 벽난로 옆에 있는 의자로 갔다. 그러곤 거기에 앉아, 가든파티에서 공연되는 목가극이 그리 나쁘지 않을지 모른다는 생각에 그러듯, 몸을 앞으로 숙이며 티전스를 쳐다보았다. 티전스는 전설에나 나오는 괴물이다…

그는 전설에나 나옴직한 괴물이었다. 그가 명예롭고 덕망 있는 사람이기 때문은 아니었다. 실비아는 아주 명예롭고 덕망 있는 남자 몇을 알고 있었다. 만일 그녀가 프랑스나 오스트리아 친구들을 제외하고 명예롭고 덕망 있는 여자를 단 한 명도 알지 못한다면, 그것은 의심할 것도 없이 명예롭고 덕망 있는 여자들이 그녀를 즐겁게 해주지 못해서이거나, 그들이(프랑스나 오스트리아 여성들을 제외하고는) 로마 가톨릭교도가 아니기 때문일 것이다… 하지만 실비아가 알고 있는 명예롭고 덕망 있는 남자들은 대개 성공하여 존경을 받고 있었다. 그들은 엄청난 부를 축적하진 않았지만, 부유한 편이며, 평판 좋은 지방의 대지주 타입의 사람들이었다. 그런데 티전스는…

실비아는 자신의 생각을 정리해 보았다. 한 가지를 분명히 하기 위해 실비아가 물었다.

"도대체 프랑스에서 무슨 일이 있었던 거예요? 당신 기억력에 무슨 문제가 있는 거예요? 아니면 당신 두뇌에 문제가 생긴 건가요?"

티전스는 조심스럽게 대답했다.

"내 뇌의 절반, 다시 말해 내 뇌의 변칙적인 면이 죽었소. 정확히 말해 나의 뇌 기능이 상당히 약화되었소. 제대로 피가 공급되지 않아서… 그래서 기억의 상당 부분이 사라진 것이오."

실비아가 말했다.

"하지만 당신! … 뇌가 없다니!" 실비아의 이 말은 그에게 한 질문은 아니었기에, 그는 대답하지 않았다.

그가 "메테르니히"라는 이름을 듣자마자 단번에 전화하러 간 것은 지난 넉 달간 동정심을 얻기 위해서나 병가를 연장하기 위해 일부러 심기증 환자인 척한 것이 아니란 사실을 마침내 확인시켜 주었다. 실비아 친구들 사이에선 전쟁 신경증이라고 알려진 병을 핑계로 병가를 얻어내는 일은 냉소적인 웃음거리 대상이었지만, 동시에 해도 괜찮은 일로 생각되었다. 실비아 친구들의 남자 친구 중에서도 상당히 품위 있고, 또 그녀가 아는 바로는 매우 용감하기까지 한 남자들도 전쟁에 진력날 때, 휴가를 얻어내거나 휴가를 연장하기 위해 순전히 명목상의 병인 이 전쟁 신경증에 걸린 척했다고 공공연하게 자랑하고 다녔으니 말이다. 거짓말, 호색, 음주, 그리고 아우성이 난무하는 이 세상에서 전쟁 신경증에 걸린 척하는 건 실비아에게 오히려 도덕적으로 보였다. 어찌되었든 가든파티에서 시간을 보낸다면, 또는 티전스가 지난 몇 달간 그랬듯이 흙더미 사이에 지어진 양철로 된 임시 막사에서 시간을 보낸다면, 또는 워놉 부인이 신문에 쓸 기사를 돕기 위해 매일 오후 차를 마시러 그 부인의 집에 가는 데 시간을 보낸다면, 다시 말해 무엇인가를 할 때면, 그들은 최소한 서로를 죽이려고는 하지 않을 테니 말이다.

실비아가 말했다.

"당신에게 무슨 일이 있었는지 이야기해줄 수 있어요?"

티전스는 이렇게 말했다.

"내가 잘 이야기할 수 있을지 모르겠소… 어둠속에서 무언가 내 근처에서 터졌소. 아니 '폭발'이란 말이 더 정확한 단어일 것 같소. 하지만 그 일에 대해 듣고 싶지 않을 거 같은데? …"

"아니, 듣고 싶어요!" 실비아가 말했다.

티전스가 말했다.

"문제의 핵심은 무슨 일이 일어났는지 난 모르고 있고, 또 내가 무얼 했는지 기억하지 못한다는 것이오. 내 인생의 3주는 죽은 것이오… 내가 기억하는 거라곤 내 이름이 뭔지 기억하지 못한 채, 사상자 치료 후송소에 있었다는 것이오."

"정말인가요?" 실비아가 물었다. "일부러 그런 식으로 말하는 게 아니고요?"

"일부러 그런 식으로 말하는 건 아니오." 티전스가 답했다. "난 사상자 치료 후송소 병상에 누워있었소… 당신 친구들이 거기 폭탄을 투하할 때도 말이오."

"그 사람들을 내 친구라고 부르지 않았으면 좋겠네요." 실비아가 말했다.

티전스는 말했다.

"미안하오. 내 말이 정확하지 못했소. 그때 그 빌어먹을 독일군들이 비행기에서 병원 막사로 폭탄을 투하하고 있었소… 그들이 그 막사가 사상자 치료 후송소라는 걸 알고 있었다고 말하는 건 아니오. 틀림없이 아무 생각 없이 그렇게 한 것일 거요…"

"나를 위해 독일군에게 인정 베풀 필요는 없어요!" 실비아가 말했다. "사람을 죽인 사람은 어떤 사람이라도 용서할 필요 없어요."

"그때 당시 난 몹시 걱정이 되었소." 티전스는 말을 이었다. "난 아르미니우스주의[301]에 대한 책 서문을 쓰고 있었소…"

"당신은 책을 써 본 적이 없잖아요!" 실비아가 간절한 어조로 소리쳤다. 티전스가 책 쓰는 데 몰두한다면 생계를 꾸려갈 방법이 있을지도 모른다는 생각이 들었기 때문이었다.

"그렇소, 난 책을 써 본 적이 없소." 티전스가 말했다. "그리고 난 아르미니우스주의가 뭔지도 몰랐소…"

"아르미니우스설의 이단적 교리를 잘 알고 있잖아요." 실비아가 쏘아붙이듯이 이야기했다. "몇 년 전 나한테 다 설명해 줬잖아요."

"맞소." 티전스가 소리쳤다. "몇 년 전 나는 설명할 수 있었소. 그렇지만 그땐 그럴 수 없었소. 지금은 설명할 수 있지만 말이오. 그때 난 그것 때문에 약간 걱정이 됐었소. 하나도 알지 못하는 주제에 대한 서문을 쓴다는 것은 난감한 일이잖소… 당시 난 내 이름을 몰라 몹시 걱정이 되었소. 나는 병상에 누워 걱정하고 또 걱정했었소. 간호사가 와서 내 이름을 물었을 때 내가 모른다면 얼마나 불명예스럽게 보일까 하고 생각했소. 물론 내 이름은 내 옷깃에 달려있던 꼬리표에 적혀있었지만 말이오. 그렇지만 난 그들이 부상병들에

---

[301] Arminianism: 아르미니우스주의는 신비주의 신학에 반하고, 이성을 강조하는 기독교 신학의 한 갈래로 인간의 자유의지(free will)를 강조한다.

게 이름표를 단다는 사실을 잊고 있었소… 그때 여러 사람들이 몸이 동강나버린 간호사를 병원 막사로 데리고 왔소. 물론 독일군의 폭탄 때문이었소. 그들은 계속해서 그 주변에 폭탄을 투하하고 있었던 것이오."

"맙소사." 실비아가 소리쳤다. "그러니까 당신 말은 그들이 당신 옆으로 간호사 시체를 운반했다는 말인가요?"

"그 가여운 간호사는 죽지 않았었소." 티젼스가 말했다. "난 차라리 간호사가 죽었길 바랐었소. 이름은 베아트리체 카마이클이었는데… 내가 쓰러진 후 처음으로 알게 된 이름이었소. 물론 그 간호사는 지금 이 세상 사람이 아니오… 그 때문에 붕대 감은 머리에서 많은 피를 흘리던 어떤 부상병이 막사 건너편에서 일어났소… 그 친구는 병상에서 내려와 한마디 말도 없이 막사를 가로질러 와서는 내 목을 조르기 시작했소…"

"믿을 수가 없네요." 실비아가 말했다. "미안해요. 하지만 믿지 못하겠어요… 당신은 장교예요. 그러니 바로 당신 눈앞에서 부상당한 간호사를 운반할 순 없었을 거예요. 그들도 당신 누이 캐롤라인이 간호사였고 또 죽었다는 사실을 분명히 알고 있었을 텐데…"

티젼스가 말했다. "캐리[302]는 병원선이 침몰해 익사해 숨졌소. 그러니 간호사와 내 누이를 연관 지어 생각할 필요는 없소… 그들이 내 이름, 지위, 소속 부대 그리고 입대일 이외에도 내가 누이 하나와 형 둘을 전쟁 중에 잃었으며, 내 부친은 상심해서 돌아가셨다고 기

---

[302] Carrie: 캐롤라인의 애칭.

록해 두었을 거라곤 생각지 마시오…"

"그렇지만 당신은 형님 한 분만 잃었잖아요." 실비아가 말했다. "당신 형님과 누이의 장례식에도 가봤는데…"

"아니오. 형이 둘 맞소." 티젠스가 말했다. "내가 당신에게 말하려던 이야기는 내 목을 졸랐던 그 친구에 관한 것이오. 그 친구는 귀청이 찢어질 것 같은 비명을 몇 번 질렀소. 전령 여럿이 달려와 내게서 그 친구를 떼어 냈고, 그의 주변에 앉았소. 그때 그 친구는 '페이스'[303]라고 소리치기 시작했소. '페이스! … 페이스! … 페이스! …' 내 맥박을 재보니 2초 간격으로 그렇게 외친다는 것을 알 수 있었소. 그 친구는 숨을 거둔 새벽 4시까지 그렇게 외쳐댔었소… 그것이 종교적인 훈계의 말이었는지 아니면 어떤 여자의 이름이었는지 알 수는 없었소. 하지만 나는 그 친구가 몹시 싫었소. 대단한 건 아니었지만 그 친구 때문에 내 고통이 시작되었기 때문이오… 난 이름이 페이스인 어떤 여자를 알고 있었소. 아, 내 연애사는 아니오. 우리 아버지의 스코틀랜드 출신 수석 정원사의 딸이었소. 내 이야기의 핵심은 그 친구가 페이스라고 말할 때마다 난 스스로에게 자문해보았다는 것이오. '페이스? … 페이스 뭐?' 나는 우리 아버지 수석 정원사의 성을 기억해낼 수 없었던 거요."

다른 생각을 하던 실비아가 물었다.

---

[303] Faith: 영어로 '믿음'이란 종교적 의미를 지닌 단어다. 하지만 여기서 티젠스는 이름이 '페이스'인 사람에 대한 회상을 하며 죽어가는 부상병이 믿음이란 의미로 이 말을 한 것인지 아니면 페이스란 사람 이름을 부르는 것인지 혼란스러워 한다.

"성이 뭐였나요?"

티전스가 대답했다.

"기억나지 않소. 지금도 그렇소… 요점은 내가 그 이름을 기억해 낼 수 없다는 사실을 알았을 때, 나는 갓 태어난 아이처럼 무지했고, 또 거기에 대해 몹시 걱정스러웠다는 것이오. 그래서 난 매일 오후 워놉 부인 집에서 『브리태니카 백과사전』을 읽어 왔고, 지금은 알파벳 케이(K)까지 진도가 나갔소. 이슬람 경전에 '강한 자가 강타를 당하면 그의 자존심이 고통받는다!'는 말이 있소… 물론 나에겐 영연방군으로 지켜야 할 규정이 있소. 그리고 지금까지도 MML 보병대 야외 훈련, 그리고 육군 위원회 지침서를 빠르게 외울 수는 있소. 영국 장교가 알아야 하는 것들이니 말이오…"

"오, 크리스토퍼!" 실비아가 말했다. "백과사전을 읽고 있어요? 정말 안됐네요. 당신은 백과사전을 정말 경멸했었는데."

"그래서 내가 '자존심이 고통받는다'라고 한 것이오." 티전스가 말했다. "물론 지금은 읽거나 듣는 것을 기억할 수 있소… 하지만 난 알파벳 브이(V)는 고사하고 아직 알파벳 엠(M)까지도 못나갔소. 그래서 메테르니히와 빈 회의에 대해 기억 못하는 것에 대해 걱정스러워 한 것이오. 내 스스로 기억해내려고 노력하지만, 아직 그렇게 하지 못하고 있소. 내 두뇌의 특정 부분이 지워져 그런 것 같소. 그런데 때때로 한 가지 이름은 다른 이름을 연상시키기도 하오. 눈치 챘는지 모르겠지만, 메테르니히라는 이름을 들었을 때 난 카슬레이와 웰링턴이란 이름이, 심지어 다른 이름들까지도 떠올랐소… 바로 그것 때문에 통계청이 나를 고용한 것이오. 그들이 나를 해고한 진짜 이유는 내가 도움이 되었기 때문이오. 하지만 그들은 내가 백과사전에 나오는 일반지식만을 가졌기 때문에, 혹은 내가 백과사전의 2/3 정도에 해당하는 일반지식만 가졌기 때문에 나를 해고한 척할 것이오… 물론 진짜 이유는 프랑스를 속일 통계 자료를 내가 조작하지 않으려 했기 때문이오. 전에 그들은 휴가 중 내가 할 과제의 일환으로 내게 통계를 조작할 것을 요구했었소. 내가 그들의 요구를 거절했을 때 그들의 표정이 어땠는지 당신도 봤어야 했는데."

"당신 정말로," 실비아가 물었다. "전장에서 형님 두 분을 잃었나요?"

"그렇소." 티전스가 대답했다. "형들의 이름은 컬리하고 롱생스요. 형들은 늘 인도에 있었기 때문에 당신은 한 번도 본 적이 없었을 거요. 게다가 눈에 띄는 사람들도 아니었고…"

"두 분이나요!" 실비아가 말했다. "나는 당신 아버님께 에드워드하고 당신 누이 캐럴라인에 대해서만 썼는데. 같은 편지에다가…"

"캐리 역시 눈에 띄는 사람이 아니었소." 티전스가 말했다. "캐리는 자선 단체 일을 도맡아 했었소. 내 기억에 당신은 내 누이를 좋아하지 않은 것 같은데. 하여튼 누이는 노처녀로 살 팔자였소…"

"크리스토퍼!" 실비아가 물었다. "당신은 지금도 내가 당신을 떠난 것에 상심하셔서 당신 어머니가 돌아가셨다고 생각해요?"

티전스가 말했다.

"절대 그렇지 않소. 그렇게 생각한 적 없었고, 지금도 그렇게 생각하지 않소. 어머님이 당신 때문에 돌아가신 게 아니라는 걸 분명히 알고 있소."

"그렇다면!" 실비아가 소리쳤다. "어머님은 내가 당신에게 돌아온 것에 상심하셔서 돌아가셨던 거겠죠… 그렇게 생각하지 않는다고 해봤자 소용없어요. 난 롭샤이트에서 당신이 전보를 펴보았을 때의 얼굴을 기억해요. 워놉이 라이에서 발송한 것이었죠. 우편 소인이 기억나요. 그 여자애는 나한테 해코지할 운명인가 봐요. 당신이 전보를 받아 든 순간 당신 어머님이 나 때문에 돌아가셨다고 당신이 생각한다는 것을 내게 숨겨야 한다고 생각하는 걸 알 수 있었죠. 그리고 당신 어머님이 돌아가셨다는 것을 나한테 숨기는 것이 과연 가능할까 하고 생각한다는 것도 알았죠. 물론 당신은 그렇게 할 수 없었어요. 우린 비스바덴[304]에 가서 우리 모습을 보여주어야 하는데, 상을 치러야 했기 때문에 갈 수가 없었던 것이죠. 그런데 당신은 날 장례식에 데려가지 않으려고 날 러시아에 데리고 간 거예요."

"당신을 러시아에 데리고 갔었지." 티전스가 말했다. "이제 모든 것이 생각나는구려. 그렇게 한 건 로버트 잉글비 경에게서 영국 총영사를 도와 키예프 정부 통계 보고서를 준비하라는 지시를 받았기 때문이었소… 그때 당시 그곳은 산업적으로 가장 전망이 밝은 지역이었소. 물론 지금은 아니지만. 거기 내가 쏟아 부은 투자금 중 단 한 푼도 건지지 못할 거요. 당시엔 내가 영리하다고 생각했었는데… 물론, 맞소, 그 투자금은 어머니가 물려주신 돈이었소. 이제 생각나는구려… 그렇소, 물론 그랬었소…"

---

[304] Wiesbaden: 독일의 서부, 라인 강가의 도시.

실비아가 물었다. "날 어머님 장례식에 데려가지 않았던 건 내가 참석하는 것이 어머님의 시신을 모독하는 것이라고 생각했기 때문이었나요? 아니면, 내가 당신 어머니를 죽였다고 당신이 생각한다는 사실을 어머님 시신 앞에서 감출 수 없을지도 모른다는 두려움 때문이었나요? … 부인하지 말아요. 기억나지 않는다는 말로 빠져나가려 하지도 말고요. 지금은 다 기억하잖아요. 내가 당신 어머니를 죽였다는 것과 워놉이 전보를 보내왔다는 것 말이에요… 당신은 그 소식을 전한 그 계집애를 왜 원망하지 않나요? … 아니면 어머님이 돌아가시는 중에 라이에서 그 계집애를 부둥켜안고 있어서, 하느님의 분노를 산 당신 스스로를 원망해야 하지 않나요? 내가 롭샤이트에 있는 동안 말이에요…"

티전스는 손수건으로 이마를 닦았다.

"그래요, 그 이야긴 그만둬요." 실비아가 말했다. "내겐 그 계집애와 당신 계획을 방해할 그 어떤 권한도 없다는 걸 하느님은 아실 거예요. 만일 두 사람이 서로 사랑한다면 당신은 행복할 권리가 있어요. 그리고 그 여자가 당신을 행복하게 해줄 수도 있을 거예요. 하지만 난 당신과 이혼할 수 없어요. 난 가톨릭 신자니까요. 하지만 다른 방식으로 당신을 힘들게 하진 않을게요. 자제심이 있는 사람들이니까 당신이나 그 여자는 어떻게든 해나가겠죠. 맥마스터와 그의 정부에게서 그 방법도 배우게 될 거고요… 하지만 당신이 나한테 얼마나 못되게 굴었는지 한 번이라도 생각해 봤나요?"

티전스는 실비아를 주의 깊게 바라보았다.

"만일" 실비아는 비난조로 이야기를 이어갔다. "당신이 우리가 함께한 시간 중 한 번이라도 '이 창녀야! 이 못된 년아! 네가 우리 어머니를 죽였어. 그 대가로 지옥에서 썩어 문드러져라…'라고 내게 말했다면, 단 한 번이라도 그런 비슷한 말을 내게 했다면… 우리 아이에 관해! 또 퍼론에 관해! … 우리가 화해하는 데 도움이 됐을 수도 있었을 거예요…"

티전스가 말했다.

"그건 물론 사실이오!"

"알아요." 실비아가 말했다. "당신도 어쩔 수 없다는 것을… 막내 아들이면서도 명문 시골 지주 가문 출신이라는 자존심이 있는 사람이니까요. 오, 크리스토퍼! … 당신은 설령 참호에서 총에 맞는다 해도, 스스로 이렇게 말할 거예요… 난 결코 명예롭지 못한 행동을 하지 않았다라고요… 그리고 분명히 말하는데, 한 사람을 제외하고는 그 어떤 사람도 당신보다 그렇게 말할 자격이 있는 사람은 없을 거라고 믿어요."

티전스가 말했다.

"믿는다고 했소?"

"우리의 구세주 앞에 떳떳하게 서고 싶은 것처럼," 실비아가 말했다. "난 믿어요… 하지만 전지전능하신 하느님의 이름으로 묻는데, 당신 곁에서 살면서… 영원히 용서받을 수 있는 여자가 있을 거 같아요? 아니, 용서받는 것이 아니고 무시당하는 거겠죠! … 하여튼 당신은 명예를 지킬 테니 세상을 떠날 때 스스로를 자랑스럽게 생각할 거예요. 하지만, 겸손하세요… 당신도 잘못 판단할 때가 있으니 말이에요. 재갈을 너무 세게 물려 혀가 거의 반으로 잘라진 말을 몇 킬로미터 몰면 어떻게 되는지 알죠? … 당신 아버지가 데리고 있던 마부 기억하죠? 그런 식으로 사냥꾼들을 쫓아냈던 그 마부 말이에요. 당신은 그 마부를 채찍으로 때렸다죠. 그리고 말의 입을 생각하면서 여러 차례 울 뻔했다고 나한테 말했어요… 하여튼! 가끔은 당신 앞에 있는 이 말의 입도 생각해주세요! 당신은 7년 동안이나 나에게 그런 재갈을 물리고 나를 그렇게 몰았으니까요…"

실비아는 잠시 말을 멈췄다가 다시 이었다.

"여자에게 '나도 너를 정죄하지 아니하오니'[305]라는 말을 할 수 있는 분은 단 한 분뿐이고, 또 여자가 미워하지 않을 수 있는 분도 단 한 분뿐이라는 사실을 모르나요? …"

티전스는 실비아가 자신에게 집중하도록 그녀를 바라보았다.

"나도 당신에게 한 마디 하게 해주시오." 그가 말했다. "내가 어떻게 당신에게 돌을 던질 수 있겠소? 나는 한 번도 당신의 행동을 못마땅하게 생각한 적이 없었소."

실비아는 힘없이 손을 양옆으로 떨구었다.

"오, 크리스토퍼" 실비아가 말했다. "그 오래된 연극은 그만해요. 십중팔구 당신을 다시 만나 이야기할 일이 없을 거예요. 오늘 밤은 워놉이란 그 계집애와 보낼 테고, 내일은 죽으러 갈 테니까요. 앞으로 10분만이라도 솔직해져 봐요. 그리고 내 말에 주목해 봐요. 그 워놉이란 계집애도 그 정도 시간은 내게 줄 수 있을 거예요. 당신의 나머지 시간을 모두 갖게 된다면…"

---

[305] Neither I condemn thee: 「요한복음」 8장 11절에 나오는 구절.

실비아는 남편이 자신에게 온 주의를 기울이는 것을 알 수 있었다.

"당신이 방금 말한 것처럼" 티전스는 느리게 소리쳤다. "내가 내 구세주를 만나기를 소망하는 것처럼 난 당신이 훌륭한 여자라고 믿소. 명예롭지 못한 일은 절대 하지 않은 사람이라고 믿는단 말이오."

의자에 앉아 있던 실비아는 약간 움찔했다.

"그렇다면" 실비아가 말했다. "당신은 내가 늘 생각하였던 그런 사악한 남자군요. 물론 진짜로 그렇게 생각하지는 않았지만."

티전스가 말했다.

"아니오! … 내가 생각하는 당신 모습을 이야기하게 해주시오."

실비아가 소리쳤다.

"아니에요! 난 사악한 여자였어요. 당신을 파멸시켰고요. 이젠 앞으로 당신 말을 듣지 않을 거예요."

티전스가 말했다.

"당신이 나를 파멸시켰을지도 모르오. 하지만 그건 내게 아무것도 아니오. 난 아무 상관 없소."

실비아는 고통스러운 어조로 "아! 아! … 아!"라고 소리쳤다.

티전스는 고집스럽게 말을 이었다.

"난 상관없소. 그리고 그럴 수밖에 없소. 그것은 점잖은 사람들이 합의한 생존 조건이며, 또 생존 조건이 되어야 하는 게 맞소. 다음번 전쟁은 그런 조건에서 치러졌으면 하오. 용감한 적군에 대해서나 이야기합시다. 우린 항상 프랑스를 약탈할 수밖에 없소. 그렇지 않으면 수백만의 우리 국민이 굶주리게 될 것이니 말이오. 프랑스는 우리를 물리쳐야 하오. 그렇지 않으면 그들은 완전히 소멸될 것이오… 그리고 이건 당신과 나에게도 적용되오…"

실비아가 소리쳤다.

"그러니까 당신은 내가 사악한 여자였다고 생각하지 않는다는 말인가요? 당신 어머니 말을 빌리자면… 내가 당신을 곤경에 빠뜨렸을 때 말이에요."

티전스는 큰 소리로 말했다.

"아니오! … 당신은 어떤 망나니 같은 놈 때문에 곤경에 빠졌소. 난 항상 한 남자에게 실망하게 된 여자는 다른 남자를 실망시킬 권리 (그리고 자기 아이를 위해 다른 남자를 실망시킬 의무)가 있다고 생각해 왔소. 이런 문제는 여자 대 남자의 대결이니 말이오. 다시 말해 그것은 여자 대 한 남자의 대결이오. 그리고 우연하게도 난 그 한 남자가 되었지만, 그것은 하느님의 뜻이었소. 그래서 당신은 그렇게 할 충분한 권리가 있는 것이오. 난 절대로 내 생각을 바꾸지 않을 것이오. 그 어떤 것도 내 생각을 바꾸게 할 순 없을 거요!"

실비아가 말했다.

"그런데 다른 사람들은요! 그리고 퍼론도… 어떤 사람이든지 자기가 하는 일에 대해 솔직한 태도를 보인다면 그가 무엇을 하던 정당하다고 말할 거란 걸 알아요… 하지만 당신의 그런 생각 때문에 당신 어머니가 돌아가셨어요. 내가 당신 어머니를 죽였다고 생각지 않나요? 아니면 내가 아이를 망쳤다고 생각하나요? …"

티전스는 이렇게 말했다.

"그렇지 않소… 그 문제에 대해 당신과 이야기 좀 하고 싶소."

실비아가 소리쳤다.

"그렇게 생각하지 않는다고요?"

티전스는 침착하게 말했다.

"내가 그렇게 생각하지 않다는 걸 당신도 알 텐데… 난 여기 남아 우리 아이를 올바르게, 그리고 성공회교도로 키울 수 있을 거란 확신이 들었기 때문에, 당신이 우리 아이에게 영향력을 미치지 못하도록 고군분투했소. 하지만 고맙게도 당신은 내가 앞으로 죽을 수 있고, 또 내가 파산했다는 사실을 상기시켜 주었소. 난 파산했소. 내일까지 난 100파운드도 구하지 못할 것이오. 그러니 난 그로비의 상속자를 혼자서 책임질 수 있는 사람이 분명 아니오."

실비아가 말했다.

"내가 가진 돈 모두 마음대로 써도 돼요…" 하녀 헬로 센트럴이 티전스에게 다가와 명함을 건네주었다. 그가 말했다.

"거실에서 5분만 기다려달라고 전해주시오."

실비아가 말했다.

"누구죠?"

티전스가 대답했다.

"남자요… 이 일을 마저 처리합시다. 난 당신이 아이를 망쳤다고 생각해본 적이 한 번도 없소. 당신은 그 애에게 선의의 거짓말을 하도록 가르치려 했소. 순전히 교황주의자[306]들의 방침에 따라 그렇게 한 것이란 걸 난 알고 있소. 그리고 난 교황절대주의자들에게

---

[306] Popist: 가톨릭교도를 경멸적으로 부르는 이름. 영국성공회는 가톨릭교도가 국왕을 섬기지 않고 교황만을 섬긴다고 해서 이런 식으로 불렀다.

반감이 없소. 교황주의자들이 선의의 거짓말을 하는 것에도 물론 반대하지 않소. 당신은 그 애에게 마찬트의 욕조에 개구리를 넣으라고 한 적이 있었소. 나는 사내 녀석이 자기 유모 욕조에 개구리를 넣는 것에 대해 반대하지 않소. 그렇지만 마찬트는 나이든 여자요. 그로비 상속자는 항시 나이 많은 여자들, 특히 우리 집안에서 오래 일한 하인을 존중해야 하오… 당신은 그 아이가 그로비의 상속자가 될 거란 생각을 하지 못했을지도 모르겠지만…"

실비아가 말했다.

"만일… 만일 당신 둘째 형이 세상을 떠나면… 하지만 당신 첫째 형은…"

"첫째 형에게는" 티전스가 말했다. "유스턴역 근처에 사는 프랑스 여자가 있소. 형은 15년 넘게 그 여자와 같이 살고 있소. 형은 경마 대회가 없을 때면 오후를 거기서 보내오. 그 여자는 형과 결혼하지 않을 것이오. 게다가 출산할 수 있는 나이도 이미 지났소. 그래서 아무도 없소…"

실비아가 말했다.

"그러니까 당신은 내가 아이를 가톨릭교도로 키워도 된다는 말이에요?"

티전스가 말했다.

"로마 가톨릭교도요… 내가 그 애를 다시 보게 된다면… 내 앞에서 이 용어를 쓰도록 꼭 가르쳐주시오…"

실비아가 말했다.

"그 애가 당신 마음을 누그러지게 했다니, 주님께 감사드려야겠네요. 이번 일로 이 집안에 내려진 저주가 사라질 거예요."

티전스는 머리를 가로저었다.

"난 그렇게 생각하지 않소." 티전스가 말했다. "당신에게 내려진 저주를 사라지게 할 수는 있겠지. 그로비에 내려진 저주도 없애줄 확률도 높고. 어쩌면 그로비가 다시 한번 가톨릭교도 주인을 맞을 때가 된 건지도 모르겠소. 그로비에 대해 저지른 신성 모독 죄를 기록한 스펠돈의 글을 읽어본 적 있소?"

실비아가 말했다.

"읽어봤어요! 네덜란드의 윌리엄 공과 함께 영국으로 처음 넘어온 티전스란 사람이 가톨릭교도 지주들에게 아주 못되게 굴었다고…"

"그는 과격한 네덜란드인이었소." 티전스가 말했다. "그 이야기는 나중에 계속 합시다. 많지는 않지만, 그래도 시간은 충분하니 말이오… 우선 기다리고 있는 사람부터 만나봐야겠소."

"누구예요?" 실비아가 물었다.

티전스는 생각을 정리하고 있었다.

"여보!" 그가 말했다. "내가 당신을 '여보'라고 불러도 좋겠소? 우린 오래전부터 적대적인 관계였지만 지금 우리 아이의 미래에 관해 이야기하고 있으니 말이오."

실비아가 말했다.

"당신은 '그' 아이가 아니라 '우리' 아이라고 했어요…"

티전스는 상당히 우려스러운 듯이 말했다.

"내가 이 이야기를 꺼내는 것을 용서해주길 바라오. 당신은 이 아이가 드레이크의 아이이기를 바랄지도 모르겠소. 하지만 그건 자연의 순리에 어긋나오… 내가 지금 궁핍한 이유는… 용서해주길 바라오… 결혼 전 당신과 드레이크의 행동을 추적하는 데 상당한 돈을 썼기 때문이었소. 하지만 이 사실을 아는 게 당신에게 안도가 된다면…"

"안도가 돼요." 실비아가 말했다. "난… 난 너무 부끄러워서 전문가, 심지어 어머니에게도 이 문제를 털어놓지 못했어요… 거기다 우리 여자들은 정말 무지해서…"

티전스가 말했다.

"알고 있소… 너무나 부끄러워서 이 일에 대해 깊이 생각하지 못했다는 것을 말이오." 지난 몇 달 며칠 동안 티전스는 그 생각을 해보았다. 그는 말을 이었다. "어쨌든 그건 아무런 차이가 없소. 혼인 관계에서 얻어진 아이는 법적으로 아버지의 자식이오. 그리고 신사라면 자기 아내가 아이를 낳도록 했다면 그 결과에 대해서도 책임을 져야 하는 법이오. 다시 말해, 아내와 자식은 아이의 친아버지가 누구든, 그 남자보다 우선시 되어야 한다는 말이오. 우리보다 더 나쁜 상황에서 태어난 아이들도 우리보다 더 위엄 있는 이름을 물려받아 왔소. 그 아이를 처음 본 순간부터 난 온 마음과 영혼을 다해 사랑했소. 어쩌면 그것이 내가 앞으로 어떻게 해야 할지를 정하는 은밀한 단서 같은 것이었는지도 모르겠소. 아니면 순전히 나의 감상주의였는지도 모르겠고… 그래서 내가 온전한 상태였을 때, 당신이 가톨릭교도로서 아이에게 미칠 영향에 맞서 싸웠던 것이오. 하지만 난 이제 온전한 사람이 아니오. 게다가 내게 내려진 불운이 아이에게 옮겨갈지도 모르오."

티전스는 이야기를 멈췄다가 다시 이었다.

"'나는 푸른 숲속으로 가야 해요, 홀로. 난 추방자랍니다! …' 그렇지만 난 그 애에게 불운이 닥치지 않도록 지켜줄 작정이오…"

"오, 크리스토퍼" 실비아가 말했다. "내가 나쁜 엄마가 아니었다는 것은 사실이에요. 앞으로도 그럴 거고요. 그리고 마찬트가 죽을 때까지 마찬트를 그 애 곁에 둘 거예요. 하지만 마찬트에게 아이의 종교 문제는 간섭하지 말라고 이야기해줘요. 그리고 마찬트가…"

티전스는 조금 피곤한 듯이 이렇게 말했다.

"좋소… 신부님을 불러도 좋소… 우리 아이가 태어나기 전 2주 동안 우리와 같이 있었던 그 신부님이 우리 아이에게 교리를 가르쳐주는 게 좋을 것 같소. 그 신부님은 내가 만나본 사람 중 가장 훌륭하고 가장 지적인 분이셨소. 우리 아이를 그분께 맡긴다면 내게도 큰 위안이 될 것 같소…"

실비아는 자리에서 일어섰다. 창백한 얼굴의 실비아의 두 눈이 활활 타오르는 것 같았다.

"콘셋 신부님은" 실비아가 말했다. "케이스먼트[307]가 총살당한 날 교수형 당하셨어요. 그들은 그 일을 신문이 보도하지 못하게 했어요. 그분은 신부님이었고, 얼스터[308]의 모든 목격자가 가만있지 않을까 두려워서였죠… 하지만 이 전쟁이 저주받은 전쟁이라고 말하

---

[307] Casement: 아일랜드의 독립 운동가인 로져 케이스먼트(Sir Roger Casement, 1864~1916)를 지칭.
[308] Ulster: 옛 아일랜드 지방.

면 안 되겠죠."

티전스는 나이든 사람처럼 천천히 머리를 무겁게 가로저었다. 그가 말했다. "나 대신 벨을 좀 눌러 주겠소? 가진 말고…"

그는 사방이 막힌 우울한 공간 안에서 의자에 털썩 주저앉았다.

"그로비에 대해 저지른 신성 모독을 기록한 스펠돈의 말이" 티전스가 말했다. "어찌되었든 결국엔 맞는지도 모르겠소. 티전스 가문 사람들의 결말을 보면 당신은 분명 그렇게 말할 거요. 첫 번째 공소원 법관이 가톨릭교도인 라운디세즈에게서 그로비를 빼앗은 뒤, 티전스 가문 사람들은 모두 목이 부러져 죽거나 상심해서 죽었소. 훌륭한 농지와 철 성분이 가득한 15,000에이커의 땅과 헤더[309]가 있었지만… 뭐라고 쓰였더라? 그래 '그대가 어떤 대단한 사람이든 그대는 피할 수 없네…' 무슨 일이오?"

"비방하는 내용이군요!" 실비아가 말했다. 실비아는 몹시 괴로워하며 말했다. "얼음처럼 순결하고 당신처럼 차가운…"

티전스가 말했다.

"그렇소! … 티전스 가문 사람 중 부드럽고 약해 빠진 사람은 없었소. 단 한 명도! 그들이 상심하게 된 데에는 다 이유가 있었소… 예를 들어 불쌍한 우리 아버지를 한번 보시오…"

실비아가 말했다.

"그만해요!"

---

[309] heather: 낮은 산, 황야 지대에 나는 야생화로 보라색, 홍색, 흰색의 꽃이 핀다.

"두 형 모두 다 같은 날, 서로 멀리 떨어지지 않은 인도에 주둔한 부대에서 죽었소. 내 누이도 형들이 죽은 그 주에 바다에서 죽었고, 두 형이 죽던 곳과 멀리 떨어지지 않은 곳이었소. 다들 평범한 사람들이었지. 하지만 우린 평범한 사람을 좋아할 수 있소…"

헬로 센트럴이 문에 서 있었다. 티전스는 그녀에게 포트 스케이토 경에게 내려오시라고 전하라고 말했다.

"당신도 자세한 내용을 알아야 하오." 티전스가 말했다. "우리 아버지의 후계자의 어머니로서 말이오… 아버지는 같은 날 3통의 통지서를 받았소. 아버지의 가슴을 찢어놓기에 충분했었지. 그 뒤 아버지는 한 달밖에 버티시지 못했소. 아버지를 봤었는데…"

실비아가 귀청이 찢어질 듯 소리쳤다.

"그만! 그만! 그만해요!" 실비아는 자신의 몸을 지탱하기 위해 벽난로 선반을 움켜잡았다. "당신 아버지는 상심해서 돌아가신 거예요." 실비아가 말했다. "당신 형의 가장 친한 친구라는 러글스라는 자가 당신은 여자 돈으로 먹고사는 보잘것없는 인간이고, 거기다가 아버님의 오래된 친구의 딸을 임신시켰다고 아버님에게 말했기 때문이에요…"

티전스가 말했다.

"아! 그랬소? … 나도 그럴 거라고 생각했었소. 사실은 나도 알고 있었소. 이제 가여운 우리 아버지도 아실 것이오. 아니 모르실지도… 하여튼 그건 중요치 않소."

2

　감정적인 문제에 있어서 자신을 억제하는 영국인의 독특한 관습은 평소와는 다른 압박을 받는 순간에는 영국 남자에게 몹시 불리하게 작용한다고 한다. 영국인은 살아가면서 마주치게 되는 일반적인 작은 일들은 감정에 휩싸이지 않고 완벽하게 처리하지만, 신체적 위험을 제외한 어떤 것과 갑자기 대면하게 되면, 몸과 마음이 완전히 무너져버리는 경향 (사실, 거의 확실하게 허물어져버린다)이 있다. 이것은 바로 크리스토퍼 티전스의 견해였다. 그는 포트 스케이토 경을 만나는 것을 무척이나 두려워했다. 자신이 한계점에 가까이 와 있다고 생각하고 있었기 때문이었다.
　티전스는 습관이나 기질에 있어서 전형적인 영국인이 되기로 결심하였기 때문에 (그 누구도 자신이 태어날 나라나 조상을 선택할 수는 없겠지만, 근면하고 확고한 결심만 한다면, 자신의 무의식적인 습관을 고치게 위해 스스로를 경계할 수는 있기 때문이다) 정상적인 삶을 살기 위해 최상의 행동 습관을 상당한 심사숙고를 통해 택했다. 만일 우리가 매일매일 높은 음조로 프랑스인 특유의 명쾌한 논리로 수다를 떤다면, 혹은 배 위에 모자를 올려놓고 뻣뻣한 척추를 구부려 인사한 다음, 상대를 쏴 죽여 버릴 수도 있다는 식으로 위협하며, 프로이센 사람처럼 확신에 차 자기주장을 펼친다면, 혹은 이탈리아인처럼 금방 눈물을 쏟을 것 같이 감성적으로 행동하거나, 혹은 미국인처럼 중요치 않은 일에 대해 무미건조한 경구를 남발하는 멍청이처럼 행동한다면, 우리는 차분한 면이라고는 전혀 찾아볼 수 없는 시끄럽고 골치 아픈, 경박한 사회에 살게 될 것이며, 클럽에서 몇 시간이고 아무 생각도 하지 않은 채, 혹은 크리켓 경기의 오프 띠오리[310]에 대해 생각하며 안락의자에 앉을 수 없을 것이다. 한편, 바다에 익사하거나, 화재나 열차 사고에 의해 사망하거나, 혹은 강에서 사고로 익사하는 것을 제외한 다른 형태의 죽음에 직면했을 때, 혹은 광기, 열정, 불명예, 그리고 특히 오랫동안 지속되어온 정신적 긴장감에 직면했을 때, 게임 초보자처럼 불리한 상황에 놓인 우리는 큰 실패를 맛볼 수 있다. 하지만 다행스럽게도 죽음, 사랑, 그리고 공직자의 불명예 등은 평범한 사람에겐 자주 찾아오는 것이 아니기 때문에 영국 사회는 상당한 이점을 갖는다. 적어도 1914년 후반기 전[311]까지는 그랬다. 죽음은 한 번만 찾아오지만 1914년 전까지는 죽음을 맞이할 가능성은 너무나도 희박했기에 사실상 무시할 수 있는 정도였고, 사람의 마음을 산란하게 만드는 사랑은 나약한 사람들만이 겪는 질병이었으며, 은밀히 사건을 무마시키는 지배 계층의 힘, 멀리 떨어진 영식민지를 통합하는 지배 계층의 힘은 너

---

[310] off-theory: 크리켓 경기에서 공격 라인을 타자의 반대쪽 위치에 있는 기둥 바로 바깥에 집중하는 전략을 말한다.
[311] 1차 세계 대전이 발발하기 전까지를 의미한다.

무도 컸기 때문에 고위직 인사들의 불명예스러운 행위는 사실상 거의 알려지지 않았기 때문이다.

티전스는 자신이 이 모든 것을 직면하게 되었다는 사실을 깨달았다. 이것들은 누적되어 너무나도 갑작스럽게 그를 찾아왔던 것이다. 게다가 그는 자신이 몹시 존경하기 때문에 더더욱 상처를 주고 싶지 않은 남자와 이런 문제에 대해 대화를 하여야 할 상황을 앞두고 있다. 그것도 두뇌의 2/3가 마비된 상태에서 말이다. 이게 바로 그가 처한 정확한 상황이었다.

이 상황은 그가 자신의 두뇌를 언제나처럼 예리하게 사용할 수 없다는 것이라기보다는, 자신의 두뇌에는 많은 사실이 저장되어 있지만, 자신의 주장을 뒷받침하는 데 그 사실을 더 이상 활용할 수 없다는 것을 의미했다. 티전스는 역사와 인문학과 관련된 사실을 거의 기억하지 못했다. 더욱 심각한 것은 고차원의 수학 용어를 전혀 기억하지 못했는데, 이를 다시 기억해내는 데는 실비아에게 고백한 것보다 훨씬 더 오래 걸렸다. 이런 불리한 상황에서 그는 지금 포트 스케이토 경을 만나야 했다.

명예를 존중하고 호의적이지만 건설적인 지성이 부족한 사람으로 실비아 티전스 머리에 가장 먼저 떠오르는 사람은 포트 스케이토 경이었다. 런던에서 가장 신뢰받는 은행의 경영권을 물려받은 그의 상업적, 사회적 영향력은 상당히 광범위했다. 저교회파[312]를

---

[312] Low Church: 전통적인 의식이나 형식보다 개인적 신앙과 예배를 중시하는 영국 성공회의파.

옹호하던 그는 이혼법 개정 문제와 국민 체육 활동에 상당히 관심이 많았다. 실비아 티전스에게 상당한 애정을 품고 있었던 그는 마흔다섯의 나이로 살이 찌기 시작했지만 결코 뚱뚱하지는 않았다. 그의 머리는 상당히 크고 둥글었으며, 자주 씻어 밝게 빛나는 그의 뺨은 혈색이 좋았다. 짙은 콧수염을 기다랗게 기르고 있는 그는, 짧게 자른 부드러운 머리와 갈색 눈을 지녔다. 그는 회색의 새 트위드 정장을 입고, 회색의 상당히 최신식 트릴비 모자[313]를 쓰고, 금 넥타이핀으로 고정된 검정색 넥타이를 매고, 흰 송아지 가죽으로 만든 새 에나멜 구두를 신고 있었다. 그의 아내는 얼굴, 몸매뿐만 아니라 정직하고 친절하다는 점, 또한 같은 관심사를 갖고 있다는 점에서 그와 꼭 닮았는데, 유일한 차이점이라면 그의 아내는 그처럼 국민 체육 활동 대신 산부인과 병원에 관심이 있었다는 것이다. 그의 상속자는 그의 조카 브라운리로, 그는 살이 찌지 않아 삼촌보다 키가 더 커 보였고, 삼촌보다 콧수염과 머리카락이 조금 더 길고 더 금발이었다는 점을 제외하면, 삼촌과 꼭 닮은꼴이었다. 브라운리는 실비아에게 우울하지만 깊은 열정(그는 실비아가 남편과 이혼한 뒤, 자신과 결혼하기를 바랐다)을 품고 있었고, 스스로 이 열정을 고결하다고 생각하고 있었다. 그는 티전스를 파멸시키고 싶었는데, 주된 이유는 티전스 부인과 결혼하고 싶어서였지만, 부분적 이유로는 티전스가 돈도 별로 없는 탐탁지 않은 사람이라고 생각했기 때문이었다. 하지만 포트 스케이토 경은 실비아에 대한 자신의 조카의 이런

---

[313] trilby hat: 펠트로 만든 차양이 좁은 중절모.

열정을 모르고 있었다.

그는 공개 항의서를 든 채, 하인 뒤를 따라 티전스 부부의 응접실로 들어왔다. 근심에 사로잡힌 그는 상당히 경직된 자세로 걸었다. 실비아가 울면서 눈물을 닦고 있는 모습을 보자 그는 실비아가 운 이유를 설명해줄 무언가를 찾아볼 요령으로 방을 둘러보았다. 티전스는 식탁 상석에 앉아 있었고, 실비아는 벽난로 옆 의자에서 일어났다.

포트 스케이토 경이 말했다.

"티전스, 업무상 잠시 이야기를 나누고 싶네."

티전스가 말했다.

"경께 10분을 할애해 드릴 수 있습니다…"

포트 스케이토 경이 말했다.

"어쩌면 티전스 부인이…"

그는 공개 항의서를 티전스 부인을 향해 흔들어보였다. 티전스가 말했다.

"아닙니다! 티전스 부인은 여기 있을 겁니다." 그는 좀 더 우호적인 말을 하고 싶어 이렇게 말했다. "앉으시지요."

포트 스케이토 경이 말했다.

"1분 이상 여기서 지체하지 않겠네. 하지만 진정으로…" 그는 약간의 손짓을 하면서 실비아를 향해 공개 항의서를 흔들었다.

"저는 아내에게 어떤 비밀도 없습니다." 티전스가 말했다. "절대 어떤 비밀도…"

포트 스케이토 경이 말했다.

"물론, 그렇겠지… 하지만…"

티전스가 말했다.

"마찬가지로 티전스 부인도 제게 어떠한 비밀도 없습니다. 다시 한번 말씀드리지만 절대 없습니다."

실비아가 말했다.

"물론 제 하인의 연애 문제나 생선 가격이 얼마인지 매일 남편에게 말하진 않아요."

티전스가 말했다.

"앉으시지요." 그는 친절하게 대하고 싶은 충동에서 이렇게 덧붙였다. "사실 전 상황을 분명하게 정리하는 중이었습니다. 실비아가… 지휘권을 인계받을 수 있도록." 그가 정신적으로 겪고 있는 문제의 불쾌한 측면은 때때로 군사 용어 이외의 말이 생각나지 않는다는 것이었다. 티전스는 몹시 불쾌했다. 티전스는 자신의 생각과 자신이 사용하는 용어, 또는 자신의 관심사를 전혀 모르는 민간인과 접촉했을 때 느끼게 되는 약간의 메스꺼움을 포트 스케이토 경에게서 느꼈다. 하지만 그는 차분하게 말을 이었다.

"누군가는 정리를 해야 하니 말입니다. 전 이제 가봐야 하겠습니다."

포트 스케이토 경이 급히 말했다.

"좋네, 좋아, 오래 잡아 두진 않겠네. 전쟁 중이지만 사람들은 여전히 약속이 많지…" 당혹스러워 어찌할 바를 몰라 그는 이리저리 쳐다보았다. 티전스는 그의 시선이 실비아가 던진 샐러드드레싱 오일 자국에 의해 생긴 자신의 옷깃과 녹색 배지에 고정되는 것을 알 수 있었다. 그는 육군성에 가기 전 잊지 말고 군복을 갈아입어야겠다고 생각했다. 절대 잊어서는 안 된다고 다짐했다. 오일 자국을 보고 놀란 포트 스케이토 경은 어떻게 해서 오일 자국이 생겼는지 몹시 알고 싶었다. 티젠스는 스케이토가 무엇인가에 대해 천천히 생각하고 있다는 것을 알 수 있었다. 티젠스는 그를 몹시 돕고 싶어 이렇게 말하고 싶었다. "손에 들고 계신 실비아 편지에 관한 것 아닙니까?" 그러나 포트 스케이토 경은 공식적이고 유쾌하지 못한 일로 영국 남자들이 상대방에게 다가갈 때 (어찌 보면 거리에서 마주친 낯선 개들처럼 마음의 준비를 한 상태에서) 걷는 걸음걸이로, 다시 말해 옷깃을 잔뜩 세우고, 이상한 걸음걸이로 뻣뻣하게 방에 들어왔었다. 그것을 보고 티젠스는 아내를 "실비아"라고 부를 수 없었다. 하지만 다시 한번 자기 아내를 "티젠스 부인"이라고 부른다면 더 형식적이고 불쾌해질 것 같았다. 게다가 그것은 포트 스케이토를 돕는 것도 아닐 거란 생각이 들었다.

실비아가 갑자기 말했다.

"이해하지 못하신 것 같네요. 남편은 내일 아침 최전선으로 갈 예정이에요. 이번이 두 번째예요."

포트 스케이토 경은 탁자 옆에 있는 의자에 철퍼덕 앉았다. 갈색 눈의 그는 갑자기 비통한 표정을 지으며 소리쳤다.

"하지만 티젠스! 이 사람아! 세상에!" 그러고 나서 그는 실비아에게 말했다. "용서하길 바라오." 마음을 정리하기 위해 그는 다시 티젠스에게 말했다. "내일 떠난다고!" 그것이 진정 무엇을 의미하는지 깨닫게 되자 그의 얼굴이 갑자기 밝아졌다. 그는 재빠르게 고개를 돌려 실비아의 얼굴을 힐끔 쳐다보았다. 그러고는 오일 얼룩이 묻은 티젠스의 제복을 한동안 응시했다. 티젠스는 그가 실비아가 왜 눈물을 흘렸으며 왜 자신의 제복에 오일이 묻었는지 알아냈다고 생각한다는 것을 알 수 있었다. 포트 스케이토 같은 사람들은 전쟁에 나갈 때 장교들은 가장 오래된 제복을 입고 간다고 생각할 수 있을 테니 말이다…

혼란스러웠던 포트 스케이토는 이제 상황을 분명히 이해했다는 생각이 들자, 마음이 갑절로 괴로워졌다. 방에 들어섰을 때, 그가 느낀 괴로움은 가족 간 작별이라는 상당히 감정적인 장면 한가운데 자신이 있다는 사실을 알아채고는 더 커졌던 것이다. 티젠스는 포트 스케이토가 전쟁 내내 단 한 번도 가족이 이별하는 모습을 본 적 없다는 사실을 알았다. 그는 피할 수 없는 이별 이외의 것은 역병이기라도 한 듯 피했고, 그의 조카와 아내의 조카 모두 은행에서 일하고 있었기 때문이었다. 귀족 지위를 얻은 브라우니 집안은 반드시 참전해야 하는 지배 계층도 아니었고, 영국에 머물 특권이 있는 행정 계급 출신이었기 때문에 그것은 아주 타당했다. 그래서 그는 그 어떤 이별도 지켜본 적이 없었던 것이다.

그는 이별을 목격할 때 느끼는 당혹스러움과 거부감을 즉시 드러냈다. 그는 티젠스의 용감한 행동에 대해 찬사를 늘어놓다가 끝마치지 않은 채, 의자에서 재빨리 일어서며 소리쳤다.

"이런 상황에서… 내가 여기 온 그 사소한 일에 대해… 물론 나는 그런지 전혀 몰랐지만…"

티젠스가 말했다.

363

"아닙니다. 가지 마십시오. 경께서 여기 오신 이유에 대해 전 다 알고 있습니다. 그 문제는 해결하는 게 좋을 것 같습니다."

포트 스케이토는 다시 자리에 앉았다. 그의 턱이 서서히 쳐졌다. 햇볕에 탄 그의 갈색 피부가 조금 옅어졌다. 마침내 그가 입을 열었다.

"내가 여기 왜 왔는지 안다고 했나? 그렇지만…"

꾸밈없고 자상한 마음을 가진 그는 뭔가 마지못해했다. 운동선수같이 탄탄한 그의 몸이 축 쳐졌다. 그는 그때까지도 들고 있던 편지를 식탁보 위로 미끄러지듯 움직여 티전스에게 전해주었다. 그리곤 마치 집행 유예를 기다리는 사람의 어조로 이렇게 말했다.

"하지만, 자네… 알 수 없을 텐데… 이 편지에 대해선…"

티전스는 편지를 식탁보 위에 그대로 두었다. 푸르스름한 회색 종이 위에 큰 글씨로 쓴 글이 보였다.

"나 크리스토퍼 티전스 부인은 포트 스케이토 경과 법학관의 평의원 위원회에 경의를 표하며…" 그는 실비아가 어디에서 그런 문구를 배웠는지 궁금했다. 하지만 티전스는 그 문구가 터무니없다고 생각했다. 티전스가 말했다.

"이 편지에 대해 이미 알고 있다고 말씀드렸듯이 전 이 편지에 대해 이미 알고 있습니다. 거기에 한 가지 더 덧붙이겠습니다. 저도 티전스 부인의 행동이 옳다고 생각한다는 것 말입니다…" 티전스는 푸른 눈으로 포트 스케이토의 부드러운 갈색 눈을 냉혹하고도 위협적으로 바라보았다. 티전스는 자신이 눈으로 "마음대로 생각하시오. 제기랄!"이라는 메시지를 보내고 있다는 사실을 알고 있었다.

온화한 갈색 눈으로 티전스의 얼굴을 쳐다보던 포트 스케이토는 고뇌에 찬 눈으로 소리쳤다.

"그렇지만, 세상에! 그렇다면…"

그는 다시 티전스를 바라보았다. 저교회파, 이혼법 개정, 국민 체육 활동 같은 문제를 통해 일상적인 삶에서 도피한 그는 이 어려운 현재 상황에 커다란 고통을 느꼈다. 그는 눈빛으로 이렇게 말했다.

"제발 자네의 가장 친한 친구의 애인인 두쉬민 부인이 자네 애인이라고 말하지는 말게나. 그들에게 천박한 복수를 하기 위해 이러는 것이라고도 말하지 말게나."

티전스는 무겁고도 느릿느릿하게 몸을 앞으로 숙이고는 몹시 불가사의한 표정으로 눈을 뜨면서, 아주 천천히 그리고 아주 분명하게 말했다.

"물론 티전스 부인이 모든 상황을 알고 있는 건 아닙니다."

포트 스케이토는 다시 의자에 철퍼덕 앉았다.

"이해하지 못하겠네!" 그가 말했다. "이해하지 못하겠어. 내가 어떻게 해야 하나? 이 편지 내용에 따라 내가 조처를 취하길 바라나? 그러진 못할 걸세!"

상황을 파악한 티전스가 말했다.

"거기에 대해선 티전스 부인과 말씀을 나누시는 게 좋을 것 같습니다. 저는 나중에 말씀 드리겠습니다. 그사이 제가 경께 말씀드리고 싶은 것은, 티전스 부인은 충분히 그럴 권리가 있다는 것입니다. 베일을 쓴 여자가 매주 금요일 여기 와서는 토요일 새벽 4시까지 머물렀지요… 경께서 그 일에 대한 조처를 완화할 준비가 되셨다면, 티전스 부인에게…"

포트 스케이토는 초조한 듯이 실비아를 쳐다보았다.

"물론 난 완화할 수 없소." 그가 말했다. "그건 절대로 안 되오! … 하지만, 실비아… 친애하는 티전스 부인… 존경받는 두 사람이 관련된 이 경우엔! … 우리는 물론 원칙에 대해 논의해 보았소. 그것은 내가 마음에 두고 있는 문제이기도 하오. 난 이혼 허가… 정확히 말해 민사 이혼 허가에 관심이 많소. 특히 혼인관계에 있는 한쪽이 정신 병원에 수용된 경우 말이오. 우리가 출간한 이 에스 피 헤인즈의 책자를 부인에게 보낸 적이 있었소. 로마 가톨릭교도로서 부인이 강한 견해를 고수하고 있다는 것을 알고 있소… 단언하건데 난 방종을 옹호하는 것은 아니오…" 그는 상당히 웅변적으로 이야기했다. 사실 그는 이런 문제를 가슴에 두고 있었다. 그의 누이 중 한 명이 정신병자와 오랜 세월 동안 결혼 생활을 유지해 왔기에 그랬던 것이다. 그는 이런 상황에 처한 사람들이 얼마나 많은 고통을 받는 지에 대해 상세하게 설명했다. 이는 그가 개인적으로 목격한 유일한 고통이었기 때문이었다.

실비아는 오랫동안 티전스를 바라보았다. 티전스는 그녀가 조언을 구하려고 자신을 바라다보는 것이라고 생각했다. 그는 잠시 실비아를 바라보다가, 진지하게 실비아에게 말을 하고 있는 포트 스케이토를 바라봤다. 그리고 다시 실비아를 바라보며, 이렇게 말하려 했다.

"포트 스카이토 경의 이야기를 잠시 듣고 있으시오. 난 내 행동 방침에 대해 생각할 시간이 필요하오."

그는 처음으로 자신의 행동 방침에 대해 생각할 시간이 필요했다.

실비아가 법학관 평의원 위원회 소속 의원들에게 맥마스터와 두 쉬민 부인을 비난하는 편지를 썼다는 사실을 알려준 후부터 그는 생각해왔다. 전쟁 발발 전 에든버러에서 런던으로 가는 급행열차에 탑승했던 두쉬민 부인이 그의 품안에 안겨 있었다는 사실을 실비아가 상기해준 뒤부터 그는 놀라울 정도로 명확하게 수많은 북쪽 시골 풍경들을 떠올릴 수 있었다. 하지만 그곳 이름을 모두 기억해내지는 못했다. 이름을 잊어버린다는 것은 티전스에게는 비정상적인 것이었다. 그는 베릭[314]에서 요크[315]의 골짜기 사이에 있는 모든 장소의 이름을 알고 있었으니 말이다. 하지만 그때 일어난 일들을 잊어버린 건 정상적이다. 별로 중요하지 않았기 때문이다. 그는 친구가 연애하는 도중 일어난 일을 기억하고 싶지 않았다. 게다가 바로 뒤에 벌어진 일들은 그 전에 벌어진 일들을 보통은 잊게 만든다. 두쉬민 부인이 잠근 복도식 객차에서 그의 어깨에 기대어 흐느껴 운 것은 조금도 중요하지 않은 일이라고 생각했다. 그녀는 그의 가장 친한 친구의 애인이다. 그녀는 일주일 동안 몹시 힘든 시간을 보내다 결국은 흥분한 애인과 격렬하고도 신경질적으로 말다툼을 하고야 말았고, 말다툼의 여파(두쉬민 부인은 너무나 자족적으로 살아왔기 때문에, 말다툼의 여파는 그만큼 더 충격적이었다)를 울음으로 해소하고 있었다. 사실 티전스는 두쉬민 부인을 좋아하지 않았고, 그녀 역시 자신을 적잖이 싫어한다고 확신했다. 맥마스터에

---

[314] Berwick: 영국 스코틀랜드 남동부의 옛 주.
[315] York: 영국 잉글랜드 북동부 북요크셔의 우스강에 면한 도시.

대한 두 사람의 공통된 감정 때문에 그들은 한 자리에 있었던 것이다. 하지만 캠피언 장군은 그걸 알 수 없었다… 그는 열차 통로에서 사람들이 으레 그러는 것처럼 객실 안을 들여다보았다. 열차가 막 출발한 후였다. 하지만 그곳 이름이 기억나지 않는다… 동카스터[316]… 아니! … 달링턴[317]! 그것도 아니다. 달링턴에는 로켓[318]이라고 불리는 기관차가 있었다… 아니, 어쩌면 로켓이 아닌지도 모른다. 볼품없이 생긴 거대한 기관차였다. 북쪽으로 가는 열차들이 출발하는 몹시 우울한 역이었다. 더럼[319]… 아니다! 안위크… 아니다! 울러[320]… 세상에! 밤버러로 가는 환승역인 울러가 맞다!

그와 실비아가 샌드바크 사람들과 함께 머물렀던 곳은 밤버러에 있는 성 중 한 곳이었다. 그때… 어떤 이름이 마음속에 저절로 떠올랐다! … 두 개의 이름이었다! … 어쩌면 새로운 변화가 시작되고 있는지도 모른다! 처음으로… 이 순간을 잘 기억해야겠다… 이 이후에 때때로 입가에 맴돌던 몇몇 이름들이 떠오를 수도 있을 것이다! 그렇지만 계속해야 한다…

7월 중순 이후부터 샌드바크 가의 사람들과 티젠스 그리고 실비아… 그 밖의 다른 사람들은 밤버러에 머물고 있었다. 이튼교와 해

---

[316] Doncaster: 영국 잉글랜드 북부, 요크셔주 남부의 돈강가에 있는 공업 도시.
[317] Darlington: 영국 잉글랜드 동북부, 더럼주 남부의 도시.
[318] Rocket: 조지 스티븐슨이 그의 두 아들 로버트, 헨리의 도움을 받아 1829년에 만든 기관차. 당시 영국에선 리버풀과 맨체스터 사이에 건설되던 철로에 가장 적합한 기관차 경합이 벌어졌는데, 조지 스티븐슨이 여기서 우승했다.
[319] Durham: 영국 잉글랜드 북동부의 주.
[320] Wooler: 노섬브랜드(Northumberland)에 있는 작은 마을.

로우교[321]는 12일에 시작될 진짜 하우스 파티[322]에 대비하던 중이었다… 티젠스는 이 두 가지 이름이 자신의 마음속에서 복구되어야 할 것 중 하나라는 사실을 안다는 것에 만족하며 이 이름들과 날짜를 되풀이해서 말했다. 이튼교와 해로우교, 그리고 런던의 사교계절의 끝. 들꿩 사냥이 시작하는 8월 12일… 참 애처롭다…

캠피언 장군이 그의 누이와 합류하기 위해 왔을 때 티젠스는 이틀째 거기 머물고 있었다. 두 사람 사이는 여전히 냉랭했다. 그 사건이 있은 후, 법정이 아닌 다른 곳에서 두 사람이 만난 것은 그때가 처음이었다… 단단히 마음먹은 워놉 부인이 말 보상 문제로 장군에게 소송을 걸었기 때문이었다. 말은 죽지 않았지만 크리켓 구장의 잔디 깎는 기계나 끄는 일을 할 수밖에 없었다… 워놉 부인은 앞뒤 재지 않고 장군을 비난했다. 돈이 필요하기도 했지만 다른 한편으로는 샌드바크가와의 관계를 끊을 명분이 필요했기 때문이었다. 장군 역시 완고하게 나오며, 법정에서 명백한 위증을 했다. 가장 훌륭한 사람이 아니더라도, 또 명예를 존중하는 사람이 아니더라도, 인정 많은 사람이라면 과부와 고아를 억압하지는 않을 것이다. 자신의 운전솜씨가 의문시되고, 매우 위험한 모퉁이를 돌 때 자신이 경적을 울리지 않았다는 사실이 드러난다 해도 말이다. 티젠스는 그가 경적을 울리지 않았다고 맹세했고 장군은 울렸다고 맹세했다. 하지만 안 울렸다는 것은 의문의 여지가 없었다. 그 자동차의 경적은 한

---

[321] Harrow: 1440년 창립된 영국 학교.
[322] house party: 시골 저택에서 손님들이 며칠씩 머물면서 하는 파티.

번 울리면 공포에 질린 공작새처럼 오랫동안 소리를 냈기 때문이다… 티젼스는 그 해 7월 말까지 장군을 다시 만나지 않았다. 장군은 말 배상비로 50파운드를 냈고, 소송 경비로 그보다 훨씬 더 많은 돈을 지출해야 했지만, 이런 일은 신사들이 다투어야 할 사안이었다. 레이디 클라우딘은 개인적으로는 장군이 경적을 울리지 않았다고 생각했지만, 장군이 자신의 누이에게 헌신적이면서도 쉽게 격노했기 때문에, 이 일에 개입하지 않으려 했다. 그녀는 실비아와 아주 친밀하게 지냈으며 티젼스에게는 성심을 다했다. 장군의 누이는 자신이 주최하는 가든파티에 장군이 참석하지 않을 경우 워놉 모녀를 초대했다. 그리고 두쉬민 부인과도 우호적으로 지냈다.

티젼스와 장군은 몇 년 전 있던 차 사고와 관련해 서로 위증 혐의를 제기한 영국 신사들이 그러는 것처럼, 만났을 때 서로에 대해 절제된 예절을 지켰다. 하지만 둘째 날 아침 두 사람은 장군이 경적을 울렸었느냐 안 울렸었느냐를 놓고 격렬한 언쟁을 벌였다. 급기야 장군은 이렇게 소리쳤다.

"이런! 언젠가 자네가 내 지휘하에 있게 되면…"

티젼스는 그날 자신이 영 연방군으로 지켜야 할 규정 중 장군 또는 영관급 장교가 개인적으로 다투었다는 이유에서 부하에 대해 부당한 내부 보고서를 올릴 경우 어떤 처벌이 있을지 명시한 규정을 인용하였던 기억이 났다. 그 말에 장군은 화가 나 소리를 치더니, 결국은 웃음을 터뜨리며 이렇게 말했다.

"크리시! 자네는 진짜 잡다한 일에 신경을 쓰는군!" 그가 말했다. "영 연방군이 지켜야 할 규정이 도대체 자네에게 무슨 의미가 있나?

그리고 그게 조항 66인지 어떻게 아나? 나도 모르는데." 장군은 아주 진지하게 말을 이었다. "자네는 왜 이 하찮은 소동에 끼어드는 건가? 도대체 왜 그러는 거야?"

그날 오후 티전스는 자신의 아들과 아들의 유모, 그리고 누이 에피와 누이의 아이들과 함께 저 멀리 황야로 갔다. 거기서 그는 마지막으로, 여태까지 별로 누리지 못한 행복한 시간을 보냈다. 그때 그는 만족스러웠다. 티전스는 이제 건강해지기 시작하던 아들과 함께 놀았다. 그리고 누이 에피와 함께 황야 주변을 걸었다. 커다란 몸집의 평범한 여자로 교구 목사와 결혼한 그의 누이는 티전스와 가끔 어머니에 관해 이야기를 나누는 것을 제외하고는 전혀 말을 하지 않았다. 그곳의 황야는 그로비에 있는 황야와 비슷해서 그들은 행복했다. 그들은 가구가 별로 비치되지 않은 어두컴컴한 농가에서 지내며 우유도 많이 마시고, 웬즐리데일치즈[323]도 많이 먹었다. 이것은 그가 바라던 고되지만 검소한 삶이어서 티전스의 마음은 편안했다.

티전스의 마음은 편안했다. 곧 전쟁이 일어날 것이었기 때문이었다. 프란츠 페르디난트 대공[324]이 암살당했다는 기사를 읽는 순간부터 그는 그렇게 될 줄 확신했다. 하지만 고국이 전쟁에 개입할 거라고 생각했다면 그의 마음은 편치 못했을 것이다. 그는 이 나라를 사랑했다. 이 나라의 나지막한 언덕, 이 나라의 느릅나무, 그리고

---

[323] Wensleydale: 영국 북요크셔 웬즐리데일에서 생산된 치즈.
[324] Archduke Franz Ferdinand: 오스트리아-헝가리 제국의 제위 계승자로, 프란츠 요제프 1세의 조카다. 오스트리아-헝가리 제국에 슬라브인들을 참여시켜 제국을 확장하려 했으나, 세르비아 민족주의자에게 암살되었고 이로 인해 1차 세계 대전이 발발했다.

스카이라인으로 이어지는 오르막에 핀, 파란 하늘과 맞닿아 있는 듯 보이는 히스 때문에 이 나라를 사랑했다. 이 나라에게 전쟁은 수치다. 전쟁은 햇살 아래에 있는 느릅나무, 언덕, 히스를 보이지 않는 장막으로 뒤덮기 때문이다. 어디에선가부터 퍼지는 증기처럼… 미들즈브러에서 나오는 증기처럼 말이다! 우리에겐 패배도 승리도 어울리지 않는다. 우리는 아군에게도 적군에게도 충실할 수 없다. 우리 자신에게조차도 그렇다!

티전스는 영국이 전쟁을 치르게 될 거라고 생각하지 않았다. 그는 영국 내각이 시기적절한 때까지 기다리다가 중립을 지킨 대가로 프랑스의 어느 항구 도시나 독일 식민지 몇 개를 거머쥐게 될 거라고 예측했다. 그는 자신이 그 전쟁으로부터 빠져나온 것에 대해 감사했다. 그가 뒷구멍으로 빠져나가기 위해 선택한 방법은 바로 프랑스 외인부대였다. 그가 첫 번째로 빠져나온 것은 실비아였고, 이것이 바로 두 번째였다! 이는 그의 영혼과 육체에 대한 끔찍한 두 가지 훈련이었다.

티전스는 프랑스인들의 놀랄 만한 효율성, 검소한 삶, 논리적인 생각, 예술 분야에서의 놀라운 업적, 산업 시스템을 경시하는 그들의 태도, 그리고 무엇보다도 18세기에 대한 그들의 헌신에 탄복했다. 돼지 같은 자들의 안락과 색욕을 충족시키기 위한 비틀린 위선적 방식이 아니라, 명확하고 냉정하게, 그리고 똑바로 세상을 보았던 그들을 위해 봉사하게 되면 (그들의 노예로서라도) 마음에 평온을 느낄 거라고 생각했다… 그는 막사 안 벤치에 앉아 알제리 태양 아래에서 할 엄청난 거리의 도보 행군을 위해, 몇 시간 동안 배지를 닦는 것도 좋았다.

　티전스는 외인부대에 대해 그 어떤 환상도 없었다. 그는 자신이 영웅이 아니라 매질 당하는 개처럼 취급 받을 거라고 생각했다. 그는 잔혹 행위를 겪게 되고, 무거운 소총을 들어야 하며, 좁은 막사에서 생활해야 한다는 것도 잘 알고 있었다. 사막에서 6개월간 훈련받은 뒤, 전선으로 내쳐진 자신은 마치 외국에서 온 오물 같은 인간처럼 가차 없이 학살당할지도 모른다고 생각했다. 하지만 자신의 앞날이 그럴 거라는 생각이 들자 오히려 깊은 마음의 평온을 느꼈다. 자신은 안이한 생활을 바란 적도 없었지만, 설령 그런 생활을 누렸다 할지라도 이제 그런 삶은 끝이 났다고 생각했다… 아이는 건강했고, 두 사람이 절약한 덕에 실비아는 아주 부유해졌다… 심지어 티전스는 불화의 원인인 자신이 사라진다면 아내는 좋은 엄마가 될 거라고 확신했다… 자신은 살아남을지도 모르지만 혹독한 육체적 훈련 뒤에 살아남게 되는 것은 자신이 아니라, 깨끗하게 정화된, 모래 바람으로 바싹 말라버린 뼈만 남은 맑은 정신일 거라고 생각했다. 그의 개인적인 야심은 성인 같이 되는 것이었다. 그는 피치를 만지고도 더럽혀지지 않는 사람이 되고 싶었던 것이다.[325] 그런 생각을 갖는다는 것은 자신이 감상적인 사람이라는 증거라는 것도 알고 있었다. 하지만 자신도 어쩔 수 없었다. 극기주의자건 쾌락주의자건, 규방에 있는 칼리프[326]건, 사막 모래에 묻혀 몸이 바싹 말라가는 데르비시[327]

---

[325] 떳떳치 못한 일에 관계하면서도 더럽혀지지 않을 수 있어야 한다는 의미.
[326] Caliph: 이슬람교국의 교주로서의 터키 국왕의 칭호.
[327] Dervish: 극도의 금욕 생활을 서약하는 이슬람교 집단의 일원.

이건, 이것이든 저것이든 그중 하나가 되어야 한다고 생각했다. 그는 사실 영국 성공회파의 성인이 되고 싶었다. 수녀원에 있지도 않았었고, 종교 의식을 행하지도, 하느님과의 서약도 하지 않았으며, 성골에 의한 기적 없이도 그의 어머니가 성인이 되었듯이⋯ 외인부대는 자신을 성인이 되게 해줄지도 모른다. 이것은 허친슨 대령부터 그 위에 있는 모든 영국 신사의 열망이다. 신비주의는⋯

우울한 가운데서도 티전스의 열망은 조금도 사그라지지 않았지만, 현실로 돌아와 거실을 응시하자 맑은 햇살과도 같았던 지난날의 순진한 생각들이 기억나 깊은 한숨을 쉬었다. 사실 티전스는 포트 스케이토 경에게 무슨 말을 해야 할지 생각하느라 얼마 동안 정신적으로 거실을 떠나 있었던 것이다. 포트 스케이토 경은 의자를 실비아 옆으로 옮긴 후, 실비아와 거의 닿을 듯 몸을 앞으로 굽히고는 정신병자와 결혼한 자기 누이의 슬픔에 대해 상세히 이야기하고 있었다. 티전스도 잠시 자기 연민에 빠졌다. 그는 자신이 파멸한 멍청이이며, 너무나 많은 비방을 당해 때때로 자신이 실제로 그런 오명을 쓸 만한 사람이라고 믿었다. 같은 부류의 사람들이 퍼붓는 비난에 맞서 싸우고도 정신적으로 상처받지 않는다는 건 불가능하기 때문이다. 폭풍에 맞서려고 너무나 오랫동안 어깨를 구부린다면, 어깨가 활같이 굽어지듯 말이다⋯

그는 잠시 생각을 멈추고 식탁보 위에 펼쳐져 있는 실비아의 편지를 멍하니 바라보았다. 그는 정신을 차리고 편지 이곳저곳에 쓰인 말들에 집중했다.

"지난 9개월 동안 어떤 여자가⋯"

티젼스는 포트 스케이토 경에게 자신이 어떤 이야기를 했었는지 재빨리 생각해 보았다. 그는 자기 아내의 편지에 대해 알고 있다는 이야기만 했지, 언제 알았는지에 대해선 말하지 않았다! 그리고 자신은 아내의 생각에 동의한다는 말을 했었다! 그러니까, 원칙상으로 말이다! 그는 똑바로 앉았다. 이렇게 생각이 느려지다니!

그는 스코틀랜드에서 출발한 열차에서 무슨 일이 벌어졌었는지, 그리고 그전에 무슨 일이 있었는지 재빨리 생각해보았다.

어느 날 아침 아주 작은 체구의 맥마스터는 납작한 모자와 새 회색 트위드 정장을 입고 몹시 불안해하며 자신이 아침 식사를 하고 있던 어느 농가에 나타나 지불해야 할 돈이 있다면서 50파운드가 필요하다고 했다. 국경 너머에 있는 어느… 티젼스의 머리에 갑자기 버워이라는 단어가 떠올랐다.

지리적으로 실비아는 해안가에 위치한 밤버러에 있었고 자신은 북서쪽에 있는 황야에 있었다. 맥마스터는 그로부터 북동쪽, 다시 말해 국경 바로 너머에, 사람들을 거의 만날 일 없는 어느 멋진 장소에 있었다. 그곳에 대해 알고 있던 맥마스터와 두쉬민 부인 두 사람은 그 장소와 관련된 문학가들에 대해 즐거운 듯 이야기를 했을 것이다. 시라! 마이다! 그리고 펫 마조리[328]… 쳇! 맥마스터는 분명 그곳에 관한 글을 써서 정직하게 돈을 벌 것이고, 두쉬민 부인은 그의 손을 잡을 것이다…

---

[328] Pet Marjorie: 스코틀랜드의 아이 작가이자 시인인 마조리 플레이밍(Marjorie Fleming, 1803~1811)을 지칭.

티전스가 알기에, 목사관에서 두쉬민이 자기 부인을 개처럼 난폭하게 다루었던 그 끔직스런 소동 이후, 그녀는 맥마스터의 정부가 되었다. 사디즘적인 행동에 대한 반작용으로 그건 자연스러운 일이었다. 하지만 티전스는 그들의 관계가 진전되지 않았으면 했다. 이제 보니 그들은 일주일, 혹은 그 이상의 시간을 함께 보낸 것 같았다. 그때 두쉬민은 정신병자 수용소에 있었다…

티전스가 알아낸 바에 따르면, 어느 날 아침 그들은 배를 타고 호수에서 해돋이를 보기 위해 아침 일찍 일어났다. 그리고 가브리엘 카를 단테 로세티의 "우리 서로 나란히 서 있으니 손만이 닿을 수 있으리"를 비롯하여 그의 다른 시들을 인용하면서 (그것은 틀림없이 자신들의 죄를 정당화하려는 것이었을 것이다) 함께 즐거운 하루를 보냈다. 그들은 숙소로 돌아가는 길에 포트 스케이토 가족이 다과회를 벌이고 있는 방향으로 노를 저어갔다. 그때 마침 브라운리도 그들과 합류하기 위해 차에서 내렸다. 포트 스케이토 일행은 호수 바로 뒤에 있는 맥마스터 부부가 묵던 호텔에서 하루 밤을 묵었다. 별로 크지 않은 그런 섬에서 반드시 일어나는 재수 없는 일이었다.

맥마스터와 두쉬민 부인 두 사람은 너무 놀라 제정신이 아니었지만 레이디 포트 스케이트는 두쉬민 부인에게 너무나도 어머니처럼 대해주어 맥마스터와 두쉬민 부인이 아무것도 인지하지 못했다면 포트 스케이토 가족을 스파이라기보다는 자신들의 지지자로 생각했을지도 모른다. 그들을 불편하게 한 사람은 의심할 바 없이, 브라운리였다. 그는 티전스의 친구로 알고 있는 맥마스터에게 정중하게 대하지 않았다. 그는 당시 위기에 처해 있던 은행의 정책에 대해 삼촌과 상의하기 위해 런던에서 차를 몰고 왔었고, 그의 삼촌 역시 스코틀랜드 서쪽에서부터 전속력으로 차를 몰고 내려왔었다.

맥마스터는 호텔에서 자지 않고, 제드버러[329], 멜로즈[330], 아니면 그곳과 비슷한 어떤 곳으로 갔다가 새벽 5시에 두쉬민 부인(두쉬민 부인은 새벽 3시쯤 자신의 처지와 관련해 처참한 결론을 내렸다)을 만나기 위해 날이 밝기 전 그곳으로 다시 갔다. 만난 후 처음으로 그들은 용기를 잃었다. 너무나도 낙담하여 두쉬민 부인이 맥마스터에게 한 말들을 맥마스터는 거의 믿을 수 없었다고 했다…

티전스의 아침 식사 자리에 나타났을 때 맥마스터는 거의 제정신이 아니었다. 그는 자신이 몰고 온 차로 티전스가 호텔에 가서 숙박비를 내고, 혼자 여행할 수 있는 상태가 아니었던 두쉬민 부인을 런던으로 데려가 주기 바랐다. 티전스는 그와 두쉬민 부인을 화해시키고 맥마스터에게 50파운드를 현금으로 빌려주어야 했다. 당시 수표를 환전하는 것은 어디에서도 불가능했기 때문이었다. 따라서 티전스는 은행을 믿지 않아 상당한 액수의 현금을 5파운드짜리 지폐로 바꾸어 속치마 주머니에 넣고 다니던 자신의 유모에게서 돈을 빌렸다.

맥마스터는 호주머니에 돈을 넣으며 말했다.

"이걸로 자네에게 빚진 돈은 정확하게 2천 기니네. 다음 주에 자네 돈을 어떻게 갚을지 말해주겠네."

---

[329] Jedburgh: 영국 스코틀랜드 동남부의 소도시.
[330] Melrose: 영국 스코틀랜드 동남부, 트위드강에 면한 마을.

티전스는 당시 자신이 경직된 어조로 이렇게 말한 게 기억났다. "제발 그러지 말게나. 부탁이니 그러지 말아. 정신 이상 증세를 보이는 두쉬민이 신탁 관리자의 관리를 제대로 받을 수 있도록 조치하고, 그의 자산은 그냥 두게나. 자네에게 정말 부탁하네. 자네는 앞으로 어떤 책임을 짊어지게 될지 모르고 있어. 자넨 내게서 빌린 것이 하나도 없네. 또 언제라도 필요시 내게 도움을 청하게."

그 당시 티전스는 남편 재산에 대한 위임장을 가지고 있던 두쉬민 부인이 남편 재산을 어떻게 했는지 전혀 알지 못했다. 하지만 그때부터 맥마스터가 자신에 대해 어느 정도 냉담해지기 시작했으며, 두쉬민 부인이 자신을 미워하기 시작했다고 생각했다. 몇 년 동안 맥마스터는 한 번에 몇 백 기니씩 티전스에게서 빌리곤 했다. 두쉬민 부인과의 교제에 그는 상당한 액수의 돈을 지출했다. 그는 라이에 있는 고급 호스텔에서 지속적으로 주말을 보냈기 때문이었다. 게다가 몇 년 동안 이어진 천재들을 위한 그 유명한 금요일 모임을 위해 그는 새 가구, 천 장식품, 카펫을 장만했고, 모임에 참석하는 재능 있는 지인들에게 돈도 빌려주었다. 어쨌든 맥마스터는 왕립 문화 기금을 받기 전까지 계속 돈을 지출하여, 그가 티전스에게 빌린 돈의 총액은 2,000파운드가 되었다가, 이젠 2,000기니까지 되었다. 하지만 그때 이후로 맥마스터 부부는 티전스에게 돈을 갚겠다는 말을 하지 않았다.

맥마스터는 런던에 사는 모든 사람이 같은 열차를 타고 남쪽으로 이동할 것이기 때문에 두쉬민 부인과 같이 갈 수가 없다고 했다. 사실 런던 사람들 모두 그랬다. 사람들이 모든 역에 밀어닥쳤다. 그날은 대참패의 날이었던 것이다. 티전스는 버윅에서 열차 칸이 추가된 열차에 탑승했다. 분리된 객실을 배정하겠다고는 약속할 수 없다던 열차 직원에게 5파운드짜리 지폐를 주자, 잠글 수 있는 분리된 객실을 얻을 수 있었다. 하지만 두쉬민 부인이 실컷 울기 전까지 객실의 문을 잠그어 놓지 않아, 난처한 일이 벌어지게 되었다. 샌드바크 일행은 울러에서, 포트 스케이토 경의 일행은 다른 어딘가에서 열차에 탑승했다. 포트 스케이토 일행은 자동차 휘발유가 떨어졌으나, 은행가들에게조차 기름을 팔지 않아 열차에 탈 수밖에 없었던 것이다. 이들과 같은 기차를 타게 된 맥마스터는 수병 두 사람 사이에 숨어 있다가 킹스 크로스[331]역에서 두쉬민 부인을 만나 데리고 갔다. 이것으로 모든 일이 끝난 것처럼 보였다.

혼자만의 생각에서 다시 거실로 눈을 돌린 티전스는 안도감과 함께 분노를 느꼈다. 그가 말했다.

"포트 스케이토 경, 시간이 없습니다. 괜찮으시다면 이 편지와 관련된 일을 처리하고 싶습니다."

포트 스케이토는 꿈에서 깨어난 듯 정신이 번쩍 들었다. 그는 티전스 부인이 이혼법 개정을 지지하도록 설득하는 과정에서 늘 그래왔듯 큰 즐거움을 느꼈다. 그가 말했다.

"그래! … 오, 그렇군!"

티전스가 천천히 말했다.

"제 말에 귀 기울여 주셨으면 합니다… 맥마스터가 두쉬민 부인

---

[331] King's Cross: 런던에 있는 역.

과 결혼한지는 정확히 9달이 됩니다. 이해하시겠습니까? 티전스 부인은 이 사실을 오늘 오후까지 알지 못했습니다. 티전스 부인이 편지에서 불만을 토로한 때는 9개월 전입니다. 따라서 티전스 부인은 이런 편지를 쓸 권리가 있었습니다. 그리고 저 또한 그 권리를 인정합니다. 제 아내가 그때 맥마스터 부부가 결혼했단 사실을 알았더라면 그런 편지를 쓰지 않았을 것입니다. 저 또한 제 아내가 그런 편지를 쓸 거라곤 예상치 못했었습니다. 예상했더라면 그러지 말라고 부탁했을 겁니다. 그리고 제가 그러지 말라고 부탁했다면 아내도 틀림없이 그 편지를 쓰지 않았을 겁니다. 저는 경이 방에 들어오셨을 때 그 편지에 대해 알게 됐습니다. 10분 전 점심 식사 중 편지 건에 대해 듣게 된 것입니다. 그 전에 들었어야 맞습니다만, 오늘이 제가 4개월 만에 집에서 처음으로 점심 식사를 하는 날이었습니다. 외국으로 복무하러 가라는 통지를 받아, 오늘 하루 휴가를 얻게 되어서 그랬습니다. 저는 일링에서 임무 수행 중이었기 때문에 오늘 처음으로 티전스 부인과 중요한 일에 대해 진지하게 이야기를 나눌 기회를 갖게 되었던 것입니다… 지금까지의 제 말 모두 이해하셨습니까? …" 황홀경에 빠진 신랑처럼 포트 스케이토는 손을 뻗은 채 티전스에게 달려갔다. 티전스는 오른손을 약간 오른쪽으로 움직여 통통한 포트 스케이토의 손을 피했다. 티전스는 경직된 어조로 말을 이었다.

"이외에 경께서 아셔야 할 사실이 하나 더 있습니다. 세상을 타계한 두쉬민 목사는 외설 문학에 빠지다 후에는 살인 충동에 사로잡힌 광인이 되었습니다. 두쉬민 목사는 보통 토요일 아침이면 발작을 일으켰습니다. 금요일엔 절제하는 정도가 아니라 완전히 단식을 했고 거기다 술도 마셨기 때문입니다. 성찬식이 끝난 후 성찬식용 포도주를 다 마셨던 습관 때문에, 단식할 때면 술을 몹시 찾게 되었던 겁니다. 이건 다 알려진 사실입니다. 그리고 그 후에 두쉬민 부인을 엄청나게 폭력적으로 대했습니다. 하지만 두쉬민 부인은 두쉬민 목사를 극도의 배려와 관심으로 대했습니다. 부인은 목사가 정신질환자라는 사실을 이보다 훨씬 이전에 입증할 수 있었지만, 두쉬민 목사를 정신 병원에 가두게 되면 정신이 돌아오는 사이사이에 그가 자신이 갇혀있다는 사실에 고통스러워 할까봐 모든 것을 참아왔었습니다. 저는 몹시 고통스러웠을 그 일을 부인이 영웅적으로 참아내는 것을 직접 목격했습니다. 맥마스터와 두쉬민 부인의 처신에 관해서라면 저는 언제라도 보증할 수 있습니다. 아주 신중하고 올바르게 처신했다고 말입니다! … 그리고 제가 입증하는 바를 다른 사람들도 인정할 거라고 믿습니다. 서로에 대한 두 사람의 애정은 비밀이 아니었습니다. 기다리는 동안 올바르게 처신하려 한 그 사람들을 의심해서는 안 된다고 생각합니다…"

포트 스케이토 경이 말했다.

"아니네! 아니야. 절대로… 자네가 말한 대로 신중하고, 그래 또 옳지!"

"두쉬민 부인은" 티전스는 말을 이었다. "맥마스터의 금요일 문학 모임을 오랫동안 주관했습니다. 물론 그 두 사람이 결혼하기 훨씬 이전부터 그랬습니다. 하지만 경께서도 아시다시피 맥마스터의 금요일 모임은 완전히 공개된 행사였습니다. 유명하다고 할 수 있을 정도의 공개적 행사였습니다."

포트 스케이토 경이 말했다.

"그렇지! 그건 맞네! 레이디 포트 스케이토에게 줄 초대장을 하나 얻을 수 있다면 나도 아주 기쁠 걸세…"

"레이디 포트 스케이토는 그냥 가시기만 하면 될 겁니다." 티전스가 말했다. "제가 이야기해 놓겠습니다. 경께서 오늘 들러 주신다면 그들도 몹시 기뻐할 겁니다… 그들은 특별한 파티를 준비하고 있으니 더욱 그럴 겁니다… 맥마스터 부인에겐 항상 그녀를 수행하는 젊은 여자가 하나 있습니다. 라이로 가는 마지막 기차를 탈 때도 맥마스터 부인은 그 젊은 여자의 배웅을 받았습니다. 맥마스터가 금요일 밤에 신문사에 보낼 기사를 쓰느라 정신없을 땐 제가 부인을 종종 배웅하기도 했었습니다… 그들은 두쉬민 목사의 장례식 다음날 결혼했습니다."

"그 사람들을 비난해서는 안 되지!" 포트 스케이토 경이 선언하듯 말했다.

"전 그럴 의도가 전혀 없습니다." 티전스가 말했다. "두쉬민 부인은 너무나도 끔찍한 고통을 당해 가능한 한 빠른 시일 안에 자신을 보호해주고 자신과 공감할 수 있는 사람을 찾아야 했을 겁니다. 그리고 그건 필요한 일이었을 겁니다. 그들은 결혼 발표를 미뤄왔습니다. 죽은 전 남편에 대한 애도 기간을 지키기 위해서이기도 하고, 또 두쉬민 부인이, 자신이 받은 고통이 널리 알려졌는데도, 자신의 결혼식에 참석하지 않은 사람들이 뒤늦게 하는 결혼식 축하 자리를 비난할 거라고 느꼈기 때문입니다. 오늘 밤 열릴 조촐한 파티는 그들이 결혼했다는 사실을 알리는 자리입니다…" 티전스는 깊이 생각에 담긴 듯 잠시 말을 멈췄다.

"모두 다 이해하네!" 포트 스케이토 경이 소리쳤다. "난 전적으로 찬성하네. 나를 믿어보게나. 나와 레이디 포트 스케이토는 무엇이든 다 할 걸세… 무엇이든지 말이야! 아주 존경할 만한 사람들이지… 티전스, 여보게, 자네의 처신은… 정말 훌륭하네…"

티전스가 말했다.

"잠시만요… 1914년 8월 14일에 일이 하나 있었습니다. 국경 지역 어떤 곳이었죠. 이름은 기억나지 않지만…"

포트 스케이토가 소리 질렀다.

"이보게, 그건 그만 두게나… 내 부탁하네…"

티전스는 말을 이었다.

"바로 그 전에 두쉬민 목사가 자기 부인에게 전례 없던 폭력을 행사했습니다. 그가 결국 정신 병원에 갇히게 된 원인이 바로 그것이었죠. 당시 부인은 일시적이지만 외관상 몰골이 흉하게 되었을 뿐만 아니라, 심각한 마음의 상처를 입어 엄청난 정신 장애를 겪었습니다. 부인은 절대적으로 환경을 바꾸어야 했습니다. 다시 말하지만 그 경우에 있어서도 그들의 처신은 신중하고 옳았다는 점을 경께서 확인해주실 수 있을 거라 믿습니다…"

포트 스케이토가 말했다.

"알고 있네. 알고 있어… 레이디 포트 스케이토와 나도 같은 생각이었네. 자네가 방금 내게 이야기해준 사실을 알진 못했지만, 사람들이 과장해서 이야기했을 거라고 생각했네… 맥마스터 씨는 물론 제드버러에서 잤겠지?"

티전스가 말했다.

"맞습니다! 사람들이 그 일을 과장해서 이야기를 했습니다… 저는 두쉬민 부인을 모셔달라는 부탁을 받아 거기 갔습니다… 그런데 그 일이 오해를 낳은 것 같았습니다…"

포트 스케이토는 혐오스러운 이혼법의 불행한 희생자인 두 사람이 품위를 지키고 신중하게 처신하여 자신들이 소망하는 안식처를 찾았다는 생각에 기쁜 나머지 이렇게 소리쳤다.

"티전스, 누군가가 자네에 대해 나쁘게 말한다면… 자네 친구에 대한 자네의 그 훌륭한 변호… 자네의… 자네의 변함없는 헌신에 대해…"

티전스가 말했다.

"포트 스케이토 경, 잠시 기다려 주시겠습니까?" 티전스는 가슴 주머니 덮개의 단추를 풀었다.

"한 가지 일에 있어서 이렇게 훌륭하게 처신할 수 있는 남자라면," 포트 스케이토가 말했다. "자네가 프랑스로 가는 것에 대해… 만일 누구든… 만일 누구라도… 감히…"

실비아는 티전스가 들고 있는 송아지 가죽으로 모서리를 덧댄, 녹색의 수표책을 보고는 갑자기 일어섰다. 티전스가 주머니 안쪽 덮개에서 오래된 수표를 꺼내자 그녀는 카펫 위를 성큼성큼 세 걸음 걸어 그에게 다가갔다.

"오, 크리시! …" 실비아가 소리쳤다. "그 사람이 … 그 망나니 같은 인간이… 설마 안 그랬겠죠?"

티전스가 대답했다.

"그렇게 했소…" 그는 얼룩진 수표를 은행가에게 건넸다. 그것을 받아든 포트 스케이토는 서서히 당혹스러운 표정을 지었다.

"'초과 인출된 계좌'" 그는 수표에 적힌 글을 읽었다. "브라우니의… 내 조카 필체인데… 클럽으로 발행된… 이건…"

"그냥 참고 넘어갈 건 아니죠?" 실비아가 말했다. "정말 다행이네요. 참고 넘어가지 않을 거라니 말이에요."

"그렇소! 참고 넘어가진 않을 작정이오." 티전스가 말했다. "내가 왜 그러겠소?" 은행가의 얼굴은 짙은 의혹을 품은 표정으로 바뀌었다.

포트 스케이토가 말했다. "계좌에서 초과 인출 한 것 같은데. 계좌를 초과 인출 하면 안 되네. 총 얼마나 초과 인출 했나?"

티전스는 자신의 통장을 포트 스케이토에게 건넸다.

"난 당신이 어떤 원리 원칙에 따라 행동하는지 도무지 이해하지 못하겠어요." 실비아가 티전스에게 말했다. "세상엔 참고 받아들여야 하는 일들이 있지만, 이건 아니에요."

티전스가 말했다.

"모두 다 중요하지 않소. 정말이오. 아이 문제를 제외하고는."

실비아가 말했다.

"난 지난 목요일에 당신이 1,000파운드까지 초과 인출 할 수 있도록 보증을 섰어요. 그런데 당신이 1,000파운드 이상 초과 인출 했을 리가 없잖아요."

"나는 전혀 초과 인출을 하지 않았소." 티전스가 말했다. "어제 15파운드 정도 초과 인출 되었소. 하지만 난 전혀 그걸 몰랐소."

포트 스케이토는 완전히 넋이 나간 표정으로 통장을 한 장 한 장 넘겨보고 있었다.

"정말 이해하지 못하겠네." 그가 말했다. "자네 계좌엔 입금액이 충분히 있는 걸로 보이는데… 하루나 이틀 정도씩 간간히 작은 액수가 초과 인출된 것을 제외하고는 자넨 항상 예금 잔액이 있던 것으로 보이는데."

"전 어제 15파운드 정도 초과 인출 했습니다." 티전스가 말했다. "아마 서너 시간 정도였을 겁니다. 제 부대에서 경의 은행 본점까지 우편 이동에 걸리는 시간이죠. 이 두세 시간 동안 경의 은행은 제가 발행한 6개의 수표 중에 2개를 골라 부도 처리 했습니다. 부도 처리된 수표는 둘 다 2파운드도 안 됐습니다. 다른 수표 하나는 일링에 있는 제 장교 클럽으로 되돌려 보냈습니다. 물론 클럽은 수표를 제게 되돌려 주지 않을 겁니다. 그 수표 역시 같은 필체로 '초과 인출된 계좌'라고 표시되어 있습니다."

"맙소사" 은행가가 말했다. "그건 자네의 파산을 의미하는데."

"맞습니다. 그건 분명히 제 파산을 의미합니다." 티전스가 말했다. "그렇게 하려고 의도한 것이니까요."

"그렇지만," 은행가가 말했다. 파산한 사람의 표정을 띠기 시작했던 그의 얼굴에 안도감이 감돌았다. "자넨 틀림없이 은행에 다른 계좌도 있겠지… 어쩌면 심하게 떨어진 투기성 계좌 같은 거 말이네… 나는 은행 정책에 영향을 미칠 정도로 상당히 큰 계좌를 제외하고는 고객의 계좌를 살펴보지는 않네."

"살펴보셔야지요." 티전스가 말했다. "아주 작은 계좌들도 관심 있게 살펴보셔야 합니다. 그런 계좌를 통해 부를 쌓아가는 분이시니 말입니다. 저는 경의 은행에 그 어떤 다른 계좌도 없습니다. 저는 평생 투기를 해본 적도 없습니다. 러시아 유가 증권에 투자했다가 많은 돈을 잃어버린 적이 있었죠. 제겐 큰 돈이었습니다. 하지만 분명 경도 그러셨을 것 같은데요.”

"그렇다면… 내기에 걸었나!" 포트 스케이토가 말했다.

"경마에 한 푼도 걸어본 적 없습니다." 티전스가 말했다. "경마에 대해 너무도 잘 알고 있으니까요."

포트 스케이토는 먼저 실비아의 얼굴을 쳐다본 뒤 티전스의 얼굴을 바라보았다. 실비아는 그의 오랜 지인이었기 때문이었다. 실비아가 말했다.

"남편은 절대로 내기도, 투기도 하지 않아요. 남편이 개인적으로 하는 지출은 런던의 그 어떤 남자들보다도 적어요. 어떤 의미에서는 개인적인 지출을 하지 않는다고 말할 수 있을 정도예요."

다시금 포트 스케이토는 재빨리 의심스러운 표정을 지었다.

실비아가 말했다. "경은 크리스토퍼와 제가 경을 협박하려고 음모를 꾸미고 있다고 의심하시는 건 아니시겠죠."

"아니오. 어떻게 그런 의심을 할 수 있겠소." 은행가가 말했다. "그렇지만 이 상황을 설명할 수 있는 다른 이유도 역시 너무 놀라워서… 은행을 의심하는 건… 은행이… 자네는 이를 어떻게 생각하나? …" 그는 티전스에게 물었다. 그의 둥근 얼굴의 아랫부분이 사각형 모양이 되었고, 그는 어떤 감정에 휩싸여 턱을 움직였다.

"그저 이것만 말씀드리겠습니다." 티전스가 말했다. "제 말을 들으신 후 경께선 적절하게 판단내리시고 거기에 따라 문제를 해결해 주십시오. 10일 전 저는 행군 명령을 받았습니다. 저는 제 후임 장교에게 제가 갚아야 할 비용, 그러니까 군복 재단사와 장교 클럽에 지급할 1파운드 12실링의 수표를 써서 주었습니다. 저는 나침반과 회전식 권총도 사야 했습니다. 제가 병원에 있었을 때, 적십자 위생병이 제 것을 훔쳐갔기 때문입니다."

포트 스케이토가 말했다. "세상에!"

"그들이 물건을 훔치는 걸 모르셨습니까?" 티전스가 물었다. 그는 말을 이었다. "그래서 모두 합쳐 15파운드가 초과 인출 되었던 겁니다. 하지만 전 그럴 거라곤 예상하지 못했습니다. 매달 첫째 날 군부대에서 제 월급을 경의 은행에 입금하기로 되어 있었기 때문입니다. 하지만 인지하셨겠지만, 1일이 아니라, 오늘 아침, 그러니까 13일에야 제 월급이 입금됐습니다. 제 통장을 보시면 아시겠지만, 군부대는 첫째 날이 아닌 13일에 항상 월급을 입금해 왔었습니다. 이틀 전 저는 장교 클럽에서 점심 식사를 하고 1파운드 14실링 6펜스를 수표로 계산했습니다. 좀 더 자세히 이야기하자면, 10실링은 개인적으로 지출한 것이고, 4실링 6펜스는 점심으로…"

"그렇지만 자네가 실제로 초과 인출 한 것은 맞네." 은행가는 날카로운 어조로 말했다.

티전스가 말했다.

"어제 두 시간 동안입니다."

"그렇다면," 포트 스케이토가 말했다. "어떻게 조치하기를 바라나? 우리가 할 수 있는 일이라면 하도록 하겠네."

티젠스가 말했다.

"잘 모르겠습니다. 경께서 하고 싶으신 대로 하십시오. 하지만 군 당국에 어떻게 해명하실지 대비하시는 게 좋을 것 같습니다. 그들이 저를 군법 회의에 회부한다면, 저보다 경에게 더 큰 피해가 갈 겁니다. 그 점은 경께 장담할 수 있습니다. 뭔가 분명한 해명이 있어야 할 겁니다."

포트 스케이토는 갑자기 떨기 시작했다.

"무슨… 무슨… 무슨 해명 말인가?" 그가 말했다. "자네… 제기랄… 자네가 날… 자네가 감히 우리 은행이…" 그는 말을 멈추고 손으로 얼굴을 아래로 쓸더니 말했다. "하지만… 자네는 분별 있고 바른 사람이네… 자네에 대한 험담은 들었지만, 난 믿지 않았네… 자네 부친께서는 항상 자네 칭찬을 하셨어. 자네 부친은 자네가 돈이 필요하면 언제든지 자네 부친의 계좌에서 자네가 삼사백 파운드 인출할 수 있도록 해주라고 말씀하셨네… 그래서 내가 이해할 수 없다는 거야. 이건… 이건…" 그는 더욱 흥분했다. "이건 근본을 무너뜨리는…"

티젠스가 말했다.

"포트 스케이토 경… 저는 항상 경을 존경해 왔습니다. 원하시는 방식으로 이 문제를 해결해 주십시오. 경의 은행에 굴욕적이지 않은 방식으로 엉망이 된 이 일을 바로잡아 주십시오. 저는 이미 클럽에서 사퇴했습니다…"

실비아가 말했다. "안 돼요. 크리스토퍼… 클럽에서 사퇴하면 안 돼요!"

탁자 옆에 있던 포트 스케이토는 깜짝 놀라 뒤로 물러섰다.

"자네 말이 맞다면" 그가 말했다. "그러면 안 되네… 클럽에서 사퇴해선 안 되네… 나는 클럽 위원회에 있네… 내가 위원들에게 설명하겠네, 모든 것을. 자네에게 유리하게 말일세…"

"설명하지 못하실 겁니다." 티전스가 말했다. "소문을 앞지를 순 없습니다… 이 소문은 지금 이 순간 런던 전역 반 이상에 퍼졌습니다. 경도 아시다시피 위원회에 있는 이빨 빠진 노인들에게 말입니다… 앤더슨! 폴리옷… 그리고 제 형 친구인 러글스…"

포트 스케이토가 말했다.

"자네 형 친구 러글스 말인가?… 그렇지만 여보게… 그는 왕실과 관련된 일을 하고 있지 않나? 하지만 여보게…" 잠시 아무런 생각도 할 수 없었던 그는 말을 이었다. "초과 인출은 안 되네… 하지만 자네 부친께서 자네가 자신의 예금에서 인출해도 좋다고 말씀하셨다면, 지금 이 상황이 몹시 염려스럽네… 자네는 최상급 고객이네… 자네 통장 하나만 봐도 알 수 있어… 최고의 신용을 자랑하는 상인 앞으로 합당한 금액의 수표를 발행한 것 이외는 없으니 말이네. 내가 은행에서 하급 사원으로 일할 때 보고 싶었던 그런 통장이었네…" 예전 생각에 그는 감상적이 되었다. 그는 다시 한번 아무런 생각도 할 수 없었다.

실비아가 방으로 돌아왔다. 두 사람은 실비아가 나가는 것을 감지하지 못했었다. 그녀의 손엔 한통의 편지가 들려있었다.

티전스가 말했다.

"포트 스케이토 경, 흥분하진 마십시오. 제가 드린 말씀이 사실이라고 확신하실 때, 경께서 할 수 있는 일을 하겠노라고 약속해주시면 됩니다. 저는 경을 전혀 괴롭히고 싶지 않습니다. 티전스 부인을 위한 것이 아니라면, 그렇게 하는 건 제 방식이 아닙니다. 남자는 홀로 이런 일을 삭히면서 살거나 아니면 그냥 죽으면 됩니다. 하지만 남자는 삭히며 살거나 죽는다 해도, 티전스 부인이 불한당 같은 자에 매인 채, 살아야 할 이유는 없습니다."

"하지만 그건 옳지 않네." 포트 스케이토가 말했다. "그런 식으로 보는 건 옳지 않아. 자네는 참아서는 안 되네… 난 정말 당혹스럽네…"

"경은 당혹해하실 수 있는 권리가 없어요." 실비아가 말했다. "경은 은행의 명성을 지킬 방책 때문에 속 태우고 계신 거잖아요. 경에겐 은행이 경의 아이보다 더 중요하다는 건 우리도 알고 있어요. 그렇다면 은행을 잘 돌보셔야지요."

식탁에서부터 이미 두 발자국 떨어져 있던 포트 스케이토는 두 발자국 더 뒷걸음질했다. 실비아는 코를 씰룩거렸다.

실비아가 말했다.

"남편은 경의 그 더러운 클럽에서 사퇴하지 않을 거예요. 물러나지 않을 거라고요! 경의 위원회는 공식적으로 제 남편에게 사퇴 철회를 요청하게 될 거예요. 이해하시겠어요? 제 남편은 사퇴를 철회했다가, 그 뒤에 영구적으로 사퇴할 거예요. 제 남편은 경과 같은 사람과 어울리기엔 너무 훌륭한 사람이에요…" 가슴이 너무나 쿵쾅거려 실비아는 잠시 말을 멈췄다. "경이 하셔야 할 일이 무엇인지 아시겠어요?" 실비아가 물었다.

알 수 없지만 소름 끼치는 어떤 생각이 티전스의 머릿속을 스쳤다. 그는 그것을 말로 표현하고 싶지 않았다.

"나도 모르겠소…" 은행가가 말했다. "위원회가 어떻게 해야 할지 모르겠소…"

"위원회를 움직이셔야 해요." 실비아가 대답했다. "제가 왜 그런지 말씀드리죠… 제 남편은 절대로 초과 인출을 하지 않았어요. 지난 목요일에 경의 은행 사람들에게 제 남편 계좌에 1,000파운드를 입금해달라고 요청했어요. 저는 편지를 써서 반복해서 요청했고, 제가 신임하는 하녀가 지켜보는 가운데 그 편지의 사본도 떠두었어요. 그리고 그 편지도 등기로 보냈고 그 영수증도 받았어요… 확인해 보실 수 있을 거예요."

포트 스케이토는 편지를 앞에 두고 중얼거렸다.

"브라우니에게 보낸 것이군… 브라우니에게 보낸 편지 영수증…" 그는 녹색의 작은 종잇조각 양면을 살펴보았다. 그가 말했다. "지난 목요일… 오늘은 월요일이고… 노스 웨스턴사 주식 1,000파운드를 팔아서 … 계좌에 보내라는 지시… 그렇다면…"

실비아가 말했다.

"그거면 됐어요… 더 이상 시간을 벌려고 하지 마세요. 말씀드리지만 경의 조카는 전에도 이와 비슷한 일을 한 적이 있어요… 지난 목요일 점심 식사 자리에서 경의 조카는 제게 크리스토퍼의 형 변호사들이 그로비가의 재산을 담보로 한 초과 인출 허용을 모두 철회했다고 알려주었어요. 경의 조카는 크리스토퍼를 불시에 덮칠 (그의 표현을 빌리자면 그랬죠) 작정이라고 했죠. 그리고 다음번에 은행에 들어올 크리스토퍼의 수표를 부도 처리 할 거라고 했어요. 전쟁 발발 이후 줄곧 이런 기회를 기다려 왔는데, 크리스토퍼의 형의 초과 인출 허용 철회로 그 기회가 생겼다고 했어요. 전 그 사람에게 그러지 말라고 간청했어요…"

"세상에" 은행가가 말했다. "이건 들어본 적도 없는…"

"들어본 적 없으셨겠죠." 실비아가 말했다. "크리스토퍼는 이와 아주 유사한 일로 군사 법정에 섰던 다섯 명의 코 흘리게 소위를 변호한 적 있었어요. 그중 한 사건은 이번 일의 완전 복사판이었고요…"

"세상에," 은행가가 다시 한번 소리쳤다. "조국을 위해 목숨을 내놓은 사람에게… 그러니까 부인 말씀은 티전스가 군사법정에서 변호를 맡았던 것에 대한 복수로 브라우니가 이렇게 한 거란 말이오? … 부인의 1,000파운드도 남편 통장에 이관되지 않았고…"

"물론 이관되지 않았어요." 실비아가 말했다. "금요일에 저는 경의 은행 사람들에게서 공식적인 편지 한 통을 받았어요. 노스 웨스턴 사의 주식이 오를 것 같다며 제 기존 입장을 재고해달라고 하더군요. 같은 날 저는 속달로 그들에게 제가 말한 대로 해달라고 했어요… 그때 이후 경의 조카는 제게 계속 전화를 걸어 남편을 구해주지 말라고 간청까지 했어요. 방금 제가 방에서 나갔을 때도 전화를 했고요. 심지어 제게 함께 도망가자고 빌기까지 하더군요."

티전스가 말했다.

"실비아, 이제 그만하시오. 너무 고통을 주는 것 같구려."

"고통당하라지요." 실비아가 말했다. "그렇지만 이제 충분한 것 같네요."

포트 스케이토는 자신의 얼굴을 분홍색 손으로 감쌌다. 그는 소리쳤다.

"오, 맙소사! 브라우니가 또…"

티전스의 형 마크가 방에 들어왔다. 티전스보다 피부색이 어둡고 체구는 작았지만 더 탄탄했고, 파란 그의 눈은 좀 더 돌출되었다. 그는 검정색과 흰색이 섞인 정장을 입고 경마용 쌍안경을 어깨를 가로질러 맨 채, 한손에는 중절모를, 다른 손에는 우산을 들고 있었다. 최근에 기사 서임을 받은 그는 자신을 경멸하는 포트 스케이토를 싫어했다. 그가 말했다.

"포트 스케이토 경, 안녕하십니까." 그는 실비아에게 인사도 건네지 않은 채 이렇게 말했다. 가만히 서 있던 그는 방 이곳저곳을 살피다가 책장 사이 구석진 곳에 있는 필기용 탁자 위에 놓인 모형 책상에 시선을 멈추었다.

"아직도 저 모형 책상을 갖고 있구나." 그가 티전스에게 말했다. 티전스가 대답했다.

"아닙니다. 저건 존 로버트슨 경에게 팔았습니다. 수집품 보관소에 빈자리가 생길 때 로버트슨 경이 가지고 가기로 했습니다."

포트 스케이토는 몸을 약간 흐느적거리며 식탁 주위를 걷다가 기다란 창문 옆에 서서 아래를 내려다보았다. 실비아는 벽난로 옆 의자에 앉았다. 두 형제는 서로 마주보며 서 있었다. 크리스토퍼의 모습은 곡물 자루를, 마크의 모습은 조각된 나무를 연상시켰다. 그들 주변은 푸른빛을 반사하는 거울을 제외하고는 표지가 금박으로 된 책들로 가득했다. 헬로 센트럴이 탁자를 치우고 있었다.

"내일 다시 전장으로 나간다고 들었다." 마크가 말했다. "너와 정리해야 할 몇 가지 일이 있구나."

"9시에 워털루역에서 떠납니다." 크리스토퍼가 말했다. "시간이 별로 없으니, 괜찮다면 육군성까지 같이 걸어가면서 이야기하죠."

마크의 시선은 흑백의 옷을 입고 식탁 근방에 있는 헬로 센트럴을 따라 움직였다. 그녀는 쟁반을 들고 밖으로 나갔다. 크리스토퍼는 자기 어머니의 작은 집에서 식탁을 치우는 발렌타인 워놉이 갑자기 생각났다. 헬로 센트럴은 발렌타인만큼이나 식탁을 느리게 정리했다. 마크가 말했다.

"포트 스케이토 경! 여기 계시는 김에 한 가지 중요한 사항을 마무리 짓는 게 좋을 것 같소. 나는 내 동생의 초과 인출에 대한 아버님의 보증을 철회했소."

포트 스케이토는 창을 향해 큰 목소리로 말했다.

"그건 우리도 알고 있소. 그건 우리 쪽 손해요."

"하지만 경께서" 마크 티전스는 말을 이었다. "내 동생이 필요시에 쓸 수 있도록 내 개인 계좌에서 1년에 1,000파운드씩 동생 계좌로 이체해주셨으면 하오. 하지만 1년에 1,000파운드 이상은 안 되오."

포트 스케이토가 말했다.

"그럼 은행에 직접 편지를 쓰시오. 나는 고객의 계좌를 들여다보지 않소."

"왜 그렇게 하지 않는지 이해가 안 가오." 마크 티전스가 말했다.

"그렇게 해서 밥벌이를 하시지 않소? 그렇지 않소?"

티전스가 말했다.

"형, 이제 그만해요. 어쨌든 난 내 은행 계좌를 폐쇄할 작정이니까요."

포트 스케이토가 갑자기 돌아섰다.

"제발 그러지 말게나." 그가 소리쳤다. "자네와 계속 거래할 수 있도록 해주게나." 경련이 일어날 때마다 그의 입이 움직였다. 빛이 비추자 그의 머리는 둥근 문기둥의 꼭대기처럼 보였다. 그는 마크 티전스에게 말했다. "친구인 러글스 씨에게 가서 동생 분이 내 허락 하에 내 개인 계좌에서 돈을 인출할 수 있게 되었다고 말해도 좋소… 얼마든 필요한 액수만큼 내 개인 계좌에서 말이오… 내가 이렇게 말하는 것은 동생분은 내가 어떻게 평가하고 있는지 보여주려는 것이오. 동생은 갚지 못할 어떤 채무도 발생시키지 않을 거란 걸 잘 알고 있기 때문이오."

마크 티전스는 한 손으로는 갈고리 모양의 우산 손잡이를 잡고 다른 손으로는 중절모의 흰 실크 안감(안감은 그 방에서 가장 빛을 발했다)이 보이게 중절모를 잡고 팔을 쭉 뻗은 채 미동도 하지 않고 서 있었다.

"그건 경의 일인 것 같소." 그는 포트 스케이토에게 말했다. "내 관심사는 추후에 통보가 있을 때까지 내 동생의 계좌에 1년에 1,000파운드씩 이체되도록 하는 것이오."

크리스토퍼 티전스는 자신이 생각해도 감상적인 목소리로 포트 스케이토에게 말했다. 그는 몹시 감동했다. 자연스럽게 몇 가지 이름을 떠올릴 수 있게 된 데에다, 은행가가 자신에 대해 이런 평가를 내리니, 여태까지와는 정반대의 상황이 된 것 같아, 이날을 기념할 만한 날로 생각해야 할 것 같아서였다.

"물론 포트 스케이토 경께서 제 계좌를 유지하기 바라신다면 제 하찮은 계좌를 없애지는 않겠습니다. 경께서 그렇게 바라신다면 저도 기쁩니다." 그는 잠시 말을 멈췄다가 이렇게 덧붙였다. "전 단지 이런 것들… 그러니까 이런 복잡한 가족 문제를 피하고 싶을 뿐입니다. 경께서는 형의 돈이 제 계좌에 입금되는 것을 중단시키실 수 있을 거라 생각합니다. 전 형의 돈을 원치 않으니까요."

티젠스는 실비아에게 말했다.

"당신은 포트 스케이토 경과 나머지 일을 처리하는 게 좋을 것 같구려."

그러고는 포트 스케이토에게 이렇게 말했다.

"포트 스케이토 경께 감사드립니다… 레이디 포트 스케이토를 모시고 오늘 저녁 맥마스터의 집에 잠시만이라도 와주시겠습니까? 11시 전에요…" 그러고 나서 그는 마크에게 말했다.

"형, 갑시다. 전 이제 육군성으로 가야 해요. 걸어가면서 이야기 하죠."

실비아는 겁먹은 사람처럼 말했다. 다시 한번 암울한 생각이 티젠스의 머리를 스쳤다.

"우리 다시 보는 건가요? … 당신이 아주 바쁘다는 건 알고 있어요…"

티젠스가 말했다.

"그렇소. 육군성에서 나를 너무 오래 잡아두지 않는다면, 당신을 데리러 레이디 욥의 집에 가겠소. 당신도 알다시피 난 맥마스터의 집에서 식사를 할 거요. 늦게 끝나진 않을 거라 생각하오."

"나도 갈게요." 실비아가 말했다. "맥마스터 씨 집으로요. 당신 생각에 그렇게 하는 게 좋으면요. 클라우딘 샌드바크와 웨이드 장군도 모시고 갈게요. 러시아 무용수들을 보러 갈 계획이지만 일찍 일어날 거예요."

티전스는 그런 생각은 아주 빨리 할 수 있었다.

"그렇게 해주시오." 티전스는 서둘러 말했다. "그렇게 해주면 고맙겠소."

문에 가까이 갔을 때 티전스는 방향을 돌려 다시 실비아에게 왔다. 그의 형은 거의 문을 나서고 있었다. 티전스는 실비아에게 말했다. 이번 경우는 몹시 즐거워서였다.

"그 노래 가사 중 몇 구절이 어렵게 생각났소. 가사는 이렇소.

어딘가 확실히 있을 거야.
보지 못한 얼굴이, 듣지 못한 목소리가…[332]

운율을 맞추기 위해 '전에 들어보지 못한 목소리'가 맞을 것 같소… 작사가의 이름은 모르지만, 온종일 머리를 쥐어짜면 생각해낼 수 있을 거요."

---

[332] 단테 가브리엘 로세티의 여동생이자 라파엘 전파 시인인 크리스티니 로세티(Christina Rossetti)가 쓴 「어딘가」(Somewhere or Other)라는 시의 일부.

실비아는 새하얗게 질렸다.

"그러지 말아요!" 그녀가 말했다. "제발… 그러지 말아요." 실비아는 차갑게 말을 이었다. "그런 수고를 할 필요 없어요." 그러고 나서 그녀는 티전스가 떠나자 작은 손수건으로 입술을 닦았다.

자선 음악회에서 그 노래를 들었을 때 실비아는 눈물을 흘렸다. 후에 그녀는 프로그램에서 가사를 읽어보고는 다시 한번 울 뻔했었다. 하지만 프로그램을 잃어버려 다시는 노래 가사를 접할 일이 없었다. 그 노래 가사는 그녀에게 끔찍하면서도 매혹적인 여운을 남겼다. 언젠가 자신을 찌르려 자신이 꺼낸 칼처럼.

3

두 형제는 아무 말 없이 문에서 나와 인적 없는 법학원 보도를 스무 걸음가량 걸었다. 둘 다 아무 표정이 없었다. 크리스토퍼는 지금 이 상황이 요크셔에서 일어나고 있는 것처럼 느껴졌다. 티전스는 사냥하는 사람들이 잔디를 지나 언덕 위까지 걸어가는 동안, 중절모를 쓰고 손에 우산을 든 채 그로비 홀 잔디에 서 있는 형 마크의 모습을 상상해 보았다. 마크는 절대 그렇게 하지 않았겠지만 티전스에게 비춰진 그의 이미지는 항상 그랬다. 마크는 우산의 접는 면 중 하나가 뒤틀렸다고 생각했다. 그는 상당히 골치 아픈 일이지만 우산을 한 번에 폈다가 다시 접을 것인지, 아니면 클럽에 도착할 때까지 가지고 가 그곳 수위에게 그렇게 해달라고 할 것인지 진지하게 생각해 보았다. 하지만 그렇게 하자면 뒤틀린 우산을 들고 런던 시내를 2킬로미터나 걸어야 하는데 그건 기분 좋은 일이 아니었다.

마크가 말했다.

"내가 너라면, 그 은행가란 자가 너를 그런 식으로 보증하도록 내버려 두진 않겠다."

크리스토퍼는 "아!" 하고 소리쳤다.

그는 사용 가능한 자신의 뇌의 3분의 1만 활용해도 형을 상대로 논쟁에서 이길 수 있지만, 형과 논쟁하는 것이 피곤하다고 생각했다. 그는 포트 스케이토와 자신의 관계에 대해 러글스란 형의 친구가 불쾌한 해석을 할 수도 있을 거란 생각을 해보았다. 하지만 어떻게 해석할지 궁금하지 않았다. 뭔가 마음이 불편했던 마크가 말했다.

"오늘 오전에 클럽에 준 수표가 부도났다며?"

크리스토퍼가 말했다.

"그랬어요."

마크는 동생이 상황을 설명해주길 기다렸다. 크리스토퍼는 소식이 발 빠르게 퍼지는 게 내심 기뻤다. 이러한 사실은 포트 스케이토에게 한 자신의 말이 사실이라는 것을 입증해주기 때문이었다. 그는 자신의 상황을 외부의 시각에서 생각해보았다. 그것은 마치 순조롭게 작동하는 기계를 바라보는 것 같았다.

마크는 마음이 좀 불편해졌다. 30년 동안 소란을 떨며 이야기하는 남쪽 지역 사람들에게 익숙해졌지만 과묵한 사람이 여전히 존재한다는 사실을 잊고 있었던 것이다. 자신이 근무하는 정부 부서에서 일하는 운송 직원에게 태만하다고 짤막하게 꾸짖는 경우나, 자신의 프랑스인 정부에게 저녁 식사로 준비한 양고기에 양념이 너무 많이 들어갔다고, 혹은 감자 삶는 물에 소금을 너무 많이 넣었다고 짤막하게 나무라는 경우에, 그는 엄청나게 거센 변명이나 혹은 그렇지 않다고 부인하는 말을 듣는 데 오랫동안 익숙해져 있었기 때문이었다. 이 세상에서 말수가 적은 사람은 자신밖에 없다고 생각하게 된 동기는 바로 그것이었다. 따라서 그는 마음이 불편하면서도 만족스럽게 "역시 내 동생이로군." 하는 생각을 하게 된 것이다.

그는 동생 크리스토퍼에 대해 아는 바가 전혀 없었다. 그는 어린 남동생이 길 위에서 못된 짓을 하는 것을 멀리서 바라보는 듯한 기분이 들었다. 그는 크리스토퍼가 진짜 티전스가의 사람은 아니라고 생각했다. 늦둥이 꼬맹이였기 때문에 티전스는 아버지 자식이라기보다는 새 어머니의 아이였다. 새 어머닌 존경받을 만한 사람이었지만 사우스 라이딩 출신이었다. 그랬어도 마음은 상냥하고 넉넉한 사람이었다. 먼저 태어난 티전스가의 아이들은 실패를 경험할 때마다 아버지가 같은 라이딩 출신의 여자와 결혼하지 않은 걸 탓하곤 했다. 그래서 마크는 이 꼬맹이 동생에 대해 아는 바가 없었던 것이다. 그가 명석하다는 말은 들었지만 그건 티전스가 사람의 특징은 아니었다. 티전스가 사람들은 좀 수다스러웠다! 그런데, 동생은 수다스럽지 않았다. 마크가 말했다.

"어머니가 남겨주신 돈은 다 어쩐 거냐? 20,000파운드였지?"

그들은 조지아 양식의 저택들 사이에 난 좁은 길을 지나가고 있었다. 다음 번 안뜰에서 티전스는 걸음을 멈추고 형을 쳐다봤다. 마크는 동생의 시선을 느끼며 가만히 서 있었다. 크리스토퍼는 중얼거렸다.

"이 사람이 이런 질문을 할 권리가 있긴 하지!"

잘 돌아가던 활동사진이 기묘하게 헛돌기 시작한 것 같았다. 형은 이제 집안의 장이 되었고, 자신은 집의 상속자가 되었다. 그 순간 그는 넉 달 전에 돌아가신 아버지의 죽음을 최초로 실감했다.

크리스토퍼는 기묘한 사건이 기억났다. 장례식 후, 묘지에서 돌아와 점심 식사를 할 때였다. 마크는 무표정한 제스처를 취하며 담배 케이스를 꺼내 담배 한 개비를 고른 다음 나머지 담배를 테이블 주위에 돌렸다. 이를 본 사람들은 심장이 멈출 것 같았다. 그날 이전까지 그로비 홀에서 담배를 피운 사람은 아무도 없었기 때문이었다. 아버지도 열두 개의 담배 파이프에 담배를 채워 진입로에 있는 장미 덤불에 두고 피우셨으니 말이다…

사람들은 이 일이 단순히 불쾌한 해프닝, 혹은 나쁜 취향의 문제라고 생각했다. 프랑스에서 막 돌아온 크리스토퍼는 아무 생각도 할 수 없었기 때문에 그렇게 생각하지는 않았다. 목사만이 이 일에 관해 크리스토퍼에게 이렇게 속삭였다. "지금까지 그로비 홀에서 담배 핀 사람은 없었네."

하지만 지금! 상징, 절대적으로 옳은 상징물이 등장했다. 그들이 좋아하건 좋아하지 않건 여기 티전스 집안의 장과 상속자가 있다. 집안의 장은 무엇인가 결정을 내려야 하고, 상속자는 그 결정에 대해 동의하거나 반대할 수 있다. 하지만 집안의 장인 형은 자신이 던진 질문에 대한 대답을 들을 권리가 있다.

크리스토퍼가 말했다.

"그 돈의 절반은 내 아들 몫으로 정했어요. 7,000파운드는 러시아 유가증권에 투자했다가 다 잃었고 나머지는…"

마크는 "아!" 하고 외마디 소리를 질렀다.

그들은 홀번[333]으로 이어지는 아치 아래를 막 통과했다. 이번에는 마크가 걸음을 멈추고 동생을 바라보았다. 크리스토퍼는 형이 자신을 보도록 가만히 있으면서 형의 눈을 바라보았다. 마크는 중얼거렸다.

"최소한 이 녀석은 날 보는 게 두렵지 않은가 보군." 그는 크리스토퍼가 두려워할 거라고 확신했었다. 그가 말했다.

"여자 만나는 데 돈 썼니? 그게 아니면 여자에게 쓸 돈은 어디서 구했어?"

크리스토퍼가 말했다.

"난 여태까지 여자에게 한 푼도 쓴 적 없어요."

마크가 말했다.

"아, 그래!"

그들은 홀번을 가로질러 플리트 스트리트334로 이어지는 뒷길에 접어들었다.

크리스토퍼가 말했다.

"내가 '여자'라고 말했을 때는 일반적인 의미의 여자란 뜻입니다. 물론 우리 계층의 여자들에게 차나 점심을 대접하거나, 택시비를 대신 낸 적은 있어요. 하지만 결혼 전이든 후이든, 아내 이외에 다른 여자와 교제를 한 적은 없어요."

마크가 말했다.

"아, 그래!"

그는 중얼거렸다.

---

333 Holborn: 런던의 자치구 중 하나.
334 Fleet Street: 과거 많은 신문사가 있던 런던 중심부.

"그럼 러글스가 거짓말을 한 게 틀림없군!" 그렇다고 그는 괴로워하거나 놀라지도 않았다. 20년간 그와 러글스는 메이페어에 있는 커다란 우중충한 건물 한 층을 같이 사용해왔다. 그들은 공용 화장실에서 면도하면서 이야기를 나누곤 했다. 그 외에 만날 경우는 클럽에서였는데, 그 이외에는 종종 마주치기도 쉽지 않았다. 러글스는 왕실에 어떤 지위를 갖고 있었는데 왕실 경호 차장이었을 것이다. 어쩌면 그는 20년간 승진을 거듭해 온 건지도 모른다. 하지만 마크 티전스는 거기에 대해 알려고 한 적이 없었다. 몹시 자부심이 강하고 자기 세계에 갇혀있었기 때문에 그는 아무런 호기심이 없었던 것이다. 그는 런던에 살고 있었다. 거대한 런던은 홀로 지내기 좋은 곳이며, 각종 행정의 중심지인 동시에 그곳 거주자에 대해서 아무도 호기심을 갖지 않는 곳이었기 때문이었다. 북쪽 지역에도 런던만큼 크고 여러 이점이 있는 도시가 있었다면 그는 그곳을 선호했을 것이다.

러글스에 대해 그는 거의, 아니 전혀 생각하지 않았다. 그는 전에 "기분 좋은 재잘거림"이라는 문구를 들은 적 있었는데, 그 문구가 무슨 의미인지 몰랐지만 러글스를 "기분 좋은 재잘거림"이라고 생각했다. 면도하는 동안 러글스는 그날의 추문을 전해주었다. 다시 말하자면, 그는 싸구려 정조관을 갖고 있지 않은 여자 이야기나 출세하겠다고 자기 아내를 팔아넘기지 않는 남자 이야기는 절대로 하지 않았다. 그가 들려주는 이야기는 마크가 생각하는 남부의 모습과 일치했다. 하지만 러글스가 북부 가문 출신의 남자에 대해 험담을 할 때면, 마크는 이렇게 말하며 그의 말을 중단시켰다.

"아니야, 그건 사실이 아니네. 그 사람은 완트리 펠즈의 크라이스터[335]라네." 절반은 스코틀랜드의 피를 이어 받았고, 절반은 유대인의 피를 이어받은 러글스는 키가 몹시 컸고, 늘 머리를 한쪽으로 기울이는 습성이 있어서 까치를 닮은 구석이 있었다. 그가 영국인이었다면 마크는 절대로 그와 방을 함께 쓰지 않았을 것이다. 마크는 자신과 방을 같이 쓸 특권을 누릴 만한 출생과 지위가 있는 영국인은 알지 못했을 뿐만 아니라, 그런 출생과 지위가 있는 사람들이 있다 하더라도 그들은 이처럼 음침하고 불편하며, 앉는 부분이 말총으로 된 마호가니 소파와 조명 시설로는 젖빛 유리로 된 채광창만 있는 이런 방을 자신과 함께 쓰고자 하진 않았을 거라고 생각했다. 25세에 런던에 상경한 이래로 마크는 오래전에 세상을 떠난 피블스라는 자와 이 방들을 같이 사용했었다. 하지만 피블스 대신 러글스가 들어온 이후에도 그는 전혀 방을 바꾸려 하지 않았다. 마크 티전스에게는 이들의 이름이 완전히 다르게 생각되지 않았고 약간이나마 비슷해 오히려 덜 혼란스러웠다. 다른 이름, 예를 들어 그레인저라는 이름의 남자와 방을 함께 썼다면 안 좋은 일이 일어날 수도 있었을 거라고 마크는 종종 생각했다. 사실, 그는 러글스를 종종 피블스라고 불렀지만 별다른 문제가 발생하지는 않았다. 그 당시 마크는 러글스의 출생에 대해 전혀 아는 바가 없었기 때문에, 멀리서 보면 이들의 관계는 크리스토퍼와 맥마스터와의 관계와 유사해보

---

[335] 크라이스터(Craister)는 영국 북동부의 주 중 하나인 노섬벌랜드의 오래된 어촌 마을이다. 따라서 이 이름을 가진 이 성의 소유자는 마크가 좋아하는 북부 지역 출신인 것이다.

였다. 하지만 크리스토퍼가 자신의 주변을 맴도는 사람에게 모든 것을 다 퍼주는 반면, 마크는 러글스에게 5파운드 이상의 돈을 빌려주려고 하지 않았을 것이다. 설령 빌려주었는데 분기 마지막 날까지 그 돈을 돌려받지 못했다면 러글스를 쫓아냈을 것이다. 하지만 러글스는 무언가를 빌려달라고 부탁하는 법이 없었기 때문에, 마크는 그가 괜찮은 사람이라고 생각했다. 때때로 러글스는 돈 많은 미망인과 결혼하기로 마음먹었다든지, 고위층에 자신이 어떤 영향력을 행사할 수 있는지에 대해 떠들어대곤 했다. 하지만 그런 말을 할 때 마크는 전혀 귀 기울이지 않았기 때문에, 러글스는 돈으로 살 수 있는 여자나 경박한 남자에 관한 이야기로 화제를 돌리곤 했다.

대략 다섯 달 전쯤 어느 날 아침, 마크는 러글스에게 이렇게 이야기했다.

"내 막내 동생 크리스토퍼에 대해 들리는 이야기가 있으면 좀 알려주게."

그 전날 저녁 마크의 부친은 흡연실 맞은편에 있던 마크를 불러 이렇게 말했다.

"크리스토퍼에 대해 좀 알아 보거라. 그 애가 돈이 필요할지도 모르겠다. 그 애가 우리 가문의 후계자라는 사실을 생각해 보았느냐? 물론 네 다음이지만 말이다." 부친은 자식들을 떠나보낸 후 부쩍 늙었다. 아버지가 "결혼할 생각이 없는 거지?"라고 묻자, 마크는 이렇게 대답했다.

"네, 저는 결혼하지 않을 겁니다. 하지만 제가 크리스토퍼보다 더 잘 살고 있다고 생각합니다. 그 아인 이곳저곳에서 상당히 치이고 다니는 것 같습니다."

　임무를 부여받은 러글스는 크리스토퍼 티전스에 대한 자료를 마련하기 위해 놀라운 활동을 벌였다. 상습적으로 뒷말하는 사람들은 모략중상한다는 비방에 대비해야 하기 때문에 누군가를 비방할 기회를 얻기가 쉽지 않다. 뒷말을 즐기는 사람이 뒷말을 절대로 하지 않는 사람을 혐오하듯 러글스도 크리스토퍼 티전스를 싫어했다. 게다가 크리스토퍼 티전스도 러글스에게 평소보다 더 무례하게 대했기 때문에, 다음 한 주 동안 러글스는 평소보다 더 많은 남의 집을, 그의 실크 모자[336]는 평소보다 더 높다란 집 정문을 들락거렸다.

　그가 찾아간 사람 중에는 글로비나라는 별칭을 가진 귀부인이 있었다.

　지성소에 책이 한 권 보관되어 있다는 말이 전해져 내려오고 있었다. 그 책에는 가문도 좋고 사회적 지위도 있지만 나쁜 점수가 매겨진 남자에 대한 기록도 있다고 한다. 마크 티전스와 그의 부친은 지방 신사 계급 출신의 고지식한 영국인이 그랬듯이 이 책이 실제로 존재한다고 믿었다. 하지만 크리스토퍼 티전스는 믿지 않았다. 그는 러글스와 같은 인간들이 벌이는 행위가 그들이 싫어하는 사람들의 앞길을 막을 수도 있다고 생각했다. 영국 사회 전반을 폭 넓은 시각으로 바라보는 마크와 그의 부친은 어떤 직종에서 성공적으로 경력을 쌓아 갈 수 있는 충분한 자질이 있는 사람들이 승진도 못하

---

[336] top-hat: 신사 계급이 즐겨 착용하는 모자로, 어느 정도의 부와 사회적 지위를 상징한다.

고, 훈장도 받지 못하며, 진급도 못하는 것을 볼 때면, 즉 이상하리만치 자질에 합당한 지위를 얻지 못하는 사람들을 보게 될 때면, 그 원인을 이 책에서 찾았다.

러글스도 의혹을 받고 있는 사람과 파멸될 사람의 이름을 수록한 이 책이 실제로 있다고 믿었을 뿐만 아니라, 거기에 쓰인 내용에 자신이 상당한 영향을 미치고 있다고 믿고 있었다. 그는 자신이 특정 인사 앞에서 절제하면서도 충분한 근거를 들어가며 어떤 사람을 비난한다면, 그 어떤 사람은 엄청난 피해를 입게 될 거라고 믿고 있었다. 러글스는 상당히 지속적으로 자신이 하는 말의 상당 부분을 실제로 믿으면서 저명인사들 앞에서 크리스토퍼의 명예를 훼손하는 발언을 해왔다. 러글스는 크리스토퍼가 퍼론과 눈이 맞아 도망간 아내 실비아를 왜 다시 받아줬는지, 그리고 실비아가 드레이크라는 남자의 아이를 가진 상태에서 크리스토퍼가 왜 실비아와 결혼했는지 도무지 이해할 수 없었다. 이것은 마치 크리스토퍼가 실비아를 포트 스케이토 경에게 팔지 않고서도 그의 추천을 받았다고 말하는 것처럼 믿을 수 없는 일이었던 것이다. 그는 이런 일의 근저에는 늘 돈과 부정이 있다고 생각했기 때문이다. 그는 크리스토퍼가 워놉 부인과 그녀의 딸 워놉 양, 그리도 워놉 양의 아이[337]를 부양할 돈을 어떻게 얻었는지, 그리고 크리스토퍼의 정부이기도 한 두쉬민 부인과 맥마스터가 자신들이 원하는 방식대로 풍요롭게 살 수 있도록 해줄 돈을 크리스토퍼가 어떻게 얻었는지 도무지 이해할 수 없었다.

---

[337] 러글스는 워놉이 크리스토퍼의 아이를 낳았다고 오해하고 있다.

주변 사람들보다 더 이타적인 것은 골칫거리를 자초하는 일이라고 생각했기 때문에 그는 다른 이유를 찾을 수 없었던 것이다.

하지만 러글스는 자신이 룸메이트의 남동생에게 실제로 피해를 주었는지, 혹은 안 주었는지, 혹 주었다면 얼마만큼의 피해를 주었는지를 알아낼 방법이 없었다. 그는 정확한 출처[338]라고 생각하는 곳에 가서 그 이야기를 했지만, 자신이 한 말이 들어 먹혔는지 알 수 있는 증거는 없었다. 그가 어떤 귀부인을 찾아간 이유는 누군가 사실을 알고 있다면 바로 그 귀부인일 거라는 생각에서였다.

그는 그 귀부인이 자신보다 훨씬 더 영리하다고 생각했기 때문에 확실하다고 말하진 않았다. 딸의 가까운 친구인 실비아에게 진심 어린 애정을 가지고 있던 이 귀부인은 크리스토퍼 티전스 일이 순조롭지 않다는 소식에 상당한 우려를 표했다. 러글스는 룸메이트의 동생을 위해 무엇을 해야 할지 몰라 조언을 구하고 싶다며 공공연히 그녀를 찾아갔다. 모든 사람이 인정하듯 크리스토퍼는 능력이 많지만, 그가 남고자 하는 직장에서도, 또 군대에서도 그는 하위직에 머물러 있다면서, 러글스는 레이디 글로비나가 무언가 해줄 수는 없는지 묻고는 이렇게 덧붙였다. "그 친구는 낙인이 찍힌 것 같습니다."

이 귀부인은 자신이 할 수 있는 것은 아무것도 없다고 힘주어 말했다. 그녀가 힘주어 말한 이유는 실세들이 그녀가 속한 그룹의 사람들을 밀어내고 공격하여, 자신은 전혀 영향력이 없기 때문이라고 했다. 과장된 그녀의 이 말은 티전스에게 불리하게 작용했다. 러글

---

[338] 여기서는 사람의 평판을 결정하는 책이 보관되어 있는 장소를 지칭한다.

스는 자신이 할 수 있는 것은 아무것도 없다는 이 귀부인의 말을 이 귀부인이 접하는 핵심층이 만든 책자에서 티전스는 낙인찍힌 인물이라는 의미로 받아들였던 것이다.

러글스의 생각과는 반대로 글로비나는 티전스에게 관심을 두기 시작했다. 한 번도 본 적 없었기 때문에 그런 책이 있다는 걸 믿진 않았지만, 이를 은유적 표현으로 받아들이며 티전스가 낙인 찍혔을 수도 있다는 생각에, 레디디 글로비나는 그 후 5개월간 기회 있을 때마다 티전스에 대해 알아보았다. 그러던 중 그녀는 장교들에 관한 기밀문서에 접근할 수 있는 드레이크 소령이라는 정보장교를 우연히 만나게 되었다. 글로비나의 요청에 따라 그는 아주 기꺼이 티전스에 대한 보고서의 일부를 샘플로 보여주었다. 그 보고서에는 이해할 수 없는 비판적인 내용이 많았는데, 그 주된 골자는 티전스는 현재 무일푼이며 프랑스, 특히 프랑스 왕당파를 지지한다는 것이었다. 당시 프랑스 정부는 동맹국인 영국과 상당한 마찰이 있었기 때문에 예전이라면 티전스에게 유리했던 친 프랑스 성향이 최근에는 엄청난 독소로 작용하게 되었다. 레디디 글로비나는 티전스가 프랑스 포병의 연락장교직을 맡아 그들과 함께 지냈지만, 지금은 전쟁신경증에 걸려 본국으로 송환되었다는 사실도 알아냈다. 그리고 앞으로는 그에게 연락장교직을 맡기지 말라는 지침도 하달되었다는 사실도 알게 되었다.

실비아가 포로수용소에 갇힌 오스트리아 장교를 방문한 것도 티전스의 뜻에 따른 것이라고 기록되어 있었고, 티전스는 기밀 수행과 관련해서는 신뢰할 수 없는 인물이라는 최종 코멘트도 달려 있다는 사실도 알게 되었다.

드레이크 소령이 이 기록물을 어느 정도까지 모아두고 있는지 레이디 글로비나는 몰랐지만 알고 싶지도 않았다. 드레이크와 실비아의 관계에 대해 알고 있었고, 혈기 왕성한 남자에게 성적 복수심은 오래간다는 사실을 알고 있었기에, 레이디 글로비나는 여기서 멈춘 것이다. 하지만 그녀는 지금은 일선에서 물러난 워터하우스 경에게서 그가 티전스의 성품과 능력에 대해 매우 높은 평가를 하고 있으며, 은퇴하기 직전 티전스를 고위직에 특별 추천을 했다는 이야기를 들었다. 하지만 워터하우스 경에게는 친구뿐만 아니라 적대적인 사람들도 있던 당시 상황에서, 그가 티전스를 추천했다는 사실 자체만으로도 정부의 영향권 안에 있는 사람들은 충분히 파멸될 수 있다는 사실을 글로비나는 잘 알고 있었다.

증거는 전혀 갖고 있지 않았지만 티전스 부부 사이에 불화가 있을 거라고 생각하고 있던 글로비나는 자신의 남편의 물질적 이해관계에 보탬이 되는 것만 아니라면 실비아가 무엇이든 할 거라는 생각에 실비아를 불러 모든 정황을 털어놨다. 그녀가 이렇게 한 것은 이들 부부에게 애정을 갖고 있기도 하지만, 이번 일을 통해 힘 있는 몇몇 사람에게 타격을 가할 가능성이 있다고 생각하였기 때문이었다. 별로 중요하지 않은 공직에 있는 사람은 자신이 부당하게 대우받는다고 느낄 경우, 강력한 지지를 조금이라도 얻게 되면 때때로 끔찍한 소란을 피울 수도 있다. 최소한 실비아는 그런 지지를 할 수 있을 거라고 생각하였던 것이다.

실비아는 레이디 글로비나가 전한 소식에 너무도 감정이 격해져서 레이디 글로비나는 실비아가 남편에게 헌신적이며 따라서 자기 남편에게 이 모든 사실을 이야기할 거라고 생각했을 것이다. 하지만 실비아는 그렇게 하지는 않았다.

반면 러글스는 면도하면서 마크 티젠스에게 크리스토퍼에 관한 소문과 자신이 내린 여러 추론을 정리하여 알려 주었다. 마크는 놀라지도 화를 내지도 않았다. 그는 바로 밑의 동생을 제외한 다른 동생들을 "풋내기"라고 부르며 그들의 관심사에 대해 전혀 신경도 쓰지 않았기 때문이었다. 그들은 결혼을 하여, 티젠스가의 방계를 이루다가 사라질 운명을 가진 중요하지 않은 자식들을 낳을 것이기 때문이다. 또한 그와 크리스토퍼 사이에 있던 다른 형제들이 세상을 떠난 것은 최근의 일이었기 때문에 마크는 아직까지도 크리스토퍼를 풋내기, 그러니까 적절치 못한, 하지만 별로 중요하지 않은 짓거리나 하는 존재로밖에는 생각할 수 없었다. 그는 러글스에게 이렇게 말했다.

"자네가 직접 내 부친에게 이 일에 관해 말씀드리는 편이 낫겠네. 내가 세세한 것을 모두 정확하게 기억할 수 없을 것 같아서 하는 말이네."

이에 러글스는 너무 기뻐 그날 클럽에 나가 조용한 구석에서 차를 마시며 티젠스의 부친에게 이야기했다. 그는 자신이 중요 인물임을 내세우기 위해, 돈 문제에 있어 자신은 신뢰할 만한 사람이며, 사람들의 인격이나 행동, 진급 등등에 관한 세세한 정보를 모으는 데 자질 있다는 사실을 마크가 보증할 거라고 말하면서 자신이 마크와 가깝게 지낸다고 강조했다. 그날 러글스는 크리스토퍼가 결혼할 당시 그의 아내는 이미 임신한 상태였으며, 후에 크리스토퍼의 아내가 퍼론과 애정의 도피 행각을 벌였는데도 크리스토퍼는 이를 덮었고, 또한 그의 아내가 다른 여러 사람과도 불륜을 저질렀지만 눈감아 줌으로써 크리스토퍼 스스로 불명예를 자초했다고 했다. 또한 크리스토퍼는 고위층 사이에서 프랑스 첩자라는 의심을 받아 인물평이 적힌 책자에 간첩 혐의자로 기록되어 있다고도 했다. 러글스는 이 모든 것은 크리스토퍼가 자신의 아이를 가진 워놉을 부양하고, 자신의 정부이기도 한 두쉬민 부인과 맥마스터가 분에 넘치는 생활을 하는 데 필요한 돈을 구하기 위해서라고 했다. 크리스토퍼가 워놉에게서 아이를 얻었다는 이야기는 그레이즈인 법학원에서는 한 번도 볼 수 없었던 그의 아들이 지금 요크셔에 있다는 사실로 미루어 볼 때 신빙성이 있다고 했다.

티전스는 합리적인 사람이었다. 하지만 정황에 의존한 러글스의 이야기에 의심을 품을 만큼 합리적이지는 않았다. 그는 지방의 신사들이 수대에 걸쳐 믿고 있었던 그 책의 존재를 암묵적으로 믿고 있었다. 그는 자신의 영특한 아들이 뛰어난 능력을 갖고 있지만 거기에 걸맞은 출세를 하지 못했다는 사실을 인지하고 있었기 때문에 영특하다는 사실이 오히려 타인의 비난을 초래하게 하는 것은 아닐까 하고 생각해보았다. 게다가 그의 오랜 친구인 폴리옷 장군은 며칠 전 크리스토퍼에 대해 조사해 보아야 한다고 확실하게 말했다. 왜 그러느냐고 재차 묻자 폴리옷 장군은 크리스토퍼가 돈과 여자 문제에 있어 몹시 명예롭지 못한 거래를 했다는 의심을 받고 있다고 확실하게 말했다. 따라서 지금 러글스의 주장은 이미 제기된 의

혹이 사실임을 확인시켜준 것뿐이었던 것이다.

그는 크리스토퍼가 똑똑하다는 것은 알고 있었지만 장남 이외의 모든 아들의 운명이 그렇듯이, 자신의 능력으로 살아남든 죽든 그를 그냥 내버려둔 것이 몹시 후회되었다. 그는 크리스토퍼에게 특별한 애정을 품고 있었기 때문에, 크리스토퍼를 항상 집에, 자기 눈앞에 두길 바랐다. 온 마음을 다해 헌신했던 그의 아내는 크리스토퍼가 아주 늦게 본 막내아들이어서 그에게 푹 빠져 있었다. 그래서 그런지 그의 아내가 죽은 후, 크리스토퍼는 그에게 특별히 소중했다. 크리스토퍼가 아내가 갖고 있던 광채와 빛의 일부를 가지고 있는 것처럼 느껴져서였다. 그래서 아내가 세상을 떠난 후, 티전스는 크리스토퍼와 그의 아내에게 그로비 홀에 와서 집을 관리해달라고 부탁하려고도 했다. 크리스토퍼가 통계청 일을 포기하는 대가로 자신의 유언에 특별히 새 조항을 넣어주겠다고 하면서 말이다. 하지만 다른 자식들에게도 공평해야 한다는 생각에 그만두었다.

그의 가슴을 아프게 한 건 크리스토퍼가 발렌타인 워놉을 유혹했을 뿐만 아니라, 아이까지 낳게 했다는 점이었다. 봉건 영주의 습성을 가진 티전스는 예술을 후원하는 것이 자신의 의무라고 늘 믿어왔다. 그래서 프랑스 역사파의 초콜릿색의 그림을 몇 점 사주는 것 이외에는 실제로 이 분야에서 자신이 공헌한 것이 없다 할지라도, 오랜 친구인 워놉 교수의 미망인과 그 자식들에게 자신이 해온 일들에 대해선 오랫동안 자긍심을 가지고 있었다. 그는 자신이 워놉 부인을 소설가로, 그것도 아주 훌륭한 소설가로 (이는 맞는 말이다) 만들었다고 생각했다. 그리고 스스로도 인지하지 못했던 아들에 대한 질투심으로 아들 크리스토퍼가 잘못을 저질렀다고 더욱 확신하게 되었다. 아들을 소개해주지도 않았기 때문에 어떻게 해서 그렇게 된 것인지는 모르겠지만, 크리스토퍼가 워놉 집안사람들과 가깝게 지낸다는 것을 알게 되었다. 그런데 그 이후로 워놉 부인은 자신에게 요란스럽고도 끊임없이 조언을 구하던 과거와는 달리 과장된 표현까지 사용하여 크리스토퍼를 입이 닳도록 칭송하기 시작했다. 워놉 부인은 또한 크리스토퍼가 거의 매일 자신의 집을 찾아오지 않거나, 전화로라도 멀리서 자신을 격려하지 않았다면, 자신은 작업에 계속 매진할 수 없었을 거라고 했다. 이 상황에 대해 티젼스는 과히 기분이 좋지는 않았다. 티젼스는 발렌타인에게 깊은 애정을 느끼고 있었기 때문에 육십이 넘은 나이에도 워놉과 결혼할 생각을 진지하게 하고 있었다. 워놉은 좋은 가문의 여자고 그로비 홀도 아주 잘 관리할 것이라고 생각했고, 재산에 대한 한사(限嗣) 상속이 몹시 까다롭긴 하지만 자신의 사후에도 워놉을 궁핍하게 하지 않을 수 있을 거라고 생각했기 때문이었다. 따라서 그는 아들이 잘못을 저질렀다고 생각하기에 이르렀던 것이다. 그는 아들이 이 훌륭한 여자를 배신했을 뿐만 아니라, 그녀에게서 아이를 낳고 이를 허술하게 처리하여, 세상 사람들이 모두 알게 되었다는 사실에 더욱 굴욕감을 느꼈다. 이는 신사의 아들이 갖추어야 할 관리 능력이 크리스토퍼에게 부족하다는 사실을 보여주는 것이라고 생각하였기 때문이었다. 이런 크리스토퍼가 이제 자신의 상속자가 된 것이다. 게다가 크리스토퍼의 대를 이을 사람은 남의 자식이기도 하다. 이제 돌이킬 수도 없게 되었다!

네 명의 장성한 아들들의 일이 모두 잘 풀리지 않았다. 큰아들은 대단히 지저분한 여자에게 빠져 있었고, 차남과 삼남은 사망했으며, 막내는 차라리 죽느니보다 못한 상황에 처해 있었다. 그래서 아내는 상심한 나머지 세상을 떠났다.

티전스는 냉정하지만 신앙심이 매우 깊은 사람이었다. 바로 이 종교적 성향 때문에 그는 크리스토퍼가 죄를 지었다고 믿었다. 그는 부자가 천국에 가는 것은 낙타가 예루살렘에 있는 '바늘귀'라는 문에 들어가는 것만큼이나 어렵다는 것을 알고 있었다.[339] 그는 자신의 조물주가 자신을 용서하고 받아들이기를 겸허히 바랐다. 그는 부유하기 때문에 그것도 엄청나게 부유하기 때문에, 지상에서의 그의 고통은 클 수밖에 없다고 생각했다.

그는 그날 티타임부터 자정에 떠나는 비숍스 오클랜드행 열차를 탈 때까지 클럽의 글방에서 아들 마크와 함께 있었다. 그들은 많은 메모를 작성했다. 군복 차림의 아들 크리스토퍼는 쇠약해진데다 얼굴까지 부었다. 방탕한 생활을 해 그런 게 분명해 보였다. 크리스토퍼는 방의 다른 쪽 문으로 나갔고, 티전스는 아들의 눈을 피했다. 그는 기차를 타고 그로비 홀에 홀로 도착했다. 해 질 무렵 그는 총한 자루를 꺼내들었다. 다음날 아침에 그는 죽은 채 발견되었는데, 작은 교회 묘지 울타리 너머에 있던 그의 시신 옆에는 죽은 토끼

---

[339] 부자가 천국에 가는 것은 '낙타가 바늘구멍에 들어가는 만큼 어렵다'라고 성경에 쓰여 있지만 실상 바늘구멍은 예루살렘에 있는 '바늘구멍'이란 이름의 좁은 문을 가리킨다는 주장도 있다. 여기서 작가는 후자의 의미로 바늘구멍을 해석한 것이다.

두 마리가 있었다. 그는 총구가 앞으로 향한, 장전된 총을 끌고 울타리를 기어서 통과하려 한 것처럼 보였다. 수백 명의 사람이, 그것도 대부분의 농부가, 이런 사고로 매년 영국에서 사망한다…

이런 생각을 하면서, 아니면 한 번에 할 수 있을 만큼의 생각을 하면서, 마크는 지금 동생의 상황을 알아보고 있는 중이었다. 아버지가 남겨놓은 재산 문제가 다 해결되지 않아 좀 더 상황을 지켜보고 싶었지만, 그날 아침에 만난 러글스에게서 클럽에 준 동생의 수표가 잔액 부족으로 반환되었고, 동생은 내일 프랑스로 떠난다고 들어서 동생을 찾아왔던 것이다. 아버지가 돌아가신지 정확히 다섯 달이 지났다. 그 일이 일어난 건 3월이었고, 지금은 8월이니 말이다.

마크는 생각을 정리했다.

"좀 편하게 살려면" 그가 말했다. "어느 정도의 돈이 필요할 것 같아? 1,000파운드가 충분치 않다면, 얼마 필요해? 2천?"

크리스토퍼는 자신은 돈이 필요 없으며, 편하게 살 생각도 없다고 대답했다. 마크가 말했다.

"네가 해외에서 살 작정이라면 3,000파운드 주겠다. 난 아버지의 지시를 따르는 것뿐이야. 3,000파운드만 있으면 프랑스에서 돈을 펑펑 쓸 수도 있을 거야."

크리스토퍼는 아무 대답도 하지 않았다.

마크는 다시 말했다.

"어머니에게서 받은 돈 중 남은 3,000파운드는 그 여자가 정착하도록 준 거야? 아니면 그 여자가 원하는 걸 사주는 데 쓴 거야?"

크리스토퍼는 참을성 있게 자신은 여자가 없다고 다시 말했다.

마크가 말했다.

"네 아이를 가진 여자 말이다. 네가 아직 정착금을 주지 않았다면, 아버지 지시에 따라, 그 여자가 편히 살 수 있을 정도의 돈을 줄 작정이다. 그 여자가 편히 사는 데 돈이 얼마나 필요할 거라 생각하니? 난 샬럿에게 400파운드를 주고 있어. 너도 400파운드면 충분하겠니? 계속해서 그 여자와 같이 있을 거지? 3,000파운드는 그 여자가 아이와 같이 생활하기에 큰돈은 아니지."

크리스토퍼가 말했다.

"이름을 말하는 게 낫지 않아요?"

마크가 말했다.

"아니! 절대 이름을 입에 올리진 않을 거다. 난 어떤 여류 작가와 그 작가의 딸을 이야기하는 거야. 난 그 여류 작가의 딸이 우리 아버지의 딸일 거라고 생각한다. 아니니?"

크리스토퍼가 말했다.

"아니에요. 그럴 리 없어요. 나도 그 점에 대해 쭉 생각해 봤어요. 그 여자는 지금 27살이에요. 그 여자가 태어나기 전 우리 가족은 모두 2년 동안 디종에 있었고, 아버지는 다음해까지 영지로 돌아가지 않았어요. 그 당시엔 워놉가 사람들도 캐나다에 있었고요. 워놉 교수는 그곳 대학의 학장이셨으니까요. 대학 이름은 기억나지 않지만."

마크가 말했다.

"그래, 우리는 그때 디종에 있었지! 프랑스어 공부 때문에" 마크는 이어 말했다. "그러면, 그 여자는 우리 아버지의 딸일 리가 없겠구나. 잘된 일이네. 아버지가 그 사람들에게 돈을 주시고 싶어 하시기에 그 여자가 아버지 자식일 거라고 생각한 거야. 그 집에 아들도 하나 있다지? 그 아들에게는 1,000파운드 줄 작정이다. 그런데 그 집 아들은 요즘 뭐하니?"

"그 집 아들은" 티전스가 대답했다. "양심적 병역 거부자예요. 지금 소해정에서 근무하고 있고요. 수병으로요. 그 친구는 수뢰를 포착하는 건 목숨을 앗아가는 게 아니라 목숨을 살리는 일이라고 생각해요."

"그러면 그 친군 아직 돈이 필요 없겠군." 마크가 말했다. "내가 준 돈은 앞으로 일을 시작할 때 사용하면 되겠네. 그런데 네 여자 친구 이름과 주소가 뭐냐? 어디서 살고 있어?"

그들은 철거하다가 중단된 반 목조 건물 안, 먼지 날리는 공터에 다다랐다. 한때는 캐넌[340]이었던 기둥 근방에서 크리스토퍼는 걸음을 멈췄다. 형이 이 기둥에 몸을 기대면 자신의 생각을 이해할 수 있을 것 같다고 느꼈다. 그는 천천히 인내심을 가지고 말했다.

"형이 아버지의 뜻을 어떻게 실행에 옮길지에 대해 내 의견을 듣고 싶다면, 그리고 아버지의 뜻에 돈이 관련되어 있다면 사실부터 확인해보는 편이 나을 거예요. 돈 문제만 아니었다면 나도 형을 귀찮게 하지 않았을 거예요. 첫째, 난 돈이 필요 없어요. 내 월급으로도 살 수 있고 아내도 부유한 편이니까요. 게다가 장모도 돈이 아주

---

[340] cannon: 플레이트 아마(plate armor)의 상박에 붙이는 원기둥 모양의 플레이트.

많고요…"

"네 장모는 류젤리의 정부가 아니니?" 마크가 물었다.

크리스토퍼는 말했다

"아니에요. 그렇지 않아요. 그렇지 않다고 확실히 말할 수 있어요. 그분이 왜 그러겠어요. 둘은 친척지간일 뿐이에요."

"그렇다면 네 처가 류젤리 경의 정부였어?" 마크가 물었다. "아니라면 왜 네 처가 그 사람의 오페라 관람석을 빌려 쓰는 거야?"

"실비아도 류젤리 경과 친척지간일 뿐이에요. 물론 좀 더 먼 친척이지만." 티젠스가 말했다. "내 아내는 그 누구의 정부도 아니에요. 그건 확실해요."

"사람들이 그러더구나." 마크가 대답했다. "네 처는 행실이 몹시 나쁘다고 말이야… 내가 네게 모욕을 준 것 같다고 생각하는 것 같구나."

크리스토퍼가 말했다.

"아니오. 그랬다고 생각지 않아요… 하여튼 이 일을 빨리 끝냈으면 좋겠네요. 사실 우린 남남이나 다를 바 없지만, 형이니까 물어볼 권리는 있겠죠."

마크가 말했다.

"여자가 있는 게 아니니, 여자를 데리고 있을 돈이 필요한 것도 아니겠구나… 넌 네가 좋아하는 것을 가질 수 있어. 남자가 여자를 가져서는 안 될 이유는 없지. 혹 여자가 있다면 제대로 대접해주어야 한다…"

크리스토퍼는 아무 대답도 하지 않았다. 마크는 반쯤 묻힌 케넌에 몸을 기댄 채 갈고리 모양의 우산 손잡이를 잡고 우산을 빙빙 돌렸다.

"하지만" 그가 말했다. "여자를 데리고 살길 원치 않는다면 무엇을 할 거냐…" 그는 "가정이 주는 안락을 누리기 위해서."라고 말할 참이었지만, 새로운 생각이 떠올랐다. "물론, 네 처가 네게 완전히 빠지긴 했지." 그는 이렇게 덧붙였다. "그건 누구라도 금방 알 수 있어…"

크리스토퍼는 순간 입이 떡 벌어졌다. 바로 그 순간, 그는 발렌타인 워놉에게 자신의 여자가 되어 달라고 그날 밤 부탁하기로 마음먹었기 때문이었다. "더 이상은 부질없어." 그는 혼자 중얼거렸다. 그는 알고 있었다. 그녀가 떨쳐낼 수 없을 정도의 강렬한 열정으로 자신을 사랑한다는 것을. 그리고 그녀에 대한 그의 열정은 대기가 지구를 에워싸듯 그의 온 맘을 감싸는 강렬한 것임을. 그런데도 서로 아무런 말도 하지 않은 채 몇 년간을 헤어지다가 죽음의 세계로 가야 하는 것인가? 무슨 목적으로? 누구를 위해? 세상 사람 모두 두 사람을 엮으려 한다. 저항하면 더 피곤해질 뿐이다.

형 마크는 계속 말을 이었다. "나는 여자에 대해 모든 걸 알아." 그는 마치 선언이라도 하듯 이렇게 말했다. 아마 그럴 것이다. 형은 수년간 떳떳치 못한 여자와 한눈팔지 않고 모범적으로 살아왔으니 말이다. 한 여자에 대한 완벽한 연구는 다른 모든 여자에 대한 길잡이가 될 수 있는 법이다.

크리스토퍼가 말했다.

"최근 10년간 내 통장 기록을 한번 살펴보는 게 어때요? 아니면 통장을 개설한 이후부터 살펴보는 것도 괜찮을 것 같고. 내 말을 믿지 않는다면, 이런 대화는 무의미해요."

마크가 말했다.

"네 통장을 보고 싶지 않다. 네 말을 믿으니 말이다."

잠시 뒤 그는 이렇게 덧붙였다.

"내가 왜 널 안 믿겠니? 그건 네가 신사라고 믿거나 러글스가 거짓말쟁이라고 믿는 것 중 하나를 택하는 일이야. 그렇다면 러글스를 거짓말쟁이라고 믿는 게 상식적이지. 전에는 그럴 만한 근거가 없어서 그렇게 믿지는 않았지만 말이야."

크리스토퍼가 말했다.

"거짓말쟁이라는 표현이 적절한지는 모르겠어요. 그자는 나에 대해 나쁘게 말한 것만 선택했으니까요. 그것들을 있는 그대로 전한 건 분명해요. 상황은 내게 불리해요. 대체 왜 그렇게 된지는 모르겠지만."

"왜냐하면" 마크가 힘주어 말했다. "네가 돼지 같은 남쪽 지역 사람들을 경멸(그들은 경멸당하는 게 당연하지만 말이다)했기 때문이다. 그들은 신사가 어떤 행동을 할 때 그 동기를 이해하지 못해. 네가 개들과 같이 지낸다면 개들은 자신들이 가진 동기에 따라 네가 행동한다고 생각할 거다. 그자들이 네가 하는 행동에 자신들이 갖고 있는 동기 이외에 다른 동기가 있을 수 있다고 생각할 것 같아?" 마크는 이렇게 덧붙였다. "난 네가 그들의 오물 속에 오랫동안 묻혀있어서 너도 그들만큼이나 더러워졌다고 생각했다!"

티전스는 무식하지만 통찰력 있는 사람에 대해 갖는 존경심으로 형을 바라다보았다. 형이 통찰력 있다는 건 놀라운 발견이었다.

형은 통찰력이 있었다. 큰 부서에선 없어서는 안 될 사람이었다. 교양도 없고, 제대로 교육도 받지 않았지만 자질을 갖추고 있다는 건 분명한 사실이다. 야만적이지만 통찰력은 있다!

"움직여야겠다." 그가 말했다. "그렇지 않으면 택시를 불러야 할 거야." 마크는 반쯤 묻힌 케넌에서 몸을 뗐다.

"나머지 3,000파운드는 어디에 썼니?" 그가 물었다. "3,000파운드는 그냥 써버리기에는 아주 큰돈이지. 장남이 아닌 사람에게는 말이다."

"아내 방에 들일 가구 몇 점을 사는 데 쓴 걸 제외하곤" 크리스토퍼가 말했다. "대부분 빌려주었어요."

"빌려주었다고!" 마크가 소리쳤다. "그 맥마스터라는 자한테 말이냐?"

"대부분 그 친구에게 빌려 줬어요." 크리스토퍼가 대답했다. "하지만 700파운드는 컬러코츠 출신의 딕키 스와잎스에게 빌려 줬어요."

"세상에! 왜 그자에게 빌려주었어?" 마크가 큰 소리로 물었다.

"그 친구가 컬러코트[341] 출신의 스와잎스이기 때문이었어요." 크리스토퍼가 말했다. "그리고 돈을 달라고 부탁했으니까요. 그 친구는 마시고 죽을 정도의 술을 살 수만 있다면 돈을 더 빌려달라고 했을 겁니다."

---

[341] Cullercoats: 영국 북동쪽에 있는 도시.

마크가 말했다.

"돈 빌려달라고 하는 사람들에게 모두 돈을 준 것은 아니지?" 크리스토퍼가 말했다.

"빌려줬죠. 그건 원칙의 문제니까요."

"다행이군." 마크가 말했다. "그 사실을 모르는 사람이 많을 테니 말이다. 그렇지 않으면 오래지 않아 네 돈이 바닥 날 거다."

"난 오랫동안 돈을 갖고 있은 적도 없어요." 크리스토퍼가 말했다.

"너도 알다시피" 마크가 말했다. "막내아들의 몫으로 군주 같이 돈을 쓰는 후견인 노릇을 할 수는 없다. 그리고 그건 취향의 문제야. 난 여태까지 거지에게도 돈 한 푼 준 적 없어. 하지만 많은 티전스가 사람들은 군주처럼 행동했지. 어떤 세대는 돈을 벌기 위해, 어떤 세대는 돈을 지키기 위해, 또 어떤 세대는 돈을 쓰기 위해서 말이야. 뭐… 됐다… 맥마스터란 자의 아내가 네 정부니? 그렇다면 그 젊은 여자가 네 정부가 아니라는 사실이 설명될 수 있겠구나. 그들은 집에 네가 앉을 안락의자도 준비해 두었겠구나."

크리스토퍼가 말했다.

"아니에요. 난 그저 하고 싶어서 맥마스터를 도와주는 거예요. 아버지가 먼저 맥마스터에게 돈을 대주기 시작했죠."

"그러셨지." 마크가 큰 소리로 외쳤다.

"그 친구의 아내는" 크리스토퍼가 말했다. "'두쉬민과 아침 식사를'으로 유명한 두쉬민 목사의 미망인이었어요. 형도 '두쉬민과 아침 식사'를 알고 있죠?"

"아, '두쉬민과 아침 식사를' 나도 물론 알지." 마크가 말했다. "맥마스터는 지금 꽤 흥분했겠구나. 두쉬민의 돈으로 의기양양해졌겠네."

"아주 의기양양해요!" 크리스토퍼가 말했다. "한동안 그들도 내 소식을 못 듣게 될 거예요."

"젠장." 마크가 말했다. "사실상 넌 그로비 영지를 갖게 된 거다. 난 결혼을 안 할 거니까, 네 방해물이 될 자식을 낳지 않을 거다."

크리스토퍼가 말했다.

"고맙군요. 하지만 난 그로비 영지를 원치 않아요."

"나한테 화난 거야?" 마크가 물었다.

"맞아요. 형한테 화났어요." 크리스토퍼가 대답했다. "형의 모든 면이 화가 나요. 러글스와 폴리옷 장군, 그리고 아버지한테도 화가 나고요."

마크는 "흠!" 하고 소리쳤다.

"내가 화나지 않았을 거라고 생각하진 않았겠죠?" 크리스토퍼가 물었다.

"네가 그렇지 않을 거라고는 생각하지 않았다." 마크가 대답했다. "난 네가 물러터진 녀석이라고 생각했는데 지금 보니 그렇지는 않구나."

"나도 형처럼 노스 라이딩[342] 출신 아닙니까!" 크리스토퍼가 대답했다.

플리트 스트리트의 인파 속에 그들은 이리저리 떠밀리다 교통신

---

[342] North Riding: 옛 요크셔의 한 구(區).

호 때문에 서로 떨어지게 되었다. 당시 관료들의 도도한 태도로 크리스토퍼는 버스와 신문 수송차들을 헤치고 앞으로 나갔다. 마크는 한 부서의 장으로서의 도도한 태도로 말했다.

"이보게, 경관. 내가 건너갈 수 있도록, 이 망할 것들을 좀 멈추게 해주게." 하지만 크리스토퍼는 이미 저만치 앞에 가서, 미들 템플 법학원 진입로에서 마크를 기다리고 있었다. 티전스의 마음은 발렌타인 워놉을 포옹하는 상상으로 가득 차 있었다. 그는 자신이 이미 배수의 진을 쳤다고 생각했다.

그의 옆에 다가온 마크가 말했다.

"너도 아버지가 원하셨던 것이 무엇이었는지 아는 게 좋겠구나."

크리스토퍼가 말했다.

"빨리 말해요. 지금 가봐야 해요." 발렌타인 워놉에게 가려면 육군성에서의 면담을 빨리 끝내야 한다. 자신들의 사랑에 관해 얘기할 시간이 그들에게는 고작 몇 시간밖에 남지 않았다. 티전스는 그녀의 금발과 황홀해하는 얼굴을 봤다. 그는 워놉의 얼굴이 어떻게 저리 황홀해할 수 있을까 하고 놀랐다. 티전스는 그녀의 얼굴에서 유머, 실망감, 상냥함을 봤고, 그녀의 눈에선 크리스토퍼의 정치적 견해에 대한 분노와 경멸, 그의 군국주의에 대한 경멸을 보았다!

그들은 템플 법학원 분수대 옆에서 걸음을 멈췄다. 돌아가신 아버지에 대한 예의 때문이었다. 마크는 상황 설명을 했고, 크리스토퍼는 자신이 들은 일부의 말을 서로 연결하여 그 의미를 추측했다. 부친은 큰형이 자신의 막대한 재산을 자신이 바라는 대로 처리할 거라고 자신했기 때문에 유언을 남기지 않았다는 것이었다. 유언을 남길 수도 있었겠지만 크리스토퍼의 상황이 애매하여 그럴 수 없었다는 것이다. 크리스토퍼가 계속 막내아들로 남았더라면 한꺼번에 돈을 주어 결과가 어떻게 되든 크리스토퍼가 원하는 대로 쓰도록 해줄 수 있었겠지만, 신의 뜻에 따라 더 이상 막내아들이 아니기 때문에 그랬다는 것이다.

"아버지는" 마크가 분수대 옆에서 말했다. "금액을 정해 미리 네게 준다면 넌 틀림없이 빚을 지게 될 거라고 생각하셨다. 게다가 네가 여자 돈을 뜯어 먹고 사는 막돼먹은 포주 같은 놈이라면… 기분 상했니?"

"직설적으로 말해도 괜찮아요." 크리스토퍼가 말했다. 그는 나뭇잎으로 반쯤 찬 분수 바닥에 대해 생각했다. 이 문명 국가란 영국은 잎들이 8월쯤에 썩도록 여기에 내버려두고 있다. 그래, 그렇게 될 운명이었으니까.

"만일 네가 여자 돈을 뜯어 먹고 사는 포주 같은 놈이라면" 마크가 다시 말을 이었다. "유언을 남기는 게 아무런 의미가 없다고 생각하셨지. 빚을 지지 않기 위해선 넌 엄청난 돈이 필요할지도 몰라. 하여튼 넌 돈을 받게 될 거다. 네가 원하는 대로 방탕하게 살 수도 있어. 하지만 깨끗한 돈으로 말이야. 나는 그것이 얼마가 될지 알아보아야 하고 다른 유산도 일정 비율로 분배해야 해… 아버지한테서 돈을 받는 연금 수급자들이 엄청나게 많거든…"

"아버지가 유산을 얼마나 남기셨죠?" 크리스토퍼가 물었다.

마크가 말했다.

"아무도 모르지… 지금까지 확인된 바에 따르면 영지의 가치는

125만 파운드야. 하지만 실제 가치는 두 배 정도, 아니 다섯 배일지도 몰라! … 지난 30년간 철 가격을 놓고 볼 때, 미들즈버러에 있는 소유지에서 얼마나 많은 수입이 발생했는지 알 수가 없어… 그래서 유산 상속세도 얼마나 될지 몰라. 하지만 그 문제를 해결할 방법은 얼마든지 있다."

크리스토퍼는 호기심에 찬 표정으로 형을 유심히 바라다보았다. 갈색 피부에 눈이 튀어나온, 전체적으로 남루한, 그리고 몸에 꽉 끼는 몹시 낡은 희끗희끗한 양복을 입고, 제대로 접지 못한 우산과 오래된 경마용 쌍안경을 들고, 몸에 지닌 것 중 유일하게 깔끔한 중절모를 쓴 이 사람이 진정한 군주라고 생각했다. 몸의 윤곽이 전체적으로 뚜렷해 보인다! 진짜 군주는 이렇게 보일 것이다. 티전스는 말했다.

"형은 나 때문에 한 푼도 돈이 나갈 일을 없을 겁니다."

마크는 티전스의 이 말을 믿기 시작했다. 그가 말했다.

"아버지를 용서하지 않을 참이냐?"

크리스토퍼가 말했다.

"아버지를 용서하지 않을 거예요. 유언장을 작성하지 않은 것도, 또 러글스를 불러들인 것도 용서 안 해요. 아버지가 돌아가시기 전날 밤 아버지와 형이 클럽의 글방에 있던 걸 봤어요. 아버지는 나한테 말도 걸지 않았어요. 그러셨을 수 있었는데도 말이에요. 정말 바보 같은 행동이었어요. 그것도 용서할 수 없어요."

"자살하신 분이야." 마크가 말했다. "보통 자살한 사람에게는 용서를 베푸는 법이다."

"난 안해요." 크리스토퍼가 말했다. "게다가 천국에 계실 테니 내 용서가 필요하지도 않을 거예요. 십중팔구 아버진 천국에 계실 테니까요. 좋은 분이셨으니까요."

마크가 말했다. "아주 훌륭하신 분이셨지. 근데 러글스를 끌어들인 건 나다."

"형도 용서하지 않을 거예요." 크리스토퍼가 말했다.

"하지만 반드시" 놀랍게도 마크는 감상에 빠져 이렇게 말했다. "편안히 살 수 있을 정도의 돈은 받아야 한다."

"이런!" 크리스토퍼가 큰 소리로 외쳤다. "난 형의 그 버터 바른 빵과 양고기 조각, 그리고 슬리퍼를 신고 카펫 위를 걸으면서 럼을 넣은 리거스 주를 마시는 생활이 진짜 싫어요. 형처럼 리비에라[343] 해안에 궁전 같은 저택에서 사는 것도, 기사가 딸린 차를 타고 수압 승강기 시설이 갖추어진 집에서 나누는 불륜도 혐오하는 것처럼 말이에요." 그런 일은 거의 없었지만 티전스는 발렌타인 워놉과 사랑을 나누는 걸 상상하면서 도취되어 있었다. 휘장도, 기름진 고기도, 점착성의 최음제도 없이 그녀의 오두막 집 판자 위에서 벌어질 사랑을 상상하였다. 티전스는 다시 말을 이었다. "그러니 형은 한 푼도 돈이 나갈 일을 없을 거예요."

마크가 말했다.

"그걸로 화낼 필요는 없다. 네가 그러지 않겠다면, 안 하면 되니

---

[343] Riviera는 리비에라 해안 지방, 즉 프랑스의 니스(Nice)에서 이탈리아의 라 스페치(La Spezia)까지의 경치 좋은 피한지(避寒地)를 지칭. 따라서 이 단어는 리비에라 해안 지방에 궁전 같은 저택에서 생활한다는 뜻이다.

말이다. 움직여야겠다. 넌 시간도 얼마 없잖니. 그 문제는 그걸로 마무리 짓자꾸나… 그런데 너 은행 계좌에서 초과 인출을 했어? 너도 알아서 잘 하겠지만 그건 내가 채워 놓으마."

"초과 인출 하지 않았어요." 크리스토퍼가 말했다. "내 계좌에는 돈이 30파운드 이상 남아 있었고, 실비아가 보증을 선 큰 액수의 당자대월 계좌도 있어요. 그건 은행 착오였어요."

마크는 잠시 머뭇거렸다. 은행이 실수를 할 수 있다는 건 믿을 수 없는 일이었다. 그것도 가장 큰 은행이. 영국의 기둥이 말이다.

그들은 제방을 향해 내려가기 시작했다. 마크가 자신의 소중한 우산으로 테니스용 잔디 코트 위의 있는 난간을 세게 내리쳤다. 테니스용 잔디 코트에서는 흐릿한 대기 때문에 뿌옇게 보이는 어떤 형체가 십자가 처형을 연습하는 대형 인형처럼 움직이고 있었다.

"맙소사!" 그가 말했다. "영국도 끝났구나… 이제 실수를 저지르지 않는 곳은 내 부서 뿐이야. 은행에 어떤 착오가 있던 거라면 뭔가가 붕괴된 게 분명해." 그는 이렇게 덧붙였다. "하지만 내가 안락한 삶을 포기할 거라고는 생각지 마라. 그러진 않을 거다. 샬럿은 클럽에서 나오는 것보다 더 맛있는, 버터 바른 토스트를 만들 줄 알아. 그리고 지독하게 비 내리는 날 경마에서 돌아온 후 나를 몇 번이나 살려준 프랑스산 럼주를 가지고 있어. 내가 준 500파운드로 이 모든 것을 다 해. 게다가 자신을 깨끗이 단장하기도 하고 말이야. 관리하는 데는 프랑스 여자만한 사람들이 없어… 샬럿이 교황주의자만 아니었다면 난 결혼했을 거다. 그러면 샬럿도 흡족했을 거고, 나도 손해 보는 건 없을 테니 말이야. 하지만 교황주의자와 결혼하는 건 받아들일 수 없다. 당최 신뢰할 수 없는 사람들이니 말이다."

"형은 교황주의자가 그로비에 들어오는 걸 받아들여야 할 거예요." 크리스토퍼가 말했다. "난 아들을 교황주의자로 키울 작정이니까요."

마크는 걸음을 멈추더니 우산을 땅에 찔었다.

"흠, 그거 참 씁쓸한 일이군." 마크가 말했다. "대체 왜 그렇게 하려고 하느냐? … 네 처가 그렇게 시킨 것 같은데. 너를 속여 결혼도 한 사람이니." 그는 이렇게 말을 이었다. "네 처 같은 여자하고는 자고 싶지 않아. 몸이 운동선수 같아. 아마 장작개비와 자는 기분일 거다. 그런데도 너희 부부는 잉꼬부부 같구나… 하지만 네가 그렇게 약해 빠졌으리라곤 생각하지 못했다."

"오늘 아침에 결정했어요." 크리스토퍼가 말했다. "내 수표가 부도 처리 되었을 때였어요. 형은 그로비와 관련된 신성 모독에 대해 스펠돈이 쓴 글을 안 읽어 봤죠?"

"읽었다고 말할 수는 없겠구나." 마크가 대답했다.

"그러면 그 일을 그 시각에서 설명해봤자 소용없겠군요." 크리스토퍼가 말했다. "또 설명할 시간도 없고요. 하지만 실비아가 결혼 조건으로 그걸 내세웠다고 생각한다면 그건 틀렸어요. 당시엔 그 어떤 것도 날 동의하도록 하진 못했을 테니까요. 내가 동의했더니 아주 좋아하더군요. 그 가여운 여자는 우리 집에 교황주의자가 없어서 우리 가문이 저주에 걸렸다고 생각하니까요."

"그럼 뭐 때문에 지금은 동의한 것이냐?" 마크가 물었다.

"이미 말했잖아요." 크리스토퍼가 말했다. "내 수표가 부도 처리

되었다고요. 그런 정도밖에 못하는 사람은 아이를 엄마가 키우게 해야 해요… 게다가 부도 수표를 내는 아버지가 있다는 사실은 개신교 집안의 아이보다 교황주의자 집안의 아이에게 더 큰 상처가 되진 않을 거예요. 게다가 둘 다 우리나라 종교는 아니잖아요."

"그것도 사실이지." 마크가 말했다.

그는 템플역 근방의 공공 화단 난간 옆에 서 있었다.

"그러면" 그가 말했다. "내가 변호사를 시켜 영지를 담보로 한 초과 인출 보장을 중단한다는 사실을 네게 알리게 했다면, 네 아이는 앞으로 교황주의자가 되지 않을 수 있었겠니? 너는 초과 인출을 하지 않았을 테고?"

"애당초 초과 인출을 한 적이 없어요." 크리스토퍼가 말했다. "하지만 형이 미리 나한테 경고해주었다면, 난 은행에 문의했었을 거고, 이런 문제는 발생하지 않았겠죠. 그런데 왜 안 했어요?"

"그러려고 했다." 마크가 말했다. "내가 직접 그렇게 하려고 했어. 하지만 편지 쓰는 게 싫어 미뤘다. 당시 난 너 같은 녀석과 아무 거래도 하고 싶지 않았거든. 네가 날 용서할 수 없는 또 다른 이유가 되겠구나."

"그래요. 형이 편지로 알려주지 않은 건 용서할 수 없을 거예요." 크리스토퍼가 말했다. "사무적인 편지는 써야죠."

"난 편지 쓰는 게 정말 싫다." 마크가 말했다. 크리스토퍼는 걷고 있었다. "한 가지 더 물어볼 것이 있다." 마크가 말했다. "그 아이는 네 아들이지?"

"맞아요. 내 아들이에요." 크리스토퍼가 말했다.

"그럼 됐다." 마크가 말했다. "네가 죽게 되면, 내가 네 아이를 보살피는 걸 반대하지는 않지?"

"그러면 기쁠 겁니다." 크리스토퍼가 말했다.

그들은 등을 꼿꼿이 펴고 어깨는 반듯이 한 체 제방을 따라 아주 천천히 걸었다. 함께 걷는다는 사실 자체가 만족스러웠기 때문에 그들은 산책을 좀 더 하고 싶은 마음에 천천히 걸었던 것이다. 그들은 한두 번 걸음을 멈추고 탁한 은색 강을 바라다보았다. 둘 다 이런 음산한 풍경을 좋아했기 때문이었다. 그들은 자신들이 이 나라를 소유하고 있는 것처럼 느껴졌다.

마크가 껄껄 웃더니 말했다.

"정말 우습구나. 우리 둘이 말이야… 그게 뭐지? … 일부일처주의자? 흠, 한 여자에게만 충실한 건 좋은 거야… 아니라고 말하진 못하겠지. 골치 아픈 일이 없거든. 그래야 자신이 어디 있는지도 알 수 있고 말이야."

육군성 사무국의 안뜰로 이어지는 음울한 아치형 구조물 아래서 크리스토퍼는 걸음을 멈췄다.

"아니다. 나도 들어갈 거야." 마크가 말했다. "호가스와 이야기를 좀 하련다. 한동안 얘기를 나누지 못했거든. 리전트 파크[344]에 있는 운송 차량 주차 건에 관해 이야기를 할 작정이다. 난 이 끔찍한 일들뿐만 아니라 그 외에도 엄청나게 많은 일을 처리한다."

"사람들 말이 형이 정말 유능하다고 하던데요." 크리스토퍼가 말

---

[344] Regent's Park: 런던 북서부에 있는 공원.

했다. "형은 없어서는 안 될 사람이라고 하더군요." 그는 형이 가능한 한 오래 자신과 같이 있기 바란다는 것을 알고 있었다. 자신도 그러길 바랐다.

"내가 유능하다고!" 마크가 말했다. 그는 말을 이었다. "프랑스에서는 그런 일을 할 수 없지? 수송차를 관리하고 말을 보살피는 일 말이야."

"할 수는 있어요." 크리스토퍼가 말했다. "하지만 난 연락 업무를 다시 맡게 될 것 같아요."

"난 그럴 거라고 생각하지 않는다." 마크가 말했다. "내가 수송대 사람들에게 말해 네 자리를 하나 마련해줄 수도 있어."

"그래 주었으면 좋겠네요." 크리스토퍼가 말했다. "지금 난 최전선으로 돌아갈 수 있는 상태가 아니에요. 게다가 영웅도 아닌, 형편없는 일개 보병대 장교일 뿐이고요. 티전스가 사람 중에서 입에 올릴 만큼 훌륭한 군인이 있은 적은 없었죠."

그들은 아치형 구조물의 모퉁이를 돌았다. 정확하게, 예상대로, 딱 맞아 떨어지는 무언가처럼, 발렌타인 워놉이 벽에 붙어 있는 푸른 얼룩이 있는 제재목으로 만든 지붕 모양의 비 막이(당시 비주류 예술의 예술적 가치를 보여주는 이 비 막이는 세금 납부자의 돈을 절약할 방편으로 설치된 것이었다) 아래에 걸린 사상자 명단을 바라보며 서 있었다.

크리스토퍼 티전스의 등장이 자신이 예견한 그림과 정확히 들어맞았다는 듯한 태도로 그녀는 티전스를 바라보았다. 파랗게 질린 일그러진 얼굴로 그녀는 티전스에게 달려와 소리쳤다.

435

"이 끔찍한 것 좀 보세요. 그 몹쓸 군복을 입고 있는 당신도 이 전쟁을 지지하는 것 같군요."

녹색 비 막이 지붕 아래에 걸려있는 종잇장에는 톱니 모양의 작은 줄이 비스듬히 그어져 있었다. 그어진 줄은 그날 전사한 사망자를 의미했다.

티전스는 안뜰을 둘러싼 포장도로의 연석에서 한 걸음 뒤로 물러서며 말했다.

"그래야 하기 때문에 전쟁을 지지하는 것이오. 워놉 양이 그래야 하기 때문에 전쟁을 비난하듯이 말이오. 우리는 같은 것에서 서로 다른 패턴을 보고 있는 것이오." 그러곤 이렇게 덧붙였다. "여기는 우리 형 마크요."

몹시 창백한 얼굴의 워놉은 마크를 향해 고개를 뻣뻣하게 돌렸다. 마치 상점 마네킹의 머리가 움직이는 것 같았다. 워놉은 마크에게 말했다.

"티전스 씨에게 형이 있는지 몰랐네요. 형에 대해 말하는 걸 들은 적 없거든요."

마크는 밝은 색의 모자 안감을 그녀에게 보이며 씽긋 웃었다.

"내가 동생에 대해 말하는 걸 들은 사람도 없을 거라 생각하오." 그가 말했다. "하지만 여기는 내 동생 맞소."

워놉은 아스팔트가 깔린 도로로 나아가 크리스토퍼의 카키색 옷소매를 잡았다.

"할 이야기가 있어요." 그녀가 말했다. "이야기한 다음 갈 거예요."

워놉은 티전스의 옷자락을 잡은 채, 사방이 막힌 삭막하고, 음침한 곳으로 끌고 갔다. 그녀는 티전스가 자신을 마주보도록 돌려세웠다. 그러곤 마른침을 꿀꺽 삼켰다. 워놉의 목이 움직이는 데 엄청난 시간이 걸린 것 같았다. 크리스토퍼는 지저분한 돌로 지어진 빌딩들이 만든 스카이라인을 바라다보았다. 티전스는 전쟁에 휘말린 이 세상의 차가운 심장부인 이 하잘것없는 돌로 만들어진 건물[345]에 폭탄이 떨어진다면 과연 어떻게 될까 하고 종종 생각해 보았다.

여자는 그의 표정을 하나하나 놓치지 않을 기세로 쳐다보았다. 티전스가 움찔하는 모습을 보기 위해서였다. 워놉은 작은 목소리로 단호하게 말했다.

"에텔이 낳을 아이의 아버지가 당신인가요? 당신 부인이 그렇다고 하던데요."

크리스토퍼는 안뜰의 크기가 얼마나 될지 생각해 보았다. 그는 무슨 말인지 모르겠다는 어조로 말했다.

"에텔? 그게 누구요?" 화가 시인이 하던 것처럼, 맥마스터 부부는 서로를 항상 '구굼즈'[346]라고 불렀기 때문에, 크리스토퍼는 두쉬민 부인의 본명을 들은 적이 없었다. 그가 겪은 재앙으로 그의 머릿속에서 모든 이름이 지워진 이후 말이다.

그는 그 안뜰이 폭탄의 폭발에 견딜 만큼 충분히 막히지 않았다는 결론에 이르렀다.

---

[345] 육군성을 지칭. 당시 1차 세계 대전의 중심에는 영국이 있었다.
[346] Guggums: 단테 가브리엘 로세티와 그의 아내인 시달(Siddal)은 애칭으로 서로를 '구굼즈'라고 불렀다고 한다. 여기서 화가 시인은 단테 가브리엘 로세티를 말한다.

워놉이 말했다.

"이디스 에텔 두쉬민 말이에요! 다시 말해 맥마스터 부인이오!" 그녀는 온 신경을 곤두세워 그의 대답을 기다렸다. 크리스토퍼는 무슨 말인지 모르겠다는 어조로 다시 말했다.

"아니! 절대 아니오! ⋯ 근데 그게 무슨 말이오?"

마치 개울가에서 노는 아이처럼, 마크 티전스는 녹색 얼룩이 있는 비 막이 지붕 앞에서 연석 쪽으로 몸을 숙였다. 그는 갈고리 모양의 우산 손잡이를 잡고 우산을 빙빙 돌리며, 누가 봐도 참을성 있게 기다리고 있었다. 그 외에 그는 자신을 표현할 방법이 없는 것 같았다. 워놉은 자신이 아침에 크리스토퍼의 집에 전화했을 때, 어떤 사람이, 두서없이 (워놉은 그 말을 반복했다) 두서없이 이렇게 말했다고 했다.

"당신이 워놉이라면 떨어져 있는 게 좋을 거예요. 두쉬민 부인은 이미 내 남편의 정부예요. 떨어져 있어요."

크리스토퍼가 말했다.

"내 아내가 그렇게 말했소?" 그는 형 마크가 어떻게 마음의 평정을 유지하고 있는지 진짜 궁금했다. 그녀는 더 이상 아무 말도 하지 않았다. 워놉은 그의 내면을 빨아들일 듯한 고집스러운 태도로 그의 대답을 기다렸다. 그는 참을 수 없었다. 그는 그날 오후에 할 수 있는 마지막 노력을 했다.

그가 말했다.

"빌어먹을. 어떻게 그런 바보 같은 질문을 할 수 있소? 그것도 당신이! 당신을 지적인 사람이라고 생각했는데, 내가 아는 유일한 지적인 사람이라고 말이오. 그렇게 날 모르오?"

워놉은 뻣뻣한 태도를 유지하려고 안간힘을 썼다.

"티젠스 부인은 허튼소리를 하지 않는 사람 아닌가요?" 워놉이 물었다. "내가 맥마스터 씨 집에서 봤을 때, 솔직한 사람처럼 보이던데요."

티젠스가 대답했다.

"아내는 자신이 말한 것을 믿고 있소. 하지만 자신이 그 순간에 믿고 싶은 것을 믿을 뿐이오. 그런 점을 솔직하다고 할 수 있다면, 내 아내는 솔직하오. 난 아내에게 억한 감정이 없소." 그는 혼잣말을 했다. "아내를 욕보이면서까지 이 여자에게 잘 보이려 하지는 않을 거야."

물에 넣은 설탕 덩어리의 형체가 갑자기 사라지듯, 워놉은 무너져 내릴 것만 같았다.

"아" 워놉이 말했다. "사실이 아니군요. 사실이 아닐 거라고 알고 있었어요." 그녀는 울기 시작했다.

크리스토퍼가 말했다.

"자, 갑시다. 난 온종일 바보 같은 질문에 시달리고 있었소. 여기서 또 다른 바보를 한 명 더 만나봐야 하오. 그러면 내 일은 다 끝나오."

워놉이 말했다.

"이렇게 울면서 함께 갈 순 없어요."

티젠스가 대답했다.

"오, 아니오. 갈 수 있소. 여긴 원래 여자들이 우는 곳이오." 그는 이렇게 덧붙였다. "게다가 우리 형 마크는 사람을 위로하는 데 재주가 있소."

그는 워놉을 마크에게 데려갔다.

"여기, 워놉 양 좀 살펴줘요." 그가 말했다. "어쨌든 형은 워놉 양과 얘기하고 싶어 했잖아요." 이렇게 말하곤 그는 요란 떠는 판매장 감독관처럼 그들 앞으로 나아가더니 어두운 홀로 서둘러갔다. 그는 자신이 붉거나 초록색의, 혹은 분홍색의 참모장교 금장을 찬 감정 없는 멍청이나, 되도 않는 질문이나 던지는 그런 멍청이가 되지 않는다면, 자신을 지탱하지 못하고 울지도 모른다는 생각이 들었다. 다행이다! 여기는 남자도 울 수 있는 곳이니 말이다!

그는 긴 복도를 내려가 진홍색 금장을 단, 꽤 지적이고 마른 까무잡잡한 사람 앞에 섰다. 그는 상급자였다. 평범한 잡무를 하는 사람이 아니었다.

그 까무잡잡한 남자는 즉시 티전스에게 이렇게 말했다.

"이보게! 사령부에 무슨 문제가 있는 건가? 이 망할 놈의 반란은 도대체 왜 일어난 거야? 사령부를 지휘하는 그 멍청한 대령들 때문인가?"

티전스는 부드러운 목소리로 대답했다.

"전 첩자가 아닙니다! 그 멍청한 대령들에게서 환대를 받긴 했지만요."

까무잡잡한 남자가 말했다.

"환대를 받았겠지. 자네가 이쪽에 넘겨진 이유가 바로 그거네. 캠피언 장군은 자기 휘하 중 자네가 제일 똑똑하다고 하더군. 장군은 지금 외국으로 파병 나갔네. 그런데 사령부에 무슨 문제가 있는 건가? 병사들인가? 아님 장교들인가? 이름은 말할 필요 없네."

티전스가 말했다.

"캠피언 장군 같은 게[347] 문제입니다. 장교도 아니고 사병도 아니고, 바로 그놈의 망할 시스템이 문제입니다. 국가에서 대우를 잘 받을 거라 생각해 지원한 군인들을 세워 놓고는 모두 머리를 자르니…"

"그건 군의관들이 내린 결정이네." 까무잡잡한 남자가 말했다. "이가 퍼지는 걸 막으려고 말이야."

"그들이 반란을 일으키려 한다면 어쩌고요…" 티전스가 말했다. "남자라면 애인과 데이트하고 싶어 하는 법입니다. 머리에 적당히 기름도 바르고요. 그들은 자신들이 죄수[348]처럼 여겨지는 걸 원치 않습니다. 그런데 지금 그들은 바로 그런 취급을 받고 있습니다."

까무잡잡한 남자가 말했다.

"계속하게. 자리에 앉지 그러나?"

"전 지금 좀 바쁩니다." 티전스가 말했다. "내일 떠날 예정인데, 아래에서 형과 다른 사람들이 기다리고 있습니다."

까무잡잡한 남자가 말했다.

"아, 미안하네… 하지만, 젠장. 자네는 본국에서 필요한 사람이야. 그런데도 가고 싶나? 자네가 가고 싶지 않다면, 일정을 중지시키도록 하겠네."

---

[347] 특정 인물이 아니라 캠피언 장군과 같은 사고방식을 가진 사람들이나 그런 사고를 지지하는 제도를 상징적으로 표현한 것이다.
[348] 당시 영국에선 죄수의 머리는 깎는 것이 관례였다. 군인들도 머리를 깎으니 죄수 취급받는다고 생각한 것이다.

티전스는 잠시 망설였다.

"아닙니다!" 티전스는 마침내 이렇게 대답했다. "가고 싶습니다."

잠시 그는 남고 싶은 유혹을 느꼈다. 하지만 실비아가 자신을 사랑하고 있다는 마크의 말이 생각났다. 그의 잠재의식에 계속 남아 있던 그 생각이 바로 그때 노새가 뒷발로 찬 것처럼 그를 강타했던 것이다. 이건 해결 불가능한 복잡한 상황이다. 사실이 아닐 수도 있다. 하지만 사실이든 아니든, 그에게 최선은 여기를 떠나 가능한 한 빨리 사라지는 것이다. 하지만 그는 아래층에서 울고 있는 여자와 밤을 같이 보낸 후 가고 싶었다.

너무나도 뚜렷하게 어떤 노래 가사가 들려왔다.

결코 내 말에 대답하지 않는…
그 목소리…

그는 중얼거렸다.

"그게 바로 실비아가 원하는 거야! 내 상황이 바로 그래!"

까무잡잡한 남자가 무언가 말하자 티전스는 다시 반복해 말했다.

"제가 가는 걸 막는다면 기분 나쁘게 받아들이겠습니다… 전 가고 싶습니다."

까무잡잡한 남자가 말했다.

"어떤 이들은 그렇게 하고, 어떤 이들은 그렇게 하지 않지. 자네가 돌아올 경우를 대비해 자네 이름을 기재해 두겠네… 자세히 이야기 좀 해주겠나? 혹 싫다면… 가능한 한 빨리 이야기를 끝내게.

그리고 떠나기 전에 즐거운 시간도 갖게. 사람들 말이 거기도 엉망이라고 하더군. 진짜 끔찍하다고 해! 폭격도 엄청나고, 그들이 자네를 원하는 이유이기도 하지."

잠시 티전스는 수 킬로미터 떨어진 곳에서 쉴 새 없이 뭔가 끓는 듯한 소리가 들려오는 가운데 철로 끝에서 희뿌연 새벽을 보고 있는 듯한 기분이 들었다. 군대에 있는 것 같았다. 그는 사령부 기지에 대해 자세하고도 열의 있게 이야기하기 시작했다. 그는 그 암울한 곳에서 군인들이 어떻게 대우받는지 이야기하면서 코웃음 쳤다. 군인들은 진짜 기막히게 어리석은 짓거리의 희생자들이다!

그 까무잡잡한 남자는 가끔 티전스의 말을 막고는 이렇게 말했다.

"사령부 기지는 아프거나 다친 병사들이 회복하는 곳이라는 점을 잊지 말게. 우리는 가급적 빨리 그들을 돌려보내야 하네."

"여기서도 그렇게 합니까?" 티전스가 물었다.

"아니, 우리는 그렇게 하지 않네." 상대방이 대답했다. "이 조사는 바로 그것에 관한 걸세."

티전스는 계속 말했다. "사우샘프턴[349]에서 15킬로미터 정도 떨어진 끔찍한 진흙 언덕 북쪽 기슭에 하이랜드, 북웨일즈, 컴벌랜드, 그리고 다른 여러 곳에서 온 3,000명의 병사들이 있습니다… 모두 500킬로미터 이상 고향에서 떨어져 있어서 향수병에 미쳐가고 있었습니다… 그런데 당신들은 그들에게 술집 마감 시간이 돼서야 하루에 1시간씩 나갈 수 있게 했습니다. 그리고 당신들은 있지도 않은

---

[349] Southampton: 영국 남부 해안의 항구 도시.

시골 아가씨들에게 그들이 잘 보이려는 걸 막으려고 그들을 삭발하고 또 단장도 가지고 다니지 못하게 합니다. 도대체 왜 그러는 겁니까? 넘어졌을 때 자기 눈을 찌를까봐 그런 겁니까? 어느 방향으로든 15킬로미터를 백악으로 된 길, 그것도 쉴 수 있는 덤불도 없고 그늘도 없는 길을 따라 내려가야 어딘가를 갈 수 있는데 말입니다… 그리고, 시포스[350]나 아가일[351] 출신의 병사가 둘 오면, 같은 막사에 절대 재우지 않고, 뚱뚱한 제3보병연대 사람이나 영어도 할 줄 모르는 부추 냄새 풍기는 웨일즈 사람과 같은 막사에 넣습니다…"

"그들이 밤새 떠들어대지 못하게 하려는 그 지긋지긋한 군의관들의 명령 때문입니다."

"그래서 그들은 퍼레이드에 나가지 않으려고 밤새 작전을 짠 겁니다." 티전스가 말했다. "그래서 반란이 시작된 겁니다… 젠장. 그들은 좋은 군인들입니다. 최고의 군인들입니다. 엄연히 우리나라는 기독교 국가인데, 왜 당신네들은 그들이 치유차 고향에 가서 여자 친구들도 만나고 술집에서 친구들과 어울리면서 영웅 행세를 하며 허풍을 좀 떨게 내버려두지 않으려 합니까? 대체 왜 그렇게 못하게 합니까? 아직도 고통을 더 받아야 하는 겁니까?"

"자네가 '당신들'이란 말을 사용하지 않았으면 하네." 까무잡잡한 사람이 말했다. "그건 내가 시킨 것이 아니네. 내가 입안한 육군 심의 위원회 지침에 따르면 모든 사령부 기지에 영사기와 영화관을

---

[350] Seaforths: 캐나다 밴쿠버(Vancouver)에 기지를 둔 캐나다 보병연대.
[351] Argylls: 스코틀랜드 서부의 옛 주(州).

제공하도록 되어 있네. 하지만 망할 놈의 의료진들이 중단시킨 거야… 감염이 우려된다면서. 물론 목사와 비국교도 치안 판사들은…"

"그렇다면 그 모든 걸 바꾸어야 합니다." 티젠스가 말했다. "그렇지 않으면, '해군이라도 있어 다행이다'라고 생각해야 할 겁니다. 육군은 더 이상 없게 될 테니까요. 예전에 워윅[352] 출신의 세 친구가 강의 후 질의 시간에 묻더군요. 벨기에 난민들은 버밍엄[353]에 있는 그들의 아내들에게 사생아를 낳게 하는데, 어째서 자신들은 윌트셔[354]에 갇혀 있어야 하느냐고요. 그렇게 생각하는 사람이 얼마나 되느냐고 물었더니, 50명도 더 되는 사람이 일어났습니다. 버밍엄에서 온 모든 사람은…"

까무잡잡한 남자가 말했다.

"그 이야기도 기록해 두겠네… 계속하게."

티젠스는 계속 얘기했다. 거기 머무르는 내내, 그는 자신이 남자이며, 남자로서 바보들을 경멸하고, 남자가 해야 할 일을 하고 있다고 느꼈다고 했다. 그의 이야기는 이제 끝났다. 정말 마지막 휴가였다.

---

[352] Warwicks: 잉글랜드 중부, 워릭셔주(Warwickshire)의 주도.
[353] Birmingham: 잉글랜드의 웨스트미들랜즈 대도시권에 있는 도시.
[354] Wiltshire: 잉글랜드의 남부에 있는 카운티.

4

 마크 티전스는 안정감을 느끼고 싶어 모자를 귀까지 꾹 눌러쓴 채, 수줍은 듯 우산을 돌리며, 훌쩍이는 여자와 나란히 안뜰을 걸었다.
 "크리스토퍼의 군국주의적 견해를 너무 심하게 나무라지는 말아요. 그 애는 내일 떠날 거고 아주 훌륭한 사람이라는 사실만은 기억해주었으면 하오."
 눈물을 흘리고 있었던 워놉은 재빨리 그를 쳐다보고는 눈길을 돌렸다.
 "아주 훌륭한 사람이오." 마크가 말했다. "평생 거짓말도 안 하고 불명예스러운 행동도 하지 않았소. 그 애가 편히 가게 해주시오. 알겠지만, 꼭 그래야 하오."
 워놉은 얼굴을 돌린 채 말했다.
 "전 그 사람을 위해 제 목숨도 바칠 수 있어요."
 마크가 말했다.
 "아가씨가 그럴 수 있다는 걸 알고 있소. 난 한번 보기만 해도 좋은 여자를 알아 볼 줄 아오. 그런데 한번 생각해 보시오! 내 동생은… 아가씨를 위해 자신의 목숨을 바치려고 하는 건지도 모르오.

그리고 물론, 나를 위해서도… 그건 상황을 어떻게 보느냐에 따라 다른 것이오." 그는 서툴게 워늅의 팔죽지 위쪽을 잡았다. 파란 천으로 만든 코트를 입은 워늅의 팔은 몹시 가늘었다. 그는 중얼거렸다.

"세상에! 크리스토퍼는 말라깽이들을 좋아하는군. 그 녀석이 좋아하는 타입의 여자는 몸이 탄탄한 사람인 모양이야. 이 여자는 아주 잘 빠졌어…" 그는 워늅만큼 몸이 잘 빠진 사람을 떠올릴 수 없었다. 그는 워늅과 동생에게 친밀감을 갖게 되었다는 사실에 마음이 훈훈해졌다. 그가 말했다.

"동생에게 상냥한 말 한마디 하지 않고 그냥 가버리는 건 아니겠죠? 한번 생각해 보시오! 내 동생은 죽을 수도 있소… 뿐만 아니라, 그 애는 지금까지 독일군을 죽인 적도 없을 거요. 연락장교였으니까 말이오. 그때부터 동생은 부대 쓰레기통을 조사하는 책임을 맡았소. 다시 말해 군인들에게 먹을 것을 덜 주게 하는 일 말이오. 그 말은 동생이 하는 일이 민간인들이 먹을 것을 더 많이 갖게 하려는 것이란 말이오. 워늅 양도 민간인에게 더 많은 음식을 주는 데 반대하진 않을 거요… 그럼 독일군을 죽이는 데 도움이 되지도 않을 거고…"

마크는 워늅이 자신의 팔로 그의 손을 누르는 것을 느꼈다.

"이제부터 그 사람은 무슨 일을 하게 되나요?" 워늅은 떨리는 목소리로 물었다.

"그게 바로 내가 여기 온 이유요." 마크가 말했다. "난 호가스를 만날 작정이오. 호가스가 누군지 모를 거요. 호가스 장군 말이오. 호가스 장군에게 말해 크리스토퍼가 수송과 관련된 일을 맡도록 할 생각이오. 그건 안전한 일이오. 좀 더 안전한 일이라고 해야겠지만!

그 일은 그 빌어먹을 영광과는 아무 관련이 없소. 그 빌어먹을 독일군을 죽일 일도 없고… 아가씨가 독일군에게 우호적이라면 이렇게 말해 미안하구려."

워놉은 마크의 얼굴을 들여다보기 위해 그의 손에서 팔을 뺐다.

"오!" 워놉이 말했다. "형님 분께서는 그 사람이 그 빌어먹을 영광스러운 업적을 이루길 원치 않는군요." 그녀의 안색이 돌아왔다. 워놉은 눈을 크게 뜨고 그를 쳐다봤다.

마크가 말했다.

"절대 원하지 않소! 그런 걸 내가 왜 원하겠소?" 그는 생각했다. "눈이 정말 크네. 목도 예쁘고, 어깨선도 좋아. 가슴도 적당하고. 엉덩이도 좋군. 손은 작고. 무릎이 툭 튀어나오지도 않았고. 발목도 예뻐. 서 있는 자세도 제대로고. 발도 너무 크지 않고! 키는 160cm 정도 되겠네. 와! 진짜 매력 있는 아가씨로군!" 그는 큰 소리로 말을 이었다. "내가 왜 그 애가 끔찍한 군인이 되길 바라겠소? 그 애는 그로비의 상속자요. 그것만으로도 충분한데 말이오."

그가 시간을 갖고 워놉을 꼼꼼히 살피는 동안 가만히 서 있던 워놉은 그의 팔에 급히 손을 끼고는 입구에 있는 계단 쪽으로 데려갔다.

"그럼 빨리 하세요." 워놉이 말했다. "그 사람을 당장 수송대로 보내주세요. 내일 떠나기 전에요. 그러면 그 사람이 안전하겠네요."

마크는 워놉의 옷차림을 보고 어리둥절했다. 암청색의 짧은 사무용 옷차림 같았다. 그녀는 흰 블라우스를 입고, 실크로 된 남성용 검정 타이를 매고, 앞에 두른 띠에 이름 첫 자를 넣은 챙 넓은 모자를 쓰고 있었다.

"아가씨도 제복을 입었군요." 그가 말했다. "그런데 양심상 전쟁과 관련된 일을 할 수 있소?"

워놉이 말했다.

"안 해요. 우리는 지금 상황이 어려워요. 그래서 정직하게 돈을 벌기 위해 학교에서 체육 수업을 맡고 있어요… 제발 서둘러 주세요."

워놉이 그의 팔꿈치에 압박을 가하자 마크는 우쭐해졌다. 그는 워놉이 좀 더 힘을 가하도록 몸을 뒤로 빼면서 살짝 저항했지만, 예쁜 여자에게 부탁을 받아 기분이 좋았다. 게다가 그 여자가 동생 크리스토퍼의 여자라 더욱 그랬다.

마크가 말했다.

"음, 그건 분초를 다투는 문제는 아니오. 크리스토퍼를 보내기 전 몇 주 동안은 기지에 붙들어 놓을 테니 말이오… 크리스토퍼 문제는 제대로 해결할 거요! 그건 분명하오. 크리스토퍼가 내려올 때까지 홀에서 기다리도록 합시다."

마크는 사람들로 붐비는 음산한 홀의 단 위에 서 있는 수위 두 사람 중 친절한 수위에게 일이 분 내에 호가스 장군을 보러 올라갈 테니 장군에게 전하라고 했다. 그러면서 언제 올라갈지 시간이 좀 걸릴 수 있으니 사환은 보내지 말라고 했다.

그는 나무 벤치에 앉아 있는 워놉 옆에 어색하게 앉았다. 마치 해변에라도 있는 양, 그들의 발끝에서 사람답다는 느낌이 밀려오는 것 같았다. 워놉은 그가 앉을 수 있도록 자리에서 조금 움직였다. 이것 역시 그를 기분 좋게 했다. 마크가 말했다.

"방금 '우리'라고 했죠. '우리'는 지금 상황이 어렵다고 했죠. '우리'는 아가씨와 크리스토퍼를 말하는 것이오?"

워놉이 말했다.

"저와 티젼스 씨라뇨? 아니에요! 저와 제 어머니 말이에요! 어머니가 글을 기고하시던 신문이 중단됐어요. 제 생각에 티젼스 씨 아버님이 돌아가시니까 그렇게 한 것 같아요. 그분이 어머니 글이 신문에 실리도록 돈을 대주신 것 같아요. 어머니는 자유 기고가 맞지 않으신 분이에요. 하지만 어머닌 평생 정말 열심히 살아오셨어요."

마크는 워놉을 바라보았다. 그의 둥근 눈은 금방이라도 튀어나올 듯했다.

"난 자유 기고가 뭔지 모르오." 그가 말했다. "하지만 아가씨와 아가씨 어머니가 편히 살도록 해드릴 작정이오. 아가씨와 아가씨 어머니가 편히 사시는 데 얼마 정도 필요할 것 같소? 크리스토퍼가 가끔 양고기도 먹을 수 있어야 하니 액수를 조금 더 생각해 보시오."

사실 워놉은 마크의 말에 귀 기울이지 않고 있었다. 그는 좀 더 강하게 말했다. "잠깐, 난 여기 일 때문에 왔소. 아가씨에게 찝쩍거리는 나이 든 찬미자로서 온 게 아니란 말이오. 물론 나도 아가씨를 찬미하게 되었지만 말이오… 하여튼 부친께서는 아가씨 어머님이 편히 사시길 바라셨소."

그를 향해 머리를 돌린 워놉의 얼굴은 굳어졌다.

"무슨 의미로…" 워놉이 말을 시작하려 하자, 마크가 다시 말을 이었다.

"내 말을 끊는다고 해서 돈을 더 빨리 받을 수는 없을 거요. 난 내 방식대로 이야기하겠소. 내 부친은 아가씨 어머님이 편안하게 사시길 바라셨소. 그분이 그리 말씀하셔서 아가씨 어머님께선 기고문이 아닌 책을 쓰실 수 있었던 거요. 그 차이가 뭔지는 잘 모르겠소만, 그게 그분이 하신 말씀이오. 부친께서는 아가씨도 편히 사시길 바라셨소… 혹 골치 아픈 것이라도 있소? 아니, 사업 말이오! 수지가 안 맞는 모자가게라도? 어떤 여자들은 그런…"

워놉이 말했다. "아니에요. 전 그저 가르치는 일만… 제발, 서둘러 주세요…"

난생 처음으로 그는 다른 사람이 원하는 것을 들어주기 위해, 자신이 하던 생각을 멈추었다.

"아가씨는 그냥 그 돈을 받고 생활하면 돼요." 마크가 말했다. "내 부친께서 아가씨 어머니에게 특별 배당금을 남겨주셨다고 보면 될 거요." 그는 아까 하던 생각이 무엇인지 다시 하려고 시도했다.

"그분이 그러셨군요! 결국 그러셨어요!" 워놉이 말했다. "오, 하나님, 감사합니다."

"원한다면, 아가씨 몫도 조금 있을 거요." 마크가 말했다. "하지만 크리스토퍼는 아가씨가 그렇게 하지 못하게 할지도 모르오. 그리고 아가씨 동생이 의사 개업에 필요한 정도의 돈도 줄 작정이오." 마크가 물었다. "기절한 건 아니겠지요?"

워놉이 말했다. "아니에요, 기절하진 않아요. 눈물이 날 뿐이에요."

"좋소." 이렇게 대답하고는 마크는 말을 이었다. "여기까진 아가씨 관점에서 이야기한 거고, 이제 내 관점에서 이야기하겠소. 난 크리스토퍼가 양고기도 먹고, 난로 가에 안락의자도 있는 그런 곳에서 지냈으면 하오. 그리고 크리스토퍼에게 적합한 누군가도 있으면 좋겠고, 아가씨가 바로 그 애한테 맞는 사람이오. 난 여자를 볼 줄 아오."

워놉은 계속해서 조용히 울고 있었다. 독일군이 제메니치 인근 벨기에 전선을 넘어오기 전날 이후로 그녀가 줄곧 느껴온 중압감이 사라진 최초의 순간이었던 것이다.

그 중압감은 스코틀랜드에서 두쉬민 부인이 돌아온 날 시작되었다. 두쉬민 부인은 돌아온 즉시 사람을 시켜 워놉을 목사관으로 불렀다. 기다란 은촛대에 꽂혀 있는 촛불에 비친, 오크 패널에 기댄 채 있던 그녀의 모습은 미친 사람 같았다. 머리는 엉클어져 있었고 눈빛은 무언가를 노려보는 것 같았다. 그녀는 기계음처럼 차가운 목소리로 소리 질렀다.

"애를 어떻게 지우지? 하인이었으니 알 거 아니야!"

그 사건은 발렌타인 워놉의 일생에서 정말 충격적인 일이자 전환점이었다. 예전의 그녀의 나날은 몹시 평온했다. 크리스토퍼에 대한 사랑으로 약간 우울하기도 했지만, 견디는 법을 배웠기 때문에 그녀가 아는 세상은 극기와 엄청난 노력과 희생으로 이루어진 세상이었다. 티젠스는 어머니를 만나러 와서 멋지게 말하는 남자로서만 남아 있어야 했다. 자신은 찬방에서 차 준비를 하더라도 그가 집에 머물러 있을 때 행복했었다. 게다가 자신은 어머니를 위해 정말 열심히 일해 왔다. 자신들이 살고 있는 이 시골은 전반적으로 날씨가 좋았으며 공기도 신선하고 쾌적하였다. 자신은 상당히 건강했고 조엘이 사온 마차를 처분한 돈으로 티젠스가 구입한 말을 타고 이따금 승마도 했다. 남동생은 이튼 학교에서 공부도 잘해서 어머니의 도움을 거의 받지 않고도 모들린 대학[355]에 진학할 뻔했다. 또 학생 활동도 잘하고 쾌활하여 학교의 자랑거리로 학생회장에 출마할 뻔했다. 정치적으로 과도한 언행 때문에 정학을 맞지 않았다면 말이다. 동생은 공산주의자가 되었던 것이다!

목사관에는 두쉬민 부부가, 정확히 말해 두쉬민 부인이 거주하고 있었다. 대부분의 주말 동안에 맥마스터는 그 근방에 있는 다른 거처에 머물렀다.

워놉의 눈에 이디스 에텔을 향한 맥마스터의 열정과 맥마스터를 향한 이디스 에텔의 열정은 삶이 아름답다는 하나의 증표였다. 그들은 극기와 아름다운 인용구, 한결같은 기다림의 바다에서 헤엄치는 사람들 같았다. 개인적으로 맥마스터란 인물은 흥미를 끄는 사람은 아니었지만, 그에 대한 이디스 에텔의 낭만적인 열정과 크리스토퍼의 친구라는 이유로 워놉은 그를 믿었다. 워놉은 맥마스터가 독창적인 말을 하는 걸 한 번도 들은 적 없었다. 그가 읊는 인용구는 놀랍다기보다는 적절한 것들이었다. 하지만 워놉은 그가 당연히 올바른 사람이라고 생각했다. 승차한 급행열차의 엔진에 아무런 문제가 없다고 당연히 믿듯이 말이다. 올바른 사람들이 그렇다고 결정을 해주었으니 말이다…

눈앞에 실성한 듯이 서 있는 두쉬민 부인을 보고는, 햇살 아래 거대한 대지가 굳건할 거라고 믿듯이 자신이 늘 믿어온 우상이던 두쉬만 부인이 맥마스터를 처음 본 순간부터 그의 정부가 되었다는

---

[355] Magdalen: 영국 옥스퍼드(Oxford)에 있는 대학.

사실을 처음으로 어렴풋이 깨닫게 되었다… 그리고 두쉬민 부인의 마음속 어딘가에 냉혹하고 상스러운 말을 함부로 내뱉는 성격이 자리하고 있다는 것도 알게 되었다. 촛불 아래서 그녀는 격렬한 분노로 몸을 일으켰다가 앉았다가를 반복하고는, 어두운 오크 패널 앞에서 자신의 연인에 대한 증오심을 거친 언사로 크게 표출하였다. "그 멍청이는 이런 것도 제대로 할지 몰라? … 그 꼬질꼬질한 리스 항의 생선 장사치의…"

이때 워놉은 의문이 생겼다. 그렇다면 은촛대에 왜 긴 초를 꽂아 두었지? 갤러리의 패널은 왜 닦아 놓은 거지?

발렌타인 워놉은 술 취한 요리사와 병약한 여주인, 그리고 뚱뚱한 세 남자들과 함께 지냈던 일링의 집에서 헤진 면 드레스 차림으로 계단 아래서 잠자면서 한 하녀 생활로 성욕과 인간의 과도한 행위에 대해 상당히 많이 알게 되었다. 하지만 대도시의 노예처럼 살아가는 가난한 사람들이 아름다움과 우아함, 그리고 부를 꿈꾸면서 살아갈 용기를 갖게 되듯이, 워놉은 일링이나 지나치게 먹어대고 우는소리를 하는 평의회원들이 사는 세상과는 멀리 떨어진 어떤 곳에, 순결하고 아름다운 생각을 하는 이타주의적이면서도 신중한 사람들이 사는 곳이 있을 거란 생각을 해 왔다.

그리고 그 순간까지도 워놉은 자신이 그런 곳 근방에 있다고 상상해 왔었다. 그녀는 이곳이 런던 중심지에 있는 아름다운 지성인이 모이는 곳이라는 생각에 일링에 대한 생각은 마음속에서 지워버렸다. 워놉은 일전에 티젠스가, 인간은 정확하고 건설적인 지성을 가진 부류와 무덤을 채울 용도밖에 안 되는 부류로 구성되어 있다고 말하는 걸 들은 적 있었다… 그런데 지금 그 정확하고 건설적인 지성을 가진 사람에게 무슨 일이 벌어진 것인가?

최악의 상황은 티전스에 대한 워놉의 아름다운 호감[356](그녀는 그것을 그 이상의 무엇으로 볼 수 없었다)은 어떻게 될 것인가였다. 그 사람이 어머니 서재에 있는 동안, 찬방에 있는 자신의 마음은 더 이상 노래할 수 없게 되는 것일까? 게다가 자신에 대한 티전스의 아름다운 호감은 어떻게 될까? 워놉은 이 영원한 질문을 스스로에게 던졌다(그녀는 그것이 영원한 질문임을 알고 있었다). 과연 아름다운 호감에서만 끝날 수 있는지 말이다. 촛불 아래에서 이리저리 돌진하듯 움직이는 두쉬민 부인의 창백한 안색과 헝클어진 머리를 보면서 발렌타인 워놉은 말했다. "아니야! 아니야! 갈대밭에 누운 호랑이는 언제라도 그 머리를 치켜드는 법이야!" 하지만 호랑이라기보다는… 공작새에 가까웠다.

탁자 맞은 편 어머니 옆에 앉아 있던 티전스는 고개를 들어 생각에 잠긴 듯한 눈빛으로 오랫동안 그녀를 바라다보았다. 그의 눈은 튀어나온 푸른색 눈이 아니라 검은 눈동자가 세로로 나뉘어 있는 눈이 되어야 하지 않았을까? 그의 검은 눈동자는 은밀하게 초록색으로 타오르며, 흰자위 위에서 닫혔다 커졌다를 반복하면서 나뉘어졌다.

워놉은 이디스 에텔이 자신에게 돌이킬 수 없는 잘못을 저질렀다

---

[356] 여기서 호감은 사랑이라는 감정까지 진행되지 않은 감정을 에둘러 표현한 것이다. 사실 워놉과 티전스는 서로 사랑하는 사이다.

는 것을 알았다. 엄청난 성적 충격을 겪고도 전과 같을 수는 없기 때문이다. 하지만 짙은 청록색 가운을 입은 앙상한 두쉬민 부인이 의자에 철퍼덕 앉아 움직이려고도, 말하려고도 하지 않자 새벽까지 함께 있었다. 그 이후에도 워놉은 두쉬만 부인을 충실히 돌보아주는 데 게을리 하지 않았다.

다음날 전쟁이 시작됐다. 밤낮으로 계속되는 고통과도 같은 악몽이었다. 워놉의 남동생이 브로즈[357]에 있는 옥스퍼드 공산당 여름학교에서 돌아온 지 4일 되는 아침에 전쟁은 시작되었다. 독일 학생모를 쓴 남동생은 몹시 취해 있었다. 그는 하위치[358]에서 독일 친구를 배웅했다고 했다. 워놉이 술에 취한 사람을 본 건 그날이 처음이었다.

다음날 술에서 깨자 남동생의 상태는 더욱 나빠졌다. 아버지처럼 까무잡잡한 피부에 잘생겼고, 어머니처럼 매부리코인 남동생은 늘 약간 불안정했다. 정신이 나간 건 아니었지만 어느 순간 갖게 된 견해를 늘 과격할 정도로 옹호하였다. 여름 학교에서 동생은 독설가 선생의 지도를 받았다. 그때까지 그게 문제되지는 않았다. 워놉의 어머니는 토리당 기관지에 글을 기고해 왔지만, 집에 있을 때 남동생은 분열을 촉구하는 옥스퍼드 기관지의 편집을 맡았다. 하지만 어머니는 그저 웃기만 했다.

그러나 전쟁은 이 모든 것을 바꿔버렸다. 둘 다 상대의 피를 보고 싶어 하고 상대를 괴롭히고 싶은 욕망으로 가득 찬 것 같았다. 둘

---

[357] Broads: 영국의 노퍽(Norfolk)과 서퍽(Suffolk)에 있는 저지대.
[358] Harwich: 잉글랜드 남동부 에섹스주(州) 북동부의 항구 도시.

다 서로에게 최소한의 관심도 보이지 않았다. 그것은 마치 (이 당시의 기억은 워놉에게 여전히 남아 있었다) 방 한 구석에서 어머니는 나이가 들어 일어나기 힘든데도 불구하고, 무릎을 꿇고선, 독일 황제라는 자의 목을 자신의 손으로 직접 조르고 살갗을 벗기에 해달라고 쉰 목소리로 신에게 외치듯 기도하고, 다른 방 한쪽에서는 남동생이 몸을 세우고 머리 위로 주먹을 불끈 쥔 채, 어두운 표정으로 얼굴을 찡그리면서 신랄한 어조로 영국 군인에게 하늘의 저주가 내려 총탄에 맞은 허파에서 피를 콸콸 쏟으며 고통스럽게 죽게 해달라고 기도하는 것 같았다.

에드워드 워놉에게 영향을 미친 공산주의 지도자는 영국 군부대에 있는 군인들 사이에 불만을 조성하려다 창피스러울 정도로 실패하고 말았다. 그는 말구유에 처박히거나 순교자처럼 총살을 당한 것이 아니라 비웃음만 받았던 것이다. 이러한 사실은 이 전쟁에 책임이 있는 사람들은 바로 일반 병사라는 사실을 분명하게 보여준다고 동생은 생각했다. 이런 비천한 고용인들이 싸우기를 거부했다면, 전쟁에 휘말려 위협받고 있는 수백만의 사람들도 손에 든 무기를 던져버렸을 거라고 동생은 생각했다!

워놉의 머릿속을 빠르게 스쳐 지나가는 끔찍한 장면 중 티전스의 모습도 있었다. 티전스는 뭔가 의구심에 사로잡혀 있었다. 워놉은 티전스가 나날이 멍해져 갔던 그녀의 어머니에게 자신의 의구심을 몇 차례 이야기하는 것을 들은 적 있었다.

어느 날 워놉 부인이 말했다.

"아내 분께서는 이 일에 대해 어떻게 생각해요?"

티전스가 대답했다.

"제 아내는 친독파여서… 아닙니다. 그건 정확한 표현이 아니네요! 아내는 포로가 된 독일 친구가 있어서 돌봐주고 있을 뿐입니다. 수녀원에서 피정하면서 거의 모든 시간을 전쟁 전에 나온 소설을 읽는 데 보내고 있죠. 아내는 육체적 고통을 생각만 해도 견디지 못하는 사람입니다. 그런 아내를 비난만 할 수는 없습니다."

워놉 부인은 더 이상 듣지 않고 있었지만 발렌타인은 듣고 있었다.

발렌타인 워놉이 보기에 전쟁은 티전스를 훨씬 더 남자답게 만들었지만 동시에 덜 호감 가게 했다. 그들 사이에는 전쟁과 두쉬민 부인이 있었다. 그는 더 이상 절대로 실수하지 않는 사람이 아니었다. 의심을 품고 있는 그는 좀 더 인간다웠다. 눈과 손이 있는, 그리고 음식도 먹어야 하고 단추도 달아야 하는 그런 인간 말이다. 워놉은 실제로 티전스의 풀어진 장갑 단추를 채워준 적도 있었다.

마차 사고가 난 이후 처음으로 어느 금요일 오후 맥마스터의 집에서 티전스와 오랫동안 이야기를 나눴다.

전쟁이 발발하기 얼마 전에 시작된 맥마스터의 금요일 오후 모임이 시작된 이후, 발렌타인 워놉은 아침 기차를 타고 두쉬민 부인을 런던까지 동행했다가 밤에 목사관으로 다시 동행하여 왔다. 이 모임에서 발렌타인은 차를 따랐고, 두쉬민 부인은 즐비하게 책들이 놓여 있는 커다란 방에서 천재들과 유명 저널리스트 사이를 오갔다.

정말 춥고 축축한 11월 어느 금요일 모임엔, 그 전 주 금요일 모임에 평상시보다 많은 사람이 참석했었기 때문에, 거의 사람이 없는 것처럼 느껴졌다. 맥마스터와 두쉬민 부인은 티전스가 어디선가 찾아내어 맥마스터에게 준 파라네시[359]의 <로마의 풍경>이라는 작품을 스퐁이란 건축가와 함께 보기 위해 거실로 갔다. 제그와 하비랜드 부인은 멀찌감치 있는 창가에 앉아 목소리를 낮춰 얘기 중이었다. 때때로 제그는 "금지"라는 단어를 사용했다. 티전스는 앉아 있던 난롯가 자리에서 일어나 워놉에게 왔다. 그는 워놉에게 마시던 찻잔을 난롯가로 가지고 와 자신과 이야기하자고 했다. 워놉은 그 말에 따랐다. 그들은 윤이 나는 놋쇠 난간에 올려져 있는 가죽으로 된 의자에 나란히 앉았다. 난로 때문에 그들의 등은 따스해졌다. 티전스가 말했다.

"워놉 양, 요즘 어떻게 지내시오?" 이야기를 나누다 보니 자연스럽게 전쟁에 관해 하게 되었다. 그것은 하지 않을 수 없는 이야기였기 때문이었다. 워놉은 자신이 예상한 만큼 티전스가 그렇게 혐오스러운 사람이 아니란 사실에 놀랐다. 동생의 반전주의자 친구들이 워놉의 마음속에 심어준 말과 두쉬민 부인의 도덕관에 대해 늘 생각하다 보니, 워놉은 자동적으로 스스로 남자답다고 내세우는 모든 남자는 전쟁터를 활보하며 사디즘적 광기에 사로잡혀, 긴 칼로 부상당한 사람들을 마구 찔러 죽이고 싶어 하는 욕망으로 가득 찬 악마라고 생각했기 때문이었다. 워놉은 티전스를 그런 부류의 사람으로 생각한 게 잘못되었다는 것을 알았지만 계속 그렇게 생각하고 싶었다.

무의식적으론 알고 있었지만, 워놉은 티전스가 놀라울 정도로 온화한 사람이라는 것을 알게 되었다. 그녀는 자기 어머니가 독일 황

---

[359] Piranesi, Giovanni Vattista(1720~1778): 이탈리아의 동판화가 겸 건축가.

제를 비판하면서 장광설을 늘어놓는 것을 티전스가 들어주는 동안 그를 종종 살펴보았다. 그는 언성을 높이지도 자신의 감정을 드러내지도 않았다. 티전스가 마침내 입을 열었다.

"워놉 양과 나는 어떤 두 사람 같소…" 그는 잠시 말을 멈추더니 다시 빠르게 이어갔다. "이 비누 광고 문구가 각도에 따라 다르게 읽힌다는 걸 알고 있소? 이 광고대로 가까이 다가가면 '원숭이의 비누'라는 글씨가 보일 거요. 하지만 광고대를 지나 뒤돌아보면 '헹굴 필요 없음'이라는 글씨가 나타날 거요… 워놉 양과 나는 서로 다른 각도에 서 있소. 우리는 같은 것을 보지만 서로 다른 메시지를 읽고 있는 것이오. 하지만 우리가 나란히 선다면 세 번째 메시지를 보게 될 것이오… 하지만 난 우리가 서로를 존중해주길 바라오. 우린 둘 다 정직한 사람들이니 말이오. 최소한 나는 워놉 양의 생각을 상당히 존중하고 있으니 워놉 양도 날 존중해주기 바라오."

워놉은 아무 말도 하지 않았다. 그들의 등 뒤로 불이 타닥거리며 타고 있었다. 방 건너편에 있는 제그가 말했다. "조직화하는 데 있어서의 실패는…" 이렇게 말하곤 그는 목소리를 죽였다.

티전스는 워놉을 유심히 바라보았다.

"당신은 날 존중하지 않는군요?" 그가 물었다. 워놉은 여전히 아무 말도 하지 않았다.

"그렇다고 말해주었으면 했는데." 티전스는 다시 말했다.

"오!" 워놉이 소리쳤다. "이런 고통이 난무하고 있는 세상에서 어떻게 당신을 존중할 수 있겠어요? 이 수많은 아픔! 그리고 고통… 저는 잠을 이룰 수가 없어요… 잠을 잘 수가 없어요… 그날 이후

전 밤새 내내 잠을 잘 수 없었어요… 밤 아래로 펼쳐지는 그 거대한 공간을 생각해 보세요… 저는 고통과 공포가 밤이면 더 심해진다고 생각해요…" 워놉은 자신의 두려움이 모두 현실화되었기 때문에 자신이 이처럼 울부짖고 있다는 것을 알았다. 그가 과거 시제로 "그렇게 말해주었으면 했는데."라고 말한 것은 이것이 그의 작별인사를 의미한다는 것을 알고 있었다. 자신의 남자 역시 떠난다.

워놉 역시 알고 있었다. 마음속으로 그녀는 항상 알고 있었고, 이제 그것을 고백한 것뿐이라는 것을 말이다. 워놉은 고통스러웠다. 언젠가 그가 이런 억양으로 자신에게 작별을 고할 거라는 것을 알고 있었기 때문이었다. 그리고 가끔, 아무 뜻 없이 한 것일 수도 있지만, 그는 "우리"라는 단어를 사용하여 자신이 워놉을 사랑한다는 사실을 알려주었다.

제그는 창가에서 일어나 걸었다. 하비랜드 부인은 이미 문 앞에 와 있었다.

"여러분이 전쟁 얘기를 나누는 데 방해가 되지 않도록 떠나겠습니다." 제그는 이렇게 말하곤 다시 덧붙여 이야기했다. "제 생각에 보존할 만한 아름다움을 보존하는 건 우리의 유일한 의무라고 믿습니다. 그 말은 안 할 수가 없군요."

워놉은 티젼스와 단둘이 남았다. 그 조용한 날에. 워놉은 이렇게 중얼거렸다.

"이제 이 사람은 날 안아 주어야 해. 꼭 그렇게 해야 해. 반드시!" 의식의 층위 저 아래에 있어서 발렌타인 자신도 잘 몰랐던, 그녀의 마음 깊숙한 곳에 있던 어떤 본능이 표면으로 떠올랐다. 워놉은 자신을 감싸 안은 그의 팔을 느낄 수 있을 것이다. 그의 머리에서 사과 껍질 향 같은 독특한 냄새가 희미하게 날 것이다. "당신은 그래야 해! 그래야 한다고!" 워놉은 혼자 중얼거렸다. 그들이 함께 마차를 타고 가던 일, 뿌연 안개 속에서 나와 눈부신 대기를 맞이했을 때, 그가 온몸으로 느낀 자신에 대한 충동, 그리고 자신도 온몸으로 느낀 그에 대한 충동, 그 저항할 수 없던 충동에 대한 기억이 워놉을 다시 압도했다. 그리고 갑작스러운 그 느낌의 소멸. 떨어지는 꿈을 꾼 찰나처럼… 그때 워놉은 은색 안개 너머에 있던 원반 모양의 태양을 보았다. 그들 뒤에는 길고 따스한 밤이 있었다…

티전스는 낙담하여 몸을 웅크린 채 앉아 있었다. 불빛은 그의 흰머리를 어른거리며 비추었다. 밖은 깜깜해졌다. 손으로 광낸 어두운 색의 목재 때문에 그 커다란 방이 두쉬민 목사의 거대한 식당과 점점 더 비슷해져 가고 있다는 느낌이 들었다. 티전스는 불가에 있는 의자가 너무 높기라도 하듯, 지친 듯이 의자에서 내려왔다. 그러곤 약간은 쓸쓸하지만 굉장히 피곤한 어투로 말했다.

"일하던 부서를 떠날 거라고 맥마스터에게 말하려 하오. 그것 역시 기분 좋은 일은 아닐 거요! 가여운 비니가 어떻게 생각하느냐가 중요한 건 아니지만." 그러곤 이렇게 덧붙였다. "정말 이상한 일이오, 친애하는…" 감정이 요동치는 중에도 워놉은 그가 "친애하는"이라고 말했다고 거의 확신했다. "워놉 양이 방금 한 말을 내 아내가 말한 지 채 3시간도 지나지 않았소. 아내도 거의 똑같은 말을 했소. 아내는 밤에 잠을 잘 수가 없다고 했소. 밤에 더 심해지는 고통으로 가득 찬 거대한 공간을 생각하느라 말이오… 그리고 날 존중할 수 없다고도 했소…"

워놉은 벌떡 일어섰다.

"아니에요." 워놉이 말했다. "진심이 아니었을 거예요. 저도 진심이 아니었어요. 대부분의 남자는 당신이 하려는 것처럼 그 일을 해야 해요. 내가 그렇게 이야기한 것은 당신이 여기 남도록 하려는 내 필사적인 시도라는 것을 몰라요? 도덕적인 관점에서 한 시도라는 걸요? 자기 남자를 잃지 않기 위해서라면 모든 시도를 해야 하지 않겠어요?" 워놉은 또 하나의 시도로 이렇게 덧붙였다. "게다가 당신 관점에서 보아도 그렇지, 어떻게 그 일이 당신이 생각하는 의무와 양립될 수 있나요! 당신은 훨씬 더 큰 도움이 될 수 있어요. 여기 있는 것이 우리나라에 더 도움이 된다는 걸 당신도 알고 있잖아요."

티전스는 약간 몸을 굽힌 채, 아주 상냥하게, 그리고 걱정스럽다는 듯이 워놉 옆에 서 있었다.

"난 그 일과 내 양심을 양립시킬 수 없소." 그가 말했다. "그 어떤 사람도 이런 일과 자신의 양심을 양립시킬 수는 없을 거요. 그렇다고 이 일에 우리가 관여하지 말아야 하고 우리가 편들고 있는 것을 더 이상 편들지 말아야 한다는 의미는 아니요. 우리는 그래야 하오. 그 누구에게도 하지 않았던 이야기를 해주겠소."

티전스가 들려준 소박한 이야기는 워놉이 여태까지 들은 그 어떤 달변도 부끄럽게 만들었다. 그는 어린아이가 하듯이 이야기했다. 그는 이 나라가 전쟁에 휘말리자마자 개인적으로 겪은 환멸에 관해 이야기했다. 심지어 그는 어느 북쪽 지역의 햇살 아래의 해더 풍경에 관해 이야기하다가 거기서 자신은 일반 사병으로 프랑스의 외인

부대에 들어가기로 결심했다고 했다. 그러면 "정갈한 뼈"[360]를 얻을 수 있을 거라는 확신이 들어서라고 했다.

과거엔 그게 분명했다고 그는 말했다. 하지만 이제는 그에게, 그 누구에게도 분명한 것은 없다고 했다. 그의 말에 따르면 과거에 우리는 분명한 생각을 갖고 문명을 위해 싸울 수 있었다고 했다. 20세기를 거부하고 18세기를 원한다면, 그것은 적국을 거부하고 프랑스를 위해 싸우는 것을 의미한다고 했다. 하지만 영국이 개입함으로써 그 양상이 즉각 바뀌어, 20세기의 일부가 20세기의 다른 절반을 공격하기 위해 18세기를 앞잡이로 이용하는 형국이 되었다고 했다. 이것은 사실이지만 우리가 품위를 갖추고 그렇게 하는 한 그럭저럭 참을 만하다고 했다. 그리고 우리는 우리의 일, 그러니까 다른 자를 속이기 위해 통계를 조작하는 일도 할 수 있을 거라고 했다. 조작하는 일에 역겨움을 느끼고 피곤해져 머리가 빙빙 돌 때까지는 할 수 있을 거라고 했다. 그리고 그런 때가 오면 다른 사람이 나타나 그 일을 할 거라고 했다.

적국을 대상으로 상황을 조작하고 과장하는 것은 현명하지 않을 수 있다고 했다. 어떤 방식으로든 닭들은 횃대에서 쉬기 위해 집에 돌아올 것이기 때문이라고 했다. 그렇지 않을 수도 있지만 그건 상급자들이 결정할 문제라고도 했다. 분명히 그렇다고 했다! 그리고 첫 번째 패거리들은 단순하고 정직한 사람들로 구성되어 있어서 명

---

[360] clean bones: 정갈한 뼈는 고행과 금욕을 수행하다가 사막에서 뼈로 승화된 성인을 상징적으로 나타낸다. 이는 티전스의 금욕주의 세계관을 드러낸다. 그가 소박하고 검소한 것을 추구하는 것도 그의 이런 면모를 보여주는 예다.

청하기는 했지만 상대적으로 공평무사는 했다고 했다. 하지만 지금은 어떤가! 하고 하면서 그는 앞으로 우리는 무엇을 할 수 있을지 모르겠다고 했다. 그는 웅얼거리듯 계속 말했다.

워놉은 갑작스레 그가 다른 사람들 일이나 중대 사건에 대해서는 비범한 판단력을 지녔지만, 자신의 일에 관해서는 아기처럼 단순하다는 사실을 분명하게 알 수 있었다. 게다가 그는 정말 친절한 박애주의자 같았다. 그는 자신의 이익과 관련된 생각은 전혀 하지 않았다… 조금도 말이다!

티젼스가 말했다.

"하지만 지금의 지배층 말이오! … 그 지배층이 어떤 사람을 강요하여 어떤 불쌍한 장군과 그의 휘하 부대를, 가령 살로니카[361]로 (거기 가는 것은 재앙과도 같다는 사실을 그들도, 당신도, 상식 있는 자나 그 밖의 모든 사람이 알고 있는데도 말이오) 보내도록 하기 위해서, 수백만 켤레의 군화의 수치를 조작해 달라고 한다면 어떻겠소? … 그리고 그런 일에서부터 우리의 병력을 가지고 장난치는 일에 이르기까지… 정치적 목적을 위해 특정 부대를 굶주리게 하고…" 티젼스는 워놉이 아니라 본인 스스로에게 말하고 있었다.

"당신도 알다시피 난 당신 앞에서 말을 잘 못하오. 내가 알기에 당신은 적국에 동정적이고 행동으로도 적국에 찬동하고 있으니."

워놉은 화가 난 듯 말했다.

"그렇지 않아요! 절대 그렇지 않아요! 어떻게 그런 말을 할 수

---

[361] Salonika: 그리스 동북부의 항구 도시.

있죠?"

티전스는 이렇게 대답했다.

"그건 중요치 않소… 아니, 난 당신이 그렇지 않다고 확신하오… 하지만 어쨌든, 이런 일은 공식적인 것이오. 그래서 조심성 있는 사람이라면 이런 일에 대해 입도 벙긋하지 않을 거요… 그런데… 그렇게 하는 건 수많은 사람이 죽고, 전쟁이 무한히 연장되며… 또 양쪽에서 간섭받는다는 걸 의미하오! … 난 이 사람들의 머리 위에 피의 그림자가 드리워지고 있는 것을 보는 것 같소… 그런데… 나는 그들의 명령을 수행해야 하오. 그들은 나의 상급자니… 하지만 그들을 돕는 것은 무수히 많은 사람이 죽는다는 것을 의미하는 것이오…"

티전스는 재미있다는 듯 미소를 머금은 채 워놉을 바라보았다.

"이제 알겠소!" 티전스가 말했다. "우리가 서로 다르지 않다는 것 말이오! 혼자만이 죽음과 고통을 목격한다고 생각지는 마시오. 나 역시 양심적 병역 거부자니 말이오. 양심상 나는 이 사람들과 더 이상 함께할 수가 없소."

워놉이 말했다.

"하지만 다른…"

티전스는 워놉의 말을 막으며 말했다.

"없소! 다른 길은 없소. 이런 일에는 몸이나 두뇌 중 하나만 될 수 있소. 난 내가 몸보다는 두뇌라고 생각했었소. 또 지금도 그렇게 생각하오. 어쩌면 아닐 수도 있지만. 하지만 양심상 이 일에 내 두뇌를 사용할 수가 없소. 그래서 내가 이렇게 몸집이 큰 것 아니겠소!

내가 별 도움이 안 될지도 모르오. 하지만 난 살아야 할 목적이 없소. 내가 지지하는 것은 더 이상 이 세상에 존재하지도 않고, 당신도 알다시피 내가 원하는 것을 가질 수도 없으니 말이오. 그러니…"

워놉은 비통하게 소리쳤다.

"그냥 말해요! 말해버려요! 당신의 큰 체구로 빈혈에 걸린 작은 몸집의 동료 두 명 앞으로 날아올 총알 두 개는 막을 수 있을 거라고요! … 그리고 어떻게 살아야 할 목적도 없다고 말할 수 있나요? 당신은 돌아올 거예요. 당신은 하던 일을 다시 하게 될 거예요. 당신도 그 일을 잘한다는 걸 알고 있잖아요…"

티전스가 말했다.

"그렇소! 난 내가 잘했다고 믿고 있소. 그 일을 경멸해왔지만 잘했다는 건 믿소… 하지만 아니요! 그들은 내가 돌아오도록 내버려두지 않을 거요. 그들은 내게 온갖 낙인을 찍어 날 쫓아냈소 그들은 조직적으로 날 쫓아다녔소… 이런 세상에선 이상주의자들은, 어쩌면 그저 감상주의자일지 모르겠지만, 돌에 맞아 죽을 수밖에 없소. 이상주의자는 다른 사람들을 너무나 불편하게 만들기 때문이오. 골프장까지 쫓아다니면서 말이오… 그들은 무슨 방법을 써서라도 나를 쫓아낼 거요. 그러면 여기 있는 맥마스터 같은 자가 내 일을 대신 할 거요. 그는 나보다 잘하지는 못하겠지만 좀 더 부정직하게 할 거요. 아니, '부정직하게'라고 하면 안 되오. 맥마스터는 열정과 정의감을 갖고 일할 것이오. 아주 고분고분하게, 그리고 감동받았다는 듯이 상급자의 명령을 수행할 것이오. 칼뱅[362] 같은 잘못된 열정으로 연합군을 상대로 숫자를 조작할 것이고, 전쟁이 일어날 때는 바

알³⁶³의 사제들을 벌하는 여호와의 분노로 필요한 조작을 할 것이오. 그리고 자신이 옳다고 생각할 것이오. 그건 모두가 할 수 있는 것이오. 우리는 이 전쟁에 개입하지 말아야 했소. 중립을 지키는 대가로 다른 나라의 식민지를 얻어냈어야 했던 거요…"

"오!" 발렌타인 워놉이 말했다. "어떻게 자신의 조국을 그렇게도 증오해요?"

티전스는 진심 어린 어조로 말했다.

"그렇게 말하지 마시오. 누가 내가 그렇다고 해도 믿지 마시오! 단 한 순간이라도 내가 조국을 미워한다고 생각하지 마시오! 난 이곳 들판 구석구석과 울타리 안에 있는 모든 꽃과 나무, 컴프리, 현삼과(玄蔘科)의 식물, 노란 구륜앵초, 목동들이 저속한 이름을 붙인 긴 붉은 자주개자리… 그리고 나머지 잡다한 꽃들을 사랑하오! 당신은 두쉬민 부인 집과 당신 어머니의 집 사이에 있던 들판을 기억할 거요. 우리는 늘 강도나 약탈자였고, 해적이나 소도둑이었소. 그렇게 해서 우리는 우리가 사랑하는 위대한 전통을 쌓았던 것이오… 하지만 지금 우리는 고통스럽소. 현대의 우리가 월폴³⁶⁴ 시대의 사

---

³⁶² John Calvin(1509~1564): 프랑스의 신학자이자 목사로 칼뱅주의의 창시자. 예정설을 주장한 그는 인간의 영혼을 구원하는 것은 신의 전적인 결정에 의한다고 주장했다.

³⁶³ Baal: 본래 풍요의 신 하다드(Hadad)의 또 다른 이름. 바알을 숭배할 때 사람들은 그 상 앞에서 성관계를 가지기도 하고, 바알의 사제들은 칼로 자신의 몸을 찔러 피를 흘리곤 했다. 따라서 기독교에서는 바알을 악마로 간주하고 있다.

³⁶⁴ Robert Walpole(1676~1745): 독일에서 온 영국 조지 1세의 시대에 형성된 내각제의 첫 수상으로 금권 정치를 했다고 당대 영국인에게 많은 비판을 받았다.

람들보다 더 타락한 건 아니오. 하지만 그들 수준과 거의 비슷하오. 어떤 사람은 월폴이 나라 빚을 쌓아감으로써 국민을 단합시켰다고 보고 있소. 우리는 그가 어떤 방법으로 그랬는지는 보려고 하지 않소… 내 아들, 혹은 내 아들의 아들은 우리가 이 우스꽝스러운 일을 통해 얻은 노획물이 가져다주는 영광만을 볼 것이오. 그들은 어떤 방법으로 그렇게 했는지 알지 못할 것이오. 학교에서는 우리의 후손들에게 그들의 아버지가 들었던 나팔 소리가 전국 각지에 울려 퍼졌다고 가르칠 것이오. 그건 또 다른 불명예스러운 일이란 사실에도 불구하고 말이오…"

"하지만 당신은" 발렌타인 워놉이 소리쳤다. "당신은! 전쟁 후에 어떤 일이든 하게 될 거예요!"

"나는" 티전스는 몹시 당황하며 말했다. "나는! … 아, 고가구 일을 하게 될 거요. 고가구 일자리를 제안 받았소."

워놉은 티전스가 진심으로 이야기했다고는 생각하지 않았다. 워놉은 티전스가 자신의 미래에 대해 생각조차 한 적이 없다는 사실을 알고 있었다. 하지만 먼지가 자욱하게 내려앉은 물건들이 가득 찬 어떤 가게의 뒤쪽 어두운 구석에서 하얗게 센 머리와 창백한 얼굴을 한 그의 모습이 갑자기 떠올랐다. 그는 가게에서 나와 먼지투성이 자전거에 무거운 몸을 싣고 카티지 세일하는 곳으로 갈 것이다. 워놉은 소리쳤다.

"그럼 당장 그 일을 하면 어때요? 당장 그 일을 수락하는 게 어때요?" 어두운 가게 뒤편에 있는 게 최소한 안전할 거란 생각에서였다.

티전스가 말했다.

"아니요! 지금은 아니오! 게다가 고가구 사업은 현시점에서 제대로 되지도 않을 거요…" 그는 분명 다른 무언가를 생각하고 있었다.

그가 말했다. "이런 말로 당신을 그렇게 괴롭히다니 난 정말 비열한 악당이오. 하지만 난 우리가 무엇이 비슷한지 알고 싶었소. 우리는 항상, 내 눈에만 그럴 수도 있겠지만, 생각이 비슷했소. 그래서 당신이 날 존중해주기 바랐던 것이오…"

"당신을 존경해요! 존경한다고요!"

워놉이 말했다. "당신은 정말 아이처럼 순수하군요."

그는 말을 이었다.

"하고 있던 생각을 마무리 하고 싶소. 벽난로를 지핀 조용한 방에서… 그리고 당신과 함께 이렇게 있던 일은 최근에 별로 없었던 것 같소. 당신은 생각을 정리하게 하는 재주가 있소. 오늘까지… 정확히 5분 전까지 난 몹시 혼란스러웠소. 우리가 함께 마차를 타고 가던 날을 기억하시오? 그때 당신은 내가 어떤 사람인지 분석했소. 난 그 누구에게도 그렇게 하도록 내버려 둔 적이 없었소… 하여튼 당신은 알았소… 그렇지 않소?"

워놉이 말했다.

"몰라요! 제가 무얼 알아야 해요? 하지만 기억은 해요…"

티전스가 말했다.

"이제 내가 말 시장에서 떠도는 소문이나 듣고 다니면서 이 나라가 망하려면 망하라지라고 떠들어대는 영국 시골 신사가 아니란 걸 말이오."

워놉이 말했다.

"제가 그렇게 말했나요? … 맞아요. 그렇게 말했었죠!"

마음 깊숙한 곳에서 치밀어오는 감정으로 워놉은 몸을 떨었다. 그녀는 팔을 뻗었다… 아니 그녀는 자신이 팔을 뻗었다고 생각했다. 불빛 아래에서도 그는 거의 보이지 않았다. 워놉은 아무것도 볼 수 없었다. 눈물 때문에 아무것도 볼 수 없었던 것이다. 워놉은 두 손으로 손수건을 들어 두 눈에 갖다 대고 있었기 때문에 팔을 뻗을 수 없었다. 그는 무언가 말했다. 사랑의 말은 아니었다. 그랬다면 워놉은 그 사랑의 말을 붙잡았을 것이다. 그 말은 이렇게 시작했다. "난 반드시…" 그는 오랫동안 침묵을 지켰다. 그에게서 시작되어 그녀로 향하는 거대한 감정의 물결이 느껴지는 듯했다. 하지만 그는 방에 없었다…

그때부터 육군성에서 그를 다시 만난 순간까지는 워놉에게 무자비한 고통의 시간이었다. 어머니가 기고하는 신문사는 원고료를 줄였고, 더 이상 연작을 써달라는 요청을 하지 않았다. 어머니는 누가 봐도 실패했다. 남동생의 끊임없는 비난은 그녀의 몸에 가하는 채찍질과도 같았다. 동생은 티젠스가 죽기를 간절히 기원하는 듯했다. 워놉은 티젠스에 대해 보거나 들은 바가 없었다. 맥마스터의 집에서 티젠스가 방금 나갔다는 이야기를 딱 한 번 들은 게 전부였다. 신문을 보았을 때 그녀는 비명을 지르고 싶었다. 가난이 찾아왔다. 경관은 남동생과 남동생 친구들을 찾기 위해 그녀의 집을 급습했다. 그리고 나서 남동생은 미들랜즈 어딘가에 있는 감옥에 갔다. 우호적이었던 이웃사람들은 이제 부루퉁하고 의심스러운 태도로 그들을 바라다보았다. 그들은 우유를 구할 수 없었고, 멀리까지 가지 않고는 음식도 구할 수 없었다. 3일 동안 완전히 정신이 나갔던 워놉 부인은 상태가 나아지자 새 책을 쓰기 시작했다. 그 책은 꽤 괜찮았지만 출판하겠다고 나서는 출판업자는 하나도 없었다. 동생 에드워드는 쾌활하고 요란하게 출소했다. 그들은 감옥 안에서도 엄청나게 술을 마신 것 같았다. 에드워드는 누나가 티전스의 정부가 되는 바람에 군국주의자까지 되었다며 워놉을 비난하면서 끔찍한 소동을 벌였다. 이를 창피하게 여긴 어머니가 정신이 이상하게 되자, 이 사실을 알게 된 에드워드는 어머니가 약간의 영향력을 발휘하여 자신을 소해정에서 이등수병으로 근무하게 하는 데 동의했다. 바다 건너에서 끊임없이 들려오는 참을 수 없는 포격 소리 이외에도 집안에 몰아치는 이런 강풍은 발렌타인 워놉에게 큰 고통을 안겨다주었다. 어머니는 상태가 훨씬 나아졌고, 군복무를 하는 아들이 있다는 사실에 자부심을 느꼈다. 하지만 워놉 부인은 자신이 글을 기고해온 신문사가 지급을 완전히 중단했다는 사실을 더욱 실감할 수 있었다. 11월 5일에는 몇몇 사람들이 워놉 부인의 인형을 만들어 그녀의 집 앞에서 태우고 그들의 집 유리창을 깼다. 워놉 부인은 밖으로 달려가 불빛이 비추는 가운데 풋내기 농장 일꾼 둘을 때려눕혔다. 불빛에 드러난 워놉 부인의 백발은 끔찍스러워 보였다. 이 일이 있은 후 정육점 주인은 배급 카드가 있든 없든 고기를 주지 않아 그들은 런던으로 이사 갈 수밖에 없었다.

 습지 위의 지평선은 장다리물떼새로 그 경계가 불분명해졌고, 하늘은 비행기로 빼곡하였으며, 길은 군용 차량으로 뒤덮였다. 전쟁의 소음에서 벗어날 길은 없었다.

이사 가기로 결정했을 때, 티젠스가 돌아왔다. 그를 영국 땅에서 다시 만나게 되자 발렌타인은 잠시 천국에 있는 듯한 기분이 들었다. 하지만 한 달 뒤 그를 다시 보았을 때, 멍한 표정의 그는 몹시 우울하고 나이 들어 보였다. 그는 상태가 안 좋아 보였다. 발렌타인이 보기에 티젠스는 제정신이 아닌 것 같았다.

티젠스가 일링 인근에 묶고 있다는 말을 듣자마자, 워놉 부인은 즉시 베드포드 파크에 있는 작은 집을 빌렸다. 어머니의 수입이 너무나도 적어 발렌타인은 생계를 위해 꽤 먼 교외에 있는 큰 학교에서 체육 교사로 일했다. 티젠스는 워놉 부인과 차를 마시기 위해 거의 매일 오후 다 허물어져가는 그녀의 집에 들렀지만 발렌타인 워놉은 그를 거의 만나볼 수 없었다. 발렌타인의 시간이 비는 유일한 때는 금요일 오후였는데 이때는 두쉬민 부인의 샤프롱[365] 역할을 하기로 되어 있었기 때문이었다. 즉 발렌타인은 이날 정오쯤 채링크로스역에서 두쉬민 부인을 만나, 라이행 마지막 기차를 탈 수 있는 시간에 맞춰 그 역에 두쉬민 부인을 데려다 주었던 것이다. 그리고 토요일과 일요일에는 온종일 어머니의 원고를 타이핑했다.

따라서 발렌타인은 티젠스를 전혀 만날 수 없었다. 워놉은 티젠스가 어떤 사실이나 이름을 기억하지 못한다는 것을 알고 있었다. 하지만 그녀의 어머니는 티젠스가 많은 도움이 된다고 했다. 일단 사실을 제시하면 그는 엄청난 속도로 꽤 놀랍고 매력적인, 건전한

---

[365] chaperon: 보통은 젊은 여자의 후원자로서 젊은 여자의 사교 모임에 동반하는 사람을 말한다.

토리주의자식의 결론을 도출해냈기 때문이었다. 이런 일이 빈번하지는 않았지만 흥미로운 신문 기사를 쓸 때 상당히 유용하다는 것을 워놉 부인은 알았다. 원고료를 전혀 받지 못했지만 워놉 부인은 여전히 망해가는 기관지에 글을 기고하고 있었던 것이다…

그들 사이에 어떤 유대감도 더 이상 남아 있지 않았지만 발렌타인 워놉은 여전히 두쉬민 부인의 샤프롱 역할을 했다. 두쉬민 부인은 채링크로스역에서 발렌타인의 전송을 받은 후 클래펌 환승역[366]에서 기차를 내린 다음, 날이 어두워지면 택시를 타고 그레이인 법학원으로 돌아와 맥마스터와 밤을 보냈다. 발렌타인은 이러한 사실을 알고 있었으며, 두쉬민 부인도 발렌타인이 이를 알고 있다는 것을 익히 알고 있었다. 그녀가 이렇게 하는 것은 용의주도하고 올바르게 처신하고 있음을 보여주려는 것으로, 음침한 등기소에서 결혼(당시 발렌타인은 증인으로, 그리고 별 볼 일 없는 좌석 안내인 역할을 하기 위해 이 결혼식에 참석했다)을 치른 후에도 계속 이어졌다. 당시 발렌타인이 맥마스터 부인의 샤프롱 역할을 해야 할 뚜렷한 이유는 없어 보였다. 하지만 맥마스터 부인은 자신들의 결혼을 공표하기 전까지는 그렇게 하는 것이 좋겠다고 했다. 맥마스터 부인은 트집 잡기 좋아하는 사람들은 으레 있는 법이고, 나중에 이들의 말을 반박할 수 있다 해도 한번 퍼진 추문을 잠재우는 건 어렵기 때문이라고 했다. 게다가 맥마스터 부인은 천재들과 갖는 맥마스터의 오후 다과회에서 발렌타인이 뭔가 배우게 될 거라고도 했다. 하지만 발렌타인

---

[366] Clapham Junction: 런던에서 가장 붐비는 기차역 중 하나.

은 대부분의 시간을 문 근처에 있는 테이블에 앉아서 보냈기 때문에, 그녀가 알 수 있었던 것은 그들의 지성이라기보다는 그들의 등과 옆모습뿐이었다. 때때로 두쉬민 부인은 발렌타인에게 엄청난 특권인 양 천재들이 자신에게 보낸 편지를 보여주곤 했다. 그 천재들은 주로 영국 북쪽 지방 출신들로, 명멸해가는 아름다움을 보존하는 것이 이 끔찍한 시대를 살아가는 자신들의 의무인 양 대륙에서, 혹은 좀 더 멀리 있는, 기후가 온화한 나라에서 그녀에게 편지를 보냈다. 세속적인 사람들이 열정적인 연애편지에서 사용하는 용어와 비슷한 찬양조의 어휘로 쓴 편지에서 그들은 이국의 공주와의 사랑과 그로 인해 받게 된 고통, 혹은 고차원적 도덕을 지향하는 영혼의 여정에 관해 이야기했고, 거기에 대한 두쉬민 부인의 견해를 물었다.

이 편지들을 읽고 발렌타인은 즐거웠다. 편지에 나타난 그 모든 허상이 재미있었기 때문이었다. 발렌타인이 맥마스터 부인과의 우정을 끝내기로 한 것은 맥마스터 부부가 자신의 어머니를 대하는 태도를 보고서였다. 여자들끼리의 우정은 몹시 끈질겨서 엄청난 환멸을 겪고도 이어지는 법이다. 게다가 발렌타인 워놉은 보통 여자들보다도 의리를 지킬 줄 아는 여자였다. 과거에 자신이 생각하던 측면에서 보면 두쉬민 부인은 더 이상 존경받을 수 없다 해도, 워놉은 두쉬민 부인의 목적을 향한 끈기와 맥마스터를 성공시키려는 확고한 결심, 그리고 이 모든 일을 지독하리만큼 끈기 있게 추진한다는 점에서 그녀를 정말 존경할 수 있었다.

이디스 에텔은 티전스가 호감을 주지 않을 뿐만 아니라, 개인적으로 볼 때도 무척 볼품없는 인물이라고 생각했다. 게다가 금요일 모임에 참석한 천재들에게도 몹시 무례하게 군다고 생각하며 그를 자기 남편의 목에 쓰인 굴레처럼 생각했다. 따라서 그녀는 티젠스를 끊임없이 욕했지만, 워놉 발렌타인은 두쉬민 부인에 대해 여전히 애정을 갖고 있었다. 점점 더 많은 저명인사들이 금요일 모임에 모여들수록 두쉬민 부인의 이런 불만은 점점 더 커져갔지만, 맥마스터 앞에서는 절대로 이런 불만을 털어놓지 않았다. 그런데 이런 불만이 아주 갑작스럽게 사라지게 되었다. 그것도 발렌타인이 보기에 기묘하게 말이다.

두쉬민 부인은 자기 남편이 대가 약하기 때문에, 티젠스가 마치 남편의 재정 관리인인 양 남편을 통제하여, 남편은 결국 이자와 원금을 합쳐 수천 파운드가 되는 엄청난 빚을 티젠스에게 지게 되었다고 생각했기 때문에 티젠스에 대해 불만이 있었다. 맥마스터는 티젠스에게 빌린 돈의 대부분을 자신의 방을 꾸미기 위해 비싼 가구를 사들이거나, 라이로 호화롭게 여행을 가는 일에 썼다. 두쉬민 부인은 목사관에 있는 물건 중 맥마스터가 원하는 것이면 장식용으로 가져가게 할 생각이었다. 그것이 없어진 것을 알 수 있는 사람이 아무도 없기 때문이었다. 또한 남편이 은행 계좌를 보자고 할 리가 없기 때문에 많은 돈을 쓸 수 있었던 두쉬민 부인은 맥마스터와의 여행 경비를 기꺼이 지불하고자 했다. 하지만 티젠스는 그렇게 하지 못하게 맥마스터에게 영향력을 행사했으며, 그렇게 하는 것은 명예롭지 못하다는 망상(이것을 생각만 해도 두쉬민 부인은 격노했다)까지 심어주었기 때문에, 맥마스터는 티젠스에게 계속해서 금전적으로 의지할 수밖에 없게 되었다고 두쉬민 부인은 생각하였던 것이다.

그녀가 가장 화나는 일은, 자신이 두쉬민의 재산에 대한 위임장을 갖고 있어, 아무도 찾지 않을 물건을 맥마스터가 빌린 액수인 2,000파운드에 팔 수 있었을 때, 맥마스터가 그렇게 하는 데 동의하지 못하도록 티전스가 강력한 주장을 했다는 사실이었다. 그렇게 하는 것은 불명예스러운 일이라는 생각을 티전스는 강단 없는 맥마스터에게 또다시 주입시켰다고 두쉬민 부인은 생각했던 것이다. 하지만 두쉬민 부인은 티전스가 왜 그러는지 자신은 그 이유를 잘 알고 있다고 말한 뒤 입을 굳게 닫았다. 그녀의 말에 따르면 맥마스터가 티전스에게 돈을 빌리고 있는 한, 그들은 티전스를 그들의 모임에 들어오지 못하게 할 수 없다는 것이었다. 그들이 만든 모임에 영향력이 상당한 사람들이 오기 때문에, 티전스는 그들에게서 자신처럼 게으른 사람에게 맞는 한직을 얻을 수 있을 거라는 계산에서 그렇게 했을 거라는 거였다. 티전스는 자신에게 무엇이 더 유리한지 잘 알고 있다고 두쉬민 부인은 생각했다.

두쉬민 부인은 자신이 하려는 일이 명예롭지 못한지 맥마스터에게 물었다. 법적으로 두쉬민 목사의 전 재산은 자신에게 가기로 되어 있었고, 당시 두쉬민 목사는 정상이 아니었기 때문에 도의적으로도 그것은 그녀의 재산이었다. 하지만 그 직후, 두쉬민은 정신병자 판정을 받아 그의 재산은 정신병 판정 위원들의 수중에 넘어가 두쉬민 부인은 재산의 원금을 물려받을 가망이 없게 되었다. 그리고 남편이 사망한 지금, 남편의 재산은 신탁 관리자가 관리하게 되었다. 남편은 전 재산을 모들린 대학에 남겼고, 미망인인 자신에게는 거기에서 나오는 수입금만 남겼기 때문이었다. 사실 그 수입금도 꽤 큰돈이었지만, 돈 쓸 데가 많았고, 당시까지만 해도 인정사정없이 떼어가는 유산 상속세와 일반 과세를 내고 나니, 제대로 돈을 쥘 수가 없었다. 두쉬민 부인은 남편의 유언에 따라, 서리[367]에 있는 꽤 좋은 땅이 딸린 쾌적한 집을 살 정도의 자금, 그러니까 맥마스터가 시골 신사로서의 여유 있는 삶을 누릴 정도의 자금은 받기로 되어 있었다. 거기는 그들이 관심 갖고 있는 쇼트혼[368]을 키울 땅과, 작은 골프 코스, 그리고 가을이면 맥마스터의 친구들을 불러들일 작은 사냥터를 마련하기에 충분한 땅이 있었다. 바로 그런 정도였다. 그곳은 과시할 만한 것은 없고 그저 작고 멋진 곳이었다. 사소하지만 재미있는 사실은 그곳 마을 사람들은 벌써부터 맥마스터를 "영주님"이라고 부르며, 여자들은 그에게 무릎을 구부리며 인사를 한다는 것이었다. 하지만 발렌타인 워놉은 그들이 거기 필요한 비용을 대느라 정작 티전스의 돈은 갚지 못할 거란 사실을 알았다. 게다가 맥마스터 부인 자신도 티전스의 돈을 갚지 않을 거라고 말했다. 티전스가 돈을 받을 기회가 한 번 있었지만, 이제는 받을 기회가 없을 거라고 하면서, 적어도 자신은 돈을 갚지 않겠다고 했다. 맥마스터가 자기 힘으로 그 돈을 갚아야 하겠지만, 집안을 꾸리는 데 드는 비용을 감안해 보면 그럴 능력이 없기 때문에 상황은 복잡하다고 했다. 서리에 있는 작은 보금자리를 어떻게 개조할지 맥마스터

---

[367] Surrey: 영국 잉글랜드 남부에 있는 카운티(county).
[368] shorthorns: 영국의 잉글랜드 북동부 원산으로, 더럼(Durham)종(種)의 소.

는 티전스에게 자문을 구하려고 하는 것 같지만, 티전스가 그 집 문턱을 넘을 일은 결코 없을 거라고 두쉬민 부인은 말했다. 그리고 문턱을 넘으면 상당히 불쾌한 일이 일어날 거라고 했다. 정확히 말해, 티전스는 '박살 낼 거야', 혹은 '더 이상 그만'이라는 날카로운 외마디를 듣게 될 거라고 했다. 두쉬민 부인은 때때로, 그리고 상당히 효과적으로, 당시 유행한 이런 표현을 사용했다.

이 모든 비난에 발렌타인 워놉은 아무런 대답도 하지 않았다. 특별한 관심사가 아니었기 때문이었다. 크리스토퍼를 소유하고 있다는 느낌이 들었을 때조차도 워놉은 크리스토퍼와 맥마스터의 친밀한 관계가 계속 이어지길 바라지 않았다. 크리스토퍼 자신이 그들과의 관계가 계속 이어지기를 특별히 바라지 않는다고 생각했기 때문이었다. 크리스토퍼가 말은 하지 않았지만 유쾌한 농을 던지며 그들을 거부하는 모습을 발렌타인은 상상해 보았다. 게다가 워놉은 이디스 에텔의 생각에 전적으로 동의했다. 빈센트같이 유약한 남자가 돈을 항상 대주는 친구를 갖게 되면 타락하기 쉬운 법이니 말이다. 티전스는 그렇게 후하게 돈을 대주지 말아야 했다. 그 점은 티전스의 단점이자 워놉이 개인적으로 좋지 않게 보는 점이기도 했다. 두쉬민 부인이 자기 남편의 돈을 빼서 맥마스터에게 주는 게 명예로운 것이냐 아니냐의 문제에 대해 워놉은 열린 생각을 갖고 있었다. 어느 모로 보나 그 돈은 두쉬민 부인의 것이었고, 두쉬민 부인이 크리스토퍼의 빚을 갚는 건 이치에 맞는 일이라고 생각했다. 나중에 그 돈을 갚는다는 건 아주 어렵다는 것을 발렌타인은 알고 있었다. 하지만 남자의 입장도 고려해야 한다. 맥마스터도 최소한 남자로

통하기 때문이다. 다른 사람 일에 현명한 티전스는 그 점에서도 현명하다고 볼 수 있을 것이다. 두쉬민 부인이 두쉬민의 재산에서 2,000파운드를 빼냈다는 사실이 알려지면 신탁 관리자들이나 법정 상속자들로부터 두쉬민 부인은 불쾌한 일을 겪게 될지도 모른다고 생각했기 때문이었다. 워놉가 사람들은 많은 재산을 가져본 적 없었지만, 발렌타인은 가족 구성원 사이에 벌어진 사소한 부정직한 행위가 얼마나 불쾌한 싸움을 유발할 수 있는지에 대해 많이 들어왔기 때문이었다.

따라서 워놉은 거의, 정확히 말해, 아예 말을 하지 않았다. 때때로 그녀는 티전스가 맥마스터를 타락시켰다는 점에 어느 정도 동의했다. 하지만 그걸로 충분했다. 두쉬민 부인은 자신이 옳다고 확신했기 때문에 발렌타인의 의견은 전혀 신경 쓰지 않았다. 아니 당연히 자신의 생각과 같을 거라고 믿었.

티전스가 잠시 프랑스에 가 있었을 때, 두쉬민 부인은 티전스가 돌아오지 못할 것 같다고 말하면서 그 일을 잊은 것 같았다. 티전스는 어설픈 구석이 있는 사람이라 전사하기 쉽다면서 말이다. 그럴 경우 어떤 차용증이나 문서도 오가지 않았기 때문에 티전스 부인은 돈을 상환하라고 요구할 수 없고, 따라서 모든 게 괜찮아질 거라고 두쉬민 부인은 생각하였던 것이다.

크리스토퍼가 돌아온 지 이틀 뒤, 두쉬민 부인은 고개를 숙인 채 소리를 질렀다. 이를 보고 발렌타인은 티전스가 돌아왔다는 걸 알게 되었다.

"그 멍청한 티전스가 영국에 돌아왔다네. 어디 하나 다친 곳 없이 멀쩡하게 말이야. 그러니 이젠 빈센트가 진 그 끔찍한 빚이… 아!"

두쉬민 부인이 갑작스럽게, 또 누가 봐도 명백하게 하던 말을 멈추었기 때문에, 그 소식에 심장이 멎을 것 같았던 발렌타인은 이상하다는 생각을 숨길 수 없었다. 그 소식이 무엇을 의미하는지 발렌타인이 완전히 이해하는 데에는 어느 정도 시간이 걸렸다. 그 사이 발렌타인은 이렇게 생각했다.

"정말 이상해. 이디스 에텔이 나 때문에 그 사람 욕을 멈춘 것 같아… 마치 알고 있다는 듯이!" 하지만 이디스 에텔이 막 돌아온 그 사람을 자신이 사랑하고 있다는 걸 어떻게 알 수 있겠는가? 자신도 잘 모르는데, 그건 불가능하다는 생각이 들었다. 그때 발렌타인에게 큰 안도감이 들었다. 영국에 있으니 언젠가는 저기 큰 방에서 그를 만나게 될 거라는 생각에서였다. 이디스 에텔과 이런 식의 대화를 나누고 있던 이 방은 발렌타인이 마지막으로 티전스를 본 방이라서 그런지 갑자기 아름다워 보였다. 발렌타인은 자신의 운명을 받아들이듯 거기 앉아 소위 저명인사들을 기다렸다.

그건 정말 아름다운 방이다. 수년 동안 그랬다. 이 방은 길고 천장이 높아 티전스에게 어울린다는 생각이 들었다. 상단에 독수리 장식이 있는 도금된 볼록한 거울은 방 한가운데서 빛을 발하고 있는 거대한 샹들리에를 비추고 있었는데 이 샹들리에에는 커트 글라스로 만든 것으로 목사관에서 가져온 것이었다. 거울과 함께 목사관에서 가져온 터너의 오렌지색과 갈색의 그림을 흰 패널을 깐 벽에 거느라 많은 책은 치웠다. 목사관에서 가져온 것은 이 이외에도 커다란 주홍색 청금석이 들어간 카펫, 놋쇠로 만든 커다란 화덕용 바구니,

하늘로 날아오르는 얼룩덜룩한 학이 수놓인 청록색 중국산 실크로 만든 세 개의 커튼, 광택을 낸 치펀데일풍의 안락의자 등이 있었다. 목사관에서 가져온 물건 사이로 우아하게 옷자락을 끌면서, 때로는 그 유명한 은 접시에 놓인 주홍색 장미의 위치를 바꾸기 위해 발걸음을 멈추기도 하는, 맥마스터 부인은 (검은 머리를 멋지게 단장한 그녀는 호박목걸이를 하고 감청색 실크 옷을 입고 있었다) 아를[369]의 라피데르 박물관에 소장된 쥴리아 돔마[370]의 상처럼 걸었다. 매주 금요일 오전이면 프린스 스트리트[371] 가게에서 가져온 쇼트브레드 케이크와 특이한 향이 나는 차에 이르기까지 맥마스터는 자신의 모든 욕망을 이뤘다. 게다가 과거 시대의 빈틈없고, 상대방의 기분을 풀어줄 줄 아는 스코틀랜드 귀부인의 성격을 갖고 있진 않더라도, 맥마스터 부인은 이해심 많고 상냥했다. 그녀는 놀라울 만큼 아름답고 인상적인 여인이었다. 검은 머리, 진하고 곧은 속눈썹, 곧게 뻗은 콧날, 머리카락의 음영이 드리워진 감청색 눈과 이마, 그리스 배의 이물 같은 곡선의 턱, 그리고 그 위의 석류 같은 입술…

금요일 모임에서 자리에 앉는 에티켓은 왕실의 의전처럼 정해져 있었다. 가장 저명한 사람, 가능하면 작위가 있는 사람은 세로 홈 무늬가 있고 얼마나 오래되었는지 알 수 없는 등받이와 앉는 부분에 파란 벨벳이 씌워 진, 벽난로 옆에 있는 호두나무 의자로 안내되었고, 두쉬민 부인은 그 주위를 맴돌았다. 특히 당사자가 아주 저명

---

[369] Arles: 프랑스 남동부의 도시.
[370] Julia Domna(170~217): 로마 황제의 부인.
[371] Princes Street: 에든버러에 있는 주요 도로.

인사라면 맥마스터와 맥마스터 부인 모두 그 주위를 맴돌았다. 하지만 그다지 저명인사가 아닌 사람은 유명 인사에게 차례로 소개한 뒤 반원 모양으로 배열된 아름다운 안락의자에 배정됐다. 그보다 덜 유명한 사람들은 바깥쪽에 있는 팔걸이 없는 의자에 앉고, 거의 인지도가 없는 사람들은 무리지어 서 있거나, 위엄에 눌린 표정으로 창가에 있는 붉은 가죽 의자에 앉았다. 모두 자리를 잡았을 때 맥마스터는 난롯가에 깐 상당히 독특한 깔개 위에 자리를 잡고 저명인사들과 명언을 주고받곤 했다. 하지만 자신의 존재를 부각시키기 위해 그는 때때로 가장 젊은 사람에게 친절하게 말을 건네기도 했다. 그날 맥마스터의 머리는 여전히 검었는데, 그렇게 뻣뻣하지 않은 그의 머리카락은 빗질이 잘 되어 있지 않았다. 그의 수염에는 몇 가닥 흰 수염이 있었고, 그다지 하얗지 않은 그의 이는 별로 튼튼해 보이지 않았다. 오른쪽 눈에 쓴 외눈안경은 약간 고뇌하는 인상을 주었지만, 이는 무엇보다도 깊은 인상을 남기고 싶은 누군가에게 자신의 얼굴을 가까이 댈 특권을 부여했다. 최근 드라마에 깊은 관심을 보이고 있던 그는 키 크고 평판 좋은 몇 여배우들과 자리를 함께 했다. 드문 경우에 두쉬민 부인이 낮고 굵은 목소리로 이렇게 말했다.

"발렌타인, 여기 전하께 차 한 잔 드려요."라든가, 상황에 따라선 "토머스 경"이라는 호칭을 사용했다. 발렌타인이 찻잔을 들고 의자 사이를 비집고 가면 두쉬민 부인은 상냥하고 고고한 미소를 지으며 이렇게 말했다. "전하, 이쪽은 제 어린 친구입니다." 하지만 보통 발렌타인은 차가 마련된 테이블에 혼자 앉아 있었고, 손님들은 자신들이 원하는 것을 그녀에게서 받아갔다.

티전스는 일링에 머물던 다섯 달 동안 금요일 모임에 두 번 갔는데, 그때마다 워놉 부인과 동행했다.

금요일 모임이 생긴 초창기에 워놉 부인은 이 모임에 오게 되면, 검은 옷자락을 끌며 왕좌로 안내되었다. 마치 빅토리아 여왕[372]처럼 그녀가 자리를 잡고 앉으면 청원자들은 이 위대한 작가에게 안내되곤 했다. 하지만 지금 그녀는 처음으로 바깥쪽으로 둥그렇게 배열된 팔걸이 없는 의자에 배정받았고, 최근에는 동양 어디선가 총사령관으로 복무 중인, 군사적으로 대단한 성공은 거두지 못했지만 매우 문학적으로 평가받는 통신문을 쓴 어느 장교가 왕좌를 차지했다. 하지만 워놉 부인은 오후 내내 매우 만족스럽게 티전스와 대화를 나누었다. 몸집이 크고 몹시 수수하면서도 상당히 침착한 티전스를 보고는, 또 이 두 사람의 서로에 대한 애정을 보고는 발렌타인은 큰 위안을 받았다.

하지만 왕좌에서 밀려났던 두 번째 경우에는 즉 자신감 있게 상당히 많은 말을 하는 아주 젊은 여자가 (발렌타인은 그녀가 누군지 몰랐다) 왕좌를 차지했을 때에는, 워놉 부인은 쾌활해 보이면서도 약간 얼이 빠진 사람처럼 오후 내내 창가에 서 있었다. 하지만 그때도 많은 젊은이가 워놉 부인 주변에 모였고 젊은 여자에게는 거의 가지 않자 발렌타인은 만족스러웠다.

---

[372] Queen Victoria(재위 1837~1901): 영국 여왕으로 영국이 최강대국으로 부상한 시기에 영국을 통치했다.

그때 특별한 옷차림을 하지 않은 키가 몹시 크고 몸이 잘 빠진 아름다운 여자가 들어왔다. 그녀는 몹시 무관심한 태도로 문간에 서 있었다. 처음 그녀는 발렌타인에게 시선을 두었으나 발렌타인이 무슨 말을 하려 하자 시선을 거두었다. 그녀는 귀 뒤로 웨이브 진 몹시 풍성하고 아름다운 갈색 머리를 하고 있었다. 그녀는 몇 개의 초대장을 들고 어리둥절한 표정으로 바라보더니 테이블 위에 올려 놓았다. 발렌타인이 여기서 한 번도 본 적 없는 사람이었다.

당시 이디스 에텔은 (이번이 두 번째였다!) 워놉 부인을 둥그렇게 둘러싸고 있던 젊은 남자들을 이끌고 호두나무 의자에 앉아 있는 젊은 여자에게 데리고 가, 티전스와 워놉 부인만 창가에 남게 되었다. 때문에 티전스는 새로 온 여자를 볼 수 있었다. 그녀가 누군지 더 이상 의심의 여지가 없었다. 티전스는 방을 가로 질러 자신의 아내에게 다가가서는 그녀를 이디스 에텔에게 곧장 데려갔다. 그의 얼굴은 무표정 그 자체였다.

난롯가 깔개 가운데에 앉아 있던 맥마스터는 보기에도 몹시 우스꽝스러운 감정에 사로잡힌 것 같았다. 하지만 발렌타인은 그게 어떤 감정인지 분석할 수 없었다. 그는 티전스 부인을 맞이하기 위해 앞으로 두 걸음을 뛰어와서는 작은 손을 내밀었다가 다시 반쯤 그 손을 빼고 반 보 뒤로 물러났다. 이때 떨리는 그의 눈에서 외눈안경이 떨어졌다. 이로 인해 그는 덜 동요한 듯한 인상을 주었지만, 뒤통수에 난 그의 머리카락들은 갑자기 엉클어졌다. 남편 곁에서 머뭇거리던 실비아는 아무렇지도 않다는 듯 자신의 긴팔과 손을 내밀었다. 그녀의 손이 닿자마자 맥마스터는 손가락이 바이스에 끼인 것처럼 움찍거렸다. 실비아가 이디스 에텔에게 손을 흔들자, 에텔은 갑자기 작고 볼품없는, 상대적으로 조야한 사람으로 보였다. 안락의자에 앉아 있던 그 저명한 젊은 여자도 작아 보였다.

완전한 침묵이 흘렀다. 모든 여자는 실비아의 치마 주름이 몇 개인지 그리고 그 주름을 만드는 데 얼마나 많은 재료가 사용되었는지 계산하고 있었다. 발렌타인 워놉 자신도 그랬기 때문에 이를 알고 있었다. 그만큼의 재료가 들고, 그만큼의 주름이 있다면, 그 스커트는… 그 옷은 아주 특별했다. 엉덩이 부근은 꼭 맞았고, 옷은 길면서도 하늘거렸다. 하지만 발목까지 내려오지는 않았다. 그런 모양이 나올 수 있던 건, 12미터가량의 천이 소요되는 하이랜드 사람들의 킬트처럼, 그 옷을 만드는 데 많은 천이 사용되었기 때문일 것이다. 모든 사람이 침묵을 지키는 것을 본 발렌타인은 모든 여자와 대부분의 남자들이 여기 나타난 여자가 크리스토퍼 티전스의 부인이라는 사실은 모른다 해도, <저명인사의 주간지>라는 잡지에 나오는 저명인사라는 것은 알고 있다는 것을 알았다. 최근에 결혼한 스완 부인은 실제로 자리에서 일어나 건너편에 있는 남편 옆으로 가 앉았다. 발렌타인은 그녀의 행동을 이해할 수 있었다.

실비아는 두쉬민 부인과 별 열의 없이 인사를 나누고는, 두쉬민 부인이 소개해주려 했던, 의자에 앉아 있던 그 저명인사를 완전히 무시하며 주변을 둘러보았다. 그것은 마치 곁에서 굽신거리며 인사하는 묘목장 주인을 완전히 무시하면서, 묘목장에 있는 꽃 중 어떤 꽃이 좋을까 고민하는 여자의 모습과도 같았다. 실비아는 주섬주섬 자리에서 일어나는 작은 체구의 두 참모장교를 쳐다보며 알겠다는 듯이 두 차례 속눈썹을 껌벅거렸다. 맥마스터 모임에 온 그 참모장 교들은 최고의 빈티지[373]는 아니었지만 라벨은 붙어 있어서, 그런 부류의 사람으로 통했기 때문이었다.

그때 발렌타인은 두 개의 유리창 사이에 홀로 서 있던 자신의 어머니 곁으로 가 있었다. 발렌타인은 몹시 화가 나서 통통한 체구의 뮤지컬 비평가가 앉았던 의자를 뺏어 어머니를 앉게 했다. 바로 그때 두쉬민 부인의 약간 주저하는 듯한 낮은 목소리가 들려왔다.

"발렌타인… 차 한 잔만…" 당시 발렌타인은 자기 어머니에게 차를 가져다주고 있었다.

발렌타인은 질투(그것을 질투라고 부를 수 있다면)보다는 분노가 앞섰다. 티젠스 곁에는 늘 빛나고 상냥하며 완벽할 정도로 우아한 사람이 있는데, 자신이 그를 사랑하는 게 무슨 소용이 있겠는가 하는 생각이 들었기 때문이다. 하지만 그녀가 갖고 있던 두 가지 깊은 감정 중 두 번째 것은 어머니에 대한 것이었다.

맞건 틀리건, 발렌타인은 자신의 어머니가 훌륭하고 존경받을 만한 사람이라고 생각했다. 그녀는 어머니를 명석한 두뇌와 굉장한 지성을 갖춘 사람이라고 생각했기 때문이었다. 어머니는 최소한 한 권의 위대한 책을 썼기 때문에, 어머니가 여생을 두 사람의 생계를 위해 필사적으로 몸부림치며 허비한다 해도, 어머니의 이름을 후세에 전해줄 그 위대한 업적은 손상되지 않을 거라고 생각했다. 어머

---

[373] 사람을 와인의 질을 말하는 빈티지란 용어를 사용하여 사회적 신분을 아이러니컬하게 나타내고 있다. 빈티지는 전통 있는, 명문가의 사람을 의미하는 용어로 여기서 사용되고 있다.

니의 위대한 면을 맥마스터 부부가 중시하지 않는다는 사실에 발렌타인은 별로 놀라지도, 짜증나지도 않았다. 맥마스터 부부에게는 해야 할 게임이 있고, 게임과 관련해선 누구든지 편애하는 것이 있기 마련이라고 생각했기 때문이었다. 그들은 그 게임을 통해 공식적으로 영향력 있는 인물들과 반쯤은 공적인 인물들, 그리고 공식적으로 승인받은 사람들 사이를 오갈 수 있었다. 그들은 기사 작위를 받은 사람들이나, 모임의 장(長), 글이나 예술 분야에 종사하는 사람들과 어울렸다. 또 가능하다면 그들은 최고위 관공서에 직위를 갖고 있거나, 정평이 난 정기 간행물 잡지에 영구적 지위를 가진 논평가, 예술비평가, 음악평론가, 고고학자들과도 어울렸다. 어느 창의적인 작가가 확실하게 자리를 잡을 것 같거나 계속 인기를 유지할 것 같으면, 맥마스터는 그에게 촉수를 뻗어 말없이 도와주었다. 그런 뒤 얼마 지나지 않아 두쉬민 부인은 그 작가와 고상한 서신을 주고받곤 했다.

전에 맥마스터 부부는 워놉 부인을 주요 기관지의 영구직 논설위원이자 비평가로서 받아들였다. 하지만 기관지가 축소되다가 결국 폐간되자 맥마스터 부부는 워놉 부인이 더 이상 이 모임에 오지 않기 바랐다. 이게 그들이 하는 게임의 성격이었고 발렌타인은 이를 받아들였다. 하지만 무례하게도, 또 의도적으로 무례하게 보이려고, 두쉬민 부인이 두 번씩이나 워놉 부인 주위에 모인 사람들을 물리치면서도, 자기보다 나이 많은 워놉 부인에게 '안녕하세요!'라는 말 한마디 건네지 않은 건, 참을 수 있는 도를 넘어섰기 때문에, 이 모임에서 얻는 보상이 없었더라면, 발렌타인은 그 즉시 어머니를 모시고 나가 다시는 이 집에 발을 들이지 않았을 것이다.

그녀의 어머니는 최근에 책을 하나 썼는데 이 책을 출판하겠다는 출판업자가 있었다. 그 책에는 어머니의 왕성한 창작력이 잘 드러났다. 여태까지 어머니의 에너지를 소진해온 논설문이 이제 어쩔 수 없이 중단되면서, 어머니는 건전하고 좋은 글을 쓸 수 있게 되었다고 발렌타인은 생각했다. 외부 세계에 대한 관심을 줄이고 추상적 사고에 몰입하는 게 반드시 작가로서의 창작력의 쇠퇴를 의미하는 게 아니라, 오히려 외부 세계보다는 자신의 작품에 더 많은 생각을 하게 한다는 것을 의미할 수 있다고 발렌타인은 생각했다. 발렌타인은 자신의 어머니의 경우가 바로 그런 것이기를 은밀하게 기대해보았다. 어머니는 이제 60도 안 되었다. 많은 위대한 작품은 60에서 70대 사이의 작가들이 써 왔기 때문이다.

어머니 주위에 몰려든 젊은 남자들을 보고는 발렌타인은 자신의 바람이 실현될 수도 있겠구나 하는 생각을 어느 정도 가질 수 있었다. 혼란스러운 시대의 부침 속에서, 그 책은 어떤 관심도 받지 못했고 (이는 자연스러운 현상이다) 가여운 워놉 부인은 출판사로부터 단 한 푼의 돈도 받지 못했다. 사실 워놉 부인은 몇 달 동안이나 돈을 전혀 벌지 못했기 때문에, 워놉이 체육 교사로 번 돈으로 그 작은 오두막집에서 거의 기아 수준의 생활을 해오고 있었다. 하지만 반쯤은 공적인 이 모임에서 사람들이 어머니에 대해 작지만, 이런 관심을 보이는 걸 보니 자신이 갖고 있는 희망이 어느 정도 근거가 있다는 생각이 들었다. 어머니의 글에는 건전하고, 잘 쓴 무엇인가가 있을 것이다. 그것이 바로 발렌타인이 원하는 모든 것이었다.

어머니가 앉은 의자 옆에 서 있던 발렌타인은 이디스 에텔이 어머니 주위에 서너 명의 젊은 남자만 남겨둔다면, 그들은 어머니에 대한 칭송을 (워놉과 그녀의 어머니는 그런 칭송이 몹시 필요했다) 늘어놓을 것이고, 그렇게 되면 어머니에게도 좋을 텐데 하는 생각을 일말의 비애감을 느끼며 했다. 바로 그때 깡마른 너저분한 차림의 젊은 남자가 워놉 부인에게 다가와 물었다. 출판 관계로 워놉 부인이 하고 있는 일에 관해 한두 가지 물어도 되겠느냐는 것이었다. 그는 어머니의 책이 굉장한 주목을 받고 있다면서 "아직도 이런 작가가 존재한다는 사실을 몰랐다."고 말했다.

벽난로 주변에 늘어선 의자 사이를 지나 삼각형 형태로 기묘한 움직임이 시작되었다. 발렌타인의 눈에는 그렇게 보였다! 티전스 부인은 그들을 보더니 크리스토퍼에게 뭔가 물었다. 그러더니 허리까지 오는 파도를 뚫고 온 듯, 맥마스터 부부를 제압한 뒤, 주변 의자와 의자에 앉았던 사람을 물리치고 발렌타인의 어머니 옆에 겸손하게 섰다. 티전스와 계면쩍은 듯 따라하는 참모장교 두 사람도 V자 형태로 물러섰다.

실비아는 긴 팔을 1미터 남짓 뻗으면서 발렌타인의 어머니에게 손을 내밀었다. 그러더니 1, 2미터 떨어진 거리에서 맑고 높은, 당황하지 않은 목소리로 방안에 있는 모든 사람이 들을 수 있게 소리쳤다.

"워놉 부인이시군요. 굉장한 작가 분이시라고요. 저는 크리스토퍼 티전스의 아내예요."

워놉 부인은 침침한 눈으로 우뚝 서 있는 젊은 여자를 올려다보았다.

"크리스토퍼의 아내분이시군요!" 워놉 부인이 말했다. "크리스토퍼가 내게 베푼 친절에 보답하기 위해서라도 키스를 해야겠어요."

발렌타인은 눈에 눈물이 차오르는 걸 느꼈다. 그녀는 어머니가 일어나서 실비아의 양 어깨에 손을 올리며 이렇게 말하는 것을 들었다.

"정말 아름답네요. 정말 훌륭한 분이시군요."

실비아는 살짝 미소를 지으면서 포옹을 받으려고 몸을 굽혔다. 맥마스터 부부, 티전스와 참모장교들, 그리도 뒤에 있던 많은 사람들이 휘둥그레진 눈으로 이를 지켜보고 있었다.

발렌타인은 울고 있었다. 그녀는 어디가 어딘지 거의 알 수 없었지만 차 탕관 뒤로 슬쩍 빠져나갔다. 아름답다! 자신이 본 여자 중 가장 아름답다! 그리고 훌륭하고! 상냥하다! 그녀가 그 불쌍한, 나이든 여자의 입술에 자신의 볼을 사랑스럽게 대주는 모습에서 누구든 알 수 있었을 것이다… 평생 그의 곁에서 살아가겠지… 발렌타인은 실비아 티전스를 위해 자신은 목숨이라도 내놓을 준비를 해야 한다고 생각했다.

워놉의 머리 위에서 티전스의 목소리가 들려왔다.

"당신 어머니는 지금 승리를 만끽하고 계시는 것 같소." 상냥하지만 냉소적인 어조로 그는 이렇게 덧붙였다. "계획이 망가진 거요." 그들은 맥마스터가 워놉 부인의 주위를 말굽 모양으로 둘러싼 사람들 사이를 지나, 안락의자에서 일어난 젊은 유명 인사를 어디론가 안내하는 것을 보았다.

발렌타인이 말했다.

"오늘은 기분이 아주 좋아 보이네요. 목소리가 다른데요. 오늘 컨디션이 좋은가 봐요?" 워놉은 티전스를 쳐다보지 않은 채 이렇게 말했다. 그의 목소리가 들려왔다.

"그렇소, 아주 기분이 좋소." 그는 말을 이었다. "그 이유를 알고 싶어 할 거라 생각하오. 내 수학적 뇌가 다시 살아난 것 같소. 두세 개 애들 장난 같은 문제를 풀었으니까."

워놉이 말했다.

"티전스 부인이 기뻐하시겠어요."

"아!" 티전스는 대답했다. "아내는 닭싸움만큼이나 수학에 관심이 없소." 망설이듯 하는 그의 말에서 발렌타인은 재빠르게 희망을 가졌다! 이 대단한 사람은 자기 남편이 하는 일에 관심이 없다는 생각이 들었던 것이다. 하지만 티전스는 그 희망을 무참히 무너뜨리는 말을 했다. "꼭 그럴 필요는 없지 않소? 아내는 타의 추종을 불허할 만큼 잘하는 자신만의 관심사가 많으니 말이오!"

티전스는 워놉에게 그날 점심시간에 자신이 푼 계산에 대해 상세하게 이야기하기 시작했다. 그는 통계청에 가서 잉글비 경과 심하게 다투었다고 했다. 티전스는 그의 직함이 참 대단하다고 빈정거렸다. 그러곤 그들이 자신에게 어떤 일을 맡기기 위해 과거 부서로 소속을 임시로 바꾸어 달라고 요청하라고 말했다고 했다. 하지만 티전스는 그들이 하고 있는 일을 경멸하고 혐오하기 때문에 절대 그렇게 하지 않겠다고 대답했다고 했다.

난생 처음 발렌타인은 그의 말에 거의 귀 기울이지 않았다. 실비아 티전스가 자신만의 관심사가 많다는 말은 실비아가 냉담하다는 사실을 티전스가 안다는 의미일까? 그들의 관계에 대해 발렌타인은 아는 게 없었다. 실비아는 너무나도 미스터리한 존재라 여태까지 문제가 될 수 있는 사람으로 생각하지 않았기 때문이었다. 하지만 발렌타인은 맥마스터가 그녀를 증오한다는 사실은 알았다. 두쉬민 부인에게 들었기 때문이다. 발렌타인은 오래 전에 그 이야기를 들었지만, 그 이유는 몰랐다. 실비아는 맥마스터의 오후 모임에 나타난 적이 없었지만 그건 자연스러운 것이었다. 맥마스터는 미혼자로 알려져 있었고, 상류층의 젊은 여자가 문학과 예술을 하는 미혼 남자의 차 모임에 참석하지 않는 건 충분히 이해될 수 있었기 때문이다. 반면에 맥마스터는 자신이 티전스 집안과 친분이 있음을 공공연히 드러낼 정도로 티전스의 집에서 자주 식사를 했다. 실비아는 워놉 부인을 만나러 온 적도 없었다. 하지만 딱히 문학에 흥미가 없는 상류층 여자가 찾아가기에는 먼 길일 수 있다. 그리고 그 누구도 교외의 허름한 집에 사는 자신들을 찾아오리라고는 기대하지 않았다. 게다가 자신들은 가지고 있던 괜찮은 것 대부분을 팔아버리기까지 했으니 말이다.

티전스는 잉글비 경과 심하게 다툰 뒤 (워놉은 그가 힘 있는 사람에게 그처럼 무례하게 굴지 않기를 바랐다) 맥마스터의 방을 찾아갔다고 했다. 그런데 맥마스터가 수많은 수치를 앞에 놓고 난감해하는 것을 보고는 단순히 허세를 부릴 마음으로 맥마스터가 씨름하던 서류를 들고 그와 함께 점심 식사를 하러 나갔다고 했다. 그리고 별다른 기대를 하지 않고, 우연히 숫자를 바라보고 있었는데, 갑자기 수수께끼가 풀렸다는 것이다. 그냥 그렇게 됐다고 했다!

그의 목소리는 너무나 밝고 승리감에 들떠 있어서 발렌타인은 그를 쳐다보지 않을 수 없었다. 그의 얼굴은 상기되어 있었고 그의 머리카락은 빛나고 있었다. 그의 푸른 눈에는 오래전부터 있었던 오만함과 사랑스러운 눈빛이 감돌았다! 발렌타인의 마음은 기쁨으로 가득 찼다. 발렌타인은 그가 자기 남자라고 느껴졌던 것이다. 발렌타인은 그가 팔을 뻗어 자신을 다정히 감싸 안는 모습을 상상해 보았다.

티전스는 설명을 이어갔다. 자신감을 회복한 그는 맥마스터를 놀렸다고 했다. 그리고 우리끼리 이야기지만 부서에서 원하는 대로 하는 게 쉽지 않겠느냐고 이야기했다고 했다. 부서에서는 동맹국들에게 참화로 입는 손실은 본국에 알릴 정도로, 그러니까 증강 병력을 전선에 보내기 거부할 정도로 큰 것은 아니라는 것을 통계로 입증하고 싶어 한다고 했다. 그러니까 파괴된 지역에서 손실되는 벽돌, 모르타르만 놓고 본다면, 다시 말해 파괴된 지역이 입은 벽돌, 타일, 목재 등 그 외의 손실은 (약간만 숫자를 조작하면 이를 증명할 수 있다고 했다) 평화 시에 국가 전역에 발생하는 1년 동안의 붕괴로 인한 손실양보다 많지 않다는 것을 입증하고 싶어 한다고 했다… 평균적으로 한 해에 소요되는 가구 수리비는 수백만 파운드에 달하는데, 적군은 바로 수백만 파운드어치의 벽돌과 모르타르를 파괴할 뿐이라는 논리를 내세우면 된다고 했다. 집이 겨우 1년 동안만 폐허 상태에 머물러 있다면 그게 뭐 대수이겠느냐며, 한 해만 수리하지 않고 지내다 다음 해에 수리하면 되지 않겠는가라는 논리를 대면 된다고 했다.

그러니 3년 동안 수확하지 않은 작물, 국내에서 가장 부유한 공업 지역이 입게 되는 공산품 손실, 부서진 기계, 껍질이 벗겨진 과실수, 3년 동안의 석탄 생산량의 45퍼센트의 손실, 그리고 사망자들을 계산에 넣지 않는다면, 우리는 동맹국에게 이렇게 말할 수 있을 거라고 했다고 했다.

"손실이 크다는 당신들 불만은 사실 헛소리에 지나지 않소. 당신들은 약한 전선을 보완할 충분한 여력이 있소. 우리는 우리의 진짜 관심 지역인 근동으로 새 병력을 파병할 계획이오." 그들이 조만간 우리가 내세우는 논리의 오류를 지적할지도 모르지만, 우리는 임시방편으로 만든 그 끔찍한 단일 명령 체계[374]의 실행을 그만큼 더 미룰 수 있게 될 거라고 했다.

발렌타인은 자신이 하고 있던 생각을 그만둘 수밖에 없게 되었지만, 이렇게 말하지 않을 수 없었다.

"하지만 그건 지금까지의 당신의 신념과 반대되는 입장에서 하는 얘기가 아니에요?"

티전스가 말했다.

"그렇소. 물론 그렇소. 난 단지 재미 삼아 한번 그렇게 이야기해본 것이오! 다른 사람이 어떻게 반대 의견을 낼까 생각해보는 것도 도움이 되니 말이오."

발렌타인은 앉은 채로 몸을 반쯤 돌렸다. 티전스는 위에서, 발렌

---

[374] 프랑스와 영국이 함께 참전하는 전투에서 프랑스 군이 훨씬 더 많은 병력을 파견했지만, 영국군은 프랑스군이 주도하는 단일지휘 체계에 속하기를 원치 않았고, 영국 수뇌부도 같이 지휘하는 복수 지휘체계를 선호했다.

타인은 아래에서 서로의 눈을 응시하고 있었다. 발렌타인은 그의 사랑을 확신했다. 그녀는 티전스도 자신의 사랑을 의심하지 않는다는 것을 알았다. 발렌타인이 말했다.

"하지만 그건 위험하지 않나요? 이런 사람들에게 어떻게 말하면 되는지 알려주는 것 말이에요."

티전스가 말했다.

"아니오, 절대 아니오! 비니가 얼마나 선한 사람인지 당신은 모르오. 난 당신이 빈센트 맥마스터를 제대로 보지 못한다고 생각하오. 그는 내 생각을 훔치느니 차라리 내 호주머니를 털 사람이오. 그만큼 그 친구는 명예를 존중하는 사람이오!"

발렌타인은 기묘한, 진짜 기묘한 느낌을 받았다. 후에 그녀는 그런 느낌을 실비아 티전스가 그들을 바라보고 있음을 깨닫기 전에 느낀 건 아닌지 확신하지 못했다. 실비아는 아주 꼿꼿한 자세로 기묘한 미소를 지으며 거기 서 있었다. 발렌타인은 그 미소가 상냥한지, 잔인한지, 혹은 그저 아이러니컬한지 확신할 수 없었다. 하지만 발렌타인은 그 미소 뒤에 있는 것이 무엇이든, 그 미소를 띠고 있는 사람은 자신에 관해 모든 것을, 그리고 발렌타인의 티전스에 대한 감정과 티전스의 발렌타인에 대한 감정을 알고 있다고 확신했다… 그건 마치 자신들이 트라팔가 광장[375]에서 불륜을 저지르고 있는 여자와 남자가 된 기분이었다.

---

[375] Trafalgar Square: 트라팔가에서 벌어진 해전에서 나폴레옹을 격파하고 영국을 지킨 넬슨 제독을 기리기 위해 만들어진 광장으로 런던 중심부에 있다.

실비아의 등 뒤에는 두 참모장교가 입을 떡 벌리고 있었다. 그들의 검은 머리는 몹시 헝클어져 있어서 대단한 사람들처럼 보이지는 않았다. 하지만 참모장교로서 그들은 여기 모인 남자 중에선 그럴싸한 사람들이었다. 실비아는 이 두 사람을 수중에 얻었다.

티전스 부인이 말했다.

"여보! 난 바실 씨 집에 가볼게요."

티전스가 말했다.

"알겠소. 워놉 양이 여기서 충분히 볼 일 다 보면, 지하철에 태워주고 당신을 데리러 가겠소!"

실비아는 인사의 표시로 발렌타인 워놉에게 긴 속눈썹을 한번 껌뻑하고는, 자신의 뒤를 따르는 카키색과 진홍색 옷을 입은, 군인 같지 않은 군인들의 배웅을 받으며 문을 나섰다.

그 순간부터 발렌타인 워놉은 의심의 여지가 전혀 없었다. 실비아 티전스가 자신의 남편이 발렌타인 워놉을 사랑하고 있으며, 발렌타인 워놉은 형언할 수 없는 열정으로 그녀의 남편을 사랑하고 있다는 사실을 안다는 것을 발렌타인은 확신한 것이다. 발렌타인이 몰랐던 한 가지 사실, 즉 알 수 없는 한 가지 미스터리는 실비아 티전스가 그녀의 남편에게 적합한 사람인지 아닌지의 여부였다!

꽤 시간이 흐른 후, 이디스 에텔은 차 탁자에 있는 발렌타인을 찾아와, 실비아가 큰 소리로 말하기 전에는 워놉 부인이 있었다는 걸 몰랐다고 사과하면서, 워놉 부인을 자주 보았으면 좋겠다고 했다. 그러더니 잠시 후 다음부터는 워놉 부인이 티전스의 에스코트를 받으며 올 필요는 없을 것 같다고 했다. 오랫동안 알고 지내왔으니 그럴 필요는 없을 것 같다고 했다.

발렌타인이 말했다.

"내 말 좀 들어봐요, 에텔. 티전스 씨가 에텔 부부를 위해 해 준 게 얼마나 많은데, 에텔이 우리 어머니와 친분을 유지하면서도, 이제 와서 티전스 씨를 내칠 수 있다고 생각한다면 그건 정말 오산이에요. 난 에텔이 이 중요한 시점에서 그런 실수를 저지르지 않았으면 해요. 에텔이 우리 어머니에게 티전스 씨에 대해 한마디라도 나쁘게 말한다면 분명히 끔찍한 소동이 벌어질 거예요. 그런 끔찍한 소동이 일어나도록 하는 건 실수하는 거라고요. 우리 어머니는 많은 걸 알고 계세요. 명심하세요. 우리 어머니는 수년간 목사관 옆집에서 사셨다는 걸 말이에요. 게다가 어머니는 말을 몹시 신랄하게 하시는 분이시니…"

이디스 에텔은 쇠로 만든 스프링에 전신이 감겼다가 풀린 것처럼 꿈틀꿈틀 뒤로 물러섰다. 그녀의 입이 벌어졌다. 하지만 그녀는 아랫입술을 깨물고 새하얀 손수건으로 입술을 훔쳤다. 그녀가 말했다.

"난 그 사람이 정말 싫어! 난 그 사람을 혐오해! 그 사람이 근처에 오기만 해도 몸서리가 쳐진다고."

"에텔이 그렇다는 건 나도 알아요!" 발렌타인 워놉이 대답했다. "하지만 내가 에텔이라면 다른 사람들이 그 사실을 알게 하지는 않을 거예요. 본인에게 전혀 득이 되지 않을 테니 말이에요. 그 사람은 아주 좋은 사람이에요."

이디스 에텔은 오랫동안 뭔가 계산하듯이 발렌타인을 쳐다보았다. 그러고는 벽난로 앞으로 가 섰다.

그 일은 전쟁 사무국 대기실에서 마크 티즌스와 같이 앉았던 시기보다 5주, 최대한 6주 전의 일이었다. 그 일이 일어나기 바로 전 금요일, 손님들이 다 떠나자, 이디스 에텔은 차 탁자로 다가와 아주 친절하게 발렌타인의 왼손에 자신의 오른손을 올렸다. 그 행동에 탄복을 하면서 발렌타인은 그것이 끝임을 알았다.

이보다 3일 전 월요일에 수업할 때의 옷차림으로 운동 용품을 사기 위해 대형 상점에 간 발렌타인은 거기서 꽃을 사고 있던 두쉬민 부인을 우연히 만났다. 두쉬민 부인은 자신의 옷차림을 보고 진저리 치며 말했다.

"그런데 그런 옷을 입고 돌아다녀요? 정말 끔찍하군요."

발렌타인이 대답했다.

"네, 맞아요. 학교에 근무할 때 수업 중에는 이 옷을 입어야 해요. 수업이 끝난 후 급히 어딜 갈 때도 이 옷을 입고요. 옷값이 절약되거든요. 난 옷이 그리 많지 않아요."

"하지만 누가 볼 수도 있잖아요." 이디스 에텔이 고뇌하는 어투로 말했다. "이건 정말 생각 없는 행동이에요. 자신이 너무 생각 없이 행동한다고 생각지 않아요? 우리 금요일 모임에 나오는 사람을 만날 수도 있는데."

"종종 만나기도 하죠." 발렌타인이 말했다. "하지만 그분들은 전혀 신경 쓰지 않던데요. 내가 육군 여자 보조 부대 장교라고 생각하는지도 모르죠. 그건 꽤 존경받는 일이니까요."

두쉬민 부인은 양팔 가득 꽃을 안고, 고뇌하는 표정으로 떠났다. 지금 차 탁자 옆에서 맥마스터 부인은 아주 부드럽게 말했다.

"저기, 다음 주에는 통상적으로 갖던 금요일 오후 모임을 갖지 않기로 했어요." 발렌타인은 이 말이 자신을 오지 않게 하려는 거짓말에 불과한지 궁금했다. 이디스 에텔은 말을 이었다. "그날 저녁에 조촐한 파티를 하기로 했거든요. 심사숙고 끝에 이젠 우리의 결합을 남들에게 알려야 한다는 결론에 이르렀어요." 그녀는 발렌타인이 무슨 말을 할지 기다렸지만 발렌타인이 아무 말도 하지 않자, 다시 말을 이었다. "정말 운 좋게도, 정말 운이 좋다고 밖에는 생각할 순 없지만, 우리는 그 일을 다른 행사와 동시에 진행하게 됐어요. 그 일을 대단하게 생각하는 건 아니지만… 하여튼 빈센트의 귀에 들어왔어요… 다음 금요일에… 어쩌면 발렌타인도 이미 들었는지 몰라요."

발렌타인이 말했다.

"아니, 듣지 못했어요. 혹 맥마스터 씨가 4등 훈장을 받기로 됐나요. 정말 기쁘군요."

"국왕 폐하께서" 두쉬민 부인이 말했다. "영광스럽게도 기사 작위를 내리시려고 해요."

"그렇다면!" 발렌타인이 말했다. "정말 빨리 성공하셨네요. 그럴 자격이 충분히 있다고 생각해요. 정말 열심히 일하셨잖아요. 진심으로 축하드려요. 에텔에게도 큰 도움이 될 거예요"

"그건" 두쉬민 부인이 말했다. "단순이 열심히 일한 대가가 아니에요. 그 일이 더 기분 좋은 이유가 바로 그거예요. 어떤 뛰어난 업적 덕분에 생긴 결과이니 말이에요. 물론 그건 비밀이지만…"

"아, 알겠어요!" 발렌타인이 말했다. "기계, 석탄 생산량, 과수원

나무들, 수확량, 공산품 등등을 계산에 넣지 않는다면 파괴된 지역이 입은 손실은 1년 동안 자연스럽게 집에서 입는 손실보다 크지 않다는 것을 계산으로 증명한 거죠?"

두쉬민 부인은 경악하며 물었다.

"어떻게 그걸 알았어요? 도대체 어떻게 알았죠? …" 그녀는 잠시 말을 멈추고는 다시 말을 이었다. "그건 극비 사항인데… 그 사람이 말해 준 게 틀림없군요… 하지만 그 사람도 그걸 어떻게 알았죠?"

"저도 티젼스 씨를 지난번 여기서 만난 이후로 한 번도 만난 적 없어요." 발렌타인이 말했다. 그녀는 이디스 에텔의 어리둥절한 모습에서 모든 정황을 알게 되었다. 가여운 맥마스터는 자기 아내에게도 그 수치는 자신이 푼 것이 아니라 도둑질한 것이란 사실을 털어놓지 못한 것이다. 그는 가족에게서도 약간의 위신을 세우고 싶었던 것이다. 한 번만이라도 약간의 위신을 세우고 싶었던 것이다! 그리고 왜 위신을 세우면 안 되겠는가? 티젼스는 맥마스터가 얻을 수 있는 건 모두 얻기 바라고 있다는 사실을 발렌타인은 알고 있었다. 발렌타인은 이렇게 말했다.

"그런 소문이 있었을 거예요… 지휘권을 달라는 그들의 요구를 우리 정부가 묵살하고 싶어 한다는 것은 이미 다 알려진 사실이잖아요. 그러니 그런 요구를 묵살할 수 있도록 도와주는 사람에게 정부는 기사 작위를 수여할 거라는…"

두쉬민 부인은 더욱 말수가 없어졌다.

"그건 분명히" 두쉬민 부인이 말했다. "그 끔찍한 인간들을, 소위 말해, 깔아뭉개려는 걸 거예요…" 그녀는 잠시 생각에 잠기더니 말을 이었다. "아마 그런 소문이 났을 거예요. 그 끔찍한 인간들의 요구를 들어주지 말자는 공론에 도움이 되는 건 환영할 만한 것일 테니까. 그건 다 알려진 사실이죠… 아니야! 크리스토퍼 티젠스가 그걸 생각해 내고 발렌타인에게 이야기해줄 리는 없었을 거예요. 그 사람은 그런 생각을 할 수 없어요. 그 사람은 그들의 친구니까! 그는 아마도…"

"그 사람은" 발렌타인이 말했다. "적국의 친구가 절대 아니에요. 내가 그렇지 않듯이 말이에요."

두쉬민 부인은 눈이 휘둥그레지며 째지는 목소리로 소리쳤다. "무슨 말이에요? 도대체 무슨 뜻으로 말하는 거예요? 난 발렌타인이 친독파라고 생각했는데."

발렌타인이 말했다.

"아니에요! 아니라고요! … 난 사람들이 죽는 게 싫어요… 난 누구든 죽는 게 너무 싫어요… 누구든지 말이에요…" 발렌타인은 혼신의 힘을 다해 마음을 진정시키려 했다. "티젠스 씨는 우리가 연합군을 방해하면 할수록, 전쟁은 더 오래 지속되고, 더 많은 사람이 죽는다고 했어요. 더 많은 사람이요. 내 말 알겠어요?"

두쉬민 부인은 최대한 초연하고 상냥하고 고상한 태도를 취했다. "불쌍한 사람 같으니라고." 부인이 말했다. "그렇게 망가진 사람의 의견에 누가 관심이나 갖겠어요! 그런 황당한 생각을 말하고 다니는 건 본인에게도 안 좋을 거라고 내가 경고하더라고 전해줘요. 그 사람은 이미 낙인찍힌 사람이에요. 끝장 난 사람이라고요! 우리 남편 구굼즈가 그 사람을 옹호한다 해도 아무 소용 없어요."

"맥마스터 씨가 그 사람을 옹호한다고요?" 발렌타인이 물었다. "왜 그래야 하는지 모르겠네요. 티전스 씨는 스스로 잘 알아서 하는 사람인데요."

이디스 에텔이 말했다. "발렌타인은 최악의 상황을 알아야 할 것 같네요. 런던에서 크리스토퍼 티전스보다 더 신용을 잃은 사람은 없어요. 우리 남편은 그 사람을 옹호하다가 큰 피해를 입게 될 거고 그게 우리 부부가 싸우는 이유에요."

그러곤 이렇게 다시 말을 이었다.

"그 사람의 두뇌가 멀쩡했을 때는 그래도 괜찮았어요. 난 모르겠지만 다들 꽤 똑똑하다고들 하니 말이에요. 하지만 술과 방탕한 생활로 그 사람은 지금 상황에 이른 거예요. 그 사람이 처한 지금 상황을 설명할 방법은 그것밖에 없어요. 그래서 부서에선 그 사람을 명부에서 제명하려고 한다더군요."

바로 이 순간 발렌타인은 엄청난 영감을 받은 듯, 이 여자가 한때 티전스를 사랑한 게 틀림없다는 생각이 처음으로 들었다. 남자란 원래 옛날부터 그래왔으니, 이 여자가 티전스의 정부였을 가능성은 있을 것이다. 그렇지 않고서는 도저히 이해할 수 없는 그녀의 앙심을 설명할 길이 없기 때문이었다. 하지만 발렌타인은 근거 없는 두쉬민 부인의 비난에 대해 티전스를 옹호할 마음이 들지 않았다.

두쉬민 부인은 상냥하고 고상한 어조로 말을 이었다.

"물론 그런 상태에 있는 사람은 상부의 정책을 이해할 수 없을 거예요. 그래서 이런 사람들이 고위급 지휘부에서 일할 수 없게 하는 게 정말 중요해요. 이런 사람들이 결국 정신 나간 군국주의를 부추기는 법이니까요. 그래서 이런 사람들이 고위급 지휘부에 들어가는 건 반드시 막아야 하는 거라고요. 물론 우리끼리니까 하는 이야긴데, 최고위급 사람들은 그렇다고 확신하고 있다고 남편이 말했어요. 그런 사람들이 초창기에는 성공을 거둘지 모르지만, 그들이 하고 싶은 대로 내버려두면, 전례를 만들게 될 거라고 남편이 말했어요. 그건 몇 사람이 목숨 잃는 것에 비하면…"

발렌타인은 일그러진 얼굴로 자리에서 벌떡 일어났다.

"제발" 그녀는 소리쳤다. "예수님이 우리를 위해 십자가에 못 박히셨다는 걸 믿는다면, 이건 수백만 명의 목숨이 달린 일이라는 걸 명심하세요."

두쉬민 부인은 미소 지으며 말했다.

"발렌타인이 상류층 모임에 있어보면 이런 상황을 좀 더 떨어져서 보게 될 거예요."

발렌타인은 몸을 지탱하기 위해 높은 의자 등받이에 몸을 기댔다.

"에텔도 상류층에 속하지는 않잖아요." 발렌타인은 말했다. "제발, 스스로를 위해서라도 본인이 여자라는 사실을 명심하세요. 항상 잘난 체하던 사람이 아니었잖아요. 에텔도 한때는 좋은 여자였어요. 전 남편에게도 꽤 오랫동안 충실했고요…"

두쉬민 부인은 의자 등받이에 몸을 기댔다.

"맙소사" 그녀가 말했다. "미쳤어요?"

발렌타인이 말했다.

"그래요, 거의 미친 것 같아요, 내 동생은 바다에 나가 있어요. 사랑하는 남자는 기약 없이 거기 가 있고요. 그건 에텔도 이해할 수 있을 거예요. 고통을 생각만 해도 미쳐버릴 수 있다는 걸 이해하지 못한다 해도 말이에요… 그리고 난 알아요. 내가 에텔을 어떻게 생각하고 있는지, 그걸 에텔이 두려워하고 있다는 걸 말이에요. 그렇지 않다면 그 오랜 세월 동안 그 많은 구실을 대며 은폐하지 않았을 거예요…"

두쉬민 부인이 재빨리 말했다.

"세상에… 본인의 이해관계가 걸린 문제이니 이 고차원적인 문제를 객관적으로 볼 수 없을 거예요. 그러니 다른 얘기를 하는 편이 낫겠네요."

발렌타인이 말했다.

"그래요, 기사 작위 축하 파티에 나와 우리 어머니를 초대하지 않은 이유를 들어보죠."

그 말을 듣고 두쉬민 부인 역시 자리에서 일어났다. 그녀는 끝이 살짝 휜 긴 손가락으로 호박 목걸이를 만지작거렸다. 그녀 뒤에는 온갖 종류의 거울과 샹들리에의 늘어뜨린 장식들, 금박으로 번쩍이는 장식과 어두운 색의 반들반들한 목재로 만든 장식들이 있었다. 발렌타인은 이처럼 친절, 상냥함, 위엄의 가면을 완벽하게 쓴 사람은 본 적이 없다는 생각이 들었다. 맥마스터 부인은 말했다.

"내 말은 발렌타인이 오고 싶어 하지 않을 그런 류의 파티라고 말할 생각이었어요… 딱딱하고 격식 차리는 사람들 모임이니까요. 또 발렌타인은 입고 올 파티 드레스도 없을 테니 말이에요."

발렌타인이 말했다.

"나도 파티 드레스는 있어요. 그리고 야곱의 사다리[376]도 있고요.

그건 에텔이 발로 차버릴 수 없는 사다리예요." 발렌타인은 참지 못하고 이렇게 말했다.

두쉬민 부인은 미동도 하지 않고 서 있었다. 그녀의 얼굴은 아주 천천히 상기되어갔다. 그 붉은 얼굴에 있는 흰 눈자위와 거의 붙은 검고 곧게 난 양 눈썹은 몹시 기이해 보였다. 그녀의 얼굴은 다시 천천히 하얗게 변해 암청색 눈은 더 선명하게 보였다. 그녀는 오른손을 왼손에 넣고 빼기를 반복하면서, 길고 하얀 손을 포개었다.

"미안해요." 두쉬민 부인은 메마른 어조로 말했다. "그 사람이 프랑스에 간다면, 혹은 다른 일이 생긴다면, 우리는 계속 우정을 이어갈 수 있게 될 거라고 생각했어요. 하지만 이해해야 해요. 공적인 위치에 있는 우리로서는 묵과할 수…"

발렌타인이 말했다.

"도무지 무슨 소린지 이해하지 못하겠네요!"

"그만하는 게 나을 것 같군요." 두쉬민 부인이 쏘아붙였다. "차라리 말을 안 하는 편이 훨씬 낫겠어요."

"말을 해봐요." 발렌타인이 대답했다.

"우린 그저" 두쉬민 부인이 말했다. "작은 저녁 모임을 가질 생각이었어요. 파티 전에 우리 두 사람과 발렌타인하고만 말이에요. 올드 랭 사인[377]을 위해서죠. 하지만 그 사람이 모임에 참석해야겠다

---

[376] Jacob's ladder: (야곱이 꿈에서 본 하늘까지 닿는) 야곱의 사다리는 신의 선택을 받은 자를 상징한다.
[377] auld lang syne: 우정을 기리는 오래된 스코틀랜드 노래로 새해 전날 밤 자정에 불렀던 노래. 이는 18세기 스코틀랜드의 시인 로버트 번즈(Robert Burns)가 지은 시로 그 뜻은 '오래전에'라는 의미다.

고 우겨 발렌타인도 올 수 없게 된 거예요."

발렌타인이 말했다.

"어째서 그러면 안 되는지 모르겠네요. 난 티전스 씨를 만나는 게 좋아요." 두쉬민 부인은 발렌타인을 뚫어지게 쳐다보았다. "난 이해가 안 가요." 두쉬민 부인이 말했다. "발렌타인이 왜 가면을 계속 쓰고 있는지 이해하지 못하겠어요. 발렌타인의 어머니가 그 남자와 다니는 것도, 그리고 금요일에 있었던 그 끔찍한 일도, 모두 누가 봐도 안 좋죠. 티전스 부인은 진짜 여걸이었어요. 진짜 여걸 같았어요. 하지만 우리가 그런 시련을 겪도록 할 권리가 발렌타인에게는 없어요."

발렌타인이 말했다.

"그 말은… 크리스토퍼 티전스 부인이…"

두쉬민 부인이 말을 이었다.

"남편은 나에게 발렌타인에게 파티에 참석해 달라고 말하라고 했어요. 하지만 난 그러지 않을 거예요. 절대 그러지 않을 거예요. 난 구실을 만들려고 파티 드레스를 들먹거린 거예요. 그 사람이 정말 비열하거나 발렌타인의 품위를 지켜줄 돈도 한 푼 없다면, 우리가 파티 드레스를 마련해줄 수도 있어요. 하지만 다시 말하지만, 공적인 위치에 있는 우리로선 그럴 수 없어요. 그럴 수 없다고요. 그건 미친 짓이에요! 이런 부정한 만남을 묵인하는 것 말이에요. 게다가 그 사람 부인은 우리와 우호적으로 지내려고 해요. 일단 한 번 왔으니 다시 올지도 몰라요." 두쉬민 부인은 말을 멈췄다가 근엄한 어조로 말을 이었다. "그리고 경고하는데, 만일 서로 사이가 갈리면 (그릴 수밖에 없게 되겠지만, 어떤 여자가 그걸 참을 수 있겠어요) 우리는 티젠스 부인 편을 들 거예요. 우리 집을 티젠스 부인이 자기 집처럼 생각하게 할 거예요."

이디스 에텔 옆에 선 실비아 티젠스가, 마치 기린이 에뮤를 작아 보이게 하는 것처럼, 에텔을 작게 보이게 하는 특이한 광경이 발렌타인의 머릿속에 그려졌다. 발렌타인이 말했다.

"에텔! 내가 미친 거예요? 아니면 에텔 당신이 미친 거예요? 무슨 말을 하는지 도무지 모르겠군요…"

두쉬민 부인이 소리쳤다.

"제발 잠자코 있어. 참 파렴치하군! 지금 그 사람 아이를 갖고 있잖아?"

발렌타인은 갑자기 기다란 은촛대, 윤이 나는 목사관의 어두운 패널, 이디스 에텔의 광기 어린 얼굴과 미친 듯이 마구 흔들어 대던 그녀의 머리가 떠올랐다.

발렌타인이 말했다.

"아니에요! 그건 확실히 아니에요. 어떻게 그런 생각을 할 수 있어요? 분명히 그건 아니에요." 엄청난 피로감을 느끼면서도 발렌타인은 말을 이었다. "마음 편해지려면 내 말을 믿어요. 분명히 말하지만, 티젠스 씨는 내게 사랑이라는 말을 한마디도 한 적 없어요. 나 역시 그런 적 없고요. 알고 지낸 동안에도 우린 서로 이야기도 거의 하지 않았어요."

두쉬민 부인이 거친 어조로 말했다.

"지난 5주 동안 7명의 사람이 발렌타인이 그 짐승의 아이를 가졌다고 나한데 말했어. 그리고 너와 네 어머니, 그리고 아이를 건사하느라 파산했다고 말이야. 그 짐승이 어딘가 숨겨둔 아이가 있다는 걸 부인하지는 않겠지? …"

발렌타인은 갑자기 소리 질렀다.

"오, 에텔. 그러면 안 돼요… 나를 질투해서는 안 된다고요! 사실을 알면 날 질투하지는 않을 거예요… 난 에텔이 낳을 아이가 크리스토퍼의 아이라고 생각했는데? 남자들은 원래 다 그렇게 생겨먹었으니까요… 하지만 날 질투하지 말아요! 절대로 그러면 안 돼요. 절대로. 난 에텔의 가장 좋은 친구였잖아요…"

두쉬민 부인은 마치 목이 졸린 듯 거칠게 소리쳤다.

"날 협박하다니! 이렇게 될 줄 알았어! 너 같은 부류의 인간들은 항상 그랬어. 있는 힘껏 해봐, 이 창녀야. 다시는 내 집에 얼씬도 하지 마. 꺼져 버려…" 두쉬민 부인의 얼굴은 갑자기 극도의 공포스런 표정으로 바뀌었다. 그녀는 황급히 위층으로 달려갔다. 그러고 난 직후 그녀는 촛대 아래 놓인 커다란 장미 화병 위로 몸을 부드럽게 굽혔다. 빈센트 맥마스터의 목소리가 문에서 들려왔다.

"들어오게… 물론 10분은 있지. 그 책이 여기 어딘가에…"

맥마스터는 손을 비비면서 기묘하고도 몹시 비굴한 모습으로 몸을 굽히곤, 외눈안경을 끼고, 발렌타인을 관찰하듯 쳐다보며 그녀 옆에 섰다. 그 안경 때문에 그의 속눈썹과 붉은색 아래눈꺼풀, 그리고 각막의 핏줄이 엄청나게 확대되어 보였다.

"발렌타인!" 그가 말했다. "발렌타인… 들었소? 이제 사람들에게 알리기로 결정했어요… 구굼즈가 작은 파티에 발렌타인을 초대할 거예요. 깜짝 놀랄 일도 있어요. 내 생각에…"

이디스 에텔은 몸을 숙인 채 어깨 너머로 발렌타인을 유감스럽다는 듯이, 또한 날카롭게 쳐다보았다.

"네." 발렌타인은 용감하게 이디스 에텔을 향해 말했다. "에텔이 초대하더군요. 가도록 노력해 볼게요."

"아니, 꼭 와야 해요." 맥마스터가 말했다. "우리에게 늘 친절했던 워놉 양과 크리스토퍼만 올 거요. 옛날을 생각해서요. 그러니…"

크리스토퍼 티전스가 문에서 천천히 그 모습을 드러냈다. 그는 발렌타인에게 주저하듯 손을 내밀었다. 사실 그들은 한 번도 집에서 악수를 한 적이 없었기 때문에 그의 손을 외면하는 건 어렵지 않았다. 발렌타인은 생각했다. "오, 어떻게 그게 가능해! 어떻게 이 사람이…" 끔찍한 장면이 머릿속에 떠올랐다. 비참한 왜소한 남편, 무심한 연인, 질투심에 눈이 먼 이디스 에텔! 저주받은 가정이다. 발렌타인은 자신이 크리스토퍼의 악수를 거절하는 걸 이디스 에텔이 보기 바랐다.

하지만 이디스 에텔은 장미 화병에 몸을 숙인 채 아름다운 얼굴을 이 꽃 저 꽃에 묻고 있었다. 그녀는 수 분 동안 이런 행동을 계속했다. 그렇게 하면 남편이 쓴 최초의 논문 주제인 어떤 화가가 그린 그림에 나오는 여자와 비슷할 거라고 생각했기 때문이리라. 에텔이 그런 의도에서 그런 행동을 한 것 같다고 발렌타인은 생각했다. 발렌타인은 맥마스터에게 금요일 저녁에는 빠져나오기 힘들다고 말하려 했다. 하지만 목이 너무 아팠다. 자신이 무척이나 사랑하였던 이디스 에텔을 마지막으로 보는 것이란 걸 알고 있었기 때문이다.

발렌타인은 또한 이번이 자신이 너무나 사랑한 크리스토퍼 티젼스를 마지막으로 보는 날이길 바랐다. 큰 몸집의 크리스토퍼는 어색한 몸짓으로 책장을 따라가며 이 책 저 책 살펴보고 있었다.

맥마스터는 파티에 초대하겠다는 말을 요란하게 반복하며 돌로 된 현관까지 그녀를 쫓아왔다. 발렌타인은 아무 말도 할 수 없었다. 가장자리가 쇠로 둘러진 커다란 문 옆에서 그는 발렌타인의 손을 한참 동안 잡은 채 얼굴을 발렌타인 얼굴에 가까이 대고, 구슬프게 쳐다보았다. 그는 두려움에 가득 찬 어조로 소리쳤다.

"구굼즈가? … 말 안 했소?" 가까이에서 보았다면 약간의 얼룩이 보이는 그의 얼굴이 불안감으로 일그러졌다는 것을 알 수 있을 것이다. 그는 공포스러운 표정으로 거실 문을 힐끗 쳐다봤다.

발렌타인은 고뇌에 찬 목소리로 말했다. "에텔은 제게 자신이 레이디 맥마스터가 될 거라고 했어요. 전 아주 기뻐요. 진심으로 기뻐요. 이제 원하시는 걸 얻으신 거잖아요."

너무나도 피곤해 더 이상 흥분도 되지 않는다는 듯이, 그는 안도감에 쌓여 별 생각 없다는 듯이 말을 내뱉었다.

"그래요! 그래… 물론 그건 비밀이오… 나는 금요일까지는 그 친구가 알지 않았으면 해요… 일종의 마지막 진미처럼… 그 친구는 토요일에 다시 떠나야 하니… 대규모 공격을 감행하기 위해 수많은 병사가 파견될 테니…" 그 말에 발렌타인은 그의 손에서 자신의 손을 빼려 했다. 발렌타인은 그가 무슨 말을 했는지 놓쳤다. 그 행복한 작은 파티를 위해 자신은 최선을 다 할 거란 내용의 말이었을 것이다. 발렌타인은 아주 놀라운 말을 들었다. "예전의 멋진 시절처럼."

발렌타인은 눈물로 가득 찬 눈이 자신의 눈인지 그의 눈인지 알 수 없었다. 발렌타인이 말했다.

"정말 친절하신 분이에요. 정말 그래요."

기다란 비단에 그린 일본화가 걸려있는 돌로 된 큰 현관에 갑자기 전등이 켜졌다. 그래봤자 여기는 슬프고 우중충한 곳이다.

맥마스터가 소리쳤다.

"절대 포기하지 않겠다는 내 말을 믿어주길 바라요…" 그는 안쪽에 난 문을 다시 쳐다본 뒤 이어 말했다. "둘 다… 난 절대 포기하지 않을 거요… 둘 다!" 그는 다시 소리쳤다.

맥마스터는 발렌타인의 손을 놓아주었다. 발렌타인은 축축한 바깥 공기를 마시며 돌계단을 내려왔다. 등 뒤의 커다란 문이 닫히자 약간의 바람이 불었다.

5

　워놉 부인이 여생 동안 후세에 남는 글을 쓸 수 있도록 생활 자금을 대주겠다고 한 자기 부친의 오래된 약속이 결국 이행될 거라는 마크 티전스의 말에 발렌타인 워놉은 한 가지를 제외한 모든 문제에서 벗어났다. 하지만 그 한 가지 문제가 그녀에게는 너무나도 크게 보였다.
　발렌타인은 기이하면서도 자연스럽지 않은 한 주를 보냈다. 발렌타인이 멍한 느낌이 든 이유는 이번 금요일에 할 일이 아무것도 없다는 사실 때문이었다! 이런 기분이 다시 들었을 때는, 천으로 된 점퍼를 입고, 남성용 검은 타이를 맨 채, 아스팔트에 일렬로 선 100명가량의 소녀들을 바라보았을 때, 그리고 시가전차에 뛰어올라 탔을 때, 자신과 어머니의 주식인 생선 통조림이나 말린 생선을 살 때, 저녁 설거지를 할 때, 집안 욕조 상태에 대해 집 소개업자에게 항의할 때, 타자치고 있는 어머니의 소설 원고의 크지만 악필로 쓰인 글씨를 알아보느라 원고지를 눈 가까이 대고 보았을 때였다. 그건 반은 기쁘고 반은 슬픈 느낌이었다. 앞으로 갖게 될 시간적 여유에 대한 기대로 즐거우면서도, 힘들지만 몰두했던 일을 못하게 되었을 때 느끼는 감정도 들었다. 금요일에 할 일이 없다니!

그것은 소설책을 읽다가 갑자기 책을 빼앗겨서 소설의 결말을 알 수 없게 되었을 때 느끼게 되는 그런 기분이었다. 동화책의 결말은 누구나 안다. 모험심 많고 운이 좋은 재단사가 후에 공주로 드러난 아름다운 여자 거위 사육사와 결혼하고, 후에는 웨스트민스터 성당[378]에 묻히게 되거나, 혹은 충성스러운 마을 사람들이 있는 곳에 묻혀 거기서 추도식을 갖게 되는 결말 말이다. 하지만 종국에 가서 그들이 욕실에 깔고 싶었던 푸른색의 더치 타일[379]을 구하게 되는지 알 수는 없을 것이다… 자신은 절대로 알지 못할 것이다. 자신은 오랜 기간 동안 이와 비슷한 야망을 봐왔다.

발렌타인은 결말이 다른 이야기도 있다고 혼자 중얼거렸다. 표면적으로 티전스에 대한 자신의 사랑은 몹시 정적이었다. 아무것도 아닌 것에서 시작해서 아무것도 아닌 것으로 끝났으니 말이다. 하지만 그 사랑은 그녀 맘 깊은 곳에서 진행되고 있었다. 두 명의 여자를 통해서 말이다! 두쉬민 부인이 벌인 소동을 겪기 이전까지는, 열정이나 삶에 내재한 성적인 측면에 대해 자신보다 집착하지 않는 사람은 없다고 발렌타인은 생각했다. 하녀 생활을 몇 달 한 것 때문이었으리라. 부엌 싱크대에서 자신이 목격한 성은 혐오스러운 것이었고, 성욕이 실제로 어떻게 드러나는가를 알게 되었을 때, 자신이 아는 대부분의 젊은 여자가 갖고 있던 성에 대한 신비감은 사라졌기

---

[378] Westminster Abbey: 왕이나 왕족, 혹은 국가에 큰 공훈을 세운 사람들이 묻히는 사원으로 영국 런던의 중심부에 있다.
[379] Dutch tiles: 유약을 바르고 색을 입힌 장식용 타일.

때문이었다.

성의 도덕적 측면에 대한 발렌타인의 생각은 상당히 기회주의적이었다. 소위 말해 "진보된" 젊은이들과 어울려 왔기 때문에, 자신의 견해를 공개적으로 밝히라는 요구를 받게 될 때면, 그녀는 동료들에 대한 의리 때문에 성은 도덕이나 윤리와는 아무 관계가 없다고 주장할지도 모른다. 그녀의 젊은 친구들 대다수와 마찬가지로 진보적인 스승과 그 시대의 경향을 주도하는 소설가들의 영향을 받아 발렌타인은 여러 사람과 성관계를 가질 수 있다는 개화된 생각을 옹호했을 것이다. 두쉬민 부인의 폭로가 있기 전이었다면 그랬을 것이란 말이다! 하지만 사실 발렌타인은 이런 문제에 대해 거의 생각해본 적이 없었다.

하지만 그때 이전이라도 누군가가 그녀에게 진짜 속마음이 무엇이냐고 물었다면, 발렌타인은 성적으로 부절제한 것은 몹시 추하며 스푼 게임[380]과 같은 인생에 있어 순결이 무엇보다도 소중하다고 말했을 것이다. 보기보다 현명했던 그녀 부친으로부터 운동을 중시하도록 교육받은 발렌타인은 신체를 건강하게 유지하려면 순결과 절제, 청결, 그리고 금욕을 지켜야 한다는 것을 알고 있었다. 그녀는 일링에서 만난 하인 계층과는 살 수 없을 것 같았다. 발렌타인이 일하던 집의 장남은 계약 파기와 관련된 골치 아픈 사건의 변호를 맡았었는데, 늘 술에 취해 있는 요리사는 취한 정도에 따라 그 사건에 대해 감상에 젖어 침묵을 지키거나, 몹시 거친 말로 욕을 하는

---

[380] egg and spoon race: 숟가락 위에 달걀을 올려놓고 달리는 경주.

등 다양한 반응을 보였다. 그래서 발렌타인은 하인 계층과는 살 수 없을 것 같다고 느꼈고, 잠재의식적으로도 그 외의 결론에는 도달할 수 없었다. 따라서 인간을 밝은 존재와 평생 중요한 일을 하지 않아 무덤을 채우는 재료밖에는 안 되는 존재, 이 두 부류로 분류하는 발렌타인은 밝은 존재는 여러 사람과 성관계를 가질 수 있다는 개화된 생각을 공개적으로는 옹호하지만, 개인적으로는 틀림없이 금욕적인 사람일 거라고 생각했다. 하지만 발렌타인은 개화된 사람들이 경이적인 에게리아가 되기 위해서 종종 이 기준에서 벗어나는 경우가 있다는 사실도 인식하고 있었다. 발렌타인은 지난 세기에 살았던 메리 울스턴크래프트[381]나 미세스 테일러, 그리고 조지 엘리엇[382]과 같은 사람들을 매우 현학적인 공해와 같은 존재라고 유머러스하게 생각했다. 발렌타인은 아주 건강하고 몹시 혹사당했기 때문에, 유머러스하게는 아니더라도 최소한 유쾌한 마음으로 이 모든 문제를 공해로 간주해 왔다.

일류 에게리아도 갖고 있는 성적인 측면을 거부하도록 교육받은 것은 발렌타인에게 끔찍한 일이었다. 용의주도하고, 금욕적이며, 온화하게 아름다움만을 추구하는 두쉬민 부인의 성품에 술에 취한 요

---

[381] Mary Wollstonecrafts: 영국의 여성 운동가(1759~1797)로 『여성의 권리를 위하여』(For the Right of Women)라는 책을 저술하기도 했다. 결혼 제도는 여성을 속박한다고 믿으며 결혼 제도를 반대한 그녀는 후에 정식으로 결혼을 한 윌리엄 고드윈(William Godwikn)과 처음에는 동거만 했다.
[382] George Eliots: 영국의 여류 소설가로 아내가 있던 당시 철학자이자 비평가인 조지 헨리 루이스(Henry Lewes, 1817~1878)와 공개적으로 동거 생활을 했다. 워녹은 여기서 사회적으로 인정받지 않은 관계를 맺고 있던 여성 작가들을 거론하고 있는 것이다.

리사만큼이나 거칠고, 신랄한 표현을 구사하는 상스러운 측면이 있다는 사실이 드러났기 때문이다. 두쉬민 부인이 워늅의 애인을 부를 때 사용하는 용어(그녀는 항상 그를 "그 멍청이", 혹은 "그 짐승"이라고 불렀다)는 실제로 워늅의 속을 아프게 하는 것 같았다. 그녀의 두세 마디 말이 워늅의 내장을 도려내는 것처럼 말이다. 목사관에서 나온 발렌타인은 어둠 속에서 집을 향해 간신히 걸어갔다.

발렌타인은 두쉬민 부인의 아기가 어떻게 되었는지 들어본 적이 없었다. 다음날 두쉬민 부인은 평소처럼 온화하고 용의주도하면서도 침착해 보였다. 그 문제에 관해 두 사람은 그 어떤 말도 주고받지 않았지만, 이는 발렌타인의 마음속에 보지 말아야 할, 말하자면 살인과 같은, 어두운 파편을 남겼다. 성에 관해 이처럼 혼란을 겪고 있는 가운데, 티전스가 두쉬민 부인의 연인일 수도 있겠다는 의심이 문득, 그러면서도 지속적으로 들었다. 그것은 아주 단순한 유추에 의한 것이었다. 두쉬민 부인은 밝은 존재처럼 보였다. 티전스도 그랬다. 하지만 실제로 두쉬민 부인은 더러운 창녀 같은 여자였다… 그렇다면 남자들이 여자보다 성욕이 강하다는 사실을 고려해볼 때, 남자인 티전스는 얼마나 더 그렇겠는가… 발렌타인은 자신의 생각을 마무리하려 하지 않았다.

이런 생각은 빈센트 맥마스터라는 인물을 떠올려도 사라지지 않았다. 맥마스터는 애인이나 동료에게 배신당할 부류의 사람이라고 발렌타인은 생각했다. 맥마스터 자신이 그렇게 해주길 요청하고 있는 것 같아 보였다. 발렌타인은 일전에 이렇게 혼잣말을 한 적 있었다. 선택권과 기회가 주어진다면 (충분히 기회는 있다) 어떤 여자가 그 별 볼 일 없고 마른 쭉정이 같은 남자를 선택하겠는가. 자신을 안아 줄 티전스 같은 남자가 있다면 말이다. 워놉은 이 두 사람을 이렇게 보았다. 발렌타인의 이런 어렴풋한 의구심은 두쉬민 부인이 티전스를 "멍청이", "짐승"(이는 아이의 아버지로 추정되는 사람을 칭할 때 두쉬민이 사용하던 용어였다)이라고 부르기 시작했을 때, 확신으로 바뀌었다.

그렇다면 티전스가 두쉬민 부인을 버린 게 틀림없다. 두쉬민 부인을 버렸다면 발렌타인 워놉에게도 티전스를 가질 기회가 주어진 셈이다. 이런 생각이 들자 발렌타인은 자신이 하찮은 존재처럼 느껴졌다. 하지만 마음 깊은 곳에서 자신은 스스로를 통제할 수 없다는 것을 깨닫게 되었고 오히려 이런 사실이 위안이 되었다. 전쟁이 발발하면 모든 문제가 사라질 것이다. 전쟁이 시작되어 그녀의 애인이 어쩔 수 없이 떠나게 되자, 발렌타인은 그에 대한 육체적 욕망에 굴복했다. 그 시대가 가져다주는 그 끔찍한 고뇌 속에서 그녀는 그 욕망에 굴복하는 것 이외에는 다른 방법이 없다고 생각했다! 그러면 자신이 고통받게 될 것이며, 자신의 애인도 곧 고통받게 될 거라는 생각이 끊임없이 들었지만, 다른 도피처는 없다고 느꼈다. 그래, 다른 도피처는 없다!

발렌타인은 굴복했다. 그리고 그가 그 말을 하기를, 혹은 그 둘을 연결할 어떤 표정을 보게 되기를 기다렸다. 그녀에게 있어 이젠 끝났다. 순결. 이제 끝났다. 다른 모든 것처럼!

발렌타인은 사랑의 육체적인 측면에 대한 어떤 개념도 없었다. 과거 그가 자신의 방에 들어올 때나, 그가 마을에 온다는 소식을 들었을 때, 발렌타인은 온종일 나지막하게 콧노래를 불렀다. 몸에는 피가 돌기 시작했고 몸은 한결 따스해졌다. 술을 마시면 피가 혈관을 돌아 따뜻하다는 느낌이 든다고 하는 걸 어디선가 읽은 적 있었다. 하지만 자신은 술을 마시지도 않았고, 마셨다 해도 그런 효과가 확연하게 날 정도로 마시지도 않았다. 발렌타인은 사랑 때문에 자신의 몸이 이렇게 된 거라고 생각했다. 그리고 결국에는 여기서 영원히 멈출 거라고 생각했다.

하지만 후에 훨씬 큰 경련이 그녀를 엄습했다. 티젼스가 다가오기만 하면 그녀의 온몸은 그에게 빨려 들어가는 것 같았다. 아직까지 발견되지 않았던 물리적 힘이 끌어당기는 것처럼 피가 그녀의 온몸에 파도처럼 퍼졌다. 달이 조수를 끌어당기듯 그랬다.

길고 따스한 밤 여행을 마친 후 아주 잠시 그녀는 그런 충동을 느꼈다. 이제 수년이 흐른 지금, 깨어 있을 때나 잠결 중에도 그것이 무엇인지 알게 되었다. 그것 때문에 그녀는 잠자리에서 일어나곤 했다. 회색으로 변한 세상 위에 있는 별빛이 희미해질 때까지, 그녀는 열린 창문에 밤새 서 있곤 했다. 그것 때문에 그녀는 환희로 몸부림쳤고, 흐느꼈으며, 비수에 찔린 듯 가슴이 아팠다.

맥마스터가 모아 놓은 아름다운 가구들 사이에서 티젼스와 오랫동안 이야기를 나누었던 그날을 워놉은 자신의 마음속 달력에 위대한 러브신이 벌어진 날로 표시해두었다. 그것은 2년 전 일이었다. 그날 그는 군에 입대할 예정이었고, 이제 다시 군에 돌아갈 것이다. 그날 일을 통해 발렌타인은 러브신이 무엇인지 알았다. 사랑이란 단어를 언급조차 하지 않았지만, 충동, 온기, 피부의 경직을 통해

519

러브신이 벌어진 것을 알았다. 서로에게 한 모든 말을 통해 그들은 서로의 사랑을 고백했다. 그런 식으로 나이팅게일의 노래를 듣는다면, 자신의 가슴에 맥박 치는 연인의 갈망을 분명하게 들을 수 있을 것이다.

맥마스터가 모아 놓은 아름다운 가구들 사이에서 그가 한 말들은 서로 이어져 사랑의 언어가 되었다. 이 세상 그 누구에게도 하지 않은 방식으로 그가 자신에게 고백해서만이 아니었다. "이 세상 그 누구에게도" 하지 않았던 의구심과 불안, 두려움을 그는 모두 이야기했다. 그 마법이 지속될 때, 그가 한 모든 말과 자신이 들은 모든 말은 열정을 노래했다. 그가 "이리 오시오."라고 했다면, 자신은 지구 끝까지라도 그를 따라갔을 것이다. 그가 "희망이 없소."라고 말했다면 자신은 모든 것이 끝나는 절망이 무엇인지 알았을 것이다. 하지만 그는 그 어떤 말도 하지 않으면서도 자신은 알 거라고 했다. "이것이 우리 상황이고 우리는 앞으로도 이래야 하오!" 발렌타인 역시 알았다. 그도 자신처럼… 천사 쪽에 있다는 것을, 그가 자신에게 말하고 있다는 것을. 그때 그가 "오늘 밤 내 애인이 되어주겠소?"라고 말했다면, "네."라고 대답했을 것이다. 그때 자신들은 세상의 끝에 있는 것 같았기 때문이었다.

하지만 그의 절제는 순결에 대한 그녀의 애착을 더욱 확고히 했을 뿐만 아니라, 미덕과 노력이 중시되는 세상을 그녀에게 되돌려주었다. 잠시 발렌타인은 나지막하게 흥얼거렸다. 그녀의 심장이 그녀 안에서 노래하고 있는 것 같았다. 영혼이 아름다운 연인인 티전스의 모습이 그녀의 마음속에 떠올랐다. 목사관 근방에 있던 자신의 오두막집 탁자 너머로 그랬듯이 발렌타인은 지난 몇 달 동안 베드포드 파크에 있는 초라한 자기 집 탁자 너머로 그를 바라볼 수 있었다. 두쉬민 부인이 발렌타인의 마음속에 불러 일으켰던 '타락'이라는 단어가 그녀에게 준 충격이 완화되었다. 두쉬민 부인의 광기는 죄를 지은 뒤 느끼게 되는 공포의 결과에 지나지 않는다는 생각조차 들었다. 발렌타인 워놉은 문제가 무엇인지 분명하게 알 수 있는 세상에서 자신감 있는 자아를 되찾았다.

일주일 전에 있었던 두쉬민 부인의 소동에 발렌타인의 마음속에는 오랜 환영이 떠올랐다. 발렌타인은 두쉬민 부인에 대한 커다란 존경심을 갖고 있었기 때문에 두쉬민 부인을 단순한 위선자로, 아니, 전혀 위선자로 보지 않았다. 두쉬민 부인은 정신 이상인 남편을 그처럼 오랫동안 정신 병원에 들어가지 않게 하는 위업을 이루었을 뿐만 아니라, 그 비천하고 하찮은 사람을 대단한 인물로 만드는 성과를 이루었다. 그건 하잘것없는 위업이 아니었다. 그중 어떤 위업도 하잘것없는 것은 아니었다. 발렌타인은 이디스 에텔이 미와 신중함, 세련미를 진심으로 추구한다는 것을 알고 있었다. 아탈란타의 순결한 경주[383]를 두쉬민 부인이 옹호한 것은 그녀가 위선자이기 때문이 아니었다. 하지만 발렌타인 워놉도 알게 되었듯이 인간은 이중적인 면을 갖고 있다. 세련되고 진중한 스페인 국민들도 투우장에서

---

[383] 유난히 달리기를 잘했던 아탈란타는 자신이 결혼하면 불행해진다는 아폴론 신의 신탁을 듣고는 남자들의 청혼을 거절하기 위해 달리기 시합에서 자신을 이긴 사람과 결혼하겠지만 진 사람은 목숨을 내놓으라는 제안을 한다. 따라서 아탈란타의 경주는 처녀성을 지키려는 목적을 갖고 있었기 때문에 발렌타인은 이를 '아탈란타의 순결한 경주'라고 부르고 있는 것이다.

소리를 질러 감정의 출구를 마련하듯이, 혹은 신중하고 근면하며 칭찬할 만한 도회지의 타이피스트가 어느 소설가가 묘사한 적나라한 욕정의 장면을 통해 대리 만족을 얻듯이, 이디스 에텔도 성욕에 빠지고 생선장수 여인[384]처럼 거친 욕설을 하여야 한다. 그렇지 않다면 어떻게 성인(聖人)이 존재할 수 있겠는가? 한 가지 성향이 다른 성향을 궁극적으로 이겨낼 때만이 성인이 되는 것이니 말이다!

하지만 이디스 에텔과 결별한 지금, 여태까지의 패턴을 다시 정리해 보니 오래된 수많은 의구심이 일시적으로나마 되살아났다. 성격 때문에라도 이디스 에텔은 질투에 사로잡히지 않고서는 티젠스가 방탕하고 잔학무도한 행위를 했으며, 자신을 성적으로 학대했다는 비난은 결코 할 수 없었을 거라고 발렌타인은 생각했다. 발렌타인은 그 이외의 다른 결론은 내릴 수 없었다. 좀 더 냉정하게 상황을 돌아본 발렌타인은 (발렌타인은 자신이 그러고 있다고 믿었다) 천생 남자일 수밖에 없는 자신의 연인은, 자신을 존중하지만, 자신을 가질 수 없다는 절망감에서 언제든 응할 준비가 되어 있는 두쉬민 부인을 통해 천한 욕구를 해소한 것이라고 생각하게 되었다.

지난 주 발렌타인은 어떤 때는 자신의 이런 의심을 기정사실화했고, 또 어떤 때는 아닐 거라고 생각했다. 심지어 목요일에는 어떻든 중요치 않다고도 생각했다. 자신의 연인은 어차피 떠날 것이니 말이다. 우리는 전쟁에 휘말리고 있고, 우리 앞에는 힘들지만 불가피한 인생이 펼쳐져 있다. 인생이란 길고 험한 길에서 배신이 뭐 대수이

---

[384] 영국인들은 생선장수 여자들이 입이 거칠다는 생각을 하고 있다.

겠는가? 목요일에는 두 가지 사소한, 어떻게 보면 커다란 걱정거리 때문에 발렌타인은 동요했다. 남동생이 며칠간 휴가차 집으로 온다고 알려온 것이었다. 발렌타인은 동생과 동무가 되어주어야 하고, 동생 때문에 티젠스가 지지하는, 더 나아가 자신을 희생하더라도 티젠스가 지키고자 하는, 이상과 정반대되는 견해를 가져야 한다는 생각에 곤혹스러웠다. 더더군다나 발렌타인은 적군과 대치하고 있는 부대에 티젠스가 시시각각 가까이 가고 있다는 생각을 하면서도, 남동생과 함께 수많은 요란한 축제에 가야 할 것이다. 게다가 어머니는 남들이 부러워할 만한 액수를 지불할 테니 전쟁과 관련된 기사를 써달라는 신문사의 의뢰를 받은 상태였다. 남동생 에드워드가 집에 돌아오기 때문에, 돈이 특히 더 필요했던 발렌타인 워놉은 어머니가 시간 낭비하는 게 싫었지만 이를 받아들여야 했다. 그것은 아주 적은 시간 낭비일 뿐이고, 자신들에게 60파운드는 몇 달 동안 생활하는 데 큰 보탬이 될 수 있기 때문이었다.

하지만 어머니가 자신의 오른팔처럼 의지하던 티젠스는 예기치 않게 이 일을 달가워하지 않았다. 어머니 말에 따르면 티젠스는 이 두 가지 주제, 즉 전시 사생아 문제와 독일인들이 동료의 시체를 먹을 수밖에 없게 된 지경에 이르게 되었다는 주장은 제대로 된 문필가가 다루기에는 저급한 내용이라고 했다는 것이다. 티젠스는 사생아 출산율은 거의 증가하지 않았으며 카다버[385]란 프랑스어에서 유래한 독일어는 말이나 가축의 시체를 의미하기 때문이라고 했다

---

[385] 본문에서는 Kadaver로 표기 되었다.

고 했다. 독일어로 시체는 레이크남[386]이라고 덧붙이면서 티전스 자신은 이 문제에 전혀 관여하지 않겠다고 했다고 했다.

카다버란 단어와 관련된 문제에 있어선 발렌타인도 티전스의 생각에 동의했지만, '전시 사생아' 문제에 관련해선 좀 더 열린 시각을 갖고 있었다. 전시 사생아가 없다면 누군가가 거기에 대해 쓰는 건 중요치 않으며, 설령 불쌍한 전시 사생아가 존재한다 해도, 그들에 대해 쓰는 것 역시 중요치 않다고 발렌타인은 생각했던 것이다. 발렌타인은 이런 기사를 쓰는 건 부도덕하다고 생각했지만, 어머니가 돈이 몹시 필요하고 자신에게 어머니는 가장 소중한 존재이기 때문에 반대하지 않았던 것이다.

따라서 티전스를 설득하는 방법밖에는 없었다. 기분 좋게, 혹은 억지로라도 그런 기사를 써도 좋다는 식의 티전스의 정신적 지지를 받지 못한다면, 어머니는 기사 쓰는 일을 그만둘 것이고 많은 보수를 주겠다는 그 신문사와의 관계도 끝날 거란 사실을 발렌타인은 알고 있었다. 그런데 금요일 아침에 어머니는 워털루 전쟁 후 체결한 평화 협정과 관련된 문제에 대해 <스위스 리뷰>에 기사를 써달라는 요청을 받았다. 보수는 실제로 없는 것이나 다를 바 없었지만, 상대적으로 그 일은 남 보기에도 괜찮은 일이었다. 늘 그랬듯이 어머니는 자신을 시켜 티전스에게 전화를 걸어 워털루 전쟁 전후에 평화 협정이 논의된 빈 회의와 관련된 세부 내용을 알아봐 달라고 부탁하라고 했다.

---

[386] 본문에서는 Leichnam으로 표기되었다.

이미 여러 번 그랬듯이 발렌타인은 전화를 걸었다. 티젼스의 목소리를 최소한 한 번은 더 듣게 될 거란 사실에 상당히 만족스러웠다. 건너편 전화기에서 대답이 들려왔다. 발렌타인은 두 가지 메시지를 전했다. 빈 회의와 관련된 메시지와 전시 사생아에 관한 메시지였다. 그러자 끔찍한 대답이 들려왔다.

"아가씨! 떨어져 있는 게 좋을 거예요. 두쉬민 부인은 이미 내 남편의 정부예요. 떨어져 있어요." 그것은 사람의 목소리 같지 않았다. 거대한 어둠 속에서 거대한 기계가 충격적인 말을 한 것 같았다. 발렌타인은 대답했다. 그것은 발렌타인 자신도 몰랐던 그녀 마음속의 그 무엇인가가 이미 준비하고 있던 대답 같았다. 침착하고 냉정하게 대답한 것은 그녀 자신이 아니었다.

"사람을 착각하신 것 같군요. 티젼스 씨에게 시간 날 때 워놉 부인에게 전화 부탁드린다고 전해주세요."

상대방이 말했다.

"우리 남편은 4시 15분에 육군성에 갈 거예요. 거기서 그쪽이 말하는 전시 사생아에 관한 이야기를 해줄 거예요. 하지만 나라면 떨어져 있겠어요!" 이렇게 말하고는 상대방은 전화를 끊었다.

발렌타인은 늘 하던 일을 했다. 그녀는 싸고도 영양 많으면서도, 동시에 포만감도 주는 잣에 대해 들었다. 발렌타인은 포만감을 주면서도 한 푼의 돈이라도 절약할 수 있는 음식을 찾아야 하는 상황에까지 이른 것이다. 발렌타인은 잣을 찾기 위해 상점 몇 군데를 들렀다. 잣을 발견한 뒤 발렌타인은 초라한 자기 집으로 돌아갔다. 남동생 에드워드가 도착했다. 그는 상당히 의기소침해 있었다. 동생은 휴가 때 지급 받은 휴대 식량인 고기 한 덩어리를 가지고 왔다. 그는 그날 저녁에 있는 래그타임 파티[387]에 입고 갈 해군 제복을 다리는 데 열중하고 있었다. 남동생 말에 따르면 그들은 수많은 양심적 참전 거부자를 만나기로 되어 있다고 했다. 발렌타인은 고기를(그 고기는 힘줄이 아주 많았지만 뜻밖의 선물과도 같았다) 토막 낸 야채와 함께 스튜 요리에 넣고는 어머니 글을 타이핑하기 위해 어머니 방으로 올라갔다.

티젼스 부인의 성품에 대해 발렌타인은 온종일 생각해 보았다. 그전에 워놉은 그녀에 대해 생각해본 적이 거의 없었다. 그녀는 실존하는 사람처럼 보이지 않았으며 너무도 신비하여 신화적인 인물처럼 느껴졌기 때문이었다. 티젼스 부인은 광채를 뿜는 거대한 수사슴 같았다! 하지만 잔인한 사람이 틀림없을 것이다! 티젼스에게 복수심에 가득 차 잔인하게 구는 게 틀림없을 것이다. 그렇지 않다면 티젼스의 사생활을 그처럼 공개적으로 밝히진 못했을 것이다. 아무리 엄포를 놓고 싶다 하더라도 누가 전화를 했는지 확신할 수 없었을 테니 말이다! 그건 절대 해서는 안 되는 일이었다! 하지만 티젼스 부인은 어머니에게 자신의 뺨을 갖다 대었다. 그것도 역시 해서는 안 되는 일이었다! 하지만 뺨을 갖다 대었다. 아주 상냥하게 말이다! 아침에 전화벨이 여러 차례 울렸다. 발렌타인은 어머니가 전화를 받도록 가만있었다.

---

[387] rag-time party: 1900년대 초에 미국 흑인들에 의해 처음 연주되기 시작한 피아노 재즈가 연주되는 파티.

발렌타인은 저녁을 준비해야 했다. 45분 걸렸다. 강낭콩을 넣은 풍성하고 기름진 스튜 요리였다. 어머니가 잘 드셔서 기뻤다. 자신은 먹을 수가 없었다. 하지만 아무도 눈치 채지 못하니 다행이었다. 어머니는 티젠스가 아직 전화하지 않았다고 말하셨다. 그건 아주 배려 깊지 못한 행동이다. 에드워드가 말했다. "독일군이 아직 그자를 죽이지 않은 거야? 안전한 부서에서 일하고 있겠지." 발렌타인은 사이드보드에 놓여 있는 전화기가 두려웠다. 언제라도 그의 목소리가⋯ 에드워드는 소해정에 근무하는 하사관들을 속인 이야기를 하고 있었다. 워놉 부인은 정중하지만 관심은 별로 없다는 투로, 외판원의 말을 듣듯 동생의 말을 들었다. 에드워드는 맥주를 한 잔 마시고 싶다며 2실링짜리 동전을 꺼냈다. 동생은 상당히 거칠어진 것 같았다. 하지만 표면적으로만 그럴 것이다. 요즘 모든 사람이 표면적으로 상당히 거칠어지고 있으니 말이다.

워놉은 맥주를 담아 올 주전자를 들고 가장 가까운 선술집으로 갔다. 전에는 한 번도 해보지 않은 일이었다. 일링에 있던 여주인도 자신을 선술집에 가게 하진 않았다. 그래서 요리사는 저녁에 마실 맥주를 스스로 사오거나 배달시킬 수밖에 없었다. 발렌타인이 생각했던 것보다 일링의 여주인은 요리사를 더 감독했던 것 같다. 친절한 사람이었다. 하지만 병약해서 거의 온종일 침대에만 누워 지냈다. 이디스 에텔이 티젠스의 품에 안겨있을지도 모른다는 생각에 화가 치밀었다. 에텔은 내시 같기는 하지만 자기 남자가 있지 않은가? 티젠스 부인 말에 따르면 "두쉬민 부인이 그 사람 애인"이니 지금 그 여자는 거기에 있는지도 모르겠다!

그 모습을 상상하느라 발렌타인은 선술집에서 맥주를 사면서도 전율을 느끼지 못했다. 겉으로 보기에 그건 보통 물건을 사는 것과 다를 바 없었다. 단지 톱밥에 떨어진 맥주 냄새를 맡는 것을 제외하고는 말이다. "비터 맥주[388] 1리터 달라고 했죠?" 기름기가 덕지덕지 낀 머리에 흰 앞치마를 두른 뚱뚱한 사람이 정중하게 돈을 받은 뒤, 통에다 맥주를 채워주었다. 그런데 이디스 에텔이 티전스를 그렇게 욕하다니! 심하게 욕을 하면 할수록 그만큼 더 확실해! … 맥주가 든 갈색 통에는 뿜어져 나온 맥주 거품으로 작은 얼룩이 생겼다. 횡단보도 연석(緣石)에선 술을 흘리지 말아야지! … 그래 그래서 더 확실해! 어떤 여자들은 애인과 잔 뒤, 애인 욕을 한다지. 그때 황홀하면 할수록 그만큼 더 심하게 욕을 한다고 했어. 두쉬민 목사의 말처럼 '후에 찾아오는 슬픔'[389] 때문에. 불쌍한 사람 같으니. "슬프다!" "슬퍼!"

동생은 그날 저녁 7시 30분에 자신과 어디서 만나 파티를 할지에 대해 오래 생각했다고 한다. 동생이 식당 이름을 말했을 때 너무 놀랐다. 동생은 요란스럽지만 또박또박하지 못한 어조로(술이 전혀 없는 소해정에서 지낸 사람에게 1리터의 술은 많은 양인 것 같다) 7시 20분에 하이스트리트에서 만나 술집에 가자고 했다. 방에 있을 때 발렌타인은 이런 생각이 들었다. "어쩌나, 티전스가 그때 나를 갖기 원한다면!" 그의 것이 되어 달라고. 그의 마지막 밤에. 그럴지

---

[388] bitter: 홉이 잘 삭은 쓴 맥주.
[389] '모든 짐승은 교미를 끝낸 후에는 슬프다'라는 말을 연상시키는 이 말은 두쉬민 목사가 즐겨하던 말이다.

도 몰라! 당시 모든 사람은 거칠었다. 표면적으로 말이다. 동생은 몸을 흐느적거리며 집을 나섰다. 문을 세게 닫는 바람에 날림으로 지은 이 초라한 집의 타일이 들썩였다.

발렌타인은 이층에 올라가 파티에 입을 드레스를 찾기 시작했다. 어떤 드레스를 입어야 할지 몰라 침대위에 옷들을 일렬로 늘어놓았다. 전화벨 소리가 미친 듯이 울렸다. 갑자기 진정된 어머니의 목소리가 들려왔다. "아! … 크리스토퍼군요!" 발렌타인은 문을 닫고는 서랍을 하나하나 열었다 닫았다 했다. 동작을 멈추자마자, 어머니의 목소리가 어렴풋이 들려오더니, 어떤 질문을 하려고 목소리를 높였을 때는 명확하게 들렸다. "그 아이를 귀찮게 하지 말라고요? … 물론이죠!" 그러더니 어머니가 뭐라고 하는지 들리지는 않았고 단지 높은 톤의 소리만 들려왔다.

어머니가 부르는 소리가 들렸다.

"발렌타인! 발렌타인! 내려 오거라… 크리스토퍼와 이야기하고 싶지 않니? … 발렌타인, 발렌타인! …" 그러더니 다시 소리를 질렀다. "발렌타인… 발렌타인… 발렌타인…" 마치 강아지를 부르는 것처럼 말이다! 워놉 부인은 삐걱거리는 계단 맨 아래에 와 있었다. 어머니는 전화를 끊고 와선 소리쳤다.

"좀 내려 오거라. 할 말이 있구나! 크리스토퍼가 날 구해주었어! 크리스토퍼는 늘 날 구해주긴 하지! 그런데 크리스토퍼가 떠나면 난 어떡하지?"

"그 사람은 남들은 구해주지만 정작 자신은 구하지 못해." 발렌타인은 비통하게 중얼거렸다. 그녀는 챙이 넓은 모자를 잡았다. 그 사람 때문에 치장하지는 않을 거야. 그 사람은 날 있는 그대로 받아들여야 해… 그 사람은 정작 자기 자신은 구하지 못해! 하지만 처신은 늘 잘 하지! 특히 여자들한테 말이야! … 거칠어졌어! 표면적으로만 그렇겠지만 말이야! 나 자신도! … 발렌타인은 아래층으로 달려 내려갔다.

어머니는 작은 거실로 들어갔다. 가로 세로 각각 2미터 70센티미터가 되는 거실이었다. 거실 크기치고는 천장이 꽤 높았다. 여기는 쿠션이 딸린 소파가 있었다. 밤늦게 집으로 들어올 때, 어머닌 쿠션에 머리를 베고 누워있을 거란 생각이 들었다…

어머니가 말했다. "진짜 굉장한 사람이야… 전시 사생아에 대한 기사의 토대가 될 아이디어를 주었어… 병사가 괜찮은 사람이면 자기 여자 친구가 곤란에 빠지게 되는 것을 원치 않기 때문에 육체관계는 갖지 않을 것이고… 그렇지 않다면 이번이 그의 마지막 기회가 될지도 모르기 때문에 시도할 거라는 거야…"

"나한테 보내는 메시지야!" 발렌타인은 생각했다. "하지만 어떻게 하기로 결정한 거지? …" 발렌타인은 무심히 쿠션을 모두 소파 한쪽 끝으로 몰았다. 어머니가 소리쳤다.

"우릴 사랑한다고 하더라! 크리스토퍼 어머닌 참 좋겠다. 그런 아들을 두었으니!" 이렇게 말하곤 워놉 부인은 조그만 자기 서재로 돌아갔다.

발렌타인은 챙이 넓은 모자를 쓰고서 깨진 타일이 깔린 정원에 난 길을 달려갔다. 손목시계를 보았다. 2시 12분이었다. 걸어서 오후 4시 15분, 그러니까 16시 15분(합리적인 혁신이야[390])까지 육군성에 가려면 서둘러야 해. 화이트홀까지 8킬로미터. 그리고 다시 8킬로미터를 되돌아 와야 하고. 하이스트리트역까지 가로질러 대략 4킬로미터. 거기로 19시까지 가야 해. 그러니까 대략 5시간 동안 20킬로미터 정도 걸어야 하네. 그리고 옷도 입어야 하는데… 발렌타인은 자신이 건강해야 한다고 생각했다… 몹시 쓸쓸한 어조로 발렌타인은 말했다.

"난 건강해…" 발렌타인은 푸른 점퍼 차림의 남자용 타이를 맨 채, 한 줄로 선 수백 명의 여자들을 떠올리며 그들을 건강하게 유지하기 위해선 자신은 아주 건강해야 한다는 생각이 들었다. 그리곤 그 해가 끝나기 전 그중 몇 명이나 남자 친구를 갖게 될까 하고 생각해보았다. 당시는 8월이었다. 아마 한 명도 없을 거야! 내가 그 아이들을 건강하게 유지할 테니 말이야…

"아!" 발렌타인이 말했다. "내가 흐늘흐늘한 가슴에 몸이 말랑말랑한 행실 나쁜 여자였다면. 온몸에 향수를 뿌리고…" 하지만 실비아 티전스나 에텔 두쉬민은 몸이 말랑말랑하지 않았다. 경우에 따라 그들도 향수는 뿌릴 수 있을 것이다. 하지만 그들은 밤새 춤까지 추어야 하는데 몇 푼 아끼려고 20킬로미터를 걷는 것은 생각도 안 해 봤을 것이다. 하지만 자신은 그렇게 할 수 있다! 자신이 치러야 하는 대가는 바로 그 정도일 것이다. 자신은 너무나도 어려운 상황에 처해 있었기 때문에 그를… 그녀는 자신이 너무나도 절제, 순결,

---

[390] 하루를 24시간으로 나누어서 시간을 정하는 방식이 합리적이라고 말하고 있는 것이다.

금욕의 분위기를 풍겨서 그가… 괜찮은 남자라면 죽기 전에 자기 여자를 곤란에 빠트리지 않아야 한다고 말한 게 아닌가 하는 생각이 들었다… 하지만 그가 호색가라면… 발렌타인은 자신이 어떻게 그런 문구를 알고 있는지 스스로 의아해했다…

일렬로 늘어선 지저분한 집들이 그저 그런 8월의 태양 아래서 그녀 옆을 재빨리 지나고 있는 것처럼 느껴졌다. 골똘히 생각에 잠기면 시간이 더 빨리 지나가는 것 같기 때문이리라. 이 모퉁이에 있는 종이 가게를 지나면, 다음 모퉁이에선 가게 밖에 쌓인 양파상자들을 보게 될 것이다.

발렌타인은 켄싱턴 가든스[391] 북쪽에 있었다. 이미 초라한 가게는 지나왔다… 가짜 잔디와 가짜 길, 가짜 시내가 있는 이 가짜 나라에서 가짜 사람들은 가짜 잔디를 걸으며 자신들의 삶을 추구한다. 아니다, 가짜가 아니다! 우린 진공 상태에 있다! 아니다! '저온살균 되었다'라는 말이 맞다. 죽은 우유처럼 말이다. 비타민이 파괴된…

차를 타지 않고 아낀 동전 몇 닢은 초라한 우리 집으로 동생을 부축해 준, 곁눈질하거나 혹은 동정어린 시선으로 바라보는 택시기사에게 주기엔 큰돈일 것이다. 에드워드는 분명 술에 나가떨어질 것이다. 발렌타인은 택시비로 15실링을 준비했다. 거기에 동전 몇 푼까지 더해 택시비로 준다면 관대해 보일 것이다… 앞으로 어떤 일이 일어날까! 어떤 날은 일생처럼 길게 느껴진다!

티젠스가 택시비를 내게 하느니 차라리 죽고 싶다.

---

[391] Kensington Gardens: 영국 런던에 있는 하이드 파크에 인접한 정원.

왜 그럴까? 한번은 택시기사가 자신과 에드워드를 치직[392]까지 태워주고는 택시비를 받으려 하지 않았다. 그때 자신은 모욕감을 느끼지 않았다. 택시비를 내려고 했기에 모욕감을 느끼지 않았던 것이다! 택시기사는 감상적인 사람이었다. 예쁜 누이에 감동받았다고 했다. 아니면 자신이 술에 취해 몸을 주체하지 못하는 수병의 누이라고 믿지 않았는지도 모른다! 티전스도 감상적인 사람이다… 그런데 어떻게 그리 다른가! … 그리고… 어머니는 깊은 잠에 빠졌고 동생은 완전히 취했다. 새벽 한 시. 그는 자신을 거부할 수 없을 거다! 어둠, 쿠션! 쿠션을 정리한 기억이 났다. 무의식적으로 정리했었다! 어둠! 깊은 잠. 만취! … 끔찍하다! … 혐오스러운 일이다! 일링에서의 일… 그 일로 자신은 무덤을 채우기 위해 존재하는 사람들과 같은 부류가 되었다… 자신은 그 외에 어떤 존재일까? 아버지의 딸? 그리고 어머니의 딸? 그래! 자신은… 단지 하찮은 존재일 뿐이다.

해군 본부에서 전보가 온 게 분명했다… 남동생은 집에 있었다. 좀 취한 상태로 반역에 대해 말했다. 어쨌든 동생은 거친 바다 위에서 이따금 밀려오는 파도에 대해선 별 신경도 쓰지 않았다고 했다… 교통섬[393]을 향해 달려갈 때 버스가 옷자락을 스쳤다… 그랬으면 더 나았을 지도 모를 텐데… 하지만 용기가 없었다!

작고 푸른 비막이 지붕 아래에 붙어 있는 사상자 명단을 보았다. 심장이 멎을 것만 같았다! 숨이 가빴다. 미칠 것 같았다. 자신은 지

---

[392] Chiswick: 옛 런던의 자치구 중의 하나.
[393] islands: 보행자를 보호하기 위해 도로 가운데 만들어 놓은 구역을 말한다.

금 죽어가고 있었다… 죽음! … 단지 죽음이 아니다… 죽음이 다가오기를 기다리고 있다. 삶을 떠나는 것에 대해 생각하고 있었다! 이 순간 너는 존재하지만 다음 순간에는 없다! 그런 것은 어떤 것인가? 맙소사, 자신은 알고 있었다… 자신은 누군가와 헤어지는 것을 상상하고 있었던 것이다… 지금 당신은 존재하지만, 다음 순간에는… 심장이 두근거렸다… 그 사람은 돌아오지 못할지도 모른다…

그는 지저분한 돌로 지은 건물 앞에 그 모습을 드러냈다. 그에게 달려가 뭐라고 말했다. 몹시 화가 나서 그랬다. 죽음의 형상. 그 사람과 책임져야 할 그와 비슷한 사람들… 그 사람에게는 분명히 형이 있다. 책임감 있는 형이다. 얼굴은 조금 더 갈색이다!… 하지만 그 사람은, 그 사람은! 너무나도 침착하다. 솔직한 눈을 하고 있다… 그건 불가능하다. "홀데 리펜: 클라레 아우겐; 헬러 진…"[394] 약간 몸은 쳐졌지만, 지적이다! 그리고 입술은? 의심의 여지가 없다. 그렇지 않고는 그가 자신을 그렇게 바라볼 순 없을…

발렌타인은 그의 팔을 강하게 잡았다. 그 순간 티전스는 갈색 피부의 민간인 신분인 그의 형이 아니라 발렌타인 자신에게 속했다! 자신은 물어볼 작정이었다! 만일 그가 "그래, 난 그런 사람이야!"라고 대답하면, 자신은 "그렇다면 나도 가져요. 그들을 가졌다면, 나도 가져요. 난 아이를 낳아야겠어요. 나도 말이에요!"라고 말할 것이다. 자신은 아이를 원했다. 그리고 사람의 마음을 끄는 그 밉상스러운

---

[394] Holde Lippen: klaare Augen: heller Sinn: 독일 작곡가 슈만의 <가장 훌륭한 그님>이란 노래 가사 중 하나로 그 의미는 '상냥한 혀, 밝은 눈, 밝은 생각'이란 뜻이다.

사람을 수많은 논리를 내세워 굴복시킬 작정이었다. 그리고 자신이 그런 말을 하는 것을 상상해 보았다… 그리고 정신이 아득해지며, 그에게 맡긴 자신의 몸뚱이를 상상해 보았다.

 티젠스는 이 석조 건물의 배내기 주변을 둘러보고 있었다. 자신은 다시 발렌타인 워놉이 되었다. 자신이 워놉이 되는 데에 그의 말이 필요하진 않았다. 그와 말을 주고받았다. 하지만 말이 사랑을 더 고양시키지 못하듯이 아무 잘못이 없다는 사실을 입증해주지는 못한다. 그는 기차역 이름을 열거할지도 모른다. 그의 눈, 관심 없다는 표정, 차분한 어깨, 이것들은 그가 아무 잘못도 하지 않았다는 사실을 보여주었다. 그가 일찍이 한, 그리고 할 수 있는 최고의 사랑 고백은, 화가 난 듯 이렇게 말했을 때였다.

 "물론 아니오. 난 당신이 날 잘 안다고 생각했는데 말이오." 당시 티젠스는 발렌타인이 어린아이인 양 가볍게 응수했다. 그는 발렌타인이 하는 말에 거의 귀도 기울이지 않았다!

 그녀는 다시 발렌타인 워놉이 되었다. 햇살 아래 되새가 지저귄다. 키 큰 풀의 씨앗 달린 부분이 발렌타인의 스커트에 스쳤다. 그녀의 팔다리는 매끈했고 머리는 냉철했다… 실비아가 그에게 잘해주는가의 문제다… 좀 더 정확히 말하자면 실비아가 그에게 좋은 사람인가 하는 것이 문제인 것이다. 발렌타인의 마음은 분명해졌다. 물이 끓을 때 날아가는 수증기처럼 말이다… "저녁에 잔잔해진 물살."[395] 말도 안 된다. 그것 햇살이다. 그 사람에게는 훌륭한 형이

---

[395] 단테 가브리엘 로세티(Dante Gabriel Rossetti)의 시 「축복받은 처녀」(The

있다! 그 형이 그 사람을 구할 수 있을 것이다… 수송대! 그 단어에는 또 다른 의미가 있다. 따스한 감정이 일어났다. 그는 자신의 형제와 같다. 두 번째로 좋은 사람이다! 그것은 두 가지를 하나로 연결시키는 것과 같다. 자신은 티전스의 형이 해준 일에 대해 감사해야 한다. 아무것도 하지 않은 남동생에게는 그렇게 고맙지 않았다.

신은 너무도 관대하시다! 계단을 오르면서 축복과도 같은 "수송대"란 말을 들었다. 마크는 "우리"라고 했다. 그와 자신이 가족 같다는 느낌이 다시 들었다. 그는 우리가 크리스토퍼를 수송대로 보낼 거라고 했다… 제1 수송대는 자신이 아는 유일한 부서다. 읽고 쓰지 못하는 파출부에게는 연대의 부사관으로 근무하는 아들이 하나 있었다. "만세!" 그 아들은 자기 어머니에게 이렇게 편지를 썼다. "식욕이 없어요. 공로훈장에 천거되었거든요. 이제 전 제1 수송대의 선임 하사관이 될 거예요. 이 전선에 있는 부서에서 제일 거저먹는 보직이지요." 자신은 검은 바퀴벌레가 기어 다니는 부엌 싱크대에서 이 편지를 읽었다. 큰 소리로! 자신은 그 편지가 읽기 싫었다. 전선에 대한 자세한 설명이 있는 건 무엇이든 읽기 싫었기 때문이었다. 하지만 자비는 파출부에서부터 시작하는 법이다.[396] 그래서

Blessed Damozel)에 나오는 구절. 첫 구절은 다음과 같다.
축복받은 처녀는 몸을 기울여 본다
하늘의 황금으로 된 창살너머로.
그녀의 눈은 깊다
저녁에 잔잔해진 물살보다도.

[396] "자비는 내 집부터 시작한다."(Charity begins at home)라는 속담을 변형시킨 말이다. 즉 글을 못 읽는 파출부에게 편지를 읽어 준 것은 자비의 실천이라는 의미다.

그럴 수밖에 없었다. 그러나 이젠 신에 감사한 마음이 들었다. 부사관은 단도직입적이고 솔직한 말로 자기 어머니를 위로하기 위해 자신의 일상생활에 관해 이야기했다. 말과 대포의 앞차를 보내고, 말들의 배치를 감독하는 일 등에 대해서 말했다. 편지 중 이런 말도 있었다. "우리 수송대장은 낚시광이에요. 어디를 가든 풀을 긁어내고 말뚝을 박죠. 그리고 거기 지나가는 사람들에게 욕도 하고요. 그러곤 한 시간 동안 송어와 연어 낚싯대를 던지는 연습을 합니다. 제가 하는 일이 얼마나 거저먹는지 아시겠죠!" 그는 의기양양하게 편지를 마쳤다.

발렌타인 워놉은 벽 앞에 있는 딱딱한 벤치에 앉았다. 솔직하고 건강한 중산층(지금은 가난해졌지만)인 워놉가는 오래된 가문이기 때문에 중상층일 수도 있을 것이다. 모카신을 신고 딱딱한 벤치에 앉은 발렌타인 앞에 사람들이 있었다. 한쪽에는 제복을 입은 수위 두 사람이 있었는데 그중 한 사람은 항상 친절했고 다른 사람은 끊임없이 불만스러워했다. 다른 쪽에는 갈색 얼굴에 튀어나온 눈을 한 미래의 시아주버니가 있었다. 그는 발렌타인을 조심스럽게 달래려 하면서 굽은 우산 손잡이를 입에 자꾸 밀어 넣으려고 했다. 하지만 발렌타인은 그가 왜 자신을 달래려 하는지 이해할 수 없었다. 하지만 곧 알게 될 거라는 건 알았다.

그때 발렌타인은 기이한 패턴을 발견했다. 수학적으로 대칭이 되는 패턴이었다. 지금 자신은 충분한 수입이 있는 어머니가 있는, 푸른 천으로 된 챙이 큰 모자를 쓰고 검은 타이를 맨, 하지 말아야 하는 생각은 하지 않는, 영국 중산층 여자다. 그리고 자신을 사랑하는, 순수하게 자신을 사랑하는 사람과 함께 있다. 하지만 10분, 아니 5분 전만 해도 자신은… 발렌타인은 자신이 어떠한 존재였는지 기억조차 할 수 없었다! 그 사람은 분명히 호색… 그 단어를 생각할 수조차 없었다… 그래 날뛰는 수말! 이제 그가 다가와, 탁자 위로 손을 움직이기만 해도 자신은 떠날 것이다.

이것은 뜻밖의 행운이다. 하지만 불합리하다. 노인과 노파의 형상이 막대기 양쪽에 달려있는 날씨 측정기처럼 말이다… 노인의 형상이 나가고 노파의 형상이 들어오면 비가 온다. 노파의 형상이 나갈 때는… 정확히 그렇다! 발렌타인은 비유를 마무리할 시간이 없었다. 하지만 정확히 그렇다… 비가 올 땐 세상이 바뀐다. 어두워진다! … 그 형상들을 돌게 하는 장선은 느슨해진다… 느슨해진다… 하지만 그 형상들은 늘 막대의 양쪽 끝에 있다.

입에 넣은 굽은 우산 손잡이 때문에 말하는 데 방해를 받으면서도 마크가 말했다.

"워놉 양 어머니에게 500파운드의 연금 수령권을 드릴 작정이오."

놀라운 소식이었지만 발렌타인의 마음은 평온했고 별로 놀라지도 않았다. 예측한 일이 뒤늦게 일어난 것뿐이었다. 명예를 중시하는 티젼스의 부친이 이미 오래전에 약속했던 것이기 때문이었다. 천재적이신 어머니는 티젼스 부친의 신문에 그의 정치적 견해를 피력하는 데 많은 힘을 소진했다. 이제 그는 거기에 대한 보상을 해야 한다. 그리고 보상했다. 왕의 방식이 아니라 신사의 방식으로 보상한 것이다.

마크 티젼스는 몸을 숙인 채 신문을 들었다. 사환이 그에게 다가와 "리카르도 씨 아니십니까?" 하고 물었다. 마크 티젼스는 "아니요. 그 사람은 이미 떠났소!"라고 대답하고는, 워놉에게 말했다.

"워놉 양의 남동생 건은… 당분간 보류하기로 해요. 하지만 의사 자격을 다 갖출 때엔 개업할 정도의 충분한 돈은 주겠소." 그는 말을 멈추고는 우산 손잡이를 물으며 우울한 눈으로 발렌타인을 바라보았다. 그는 몹시 긴장하고 있었다.

"그리고 이젠 워놉 양 차례요!" 그는 말했다. "워놉 양에게는 이 삼백 파운드를 주겠소 물론 매년 말이오! 원금은 모두 워놉 양 것이 될 거고…" 그는 잠시 말을 멈추더니 말을 이었다. "그런데 미리 말해 두겠소만 크리스토퍼는 그렇게 하는 걸 원치 않을 거요. 지금 그 녀석은 나에게 적의를 품고 있으니 말이오. 하지만 난 워놉 양에게… 아무리 많은 금액을 주어도 아깝지 않소! …" 그는 손으로 무한수를 그렸다. "난 워놉 양이 크리스토퍼를 올바른 길로 가게 할 수 있다는 걸 아오. 그렇게 할 수 있는 유일한 사람이란 걸 말이오." 그러곤 이렇게 덧붙였다. "불쌍한 녀석 같으니라고!"

발렌타인이 물었다.

"그 사람이 형에게 적의를 품고 있다고요? 왜죠?"

그는 모호하게 대답했다.

"무슨 말들이 있었소… 물론 사실은 아니지만."

발렌타인이 물었다.

"사람들이 당신에 대해 나쁘게 말한 모양이죠? 그 사람에게요? 재산 문제를 늦게 결정해서 그렇게 된 거예요?"

마크가 말했다.

"아니오! 오히려 그 반대요!"

"그렇다면 사람들이 저에 대해 나쁘게 말하고 있는 모양이네요. 그리고 그 사람에 대해서도요!"

그는 고뇌에 찬 듯 소리쳤다.

"하지만 믿어 주시오… 워놉 양" 그는 기이하게 이렇게 덧붙였다. "난 워놉 양이 새벽이슬처럼 순수하다고 생각한다는 것 말이오." 마크의 눈은 숨이 막혀 헐떡이는 물고기처럼 튀어나왔다. 그는 말했다. "부탁하건데 그런 일 때문에 절대로 우리 동생을 버리진 마시오…" 꼭 맞는 와이셔츠 옷깃을 입은 그는 몸을 뒤틀었다. 그가 말했다. "크리스토퍼의 아내는 그에게 잘 대해주지도 않고, 좋은 아내도 되지 못하오! … 그 녀석 처는 크리스토퍼를 감상적으로 사랑하고 있소. 하지만 도움이 되지 못하오…" 그는 거의 흐느꼈다. "워놉 양은 유일한…" 그는 말했다. "내가 아는…"

발렌타인은 대기실에서 너무 많이 시간 낭비를 하고 있다는 생각이 들었다. 집으로 가는 기차를 타야 할지도 모른다. 그러면 5페니가 들 것이다! 하지만 그게 뭐 중요하겠는가. 어머니는 이제 1년에 500파운드가 생길 텐데 말이다… 240 곱하기 5는…

마크가 밝은 표정으로 말했다.

"워놉 양 어머니에게 500파운드의 연금 수령권을 드린다면… 그 정도면 크리스토퍼가 먹을 고깃덩어리는 충분히 살 수 있다고 하지 않았소? … 그리고 워놉 양 어머니에게 일 년에 정확히 삼사백 파운드 정도 고정적으로 드린다면… 그리고 원금도. 나머지는 워놉 양…" 무언가 묻고 싶은 듯한 그의 얼굴에 환한 미소가 떠올랐다.

이제 발렌타인은 모든 상황을 분명하게 알았다. 그리고 두쉬민 부인이 한 말을 이해하게 되었다.

"우리처럼 공적인 입장에 있는 사람들이… 잘못을 묵인할 거라고는 생각하지 말아요…" 이디스 에텔이 옳았다. 에텔이 그러리라고는 상상할 수 없다… 그녀는 용의주도하고 올바르게 보이려고 많은 노력을 해 왔으니 말이다! 자신을 위해 다른 사람에게 삶을 포기하라고 부탁할 수는 없는 노릇이다… 그런 부탁을 할 수 있는 사람은 티전스가 사람들뿐이다. 발렌타인은 마크에게 말했다.

"세상 사람 모두가 음모를 짠 것 같아요… 목수가 사용하는 바이스처럼 우리를 억지로…" 발렌타인은 "함께 있게"라고 말하려 했다. 놀랍게도 이때 그가 느닷없이 말했다.

"크리스토퍼는 버터 바른 빵과… 양고기와… 세인트 제임스 럼주[397]를 먹어야 하오!" 그가 말했다. "빌어먹을… 크리스토퍼에게는 아가씨가 딱 맞는 사람이오… 다른 사람들이 두 사람을 같이 붙여 놓는다고 해서 그들을 비난할 수는 없소… 그들도 그럴 수밖에 없어서 그런 것이니… 워놉 양이 존재하지 않았다면 사람들은 워놉 양과 같은 사람을 만들어 냈을 거요… 단테에게… 그게 누구더라? … 베아트리체[398]였지. 그들도 그런 커플이었소."

발렌타인이 말했다.

"목수가 쓰는 바이스처럼… 같이 묶어 놓았죠. 저항할 수 없을

---

[397] 티전스가 풍족한 삶을 누려야 한다는 의미다.
[398] Beatrice: 단테가 사랑한 그의 이상적 여인. 실재의 인물이라는 설과 단테가 꾸며낸 인물이라고 하는 설이 있다.

정도로요. 우리가 저항했나요?"

그의 얼굴은 공포스러운 표정으로 바뀌었다. 튀어나온 그의 눈은 제복을 입은 두 명의 수위가 서 있는 단으로 향했다. 그는 속삭이듯 말했다.

"워놉 양은 그렇게 하진 않을 거죠? … 떠나진…"

발렌타인은 맥마스터가 쉰 목소리로 "절대… 포기하지 않을 거라는 내 말을 믿어요." 라고 말하는 소리를 들었다고 말했다.

그게 맥마스터가 한 말이었다. 그는 그 말을 미코버 부인[399]의 말에서 따온 게 틀림없다!

실비아가 그의 제일 좋은 군복을 더럽혔기 때문에 지금 남루한 군복을 입은 크리스토퍼 티전스는 워놉 뒤에서 갑자기 나타나 말했다. 그는 두 명의 수위가 서 있는 단 너머에서 여기로 왔고 워놉은 벤치에 앉아 있는 마크를 향해 고개를 돌리고 있었기 때문에 티전스가 갑자기 나타난 것처럼 느껴졌던 것이다.

"자, 이제 여기서 나갑시다!" 그는 여기서 나가 어디로 가려는 것일까 하고 발렌타인은 자문해 보았다.

장례식 참석자들처럼, 혹은 형제 둘에 의해 호송되고 있는 죄수처럼, 그들과 함께 발렌타인은 계단을 내려갔다. 아치형 출구 쪽으로 가다가 화이트홀을 정면으로 응시했다. 두 형제는 투덜거리듯,

---

[399] Mrs. Micawber: 19세기 영국의 소설가 디킨즈(Charles Dickens)의 소설 『데이빗 코퍼필드』(David Copperfield)에 나오는 윌킨즈 미코버(Wilkins Micawber)의 아내로 빚을 져 감옥에 간 남편을 위해 자신이 지닌 패물을 다 저당 잡히지만 결코 남편을 버리지 않은 인물이다.

하지만 만족스럽다는 듯이 나지막하게 말했다. 그들은 교통섬에서 화이트홀을 건너갔다. 여기를 지나던 버스가 발렌타인의 스커트를 스쳤다. 아치형 문 아래에서…

자갈이 깔린 웅장한 광장에서 두 형제는 서로 마주보았다. 마크가 말했다.

"악수하지 않을 거지!"

크리스토퍼가 말했다.

"안할 거예요! 왜 내가 해야 해요?" 발렌타인이 크리스토퍼에게 소리쳤다.

"악수하세요!" (머리 위에 떠 있는 네모난 물체가 더 이상 신경 쓰이진 않았다. 십중팔구 자신의 남동생은 피커딜리에 있는 술집에서 취해 있을 것이다… 겉으로는 거칠지만 말이야!)

마크가 말했다.

"악수하는 게 좋지 않을까? 전쟁터에서 전사할지도 모르잖아! 죽게 될 사람은 자신이 형제와 악수하지 않으려 했다는 사실을 후회한다고들 하는데!"

크리스토퍼가 말했다. "좋아요."

이 차가운 감상주의에 발렌타인이 행복을 느끼고 있을 때, 크리스토퍼는 발렌타인의 가는 팔뚝을 잡고는 백조나 오두막집(어느 것인지는 잘 기억나지 않았다)이 그려진 교통섬을 지나 수양버들이 있는 의자로 데려갔다. 그러곤 숨이 가쁜 듯 물었다.

"오늘 밤 내 애인이 되어주지 않겠소? 난 내일 아침 8시 30분에 워털루에서 출발하오."

발렌타인이 대답했다.

"좋아요! 12시 되기 직전 그 방에서요… 남동생을 집에까지 데려와야 해요… 분명 취할 테니까요…" 그리고 발렌타인은 "당신이 그렇게 하길 진짜 바랐어요."라고 말하려 했다.

하지만 그 말 대신 발렌타인은 이렇게 말했다.

"쿠션을 정리해 두었어요."

발렌타인은 혼잣말로 이렇게 말했다.

"내가 왜 그 말을 했지? 그건 마치 '식료품실 안을 보면 접시 아래에 있는 햄을 발견하게 될 거예요…'라고 말한 것 같아. 약간의 애정도 없이 말이야…"

비통하게 울면서 발렌타인은 양쪽에 발목 높이의 난간이 있는 새조개 껍질이 깔린 길을 따라 올라갔다. 잔뜩 운 것처럼 붉은 눈을 한, 흰 수염을 가느다랗게 기른 나이든 부랑자가 풀밭에 앉아 발렌타인을 신기하다는 듯이 쳐다보았다. 그는 자신이 여기를 지배하는 군주라고 생각하는 것 같았다.

"천생 여자군!" 그는 냉담한 노인 특유의 어리석어 보이면서도 수수께끼 같은 어조로 말했다. "어떤 이들은 그렇게 하지!" 그는 풀밭에다 침을 뱉었다. "아" 그러더니 이어 말했다. "어떤 이들은 그렇게 하지 않아."

6

 그는 묵직한 문을 열고 들어갔다. 들어간 뒤 문을 닫자, 어둠 속의 묵직한 문은 커다란 돌계단 위로 길고 비밀스럽게 무엇인가 속삭이는 것 같았다. 이 소리에 그는 짜증이 났다. 폐쇄된 공간에서 묵직한 문을 닫으면, 공기가 밀쳐져 속삭이는 듯한 소리가 난다. 이걸 가지고 신비로운 분위기를 조장하는 것은 터무니없다. 그는 단지 밤 외출을 하고 이제 돌아온 사람일 뿐이다… 밤샘 외출이 아니라 3분의 2 정도의 밤만 보내고 왔다! 3시 30분이 틀림없으니 말이다. 밤 외출 시간은 짧았지만 멋지게 보냈으니 보상은 받은 셈이다.
 그는 보이지 않는 참나무 상자 위에 지팡이를 내려놓았다. 돌벽과 돌계단의 냉기를 품고 있는 부드러운 어둠 속에서 (손으로 만져질 수 있을 것 같은 어두움이었다) 그는 거실 문손잡이를 더듬거리며 찾았다.
 여기에는 3개의 긴 평행사변형이 있었다. 위에 희미하게 보이는 형체는 굴뚝 통풍관에 난 톱니 모양의 돌기와 천장 그림자에 의해 3분의 2로 나뉘어졌다. 잔뜩 보풀이 인 카펫 위를 아홉 걸음 걸으면 왼쪽 창가에 놓여 있는 둥근 등받이가 있는 의자로 갈 수 있을 것이다. 그는 그 의자에 철퍼덕 앉았다. 의자가 등에 딱 맞았다. 그는 자신처럼 피곤하고 혼자인 사람은 없을 거라는 생각이 들었다! 방 저쪽에서 뭔가 움직이는 소리가 들려왔다. 지금 그의 앞에는 희미한 평행사변형이 있었다. 그건 거울에 비친 창문 모습이었다. 틀림없이 고양이 칼톤의 소리일 거야. 하여튼 뭔가 살아 있는 것의 소리다! 저쪽 방에 있는 실비아가 지금 자신의 상태가 어떤지 알아보기 위해 기다리고 있는지도 모른다. 십중팔구 그럴 것이다! 하지만 그게 뭐 중요하겠는가!

아무 생각도 할 수 없었다! 너무나도 피곤했다!

다시 생각을 할 수 있었을 때 이런 생각이 들었다.

'노출된 자갈과 황량한 파도[400]…' 그리고 '논란의 여지가 있는 세계의 국경에서!' 그는 날카롭게 소리쳤다. "말도 안 돼!" 전자는 수염이 난 그 사람이 있던 깔레 해변이거나 도버 해변일 거다. 아놀드 말이다… 자신은 24시간 안에 둘 다 보게 될 것이다… 아니다. 워털루에서 출발하니 사우샘프턴과 르아브르[401]를 지날 것이니 말이다… 후자는 그 혐오스러운 자가 한 말이다. "우리의 이 작은 논문이 다루는 인물은…" 얼마나 오래전 일인가! … 그는 쌓여 있는 빛나는 서류 상자들을 보았다. 거기에는 "이 선반은 …를 위한 것입니다."라고 쓰여 있었다… 분홍색과 청색의 … 불로뉴[402] 해변 사진

---

[400] 19세기 영국 시인인 매튜 아놀드(Matthew Arnold)의 「도버 해변」(Dover Beach)에 나오는 구절과 유사. 본문에는 "down the vast edges drear / And naked shingles of the world"(거대한 황량한 물가로, 노출된 세계의 자갈 깔린 해변으로)로 되어 있다.

[401] Havre: 프랑스 서북부, 대서양에 면한 항구 도시.

과 "우리의 이 작은…"라고 쓰여 있는 교정쇄도 있었다. 얼마나 오래전 일인가! 그는 새 기차 칸에 앉아 자랑스럽고 분명하게 그리고 남자다운 강인한 목소리로 이렇게 말하는 자신의 목소리를 들었다.

"난 일부일처제와 순결을 지지하네. 그러니 거기에 대해선 더 이상 왈가왈부하고 싶지 않아. 물론 남자가 여자를 갖기 원한다면 가져도 되겠지. 거기에 대해서도 왈가왈부하지는 않겠네." 그의 목소리는 마치 장거리 전화를 건 상대방에게서 들려오는 소리 같았다. 진짜 장거리 전화다. 10년 전이었으니까…

남자 같은 남자가 여자를 갖고 싶을 땐… 빌어먹을. 자신은 원치 않았다! 10년 만에 그는 배웠다. 괜찮은 군인은… 푸가[403]의 두 주체처럼 그의 마음은 두 가지 방향으로 진행되었다.

"누군가는 맹세를 깨트려 처녀를 기만한다."와 "우리 서로 나란히 서 있으니 손만이 닿을 수 있으리." 이 두 가지였다.

그는 말했다.

"빌어먹을! 그 친구 말이 틀렸어! 우리의 손은 닿지도 않았어… 아니 악수한 적도 없었지… 건드린 적도 없어… 내 평생… 한 번도! … 악수 비슷한 것도… 고개만 끄덕였지! … 그렇게 만나고 헤어지고! … 하지만 그래! 그녀는 팔을 내 어깨 위에 올려놓았어… 제방에서! … 안 지 얼마 되지도 않았는데 말이야! 라고 당시 난 내 자신에게 말했지… 그래. 그때 이후로 우리는 거기에 대한 보상을 했지.

---

[402] Boulogne: 프랑스 북부 파드칼레주 서부의 항만 도시.
[403] fugue: 하나의 테마(주제)가 다른 파트(성부)에 규칙성을 가지고 계속해서 반복되어 가며, 대립 기법으로 구성되는 복사율(複寫律)의 악곡을 말한다.

아니야! 보상이 아니야! … 속죄지… 실비아가 정확히 표현했어. 그 순간 어머니는 임종 중이셨으니까…"

그의 의식적인 자아는 이렇게 말했다.

"그건 술에 취한 그녀의 남동생 때문이었을 거야… 켄싱턴 하이 스트리트에서 새벽 2시에 술에 취해 다리를 가끔밖에 쓰지 못하는 수병을 양쪽에서 부축하면서, 거짓 맹세로 처녀를 속일 수는 없는 법이니 말이야."

'가끔밖에 쓰지 못한다'라는 말보다는 '가끔 기능한다'라고 표현해야겠지!

어느 지점에 다다르자 그녀의 남동생은 우리를 뿌리치고 놀랄 정도의 속도로 목재를 깔아 만든 길을 달렸지. 우리가 달려가 붙잡자, 그는 검은 나무 아래서 옥스퍼드식 어조로 경관을 향해 이렇게 열변을 토했어.

'당신들은 전통적인 영국을 오늘날의 모습으로 만든 사람들이오. 우리 가정의 평화를 지켜오고 사악한 부절제에 빠지지 않게 우릴 지켜준 사람들이오…'"

그가 티전스에게 말을 걸 때는 늘 일반 선원의 어조와 억양을 사용했다. 겉으로 보기에 거친 억양으로 말이다!

워놉의 동생은 두 개의 인격을 갖고 있었다. 그는 여러 차례 이렇게 말했다.

"우리 누나에게 키스해 봐요. 괜찮은 여잔데, 안 그래요? 당신은 참 불쌍한 군바리군. 하여튼 불쌍한 군바리도 자기가 원하는 괜찮은 여자는 가져야지. 그게 맞죠, 안 그래요?"

그때조차도 그들은 앞으로 무슨 일이 일어날지 몰랐다… 끔찍한 일이 있었다… 그들은 마침내 마차를 잡았다. 술에 취한 발렌타인의 남동생은 마부 옆에 자리를 잡았다. 그러겠다고 고집을 피워서였다… 움츠러든 창백한 얼굴로 발렌타인은 정면을 응시했다… 말을 할 수 없었기 때문이었다. 도로를 털컹거리며 달리던 마차가 덜컥거리더니 갑자기 멈추었다. 남동생이 고삐를 잡았던 것이다… 나이든 마부는 신경 쓰지도 않는 것처럼 보였다. 하지만 그들은 남동생을 집에 데려다 준 후, 갖고 있던 돈을 모두 모아 마부에게 주어야 했다…

집에 도착했을 때, 발렌타인은 재빨리 집으로 들어가 다시 나오더니 이렇게 말했다. "방 밖에는 바보 하나가 있고 안에는 어떤 여자가 있어요…"

티전스는 느리게 대답했다.

"일이 이렇게 되는 모양이오…" 현관 문 앞에 서 있던 그를 발렌타인은 가련한 표정으로 바라보았다. 그때 방안 소파에 누운 남동생이 코를 골기 시작했다. 어둠 속에서 들려오는 알 수 없는 인종들의 웃음소리처럼 크고 기이한 소리를 내며 코를 골았다. 티전스는 방향을 바꾸어 길을 따라 내려갔다. 발렌타인이 쫓아오고 있었다. 티전스가 말했다.

"너무 어수선한 것 같소…"

그녀가 대답했다.

"네! 그래요… 너무 추하기도 하고, 또 너무 은밀한 것 같아요!"

그는 그때 자신이 뭐라 말했는지 기억이 났다.

"하지만… 영원히…"

그녀는 몹시 서둘러 말했다.

"하지만 당신이 돌아왔을 때… 영원히. 그러면… 공개적으로… 모르겠네요." 그녀는 말을 이었다. "그래야 해요? … 전 준비가 돼 있을 거예요." 발렌타인은 이렇게 덧붙였다. "전 당신이 원하는 건 다 할 준비가 돼 있을 거예요."

티젠스가 말했다. "하지만 분명… 이 집에서는…" 그러곤 이렇게 덧붙였다. "우린 그렇게 하지 않는 부류의 사람이오."

그녀도 재빨리 대답했다.

"네, 바로 그거예요. 우린 바로 그런 부류죠." 그러더니 이렇게 물었다. "에텔의 파티는 어땠어요? 대성공이었죠?" 그 질문은 엉뚱한 것은 아니었다. 그가 대답했다.

"아… 영원히 그럴거요… 공개적이고… 류젤리 공작도 왔소…. 실비아가 데려 왔소. 실비아는 앞으로 그들과 잘 지낼 거요! … 그리고 지방 정부 위원회[404] 의장도 왔소. 그리고 벨기에 사람인데 수석재판관 같은 지위의 사람도 있었소… 물론 레이디 클라우딘 샌드바크도 왔고… 모두 270명 정도 왔소. 모두들 최고위층들이라고, 내가 그 집을 나올 때 다소 기분이 고무된 맥마스터 부부가 말하더군. 러글스도… 그래! 그들은 자리를 잡은 사람들이오… 하지만 내 자리는 없소!"

"제 자리도 없어요!" 발렌타인은 이렇게 대답하고는 말을 이었다.

---

[404] 1871년부터 1919년까지 영국의 지방 행정을 감독한 영국 정부 산하 기구.

"하지만 전 기뻐요!"

둘 사이에 침묵이 흘렀다. 그들은 술 취한 남동생을 붙들어주어야 한다는 습관적인 생각에서 벗어날 수 없었다. 그 생각은 아주 오랫동안 고통스럽게 지속되어 온 것 같았다… 습관이 되어버릴 정도로 오래 말이다. 남동생은 소리를 질렀다. "하, 하 쿨리아쉬…" 그러곤 2분 정도 후 다시 "하, 하, 쿨리아쉬[405]… 헝가리 음식이지. 그건 분명해!"라고 소리쳤다.

티젼스가 말했다.

"공작 옆에 서서 자신이 낸 책의 초판을 보여주고 있는 빈센트의 모습은 정말 멋있었소. 결혼 파티로서는 대단한 파티가 아니었지만 말이오! 하지만 류젤리 공작이 그걸 어떻게 알겠소? … 빈센트는 전혀 굽신거리지 않았소! 심지어 류젤리 공작이 콜로폰이란 단어의 의미를 잘못 알자 틀렸다며 제대로 가르쳐주더군! 윗사람이 틀린 것을 처음으로 바로잡아준 것이었소! 이제 자리를 잡은 거요… 그리고 실비아 티젼스의 친척인 류젤리 공작은 이제 그들의 제일 가까운 사람이 됐소. 맥마스터 부인의 오랜 친구의 아내 다음으로 말이오… 실비아는 서리에 있는 그들의 소박한 집을 방문할 예정이오… 그리고 서서 기다려야 하는 우리 같은 사람들도" 그는 이렇게 말을 마쳤다. "그들은 맞이할 거요."

발렌타인이 말했다.

---

[405] 본문에서는 Kuryasch라고 표기되었다. 헝가리의 전통 요리로 고기와 야채로 만든 스튜(stew).

"방이 근사했나요?"

티전스는 이렇게 대답했다.

"멋졌소… 목사관 서재에 있던 어두운 색의 참나무 벽 판자에 걸어둔 그림들을 가져와 방을 장식했으니 말이오… 멋지게 그린 가슴과 유두, 입술과 석류 그림들이 모두 있었소… 물론 기다란 은촛대도 있었고… 당신도 기억하겠지만 은촛대와 어두운 색의 참나무…"

발렌타인은 이렇게 소리쳤다.

"이제 그만하세요, 제발 그만요!"

티전스는 접은 장갑으로 헬멧 가장자리를 살짝 쳤다.

"그렇게 우린 밀려난 것이요." 그가 말했다.

발렌타인이 말했다.

"이 양피지를 가져가세요… 유대인 여자아이에게 히브리어로 이 양피지에 이렇게 써달라고 했어요. '신이 당신에게 축복을 내리고 지켜주시길. 신이 당신이 가는 것을 지켜 주시길…'"

티전스는 양피지를 받아 가슴 호주머니에 넣었다.

"일종의 부적 같은 거로군." 그가 말했다. "물론 가지고 다니리다…"

발렌타인이 말했다.

"오늘 오후를 다 씻어 버릴 수 있다면… 참기에 좀 더 수월할 거예요… 당신 어머니는 임종 중이셨어요. 우리가 지난 번…"

그가 말했다.

"그걸 기억하고 있군… 그때 이미 당신도… 내가 롭샤이트에 가지 않았더라면…"

발렌타인이 말했다.

"당신을 처음 본 순간부터…"

티젠스도 말했다.

"그리고 나도… 처음 순간부터… 내 말하리다… 문밖을 내다보면… 모두 다 사막 같소… 하지만 그중 절반엔 물이 작게 솟는 곳도 있소. 그건 믿을 만한 사실이오. 영원히 계속하면… 당신은 아마 이해하지 못할 거요."

발렌타인이 말했다.

"아니에요! 저도 알아요!"

그들은 바라다보고 있었다… 모래 언덕, 보잘것없는 선박과 아르항겔스크[406]에서 온 작은 돛대가 달린 범선들을…

"처음 순간부터." 티젠스가 다시 말했다.

발렌타인이 말했다.

"씻어버릴 수만 있다면…"

티젠스는 처음으로 발렌타인을 보호하고 싶다는 마음이 들었다. 그가 말했다.

"물론 당신은 그럴 수 있소." 그가 말했다. "오늘 오후부터 4시 58분 직전까지의 시간은 잘라내시오. 내가 당신에게 그걸 말하고 당신도 동의한 그때 말이오… 그때 근위기병 여단의 시계 소리가 들렸소… 그 시간을 잘라낸 다음 시간을 이으시오… 그럴 수 있

---

[406] Archangel: 강의 하구에 있는 러시아의 아르항겔스크주의 도시.

소… 외과 의사들이 어떻게 하는지 잘 알고 있지 않소. 병을 치료하기 위해 창자를 잘라 튜브에 연결하는 것 말이오… 내 생각에 대장염에 걸렸을 때 그렇게 하는 것 같았소…"

발렌타인이 말했다.

"하지만 그 시간을 잘라내진 않을 거예요… 그건 말로 한 처음 신호였으니까요."

그가 말했다.

"그렇지 않소… 처음 순간부터… 모든 말이…"

발렌타인이 소리쳤다.

"당신도 그걸 느꼈군요! … 우리는 목수의 바이스에 끼어 있는 것처럼 꼼짝달싹할 수 없었어요. 그래서 우린… 도망갈 수 없었던 거예요…"

그가 말했다. "맙소사! 바로 그거요…"

티젼스는 갑자기 세인트 제임스 공원에 있는 수양버들을 바라보았다. 4시 59분이다! 그는 이렇게 말했었다. "오늘 밤 내 애인이 되어주겠소?" 그녀는 가버렸다. 반쯤 떠났다. 얼굴을 손으로 가린 채… 작은 분수처럼 눈물을 흘렸다. 그 분수는 영원히 계속될 지도 모른다…

호숫가 옆을 어슬렁거리는 사람이 있었다. 굽은 지팡이를 휘두르며 믿지 못할 정도로 반들거리는 실크 모자를 비스듬히 쓰고, 몹시 긴 연미복 자락을 펄럭이면서, 햇빛에 반짝거리는 코안경을 쓰고 있던 그는 너무나도 자연스럽게 러글스였다. 그는 벤치에 대자로 누워있는 티젼스를 바라보았다. 그는 반들거리는 모자챙을 만지면서 말했다.

"오늘 밤 클럽에 올 거죠? …"

티전스가 말했다. "아니요. 난 사퇴했소."

썩은 먹이를 씹고 있는 부리가 긴 새 같은 얼굴을 한 러글스가 말했다.

"아! … 위원회가 긴급 모임을 갖기로 했소… 위원회가 열려… 사퇴를 다시 재고해보라는 편지를 보낼 것이오."

티전스가 말했다.

"알고 있소… 난 오늘 밤 사퇴를 철회할 것이오… 그리고 내일 아침 다시 사퇴할 것이오."

잠시 긴장이 풀리던 러글스의 안면 근육이 다시 경직되었다.

"무슨 소리요!" 그는 말했다. "그러면 안 되오… 그렇게 하면 안 되오… 클럽에 그러면 안 된단 말이오. 그런 적은 없었소… 그건 모독이오…"

"그럴려고 하는 것이오." 티전스가 말했다. "신사라면 위원회에 어떤 멤버가 있는 클럽에는 들어가지 말아야 하오."

러글스는 갑자기 톤을 높이며 말했다. "알고 있군요!" 그는 새된 소리로 말했다.

티전스는 말했다.

"난 보복을 하려는 것이 아니오… 단지 몹시 피곤할 뿐이오. 늙은 여자들과 그들이 하는 잡담이 말이오."

러글스가 말했다.

"난 도무지…" 그의 얼굴은 갑자기 어두운 갈색이 되었다가 곧 이어 붉은색을 띠더니 이어서 갈색이 감도는 자주색이 되었다. 그는 티전스의 신발을 힘없이 바라보며 서 있었다.

"아!" 그는 이윽고 입을 열었다. "맥마스터의 집에서 오늘 밤 봅시다… 대단한 일이죠. 그가 기사 작위를 받은 건. 이제 상류층 인사가 되었으니."

맥마스터가 기사 작위를 받는다는 것을 들은 건 이때가 처음이었다. 티전스는 서훈을 받을 사람 명단을 그날 아침 보지 못했던 것이다. 후에 빈센트 경과 레이디 맥마스터와 같이 식사할 때 티전스는 빈센트에게 무엇인가를 하는 국왕의 뒷모습 사진이 걸린 것을 보았다. 다음날 조간신문에 실릴 사진이었다. 이 서훈은 맥마스터가 세운 특별한 공로에 대한 것이라고 이디스 에텔이 설명하려 하자 맥마스터가 당황해서 이를 막으려는 것을 보고, 티전스는 맥마스터가 세웠다는 공로가 어떤 것인지, 그리고 이 자그마한 사람이 그 공을 원래 세웠던 사람이 누군지 이디스 에텔에게조차 말하지 않았다는 사실을 짐작할 수 있었다. 그리고 자신의 여자 친구가 그랬듯이 티전스는 그 일을 그냥 내버려두었다. 티전스는 이 불쌍한 빈센트가 기념비적인 일을 많이 했는데 이런 약간의 영광을 누리지 못할 법이 어디 있겠냐고 생각했다. 저녁 내내 맥마스터는 굽신거리며 근심과 애정 어린 표정으로 티전스 주변을 맴돌기 위해서 바쁘게 명사들 사이를 전전했다. 티전스는 자신이 다시 프랑스로 가는 것에 대해 그가 몹시 슬퍼하고 끔찍해한다는 것을 알고 있었지만, 맥마스터의 얼굴을 다시 쳐다볼 수는 없었다… 그는 수치스러웠다. 그는 평생 처음으로 수치스러웠다!

티전스가 파티에서 슬그머니 빠져나왔을 때도 맥마스터는 올라오는 손님 사이를 뚫고 티전스를 쫓아 헐떡이며 계단 아래로 내려왔다.

"기다리게. 가는 건 아니겠지… 난 말이야…" 불행하고 끔찍스럽단 시선으로 그는 계단 위를 올려다보았다. 자기 아내가 나올지 모르기 때문이었다. 그의 검고 짧은 수염이 흔들렸다. 그는 불행한 눈으로 아래를 내려다보며 말했다.

"설명하고 싶네… 이 비참한 기사 작위에 대해 말이야…"

티전스는 그의 어깨를 토닥였다. 맥마스터는 위의 계단에 있었다.

"괜찮네." 그는 진실로 애정 어린 어조로 말했다. "우린 그와 같이 작은 것을 얻으려고 파울러[407]처럼 열심히 찾아다니지 않았나… 난 아주 기쁘다네…"

맥마스터가 속삭이듯 말했다.

"그런데 발렌타인이 오늘 오지 않았어…"

그가 소리쳤다.

"맙소사! … 내가 진작 생각했더라면…" 그는 말했다. "괜찮아. 괜찮아. 발렌타인은 다른 파티에 가 있어… 내가…"

끈적거리는 난간을 잡고 몸을 앞으로 기울인 채 맥마스터는 의심의 눈초리로 또 비참한 표정으로 티전스를 쳐다보았다.

"발렌타인에게 말해주게…" 그가 말했다… "맙소사! 자네 죽을지도 몰라… 제발… 제발 내 말을 믿게… 난, 자네를… 나의 가장

---

[407] 페그 파울러(Peg Powler)란 영국 전설에 나오는 여자 요정. 요크셔 지방을 흐르는 티즈강에 사는 파울러는 녹색 머리카락을 지닌 팔이 긴 여자 요정으로 물가에 다가오는 사람들의 목숨을 끊임없이 찾아다닌다고 전해진다. 따라서 이 용어는 페그 파울러처럼 열심히 찾아다닌다는 의미로 해석될 수 있을 것이다.

소중한 사람처럼…" 그의 얼굴을 흘끗 보았을 때, 티전스는 맥마스터의 눈에 눈물이 가득한 것을 볼 수 있었다.

둘은 돌계단을 오랫동안 내려다보았다.

그때 맥마스터가 말했다. "그런데…"

티전스는 맥마스터가 자신의 얼굴을 열심히 살피며 애처롭게 바라다보고 있는 것을 느꼈지만 그의 눈을 쳐다볼 수 없었다… "뒷구멍으로 빠져나가자." 티전스는 생각했다. 다시는 보지 못할 사람의 얼굴을 쳐다볼 수 없다니 참 이상한 일이었다.

"하지만 맹세코" 티전스는 눈앞에 있는 여자를 생각하며 중얼거렸다. "이번에는 뒷구멍으로 빠져나가지는 않을 거야… 그녀에게 말해야 한다… 반드시 그럴 거야…"

발렌타인은 얼굴에 손수건을 갖다 대었다.

"전 늘 울어요." 그녀가 말했다… "계속 나올 것 같은 작은 샘처럼…"

그는 오른쪽과 왼쪽을 살펴보았다. 러글스이거나 잘 맞지 않는 의치를 한 뭐라고 하는 장군이 틀림없이 오고 있을 것이다. 거리는 깨끗하고 텅 비어 아무 소리도 들리지 않았다. 발렌타인은 그를 바라다보고 있었다. 그는 자신이 얼마나 침묵을 지키고 있었는지, 또한 자신이 어디에 있는지 몰랐다. 마음속에서 참을 수 없는 뭔가가 파도처럼 그를 발렌타인 쪽으로 쏠리게 했다.

오랜 시간이 흐른 후, 티전스가 말했다.

"글쎄…"

뒤로 발걸음을 옮긴 뒤 발렌타인이 말했다. "당신이 내 시야에서 사라지는 걸 보고 싶지 않아요… 누군가가 시야에서 사라지는 걸 보는 것은 안 좋은 일이니까요… 하지만 난 절대로… 난 절대로 당신이 말한 것을 내 기억에서 지우진 않을 거예요…" 그녀는 사라졌다. 문이 닫혔다. 티젼스는 그녀가 자신의 기억에서 절대 지우지 않겠다고 한 것이 무엇인지 의아했다. 그날 오후 자신의 애인이 되어달라고 부탁한 것을 말하는 것인가? …

그는 그의 오래된 사무실 문 밖으로 나가 홀번으로 가는 수송트럭을 탔다.

지은이 포드 매독스 포드

포드는 1873년 영국에서 출생하여 1939년에 사망한 영국의 소설가이자 시인, 비평가이다. 본명은 포드 매독스 휴이퍼(Ford Madox Hueffer)였지만 자신의 이름이 독일인 이름처럼 들려서 1919년 포드 매독스 포드(Ford Madox Ford)로 개명했다.
대표적인 소설로는 『훌륭한 군인』(The Good Soldier)과 『퍼레이즈 엔드』(Parade's End)가 있다.

1915년 군대에 지원해 프랑스로 파병.
   이때의 경험을 『퍼레이즈 엔드』의 티전스를 통해 제시. The Good Soldier 출판.
1908년 ≪잉글리쉬 리뷰≫(The English Review)를 창간.
1924년 현대문학에 지대한 영향을 미쳤던 ≪트랜스아틀란틱 리뷰≫(The Transatlantic Review)를 창간.

옮긴이 김일영

성균관 대학교 영문과를 졸업하고 University of Georgia 영문학 석사 학위, University of South Carolina 영문학 박사 학위를 취득했다. 한국 영어영문학회 연구이사, 한국 18세기 영문학회 회장, 한국 근대영미소설 학회 회장을 역임했고, 현재 성균관 대학교 영문과 교수로 재직 중이다.

논문: 「로렌스 스턴의 축소와 확대의 미학」, 「광대의 웃음: 『트리스트람 섄디』에 나타난 스턴의 섄디이즘과 스턴의 탈(반) 도그마적 사고」, 「선정소설에 나타난 여성의 광기와 빅토리아 사회: 오드리 부인의 비밀을 중심으로」, 「필딩의 새로운 글쓰기와 이중적 재현: 조셉 앤드류즈를 중심으로」, 「레베카에 나타난 금지된 지식/실재의 귀환과 가부장제의 비밀」, 「House of Words and Home of Friday」, 「『속죄』에 나타난 트라우마적 오독/"놓친 읽기"와 트라우마에 대한 (미완의) 증언으로서의 글쓰기」, 「Stoker's Dracula as a figure of pharmakos/scapegoat」 외 다수
역서: 『업둥이 톰 존스 이야기』, 『주석달린 드라큘라』 외 다수
저서: 『18세기 영국소설 강의』, 『영미소설 해설 총서: 로렌스 스턴』, 『영국소설과 서술기법』, 『상처와 치유의 서사』, 『기억과 회복의 서사』, 『공포와 일탈의 상상력』 외 다수

한국연구재단 학술명저번역총서 서양편·777

퍼레이즈 엔드 1

1판 1쇄	2018년 12월 30일
원　　제	Parade's end
지 은 이	포드 매독스 포드(Ford Madox Ford)
옮 긴 이	김 일 영
편집교정	정 지 영
펴 낸 이	김 진 수
펴 낸 곳	**한국문화사**
등　　록	1991년 11월 9일 제2-1276호
주　　소	서울특별시 성동구 광나루로 130 서울숲IT캐슬 1310호
전　　화	02-464-7708 / 3409-4488
팩　　스	02-499-0846
이 메 일	hkm7708@hanmail.net
홈페이지	www.hankookmunhwasa.co.kr
블 로 그	http://blog.naver.com/hkm2012

책값은 뒤표지에 있습니다.

잘못된 책은 구매처에서 바꾸어 드립니다.
이 책의 내용은 저작권법에 따라 보호받고 있습니다.

ISBN 978-89-6817-700-2　04840
ISBN 978-89-6817-699-9　(전4권)

이 도서의 국립중앙도서관 출판예정도서목록(CIP)은 서지정보유통지원시스템
홈페이지(http://seoji.nl.go.kr)와 국가자료공동목록시스템(http://www.nl.go.kr/kolisnet)에서
이용하실 수 있습니다.(CIP제어번호: CIP2018039035)

'한국연구재단 학술명저번역총서'는 우리 시대 기초학문의 부흥을 위해
한국연구재단과 한국문화사가 공동으로 펼치는 서양고전 번역간행사업입니다.